SV

Andreas Pflüger

GEBLENDET

Roman

Suhrkamp

Erste Auflage 2019

Gesetzt aus der Lyon
Druck und Bindung:
CPI books GmbH, Leck
Printed in Germany
ISBN 978-3-518-42895-5

Für Aaron

Wie willst du je erfahren
was hinter dem Spiegel ist
wenn du ihn nicht
zerbrichst?

DIE SEELEN DER TOTEN

IN DER JÄHEN STILLE steht das Mädchen vor Notre-Dame de Paris. Die Kathedrale ruht in der späten Sonne, ein ungeheures Tier mit zwei Köpfen, das allen Lärm der Stadt tief eingeatmet hat. Lichttupfer huschen wie Geckos über die Arabesken, erkunden die Falten von Königsgewändern, flitzen frech in die Mäuler der unheimlichen Chimären. Bald funkeln zu viele, um sie noch zählen zu können. Sie vereinigen sich zu einer Flut, deren Gleißen die alles beherrschende Bleikristallrosette in ein glühendes Zyklopenauge verwandelt.

Es ist die Woche nach dem Osterfest, der »Weiße Sonntag«. Sie ist zwölf und zum ersten Mal in Paris. Im Geschwätz fremder Menschen, ihrem Schubsen, Rufen, Lachen folgt sie dem Vater zum Mitteltor.

Dort bleibt er stehen. »Das ist das *Portal des Jüngsten Gerichts*«, sagt er und lenkt ihren Blick nach oben. »Siehst du den Erzengel Michael mit den Waagschalen?«

Sie legt den Kopf in den Nacken.

»Ja.«

»Er wiegt die Seelen der Toten.«

Dafür kommen ihr die Schalen sehr groß vor.

»Schließ die Augen und öffne sie erst, wenn ich es dir sage.«

Sie hält ihrem Vater die Hand hin, damit er sie führt. Dann spürt sie unversehens eine Kühle, die sie in dem dünnen Kleid zittern lässt, hört ein Rauschen wie von Blut, das Flüstern von Vielen und wird eine Weite gewahr, so schrecklich und gewaltig wie in einem der Träume, in denen sie fällt und fällt.

»Jetzt«, sagt ihr Vater.

Als sie die Augen öffnet, erblickt sie ein Gewölbe wie keins zuvor; ein steinernes Gemälde, aber auch eine Kaskade aus Licht. Nichts ist schwer, alles schwebt, selbst die riesigen Fenster, die wie Schmetterlingsflügel aussehen.

Benommen setzt sie einen Fuß vor den anderen. Unter dem aus Fels gewobenen Baldachin eines Seitenschiffs findet sie sich in einer auf ewig erstarrten Prozession von Frauen und Kindern und Herrschern und Bettlern wieder, sieht kniende Ritter, nach denen Flammen lecken.

An der Wand sind verwitterte Buchstaben, eine Runzel in einer fremden Sprache. »Ist das Latein?« fragt sie ihren Vater. Als er keine Antwort gibt, bemerkt sie, dass er ihre Hand längst losgelassen hat.

Erst jetzt tritt er zu ihr. »*Tempus edax, homo edacio.* Die Zeit ist blind, der Mensch töricht. Verstehst du, was das bedeutet?«

»Nein.«

»Dass die Zeit durch die Welt rast und uns mitreißt. Dass wir nicht bestimmen, ob es uns Verderben oder Glück bringt. Hast du das Buch gelesen, das ich dir gegeben habe?«

»Ja.«

»Dann weißt du, dass draußen vor langer Zeit etwas in die Mauer geritzt war. Was stand dort?«

»Unausweichliches Schicksal.«

»Es meint dasselbe. Und ist genauso falsch.«

Als sie sich auf eine Bank setzen, ist sie froh, dass ihr Vater den Arm um sie legt, denn ihr ist kalt. Lange schweigen sie mit Kardinälen und Heiligen und Fabelwesen.

»Kann man die Seele wiegen?« fragt sie.

»Ein kluger Mann hat einst gesagt, dass sie aus einer Art Atem gemacht ist. Wie schwer wird Atem wohl sein?«

»Also gibt es kein Jüngstes Gericht?«

»Die Kirche behauptet, dass die Guten ins Paradies kommen und die Bösen ins Höllenfeuer. Dass wir von dem Tag unserer Geburt an schuldig sind.«

»Und du glaubst das nicht?«

»Das Gemäuer ist fast ein Jahrtausend alt«, erwidert ihr Vater. »Aber die meisten Statuen sind Kopien, weil man in der Französischen Revolution alles zerstört hat. Notre-Dame wurde von den Jakobinern zum Tempel des höchsten Wesens erklärt: der Vernunft. Doch auch die ist nichts als ein Götze, ein Goldenes Kalb, um das die Unwissenden tanzen. Das höchste Wesen kann nur einer sein. Weißt du, wen ich meine?«

Sie denkt nach. »Wir selbst«, sagt sie.

»Ja. Darum gibt es kein Gut und Böse. In uns ist beides eins.«

Ihr ist, als ob Zeit vergeht. Aber es muss eine Täuschung sein, denn an diesem Ort gibt es keine Zeit.

»Erzähl mir von dem Buch«, fordert ihr Vater sie auf. »Wovon handelt es?«

Nach den ersten Seiten war sie enttäuscht gewesen; es war altmodisch geschrieben, und die Menschen redeten über unverständliche Dinge. Doch bald konnte sie es nicht mehr aus der Hand legen, verschlang es am Ende regelrecht.

»Es geht um das wunderschöne Mädchen Esmeralda, dessen Herz dem Hauptmann Phoebus gehört. Obwohl er sie abweist, glaubt sie an die ewige Liebe und ist bereit, dafür zu sterben. Als sie schon unterm Galgen steht, wird sie von Quasimodo gerettet, einem buckligen, einäugigen Wesen, das so hässlich ist, dass kaum einer wagt, es anzuschauen. Er ist der Glöckner von Notre-Dame, und seine einzigen Freunde sind die Ungeheuer, die er beneidet, weil sie aus Stein sind. Die Glocken haben ihn taub gemacht, aber er ist glücklich, wenn er an den Seilen hängt und vom Kopf bis zu den Füßen zittert. Nachts wirft er verzauberte Dinge durch die Schornsteine der Stadt. Er tanzt auf den Dachrinnen und lebt in einer Welt, in der Blinde sehen und Tiere reden können. Niemand weiß, dass die Zigeuner, die Esmeralda ihrer Mutter geraubt hatten, Quasimodo als Baby auf die Stufen von Notre-Dame gelegt haben. Er ist mit Esmeralda durch das Schicksal verbunden.«

»Wie sah Esmeralda aus?« fragt ihr Vater.

Sie grübelt. »Ich weiß nicht. Das muss ich überlesen haben.«

»Sie hatte schwarzes Haar und flammende Augen, so wie du. Was ist aus ihr geworden?«

»Esmeralda will nicht wahrhaben, dass sie Phoebus egal ist. Sie wird der Hexerei beschuldigt, und Quasimodo versteckt sie hier in der Kirche. Aber man findet sie und henkt sie auf dem Place de Grève. Quasimodo legt sich zu ihr ins Grab. Er liebt sie über den Tod hinaus.«

»Hast du nicht jemand Wichtigen ausgelassen?«

Fragend schaut sie ihren Vater an.

»Frollo«, sagt er.

»Ach, der. Das ist ein Mann, der sich an schwarzer Magie versucht. Er glaubt, dass Licht nichts anderes als Gold ist. Er will einen Sonnenstrahl vergraben und das Geheimversteck erst in achttausend Jahren öffnen lassen.«

Sie schaut zu der gigantischen gläsernen Rosette hoch, sieht sie im frühen Abendrot pulsieren. *Wenn Licht wirklich Gold ist*, denkt sie, *muss man es zu dieser Stunde einfangen, weil es dann am allerschönsten ist*.

»Hat Frollo Esmeralda nicht auch geliebt?« fragt ihr Vater.

»Schon.«

»So sehr, dass er sie dem Galgen ausgeliefert hat, damit kein anderer sie besitzen durfte«, fährt er fort.

Diesen Teil der Geschichte mag sie nicht.

»Hältst du Frollo für einen schlechten Menschen?« fragt er.

»Ja, sicher.«

»Weil er nur an sich gedacht hat?«

»Ja.«

»Dennoch war er der Einzige, der wusste, wie lächerlich der Glaube an Schicksal ist. Er war kein Sklave der eigenen Angst.«

Darauf bleibt sie stumm.

Ihr Vater steht auf, sie folgt ihm zu einem Tisch mit Kerzen. »Zünd eine an und wünsch dir etwas«, sagt er.

Sie hält ein Streichholz an den Docht, schließt die Augen und wünscht sich nichts. Ganz fest glaubt sie, dass es das Schicksal gibt und eine Kerze es nicht ändern wird.

Draußen schlendern sie an den weit gespannten Strebebögen der Kathedrale entlang, die kolossal und zartgliedrig in einem sind, den Beinen einer riesenhaften schlafenden Spinne gleich. Vater und Tochter schweigen zusammen, wie sie es oft tun. Sie weiß, dass manche Angst vor ihm haben. Die schlossen nie ihre Augen in dem Wissen, dass er über ihren Schlaf wacht. Sie sucht nach dem Ausdruck für seine Schritte. *Bemessen* vielleicht. Als ob keiner überflüssig wäre. In der Parkanlage sieht sie einen anderen Vater mit einem Mädchen und einem etwas älteren Jungen. Sie ist froh, keine Geschwister zu haben, schon gar keinen Bruder. Will den Vater mit niemandem teilen müssen. Das andere Mädchen ist in ihrem Alter. Aber noch ein Kind. Der andere Vater hat breite Schultern, dicke Halsmuskeln. Ihr Vater ist schlanker, kleiner. Und doch könnte er den Mann mit seinem Daumen töten, ohne aus dem Tritt zu geraten.

Oft denkt sie darüber nach, wie es wohl ist, die Seele eines Menschen in Händen zu halten. Immer wieder war sie versucht, ihren Vater zu fragen.

Tat es nicht.

Sie will es wissen und will es nicht wissen.

Musik reißt sie aus ihren Gedanken, Straßenkünstler auf der Pont Saint-Louis. Einer trägt Frack und Zylinder, sein Gesicht ist eine weiße Maske mit einer schwarzen Träne. Unbewegt steht er auf einer Kiste, den Rumpf eingeknickt, eine Hand hinterm Rücken, die andere weist mit großer Geste zum Publikum, eingefroren in einer Verbeugung. Menschen bewundern und fotografieren ihn, werfen Geldstücke in seine Dose.

Sie schenkt ihm kaum einen Blick. Stunden kann sie so stehen wie er, bewies es, als ihr Vater ihr die Aufgabe gestellt hatte, sich in das Schaufenster des Kaufhauses zu schleichen und mit den

Puppen zu wetteifern. Keiner von denen, die draußen die Auslage betrachteten, ahnte, was sie ist. Nicht ein einziges Mal hat sie geblinzelt.

Ein dickes Schiff tuckert unter der Brücke durch, mit lärmenden Menschen, die unwissend sind wie die vor dem Schaufenster, dumm wie jene, die um das Goldene Kalb tanzen.

Ihr Vater hat sie einen anderen Tanz gelehrt.

Sie dreht sich um. Die Sonne steht so tief hinter der Kathedrale, dass sie gerade noch die Zinnen der Türme erreicht. Tiefrot glimmen sie auf, als seien es die Köpfe zweier mächtiger Streichhölzer, die der Himmel angezündet hat. Sie stellt sich vor, dass Quasimodo auf dem linken Turm steht und Esmeralda auf dem rechten, beide verzweifelt, denn unter ihr im Treppenschacht sind schon die grausamen Fackel-Männer, die sie zum Place de Grève schleifen wollen.

Aber sie träumt sich ein Seil, straff zwischen den Türmen gespannt, und sieht, wie Quasimodo hinübertanzt und Esmeralda auf die andere Seite trägt.

Als ob ihr Vater in ihrem Kopf wäre, fragt er: »Was glaubst du, was uns zum Menschen macht und was zum Ungeheuer?«

Sie findet die Antwort nicht.

»Es ist die Liebe«, sagt er. »Sie macht uns zu beidem.«

Auf der Rive Droite winkt er einem Taxi und weist den Fahrer an, sie ins Faubourg-du-Roule zu bringen. Sie passieren das Zuckerbäckerrathaus und biegen in die Rue de Rivoli ein, durch deren Kolonnaden sich Touristen wälzen. Das Radio spielt leise einen französischen Schlager, irgendetwas über den Schmerz, der das Herz durchbohrt. Ohne dass ihr Vater es aussprach, weiß sie, dass sie sich alle Straßen bis zum Ziel einprägen soll. Es kostet sie keine Anstrengung, während sie sich fragt, wohin die Fahrt geht. Sie werden etwas zum Anziehen für sie kaufen, denn heute ist ein besonderer Abend. Inständig hofft sie, dass es kein Geschäft für Kinder ist, sondern eine richtige Boutique, vielleicht in der Passage mit der Glaskuppel, auf der die vielen Spatzen hüpften. An diesem Abend möchte sie so erwachsen aussehen, wie sie sich fühlt, möchte schön für ihren Vater sein, damit er stolz auf sie ist.

Links ist der Louvre. Morgens waren sie dort. Doch die meisten Gemälde waren dunkel, wie mit Tee übergossen, und als sie schließlich vor der »Mona Lisa« standen, entpuppte sie sich als schielende Frau ohne Augenbrauen. Das weltberühmte Lächeln kam ihr blasiert vor; sie fragte sich, woher die Zicke ihre Hochnäsigkeit nahm.

Zuletzt ging es in die Ägyptische Sammlung. Ihr Vater zeigte ihr einen Krummdolch. Die Klinge war tiefschwarz und beidseitig geschliffen; der Griff stellte einen Skorpion dar, mit Augen aus feuerroten Edelsteinen.

Eine solche Waffe hatte sie noch nie gesehen.

»Damit wurde Pharao Echnaton erstochen«, sagte ihr Vater.

»Woraus ist der Dolch gemacht?«

»Aus Obsidian. Eine Art Glas, das entsteht, wenn Lava erkaltet. Schwerer als ein Keramikmesser, aber genauso scharf.«

Was hätte sie dafür gegeben, ihn in der Hand zu halten.

Stellte sich vor, wie er eins mit der Hand wurde.

»Findest du ihn perfekt?« fragte ihr Vater.

»Nein. Nur wunderschön.«

»Warum?«

»Zum Töten wäre eine gezackte Klinge besser, dann schließt die Wunde sich nicht.«

Ihr Vater sagte: »Das ist wahr, aber in diesem Fall nicht nötig. Der Dolch birgt ein Geheimnis. Im Inneren gibt es einen Kanal, kaum dicker als ein Haar. Man kann den Griff abziehen und Gift hineinträufeln, das in die Wunde sickert. Ob Echnatons Mörder das tat, ist nicht überliefert. Falls ja, wäre er ein kluger Mann gewesen. Dieser Dolch ist herrlich, doch die Kunst des Tötens liegt nicht in der Schönheit, nur in der Effektivität.«

Das hatte er schon einmal gesagt, mit anderen Worten.

Es muss einfach sein.

Und schnell.

Aber auch: *Das Einfache ist immer das Schwerste.*

Ganz für sich trieb sie so dahin und stand auf einmal vor der Statue eines Mannes, der einen goldenen Kegel auf dem Kopf trug. Sein Gesicht war stolz, und die Augen waren geschminkt. Auf einer Tafel las sie, dass es Osiris war, ein Königssohn. Er wurde von seinem Bruder Seth ermordet, der die Leichenteile über das Reich verstreute. Osiris war es jedoch bestimmt, der Herrscher der Unterwelt zu werden. In der Halle der vollständigen Wahrheit saß er dem Totengericht vor, das entschied, wer ewig leben durfte. Um darüber zu befinden, wurde das Herz des Verstorbenen in eine Waagschale gelegt. In der zweiten Schale war eine Feder. Nur wenn das Herz leichter als diese Feder war, wurde man unsterblich.

Jetzt, im Taxi, beschäftigt sie das Rätsel, weshalb sie nicht an Osiris dachte, als ihr Vater vom Wiegen der Seele sprach. Aber bereits Augenblicke später, beim Place de la Concorde mit dem Obelisken von Luxor, den sie gestern bestaunte, weiß sie es: Ein Herz ist etwas anderes als eine Seele; nur ein Muskel, ein Ding wie diese Säule aus Granit. Dass sie einen gewaltigen Schatten wirft, ändert nichts daran, dass am Ende von ihr so wenig bleiben wird wie von einem Herzen. Die Seele jedoch ist unsichtbar und schwerelos, und darum hat nichts Macht über sie, weder die Zeit noch der Tod.

Als sie über all dies nachdenkt, des Vaters Worte in ihr widerhallen, das Antlitz von Osiris ein Spiegel in der Fensterscheibe, umrunden sie schon den Élysée-Palast mit seinen rotgefederten Gardisten und gelangen in die Rue du Faubourg Saint-Honoré, eine schmale Straße mit vielen Geschäften. Ihr Vater lässt den Fahrer anhalten.

Beim Aussteigen ist es, als ob ein Zirkusmagier den Hut lüftet und einen Traum hervorzaubert.

Chanel!

Die schneeweißen Markisen winken ihr zu, und sie betreten eine Welt, die aus Glitzer gemacht ist. Eine Dame mit griechischer Nase und riesigem Mund fragt, womit sie dienen könne, und ihr Vater erklärt, dass sie abends in Longchamps sein werden und etwas Passendes für seine Tochter suchen. Sofort wird sie vermessen, gedreht, gewendet und ist, während sie noch den wunderbaren Duft von Überfluss einsaugt, in einem Wirbel von Stoffen, einer schöner als der andere. Unaufhörlich schnatternd wählt die Dame vier Kleider aus.

Ehe sie die Kabinentür schließt, sieht sie, dass ihr Vater sich in ein Fauteuil setzt und nach einer der Tageszeitungen langt, die für strapazierte Ehemänner bereitliegen.

In den ersten beiden Kleidern, einem gelben mit Puffärmeln und einem aus grünem Samt mit tiefem Rückenausschnitt, fühlt sie sich unwohl. Sie führt sie dennoch vor und ist beide Male erleichtert, dass ihr Vater, an einem beflissen gereichten Espresso nippend, tadelnd die Augenbrauen hebt. Das dritte ist zu kurz, in den Volants des vierten ertrinkt sie fast.

Als die Dame noch an ihr herumzupft und meint, dass man das raffen könne, schaut sie auf ein Poster. Cindy Crawford posiert in einem hinreißenden Etwas, das aussieht wie im Himmel geschneidert. Die Dame bemerkt ihren Blick und raunt, dass es aus der Lagerfeld-Show im Jeu de Paume stamme und sie nicht sicher sei, ob es in der passenden Größe – aber nein, da hätten sie es ja. Es ist ein Etuikleid aus pudrigem Rosa, das eine Handbreit über den Knien endet.

Sie liebt es.

Ihr Vater nickt der Dame zu: »C'est ça.«

Jetzt brauchen sie noch ein Jäckchen. Schnell ist es gefunden, eine cremefarbene Wollphantasie mit Perlmuttknöpfen. Dazu eine Tasche mit goldener Schulterkette und Ballerinas, in denen sie läuft wie barfuß.

Zuletzt der Hut, schließlich ist es Longchamps. Der erste ist so riesig, dass er ihr wie ein Sombrero vorkommt, beim zweiten, einer Schleierglocke, muss sie an Beerdigungen denken. Aber der dritte! Ein Chevalier mit rotem Ripsband, frech und elegant zugleich.

Ihr Vater hat kein einziges Mal nach einem Preis gefragt und legt an der Kasse seine Kreditkarte hin. Verstohlen schmult sie auf den Beleg und vergisst zu atmen.

Er weist mit dem Kinn auf Cindy Crawford und flüstert: »Was ist die gegen dich?«

Der Taxifahrer will die Einkäufe in den Kofferraum tun, aber sie gibt sie nicht aus der Hand. Sie drückt ihre Schätze im Auto an sich, selbst die Kartons duften betörend. Während sie zum Fahrstuhl des Plaza Athénée schwebt, kann sie es kaum erwarten, alles noch einmal anzuprobieren. In der Suite steht sie vor dem Spiegel, eine zwölfjährige Königin, die wollte, sie könnte diesen Augenblick in ein Schächtelchen tun und ihn herausholen, wann immer sie möchte.

Ihr Vater kommt herein. Sie dreht eine verzückte Pirouette, kriegt vor Glück keine Luft.

Er sagt: »Du bist wunderschön. Aber zu dem Jäckchen, den Schuhen und der Tasche musst du heute Jeans anziehen. Das Kleid führen wir ein andermal aus, versprochen.«

Kein Blitz wäre so schnell verschwunden wie ihr Lachen.

»Später wirst du es verstehen«, meint er. »Wir haben noch zwei Stunden Zeit. Versuch, ein bisschen zu schlafen.«

Als er sie allein gelassen hat, steht sie verloren da, mit einer Seele so schwer wie Granit. Sie zieht das Kleid aus und rollt sich auf dem Bett zusammen und weint.

Eine Limousine holt sie ab. Bis sie bei der Pont de Grenelle vom Seineufer abbiegen, schweigen sie. Dann beugt ihr Vater sich zu ihr. »Mach es heut Abend wie am Flughafen; unser kleines Spiel, du weißt schon.«

Trotzig starrt sie aus dem Fenster, sieht Mietskasernen vorbeifliegen, die dunklen Bäume eines Parks, kaum Lichter.

»Bitte«, sagt ihr Vater, »tu mir die Freude.«

Gestern.

Ein Spiel, das sie schon oft gespielt haben.

Aber nie ging es so aus.

Während sie in Frankfurt darauf warteten, dass ihr Flug aufgerufen wurde, ließ er sie andere Passagiere analysieren. Der gegenüber war einfach. Ein Struwwelpeter-Jeanstyp mit Rucksack und Walkman, der in einem dicken französischen Roman herumkritzelte.

»Ein deutscher Student«, flüsterte sie dem Vater zu. »Seine Eltern besitzen Geld, aber keinen Geschmack. Die Rolex ist ein protziges Geschenk, das ihm peinlich ist, sonst würde er nicht sofort den Ärmel drüberschieben, sobald er draufgeschaut hat. Sie lassen ihn in Paris zur Uni gehen, und er lernt etwas, von dem man nicht leben kann.«

»Woher weißt du, dass er kein Franzose ist?« gab ihr Vater zurück. »Vielleicht war er hier zu Besuch.«

»Er setzt die Kopfhörer nur bei deutschen Durchsagen ab.«

Als Nächstes die stark geschminkte Frau im eleganten Wollmantel, die traurig ins Leere starrte.

»Sie ist Französin und in Frankfurt von ihrem Verlobten verlassen worden«, flüsterte sie.

»Warum keine Deutsche?«

»Der Mantel ist viel zu dick für die Jahreszeit, sie hat gedacht, dass es hier kälter als in Paris ist. Außerdem ist sie für eine Deutsche zu schick. Vor kurzem hat sie geweint und sich auf der Toilette nur notdürftig zurechtgemacht, weil es ihr gerade egal ist. Am Finger ist ein heller Streifen; vielleicht hat sie ihren Ring ins Klo gespült.«

»Es könnte ihr Ehemann gewesen sein, nicht der Verlobte.«

»Nein. Der Streifen ist rechts, und in Frankreich trägt man den Ehering links, das habe ich gelesen.«

So ging es minutenlang weiter. Das streitende Ehepaar mit den Zwillingen, der Althippie, dem seine Zigaretten fehlten, die beiden Nonnen mit dem beseelten Dauerlächeln und den Steinaugen. Sie alle wurden von ihr vermessen, gewogen, zerlegt und wieder zusammengesetzt. Als das Boarding begann, wollte sie aufstehen, aber ihr Vater bedeutete ihr, noch sitzen zu bleiben. Er lenkte ihren Blick auf einen Asiaten in der Ecke.

»Was ist mit dem?« fragte er.

Ungeduldig, in Gedanken schon im Flugzeug, auf dem Weg in die Sehnsuchtsstadt, musterte sie den Mann. Kein Koreaner oder Japaner. Vielleicht ein Chinese. Sein Anzug war zerknittert. Sicher teuer, aber nicht maßgeschneidert, die Ärmel eine Spur zu lang. Er trug eine Brille mit dünnem Goldrand, auf der Stirn standen Schweißperlen.

»Er hat einen langen Flug hinter sich und steigt in Frankfurt um«, sagte sie. »Ihm ist nicht gut. Er hat einen trockenen Mund und würde gerne etwas trinken. Eigentlich sieht er wie ein Geschäftsmann aus, aber er hat keine Aktentasche bei sich, keine Zeitung, das ist seltsam. Die Seidenkrawatte ist schlecht gebunden, als ob er darin nicht geübt wäre, und die Brille sitzt nicht richtig, sonst würde er sie nicht dauernd abnehmen und über die Druckstelle auf dem Nasenrücken reiben.« Sie gab auf. »Ich weiß nicht, wo ich ihn hintun soll.«

»Schau auf seine Schuhe.«

Sie waren ausgelatscht, das Leder rissig.

»Er ist eine ›Ameise‹«, sagte ihr Vater leise, »eine arme Sau, die für ein paar hundert Dollar fünf Jahre Gefängnis riskiert. Ein Kartell hat ihn in Südostasien in einen vernünftigen, einigermaßen sitzenden Anzug gesteckt, ihm eine Brille mit Fensterglas auf die Nase gesetzt und ihn als Drogenkurier nach Europa geschickt. Die Schuhe sind typisch, daran wird gerne gespart. Der Flug hat elf oder zwölf Stunden gedauert, aber er hat nichts gegessen und getrunken, weil er nicht auf die Toilette darf. Wenn man ihn röntgt, findet man mindestens sieben mit Heroin gefüllte Präservative in seinem Darm, und sollte eins platzen, ist er tot. Fällt dir an seinem Handgepäck etwas auf?«

Es war ein Rollkoffer mit Stoffbespannung, der aussah wie hundert andere. Sie schüttelte den Kopf.

»Ich wette, dass er ein Vermögen wert ist. Man macht reines Heroin flüssig und tränkt den Stoff damit. Wenn du die Kleidung rubbelst, die im Koffer ist, rieselt Rauschgift heraus. Vielleicht sind sogar seine Schuhe imprägniert, plus Schnürsenkel.«

Der Asiate stellte sich direkt hinter ihnen in die Schlange.

»Du könntest der Polizei einen Tipp geben«, flüsterte sie dem Vater ins Ohr.

»Dann würden wir den Flug verpassen.« Er trat einen Schritt zur Seite, lächelte die Ameise freundlich an und sagte auf Englisch: »Gehen Sie ruhig vor, wir haben es nicht eilig.«

Sie sah den Mann zittern und zitterte selbst.

An der Schnellstraße huscht ein Schild vorbei: *Hippodrome de Longchamps 3*. Sie fühlt den Blick ihres Vaters und konzentriert sich widerstrebend auf den Chauffeur. Routiniert steuert er die Limousine im dichten Verkehr. Er ist in den Dreißigern, specknackig, aber nicht dick. Die Haare sind strähnig, seine Fingernägel müssten geschnitten werden. Er legt keinen Wert auf solche Dinge und hat einen Chef, dem anderes wichtiger ist. Die teigige Wange zeigt, dass er wenig Sonne abkriegt; wahrscheinlich arbeitet er nachts.

Teigbacke atmet durch den Mund. Sie erinnert sich, dass er vor dem Hotel, als er sie in schlechtem Englisch begrüßte, nach einer verstopften Nase klang. Jetzt würde sie eher darauf tippen, dass sie mehr als einmal zusammengeflickt wurde. Teigbacke könnte alles Mögliche sein: Chauffeur, gutmütiges Faktotum, Knochenbrecher.

Sie sind da.

Die Rennbahn ist eine Neonpyramide mitten im Bois de Boulogne. Als sie zwischen all den Menschen hindurchgehen und sie die mondänen Frauen mit den abenteuerlichen Hutkreationen sieht, die Männer mit Frack und Zylinder, Mädchen ihres

Alters, jedes davon tausendmal eleganter als sie, kommt sie sich in den Jeans hässlich vor, und der Chevalier, den sie vorhin so keck fand, erscheint ihr lächerlich.

Sie hofft, dass sie wenigstens direkt an der Bahn sitzen, nah bei den Pferden, doch zu ihrer Enttäuschung führt ein livrierter Page sie zu einem Aufzug.

Es ist eine Suite mit Glaswänden unter dem vorspringenden Dach der Tribüne. Ein Buffet ist aufgebaut. Zehn Männer trinken, lachen, keine Frauen.

Einer begrüßt ihren Vater. »Wie nett, dass Sie es einrichten konnten. Hier mache ich am liebsten Geschäfte.«

Ein Franzose, aber sein Deutsch ist sehr gut. Sie schätzt ihn auf Anfang vierzig; ein Beau mit weicher Stimme und harten Augen, der sie an Andy García erinnert.

»Hallo, Alain. Das ist meine Tochter.«

Er nimmt ihre Hand und lässt sie nicht los. »Was für eine hübsche junge Dame du bist. Deine Mutter muss eine wahre Schönheit sein.«

»Guten Abend, Monsieur.«

»Nicht so förmlich. Sag Alain.« Noch immer besitzt er ihre Hand. »Bist du das erste Mal bei einem Pferderennen?«

»Ja.«

»Heute ist eine Premiere. Sonst finden in Longchamps keine Nachtrennen statt, aber für diesen Mann dort hat man eine Ausnahme gemacht und Flutlichtmasten aufgestellt.« Endlich gibt Alain ihre Hand frei.

Sie sieht die Araber in der Nebenloge. Alle tragen Burnus und das von einem Ring zusammengehaltene Kopftuch, doch nur bei einem ist es rotweiß. Die anderen stehen um ihn herum und bewundern jede Geste von ihm, jedes Wort.

Alain wendet sich ihrem Vater zu. »Wissen Sie, wer das ist?«

»Iskandar Rashid. Er ist Rüstungshändler und Minister der saudi-arabischen Nationalgarde. Ein enger Vertrauter von Ruhi bin Sultan.«

»Zwei Tage war er in Paris«, sagt Alain, »um mit unserer Regierung einen von den Deals zu machen, von denen man nie in der Zeitung liest. Rashid ist Pferdenarr und besitzt unter anderem ein Gestüt in der Haute-Garonne. Er wollte partout, dass seine Wunderstute Amber hier läuft, allerdings hätten ihm die Geschäfte keine Zeit gelassen, dabei zu sein. Noch diese Nacht muss er zurückfliegen; sein König hat morgen Geburtstag, zu fehlen wäre unentschuldbar. Deshalb erwies man Rashid die Gefälligkeit, das Rennen auf den Abend zu legen.« Alain feixt. »Amber ist neun-zu-eins-Favorit im Hauptrennen. Ich fürchte jedoch, es wird kein erfreulicher Abend für den Prinzen.«

Als ob Rashid wüsste, dass über ihn gesprochen wird, wendet er den Kopf und sieht mit einem dünnen Lächeln zu ihnen herüber. Er wirkt nicht wie einer, der Verlieren gelernt hat.

Alain deutet eine Verbeugung an. »Heute Nacht heulst du in deiner goldenen 747 die Kissen nass, mein Freund. Und dann sind wir quitt.«

Sie fängt einen seltsamen Blick ihres Vaters auf. Mit einem Mal denkt sie, dass es bei dem Paris-Besuch von Anfang an um diesen Prinzen ging. Ihr Vater hatte nur erwähnt, dass sie zum Pferderennen gehen und einen Bekannten von ihm treffen würden. Aber nun kommt ihr in den Sinn, dass er wusste, wer in der Nebenloge sein würde.

Sie darauf vorbereiten wollte.

Notre-Dame und das Jüngste Gericht. Der Tanz ums Goldene Kalb. Das Schicksal, nur ein Aberglaube. Das Buch von Victor Hugo, Mensch und Ungeheuer. Der Dolch mit dem Skorpion. Das Kleid, das sie nicht anziehen durfte.

Das Spiel am Flughafen.

Oder irrt sie sich?

Ihr Vater schenkt dem Prinzen keine weitere Aufmerksamkeit, setzt sich mit Alain, um sich zu unterhalten, und sie tritt an das Panoramafenster. Unter ihr liegt die riesige Rennbahn, ein Vorlauf wird gestartet. Die Pferde sind so schnell, dass sie einen

Schweif aus Flutlicht hinter sich herziehen. Eine Lautsprecherstimme schlägt Salti, ist aber nur Gebrüll hinter dickem Glas.

Niemand beachtet sie. Ungestört kann sie Alains Männer im Spiegel der Scheibe studieren.

Keiner ist älter als vierzig. Keiner sitzt. Keiner trinkt Alkohol. Sie sind vertraut miteinander, witzeln, lachen leise. Auch wenn sie nicht alles versteht, hört sie heraus, dass es Zoten sind, sexuelle Anspielungen auf die Araber nebenan. Die Männer sind es gewohnt, sich in einem beliebig großen Raum zu bewegen, ohne jemandem auf die Füße zu treten. Sie tragen Sneakers mit weichen Sohlen, ihre Anzüge sind bequem geschnitten und buchten sich über dem Gesäß aus.

Pistolen.

Sherpas.

Automatisch benutzt sie für die Leibwächter den Begriff, den sie vom Vater gelernt hat. Keiner hat einen Blick fürs Rennen oder scheint sich für irgendetwas zu interessieren; alle halten die Augen ruhig. Doch sie registriert die Körperspannung und weiß, dass die Lässigkeit sich im Bruchteil einer Sekunde in ein Ballett verwandeln kann.

Eine Ballerina erkennt sowas.

Sie geht zum Buffet, schenkt sich eisgekühlte Limonade aus einem Krug ein und inspiziert unauffällig den Mann, der neben der Tür lehnt und von dort alles im Blick hat.

Er ist mittelgroß, Südeuropäer, vielleicht Türke. Sein Gesicht ist ausdruckslos, der Kinnbart akkurat gestutzt. Die Nase, die hohen Wangen, die Schultern – alles ist scharf konturiert. Als er sich bückt, um einen Schnürsenkel zu binden, fließt unter dem taillierten Hemd eine Muskelwelle durch seinen Körper.

Sie stellt sich vor, dass er nicht aus Fleisch und Blut besteht, sondern aus einer Masse, die sich jederzeit beliebig verformen kann; so wie Jim Carrey in *Die Maske.*

Um abzuschätzen, wie groß seine Reichweite ist, zieht sie in Gedanken einen unsichtbaren Kreis um ihn.

Dann einen zweiten, größeren.

Einen dritten.

Mit einer winzigen Augenbewegung dirigiert Jim den Sherpa, der Alain und ihrem Vater zwei Cognac gebracht und sich dann in eine Ecke zurückgezogen hat, einen Meter nach links, wo die Sichtachse besser ist.

Sie spürt, dass sie beobachtet wird, wendet sich um und wird von Alain herbeigewunken.

»Komm, setzt dich zu uns«, sagt er.

Erst denkt sie, er wolle mit ihr plaudern, doch Alain beachtet sie nicht weiter und führt sein Gespräch mit ihrem Vater fort. Es geht um *die Treuhand*, ein Wort, das sie schon einmal gehört hat. Um eine Werft in Rostock, ein Geschäft, viel Geld, Probleme mit dem Bundeskriminalamt. Das alles in Zimmerlautstärke; ihr Gastgeber ist so selbstsicher, dass er sich keine Mühe gibt, etwas vor seinen Männern zu verbergen.

»Selbstverständlich machen die deutschen Investoren, die Ihrem Kanzler den Hals mit sogenannten Spenden vollstopfen, sich nicht die Hände schmutzig. Sie sitzen in ihren klimatisierten Frankfurter Büros mit Aussicht auf den Wolkenkratzer der Dresdner Bank, bestechen Bundestagsabgeordnete und unterschreiben Schecks für die russische Mafia. Im BKA stört das keinen. Stattdessen verfügt Präsident Wolf, dass Leute von mir auf die Fahndungsliste von Interpol gesetzt werden.« Alain prostet ihrem Vater mit dem Cognacschwenker zu. »Sorgen Sie dafür, dass er mich endlich in Ruhe lässt. Dann haben Sie Ihre Schulden bezahlt.«

»Sie überschätzen meine Möglichkeiten.«

Alain hebt seine Stimme. »Ich habe euch unseren Gast noch gar nicht vorgestellt. Er ist in Deutschland eine große Nummer und könnte sich jederzeit vom BKA-Präsidenten ins beste Restaurant von Wiesbaden einladen lassen. Aber er meint, dass ich ihn überschätze. Wie findet ihr das?«

Die Sherpas lachen.

»Sie wollen, dass ich meinen Kopf unter ein Fallbeil lege«, sagt ihr Vater ruhig.

Alain sieht sie an. »Es scheint, dass dein Vater das alte korsische Sprichwort kennt: ›Sind die Schulden hoch genug, können sie getrost noch höher werden.‹« In seinem Mundwinkel ist getrocknete Spucke, weiß wie ein Rest Zahnpasta. »Nun ja, man kann Schulden auch abstottern, nicht alles ist eine Geldfrage.« Er legt lächelnd seine Hand auf ihren Arm. »Wollen wir uns die Pferde ansehen?« Und zu ihrem Vater: »Sie haben doch nichts dagegen?«

Der sagt: »Geh nur. Es wird dir gefallen.«

Sieben Sherpas bleiben bei ihm, zwei steigen mit Alain und ihr in den Fahrstuhl. Erst ist sie überrascht und hält es für Nachlässigkeit, doch das Menschengewimmel, in dem sie bald sind, macht ihr bewusst, dass man auf einer solchen Kirmes niemanden vernünftig schützen kann, selbst mit zwanzig Mann nicht. Außerdem würde Alain damit nur Aufmerksamkeit erregen.

Gleichzeitig schießt ihr die Frage durch den Kopf, warum er überhaupt mit so vielen Sherpas gekommen ist.

Um meinen Vater zu beeindrucken, Macht zu demonstrieren.

So schlecht kennt er ihn.

Und er ahnt nicht, was mein Vater mich gelehrt hat.

Alain geht dicht neben ihr, lässig, als sei er hier zuhause. Er hat den Arm um sie gelegt, damit sie nicht getrennt werden. Ihre Schulter glüht unter seiner Hand.

Auf einem Rondell führen Jockeys die Pferde im Kreis; Rennbesucher drängeln sich hinter der Absperrung, um das Starterfeld zu begutachten. Alain lässt sich von den Sherpas den Weg freibahnen und tritt mit ihr ans Seil. Sie liebt Pferde, auch wenn sie immer ein wenig Angst vor ihnen hat, bewundert das Spiel der Muskeln; Kraft, die nicht protzt, einfach da ist.

»Gehört eins davon Ihnen?« fragt sie.

»Früher hatte ich ein Pferd, jetzt fehlt mir dazu die Zeit. Auf wen würdest du Geld setzen?«

Ihr Blick wird von den blitzenden Augen eines Hengstes angezogen, der als Einziger gescheckt ist. »Auf den vielleicht.«

Alain lacht. »Das ist ein Tobiano. Seine Beine sind zu kurz. Er soll nur das Publikum unterhalten, wie ein Clown im Zirkus.«

Eine riesige Stute wird vorbeigeführt; sie kann sich nicht vorstellen, wie der Jockey in den Sattel kommt. »Und die?«

»Keine schlechte Wahl, sie hat eine erstklassige Übersetzung und geht weich im Maul. Aber sie ist ein ›Flieger‹, etwas für den Sprint. Für die zweitausend Meter, die hier gelaufen werden, hat sie nicht genug Atem.«

»Woran erkennt man ein gutes Rennpferd?«

»Par les ganaches«, antwortet Alain. »An den, wie heißt das auf Deutsch – Backen. Sie dürfen nicht zu eng stehen, weil dort die Zügel entlangführen.« Er deutet mit dem Kinn auf eine Stute, die noch größer als die andere ist. Sie tänzelt und schnaubt, hat flockigen Schaum um die Nüstern, einen Brustkorb wie ein Fass.

»Was hältst du von der?«

»Wow«, bringt sie nur raus.

»Das ist Amber, das Pferd des Prinzen. Hübsch, nicht wahr?«

»Die wird bestimmt gewinnen.«

»Nein. Der da macht das Rennen, mit zwei Längen.«

Alain meint den braunen Wallach mit der Stirnblesse, der dahinter kommt. Er ist unscheinbar, wirkt gutmütig, fast wie ein Pferd für Kinder.

»Warum?« fragt sie.

Hinter sich hört sie die Stimme ihres Vaters.

»Weil Alain es will.«

Sie dreht sich um. Der Lärm, die vielen aufgeregten Gesichter, die Pferde – das alles verschwindet abrupt, ist wie ausgelöscht.

Es gibt nur noch die beiden Männer.

Ihr Vater und Alain sehen einander in die Augen, als seien sie die einzigen Menschen auf der Erde, eine Ewigkeit vor unserer Zeit, umgeben von glühender Lava, die in Abertausend Jahren zu Obsidian erstarren wird.

Alain streicht ihr über die Wange, als wolle er eine teure Porzellantasse auf Staub prüfen. »Ich werde fünftausend Francs für dich setzen, das wird ein schönes Taschengeld.«

Er geht mit den Sherpas. Ihr Vater sieht sie mit einem Blick an, der sie frieren lässt. »Komm.«

Ohne ein Wort kehren sie zur Tribüne zurück.

Als sie im Fahrstuhl sind, stoppt er ihn zwischen zwei Stockwerken. »Alain ist ein großes Problem für mich. Und du kannst es lösen.«

»Wie?« flüstert sie.

»Weißt du, was für ein Mensch er ist?«

Sie nickt.

»Sag es.«

»Er mag Mädchen wie mich.«

»Ja. Und einige von ihnen leben nicht mehr.«

Sie weiß nicht, ob der Fahrstuhl zittert oder sie.

»Ich will, dass du ihn heute Nacht tötest«, sagt ihr Vater.

Einmal war sie im Krankenhaus gewesen, wo man ihr den Blinddarm entfernt hatte. Das Rennen, die schweißsprühende Korona der Pferde in einem Taumel hochspringender Menschen, die Wut, mit der Rashid sein Champagnerglas gegen die Scheibe schmiss, Alains Grinsen, der stumme Abschied von ihrem Vater, all das war wie damals nach der Operation, als sie ohne klaren Gedanken gewesen war, nicht schlafend, nicht wach.

Jetzt sitzt sie mit Alain im Wagen. Teigbacke fährt auf einer Autobahn Richtung Westen. Nur Scheinwerfer und Rücklichter lassen sie wissen, dass sie in dieser Nacht nicht allein auf der Welt ist. In den anderen Autos sind Menschen. Aber unendlich weit fort, unerreichbar; von ihrem Herzrasen ahnen sie nichts. Eine halbe Stunde dauert die Fahrt nun schon. Gleich nach dem Einsteigen nahm Alain das klobige Gerät aus der Mittelkonsole und telefoniert seitdem in einer unbekannten Sprache, Korsisch vielleicht.

Sie nimmt jedes Detail überwach wahr, als wäre nichts außerhalb ihres Körpers, sondern alles in ihr. Unter ihrer Haut, in ihren Muskeln, sogar in ihrem Blut. Den ekligen Rauch seiner Zigarre. Das Grunzen, mit dem er den Krawattenknoten lockert. Sein widerliches Eau de Toilette, das ihre Nase verstopft. Seine langen, manikürten Finger, die zu nichts gut sind außer zum Schnipsen.

Alains Stimme ist leise und konzentriert, aber jeder Satz hat ein Ausrufezeichen. Ab und zu knurrt er unwillig in das Telefon, selbst das ein Befehl. Von draußen dringen keine Geräusche in den gepanzerten Wagen. Es blitzt, donnert, beginnt zu regnen. Stumpfe Schlieren bleiben auf der Windschutzscheibe zurück, weil die Wischblätter abgenutzt sind.

Einmal sieht sie Teigbackes Blick im Rückspiegel und weiß: Sie ist nicht das erste Mädchen, das in seinem Auto sitzt.

Die anderen Männer geleiten sie in drei Limousinen, die sich mit Führung und Nachhut abwechseln. Zwischen den Fahrzeugen ist nie mehr als ein Meter Luft, bei jeder Geschwindigkeit. Die Sherpas wurden erstklassig ausgebildet, kein anderer Wagen könnte sich dazwischendrängen.

Sie merkt sich die Strecke, so gut es geht. Zuerst war es eine Schnellstraße durch den Bois de Boulogne. Dann ging es über eine Insel, groß wie die von Notre-Dame, jedoch ohne Häuser. Wieder fuhren sie am Fluss entlang. Und schließlich auf diese Autobahn, die jetzt im Nirgendwo endet. Neben der Straße sind Gleise; hinter der Wand aus Regen ahnt sie Supermärkte, Tankstellen, Fabrikgebäude.

Eine neue Autobahn, abermals überqueren sie ein Gewässer, ein Kohlenschiff stampft lautlos unter ihnen.

Kann das immer noch die Seine sein?

Vielleicht.

Eine Sturmbö scheucht den Regen weg. Rechts sieht sie ein hell angestrahltes Stauwehr, einen Wirbel aus weißer Gischt.

Ein Ortsschild: *Carrières-sur-Seine.*

Als Teigbacke das Tempo drosselt, legt Alain das Telefon weg. »Ganz vergessen: dein Gewinn.« Er greift ins Jackett und drückt ihr ein dickes Geldbündel in die Hand. »Was wirst du dir davon kaufen?« fragt er lächelnd.

»Etwas, das für immer bleibt«, sagt sie. Sie tut die Scheine in die Chanel-Tasche zu dem gezackten Keramikmesser, das ihr Vater ihr im Lift gegeben hat.

Das Anwesen liegt am Ende einer langen Zufahrt, die durch nachtschwarze Wiesen und Weiden führt. Ein Tor öffnet sich in einer hohen Mauer. Sie halten. Die Tür der Limousine bewegt sich automatisch. Alain steigt mit ihr aus und legt seinen Arm um ihre Taille.

Auf dem Weg zum Haus hört sie Teigbackes Kaugummiblase platzen, Kies unter ihren Ballerinas knirschen, Hunde in einem Zwinger knurren. Alle Geräusche sind jetzt. Aber ihr Kopf ist auf einem fernen Planeten, der eine fremde Sonne umkreist, ein Ort, wo eine irdische Sekunde Stunden währt. Eine Sonde mit der Stimme ihres Vaters fliegt auf ihrer endlosen Reise durch den Weltraum an ihr vorbei.

Im Haus will er mit dir allein sein.

Die Männer bleiben draußen, sichern das Grundstück.

Nur du und er.

Und dann ist es nur noch ein Flüstern.

Alain macht Licht an. Sie fotografiert alles mit den Augen. Die kostbaren Möbel, den Kronleuchter, das Schachbrettmuster des Fußbodens, die gewundene Treppe in den ersten Stock. An der Wand ein Gemälde, Chaos aus Klecksen und Schlangenlinien; nichts hat einen Anfang oder ein Ende. So wie die Angst, die sie einatmet, ausatmet, der ranzige Geschmack im Mund, das Geräusch in ihrem Kopf, ein Hämmern wie von hundert Fäusten an einer Kirchenpforte.

Wir haben es oft genug trainiert.

Du bist so weit.

Du wirst mich nicht enttäuschen.

Alain fasst sie an der Hand und geht mit ihr nach oben. Ihr ist, als ob die Hand in Flammen steht. Er öffnet eine Tür, das Schlafzimmer. Der Sauerstoff, um den sie ringt, schafft es nicht in ihre Muskeln. Unsagbar schwer ist sie, aus Stein wie der Obelisk von Luxor. Alain nimmt ihren Hut ab, streift das Jäckchen von ihren Schultern, die Chanel-Tasche fällt zu Boden. Sein Rasierwasser schießt in ihre Nase wie Riechsalz.

Plötzlich hat sie Sätze aus dem *Glöckner von Notre-Dame* vor Augen. Sie hat sie nicht auswendig gelernt, sich zuvor nicht einmal an sie erinnert. Doch nun sieht sie die Worte so klar, als seien sie in die blendend weiße Bettdecke gewebt.

Halb im Schlaf, halb wachend, empfand sie nichts weiter, als dass sie in die Luft emporstieg, dass sie in ihr schwamm, in ihr flog, dass etwas sie über die Erde emporhob. Da fühlte sie jene eigentümliche Erschütterung, die plötzlich die Passagiere eines Schiffes weckt, das mitten in einer dunklen Nacht auf Grund fährt.

»Warte«, bittet sie, als Alain sie aufs Bett drücken will.

Sie hebt ihre Handtasche auf und öffnet sie.

Er ist entspannt, legt das Jackett ab.

Sie umschließt den Griff des Messers.

Nimmt es heraus.

Rammt ihm die Klinge bis zum Heft unters Kinn.

Der Schrei, den sie auf den Lippen hat, verlässt ihren Mund nicht, explodiert in ihr. Ihr ganzer Körper bebt, als wäre er ein Klöppel, der in einer stählernen Glocke schwingt.

Alain versucht, etwas zu sagen. Er hustet Blut in ihr Gesicht, tatscht nach ihr, will sich an ihr festhalten und rutscht an ihrem Arm ab.

Fällt.

Liegt auf einem roten Spiegel.

Seine Augen werden leer und grau. Sie weiß nicht, wie lange sie auf ihn hinabsieht, und stellt sich vor, wie die Seele aus dem Etwas zu ihren Füßen entweicht. Aber dass sie schwerer als das Messer ist, das sie jetzt an der Bettdecke abwischt.

Sie löscht das Licht, huscht ans Fenster und öffnet den Vorhang einen Spalt weit. Der Regen ist vorbei, die Bäuche großer Wolken glimmen silbern zwischen Sternen. Unten patrouillieren Männer mit Waffen. Sie schaut auf die Uhr und weiß, dass sie mindestens eine halbe Stunde warten muss, bis sie aus dem Haus kann.

Schweiß brennt in ihren Augen.

Aber plötzlich ist ihr eiskalt.

Eine Hand greift nach ihrem Fuß.

Alain lebt noch.

Er ist zu ihr gekrochen und umklammert den Fuß mit einer Kraft, die aus dem Totenreich kommen muss. Verzweifelt versucht sie, sich zu befreien, taumelt und reißt im Sturz eine große Porzellanvase um. Sie zersplittert so laut, dass sie glaubt, man müsse es bis Paris hören. Alain wälzt sich über sie, Blut gurgelt aus der Stromschnelle seines Mundes. In seinen Augen sieht sie den unbändigen Willen, ihre Seele mitzunehmen.

Ihre Hände fliegen an seinen Hals, ertasten blind die Wunde. Sie schiebt zwei Finger hinein und reißt den glitschigen Schlitz so weit auseinander, wie es geht.

Ihre Augen in seinen.

Sein Herzschlag in ihrem.

Alains Blick geliert.

Dann ist es still.

Es ist eine Schinderei, die schwere Leiche wegzudrücken und auf die Beine zu kommen. Sie wankt zum Badezimmer, rutscht auf Alains Blutspur aus, fällt hin, zieht sich am Bett hoch, lässt Licht aufzucken.

Sie starrt in den Spiegel, in eine rote Maske aus Verwirrung und Furcht, und erkennt sich nicht.

Schrubbt das fremde Gesicht mit Seife.

Sie muss sich am Becken festhalten, weil der Raum sich in einem zweiten Raum dreht, der unsichtbar ist, aber Wände aus Eis besitzt. Ihr Gesicht teilt sich im Spiegel in drei verschiedene

Gesichter. Eins gehört einem kleinen Mädchen, das noch an Wunder glaubt. Eins trägt ein Kainsmal auf der Stirn. Eins ist blind, hat tote Augen.

Sie erinnert sich an ein Märchen, in dem eine Frau gestorben war und alle Spiegel im Haus verhüllt wurden, um den Tod daran zu hindern, noch jemanden zu holen.

Unbewusst greift sie nach einem Handtuch, will es über den Spiegel hängen. Doch plötzlich vereinen sich die Bilder in einer rasenden Ziehharmonikabewegung, und sie ist zurück in dem Haus aus Angst.

Es klopft an der Schlafzimmertür.

Eine Stimme: »Monsieur? Tout va bien?«

Sofort weiß sie: *Jim. Der Kommandoführer.*

»Monsieur?«

Als die Tür aufgeht, er hereinkommt und das Licht anmacht, hat sie schon eine Nadel aus ihrer Lockenmähne gezogen, hat das Messer in ihrer anderen Hand und presst sich an die Wand. Sie schneidet tief in Jims Oberschenkel, dreht die Klinge, springt weg, um aus seiner Reichweite zu gelangen, und hofft, dass sie die Arterie erwischt hat.

Hat sie nicht.

Ohne einen Laut zieht er das Messer heraus und wirft es achtlos hin. Alains Leiche lässt ihn kalt. Er war nur ein Patron, andere zahlen genauso gut. Aber sie ist interessant. Jim mustert sie wie ein seltenes Insekt.

Sie betet, dass er seine Männer nicht ruft.

Nein, das wird er nicht, dazu amüsiere ich ihn zu sehr.

Blitzartig memoriert sie die verwundbarsten Stellen.

Gesicht, Kehle, Solarplexus, Rippen, Genitalien, Nacken, Augen.

An Gesicht und Kehle komme ich nicht unmittelbar heran. Für seinen Solarplexus, die Rippen und den Nacken fehlt mir die Kraft.

Die Genitalien. Dann die Augen.

Sie fällt auf die Knie, robbt auf Jim zu, bettelt: »Bitte, bitte, tun Sie mir nichts.«

Und sieht nicht zu dem Messer, das zwischen ihnen auf dem Parkett liegt.

Aber weiß genau, wo es ist.

Schenk mir noch einen halben Meter.

Jim reißt sie an den Haaren hoch. Ihre Bewegungen sind für ihn nur ein Schatten. Eine Hand greift in seinen Schritt, mit der anderen sticht sie die Nadel in beide Augen. Als Jim den Mund zum Schreien öffnet, sein Körper vor Schmerz gelähmt, stocksteif, stopft sie den Schal hinein, den sie um die Schultern trug.

Hat das Messer.

Zieht es durch seine Kehle.

Der zweite Körper ohne Seele.

Und alles noch einmal. Das Badezimmer, der Spiegel, ihr Gesicht unter kaltem Wasser. Sie setzt sich aufs Bett, schließt die Augen und wartet, dass andere Männer kommen und sie töten.

Nichts.

Niemand.

Irgendwann beginnt sie, die Sekunden zu zählen, bis eine halbe Stunde um ist. Sie steht auf, zieht die Bluse aus, streift das Chanel-Jäckchen über die nackte Haut, knöpft es zu, setzt den Hut auf. Ihre Jeans sind schwarz, die Blutflecken sind kaum zu sehen. Sie steckt das Messer in die Handtasche, nimmt das Geld heraus und wirft die Scheine auf Alains Leiche.

Als sie durch die Tür geht, schwört sie sich, alles, was hier geschehen ist, so tief in sich zu verschließen, dass sie nie mehr daran denken wird. Es aus ihrer Erinnerung zu löschen, sodass es niemals war.

Draußen reden zwei Sherpas im Flüsterton. Einer von ihnen ist Teigbacke, der Chauffeur.

Sie sagt: »Jemand soll mich zurück ins Hotel bringen.«

Blickwechsel.

Schweigen.

»Fragt Alain.« Sie wundert sich, dass das ihre Stimme ist.

Teigbacke greift zum Sensor, die Türen der Limousine öffnen sich. Sie steigt hinten ein, die zwei Männer vorn. Als sie schon anfahren, tritt ein Dritter ins Scheinwerferlicht und bedeutet ihnen zu halten.

Teigbacke lässt die Scheibe herunter.

»Geht's in die Stadt?«

»Ja, warum?«

»Ich komm mit.«

Teigbacke lacht. »Ah, die Rothaarige«, sagt er.

Der andere grinst. »Ich schwöre, sie ist blond.«

Er setzt sich neben sie, beachtet sie nicht, an seinem Hals ist eine dicke rote Narbe. Teigbacke macht das Radio an, Johnny Hallyday, ein Liebeslied. Sie fahren durchs Dorf und sind bald auf der Uferstraße. Teigbacke beschleunigt, links ist eine Tankstelle. Das Stauwehr kommt in Sicht. Ihr ist, als habe sie es nie zuvor erblickt, sei nie hier gewesen. In Gedanken taucht sie in die schaumige Flut und löst sich darin auf.

Das Autotelefon klingelt, der Beifahrer nimmt ab. »Ja? Was?«

Im selben Moment hat sie das Messer in der Hand und treibt es Rotnarbe neben ihr ins Ohr. Er ist nicht angeschnallt, kippt nach vorn. Sie reißt die Pistole aus dem Gesäßholster und weiß sofort, dass es eine Glock ist, die sie nicht entsichern muss. Ihr Zeigefinger verwandelt den Hinterkopf des Beifahrers in einen Nebel aus Gehirnmasse. Teigbacke will ihr die Waffe entwinden, verrenkt sich, steuert mit links. Sie beißt so fest in seine Hand, dass er loslässt. Hört seinen Schrei. Hat Kupfer im Mund, spuckt etwas aus. Sie schwenkt die Glock herum, drückt ab und öffnet Teigbackes Schädel mit fünf Gramm Blei.

Sterbend gibt er das Steuer frei. Der Wagen schlingert. Während die Zeit Ferien hat, versucht sie, ans Lenkrad zu gelangen, und sieht zu, wie ihre Fingerspitzen Millimeter um Millimeter vorankriechen.

Endlich berührt sie das Leder.

Aber sie hat noch nie ein Auto gefahren.

Die Zeit wird von null auf Überschall katapultiert und macht graue Schemen aus der Welt. Hastig reißt sie das Steuer herum, die Limousine schießt über die Uferböschung. Ein Reifen trifft auf ein Hindernis; sie heben ab, werden zu einem tonnenschweren Geschoss. Rotnarbe fällt auf sie, seine Körpermasse eine Dampframme. Dann liegt sie plötzlich über ihm, krallt sich an ihm fest, während das Auto sich erneut dreht und mit dem Unterboden aufs Wasser kracht. Kurz sieht sie noch die Lichter des Stauwehrs, flackernd wie die Kerzen einer Totenmesse.

Dann sinken sie.

Es wird stockfinster.

Irgendwann ein Knirschen. Die Strömung schleift das Auto über Geröll, bis es still ist. Panisch tastet sie nach Rotnarbe. Er liegt im Fußraum. Sie sucht seine Jacke ab.

Bitte, lieber Gott, lass ihn ein Feuerzeug haben!

Sie findet es und macht es an.

Kein Wasser.

Sie vermutet, dass der Wagen für alle möglichen Ernstfälle ausgerüstet und selbst gegen Gasangriffe abgedichtet ist. Verzweifelt versucht sie, die Tür zu öffnen, gibt aber sofort auf. Sie erinnert sich, was ihr Vater einmal sagte: »Bei manchen Panzerlimousinen sind Türen und Fenster so schwer, dass sie sich nur elektronisch öffnen und schließen lassen.«

Ihr Daumen wird heiß, sie lässt die Flamme ausgehen. Bis zur Oberfläche sind es wenige Meter. Aber keiner wird dieses Grab je finden. Sie denkt an ihre Mutter, zum ersten Mal seit Tagen. An ihr Lächeln beim Abschied und die Traurigkeit dahinter. An all das, was sie nie mit ihr teilen konnte. Tränen steigen in ihr hoch, so viele, so viele. Die Tränen und ein billiges Einwegfeuerzeug sind alles, was sie hat.

Doch dann kommt ihr in den Sinn, dass bei einem Auto, das so ausgestattet ist, die Elektronik vielleicht noch funktioniert. Sie lässt die Flamme wieder aufflackern, zwängt sich nach vorn. Teigbacke und der andere hängen wie schlafend in den Gurten.

Unzählige Schalter. Welche sind für Fenster oder Türen? Sie drückt jeden, den sie in die Finger bekommt.

Als die Fenster sich öffnen, schießt eisiges Wasser von allen Seiten mit solchem Druck herein, dass ihr das Feuerzeug aus der Hand gerissen wird. In völliger Dunkelheit holt sie tief Luft, einmal, zweimal, dreimal. Sie zwingt sich zu warten, bis ihr Kopf unter Wasser ist, tastet nach dem Beifahrerfenster, fühlt die Türzarge und schwingt sich hinaus.

Sie wird herumgewirbelt, weiß nicht mehr, wo oben und unten ist, strampelt. Irgendwann spürt sie Grund unter den Füßen und stößt sich ab. In ihrer Lunge lodert ein Feuer.

Ihr wird schwarz vor Augen.

Dann ist sie oben.

Sie reißt den Mund auf und schlingt so gierig Sauerstoff in sich hinein, dass sie sich verschluckt, Schleim würgt. Mit letzter Kraft schwimmt sie zum Ufer. Als sie die Böschung hochkriecht, klappern ihre Zähne, aber ihre Muskeln schmelzen wie Wachs.

Die Straße ist leer.

Nein. Ein Auto nähert sich. Sie ist versucht, auf die Fahrbahn zu springen und zu winken.

Doch sie sieht, dass der Wagen langsam fährt, und duckt sich hinter einen Felsen. *Am Telefon waren die Schüsse zu hören.* Alains Männer suchen das Ufer ab. Sie können abschätzen, wo sie sich ungefähr befunden haben müssen.

Sie wartet, bis die Rücklichter im Dunst zerfließen, und sprintet dann in die entgegengesetzte Richtung, im Wissen, dass die Männer bald umdrehen und zurückfahren werden.

Sie rennt, rennt, rennt. Im Kopf das eine:

Auch das werde ich vergessen. Auch das werde ich vergessen.

Endlich sieht sie die Leuchtreklame der Tankstelle, an der sie vorbeigekommen sind. Völlig entkräftet langt sie dort an und ist ein einziges Zittern. Ein Transporter steht an einer Zapfsäule, der Fahrer bezahlt an der Kasse. Sie schleicht zur Hecktür, sie ist unverschlossen.

Als der Wagen losfährt, kauert sie zähneklappernd zwischen Obst- und Gemüsekisten. Der Sekundenzeiger ihrer Uhr wandert vor, aber sie glaubt ihm nicht. Es kann unmöglich erst eine Stunde her sein, dass sie mit Alain in das Haus ging.

Nach einer Zeit rappelt sie sich hoch. Durch das kleine Fenster sieht sie, dass sie auf der Autobahn sind. In welche Richtung geht es? Nach Paris?

Auch das werde ich vergessen. Auch das werde ich vergessen.

Viel später eine scharfe Kurve, gläserne Paläste, ein Hafen für Ausflugsdampfer. Sie fahren längs der Seine. Der Eiffelturm ist wie hingetupft, fast ein Pastell, und doch trotzt er dem Himmel ein Stück Ewigkeit ab. Dort oben hat sie gestanden, mit einem weiten Blick, den Wind in den Wollhaaren, zum Platzen glücklich, in ihrer Kindheit. Dahinter das pechschwarze Karree der Tuilerien, wo sie mit ihrem Vater in der Sonne saß und Spatzen mit Eiswaffelkrumen fütterte.

Der Louvre, in dem Osiris über die Toten richtet.

Das Auto biegt in eine Seitenstraße und rumpelt über Kopfsteinpflaster kreuz und quer durch ein stilles Viertel, sodass sie bald nicht mehr weiß, wo sie ist. Sie halten. Noch ehe der Fahrer ausgestiegen ist, hat sie die Tür aufgestoßen und rennt.

Der Mann brüllt: »Putain! Qu'est-ce qui se passe?«

Nichts kommt ihr bekannt vor, kein Haus, kein Platz. Dunkle, fremde Gassen gleichen einem Fadengewirr, das eine Katze zerzaust hat. Doch mit einem Mal erhascht sie zwischen trüben Reklamen eine Ecke des knallbunten Centre Pompidou. Jetzt weiß sie, in welche Richtung sie laufen muss, und ist bald wieder an der Seine.

Sie bleibt stehen.

Auf der Insel thront die Kathedrale in einem Sprühregen aus Licht. Das ungeheure Tier, das sie erst gestern bestaunte, gefangen in einer Geschichte voller Wunder. Als sie noch an Magie glaubte, an sprechende Tiere, blinde Seher. Als der Tod nur ein Märchen war.

In diesem nicht enden wollenden Augenblick beginnen die Glocken von Notre-Dame de Paris zu läuten. Sie vereinigen sich, werden zu einem wogenden, hüpfenden, schwingenden Chor, der sich als Säule über das Häusermeer schraubt und ihr Zittern zum Himmel emporträgt.

Unter erloschenen Laternen läuft sie über die verlassene Pont d'Arcole, ist am Quai de la Corse, dem Treffpunkt, den ihr Vater genannt hat. Er löst sich aus dem Schatten eines Tores, drückt sie an sich und sagt irgendwas.

Selbst diese Umarmung wird sie für immer vergessen.

1
Heute

Keine Stille ist wie die andere. Es gibt die Stille in den Sekunden, bevor ihre Augen zufallen und sie fast schon im Traum ist. Die Stille nach einem falschen Wort und die Stille in einer Kirche am Abend. So wie es die Stille gibt, deren Klang die Welt rasen lässt. Die Stille der Verwundung. Die Stille, wenn man in das andere Land sieht. Die Stille, in der sie all der Menschen gedenkt, die gegangen sind.

Dies ist die Stille eines Sommertags, den der Wind verschläft. Nichts lenkt sie vom Hören ab. Auch jetzt sind kleine Dinge da, rein und klar wie in einem Konzerthaus. Ein Grashüpfer, ganz nah. Das Flirren der Luft. Viermal die Minute ihr Atem.

Sie hat die Augen geschlossen. Obwohl sie weiß, dass es Unsinn ist, bildet sie sich ein, dann alles noch intensiver zu empfinden. In der Leere, fast schon unter der Dezibel-Skala, fispert ein Auto auf einer zwölf Meilen entfernten Straße. Für Momente glaubt sie, eine Spinne in ihrem Netz zu hören, den Flügelschlag eines Raubvogels hoch am Himmel, einen Satelliten auf seiner Umlaufbahn.

Vibrationen; etwas unter der Erde. Vielleicht ein Maulwurf. Oder eine Schlange in einem Bau.

Plötzlich wird die Stille zu laut und dröhnt in ihr. Aaron ändert die Sitzposition, zum ersten Mal seit über einer Stunde. Im Südosten der Anhöhe weiß sie ein Tal, in dem fast immer Nebel ist, roter Ahorn, von Tröpfchen lackiert. Darüber wird alles tiefblau und leicht sein, wie Dunst auf einem Spiegel.

Sie öffnet die Augen.

Zehn Dinge, die für Aaron aufregend sind:
Gewimmel am Flughafen, Durcheinander von Klecksen
fahrende Autos in der Stadt, Wischblenden
der Wald, eine schwarze Wand
die Umrisse eines großen Baumes, blass wie Perlmutt
ein hüpfender Fleck vor ihrem Fenster, vielleicht ein Spatz
das Grizzeln von Wasser im Sonnenlicht
fliegende Schatten im Dojō
die Feuerzeugflamme dicht vor ihren Augen
Farben
wenn die Morgenröte die Netzhaut anmalt

Sie tippt ihre Cartier an. Die digitale Stimme sagt: »Achter Juni. Mittwoch. Sechzehn Uhr, zwölf Minuten, zwei Sekunden.«

Aaron richtet sich auf und sieht dabei ihre Hände und Füße, weil sie es sich vorstellt. Sie hat sie so genau vor Augen, als wäre sie nicht blind. Mit dem Stock sucht sie bedacht ihren Weg zwischen Zedern. Bald ist sie auf dem Pfad aus festgestampftem Lehm, der zum Kloster hinunterführt. Sie klappt den Stock ein, schnalzt alle zwei Sekunden mit der Zunge und wird in dem grünen Gewölbe von den Echos geleitet. Ab der Biegung sind es genau siebenundneunzig Schritte, sodass sie die Klicklaute nicht mehr benötigt. Rechts weiß sie den japanischen Garten, dessen Ruhe sie in vielen Stunden genossen hat, hört das Plätschern des kleinen Wasserfalls, einen Rechen im Sand.

Der Gong ruft zur Teezeremonie. Beim fünften Schlag ist sie auf der Stufe, streift die Schuhe ab und betritt den Raum, in dem sich schon zehn andere versammelt haben. Für Aaron wird stets der gleiche Platz freigehalten, keiner muss ihr helfen. Sie nimmt die Seiza-Position ein, kniet auf den Fersen, drückt den Spann auf den Boden und hält den Rücken kerzengerade. Sie spürt die Unruhe ihres linken Nebenmanns. Kaum eine Minute nachdem er sich hingehockt hat, tun ihm bereits seine Schienbeine weh. So war es auch bei ihr, damals.

Das Gemurmel verebbt, als Meister Kishō beginnt, die Tee-Utensilien mit einem Seidentuch zu reinigen. Aaron versenkt sich ganz in die wenigen Geräusche. Sie hört, wie Kishō Wasser zum Kochen bringt, das Matcha-Pulver mit dem Bambusbesen verquirlt, den Tee aufbrüht.

Er reicht dem Ersten die Schale. Einige seufzen enttäuscht; sie wissen, dass diese Ehre nur demjenigen zuteilwird, der gut gekämpft hat. Auf ein Schlürfen folgt ein Kommentar, ehe die Schale abgewischt und weitergereicht wird. Kishō nennt die jungen Männer *Kodomo*, Kinder. Sie sind auf der *Shu*-Stufe, weniger als ein Schüler. Ihre Artigkeiten sind wie diese: »Der Tee ist vorzüglich.« – »Nie habe ich einen so köstlichen Tee getrunken.« – »Ich möchte den Tee von morgens bis abends genießen.«

Zum Schluss nimmt Aaron die Schale entgegen. Sie sagt: »Die Kunst des Tees ist, Wasser zu kochen, Tee aufzubrühen und zu trinken.«

Kishō grunzt zustimmend.

Aaron fühlt die Blicke und fragt sich, ob Entgeisterung darin steht, Neid, Wut. Sie riecht Olivenpaste und Salami, was ihr verrät, dass der Kodomo rechts neben ihr wieder heimlich in der Stadt war. Der Geruch ist sehr fein; sie vermutet, dass er Kishō verborgen bleibt.

Doch ihr Meister sagt: »Man kann Weisheit finden im Wogen des Bambus, im Blütenstaub einer Anemone, im Lächeln eines Kindes, ja sogar im Stich eines Moskitos. Aber nie fand jemand Erleuchtung bei Pizza Hut.«

Einige lachen. Der Kodomo steht auf, ein dicker schwarzer Pinselstrich. Er murmelt eine Entschuldigung, geht hinaus.

»Und wer von euch war noch nie dort?« fragt Kishō ruhig.

Das Lachen erstirbt. Außer Aaron und Kishō erheben sich alle und ziehen sich zurück. Kishō füllt die Schale mit Tee, trinkt und legt sie in Aarons geöffnete Hände.

Sie benetzt nur die Lippen.

»Du bist mit etwas nicht einverstanden?« fragt er.

»Warum lässt du sie spüren, dass du mich bevorzugst?«

»Tue ich das? Hast du nicht den Tee nach ihrem Gestammel so geistreich gelobt?«

»Sie sollen mich nicht für etwas Besseres halten.«

»Du bist eine Kodansha«, sagt Kishō. »Selbst einen Senpai könntest du unterrichten. Aber du hast entschieden, es nicht zu tun. Solange du deine Eitelkeit nicht abstreifst, solltest du mich nicht belehren.«

»Verzeih, du hast recht.«

Wieder trinken sie.

»Als dein Meister erbitte ich deine Meinung«, brummt er.

»Ja?« fragt sie überrascht.

»Welchen Imbiss findest du besser – Pizza Hut oder Taco Bell? Ich kann mich nie entscheiden.«

Aaron prustet los, und Kishō stimmt mit einem Lachen ein, das wie ein Bourbonfass auf Kopfsteinpflaster poltert. Sie sind in den Blue Ridge Mountains, etliche Meilen von Caydonville/Virginia entfernt, einer Kleinstadt an der Interstate 64. Kishōs Kampfkunstschule, das Kloster, wie Aaron es nennt, besteht aus einem Dutzend Wohnwagen in der Einsamkeit.

Kishō ist ein Hanshi, was bedeutet, dass er den neunten Dan im Gōjū-Ryū besitzt. Obwohl er seit langem ihr Meister ist, weiß sie kaum etwas über sein Leben in Japan, und warum er sich vor Jahrzehnten ausgerechnet in Virginia niederließ, ist ihr ein Rätsel. Als sie ihn einmal fragte, meinte er bloß: »Ich wusste alles und hatte nichts verstanden.«

Aaron kam mit einundzwanzig zu ihm, und ihre Seele war noch im Keller von Boenisch, dem Keller mit den Frauenleichen. Sie war wie ein Tier, das sich verletzt durch den Wald schleppte. Kishō sah Aaron an und nahm sie als Schülerin. Damals war sie sechs Monate bei ihm, bis heute kommt sie, wann immer sie Zeit findet. Karate kann sie überall trainieren. Doch von Kishō lernt sie so viel mehr.

Nach Jahren fragte er sie nach ihrem Leben.

»Ich bin bei der Abteilung«, sagte sie.

»Was ist das?«

»Wir sind Samurai, aber außer mir würde keiner dieses Wort verwenden. Der Fürst der anderen nennt sich Innenminister.«

»Und wer ist deiner?«

»Die Wahrheit.«

Ein Jahr vor ihrer Erblindung war es an der Zeit für den vierten Dan. Er flog mit ihr nach Japan. In einem Dorf in den Bergen bei Maebashi lebte eine alte Frau mit Haut wie Baumrinde. Das war Kishōs Schwester. Sie hatte ihn seit dreißig Jahren nicht gesehen, und sie waren innig miteinander.

Nachdem Aaron und Kishō im Tempel von Nikkō gewesen waren, absolvierte sie die Kata und erhielt ihren Dan. Aber das war der unwichtigste Teil der Reise.

Im vorigen Jahr kam sie erstmals als Blinde in die Blue Ridge Mountains. Kishō fragte nicht, wie es passiert war. Er meditierte mit ihr und sagte, dass sie bereit für den fünften Dan sei. Nach der Kata schenkte er Aaron seinen Gürtel, den er noch nie gewaschen hatte. Kishōs Schweiß hatte ihn mit Erfüllung und Qual getränkt, mit Verzweiflung und Demut. Mit allem, was Budō ist. Dieser Gürtel ist das Teuerste, was Aaron besitzt.

Ehe sie nach Deutschland zurückflog, lauschten sie auf der Anhöhe der Stille. Dann erzählte sie ihm von der Kugel in Barcelona, von dem neuen Leben, das sie erfinden musste, von der Nacht, als sie im dritten Stock auf dem Sims gestanden hatte.

Ihr Meister sagte nur: »Wir alle müssen den Menschen überwinden, der wir gestern waren.«

Die Teezeremonie ist beendet. Draußen hört Aaron, dass die Kodomo den Übungsplatz zwischen den Zedern reinigen, das Dojō. Sie stellt sich die mürrischen Gesichter vor. Es sind junge Männer aus wohlhabenden Familien, die herkommen, um ihr Karate zu verbessern. Aber keiner von ihnen versteht, dass es nicht um das Kämpfen geht, dass es unerheblich ist, was sie an

Technik mitbringen. Dass das Säubern des Dojōs von Blättern und kleinen Zweigen ein Sinnbild für den Sieg über das eigene Ego ist. Sie wissen nicht, was Höflichkeit bedeutet, dass man damit dem Leben Respekt erweist. Wie man richtig sitzt, sich hält, atmet. Kishō ist für sie ein alter Mann, der ihre Zeit mit sinnlosen Verrichtungen wie Holzhacken und Reiskochen vergeudet und sie nichts lehrt. Sie hören nicht zu, wenn er sagt: »Mach dein Leben lang eine einzige Sache. Aber mach sie jeden Tag ein bisschen besser.« Nicht einer kommt auf die Idee, dass er die Teeschale nicht dem besten Kämpfer gibt, sondern dem, der sich am meisten überschätzt hat. Für Kishō sind sie wie der Affe, der den Mond aus dem See schöpfen will, um im Haus Licht zu haben. Die meisten von ihnen verschwinden nach der ersten Woche. Und auch jene, die durchhalten, gehen enttäuscht, weil sie keinen der spektakulären Moves aus den Filmen gelernt haben, mit denen sie ihren Geist vernebeln.

Nur einer ist anders.

Der Mann kam vorgestern an und fiel Aaron beim Kampftraining sofort auf. Sie selbst nimmt daran nicht teil; es genügt ihr, zu meditieren und bei den Kata am Rand des Dojōs zu sitzen. Einen Anfänger erkennt man daran, dass er sich als Erster bewegt. Dieser Mann wartet geduldig auf die Attacke seines Gegners. Aaron ist sicher, dass er sich nur auf einen einzigen Sinn konzentriert. Es kann Hören sein, Sehen, Antizipation, Tiefensensibilität; was darüber hinausgeht, ist Verschwendung. Hart und weich, Spannung und Lockerung, schnell und langsam sind bei ihm durch die Atmung verbunden. Wenn er explodiert, stößt er einen Kiai aus, der alles in Harmonie bringt. Aaron weiß, wie schwer es ist, den Schrei so zu lernen. Im Geiste vollzog sie seine Bewegungen nach und erkannte, dass er seinen Extremitäten keine Beachtung schenkt. Er kämpft aus dem Rumpf, weil der das tragende Element der Körperstatik ist und man nur so die Schwerkraft überwindet. Während seine Gegner schnell außer Atem sind, ist er einfach da.

Wachsam.

Er setzt seine Treffer, wenn der andere einatmet, denn dann ist man am verwundbarsten. Seine Tritte und Schläge sind hart und platziert, weil er sich Füße und Hände als Schwert vorstellt. Für die Kodomo ist er eine Schmerzschule.

Er ist mit dem Auto gekommen, dem Klang nach eine Oberklasselimousine. Den Teezeremonien bleibt er fern. Mit Aaron hat er noch kein Wort gewechselt. Manchmal zieht er sich zum Telefonieren zurück, zu weit weg, um etwas zu verstehen.

Aber sie kennt seine Stimme von irgendwoher.

Mit Stimmen ist es wunderlich. Alle aus der Zeit vor ihrer Erblindung sind verschwunden oder höchstens noch eine Ahnung, selbst die ihres Vaters. Doch jede einzelne der letzten fünf Jahre ist in Aarons Gedächtnis gespeichert, und sei es eine flüchtige Begegnung gewesen. Sie kann Stimmen abrufen und sie einer Situation oder einem Menschen zuordnen.

Diese nicht.

Also muss es lange her sein.

Um Kishō zu fragen, ist es ihr nicht wichtig genug.

Vor ihrem Wohnwagen gehen sie und der Meister auseinander. Sie weiß, dass er wieder über offenen Rechnungen brüten wird. Er könnte viel mehr für seinen Unterricht nehmen. Aber das entspricht ihm nicht. Einmal sagte er: »Wenn ich eine Million von jedem Kodomo verlangen und kriegen würde – wäre ich dann ein besserer Lehrer?«

In den drei Monaten, die sie hier ist, kam mehrmals der Rancher, der das Land besitzt. Sein letztes Gespräch mit Kishō hörte Aaron mit. Es ging um eine gravierende Erhöhung der Pachtgebühren, so viel, dass ihr Meister es sich unmöglich leisten könnte. Nachdem der Mann gegangen war, schwieg Kishō den ganzen nächsten Tag. Aaron bat einen der Kodomo, sie zur Ranch zu fahren und es für sich zu behalten. Ohne zu feilschen, kaufte sie dem Mann das Land zu einem unverschämten Preis ab und ließ es auf Kishōs Namen überschreiben. Bei der Abreise wird sie die Urkunde in ihren Wohnwagen legen, weil sie Kishō sonst beschämen würde. Er ahnt nicht, dass sie eine sehr reiche Frau ist, weiß nichts von der Erbschaft, die Aarons Todfeind ihr hinterlassen hat. Er würde nicht verstehen, dass das Geld noch auf ihrem Konto ist.

Im Wohnwagen setzt sie sich an den kleinen Tisch und richtet die Lampe auf ihre Augen, weil sie süchtig nach dem Licht ist. Die Braille-Zeichen des Briefes, den Aaron auf dem handlichen »Brain Display« tippt, werden von ihrem Mac in Schwarzschrift umgewandelt.

Lieber Luca,
nun bin ich schon seit langer Zeit in Amerika und schreibe Dir erst zum zweiten Mal, obwohl ich mich oft frage, wie es Dir bei Sandra und Pavlik geht. Die beiden sind gute Eltern, das weißt Du. Wie kommst Du mit den Zwillingen klar? Du hast Dir ja immer eine große Schwester gewünscht, aber große Brüder sind doch auch toll. Was sagst Du zu dem Flugzeugmodell? Es ist die Spirit of St. Louis, mit der Charles Lindbergh als erster Mensch allein den Atlantik überquert hat. Ich habe sie aus dem Smithsonian Museum in Washington, wo ich einen vollen Tag gewesen bin. Dort gibt es eine Führung für Blinde, und man kann alles anfassen und daran schnuppern, das hat Spaß gemacht. Bald fliege ich zu Professor Reimer nach Deutschland und beginne die Therapie. Eigentlich wollte ich schon im März anfangen, aber der Professor meinte, dass wir besser warten, bis ich ganz zu mir gefunden habe. Das kann ich nirgends so gut wie hier. Ich wollte, Du –

Aaron bricht ab. Setzt neu an.

Ein bisschen fühle ich mich wie Lindbergh, weil ich nicht weiß, was mich in der Therapie –

Sie löscht den letzten Satz und schreibt:

Hab Dich lieb.

Aaron legt sich hin. Seit Tagen ist es unerträglich heiß, selbst nachts; wie jeder hier hat sie das Oberlicht geöffnet, sonst würde sie kein Auge zutun.

Ihr Schlaf hat das Gewicht von Tonnen. Um eins wird Aaron wach. Sie weiß, dass sie geträumt hat. Aber nicht, was. Es war ein Schwarztraum, ohne Bilder. Hat er wieder von Svoboda gehandelt, dem Mann, der Schuld am Tod so vieler ihrer Kameraden trägt? Demirci hat die Abteilung auf ihn angesetzt, Pavlik und die anderen jagen ihn. Und Aaron hockt in den Blue Ridge Mountains und träumt, statt ihnen zu helfen. Wie oft wird sie sich noch sagen müssen, dass es richtig ist, an sich selbst zu denken, bis es Sinn ergibt?

Aaron verlässt den Wohnwagen und geht zu dem Trailer daneben. Sie macht die Tür zu, schöpft mit der Holzkelle Wasser über ihre Hände und spült den Mund aus.

Sie ist im Shintō-Schrein.

Die Zeit trollt sich. Aaron lässt die Stille in ihre Adern, riecht das Harz der Kiefernzweige. Dieser Baum wird verehrt, weil die Götter ihn lieben; die Götter des Kaisers, die Götter der Samurai. Zwar ist Kishō Zen-Buddhist und folgt nicht dem Shintō, aber er hat den Schrein seinem Vater gewidmet, der vor Kishōs Geburt in der Schlacht um Midway starb.

Die wichtigste Reliquie auf dem Altar ist der blütenförmige Spiegel, denn die Sonnengöttin Amaterasu erkannte ihr eigenes Abbild nicht und wollte es bekämpfen.

Früher dachte Aaron nie darüber nach, welches Privileg es ist, in einen Spiegel schauen zu dürfen. Sehenden zeigt er, wie andere sie sehen. Ihr zeigt er, was geblieben ist. Sie richtet die Augen darauf und sagt: »Wenn du nicht weißt, ob du essen sollst, lass es. Wenn du nicht weißt, ob du leben sollst, stirb.«

Sie geht zurück zu ihrem Wohnwagen, langt nach der Türklinke und hat plötzlich den Metallgeschmack von Adrenalin im Mund.

Jemand pustet in ihren Nacken.

Ihre Hände zucken nach hinten. Sie hält sich an den Schultern des Mannes fest und läuft mit zwei Schritten an der Tür hoch. Überdehnt ihre Arme wie eine Entfesselungskünstlerin, macht einen Überschlag und steht hinter dem anderen. Als er noch verwirrt ist, sticht sie ihm auf beiden Seiten mit den Zeigefingern in den Milz-Pankreas-Meridian und lähmt seinen Oberkörper. Sie tritt in seine Kniekehle und zwingt ihn, der Tür einen Heiratsantrag zu machen. Ihr Daumen sucht seinen Hun-Xue-Punkt am Hals, um ihm einen Last-Minute-Trip ins Traumland zu spendieren. Aber er stemmt seinen Fuß gegen die Tür, drückt sich mit der Kraft eines Bullen ab, fliegt rückwärts und begräbt sie unter sich. Er wälzt sich herum.

Als sie die Knöchel ihrer linken Faust brachial in sein Schambein meißelt, liegt er still. Sie wartet, dass er zu sich kommt.

Nach einer Minute ist seine Stimme zurück. »Okay. Reicht.«

Plötzlich erinnert sie sich wieder an ihn.

2

Vor dem Morgengrauen geht sie über den Feldweg hinunter ins Tal. Für sie ist es eine gefährliche Piste, voller Steine, Wurzeln, biestiger Grashuckel. Während sie sich mit dem Stock vorsichtig voranbewegt, hat sie Tau auf der Zunge; die Luft schmeckt wie karamellisiert. Als Aaron die Straße erreicht und stillsteht, hört sie das näher kommende Auto. Reflexhaft berechnet sie die Entfernung: Bei der feuchten Witterung wird der Schall gut geleitet. Sie schätzt, dass das Fahrzeug acht Meilen entfernt ist und in etwa sieben Minuten hier sein wird.

Der Motor wird lauter, röhrt, Loch im Auspuff. Ein hellgrauer Schleier legt sich über Aarons Augen: Scheinwerfer. Der Fahrer stoppt und steigt aus. Er begrüßt sie in breitem Hillbilly-Slang. Als sie gestern in der Taxizentrale anrief, sagte sie, dass sie blind ist. Die meisten Menschen verstummen dann vor Scheu, und Aaron will auf der langen Fahrt für sich sein. Doch ab der Interstate sabbelt der Mann wie ein Teleshopverkäufer. Vielleicht denkt er, dass sie Angst vor Stille hat, oder es ist einfach seine Freude über eine Tour von zweihundert Meilen. Erst als sie fast bei Richmond sein müssen, dämmert ihm, dass ihr nicht nach einem Gespräch ist, und er schweigt endlich.

Was nachts vor ihrem Wohnwagen passiert ist, beschäftigt sie noch immer.

Der Mann heißt Jasper Mason. Aaron hat ihn vor zehn Jahren kennengelernt, als die Abteilung in Libyen mit der CIA zusammenarbeitete und sie mit Pavlik nach Langley musste. Mason war damals Operator bei der Special Activities Division, der paramilitärischen Kommandoeinheit der Firma. Sie sieht ihn vor sich, ein Gesicht wie eine Kotztüte, Augen kälter als die dunkle Seite des Mondes. Ab dem ersten Moment hat er sie angemacht; dass sie ihn abblitzen ließ, akzeptierte er nicht. Am Abend ging Mason mit ihnen essen und prahlte bei Kobe-Burgern mit seinen Heldentaten. Waterboarding, Walling, Eisbäder, Penetration mit Eisenstangen, das war für ihn wie Pommes in Ketchup stippen. Beim Dessert plauderte er über das Selbstmordattentat auf die US-Botschaft in Beirut wenige Tage zuvor. Mason erklärte freiheraus, dass es eine SAD-Operation gewesen war, deren einziger Zweck darin bestanden hatte, die Waffenstillstandsverhandlungen im Libanon-Krieg zu torpedieren, um den Israelis mehr Zeit zu verschaffen, gegen die Hisbollah vorzugehen. Die vierzig Anschlagsopfer, darunter Frauen und Kinder, waren für ihn Statistik.

Als Pavlik zur Toilette ging, legte Mason unter dem Tisch seine Hand auf Aarons Knie. Sie brach ihm zwei Finger, ohne ihr Glas abzusetzen. Er blieb still, aber zerbiss sich die Lippe. Pavlik wunderte sich bei der Rückkehr, dass sie allein war. Sie sagte: »Mr Waterboarding hat sich überfressen, er entschuldigt sich. Trinken wir noch was?«

Wie sie weiß, hat Mason inzwischen Karriere gemacht; solche Typen können es bei der SAD zu etwas bringen.

Gestern Nacht wankte er zu seinem Trailer, wo er sich noch einmal umdrehte. »Hab gehört, blind fickt gut. Stimmt das?«

Da bereute Aaron, sein Gesicht nicht zu Brei geschlagen zu haben. Dass er es gewagt hatte, sich ihr erneut zu nähern, diesmal, weil er sie für hilflos hielt, kostete sie die Nacht und lässt ihre Gedanken auch jetzt noch wie Wellen brechen.

Nach drei Stunden erreichen sie Yorktown. Aaron beschreibt dem Fahrer das weiße Holzhaus an der Strandpromenade, das aussieht wie das Hotel in *Manche mögen's heiß*. Kennt er, dort hat er seinen zehnten Hochzeitstag gefeiert. Beim Aussteigen gibt sie ihm die vereinbarten sechshundert Dollar. Nein, er braucht nicht zu warten, danke.

Sie setzt sich auf die Terrasse und trinkt einen Kaffee. Noch einen. Aaron starrt in die weiße Wand, hinter der sie den Atlantik hört, stellt sich die Brandung mit Spitzenhäubchen vor, einen Horizont wie Bleikristall. Sie will sich an dem Brausen erfreuen, dem Salz auf den Lippen. Kann nicht.

Mason, Mason, Mason.

Die Bedienung kommt. »Was darf ich Ihnen bringen?«

Schon möchte Aaron sagen, dass ihre Tasse noch halb voll ist, als sie Kishōs Stimme vernimmt: »Später vielleicht, danke.«

Sie hat nicht bemerkt, dass er längst neben ihr sitzt, hat nicht einmal seinen Atem gehört, keinen Schatten gesehen.

»Du scheinst zu Geld gekommen zu sein«, sagt er.

Aaron fasst sich. »Warum?«

»McKendrick hat mich angerufen. Es sei noch was mit dem Grundbuch zu regeln. Du hast einen Scheck über eine Million Dollar für hundert Morgen Land auf seinen Tisch gelegt.«

»Ich habe ein bisschen was geerbt. Entschuldige, ich wollte dich nicht in Verlegenheit bringen.«

»Wie viel ist *ein bisschen*?«

»Zwei Milliarden.«

Schweigen.

»Laufen wir ein Stück?« fragt sie.

Aaron lässt sich von Kishō zum Strand führen. Sie streift die Ballerinas ab, nimmt sie in die Hand. Ihre Zehen graben sich an der Wasserlinie in den nassen, am Morgen noch kalten Sand; die Zigarette schmeckt nach Aufhören.

»Das Geld kam von Holm«, sagt sie. »Er war der Mann, der mich geblendet hat. Ich habe ihm beim Seppuku assistiert, das Erbe war seine Art, mir Respekt zu erweisen.«

Wieder Schweigen.

»Wie sieht das Meer aus?« fragt sie.

»Es ist zornig. Doch es zeigt uns nur die Oberfläche.«

»Bitte nimm das Geschenk an. Ich schäme mich, dass ich dir so wenig zurückgeben kann.«

Kishōs Stimme ist kaum lauter als die Brandung. »In meinem Dorf gab es einen Meister, der sich Mühe gab, mich zu unterrichten. Ich war jung und versuchte, ihm durch Eifer und Technik zu gefallen. Darin zeigte ich mich talentiert, und jeder Dan, den ich erreichte, bestätigte mich in dem Irrglauben, dass dies Budō sei. Das Einzige, was mich bekümmerte, war, dass nie jemand Streit mit mir suchte. Also suchte ich selbst welchen. Als ich den sechsten Dan erhielt, wurde ich zu einem Turnier nach Fukuoka eingeladen, und ich trachtete nach Ruhm. Zwei Wochen wohnten die Kämpfer im selben Hotel. Ich verliebte mich in eine junge Frau, die dort arbeitete. Sie hieß Akiko und war sanft. Sie ging mit mir spazieren und küsste mich auf die Wange. Auch ein anderer Kämpfer warb um sie. Das war Hiroto, von dem alle sagten, dass er das Turnier gewinnen würde. Ich hasste ihn. Als ich gegen ihn antrat, genügte es mir nicht, ihn zu besiegen. Ich demütigte ihn und nahm ihm vor aller Augen seinen Stolz. In der Nacht betrank er sich und vergewaltigte Akiko, und als sie schrie, tötete er sie. Auch ich schrie. Ich ging fort. Am Bahnhof hing ein Reklameplakat für *Die Waltons*, eine Fernsehserie, sie spielte in den Blue Ridge Mountains. So kam ich nach Amerika.«

Kishōs Traurigkeit weht Aaron an.

Er bleibt stehen.

»Wer von uns beiden war der schlechtere Mensch?« fragt er. »Hiroto oder ich? Und wer hat die Weisheit, das zu entscheiden? Geld ist weder gut noch schlecht. Es ist wie ein Schiff, das die Atombombe transportieren kann oder Nahrung für Hungernde. Wenn das Erbe dich quält, verschenk es. Sonst behalte es. Manches lässt sich rückgängig machen, anderes nicht.«

Mit seinem uralten Pick-up brauchen sie auf der Interstate eine Stunde länger als bei der Hinfahrt, weil Kishō nie schneller als fünfzig Meilen fährt. Aaron zählt die Autos, von denen sie überholt werden. Siebzehn Schatten, achtzehn Schatten, neunzehn Schatten.

»Wann verlässt du uns?« fragt Kishō.

»Sonntag.«

Erst als sie bei Caydonville in die Berge abbiegen und Zweige die Karosserie streifen, hört sie seine Stimme wieder: »Bei uns ist ein Mann. Ich muss dir nicht sagen, wen ich meine. Ich möchte, dass du morgen mit ihm kämpfst.«

»Was weißt du von ihm?« fragt Aaron.

»Er kommt ab und an aus Washington, und es bereitet ihm Vergnügen, die Kodomo zu verprügeln. Es ist Zeit, dass ihm jemand eine Lektion erteilt.«

»Warum tust du es nicht selbst?«

»Ich lebe seit fast vierzig Jahren ohne Aufenthaltsgenehmigung in diesem Land, man würde mich in ein Flugzeug setzen. Der ehrwürdige Kendō-Meister Tsuji Gettan sagte einst: ›Auch der tapferste Samurai gürtet sein Schwert.‹«

»Diese Weisheit kannte ich noch nicht.«

Kishō schnaubt. »Aber sie klingt gut, oder?«

Den Rest des Tages verbringt Aaron allein, ruht. Sie wartet bis vier Uhr nachts; es ist die Stunde, in der man am tiefsten schläft, in der Armeen Schlachten beginnen, in der sie sich an Masons Trailerwand hochzieht und zum offenen Oberlicht kriecht. Ein Panther, der sich an Beute anschleicht, wäre nicht leiser. Aaron lässt sich in den Trailer gleiten. Sie hört Masons Schnarchen. Rechts neben der Tür ist die einzige Steckdose, das ist überall gleich. Ihre Hand folgt dem Ladekabel. Es führt unter Masons Kopfkissen. Sie zieht das Mobiltelefon lautlos darunter hervor, vernetzt es mit ihrem eigenen und muss sechs Minuten warten, bis der Password-Cracker die Sperre überwunden haben wird.

Aaron lauscht dem sorglosen Schlaf eines Mannes, der keine Dämonen kennt. Sie könnte ihn jetzt töten, mit dem kleinen Finger. Es würde seinen Opfern Gerechtigkeit schenken, ein reiner Wassertropfen in einem Ozean von Blut. Sie kennt diesen Drang, fühlt ihn nicht zum ersten Mal. Es hämmert auf sie ein, lässt sie frieren. Dann ist es vorbei wie eine Migräneattacke.

Vor der Kata versammeln sich alle zur Meditation, dem Zazen. Aaron neigt im Lotussitz das Becken nach vorn, sodass nichts die Organe belastet. Sie berührt die Erde mit den Knien und stützt den Himmel mit dem Kopf. Während ein Teil von ihr ruht, ist ein anderer ein Eisvogel, der auf einem Sturm segelt.

Kishō ruft sie und Mason auf. Aaron hört das neugierige Gemurmel der Kodomo, die sie noch nie kämpfen sahen.

Sie verbeugt sich vor Kishō.

Sobald sie die Grundstellung eingenommen haben, drei Meter voneinander entfernt, rühren Aaron und Mason sich nicht.

Lange.

Kishō sagt: »Nach fünf Minuten gebe ich Unentschieden.«

Sie fühlt Masons wachsende Unruhe, liest seine Gedanken. Vorgestern Nacht hat sie ihn auf engstem Raum erniedrigt. Aber jetzt, hier, muss er sie nicht fürchten. Sie ist blind. In einem solchen Kampf kann sie ihn nicht besiegen, das schließt schon sein Selbstbild aus.

Beide sind im Zwielicht unter den Bäumen, Aaron ahnt nicht einmal Masons Umriss.

Nicht sehen, wissen.

Er stiehlt sich einen Meter vor, denkt, sie merke es nicht. Sein erster Fehler. Als er mit einer offenen Hand blitzschnell angreift, ist sie bereit. Er verzichtet auf den Kiai, um seine Position nicht zu verraten. Sein zweiter Fehler. Jetzt hat er nicht mehr die Kraft, die aus dem Schrei erwächst. Sie spürt den Luftzug, weicht tänzelnd aus, wird nur gestreift, ein lächerlicher Wischer. Aus Wut setzt er beim Einatmen nach. Sein dritter Fehler. Er hat alles in den Schlag gelegt, kann ihn jedoch nicht durchziehen, weil ihre rechte Handkante mitten in ihrem perfekten Schrei seine Halsschlagader abklemmt. Er wird gefällt wie ein Baum und bleibt bewusstlos liegen.

»Yame«, sagt Kishō und erklärt den Kampf für beendet.

Aaron zertrümmert Mason mit einem Tritt das Jochbein.

Keine Stille ist wie die andere. Sie müsste den Wind in den Zedern hören, kleine Tiere im Gras, das Zirpen der Grillen. Aber dies ist die Stille der Scham. Alles, was sie seit einer Stunde im Ohr hat, ist das Stöhnen von Mason, als man ihn aus dem Dojō trug. Kishō setzt sich auf der Anhöhe zu ihr. Aaron weiß, dass er es ist, denn nur er bewegt die Luft nicht.

Beinahe bricht ihre Stimme. »Vorgestern Nacht hast du uns am Wohnwagen beobachtet.«

Er schweigt.

»Du hast längst die amerikanische Staatsbürgerschaft und kannst nicht ausgewiesen werden.«

»Eine Träne findet nie wieder ins Auge zurück«, sagt Kishō.

»Verschon mich mit deinen scheiß Weisheiten!«

Sagen will sie: *Die Lektion war nicht für Mason.*

Kishō bleibt ruhig, gleichmütig: »Du folgst einem Weg, aber du zweifelst, dass es der richtige ist. Die ganze Zeit willst du mir eine Frage stellen und hast es nicht gewagt.«

Sie zittert. »Als du Japan verlassen hast, kanntest du deinen Weg noch nicht. Wie hast du ihn gefunden?«

»Ich habe den Spiegel zerbrochen.«

3

Inan Demirci wirft zwei Aspirin in ein Wasserglas und sieht zu, wie sie sich sprudelnd auflösen, ein Sinnbild ihrer Verfassung. Sie nimmt zum ersten Mal an dem zweitägigen Treffen internationaler Spezialeinheiten teil, das dieses Jahr im irischen Cork stattfindet. Seit frühmorgens zieht die Sitzung sich hin, nur unterbrochen vom Lunch. Gerade referiert der Kommandant der *Grupo Especial de Operaciones* langatmig darüber, wie der Sieg über die ETA den Kampf der Spanier gegen den IS-Terror inspiriert hat, und die Endlosschleife breitbeiniger Erfolgsmeldungen macht Demirci ebenso krank wie das Sauerstoffsurrogat in dem Kongresszentrum, einem Betonmonster.

Auf dem Schildchen vor ihr steht lapidar: *The Department.*

Für die einen ist die Abteilung die letzte Bastion gegen das Böse. Für andere ist sie die Bankrotterklärung der Demokratie, der Albtraum des Rechtsstaats, eine Seuche. Für Inan Demirci ihr Leben seit Dezember.

Morgen werden die Einheiten bei Baltimore, an der Südspitze Irlands, im Wettkampf gegeneinander antreten. Die Abteilung muss den Titel verteidigen. Demirci hat ihre besten Männer aufgestellt, sie ist eine schlechte Verliererin.

Als der Spanier vom Podium abgeht und sie Beifall vernimmt, klatscht sie schlaff mit. Demircis Blick wandert durch den Saal, sie ist sich bewusst, dass sie hier die einzige Frau ist. Man lässt es sie spüren. Selbstredend nicht vordergründig, plump. Es sind mehr diese harmlos daherkommenden Gesten und Bemerkungen, die vielleicht gedankenlos sind und dennoch treffen. Ein Kompliment für ihr Kostüm (welcher Mann erntet Lob für seinen Anzug?), der Plauderton, der jede Diskussion abwürgt, die Aufmerksamkeit, die man ihren Schuhen widmet. Aber daran ist Demirci selbst schuld, weil sie High Heels anzog, um mit ihren eins zweiundsechzig in dieser Testosteron-Sauna nicht zu verdampfen.

Sie sieht, dass der Berliner Innensenator in den Saal stolziert. Sicher weilt Svoboda seit mindestens einer halben Stunde im Gebäude und hat im Foyer gewartet, um seinen Auftritt zu zelebrieren und sich während der Rede des Spaniers nicht unbeachtet in eine Ecke quetschen zu müssen. Er führt sein Zahnpastalächeln Gassi, den schönsten Pudel in der Straße.

Ihre Blicke treffen sich. Demirci könnte es bei einem Nicken belassen, doch das wäre unhöflich, und sie muss den Anschein eines vernünftigen Miteinanders wahren.

Denn Svoboda kontrolliert die Abteilung.

Sie geht zu ihm und sagt förmlich: »Herr Senator.«

Svoboda zieht die Mundwinkel hoch, ohne dass seine Augen auch nur ein Grad wärmer werden. »Frau Demirci.« Er sieht auf die Armbanduhr. »Es sind noch ein paar Minuten bis zu meiner Rede. Ich will kurz mit Ihnen sprechen.«

Statt eine Antwort abzuwarten, eilt er zum Ausgang, sodass sie ihm wohl oder übel folgen muss. In der Lobby lungern einige Sherpas herum, es finden sich zwei ruhige Sessel.

»Gestern Abend habe ich Ihren Abschlussbericht zum Komplex *Teufelsbach-Alm* gelesen«, kommt Svoboda sofort auf den Punkt. »Dass Sie Monate dafür gebraucht haben, ist verwunderlich, aber das nur nebenbei.«

Im Februar stürmte eine Killerbrigade ein sicheres Haus der Abteilung in den Alpen, um Jenny Aaron zu töten. Männer von Demirci kamen dabei ums Leben.

»Was mich irritiert«, sagt Svoboda, »ist die Tatsache, dass Ihr Dossier die wichtigste Frage ausklammert: Woher bezog der Feind Kenntnis vom Standort dieser geheimen Einrichtung?«

Die korrekte Antwort wäre: *Von dir, du korruptes Schwein.*

Stattdessen entgegnet Demirci: »Die Zeit wird es zeigen.«

Weißt du, wie ich mich beherrschen muss, um dir dein mokantes Lächeln nicht aus dem Gesicht zu prügeln? Du verkaufst dich an die Mafia und an internationale Terroristen. Du dealst mit Akten aus meinem Panzerschrank. Du hast Männer von mir auf dem Gewissen. Und wagst es, von mir Rechenschaft zu fordern?

Aber sie hat keine Beweise.

Er fragt: »Könnte es sein, dass Sie die Antwort längst kennen, aber aus gutem Grund verschweigen?«

»Nicht zu sagen, was man weiß, kann klug sein«, versetzt sie. »Nicht zu wissen, was man sagt, niemals.«

»Was erlauben Sie sich?« fährt er sie hochrot an.

Demirci zückt ein Taschentuch und tupft Svobodas Spucke von ihrem Revers. »Sie wollen mir zu verstehen geben, dass es in der Abteilung einen Maulwurf geben könnte. Wenn Sie mein Dossier mit der nötigen Aufmerksamkeit studiert hätten, wüssten Sie, dass die interne Untersuchung diesen Verdacht entkräftet hat. Also muss die Quelle woanders sein.«

Sie kann so mit Svoboda reden, weil er nicht ihr unmittelbarer Dienstherr ist. Demirci hat sich der Innenministerkonferenz gegenüber zu verantworten, deren Vorsitz er lediglich turnusmäßig innehat. Die deutsche Sicherheitsarchitektur wurde aus den Lehren des Dritten Reichs geboren; man trug Sorge dafür, dass die Macht sich nicht in einer Hand konzentriert. Aus diesem Grund ist die Abteilung auch vom BKA unabhängig, wenngleich es immer wieder Versuche gab, das zu ändern.

Aber natürlich kann Svoboda ihr das Leben schwermachen. Vor allem durch die Leiterin seiner Polizeiabteilung. Ellen. Sie waren einmal beste Freundinnen, seit der Schulzeit. Hätte Ellen sich nicht in sie verliebt, hätte es den verhängnisvollen Abend nicht gegeben, an dem sie versuchte, Demirci zu küssen.

Danach nahm Ellen Svobodas Jobangebot an, eine Chance, sich für die Demütigung zu rächen. In allem, was sie sagt und tut, ist Hass.

Svoboda richtet manieriert den Krawattenknoten. »Wenn die Realität und die Vorstellung auseinanderklaffen, muss man entweder die Realität anpassen oder die Vorstellung. In dem Untersuchungsbericht ist mitnichten von einem Freispruch die Rede. Dort heißt es, ich darf zitieren, dass sich ›bislang‹ keine Anhaltspunkte für ein Leck in der Abteilung finden ließen. Ich bitte Sie. Falls Sie das als Entlastung verstehen, sehen Sie möglicherweise in Ihrem Amtseid Spielraum.«

»Ich muss Sie enttäuschen«, sagt sie kalt. »Ich habe geschworen, unser Land gegen alle inneren und äußeren Feinde zu verteidigen, notfalls mit meinem Leben. Da sehe ich beim besten Willen keinen Spielraum. Wie lautet *Ihr* Eid?«

Er ist sprachlos, und Demirci genießt seine Wut darüber, sie nicht unterwerfen zu können. Auch wenn er längst gegen sie intrigiert und an ihrer Absetzung arbeitet: Sie besitzt noch immer politische Rückendeckung.

Aber für wie lange?

Svobodas Referent nähert sich und tippt auf seine Armbanduhr. Ohne sie noch eines Blickes zu würdigen, steht Demircis Gegenüber auf und eilt mit eckigen Schritten in den Saal.

Du fühlst dich sicher, weil ich nicht formell gegen dich ermitteln kann, denkt sie. *Doch du weißt nicht, wen ich als Verbündeten habe.*

Svoboda hat versucht, BKA-Präsident Palmer zu korrumpieren, zu kriminalisieren, politisch zu erledigen. Palmer nahm das persönlich. Demirci brachte ihn dazu, Svoboda zu röntgen und zwei Fahnder in dessen Schutzkommando einzuschleusen.

Der Innensenator wetzt seinen Bürosessel mit dem Arsch ab, führt seine Behörde mit strenger Hand und unternimmt Dienstreisen, an denen nichts verfänglich ist.

Sein Konto weist keine Auffälligkeit auf.

Sein Lebensstil ist dem Gehalt angemessen.

Bei den neuen Jacketkronen feilscht er mit dem Zahnarzt.

Da Svobodas privates Handy nicht kryptiert ist, können sie es abhören. Die häufigen Anrufe seiner Frau sind das mit Abstand

Aufregendste. Sie lebt von Svoboda getrennt, kommt mit dem Unterhalt nicht klar und jammert, dass ihre goldene Kreditkarte gesperrt wurde.

Amüsant, aber nutzlos.

Demirci kehrt in den Saal zurück, sieht Svoboda Scherze machen, Schultern klopfen, und die Kopfschmerzen sind wieder da. Er hat den Charme einer Muräne, alles an ihm stößt sie ab. Erneut muss sie an etwas denken, was ein früherer Studienkamerad von ihm, der jetzt beim Verfassungsschutz ist, vor einiger Zeit in einer Hotelbar fallenließ: Svoboda sei an der Uni von dem Okkultisten Aleister Crowley fasziniert gewesen; er habe alles von ihm gelesen, sei sogar zu dessen Domizilen gepilgert.

Demirci wusste mit Crowley nichts anzufangen und sah im Netz nach. Es wollte ihr nicht in den Sinn, dass ein kalter Macher wie Svoboda für einen Mann geschwärmt haben soll, der den ägyptischen Sonnengott Re-Harachte angebetet hat, Tierblut und Schlimmeres trank, seine Schneidezähne spitz feilte und Frauen den »Schlangenkuss« gab, indem er ihnen ins Handgelenk biss. Dann las sie weiter. Crowley bewunderte Hitler, hielt die Demokratie für eine *ekelerregende Kultur der Schwäche* und nannte Humanität die *Syphilis des Geistes.*

Da sah sie Svoboda vor sich.

Er tritt an das Pult. Für seinen Vortrag hat er ein kontroverses Thema gewählt: die Forderung, dass Spezialeinheiten des Militärs, der Polizei und der Geheimdienste eng zusammenarbeiten sollten, was angesichts der Verflechtung von organisierter Kriminalität, internationalem Terrorismus und Glaubenskriegen längst überfällig sei.

Du kennst keine Grenzen, denkt Demirci. *Wie dein Idol Crowley schrieb:* Tu, was du willst, soll das ganze Gesetz sein.

Was ist mit meinem Vorgänger Lissek? Der hat dasselbe gefordert. Und vermutlich auch praktiziert, ohne dass ich es je erfahren werde. Wenn nur die Hälfte der Geschichten, die ich über Lissek gehört habe, wahr wäre, müsste man ihn vor Gericht stellen.

Sie kann nicht umhin zuzugeben, dass Svoboda das souverän macht. Stilistisch ist es die mit Abstand beste Rede heute; die Aperçus, die man ihm eingebaut hat, trägt er in gutem Englisch vor. Beinahe könnte man den näselnden Tonfall vergessen, die Großspurigkeit, die fischigen Augen.

Ein ums andere Mal wird Svoboda von Applaus unterbrochen, und Inan Demirci ist der einzige Mensch im Saal, der weiß, wer dieser Mann wirklich ist.

Längst hat sie die Rede ausgeblendet.

Doch dann streicht ein kalter Hauch über ihre Haut. Sie hört ihn sagen: »Ich werde mit Nachdruck dafür plädieren, dass wir in Deutschland noch weiter gehen. Die GSG-9, das KSK und die Abteilung sollten unter einem Dach vereint und einem Koordinator unterstellt werden.«

In derselben Sekunde weiß Demirci, dass die Pläne für diese Sprengung der inneren Sicherheit längst ausgearbeitet sind und Svoboda Rückendeckung besitzt, sonst würde er sich kaum so exponieren.

Er will ein neues Reichssicherheitshauptamt.

Sie wirft dem Kommandanten der GSG-9 einen schnellen Blick zu. Er schlägt die Beine übereinander, nippt an seinem Mineralwasser. Plötzlich ist die Luft im Saal dick wie Melasse, und Demirci fällt das Atmen schwer.

Svoboda kommt zum Ende. »Die weltbesten Spezialeinheiten wurden allesamt als Reflex auf ein militärisches, nachrichtendienstliches oder polizeiliches Desaster ins Leben gerufen. Der SAS war eine Reaktion auf Rommels Erfolge in Nordafrika, die Speznas folgten auf die gescheiterte Berlin-Blockade, bei den Navy Seals war es die Kubakrise, die GSG-9 sollte ein zweites München verhindern. Und da wir im schönen Irland sind: Ihre erstklassige Army Ranger Wing wurde ein halbes Jahr nach dem verheerenden Anschlag von Warrenpoint geschaffen. Nur die Abteilung hat keinen Gründungsmythos. In ihren Anfangsjahren wurde bisweilen behauptet, das wäre eine Schwäche.«

Kunstpause. »Nun ja, es hat uns nicht daran gehindert, letztes Jahr allen kräftig den Hosenboden zu versohlen.«

Er genießt die kumpelhaften Lacher, die launigen Hört-Hört-Rufe, grinst. Demirci schwitzt und friert in einem.

Um sieben ist sie endlich im Hotel. Sie zieht die Hochhackigen aus, massiert ihre brennenden Füße und denkt: *Jeder Macho sollte einmal solche Schuhe tragen.* Demirci öffnet das Fenster. Die Glocken der St Anne's Church dröhnen; ihre Hammerschläge benutzen den Himmel als Amboss. Der letzte Lichtstrom setzt die Giebel der Stadt in Flammen.

Später wird das Galadinner mit anschließendem Kampfsaufen stattfinden, ein kultureller Höhepunkt, dem ein Mann allenfalls wegen eines Blinddarmdurchbruchs fernbleiben könnte. Aber Demirci hat den Frauenjoker gezogen und sich mit einer Unpässlichkeit entschuldigt.

Koordinator.

Wer das sein wird, steht für sie fest: Svoboda selbst.

Von ihrer Allianz mit Palmer ahnt er nichts. Er glaubt, dass sie die Einzige ist, die sich ihm entgegenstellt. Svoboda will sie beseitigen, entweder politisch oder durch eine Kugel in den Kopf.

Ihr Handy vibriert.

»Wie lief's?« fragt Palmer.

»Wenn Testosteron ansteckend wäre, hätte ich jetzt Hoden.«

Er lacht. »Gehst du zum Dinner?«

»Kann nicht. Frauenleiden.«

»Inan, du verpasst was. Spätestens um Mitternacht bringen sie Toasts auf Franco, Bomber Harris und Mussolini aus.«

Inan.

Wie gern sie es hört, wenn er ihren Namen ausspricht. Das tat er zum ersten Mal an dem Abend, als er zuhause für sie gekocht hatte und sein Meissener Porzellan zu Bruch ging, weil sie den Tisch für etwas anderes brauchten.

Aber jetzt geht mehr zu Bruch.

»Svoboda will alle deutschen Special Ops unter seine Knute bringen«, sagt sie. »Er sieht sich schon als neuen Heydrich.«

Palmer atmet keinen Deut schneller. »Die GSG-9 ressortiert zum BMI, das KSK zum Verteidigungsministerium und die Abteilung zur Innenministerkonferenz. Um das anzutasten, muss man die Verfassung ändern. Vergiss es.«

»Was hat Svoboda dann damit bezweckt?«

»Er will, dass du seinen Ring küsst.«

»Lennard, bitte.«

»Es ist nur eine Drohkulisse. Betrachte es als Kompliment.«

Er hat recht. Ich sehe die einfachsten Dinge nicht mehr.

»Du hast doch bald Geburtstag?« fragt er.

»Falls du mir High Heels schenken willst: nein danke.«

»Sehr verlockend, aber ich hab was Besseres. Svoboda hat seinen Sherpas von Dienstagmittag bis Mittwochabend freigegeben, weil er angeblich einen Familienbesuch machen und auf das ›Gedöns‹ verzichten will. Das aus dem Mund eines Mannes, für den der Personenschutz das Gleiche ist wie die Mitra für den Heiligen Vater.«

»Hübsche Verpackung, aber was ist drin?«

»Er hat zwei Anrufe gemacht, mit einem Prepaid-Handy.«

»*Prepaid* – sag nicht, ihr konntet das abhören.«

»Happy Birthday.«

»Wie?«

»Kein Zauberer verrät seine Tricks.«

Demirci könnte den Fahrdienst der Iren in Anspruch nehmen, die zwanzig Panzerlimousinen in der Tiefgarage stehen haben, aber sie verlässt das Hotel durch einen Seitenausgang. Sie überquert die quirlige Oliver Plunkett Street mit den zahllosen kleinen Shops, entfernt sich vom English Market und gelangt über die Half Moon Street an den Fluss.

Der River Lee ist blank wie ein Spiegel. Demirci setzt sich auf eine Bank und steckt sich eine Zigarette an. Ein plötzlicher Wind faucht in die Kronen der Bäume, schippt schwarze Wolken vor die tiefe Sonne. Sie sieht Ulf Pavlik über die St Patrick's Bridge schlendern. Er ist mit seinen Männern in den Collins Barracks im Norden der Stadt untergebracht. Nachdem sie dort den ganzen Tag für den Wettkampf trainiert haben, sind sie mit ihren Kollegen aus den anderen Ländern zur traditionellen »Grand Tour« in die City gekommen, ein Zug durch die Pubs, bei dem vermutlich über alkoholfreies Guinness geflucht wird.

Pavlik setzt sich zu Demirci und raucht mit.

»Kennen Sie Cascais?« fragt sie.

»Ist ein kleiner Fischerort am Atlantik, westlich von Lissabon. Ich war mal als Scharfschütze beim Allied Joint Command stationiert, ein paar Kilometer weiter. Man wird von Touristen totgetreten, denen die Knete für Estoril fehlt. Warum, wollen Sie Urlaub machen?«

»Svoboda hat in Cascais für Dienstagnacht ein Zimmer in einem Fünf-Sterne-Hotel gebucht. Er reist ohne Sherpas an. Der Vorstandsvorsitzende eines Dax-Konzerns stellt ihm seinen Firmenjet zur Verfügung.«

»Welcher Konzern?«

»Germanium AG, produziert Halbleiter.«

»Kam das von Palmer?«

Demirci nickt. »Sie fliegen am Montag hin.«

»Kleines Besteck?«

Heißt: fünf Mann.

»Ja. Aber nur drei von uns. Palmer hat geliefert, wir können ihn nicht übergehen. Die anderen beiden sind vom BKA.«

Demirci sieht, wie Pavlik das Gesicht verzieht. Natürlich fühlt er sich nicht wohl dabei, Leute an Bord zu haben, die er nicht kennt. Außerdem fremdelt er noch mit dem Bündnis zwischen der Abteilung und dem Bundeskriminalamt.

Früher war alles einfach: Palmer lenkte seinen Flugzeugträger mit fünftausend Mann Besatzung durch die Paragraphengewässer des Generalbundesanwalts, und die vierzig Piraten der

Abteilung manövrierten mit ihrem schnellen, wendigen Schiff unter dem Radar. Es brauchte Zeit, bis Demirci die Totenkopfflagge hisste und Lisseks Platz auf dem Achterdeck einnahm. Aber jetzt steht sie wie festgewachsen auf der Brücke.

»Ich habe den Hut auf«, grunzt Pavlik. »Wenn die Typen vom BKA das für einen Strandausflug halten, kriegen sie von mir ein Rückflugticket in die Hand gedrückt.«

Demirci lächelt aufmunternd. »Sie können sicher sein, dass Palmer Top-Leute auswählt. Wen nehmen Sie von uns?«

»Fricke und Nowak.«

Der Wind schüttelt die Bäume immer wütender, rupft Blätter aus den Kronen und wirbelt sie in den Abendhimmel.

Pavlik murmelt: »Sandra und ich haben einen Nachbarn. Vor Jahren wollte er unbedingt einen Hund anschaffen, aber seine Frau hat sich stur gestellt, weil sie keine Lust hatte, zweimal am Tag mit einem Köter vor die Tür zu gehen. Ihr Mann hat alle Register gezogen. Um seine Alte weichzuklopfen, ist er einen Monat lang morgens und abends mit einem unsichtbaren Fiffi um den Block, hat Stöckchen geworfen und ihn für seine virtuellen Häufchen gelobt. Er hat seinen Willen gekriegt. Aber nach ein paar Wochen hat der Hund ihn genervt, und er hat ihn ins Tierheim gegeben.« Pavlik steht auf und schnippt seine Kippe ins Wasser. »Hoffen wir, dass Svoboda für Palmer nicht bloß ein Spielzeug ist, an dem er schnell die Lust verliert.«

Demirci geht am River Lee entlang. Der Wind macht ihr nichts aus, föhnt ihre roten Haare. Aus den Pubs am Lavitt's Quay flitzt schon Musik; Männer stehen draußen und lecken den Schaum vom Guinness, in den Gesichtern ein Wochenende, das wieder alles verspricht und nichts halten wird. Sie stellt sich vor, hier zu leben, mag die Illusion, dass sie jemand anderes sein könnte. Es gäbe keinen Anlass, ins Hotel zurückzukehren; sie sieht sich in einem Restaurant zu Abend essen, für ein paar Stunden sowas wie ein Mensch sein.

Aber sie ist nicht gut im Seele-baumeln-Lassen. Vielleicht ist es ihr Ehrgeiz, vielleicht die Unfähigkeit, etwas aufzuschieben, der Hass auf Svoboda, die fünf toten Männer, die sie andauernd fragen, ob sie sich nicht schämt, dass er noch immer bei Staatsbanketten in seinen Zähnen pult. Oder alles zusammen.

Sie wollte, Lennard Palmer wäre hier und sie würde ein, zwei Gläser Wein mit ihm trinken, über etwas reden, für das man keine Sicherheitseinstufung braucht, mit ihm aufs Hotelzimmer gehen und ein bisschen schreien.

Ob Pavlik es ahnt? Er hat sie oft zusammen erlebt. Aber natürlich achten sie auf Distanz. Siezen sich. Dass Pavlik Lennard gegenüber Vorbehalte hat, ist nichts Persönliches, nur Lisseks alte Schule. *Trau keinem Verbündeten.* Und wenn er es wüsste? Würde er denken, dass sie die Allianz im Bett geschmiedet haben?

Er müsste sie besser kennen.

Die Wahrheit ist: Als Palmer an der Akademie ihr Dozent war, fühlte Demirci sich von ihm benachteiligt; lange danach, schon als BKA-Präsident, machte er eine dumme Bemerkung über ihre türkische Herkunft. Später wurden sie Feinde, dann Verbündete, schließlich ein Liebespaar. Wie es eben so läuft.

Ein Liebespaar, sind wir das? Wir schlafen miteinander, und ich weiß nicht, wo es hinführt.

Bedeutet es ihm mehr?

Wäre es nur Sex für ihn, hätte er ihr kaum anvertraut, welche Fehler er in seiner Ehe gemacht hat, dass er sich die Schuld an ihrem Scheitern gibt.

Was ist es für sie?

Wenn sie mit ihm zusammen ist, federt die Luft wie ein Tanzboden. Weiter will sie nicht denken.

Sie sieht ihr Spiegelbild in einem Schaufenster, bleibt stehen und betrachtet sich. Hübsch findet sie sich nicht, dazu sind ihre Züge nicht ebenmäßig genug. Aber sie könnte jünger als siebenundvierzig sein.

Sechsundvierzig vielleicht.

In Demircis Welt lernt man nur Männer kennen, die Witwer oder geschieden sind, auf der Suche nach etwas nebenbei oder schwul. Man kann sich nicht einfach an einen Bartresen setzen und hoffen, von jemandem angesprochen zu werden, der einem halbwegs gefällt. Oder eine Annonce aufgeben.

Suche klugen, humorvollen Mann für gute Gespräche und mehr. Hundertstundenwochen, die Glock an meiner Hüfte und fünf Bodyguards sollten kein Hindernis sein.

Demirci ist bereits an der Cornmarket Street, ihr Blick fällt ins Fenster eines einladend wirkenden Restaurants.

Drinnen sitzt der Director of Operations der SAD allein an einem Tisch. Mason. Beim Lunch im Kongresszentrum hatte man ihn Demirci gegenüber platziert. Sein Gesicht sieht aus, als ob ein Elefant darauf herumgetrampelt hätte, und sie hat sich zwingen müssen, ihn nicht anzustarren. Er unterhielt sich mit einem Colonel des Seal Team 6, augenscheinlich waren sie zusammen in Afghanistan gewesen. Masons Geschichten waren von der Art, dass sie Mengele amüsiert hätten. Demirci hatte ihr Essen kaum angerührt.

Sie will den Blick schon abwenden, als sich jemand zu Mason setzt. Es ist Svoboda, der offenkundig auf der Toilette gewesen ist. Die zwei vertiefen sich in ein angeregtes Gespräch, ein Ober bringt Whiskey.

Was hat Svoboda mit Mason zu schaffen? Und wieso treffen sie sich hier und nicht in der Hotelbar?

Bis zum Dinner ist es noch eine gute halbe Stunde. Vielleicht sind sie alte Bekannte, die in Ruhe auf die goldenen Zeiten trinken wollen, in denen man jeden totprügeln durfte, ohne dass die Medien gleich ein Drama daraus machten. Menschenverachtung verbindet.

Demirci setzt ihren Weg fort, läuft sich die Müdigkeit aus den Knochen und weiß, dass sie die halbe Nacht Akten wälzen wird.

4

Die Rezeptionistin, deren routinierte Fröhlichkeit Aaron schon vom letzten Aufenthalt kennt, heißt sie auf Rügen willkommen. Das Hotel ist alt und am Meer, und sie zählt Möwenschreie, als sie bei offenem Fenster auspackt. Sie nimmt ein Taxi zum Institut von Professor Reimer im Zentrum von Binz. Außer ihrem Stock und ihrer Angst und der Sehnsucht nach einer Marlboro hat sie nichts dabei. Die Abschiedskippe war am Flughafen in Washington. »Nikotin bindet Sauerstoff im Blut und schädigt Ihre Augen«, hat Thomas Reimer Aaron eingeschärft. Früher hat sie sich darüber lustig gemacht.

Rauchen erhöht das Risiko zu erblinden.

Aber von Witzen wird sie nicht geheilt.

Im Wartezimmer des Instituts ist es still. Sie spürt die Anwesenheit von Menschen, obwohl niemand spricht. Manchmal das Rascheln einer Illustrierten, ein Hüsteln, Knistern von Bonbonpapier, Atem, der nach Sanddorn riecht.

Ein Bonbon später wird sie von Reimers Frau angesprochen. Sie heißt Katja, und Aaron hat sie schon deshalb gern, weil sie ihr im Winter, als Aaron noch voll mit Adrenalin war und von Reimer bärbeißig weggeschickt wurde, zugeraunt hat: »Mein Mann mag Sie. Geben Sie nicht so schnell auf.«

Katja stellt ihr eine Mitarbeiterin vor, Sabine, die sich um sie kümmern wird. Sabine fragt, wie der Flug war, ob mit dem Hotel alles in Ordnung sei, tausend Dinge, ein einziges Schnattern, was Aaron für gewöhnlich meschugge macht. Aber weil sie beide aus dem Rheinland sind, nimmt die gefühlige Klangfarbe der Kindheit ihr ein wenig die Beklemmung.

Im Büro geht Sabine die Eckdaten noch einmal durch.

Name: Jenny Aaron. Wohnort: Berlin. Beruf: Polizistin.

Ursache der Erblindung: Kopfschuss vor fünf Jahren.

»Welche Dienststelle?« fragt Sabine. Als Aaron nicht antwortet: »Falls Sie eine Krankschreibung benötigen.«

»Lassen Sie das Feld offen.«

Sabine klärt Aaron über mögliche Nebenwirkungen der Therapie wie Schlafstörungen und Schwindelgefühle auf und führt sie in einen anderen Raum, um ihr Gesichtsfeld zu vermessen. Sie bittet sie, ihr Kinn in eine Schale zu legen und das linke Auge zu schließen. Aaron kennt das Procedere von Besuchen bei Augenärzten. In einer Hohlkugel werden nach dem Zufallsprinzip Lichtreize generiert; immer wenn man einen Blitz wahrnimmt, soll man einen Schalter drücken. So entsteht ein Diagramm, auf dem die weißen Felder gesundes Sehvermögen darstellen, die grauen vermindertes und die schwarzen Blindheit.

Minutenlang starrte Aaron damals in tiefste Finsternis, nahm nicht das Geringste wahr, bis sie den Schalter schließlich aus purer Verzweiflung drückte.

Und wusste: alles schwarz.

»Das bringt bei mir nichts«, sagt sie zu Sabine.

»Trotzdem.« Sie legt den Schalter in Aarons Hand.

Sieben Minuten linkes Auge. Sieben Minuten rechtes Auge.

Aaron zählt neunzehn mickrige Leuchtpunkte.

Das ist besser als bei den früheren Tests, aber ihr ist klar, dass es viel zu wenig ist.

»Ich sage doch: sinnlos«, bringt sie heraus.

»Jetzt machen wir noch einen hochauflösenden Perimetrietest, den Professor Reimer entwickelt hat«, sagt Sabine unbeirrt und rollt den Stuhl samt Aaron ohne Federlesen quer durch den Raum. »Die Blitze sind heller als beim Standardverfahren und dauern länger. Er nennt es ›hinter den Vorhang sehen‹.« Sie legt Aarons Hand auf eine Computermaus. »Stellen Sie sich einfach vor, Sie würden Glühwürmchen fangen.«

Aaron strengt sich an. So sehr.

Gar nichts.

Ihr ist zum Heulen. »Sie können das abbrechen«, sagt sie.

»Entschuldigung, wir haben noch gar nicht angefangen, ich habe was justiert.«

Aaron wartet.

Weiter nichts als Schwärze.

Plötzlich sieht sie ein Glühwürmchen, halblinks unten. Noch eins – noch eins. Immer mehr, die reinste Glühwürmchenparty. Die meisten sind unten und in der Mitte. Oben flimmern ebenfalls welche, aber nur wenige.

Ihr Herz springt Trampolin.

Manchmal ist sie sich nicht ganz sicher, ahnt das Licht mehr, als dass sie es wirklich erkennt, klickt dennoch.

»So, jetzt das andere Auge«, sagt Sabine.

»War das gut?« fragt Aaron bebend.

»Ich habe schon Schlimmeres erlebt.«

»Ein paarmal habe ich geraten«, beichtet sie.

»Machen alle.«

Trampolin und doppelter Salto.

Mit dem rechten Auge läuft es sogar noch etwas besser. Glühwürmchenfangen ist Aarons neue Lieblingsbeschäftigung, das könnte sie von morgens bis abends machen. Erst als Sabine den Test für beendet erklärt, merkt sie die Kopfschmerzen.

»Wir brauchen auch ein MRT, möchten Sie sich vorher ausruhen?« fragt Sabine.

»Nein«, gibt sie schnell zurück. »Gleich weiter.«

Sie wechseln den Raum. Als Aaron sich auf die Pritsche legt, fragt Sabine: »Rock, Pop oder Klassik?«

»Heißt?«

»Wir spielen Musik ein, das lenkt von den Geräuschen ab, die sind Horror.«

»Rock.«

»Darauf hätte ich Geld gesetzt«, sagt Sabine.

Aaron wurde etliche Male verwundet, das ist nicht ihr erstes MRT. Alle Narben an ihrem Körper gehören zu ihr, sie sind das Tagebuch eines Hochgeschwindigkeitslebens; auch die beiden an den hinteren Schläfenbeinen, wo Holms Kugel in Barcelona ein- und austrat. Ihr Kopf wird fixiert, sodass Aaron ihn keinen Millimeter bewegen kann. Das ist ihr immer unangenehm gewesen, ein Kontrollverlust. Doch diesmal nicht. Die enge, heiße Röhre ist wie ein Kokon, aus dem sie nach einer Metamorphose als ganz neues Wesen schlüpfen wird.

Aaron reloaded.

Sie brennt darauf, Sandra anzurufen und ihr zu sagen, dass sie zweihundertfünfundzwanzig Glühwürmchen gesehen hat. Zweihundertfünfundzwanzig!

Schon am ersten hämmernden Akkord erkennt sie den Song: »Purple Haze«, in der Version von Popa Chubby. Aaron singt mit, und Popas Gitarre wetteifert mit ihrem Puls.

Dann Rammstein, The White Stripes, die Stones.

Als die Musik abbricht, grölt Aaron sich weiter die Seele aus dem Leib. »Ein kräftiges Stimmchen haben Sie ja«, sagt Sabine. »Auch schon am Ballermann gewesen?«

Wieder muss sie im Wartezimmer Platz nehmen, dieses Mal länger. Ihr Herz macht Stepptanz, bis Sabine sie am Arm fasst.

Und dann ist die Angst da.

Reimers Hand ist warm und glatt. Nachdem sie sich gesetzt haben, fragt er: »Wie fühlen Sie sich, Frau Aaron?«

»Wie Papillon beim Betreten der Teufelsinsel.«

»Sie waren in der Sonne. Haben Sie eine Auszeit genommen, wie ich es Ihnen geraten habe?«

»Ja.«

»Was sehen Sie?«

»Hell und Dunkel, seit einiger Zeit auch Farben, blass wie auf einem alten Aquarell. Bewegungen sind toll, vor allem Autos, die direkt auf mich zu fahren. Manchmal bleibe ich mitten auf der Straße stehen, ums zu genießen, da findet man neue Freunde. Umrisse erkenne ich einigermaßen, aber nur, wenn ich ins Licht schaue. Nach Sonnenaufgängen bin ich ganz verrückt, in der Abenddämmerung und nachts bin ich total aufgeschmissen. Wenn das so weitergeht, lese ich demnächst das Kleingedruckte in Ihrem Patientenformular.«

»Was sehen Sie in diesem Moment?«

»Sie tragen ein blaues Hemd, und an Ihrem Hals ist ein roter Knubbel, ich vermute, eine Fliege. Ist nicht so piefig wie Schlips, das gefällt Ihnen. Auf Ihrem Kopf sitzt etwas Schwarzes. Sollte es keine Baskenmütze sein, haben Sie eine Menge Haare.«

»Erkennen Sie mein Gesicht?«

»Von hier sieht es wie ein großer Klecks Kartoffelbrei aus. Als wir uns die Hand gegeben haben, lagen noch zwei verbrannte Zwiebelscheiben drauf. Erste Theorie: Augenringe. Dann habe ich mich auf Brille festgelegt.«

Er lacht. »Schwarze Hornbrille. Was können Sie mir über das Zimmer sagen?«

»Hinter Ihnen hängt ein Bild, ich ahne geometrische Formen, das passt zu Ihnen, weil Sie was Aufgeräumtes haben. Der Raum ist hell, links sind zwei Fenster. Der Oschi in der Ecke könnte ein Tannenbaum sein, ich tippe aber auf Ficus. Der steht dort nicht zu Ihrer Erbauung, sondern für Ihre Patienten. Sie denken an solche Sachen, darum sind im Institut auch alle Wände lindgrün gestrichen, das entspannt. Oder ist es gelb?«

»Ich wollte kein Persönlichkeitsprofil.«

»Sorry, Berufskrankheit«, sagt Aaron.

Papier raschelt. »Ich habe das MRT vor mir liegen, außerdem die Ergebnisse der Perimetrietests. Kommen wir zunächst zu Ihrer Verwundung. Der Schusskanal ist mit Narbengewebe gefüllt, aber immer noch gut sichtbar. Auch wenn ich kein Experte für Laborierungen bin: Es dürfte kein besonders großes Kaliber gewesen sein.«

»So niedlich, wie eine .44er sein kann.«

»Die Kugel hat den Schädelknochen sauber durchschlagen«, ergänzt er. »Aus medizinischer Sicht eine eher undramatische Verletzung.«

»Wollen Sie tauschen?«

»Ich meine: im Vergleich zu anderen Zerstörungen, etwa als Folge eines Schlaganfalls. Die Flugbahn verlief quer durch den visuellen Cortex, darum sind beide Augen betroffen.«

Bis jetzt hat sie von Reimer noch nichts gehört, was sie nicht wusste. Aaron ist versucht, ihm das zu sagen, lässt es aber.

Einfach mal die Klappe halten.

Mit seinem nächsten Satz fliegt ein Molotowcocktail in das hingebungsvoll dekorierte Schaufenster ihrer Hoffnungen.

»Der relativ kleine Schadenskanal ändert nichts daran, dass in diesem Bereich die Zellen unwiderruflich vernichtet wurden und sich nicht mehr regenerieren können.«

Das Schaufenster brennt lichterloh.

»Nun zu Ihrem MRT«, sagt er. »Das ist eine feine Sache; es bildet die Hirnstrukturen ab, sodass ich erkenne, welche Areale in Ihrem visuellen Cortex intakt sind. Das heißt: Ich kann Ihnen in etwa sagen, was Sie sehen und was nicht.«

Aaron knetet die in Braille verfasste Informationsbroschüre, die Sabine ihr gab.

»Die Kugel hat vor allem die obere Hälfte Ihres Gesichtsfelds geschädigt«, führt Reimer aus. »In diesem Bereich nehmen Sie gar nichts oder zumindest sehr wenig wahr. Das wird durch die Perimetrietests bestätigt.«

»Ja, dort erkenne ich nur etwas, wenn ich den Kopf hebe.«

»Das wird so bleiben, tut mir leid.«

»Was ist mit dem Rest?« fragt sie bang.

»So klein die Kugel war, sie hat Schockwellen erzeugt, die das gesamte Hirnnetzwerk erfasst und diffuse Schäden verursacht haben, eine Diaschisis. Ein derartiger Zustand hält in der Regel maximal ein halbes Jahr an. Ihr –«

»Es ist über fünf Jahre her«, fällt sie ihm ins Wort.

»Geduld, Frau Aaron. Ihr Nervenverbund feuert nicht mehr koordiniert. Doch das allein erklärt nicht Ihre Blindheit. Dafür muss es eine andere Ursache geben, nur hat keiner der Augenärzte, bei denen Sie waren, danach gesucht. Ich vermute, dass beide Sehnerven und die Netzhaut unzureichend durchblutet werden. Die Neuronen kriegen zu wenig Sauerstoff, um Signale zu senden. Die gute Nachricht ist: Die Zellen sind Schläfer, aber gesund und bilden eine Schattenarmee, mit der wir in den Krieg ziehen können – wenn wir sie zum Leben erwecken.«

»Durch Elektrostimulation?«

»Ja. Es ist eine Art Hirnschrittmacher. Wir schicken schwache Stromstöße in die Augen und entlang der Sehnerven ins Gehirn. Die Stärke beträgt gerade einmal 0,0005 Ampere, Sie werden höchstens ein leichtes Kribbeln spüren. Der Strom zwingt die Zellen Ihrer Retina zu synchronen Impulsen, wodurch sich das Muster der Hirnwellen verändert. Stellen Sie sich Ihren Cortex als einen abgestürzten Rechner vor, bei dem wir den Resetschalter drücken. Über zehn Tage, immer eine halbe Stunde.«

»Warum nicht länger?«

»Weil es zu anstrengend wäre. Und damit ist es nicht getan. Sie müssen Ihre Ernährung umstellen und täglich meditieren.«

»Das tue ich ohnehin.«

»Sie praktizieren Budō, eine Kampfkunst. Ihre Atemtechnik, die Sie Kokyū nennen, soll Muskelkontraktion und Schlagkraft erhöhen. Bei mir trainieren Sie entspanntes Wachsein.«

Aaron ist verblüfft.

»Es überrascht Sie, dass ich mich mit Ihnen beschäftigt habe? Himmel. Zusätzlich werden Sie Augen-Yoga machen.«

»Was ist das?«

»Vermutlich ist Ihnen nicht bewusst, wie wichtig die richtigen Augenbewegungen für das Sehen sind. Das müssen Sie erst wieder lernen. Genau wie blinzeln.«

»Blinzeln?« fragt sie irritiert.

»Tun Ihre Augen weh?«

»Oft.«

»Weil Sie zu selten blinzeln, wird nicht genug Tränenflüssigkeit produziert.«

»Kommt mir gar nicht so vor.«

»Das glaube ich Ihnen sofort.«

»Ich würde mir auch von einem bekifften Baptisten einen Nagel in den Kopf schlagen lassen, wenn ich wüsste, dass es hilft«, sagt sie. »Aber Elektrostimulation klingt wie Science-Fiction.«

»Das ist sie keineswegs. Tatsächlich wurde das Verfahren bereits im frühen 19. Jahrhundert erfunden. Zuerst hat man es als medizinische Revolution gefeiert, doch dann kam Mary Shelley mit *Frankenstein*, und die Elektrotherapie galt für lange Zeit als Scharlatanerie.«

»Können Sie mir garantieren, dass ich am Ende keinen Scheiterhaufen anzünde?« fragt Aaron.

Reimer lacht. »Hoffen wir auf ein Freudenfeuer.«

Nie hat sie sich so nach einer Zigarette gesehnt.

Er wird wieder ernst. »Sie haben mich daran erinnert, dass die Schussverletzung fünf Jahre her ist und Ihr Sehvermögen seitdem nur bescheidene Fortschritte gemacht hat. Die Schädigung Ihres Cortex ist das eine. Ich habe Ihnen aber noch einen anderen Grund genannt: den Zusammenhang von insuffizienter Durchblutung und Stress. Bei Daueranspannung wird in Ihrem Körper Cortisol freigesetzt. Das Hormon verengt nicht nur die Gefäße im Herz und im Innenohr, sondern auch im Auge.«

Schon als sie im Winter in Marrakesch war und mit Reimer telefonierte, machte er Aaron eindringlich klar, dass sie für immer blind bleiben würde, wenn sie ihr Leben nicht änderte. Damals beschrieb *Stress* ihren Zustand nicht annähernd. Sie tauchte in einen Ozean von Adrenalin und musste sich entscheiden, was wichtiger war: ihre Rache oder ihre Augen.

Aber sie hat zur Ruhe gefunden, lässt dieses Argument nicht länger gelten. »Ich habe den Stress reduziert. Wenn mein Puls noch niedriger wäre, würde man mich obduzieren.«

»Sie haben Ihren Adrenalinpegel gedimmt, Frau Aaron, das ist löblich, doch es meint nicht dasselbe. Seit fünf Jahren haben Sie Stress durch die Erblindung. Sie haben Stress, weil Sie zum Opfer wurden und das nicht zu Ihrem Selbstbild passt. Sie haben Stress, weil Sie permanent so tun müssen, als hätten Sie Ihr Augenlicht nie verloren. Sie haben Stress, weil Sie Ihren Kummer nur mit sich allein ausmachen. Und vor allem haben Sie Stress, weil Sie die Tochter von Jörg Aaron sind. Held von Mogadischu, GSG-9-Heiliger, Übervater. Sie schleppen einen Schrankkoffer mit sich herum.«

»Lassen Sie meinen Vater aus dem Spiel«, blafft sie. »Ich lege mich nicht auf Ihre Couch, das habe ich schon mal gesagt.«

»Sorry, Berufskrankheit.«

»Mein Vater tut nichts zur Sache.«

»Ich bin auch Psychologe. Sie müssen sich mit meinem ganzheitlichen Ansatz abfinden. Steht in dem Kleingedruckten, das Sie noch nicht lesen können.«

»Wäre das alles?« fragt Aaron steif.

»Für heute. Ihre erste Elektrostimulation ist morgen früh um acht, trinken Sie eine Stunde vorher keinen Kaffee oder Tee und legen Sie kein Make-up auf.«

»Ich hoffe, dass Sie Ihr Geld wert sind«, sagt sie und steht auf.

»Ich hoffe, dass Sie sich in vierzehn Tagen mehr wert sind als heute«, versetzt er. »Im Übrigen gebe ich Ihnen einen Satz von Voltaire mit: ›Weil es der Gesundheit zuträglich ist, habe ich beschlossen, glücklich zu sein.‹«

Sie geht zur Tür.

»Und bitte fangen Sie wieder an zu rauchen.«

Aaron dreht sich überrascht um.

»Es wäre mir lieber gewesen, Sie hätten im Winter damit aufgehört«, sagt Reimer. »Ich vermute aber, es war erst gestern. Sie sind auf akutem Entzug, das ist Stress hoch zehn.«

5

Vormittags ist es schon so heiß, dass der Asphalt frische Blasen wirft. Pavliks Team mietet am Lissabonner Flughafen einen Van und einen 7er BMW und trifft in der Alfama den Kontaktmann des portugiesischen SIS, den Palmer organisiert hat. Ohne Fragen zu stellen, gibt er ihnen die Ausrüstungstasche. Jeder von ihnen hat jetzt eine nagelneue SIG Sauer, und Fricke ist um zwanzig Euro ärmer, denn er hat mit Pavlik gewettet, dass bei Palmer der Verfassungstext mit dem Trennungsgebot von Polizei und Geheimdiensten unterm Kopfkissen liegt.

Auf der sonnendurchglühten Küstenstraße fahren sie durch den Gestank gebratener Sardinen und sind eine Stunde später in Cascais, einem Wirrwarr von windschiefen, salpeterfleckigen Häusern mit Jugendstilbalkonen. An der Nordostseite der Bucht nehmen sie Quartier in einer elenden Touristenfalle, der Fricke den Namen »Zur springenden Zecke« gibt.

Die BKA-Jungs sind smart, cool, austrainiert. Was sie über die Abteilung denken, behalten sie zu Frickes Enttäuschung für sich. Nichts würde ihm größeres Vergnügen bereiten, als sie zu einem kleinen Schießtraining einzuladen. Bescheidenheit ist nicht seine Stärke, aber Pavlik erinnert ihn daran, dass sie in Irland mit Ach und Krach den dritten Platz geholt haben.

Sie nehmen Svobodas Hotel in Augenschein, das Cabral. Es liegt unweit der Marina, und falls an der Fassade etwas nicht aus Gold sein sollte, ist es gut versteckt. Pavlik erwartet nicht wirklich, dass sich heute schon was tut, doch als er und Nowak mit Touristengesichtern durch die ballsaalgroße Lobby schlendern, treffen sieben neue Gäste ein.

Bereits die Spiralformation verrät, dass es sich um zwei Bosse mit Sherpas handelt. Der eine stampft bullig rein; ein Nashorn auf Stelzen würde sich eleganter bewegen. Er hat eine Visage, als ob Vögel Parasiten herausgepickt hätten, und Pavlik erkennt ihn sofort:

Bela Zankov.

Er gehört zur Führung der bulgarischen Trojan-Gruppe, die sich aus ehemaligen Obristen, Beamten des Innenministeriums und Altkadern des militärischen Abschirmdienstes zusammensetzt; eine Kamarilla, deren Firmenimperium auf einem Fundament aus Mord, Folter und Erpressung errichtet wurde. Trojan kontrolliert mit mehr als hunderttausend Beschäftigten die bulgarische Wirtschaft; im Portfolio sind die Donauflotte, Zulieferfirmen für die Autoindustrie, Versicherungen, Beteiligungen an Fernsehsendern, die Aktienmehrheit der größten Fluglinie des Landes und der Handel mit gefälschten Zertifikaten. Zankov ist für hundert Jahre Gefängnis gut, aber in Bulgarien ist er sicher. Trojan besetzt alle Schaltstellen des Polizei- und Justizapparats und zitiert den Staatspräsidenten zum Rapport.

Der andere Mann sagt Pavlik nichts. Ein Südeuropäer in den Vierzigern, nicht zwingend Bulgare. Er ist groß, knochig, hat Augenbrauen wie Scheuerbürsten, und das Ergebnis seiner kürzlichen Haartransplantation könnte zufriedenstellender sein. Er trägt ein weißes Hemd ohne Jackett, keinen Schlips, hat jedoch trotz der Bullenhitze den obersten Hemdknopf geschlossen.

Als Nowak mit der Rezeptionistin schäkert, erfährt er, dass die Gäste türkische Pässe haben. Nowak ist unschlagbar in sowas, sein Charme würde aus einer Nonne einen Backfisch machen. Aber Pavlik weiß, dass er wie ein Tier unter der Trennung von seiner Frau leidet, die mit der Angst nicht mehr klarkam und Nowak vor Monaten verließ. Es ist nicht lange her, dass Pavlik mit ihm in seiner Wohnung hockte, wo nur noch das Ehebett und ein Schrank von Ikea standen und sie sich besoffen, bis die Sonne ausnahmsweise im Westen aufging.

Für morgen Abend hat Zankov zwei Tische im besten Restaurant von Cascais reservieren lassen, dem Lusiada. Einen für fünf und einen für drei Personen.

Pavlik ruft Demirci an und gibt ihr einen Abriss.

»Wer ist der Mann, den Zankov dabeihat?« fragt sie.

»In der biometrischen Datei ist er nicht. Vorerst nennen wir ihn Amisch.«

»Warum, kam er zu Pferd?«

»Er hält Krawatten für Teufelswerk. Hat Svoboda Delmonte schon mal gesehen?«

Seit Ines Grauder schwanger wurde, ist Giulia Delmonte ihre einzige Frau für verdeckte Einsätze.

»Das kann ich nicht ausschließen«, sagt Demirci.

»Dann brauche ich ein Pärchen vom BKA. Jung und attraktiv, sowas wie Barbie und Ken. Aber keine Abziehbilder, die müssen was draufhaben. Spätestens morgen Mittag sollen sie hier sein, damit ich sie mir ansehen kann. Und der Typ vom SIS ist nochmal gefragt, Palmer soll das regeln.«

»Wann?«

»Um sechs, bevor das Restaurant aufmacht.«

Der SIS-Mann zeigt dem Inhaber des Lusiada seinen Ausweis. Er instruiert ihn, wo er die Gäste platzieren soll, und blockt für Barbie und Ken einen Nebentisch. Sie installieren einen Lolli und zusätzlich zu der Wanze eine Minicam.

»Ging wie's Karnickelficken«, sagt Fricke.

Als die Sonne sinkt, steht Pavlik am Hafen und schaut übers Meer. Es sind immer noch an die vierzig Grad. Die Hitze öffnet den Himmel wie mit einem Reißverschluss, dahinter glüht eine flammend rote Schmiedeesse.

Er denkt an Aaron. Ihn plagt das schlechte Gewissen, sie in Amerika nur zweimal angerufen zu haben. Doch sie sind nie gut im Telefonieren gewesen, über Belanglosigkeiten kommen sie selten hinaus. Zuletzt sprachen sie miteinander, nachdem ein

Handwerker bei Pavliks Frau Sandra geklingelt hatte, um einen Termin für das neue Dach zu verabreden. Aaron hatte ihm den Auftrag erteilt und erklärt, sämtliche Kosten zu übernehmen. Das wurmstichige Gebälk hatte Pavlik letztes Jahr so heftige Magenschmerzen bereitet, dass er sich damit abgefunden hatte, einen Kredit aufnehmen zu müssen. Sandra ist nicht berufstätig; er muss vier Kinder ernähren, drei eigene und jetzt auch Luca, und was nützt es, Demircis rechte Hand zu sein, wenn es sich nicht auf dem Gehaltsscheck niederschlägt.

Im Winter hatte er Aaron angefrotzelt, ihnen unter die Arme zu greifen. Aber natürlich meinte er das nicht ernst. Dass sie nichts für das Erbe kann, ändert nichts daran, dass an den zwei Milliarden Blut klebt.

Sandra fragte, ob er das Geld auch ablehnen würde, wenn es um eine Operation ginge, von der das Leben eines seiner Kinder abhängen würde. Darüber dachte er nach und verneinte. Also könnten sie es fürs Dach verwenden, erklärte seine Frau. Denn was für die Kinder akzeptabel sei, sei allemal gut genug, um den Regen abzuhalten.

Bald hatten sie ein nagelneues Dach, und Pavlik stellte fest, dass er erstaunlich ruhig schlafen konnte. Beide bedankten sie sich bei Aaron am Telefon. Was sollte sie mit all dem Geld schon anderes anfangen, als den Menschen, die ihr etwas bedeuten, eine Freude zu machen?

Einen Jet kaufen, um zu den schönsten Orten der Welt zu fliegen? Den 64er Ford Mustang, in den sie verschossen war? Erstausgaben ihrer Lieblingsbücher?

Wäre sie dann weniger einsam?

Eine Zeitlang hoffte er, dass sich zwischen ihr und Flemming etwas anbahnen würde. Im Februar hat sie Flemming mehrmals im Krankenhaus besucht, wo er mit acht Schusswunden im Körper um sein Leben rang. Dem Leben, das er für Aaron und Luca eingesetzt hatte. Aber als sie nach Amerika geflogen ist, verlor auch Flemming den Kontakt zu ihr.

Pavlik ist Aarons Beklommenheit bei dem Telefonat nicht entgangen. Sie setzt alle Hoffnungen auf diese Therapie, ohne zu wissen, ob sie sich etwas vormacht. Vielleicht ist sie eine der reichsten Frauen der Welt; eine der traurigsten bestimmt.

Als nachts der Vollmond ins Hotelzimmer knallt, liegt Pavlik wach auf dem Bett. Obwohl sein linker Unterschenkel vor langer Zeit bei einem Motorradunfall abgerissen wurde, tut er seit dem Flug nach Portugal weh. Jetzt sind die Schmerzen so stark, dass er eine Tablette nehmen muss.

Dieses Zeichen kennt er nur zu gut.

Pavlik ist keiner, der etwas auf verschüttetes Salz, zerbrochene Spiegel, schwarze Katzen oder die Dreizehn gibt. Das Leben ist die Summe aller Pläne, minus der richtigen und falschen Entscheidungen, multipliziert mit sämtlichen Zufällen.

Plus den Dingen, die man verhindern kann.

Am Hafen haben noch Lokale auf, und der Wind, heiß wie ein Fön, pustet Fadoklänge durch das offene Fenster. Die verzagte Stimme der Sängerin, der wehmütige Rhythmus, die traurige Melodie laden Pavlik ein, sich in den Weltschmerz hineinfallen zu lassen. Er weiß aus seinem Jahr beim Allied Joint Command, dass die Portugiesen *Saudade* zu dieser Stimmung sagen. Sie ist aus Kummer, Sehnsucht und Melancholie gemacht, ohne dass sich das Wort übersetzen lässt. Es heißt, etwas unwiederbringlich verloren zu haben und das brennende Verlangen danach nie stillen zu können.

Pavlik geht alles noch einmal durch. Sieht keinen Fehler.

Morgen wird Svoboda sich mit Zankov im Lusiada treffen, um ein dreckiges Geschäft zu bereden, und sie werden es aufzeichnen. Haftbefehl des Generalbundesanwalts, Belobigung durch das Kanzleramt, Sonderurlaub.

Die Tablette wirkt nicht, das Bein macht ihn verrückt.

Vielleicht liegt es daran, dass er mit seinem fünfzigsten Geburtstag noch immer keinen Frieden geschlossen hat. In manchen Berufen bedeutet die Zahl gar nichts. In seinem steht man mit einem Bein in der Rente. Als ihm das in den Sinn kommt, lacht er leise. Pavlik lauscht noch eine Weile dem Fado, der ihn schließlich in den Schlaf wiegt.

Am späten Vormittag treffen Barbie und Ken ein. Sie könnten aus der »Like Ice in the Sunshine«-Werbung sein. Pavlik drückt beiden eine SIG in die Hand und fordert sie auf, sie zu zerlegen und wieder zusammenzusetzen. Ken schafft es in elf Sekunden, Barbie in acht. Waffen-Barbie.

Svobodas Jet landet in Pinhal Novo, auf der anderen Seite des Tejo. Pavlik hat Nowak mit den BKA-Jungs hingeschickt, um den Senator unauffällig bis Cascais zu eskortieren. In der Zwischenzeit präparieren Fricke und er seine Hotelsuite. Sie verwanzen jeden Raum, und Fricke installiert zusätzlich eine Minicam mit Mikrofon im Fahrstuhl. Das gehört zu den Dingen, die Pavlik an ihm mag: Akribie. Schöner Satz von Fricke: »Mecker nicht über warmes Bier, guck lieber, ob im Kühlschrank Licht brennt.«

Svoboda bleibt den ganzen Nachmittag in der Suite. Er arbeitet am Notebook, und sie lesen mit, weil sie einen Keylogger bei ihm eingeschleust haben. Langweilige Korrespondenz, Beamtenlyrik. Aber das trübt die Hochstimmung von Pavliks Leuten nicht. Sie reden davon, dass vor elf Jahren Fahnder des damaligen BKA-Präsidenten Richard Wolf den deutschen Innenminister als Domestik eines Rauschgiftkartells überführten, dessen Oberhaupt in Lissabon eine Quinta besaß.

Fricke sagt: »Wir haben ihn. So sicher, wie es im Puff Champagner gibt.«

Pavlik denkt an die Worte von Kaiser Wilhelm II.: *Ich glaube an das Pferd. Das Automobil ist eine vorübergehende Erscheinung.*

Sein Bein will einfach keine Ruhe geben.

Um halb neun fährt Svoboda mit einem Taxi zum Lusiada, wo Zankov und Amisch bereits warten. Pavlik und die anderen sind in einer Seitengasse im Van und starren auf das Videobild. Bei der Begrüßung wird deutlich, dass Zankov und Svoboda sich zum ersten Mal begegnen. Amisch wird ihm von dem Bulgaren auf Englisch als »Michael« vorgestellt. Minuten vergehen mit dem Studium der Speisekarte, der Wahl des passenden Weins, Svobodas saloppe Geschwätzigkeit.

Barbie und Ken lassen am Nebentisch die Finger nicht voneinander. Wenn man es nicht besser wüsste, könnte man denken, dass heute Nacht ihr Bett brennt.

»Das ist doch keine Show«, meint Fricke.

Die BKA-Jungs sind derselben Meinung. »Erotik am Arbeitsplatz, Palmers Horror«, feixt der eine.

Als es nach der Bestellung Zeit fürs Geschäft wird, ertönt am Nebentisch Gesang, »Happy Birthday«. Eine Wunderkerzen-Torte wird hereingetragen, und der nicht enden wollende Lärm lässt Zankov ruhigere Plätze im hinteren Teil des Restaurants verlangen.

In welchem Plan kommt sowas vor?

Barbie geht sich das Näschen pudern und ruft bei Pavlik an. »Und jetzt? Sollen wir uns auch umsetzen?«

»Zu auffällig. Bleibt, wo ihr seid.«

Die nächsten beiden Stunden wird im Van kein Wort gesprochen, selbst Fricke ist nicht nach Witzen zumute. Pavlik ist so wütend, dass er nach einer Mücke schlägt und eine Delle in der Verschalung hinterlässt.

In Frickes Bericht wird später stehen:

Zankov und Svoboda sind mit den Sherpas zurück zum Hotel. Der Typ, den Pavlik Amisch getauft hat, ist mit einer Limousine los. Pavlik und ich haben uns mit dem BMW drangehängt, die anderen haben für Zankov und Svoboda Kindermädchen gespielt.

Amisch nimmt die Küstenstraße nach Westen. Sein Wagen ist hundert Meter vor ihnen, aber Pavlik scheinen es Meilen zu sein. Als sehe er ihn durch das falsche Ende eines Zielfernrohrs.

Bald sind sie außerhalb des Ortes. Rechts ist Wald, links geht es steil zum Meer hinunter. Die wenigen Sterne verheddern sich im schwarzen Gestrüpp von Wolken.

Amisch fährt im Nirgendwo auf einen Parkplatz. Dreihundert Meter weiter schaltet Pavlik den Motor ab und macht die Scheinwerfer aus. Er weiß, wo sie sind: nah bei der Schlucht, die *Boca do Inferno* genannt wird, Höllenmund. Als er damals in Oeiras stationiert war, hat er sich das Spektakel einmal angesehen. Von drei Seiten bilden die Klippen einen Kessel, über den sich ein zerklüftetes Felsviadukt spannt. Die Flut presste die Wellen mit solcher Wucht in Steinschlote, dass Pavlik oben nass bis auf die Haut wurde.

Er klappt die Nachtsichtbrille vor die Augen.

Amisch steigt aus und geht zu der tiefer gelegenen Aussichtsplattform; das Leuchten, aus dem sein Körper besteht, löst sich in Grizzeln auf.

In Frickes Bericht wird es heißen: *Ich habe das Auto im Auge behalten. Pavlik wollte sich die Sache mal ansehen.*

Er läuft zu der Felsenbrücke, schleicht zwischen schroffem Geröll über den Kessel. Unter ihm heult die Stalinorgel des Meeres, weiß Pavlik die Schaumfratzen der Brecher.

Dann sieht er Amisch.

Der Mann steht an der Brüstung, in einem Dunst aus Gischt. Eine Frau ist bei ihm. Sie ist groß und schlank, hat kurze Haare. Ihr Gesicht ist für Pavlik auf die Entfernung nur eine Ballung von grünen Pixeln.

Das ist der letzte klare Moment.

Neben Pavlik spritzt Gestein ab; in dem gewaltigen Tosen des Meeres war der Schuss vollkommen lautlos.

Als er sich flach auf den Boden wirft, erhascht er noch einen Blick auf Amisch und die Frau. Beide ziehen Pistolen und springen in Deckung.

Pavlik schmeißt die Nachtsichtbrille weg, sie behindert ihn jetzt nur. Er ist zwischen Felsen eingeklemmt, erhält einen harten Schlag an der linken Schuhsohle und weiß:

Ein dritter Gegner. Hinter ihm.

Das Projektil ist von Pavliks Karbonprothese abgeprallt und hat keinen Schaden angerichtet. Doch jetzt kommen die Kugeln von drei Seiten schnell aufeinander und so dicht, dass er ihren Luftzug spürt.

Pavlik kann nicht das Geringste sehen. Sich nicht wehren.

Er will sein Handy aus den Jeans ziehen und stellt fest, dass er es nicht mitgenommen hat. Es liegt im Auto, wo Fricke sitzt und von alledem nichts mitkriegt. Binnen Minuten werden sie nah genug herangekommen sein, um ihn problemlos zu eliminieren. Ab und an erwidert er blind das Feuer, um zu zeigen, dass er sich nicht kampflos ergibt.

An den Steinsplittern, die Pavliks Schläfen perforieren, kann er ablesen, wer den Schuss abgegeben hat. Die Kugeln halblinks stammen von der Frau. Sie sind so platziert, dass er seine Nase in den Dreck drücken muss.

Keinen Zentimeter auseinander. Bei dem Licht.

Champions League.

Er tippt noch einmal an den Abzug der SIG. Der Bolzen findet in der leeren Kammer keine Patrone mehr.

Wie lange hat er noch?

Er kann hier liegen bleiben, um auf den Tod zu warten, oder etwas tun, und sei es vergeblich.

Die einzige Richtung, die Pavlik bleibt, ist rechts, zum Meer hin. Während um ihn herum Blei den Fels zum Glühen bringt, robbt er über das Gestein und schürft sich die Haut auf, ohne es zu spüren, beherrscht vom Wissen, was am Rand des Viadukts auf ihn wartet.

Und über allem das ohrenbetäubende Grollen der Brecher.

Es ist so weit.

Er starrt in das bodenlose Nichts. Das Orgeln der Brandung wird zu einem Pfeifen wie von einem Tinnitus.

Vierzig Meter.

Mitten in die Hölle.

Zwischen Felsen, die er nicht sieht.

Pavlik wägt den sicheren, aber wenigstens schnellen Tod hier oben gegen qualvolles Ertrinken ab. Vielleicht wird er auf dem Riff zerschmettert, dann wäre es schmerzlos. Wie bescheiden Aussichtslosigkeit einen macht. Eine Kugel trifft ihn am Arm.

Das nimmt ihm die Entscheidung ab.

Pavlik springt und hört seinen eigenen Schrei nicht.

Es ist, als liege er im windstillen Zentrum eines rasend schnellen Hurrikans. Gedanken und Bilder ziehen vorbei wie Kraniche.

An einem Sommerabend lassen die Zwillinge Luca beim Fußball gewinnen, und Pavlik brutzelt dicke Steaks, außen schwarz, innen blutig, wie er's mag. Er sieht zu Sandra, die mit der kleinen Jenny auf der Hollywoodschaukel sitzt und ihr aus *Wo die wilden Kerle wohnen* vorliest. Den mit dem Zottelgesicht, den Haifischzähnen und den Hörnern mag Jenny am liebsten. Aufgeregt ruft sie: »Ficke! Ficke!«, und Pavlik wechselt mit Sandra ein Grinsen. Tatsächlich hat der Kerl eine gewisse Ähnlichkeit mit Fricke, den Jenny in ihr Herz geschlossen hat, weil er sagenhafte Grimassen schneiden kann.

In dem Moment ist alles perfekt.

Doch jetzt, wo der Abgrund nichts als ein leeres Stundenglas ist und er durch längst verronnene Zeit stürzt, weiß Pavlik, dass er dieses große Glück weggeschmissen hat.

Als habe es ihm nie etwas bedeutet.

Lange ist er Lisseks wichtigster Vertrauter gewesen, und auch Demirci suchte seinen Rat. Beide haben ihn in die Auswahl von Kandidaten für die Abteilung einbezogen.

Männer, die in einer festen Bindung lebten, erhielten meist den Vorzug. Weil sie dem Tod nicht ins Gesicht spucken, weil sie wissen, was Verlust ist. Er dachte immer, dass er selbst so wäre: rational, besonnen.

War er nicht.

Sonst würde er noch im Wagen sitzen und nicht an diesen Klippen verlöschen.

Es muss eine Gnade sein, keinen geliebten Menschen zurückzulassen. Wie beneidet er Kemper, Rogge, Marx, Büker, Fricke. Die haben niemanden. Sie werden mit dem Trost sterben, dass außer den Kameraden keiner um sie trauern muss.

Aber Sandra wird Jenny später Fotos zeigen, damit sie weiß, wie ihr Vater aussah. Die Zwillinge sind siebzehn, er hinterlässt ihnen nichts als den Schmerz, ihn so früh verloren zu haben.

Luca. Es ist kein halbes Jahr her, dass Sandra und Pavlik ihn nach dem Tod seiner Eltern aufnahmen. Wie soll Sandra ihm erklären, dass jetzt auch Pavlik für immer fort ist?

Als er auf dem Wasser aufschlägt, fühlt es sich an, als würde sein Rückgrat brechen. Er verliert das Bewusstsein. Aus weiter Ferne hört er das Lachen von Sandra, Lucas Torjubel, Jennys Glucksen, dann kommt er zu sich, ist ein Ball, mit dem zwei Riesen in der schwarzen Tiefe Tennis spielen.

Seine Lunge ist wie zugekleistert. Er hat ihr Volumen durch langjähriges Training auf acht Liter erweitert. Wenn Pavlik genügend Zeit hat, sich darauf zu konzentrieren, kann er die Luft vier Minuten anhalten. Aber er hatte nicht einmal Zeit, sich vom Leben zu verabschieden.

Der Tidensog will ihn in den Kessel ziehen, zu den Klippen, wo die Wellen detonieren. Mechanisch versucht Pavlik, an die Wasseroberfläche zu gelangen, ohne Hoffnung; gewiss, hier unten zu verrecken, nach Wochen an die Küste gespült zu werden, ein aufgedunsener Kadaver, an dem Strandläufer picken, ein Fleischklumpen, kaum noch als Mensch zu identifizieren.

Doch plötzlich ist er oben, mitten in dem kochenden Inferno. Kreuzseen packen Pavlik, schmeißen ihn in dem brodelnden Schaum wie Tang hin und her. Den Riesen ist Tennis zu langweilig geworden, jetzt ist er ihr Rugby-Ei. Wasserbretter rasen auf ihn zu, fressen die Atemluft. In Gischtgebirgen wird er auf die Gipfel mächtiger Wogen gewuchtet, rutscht steil abwärts und fliegt wieder in die Höhe.

Er wollte, es wäre endlich vorbei.

Hört Sandra schimpfen: *Und du willst ein wilder Kerl sein?*

Bin ich nicht. War ich nie. Ich war so damit beschäftigt, immer an alles zu denken, dass ich blind war. Wieso hast du an meinem Fünfzigsten nicht zu mir gesagt: Es ist genug. Mach Schluss?

Plötzlich sieht er einen Sturmvogel. Elegant schwebt er direkt über ihm und mustert ihn neugierig.

Weißt du, was mir seit dem ersten Tag an dir gefallen hat? hört er Sandra. *Dass du kein Jammerlappen bist. Also sülz mich nicht voll. Wenn du einfach aufgibst, werde ich dir das nie verzeihen.*

Der Sturmvogel zwinkert ihm mit seinem schwarzen, hungrigen Auge zu, stößt dicht neben ihm herab, schnappt sich einen zappelnden Fisch und gleitet mühelos in den schwarzen Äther.

Auf einmal spürt Pavlik eine riesige Energie in sich, eine Kraft, die ihn erst verlässt, als er die letzten Ausläufer des Gebirges bezwungen, nach Westen geschwommen und in einem halbwegs flachen Abschnitt an Land gekrochen ist.

Er braucht bis zur nächsten Eiszeit, um sich zu erinnern, dass er einen Körper hat. Pavlik wälzt sich auf den Rücken und sieht zum Himmel. Wolken rasen so schnell am Mond vorbei, dass er wie ein Diskus über ihn hinwegfliegt. Als er sich stöhnend aufrichten will und sofort zusammenbricht, realisiert er, dass seine Unterschenkelprothese beim Aufprall aufs Wasser abgerissen worden sein muss. Die lächerlich niedrige Felsmauer, die ihn von der Straße trennt, wird zu seinem Mount Everest. Oben rollt er sich in den Staub, fühlt sich wie in der Todeszone, wollte, er hätte ein Sauerstoffgerät.

Er hört ein Auto.

Es stoppt.

Scheinwerfer strahlen ihn an.

Pavlik ist bereit, sich wieder über die Felsen zu rollen, zurück ins Meer, um zu ertrinken. Denn eins ist gewiss: Er hat nicht mal mehr genug Atem für eine Pusteblume.

Doch eine vertraute Stimme sagt: »Komm hoch, alter Mann.«

Fricke greift ihm unter die Arme, damit er zum Auto hüpfen kann, wo er zu Boden sinkt und Fricke sein T-Shirt zerreißt, um die Schusswunde notdürftig zu verbinden.

Sie schweigen, bis Pavliks Lunge aufhört zu rasseln.

»Und sonst so?« fragt Fricke.

»Man hat sein Tun«, krächzt Pavlik.

»Wie war das Wasser – Badewanne?«

»Kälter als das Bett deiner Ex.«

»Dann wärst du Schlittschuh gelaufen.«

»Von allen Arschgeigen bist du die Stradivari.«

»Ich wollt mir ansehen, womit du dir die Zeit vertreibst«, sagt Fricke. »Hab dem Trio zwei Magazine spendiert. Die Frau hat den Houdini gemacht und ein hübsches Loch in der Luft hinterlassen. Ihrem Kumpel habe ich meine gesammelten Werke in Bleisatz geschenkt, die liest er jetzt unter Wasser.«

»Was ist mit Amisch?«

»Kannst du schon wieder aufs Bein, Ahab?«

»Warum?«

»Darum.«

Fricke hilft ihm hoch und öffnet den Kofferraum.

Amisch ist geknebelt und mit Kabelbinder verschnürt, sein Gesicht eine Grimasse aus wildem Hass.

Fricke grinst. »Den kriegt Demirci zum Geburtstag. Aber mit Schleifchen.«

6

In den Monaten bei Kishō ist sie jeden Morgen mit den Vögeln aufgestanden. Jetzt genügt das Tropfen des Wasserhahns, das Aaron durch die geschlossene Badezimmertür hört, um sie gegen vier aus dem Bett zu werfen. Sie schaltet die Rocket Milano ein. Die chromblitzende Espressomaschine wurde samt Kaffeemühle gestern ins Hotel geliefert. Als Aaron noch sehen konnte, hätte sie höchstens fünfzehn Minuten gebraucht, um sich mit der Bedienung vertraut zu machen. Aber es hat sie fast den halben Nachmittag gekostet. Das gehört zu den Dingen, die sie als Blinde in den Wahnsinn treiben: dass sie für die einfachsten Sachen so lange braucht.

Die tausendfünfhundert Dollar hat sie von ihrem normalen Bankkonto genommen. Kishōs Land und das Dach von Sandra und Pavlik sind das Einzige, was sie mit Holms Geld bezahlt hat. Sogar das Taxi nach Yorktown hat Aaron sich von ihrem Ersparten gegönnt.

Freunden unerschwingliche Geschenke zu machen, fällt ihr leichter, als sich selbst etwas von dem Erbe zu leisten. Dem Erbe, das sie so oft verflucht hat, dass ihr die Worte dafür ausgingen.

Sie kann es nicht einfach ignorieren.

Aber was soll sie damit anstellen?

Geld ist weder gut noch schlecht, hat Kishō gemeint.

Ist das so?

Als sie sein Land kaufte, sagte sie sich, dass sie etwas Gutes tat. Wie auch bei Pavliks Dach. Als werde das Geld erst zu etwas Schlechtem, wenn sie es für sich verwendet.

Ich hoffe, dass Sie sich in vierzehn Tagen mehr wert sind.

Ist sie sich wirklich nichts wert? Die Frage will ihr nicht mehr aus dem Sinn. Viele Blinde haben ein geringes Selbstwertgefühl; wie sollte es anders sein, wenn man ständig auf Mitmenschen angewiesen ist? Aber sie doch nicht. Sie ist nicht schwach, nicht hilflos, braucht kein Mitleid.

Reimer meinte etwas anderes, das weiß sie sehr wohl.

Opfer zu sein passt nicht zu Ihrem Selbstbild, Frau Aaron.

Bis zu dem Schuss in Barcelona hatte ich alles unter Kontrolle. Nein, das ist nicht richtig. Als ich in dem Keller war und Boenisch »Pretty Woman« hörte, während er sich danach sehnte, mich abschlachten zu können, war ich auch Opfer. Das habe ich doch hinter mir gelassen.

Habe ich das?

Sie wollte, sie wäre im Shintō-Schrein und Kishō würde seinen Gesang anstimmen, so tief, dass der ganze Raum schwingt und die Seele hüpft. Eine Melodie, die keine ist. Worte, die keine sind. Weder Denken noch Nicht-Denken.

Aaron putzt sich die Zähne, starrt ins Neonweiß des Spiegels. So heiß sie das Duschwasser auch aufdreht, es spült das Chaos nicht aus ihrem Kopf. Sie macht sich einen Espresso und geht im Bademantel auf den Balkon. Die Kippe nach dem ersten Kaffee ist immer die beste.

Wieder denkt sie an Reimer.

Sie praktizieren Budō, eine Kampfkunst.

Von wem kann er es erfahren haben? Nur von Lissek.

Als sie im Februar bei ihm in Schweden war, zwang er Aaron, mit Reimer zu reden, weil er wusste, dass sie sich aus Angst vor einer niederschmetternden Diagnose niemals freiwillig in Behandlung begeben hätte. Lissek war immer mehr als ihr Chef gewesen. Er empfindet für sie wie für eine Tochter. Und Aaron sucht den Vater in ihm, den Vater, den sie verlor, den Vater, dem er so ähnlich ist. Was soll sie ihm anlasten? Die vielen Jahre, die er sie beschützt, sie liebhat?

Sei kein Kind, Aaron.

Wütend ist sie auf Reimer. Jedes Mal bringt er sie dazu, ihn zu provozieren. Die Obercoole zu spielen. Sie weiß, warum. Weil seine Fragen immer dahin gehen, wo es wehtut. Er scheint alle ihre wunden Punkte zu kennen. Sie hasst es, analysiert zu werden. Morgen ist Gesprächstherapie.

Und wenn ich einfach Nein sage? Ich will das nicht.

Mit Wehmut denkt sie an ein italienisches Sprichwort, das sie von ihrem Vater gelernt hat. Aaron kann kein Italienisch, aber sie hat sich die Worte gemerkt, weil sie so schön klingen.

L'erba voglio non cresce nemmeno nel giardino del Re.

Das Kraut *Ich will* wächst nicht einmal in des Königs Garten.

Sie lauscht dem Meer, seinem stillen Gedicht, und wartet auf den Moment, den sie jeden Morgen herbeisehnt.

Lange.

Endlich bricht der orangerote Splitter aus dem Wolkengebälk, spreizt sich selbstbewusst und wird zu einem Keil, der die Nacht aufsprengt und Aarons Welt Konturen gibt.

Laternen dürfen endlich die Augen schließen. Die Bäume im Park sind Riesen, die im Stehen schlafen. Schattenmöwen machen mit dem Wind den ersten Tanz des Tages.

Sie kommt der Zeit abhanden, saugt das Licht in ihre Augen, bis ihr Handy vibriert. Aaron geht ins Zimmer und fischt es vom Nachttisch.

Siri sagt: »Pavlik ruft an.«

Sie nimmt ab. »Hallo.«

»Hallo. Dachte, du bist noch wach.«

»Vor einer Stunde aufgestanden.«

»Ach so.«

Ihr wird klar, dass er geglaubt hat, sie wäre in Amerika.

»Bin auf Rügen. Vorgestern hat die Therapie begonnen. Hat Sandra dir das nicht erzählt?«

»Ich lebe auf Sparflamme«, sagt er.

Aaron weiß sofort Bescheid. »Wo bist du?«

»Sparta.«

So nennen sie das sichere Haus in Cottbus. Dort verhören sie Verdächtige, die für Berlin zu brisant sind.

»Was sagt der Professor?« fragt Pavlik.

»Er setzt mein Gehirn unter Strom wie Frankenstein.«

»Dann dürften auf Rügen demnächst eine Menge Leute mit Fackeln rumlaufen.«

Beide Telefone sind kryptiert, sie können offen reden.

»Wen habt ihr in Sparta?« fragt sie.

»Die kurze oder die lange Version?«

»Hab Zeit.«

»Svoboda hat sich einen Ausflug nach Portugal gegönnt. Wir waren mit einem kleinen Besteck an ihm dran. Er hat sich mit Bela Zankov getroffen.«

Sie zieht scharf die Luft ein. »Ihr habt Svoboda und Zankov?«

»Nein. Palmer hat Demirci klargemacht, dass Zankov zu viel Staub aufwirbeln würde. Deutsche Unternehmen machen mit der Trojan-Gruppe Geschäfte, über Tochterfirmen, die an bulgarischen Flughäfen beteiligt sind. Das Kanzleramt würde uns durch die Mangel drehen.«

»Und Svoboda?«

»Es hätte seine Karriere beendet, aber ihn nicht hinter Gitter gebracht. Das ist inakzeptabel, wir haben beide ziehen lassen.«

»Habt ihr keine ›warme Stube‹ gebaut?«

Aaron benutzt den altmodischen Ausdruck ihres Vaters, der in den siebziger und achtziger Jahren bei der RAF-Fahndung für Lauschangriffe gebräuchlich war.

»Doch. Aber war fürn Arsch.« Pavlik schweigt kurz. »Zankov hatte jemanden dabei. Der ist nachts zur Küste gefahren und hat sich dort mit einer Frau getroffen. Die wollten sich von mir die Stimmung nicht versauen lassen.«

Sie versteht. »Bist du okay?«

»Meine alten Knochen knacken wie morsches Holz, der Rest ist Pillepalle.« Langes Schweigen. »Die Frau war unglaublich, ihre Schusskadenz hätte von dir sein können.«

»Seid ihr aufgeflogen?«

»Dann hätte Svoboda sich nicht mit Zankov gezeigt. Nein, die haben improvisiert. Am Treffpunkt war noch ein Mann. Fricke hat ihn erledigt, ich wette, dass er zu der Frau gehört hat. Aber es hat sich gerechnet. Wir haben Zankovs Geschäftspartner, seine DNA ist in unserer Datei.«

»Wer ist es?« fragt Aaron elektrisiert.

»Michele Sposato, klingelt da was?«

»Nein.«

»Er ist der Consigliere des Colombo-Clans. Es scheint, dass die ʻNdrangheta an einem Joint Venture mit der Trojan-Gruppe bastelt. Und Svoboda will mitmischen.«

»Also habt ihr einen Zeugen?«

»Wenn wir ihn zum Reden bringen. Aber so sieht's nicht aus. Wir hatten einen Jet. Ich habe Sposato auf dem ganzen Rückflug bearbeitet. Gegen den ist eine Auster eine Quasselstrippe.«

»Ein paar Stunden sind gar nichts«, sagt sie.

»Du kennst mich drei, vier Tage. Ich weiß, ob einer reden wird oder nicht. *Wir* kriegen aus ihm nichts raus.«

Wir.

Darum ruft er an. Sie soll Sposato verhören. Pavlik war dabei, als Aaron Lucas Mutter mit Gedankensuggestion Geheimnisse entlockt hat, die sie niemals freiwillig preisgegeben hätte.

Stille.

Sie hofft, dass er nicht fragt.

»Habt ihr eine Staatsanwaltschaft?« erkundigt sie sich, mehr, um das Schweigen zu überbrücken.

»Nein.«

»Warum nicht?«

»Bei Svobodas Kontakten? Zu riskant.«

»Wie lange wollt ihr ihn festhalten?«

»Hängt von ihm ab.«

»Ohne Rechtsbeistand?«

»Strafgesetzbuch gefrühstückt?« versetzt Pavlik.

Wow. Demirci hat ihre heiligen moralischen Prinzipien ja schnell über Bord geworfen. Und Palmer erst. Ich hätte nie gedacht, dass er bei sowas mitmacht.

»Erinnerst du dich an den Abend mit Jasper Mason in D.C.?« fragt sie.

»Mr Waterboarding?«

»Nie ist mir so bewusst gewesen wie damals, was der Unterschied zwischen uns und einer Einheit wie der SAD ist. Für mich hat es immer eine Mauer gegeben, an der ich haltgemacht habe. Dahinter ist Mason-Land.«

Pavliks Stimme wird hart. »Svoboda hat unsere Kameraden auf dem Gewissen. Wir lassen keinen einzigen ungesühnt, niemals. Wenn wir das opfern, geben wir uns auf.«

»Wenn wir das Recht opfern, geben wir uns auch auf.«

»Sagt die Frau, die auf einem Rachefeldzug war und einen Dreck auf das Gesetz gegeben hat«, gibt Pavlik zurück.

»Das war was anderes, und das weißt du verdammt genau.«

»Warum? Weil es um deinen Vater ging? War der mehr wert als Blaschke, Clausen, Mertsch, Nickel, Butz?«

Aaron liegt eine scharfe Erwiderung auf den Lippen.

»Vergiss das«, murmelt Pavlik mit rauer Stimme. »Ich weiß, was Butz dir bedeutet hat.«

Sie bleibt stumm.

»Du müsstest die Therapie nur für einen Tag unterbrechen. Demirci schickt dir eine Gulfstream, heute Abend bist du wieder auf Rügen.«

»Du verstehst das nicht. Ich kann nicht einfach nach Cottbus jetten und mit Sposato plaudern. Ich müsste mich vorbereiten. Es ist anstrengend. Und der Behandlungserfolg hängt davon ab, dass ich so wenig Stress wie möglich habe.«

»Komm schon. Ein Tag.«

»Nein.«

»Bis dann«, sagt er und drückt das Gespräch weg.

Auf der Strandpromenade von Binz will das Meer wie immer ein Schwätzchen mit ihr halten, aber heute ist ihr nicht danach. Sie hat den Stock zusammengeklappt, trägt die Hochhackigen und folgt dem Echo ihrer Pfennigabsätze. Zwar hat sie die Schritte abgespeichert, doch das würde Aaron bei schludrig in den Weg gestellten Mülltonnen nichts nützen, bei Surfbrettern, Fahrrädern, dem Zeitungsjungen, den sie umkurvt, ohne ihn auf die Idee zu bringen, dass sie blind ist. Der zartböige Wind streichelt Aarons Haare; Katzenpfotenbrise, würde der Segler Lissek sagen. Immer wieder schnalzt sie mit der Zunge. Die Luft ist klar, noch kühl, und leitet den Schall so gut, dass sie jedes größere Objekt bis auf zweihundert Meter Entfernung ortet; auch die Strandkörbe, die schon nach erstem Kinderlachen klingen, dem Knistern von Butterbrotpapier, einem unbeschwerten Sonnentag. Beinahe kann sie die Körbe sogar sehen, blassbunte Wattebäusche, die in milchigem Ozon schwimmen.

Am Kurhaus taucht sie in die Geschäftigkeit der Fußgängerzone ein und nimmt den Stock zu Hilfe. Rechts und links von ihr schimmern die weißen Häuser der kleinen Stadt nahezu durchsichtig, als sei Aaron im Tunnel einer Welle. Auslagen werden nach draußen gerollt, die Kurbeln von Markisen quietschen, ein Kehrwagen surrt vorbei.

Aber Aaron bekommt davon nichts mit.

Blaschke, Clausen, Mertsch, Nickel, Butz.

Wie konnte Pavlik das sagen?

Sabine führt sie in das Behandlungszimmer, wo sie Aarons Stirn mit Alkohol reinigt und Elektroden daran befestigt.

Dabei redet sie wie üblich ohne Punkt und Komma. »Garantiert denken Sie, dass Sie mit Ihrem Kopfschuss ein ungewöhnlicher Fall sind. Aber wir haben Patienten gehabt, das würden Sie echt nicht glauben. Eine Frau war Fahrerin bei einem Paketdienst; sie ist innerhalb weniger Wochen vollkommen blind geworden und von einem Augenarzt zum anderen gelaufen, die waren alle ratlos. Ein Jahr später ist sie bei uns gelandet. Ich habe einen Perimetrietest gemacht: erste Sahne, sie hätte besser sehen müssen als ich. MRT: picobello. Der Professor fragt, ob sie in der Zeit der Erblindung irgendwie Stress hatte. Nein, sagt sie, nicht dass sie wüsste. Er bohrt nach, und dann kommt er dahinter, dass sie einen Hund überfahren hatte, der ihr vors Auto gelaufen war. Sie hat gedacht, dass sie damit klarkommt. Aber auf ihrer Pakettour musste sie immer an der Stelle vorbeifahren, wo es passiert war, und jeden Tag ist es mit ihren Augen schlimmer geworden, bis sie gar nichts mehr gesehen hat. Als der Professor ihr klargemacht hat, was mit ihr los war, ist sie zusammengeklappt und hat nur noch geheult. Heute sind ihre Augen wie neu. Irre, oder?«

»Ja, irre«, sagt Aaron.

»So, wir sind so weit.«

Sie weiß seit der gestrigen Behandlung, dass von dem Strom gleich ihre Stirn zu kribbeln beginnt. Nach einer Minute fliegen Phosphene wie Sternschnuppen durchs Zimmer. Aaron kennt das vom Ohnmächtigwerden, nur ist sie jetzt hellwach. Sie will sich über jede einzelne Sternschnuppe freuen.

Kann es nicht.

Blaschke, Clausen, Mertsch, Nickel.

Butz.

Er war ein enger Freund ihres Vaters gewesen und stand ihr nach Pavlik am nächsten.

Es war richtig, dass ich Nein gesagt habe.

Ich muss an mich denken.

Aber warum fühle ich mich dann so verdammt mies?

Aaron kennt die Antwort. Diese fünf Männer waren für sie gestorben. Sie schuldet ihnen ihr Leben, und ihren Angehörigen schuldet sie Gerechtigkeit.

Die Abteilung war immer ihre Familie. Nach der Kugel in Barcelona war sie fünf Jahre fort, doch im Winter wurde sie wieder aufgenommen, als sei sie nie weg gewesen.

Ich bin nach Virginia geflogen, ohne Demirci zu fragen. Sie hat es hingenommen, aber wie denkt sie darüber? Ich komme und gehe, wie ich will. Und wie sehen die anderen das? Bin ich überhaupt noch eine von ihnen?

Was soll das, Aaron? Suchst du ein Alibi?

Wir sind Samurai, hat sie damals zu Kishō gesagt.

Ob du Treue schwörst, entscheidest du allein. Ob du treu bist, *entscheidet sich in der Schlacht.*

»Die Zeit ist um«, meint Sabine.

Aaron macht den gleichen Fehler wie gestern, steht zu schnell auf und setzt sich wieder, weil ihr schwindlig ist.

»Ich hab doch gesagt: immer schön langsam.«

Im Ruheraum legt sie sich unter eine Heizdecke. Sie trägt eine mit Traubenkernen gefüllte Augenmaske, ätherische Öle erweitern die Gefäße. Nachdem Sabine sie allein gelassen hat, schiebt Aaron die Maske zur Seite, um zu sehen, ob sich schon etwas verändert hat. Wie kindisch.

Ihre Gedanken kehren zu Pavlik zurück. Es ist noch nicht lange her, dass er mit ihr durch die Hölle ging. Als sie blind und taub vor zwei Killern im Schnee kniete, rettete er ihr das Leben.

Er und Flemming.

Mit Flemming habe ich gesprochen, aber bei Pavlik habe ich kein Wort darüber verloren.

Als wäre es selbstverständlich, nicht der Rede wert.

Es war nicht das erste Mal, dass Pavlik alles für sie aufs Spiel setzte. Aaron könnte sich sagen, dass er ihr ebenfalls sein Leben verdankt. Aber das ist nichts, was man gegeneinander aufrechnet, sie führen nicht Buch darüber.

Pavlik ist immer klar in seinem Denken; kaum etwas vermag ihn aus der Ruhe zu bringen. Er weiß, was die Therapie für sie bedeutet, und doch hat er sie gebeten, nach Cottbus zu kommen. Wo Sposato in einem Haus versteckt wird, das nichts als ein geheimes Hochsicherheitsgefängnis ist.

Pavlik muss verzweifelt sein.

Weil Svoboda nicht irgendjemand ist. Weil er die Abteilung ausradieren will. Weil Blut nicht so geduldig ist wie das Papier von Gesetzbüchern.

Aaron hört eine Stimme. »Macht einen fertig, was?«

Sie war so in Gedanken versunken, dass sie den Mann nicht bemerkt hat, der auf einer zweiten Liege ruht.

»Ja«, sagt sie.

»Haben Sie auch gestern angefangen?« fragt er.

»Hmm.«

Ihr ist nicht nach Reden.

»Ich heiße Max Kramer.«

Sie will nicht unhöflich sein. »Jenny Aaron.«

»Wir sind im selben Hotel, hab Ihre Stimme an der Rezeption gehört. Sie klingen jung.« Sie schweigt, aber Max redet einfach weiter. »Bis ich fünfzig war, hatte ich noch nicht mal eine Brille. Dann hab ich nach und nach alles wie durch einen Tunnel gesehen. Der Arzt hat gesagt, dass es eine Opticus-Atrophie ist und ich blind werde. Da wäre nichts zu machen, der Nächste bitte. Das ist zehn Jahre her. Am Ende von dem Tunnel ist die Welt nur noch eine Stecknadel. Der Professor verspricht nichts, vermutlich um sich abzusichern, falls es nichts bringt. Ich erwarte auch keine Wunder. Wenn ich wieder lesen könnte, von mir aus mit einer Lupe, wär das eine Riesensache. Na ja, wir werden sehen, sprach der Blinde. Und wie ist es bei Ihnen passiert?«

»Kopfschuss.«

Seine Stimme stockt. »Und eben wollte ich sagen: Man darf den Kopf nicht hängen lassen.«

»So, jetzt lernen wir Augen-Yoga«, verkündet Sabine. »Unsere Augen zucken ein paarmal pro Sekunde und scannen das Blickfeld, merken wir gar nicht. Nennt sich Mikrosakkaden, bekloppptes Wort. Aber nur darum sehen wir. Bewegungen, Farben, Formen, alles. Ohne kräftige und entspannte Augenmuskeln funktioniert das nicht, die müssen wir bei Ihnen wieder aufbauen.«

Sie lernt, auf den Augäpfeln wie auf einer Tastatur zu tippen, die Brauen zu massieren, die Augenhöhlen, die Schläfen. Dann Augenbewegungstraining und Blinzel-Übungen. Das muss sie ab jetzt jeden Tag machen.

»Kein anderes Organ schuftet wie die Augen. Selbst wenn wir schlafen, besonders beim Träumen.«

»Ich dachte, die hätten faul rumgelegen«, sagt Aaron.

»Von wegen. Gönnen Sie denen mal Urlaub.«

Sie soll die Hände aneinanderreiben und ihre warmen Handflächen mit verschränkten Fingern auf beide Augen legen, sich vorstellen, dass sie weich und empfänglich sind und es schwärzer und schwärzer wird.

Sabine sagt: »Morgen haben Ihre Augen Muskelkater.«

Sachen gibt's.

»Und jetzt lernen Sie atmen.«

Seltsamer Satz. Als ob man einer Surferin erklären will, was eine Welle ist. Schon als sie noch sehr jung war, sagte ihr Vater zu ihr: »Atmen ist das Erste und Letzte, was wir im Leben tun.«

Aaron kann ihren Puls bewusst verlangsamen und beschleunigen. Sie kann Menschen mit ihrem Atem manipulieren. Kann ihn als Waffe einsetzen. Selbst Holm, der Mann, der sie geblendet und geschunden hat, sagte: »Niemals habe ich jemanden gesehen, der so perfekt atmet wie Sie.«

Sie lernt, die Luft wie Wasser zu trinken und sie extrem langsam zu schlucken. Sie lernt, mit geschlossenem Mund einzuatmen und mit einem Summen auszuatmen, sodass ihr Körper zu wippen beginnt. Sie lernt, das Schnarchen eines Babys von sich zu geben, ihre Zunge zu einem Strohhalm zu rollen, durch das rechte Nasenloch ein- und durch das linke wieder auszuatmen. Ihr ist, als habe sie noch nie zuvor geatmet.

Mittags ist sie so müde, dass sie einschlafen könnte.

»Haben Sie Lust auf einen Imbiss?« fragt Katja Reimer.

Sie gehen über die Straße zu einem Lokal, wo sie draußen in der Sonne sitzen. Aaron bestellt einen Kaffee und ein Schinkenbaguette, zündet sich eine Zigarette an und versucht die Atemübung, bei der sie den Rachen ganz eng machen muss; prompt verschluckt sie sich.

Katja Reimer lacht. »Legen Sie mal eine Pause ein. Vor allem: Rauchen Sie nicht dabei.«

»Ihr Mann sagt, ich soll rauchen. Weil ich sonst gestresst bin.«

»Das glaub ich gern, er raucht ja selbst.«

»Nee!«

»Er meint, dass jeder Perfektionist ein Laster braucht.«

Ihr Essen kommt. Aaron hat einen Wahnsinnshunger. »Sind Sie schon lange verheiratet?« fragt sie zwischen zwei Bissen.

»Elf Jahre. Ich habe Kongresse für Pharmafirmen organisiert. In der Senator-Lounge am Flughafen von Schanghai ist er mir aufgefallen. Was für ein toller Typ, habe ich gedacht. Dann hat er morgens um neun drei Gin Tonic getrunken. Okay, entweder ist er Alkoholiker, oder er hat Flugangst. Zufällig haben wir im Flugzeug nebeneinandergesessen. Beim Start hat er seine Hand in meinen Arm gekrallt, da war alles klar. Ich habe gegrinst und gesagt: ›Wenn wir abstürzen, lade ich Sie zu einem Drink ein.‹ Sie werden's nicht glauben: Er hat nie mehr Flugangst gehabt.«

»Gut zu wissen, dass er auch Schwächen hat.«

»Oh, eine ganze Menge. Ich sag nur: André Rieu.«

Beide prusten los.

»Hab ich schon ewig nicht mehr gemacht«, sagt Katja.

»Lachen?«

»Über Thomas reden.«

Sie kommen vom Hundertsten ins Tausendste, klönen sich fest, haben Gemeinsamkeiten, könnten Freundinnen sein. Aber Katja fragt nicht, ob Aaron in einer Beziehung lebt.

Sie spürt, dass ich allein bin, und will mich nicht traurig machen. Meine Einsamkeit ist ein Muttermal auf meiner Nasenspitze.

Aaron kann nichts dagegen tun. Sie erinnert sich, wie sie am Krankenbett von Flemming saß, ihn fragte, ob sie sein Gesicht berühren dürfe; an die Kerben unter ihren Fingerspitzen, sein

Krächzen: »Meine Mutter sagt: ›Ein Kerl muss nur ein bisschen weniger hässlich als ein Schimpanse sein.‹« Es ist widersinnig, dass sie sich zu ihm hingezogen fühlt. Flemming findet nichts an Literatur, Kunst, Philosophie, ist direkt nach der mittleren Reife zum Bund. Ihr Verstand sagt ihr, dass es wenig gibt, worüber sie reden könnten, und doch haben sie die Zeit verquatscht.

Aber wenn sie daran denkt, was er für ein Brocken ist.

Zwei Meter drei, hundertzwanzig Kilo!

Na und?

Die verteilen sich so perfekt, dass es sie in allen Fingern gejuckt hat, sein Sixpack zu betasten.

Sei nicht albern. Du bist Flemming dankbar, weil er sich für dich in einen Kugelhagel geworfen hat. Halt das auseinander. Und selbst wenn du wirklich etwas für ihn empfinden solltest – er hat sich nicht mehr bei dir gemeldet.

Du dich vielleicht bei ihm?

»Sind Sie eigentlich mit jemandem zusammen?« fragt Katja.

Aaron merkt, dass sie rot wird.

7

Die drei Panzerlimousinen rasen in dichter Formation über die dunkle Autobahn; im Fond des mittleren Fahrzeugs liest Inan Demirci ein IS-Dossier. Aber sie ist nicht bei der Sache.

Gestern Abend hat sie das Telefon angestarrt. Als es endlich klingelte und Pavlik sagte, dass sie Svoboda und Zankov nicht abhören konnten, wich alle Energie aus ihr.

Bis sie von Sposato erfuhr. Ein möglicher Kronzeuge.

Ein Volltreffer.

Ein Scheißdreck, wie sie jetzt weiß.

Demircis Magen knurrt. In den Stunden beim Verfassungsschutz kam sie nicht zum Essen, sodass ihr Frühstück, das sie morgens herunterschlang, für den ganzen Tag reichen musste. Ihre Sekretärin Astrid Helm greift in die Handtasche und hält ihr stumm einen Schokoriegel hin.

»Helmchen, was würde ich ohne Sie machen?«

»Als Skelett enden.«

Ihr Handy vibriert. Nur einmal, dann wird aufgelegt. Demirci schaut auf das Display. »Halten Sie bitte auf dem nächsten Parkplatz«, weist sie den Fahrer an. Dort steigt sie aus, entfernt sich vom Auto und ruft Lennard Palmer zurück. »Jetzt.«

»Bist du noch in Berlin?« Er klingt erschöpft.

»Nein, auf der Autobahn, kurz vor Cottbus.«

»Meine Leute sind mit ihrem Latein am Ende.«

Er meint die beiden Vernehmungsspezialisten, die seit dem Morgen in Cottbus sind. Die besten, die er hat.

»Wir müssen einen Weg finden, Sposato zum Reden zu bringen«, sagt Palmer. »Das entscheidet das Spiel.«

Demirci schweigt.

»Was ist mit Jenny Aaron?« fragt er.

Sie kämpft um ihr Augenlicht. Ich werde den Teufel tun, sie jetzt zu etwas zwingen zu wollen.

Nein, das ist die halbe Wahrheit.

Ich fühle mich hilflos, weil sie absolut unabhängig ist. Ich habe so sehr dafür gekämpft, dass sie zu uns zurückkehrt, und will es nicht ruinieren, indem ich etwas befehle, das ich nicht befehlen kann.

Darum hat sie Pavlik gebeten, Aaron zu fragen. Sie setzt alle Hoffnungen darauf.

Aber er hat sich bisher nicht gemeldet.

»Sie arbeitet für dich«, erinnert Palmer sie.

»Nicht alles wird durch das Dienstrecht geregelt.«

Demirci weiß, dass sich in Palmers Satz noch etwas verbirgt. Die Abteilung rekrutiert ihre Leute nach Gutdünken. Sie besitzt das Recht, in jeder deutschen Polizeibehörde und Militäreinheit zu wildern. Demirci hat Aaron von Palmer abgeworben, das hat er nicht verwunden.

»Der Director of Operations der SAD war am Wochenende in Cork«, sagt sie. »Jasper Mason. Ich wette, der wüsste, wie man Sposato zum Reden bringt.«

»Hab von ihm gehört. Es heißt, dass er Fingernägel in einer Schachtel aufbewahrt.«

»Manchmal wünschte ich, ich könnte auch so sein«, sagt sie.

»Nein, du sehnst dich nur danach, dass es einfacher wäre.«

Vor allem sehne ich mich nach einem Teller Nudeln.

»Inan?«

»Ja?«

»Ich stocke dein Kommando auf.«

Rund um die Uhr stehen ihr fünf Sherpas des BKA zur Verfügung, was bedeutet, dass ihr Personenschutz aus fünfundzwanzig Mann besteht und sie in Sicherheitsstufe I ist.

»Bloß für alle Fälle«, sagt Palmer. Er lässt Sekunden verstreichen. »Sehen wir uns bei mir? Ich bleibe bis morgen in Berlin.«

In der Dahlemer Villa, wo im Wachcontainer drei Bundespolizisten sitzen. Wo weitere drei ums Grundstück patrouillieren. Wo Demirci spätestens um eins verschwinden muss, weil niemand wissen darf, was sie dort tun. Einmal waren sie in einem billigen Hotel, haben sich reingeschlichen wie Diebe.

»Vielleicht. Ich melde mich.«

»Warte.« Palmer zögert kurz. »Du hast mir doch erzählt, dass du früher mit Ellen Kreuzer befreundet warst, der Leiterin von Svobodas Polizeiabteilung, und sie dir jetzt Knüppel zwischen die Beine schmeißt. Sie ist vorgestern gestorben. Ein Eingriff im Krankenhaus, sie ist nicht aus der Narkose aufgewacht.«

Demirci ist still.

»Es tut mir leid«, sagt Palmer. »Egal wie es zuletzt zwischen euch war – ihr habt euch einmal nahegestanden.«

Aber sie fühlt nicht das Geringste.

Das Haus ist im Ortsteil Sandow. Zu DDR-Zeiten hat es eine kleine Spinnerei beherbergt, die zum VEB Textilkombinat Cottbus gehörte. Als nach der Wiedervereinigung alle Bemühungen der Treuhand, einen Käufer für den Betrieb zu finden, gescheitert waren, fiel der schmucklose, funktionelle Bau aus den Zwanzigern dem Vergessen anheim. Lissek entschied sich damals für das Objekt, weil es bloß hundertdreißig Kilometer von Berlin entfernt ist und einfach gesichert werden kann. Auf dem Hof finden zehn Autos Platz, die Mauern sind dick genug, um einer Panzerfaust standzuhalten.

Seit seinem aufwendigen Umbau dient das Haus nur einem Zweck: Verhören. Es gibt im Erdgeschoss drei videoüberwachte Zellen für gewalttätige oder suizidgefährdete Gefangene. Die Wände sind mit Schaumstoffwaben gepolstert, das Interieur besteht aus einer Stahlpritsche mit Lederschlaufen, einer im Boden eingelassenen Toilette und vergitterten Leuchtstoffröhren. Hier ist nichts, womit man sich das Leben nehmen könnte, nicht einmal mit der Kleidung.

Im ersten Stock bieten die Zimmer für die Teams den Komfort einer Jugendherberge, die beiden Obergeschosse sind zugemauert. Es gibt Häuser, in denen Demircis Leute sich wohlfühlen; das im Saarland hat sogar einen Pool. In Cottbus ist keiner gern. *Sparta*. Demirci findet die Bezeichnung passend.

Zehn hat sie hinbeordert, doppelt so viele, wie sie früher eingesetzt hätte. Nach menschlichem Ermessen ist Cottbus sicher. Aber auch die Teufelsbach-Alm hatte als uneinnehmbar gegolten. Und dann lagen Männer von ihr tot im Schnee.

Neue Namen auf der Marmortafel der Abteilung.

Im Stillen geht sie Pavliks Team durch. Fricke: bewegt sich so schnell, wie er babbelt. Majowski: Mit seiner auffälligen Stirnnarbe kann sie ihn nicht verdeckt einsetzen, aber als Personenschützer ist er eine Bank. Kleff und Rogge: Spezialisten für Objektsicherung, auch privat unzertrennlich. Kemper: ein stiller Brüter; er ist noch nicht über den Tod seiner Frau weg. Nieser: liest Philosophiebücher und weiß, wann er sie zuklappen muss. Grabowski, Lanz und Kluge: drei von denen, die für die Toten des Winters kamen. Die vergangenen Monate waren sie ständig bei Schulungen und hatten kaum Zeit, die anderen kennenzulernen. Einsätze wie in Cottbus, bei denen man Tag und Nacht aufeinanderhockt, stärken das Gemeinschaftsgefühl, deshalb hat Pavlik sie mitgenommen.

Die Führungslimousine avisiert der Wache ihre Ankunft, und das Tor schwingt auf, als sie fünfzig Meter davon entfernt sind. Demirci und Helmchen betreten das Haus vom Hof aus, nachdem der Fahrer den Code eingegeben hat. Auf der Treppe erschallt Männerlachen, das im ersten Stock lauter wird. Sie bleiben vor der angelehnten Küchentür stehen und hören Fricke.

»Was ich unseren Klippenspringer noch fragen wollte: War's ein Köpper oder die Altherrenkerze?«

»Arschbombe, du Schmock«, sagt Pavlik.

Die anderen kringeln sich. Offensichtlich wissen sie nicht, dass Demirci im Haus ist. Wegen der schallisolierten Fenster haben sie die Limousinen nicht gehört, und die Wache hat sie nicht vorgewarnt. Dankbar registriert Demirci den Vertrauensbeweis. Als sie im November kam, war der Schatten von Lissek übermächtig gewesen, sie musste sich den Respekt der Männer hart erarbeiten. Bei der Abteilung kriegst du nichts geschenkt, nur weil ein Schild an deiner Tür pappt. Alle warteten auf Pavlik. Erst als er Demirci Respekt zollte, wurde sie eine von ihnen.

»Wisst ihr, warum ich total entspannt war, als mir klargeworden ist, dass Pavlik den Abflug gemacht hat?« tönt Fricke.

»Bin ich Jesus, wächst mir Gras aus den Füßen?« fragt Kleff.

Rogge gluckst. »Weil er halb Mensch ist und halb Lachs.«

»Nichts gegen den Lachs«, meint Pavlik, »der kennt sich mit Laichen aus.«

»Ist ganz einfach«, erklärt Fricke. »Pavlik und ich haben eine Wette abgeschlossen. Wenn ich zuerst abkratze, kriegt er mein Schweizer Taschenmesser, das ist mein zweitwertvollster Besitz. Falls Pavlik vor mir dran ist, erbe ich sein Motorrad. Und solange ich den Einsatz nicht erhöhe, ist er wie Herpes.«

»Vermach mir deine Gitarre«, raunzt Pavlik, »das wär fair.«

»Bist du gaga? Das ist die Les Paul, mit der Jimmy Page beim 73er Konzert in Bad Soden einen Verstärker geschrottet hat. Außerdem kannst du überhaupt nicht Gitarre spielen.«

»Und du nicht Motorrad fahren.«

Alle grölen. Demirci räuspert sich in der Tür. »Guten Abend.«

Die Männer grüßen stumm. Pavlik steht auf. »Peschel, bring Nieser was zu futtern runter, sonst frisst er den leeren Pizzakarton. Lanz, Majowski, Kluge: Zeit für eure Runde.«

Pavlik geht mit den beiden Frauen in den Besprechungsraum und schließt die Tür.

»Darf ich die Stimmung in der Küche als gutes Zeichen deuten?« fragt Demirci.

»Wir lachen nur den Frust weg. Sposato hat sich darauf verlegt, uns eine Geschichte aus seiner Kindheit zu erzählen. Ich könnte stundenlang zuhören.«

»Gibt es einen Bezug zu Svoboda?«

»Sehe ich beim besten Willen nicht.«

»Haben Sie mit Jenny Aaron geredet?« fragt sie.

»Sie sagt Nein.«

Demirci ist so enttäuscht, dass ihr schlecht wird.

»Wie geht es Jenny?« fragt Helmchen.

»Sie hat mit der Therapie angefangen. Aber das ist nicht der Grund. Ich hab was zu ihr gesagt, das nicht richtig war. Treffer, versenkt.«

Schweigen gießt den Raum mit Beton aus.

Sein Handy vibriert, er fingert es aus der Jeans. »Hallo. - Nein, mittlerweile beglückt er uns mit einer Kindheitserinnerung, die er wie ein Papagei wiederholt. - Wallfahrt mit seinem Vater in Kalabrien. - Auf Italienisch. - Okay, kommt.«

Pavlik lässt das Telefon sinken.

»Aaron will den Mitschnitt und die Übersetzung.«

Zehn Dinge, die Aaron schwergefallen sind:
Rocco Krüger in der zweiten Klasse zu ignorieren
den Serienkiller Runge nicht mehr zu verfolgen
nach den ersten Wochen bei Kishō nicht aufzugeben
für Lissek beim Bundesinnenminister zu lügen
bei Suspendierungen nicht zu kündigen
zum ersten Mal zu fragen: »Können Sie mir bitte helfen?«
dreißigtausend Euro für das Bild von Armağan auszugeben
einen Blindenstock zu kaufen
Flemming nicht mehr im Krankenhaus zu besuchen
vor einer halben Stunde zu sagen: »Pavlik anrufen.«

Sie setzt sich mit einer Zigarette auf den Hotelbalkon. Aaron genießt das Bittere, lauscht dem Singsang der Brandung, leert ihre Gedanken. Sie stöpselt die Kopfhörer in den Mac und startet den Mitschnitt. Zwar versteht sie Sposatos Worte nicht, aber sie will seine Stimme lesen.

Sie klingt weich, voll. Die Kehle ist frei, Sposato zeigt weder Anzeichen von Nervosität noch von Angst. Er ist emotional stabil, sonst wäre die Modulation brüchig. Wenn man nicht wüsste, in welcher Lage er sich befindet, könnte man denken, dass er eine Gute-Nacht-Geschichte erzählt.

Aaron versenkt sich tiefer in diese Stimme. Alles fließt in einem warmen Rhythmus, Sposato hat Sprachgefühl.

Erst nach einer Weile nimmt sie den Schatten wahr, der über seinen Worten liegt. Sie weiß keinen besseren Ausdruck, einem Sehenden wäre es schwer zu erklären.

Aaron lässt sich von Siri die Übersetzung vorlesen.

»An einem Tag im September nahm mein Vater mit mir den Bus, und wir fuhren ins Aspromonte. An der Endstation waren viele andere Menschen, und alle wollten sie zur Kirche. Wir stiegen über steile Pfade hinauf, und ich war zehn Jahre alt. Ich sah die Felsen Pietra Cappa, Pietra Lunga und Pietra di Febo und hing an den Lippen des Vaters, als er mir erzählte, dass es die versteinerten Köpfe der Ritter Osso, Mastrosso und Carcagnosso waren, die man mit Feuer und Eisen getauft hatte. Es war heiß, doch ich war nicht müde, fühlte nur Freude. Im Dorf gab es Stände mit Kerzen, von denen wir zehn kauften. Wir setzen uns an einen Brunnen und aßen saftige Orangen und labten uns zusammen mit bunt gekleideten Pilgern, Männern und Frauen, an dem kühlen Wasser. Dann liefen wir weiter. Am Wegesrand wurden zehn Ziegen geschlachtet, und die Steine waren glitschig vom Blut. Als wir zur Kirche Santa Maria di Polsi kamen, war ich sehr aufgeregt, und bei der Andacht habe ich kaum zu atmen gewagt, weil ich direkt auf meinen Namenspatron sah, den Erzengel Michael. Der Monsignore sagte, dass Michael Gott erblickt hatte und dann betäubt auf dem Gesicht lag. Dass Michael ein flammendes Schwert besitzt, aber uns auch beschützt, wenn wir ihn anrufen, und dass wir selbst in größter Not niemals daran zweifeln dürfen. Mein Vater und ich entzündeten die zehn Kerzen und gingen den weiten Weg zurück.«

Das ist alles.

Sposato wiederholt die Geschichte zweimal fast wortgleich. Allerdings gibt es kleine Ergänzungen und Auslassungen. In der zweiten Version macht er mit seinem Vater Rast an einer Hütte, dafür fehlen die Pilger am Brunnen. In der dritten lässt Sposato die Orangen weg, aber erinnert sich an einen Nebenraum der Kirche, wo zehn Brautkleider hingen, die der Madonna gestiftet worden waren.

Die drei Ritter kann Aaron einordnen. Es handelt sich um einen pseudosakralen Mythos, mit dem die Mafia ihre Verbrechen religiös überhöht. Einst übten die Brüder Osso, Mastrosso und Carcagnosso Rache an dem Vergewaltiger ihrer Schwester, indem sie ihn grausam töteten. Sie flohen auf die Insel Favignana und schrieben mit ihrem Blut das Gesetz der Omertà. Mastrosso gründete in Kalabrien die 'Ndrangheta, Osso die Cosa Nostra in Sizilien und Carcagnosso die neapolitanische Camorra.

Aber was ist Sposatos Botschaft? Sie lässt sich den Text wieder und wieder vorlesen, bis sie ihn auswendig kann. Gegen Mitternacht geht sie ratlos ins Bett, liegt lange wach, zermartert sich den Kopf und dämmert weg.

Im Traum ist sie mit Luca in einer Kirche. Sie hat seine kleine Hand in ihrer; er betrachtet das Bildnis des Erzengels Michael.

»Was macht der Engel da?« fragt er.

»Er wiegt die Seelen der Toten.«

»Geht das denn?«

»Das weiß kein Lebender.«

Ein Lichtstrahl spannt sich wie ein Seil über ihnen. Luca sieht zu Jesus am Kreuz hinauf. »Muss ich Gott Treue schwören?«

»Nur wenn du an ihn glaubst. Tust du das?«

Er schüttelt den Kopf.

»Dann nicht.«

»Sagt man immer die Wahrheit, wenn man schwört?«

»Nein«, erwidert sie. »Alle Lügner lieben Schwüre.«

Aaron schreckt schweißnass hoch. Der tropfende Wasserhahn lässt sie wissen, wo sie ist. Die Digitalstimme der Cartier sagt: »Sechzehnter Juni. Donnerstag. Zwei Uhr, fünfzig Minuten, elf Sekunden.«

Sie öffnet ihren Mac. »Suche in Google *Santa Maria di Polsi.*«

»Möchtest du den Topptreffer?« fragt Siri.

»Ja.«

»Die in der Nähe des kalabrischen Dorfes San Luca liegende Wallfahrtskirche Santa Maria di Polsi ist –«

Aaron unterbricht Siri: »Logg mich bei INPOL ein. Stichwortsuche: *Kodex von San Luca.*«

Sie lässt sich den Datenbank-Eintrag vorlesen.

»Pavlik anrufen.«

»Ja?« Er klingt hellwach, auch wenn sie ihn vermutlich aus dem Schlaf gerissen hat.

»Sposato spricht von San Luca«, sagt Aaron. »Dort wurde der Kodex der ʻNdrangheta niedergeschrieben, auf den alle Mitglieder den Schwur leisten müssen. Er hat mehrmals die Zahl Zehn erwähnt. Das zehnte Gebot lautet ›Ewige Treue‹. Ehe man zum Verräter wird, muss man Selbstmord begehen.«

Die Seebrücke ist Aarons Lieblingsplatz in Binz. Als Reimer sie im Winter nicht als Patientin annehmen wollte, hockte sie oft hier an der Spitze, ließ ihre Beine baumeln und die Zeit einen Logarithmus sein.

Aber jetzt sieht sie in der Eiseskälte der Nacht, wie Pavlik zum Zellentrakt rennt, Rogge fragt, ob mit ihrem Gefangenen alles in Ordnung ist, und die Antwort erhält, dass Sposato schläft. Sieht Pavlik auf den Videomonitor schauen, Sposato reglos, mit dem Rücken zur Kamera. Sieht, wie Pavlik die Tür aufreißt, ihn tot vorfindet, um den Mund weißer Schaum, weil Sposato die Giftkapsel geschluckt hat, die in einem Stiftzahn versteckt war. Sieht den Blick, mit dem Pavlik sich zu Rogge umdreht, dessen kalkweißes Gesicht.

Aaron kennt viele Wege, im Kopf eines Menschen herumzuspazieren, seinen Willen zu brechen.

Wenn ich nach Cottbus geflogen wäre, würde Sposato noch leben. Gäbe es einen Zeugen. Wäre ich nicht die Frau, die's versaut hat.

Plötzlich juckt ihre Narbe am linken Schlüsselbein, und sie weiß, dass sie auf der Brücke nicht mehr allein ist. Der andere ist nur wenige Schritte entfernt, steht still. Sie fühlt seinen Blick.

Es könnte einer sein, der keinen Schlaf findet wie sie. Oder ein Nachtschwärmer. Ein Mann vom Wachschutz. Es gäbe eine Reihe harmloser Möglichkeiten.

Doch die schließt sie aus einem Grund alle aus.

Sie hat diesen Menschen nicht kommen hören.

Aaron senkt ihren Puls auf die perfekte Kampffrequenz von fünfzig und wirkt dabei arglos, entspannt. Um zu unterstreichen, dass sie ganz unbesorgt ist und sich allein wähnt, lehnt sie sich ans Geländer und wendet dem anderen den Rücken zu. Ihre linke Hand rutscht aus der Schlaufe des Blindenstocks, sie lässt ihn wie unabsichtlich fallen. Aufmerksam lauscht sie dem Schall. Er ist nur sehr kurz und schwach, sie ist sich nicht sicher. Sie bückt sich, tastet nach dem Stock, obwohl sie genau weiß, wo er liegt, richtet sich wieder auf, steckt sich eine Zigarette an. Als ihr Dupont mit dem metallischen Klicken zuklappt, erhält sie ein besseres Echo und ortet den anderen halbrechts, drei Meter von ihr. Aaron kennt die Maße der Plattform und imaginiert sie als Dojō. Beiläufig registriert sie, dass ihre Muskeln von dem Adrenalin gefettet werden, dessen gleichmäßigen Strom sie mit dem Hara kontrolliert, der Steuerzentrale ihres Körpers dicht unter dem Bauchnabel. Aaron denkt und denkt zugleich nicht. Sie verharrt reglos und ist dennoch in Bewegung, wie auch das Spiegelbild des Mondes mit dem Wasser fließt, obwohl sich der Mond nicht rührt. Sie ist im Hishiryō-Bewusstsein, das nur jemand erlangen kann, der Budō so lange und intensiv praktiziert wie sie.

Ein oder zwei Minuten vergehen.

Dann ist es vorbei.

Sie spürt, dass sie wieder allein ist; der andere hat sich weggezaubert wie ein Nachtschatten. Aaron wartet noch eine Zeit, ehe sie zum Hotel zurückkehrt. Sie schließt die Tür ab und geht zu Bett. Das Adrenalin liegt in einem Abklingbecken. Sie ist todmüde, wie immer danach. Das Tropfen des Wasserhahns wird zu einem Metronom, lässt sie weggleiten.

Aber noch in der Sekunde ehe tiefer Schlaf sie umfängt, fühlt Aaron die Schwingungen von der Seebrücke, die Aura eines vollkommen lautlosen Menschen.

THE OTHER MOUTH OF HELL

Er wacht im grauen Morgenlicht auf, und sein erster Gedanke ist: *Warum wird in meinem Kopf eine Straße aufgerissen?* Früher schlief er wie ein Stein, jetzt fühlt er sich wie einer. Angst ist neu für ihn, etwas, das er seit der Kindheit nicht mehr kannte. Die Schulschläger von einst sind heute Schachfiguren, er herrscht über das Brett. Dennoch ist er so zerschlagen, so willenlos, dass er kaum aus den Kissen kommt. *Zwei Männer sind am Boca do Inferno aufgetaucht*, hieß es. *Sie haben Sposato.* In diesem Augenblick musste er an den Tag denken, als er über den Klippen vor der Tafel mit den Zeilen aus dem Abschiedsbrief von Aleister Crowley stand, der dort seinen Selbstmord vorgetäuscht hatte. *The other mouth of hell will catch me.* Das war *er*, Dienstagnacht. *War die Abteilung in Portugal?* An nichts anderes denkt er seitdem. Heute würde er nicht mehr die Kraft aufbringen, die Rede in Cork zu halten, Demirci zu drohen. Gestern Nachmittag begegneten sie sich beim Verfassungsschutz. Das Miststück war wie immer. Zwei Minuten mit ihr, und man fühlt sich, als ob man unter der Höhensonne eingeschlafen ist. *Nein, wenn sie Sposato hätte, wäre es in ihren Augen gewesen. Das hätte sie nicht verbergen können.* Er schleppt sich die Treppe hinunter, in die Küche, setzt Kaffee auf. *Beobachtet die Abteilung mich? Sogar hier, im Haus?* Unmöglich. Niemand könnte diese Sicherheitsbarrieren überwinden. Wieder sagt er sich, dass Demirci so gut wie tot ist, sie und Aaron, lebende Leichname. Als eine Pistole durchgeladen wird, fährt er herum und sieht die Frau am Türrahmen lehnen.

»Sie haben nicht erwähnt, dass Aaron blind ist«, sagt sie.

8

Immerhin keine Couch, ist ihr erster Gedanke, als sie sich Reimer gegenübersetzt. Er beginnt mit der Erörterung ihres Befindens, ihres Schlafs. Geplänkel.

Dann: »Haben Sie mal überlegt, welche negativen Folgen es hätte, wenn Sie wieder sehen würden?«

»Sie meinen, dass ich nicht mehr in jede Hundekacke latsche? Auf einem Zebrastreifen nicht in akuter Lebensgefahr bin? Taxifahrer mich nicht mehr behumpsen? Puh, das wäre ein Schock.«

»Sie werden Ihre Superfähigkeiten verlieren. Ihr Gehör entwickelt sich zurück, Ihr Tast-, Geschmacks- und Geruchssinn. Alles wird so sein wie vor der Erblindung.«

Darüber denkt Aaron einen Moment nach.

»Wie schnell?« fragt sie.

»Sehr schnell, wir arbeiten bereits daran. Sobald wieder Bilder in Ihrem Cortex ankommen, nehmen die Sehzellen, die vor fünf Jahren umfunktioniert wurden, ihren alten Job wieder auf und stehen für andere Sinne nicht mehr zur Verfügung. Dann wird Ihnen vielleicht bewusst werden, dass Sie nicht nur etwas gewonnen, sondern auch etwas verloren haben.«

»Ich werde still leiden. Sehr still.«

»Wie sind Sie aufgewachsen?«

»Im Rheinland. Kleinstadt, Haus mit Garten, sauber gestutzte Buchsbaumhecke. Aber keine Gartenzwerge, die standen bei uns auf dem Index.«

»Ich vermute, unweit vom Stützpunkt Ihres Vaters?«

»Ja.«

»Sicher war er nicht oft daheim.«

»Andere haben Handelsvertreter als Väter, da wird es auch nicht anders sein.«

»Hat er zuhause über seine Arbeit gesprochen?«

»Nie. Das war ihm auch nicht erlaubt.«

»Was ihn von einem Handelsvertreter unterschieden haben dürfte. Neben anderen Dingen.«

»Wie subtil.«

»Ehepartner nehmen für gewöhnlich am Leben des anderen teil. Wie war das für Ihre Mutter?«

»Bei der Heirat ist ihr nicht klar gewesen, was es heißen würde. Sie hatte Angst um ihn und wusste nicht, wohin damit. Meine Eltern haben sich geliebt, aber waren nicht glücklich. Sie hat meinen Vater verlassen, als ich zweiundzwanzig war.«

»Lebt sie noch?«

»Sie starb zwei Jahre vor meiner Erblindung.«

Und denkt an die eisige Hand, die sie auf der Intensivstation hielt, an das Pumpen der Beatmungsmaschine, das wächserne Gesicht, in dem selbst jetzt kein Frieden war. An den Moment, als der Arzt alles abschaltete und sagte: »Man hätte sie früher finden müssen.«

»Verließ sie ihn auch wegen Ihrer Berufswahl?«

»Das schließe ich nicht aus«, sagt sie steif.

»Warum sind Sie damals Polizistin geworden? Sie sind gebildet, vielseitig interessiert, die Welt stand Ihnen offen.«

»*Die Polizei dein Freund und Helfer*, ich fand den Slogan cool.«

»Nehmen Sie das hier ernst, Frau Aaron?«

»Ist es nicht furchtbar langweilig, nur Fragen zu stellen, auf die man die Antwort schon weiß?«

»Was wäre gewesen, wenn Sie einen Bruder gehabt hätten?«

»Mein Vater hätte den Testosteronhaushalt nicht mehr allein schmeißen müssen.«

»Kam Ihnen nie in den Sinn, dass Sie die Stellvertreterin für den Sohn waren, den er nicht hatte? Dass er Sie darum in diesen Beruf gedrängt hat?«

»Das ist Unsinn. Er musste mich nicht zwingen.«

»Sie hätten eine Wahl gehabt?«

»Sicher.«

»So wie Michael Corleone?«

Aaron hört einen Stift über Papier huschen, Reimer schreibt etwas auf. »Notieren Sie es, wenn Sie eine originelle Bemerkung gemacht haben?« fragt sie.

Nichts bringt ihn aus der Ruhe.

»Sie wissen, dass ich keine Geschwister habe, dass ich Budō praktiziere und vermutlich einiges mehr. Woher?«

Reimer zögert. »Herr Lissek hat mir manches anvertraut. Auf meine Bitte hin, sollte ich hinzufügen.«

»Ich werde ihm auch manches sagen«, gibt Aaron zurück.

»Als Polizeischülerin befanden Sie sich in der Gewalt eines Serienmörders.«

»Falsch.«

»Ach so?«

»Er war nur ein Werkzeug und unfähig, selbst zu töten.«

»Aber das wussten Sie nicht, als er Sie in seinem Keller gefangen hielt und ›Pretty Woman‹ hörte?«

»Ich wusste eine Menge Dinge nicht«, sagt sie. »Zum Beispiel meinen Namen.«

»Was hat es später mit Ihnen gemacht?«

»Ich schalte das Radio aus, wenn Roy Orbison läuft.«

Reimer schweigt.

»Dieser Mann, Boenisch, hat mich etwas gelehrt, für das ich ihm dankbar bin«, sagt Aaron.

»Und das wäre?«

»Dass jeder Keller eine Tür hat.«

»Sie tragen es nicht mehr mit sich herum?«

»Es ist wie eine alte verblasste Narbe. Hin und wieder juckt sie. Dann erinnere ich mich daran, dass ich einmal eine junge Frau kannte, die herausfand, wozu ein rostiger Nagel gut ist.«

»Haben Sie wegen dieses Kellers mit Budō angefangen?«

»Natürlich.«

»Erklären Sie mir als Laien bitte, was Budō ist.«

»Budō stellt uns die Frage, wer wir sind. Die Antwort ist für jeden eine andere. Man muss sie ganz für sich allein suchen.«

»Sie wollen sagen: Es geht nicht ums Kämpfen?«

»Man besiegt nicht den Gegner, sondern sich selbst.«

»War es nicht die Philosophie der Samurai?«

»Sie verwechseln das mit Bushidō.«

»Ah ja – richtig. Die *sieben Tugenden*, nicht wahr? Ich habe sie nicht parat, könnten Sie sie bitte aufzählen?«

»Aufrichtigkeit. Mut. Mitgefühl. Höflichkeit. Wahrhaftigkeit. Ehre. Pflicht.«

»Und wenn Sie sich für eine davon entscheiden müssten?«

»Angenommen, Sie könnten ein einziges Buch auf eine einsame Insel mitnehmen«, gibt Aaron zurück. »Welches wäre es?«

Er schweigt.

»Freuds *Totem und Tabu*?« kitzelt sie ihn.

»*Das etruskische Lächeln* von José Luis Sampedro.«

»Warum?«

»Weil es mich anrührt.«

»Ich würde zwischen *Gantenbein* und *Master and Commander* schwanken, mich aber wohl für Letzteres entscheiden«, sagt sie. »Kennen Sie es?«

»Nein.«

»Es ist von Patrick O'Brian und der Auftakt zu einer Romanreihe, die in den napoleonischen Kriegen spielt. Die Hauptfiguren sind der Kommandant einer englischen Fregatte und sein Schiffsarzt. O'Brians Bücher handeln von vielem. Vom Alltag an Bord eines Kriegsschiffs, dem darwinschen Zeitalter, dem Oben und Unten der Klassengesellschaft. Aber im Grunde geht es nur um drei Dinge: Wahrheit. Freundschaft. Ehre.«

»Sind Sie deshalb zur Abteilung gegangen? Haben Sie das gesucht?« fragt Reimer.

Lissek, warst du besoffen?

»Dass es die Abteilung gibt, ist ein offenes Geheimnis«, sagt er. »Allerdings können die Medien über ihre Aufgaben lediglich spekulieren.«

Aaron bleibt stumm.

»Alles zwischen uns unterliegt der Schweigepflicht.«

»Ihre Frage war falsch formuliert«, sagt sie schließlich. »Man geht nicht zur Abteilung, man wird berufen.«

»Und könnte Nein sagen – hoffe ich.«

»In Ihrer Welt. Nicht in meiner.«

»Was ist der Auftrag der Abteilung?«

»Wir lösen Probleme.«

»So wie die Gestapo?«

Sie lehnt sich zurück: »Ich weiß, dass Sie das nicht ernst meinen. Sie wollen mich provozieren.«

»Mut. Ehre. Pflicht. Ich nehme an, auch Treue. Ein Onkel von mir hatte einen Dolch mit so einer Gravur«, sagt Reimer. »Den brachte er vom Russlandfeldzug mit.«

»Was ist Ihre Lieblingstugend? Na, kommen Sie. Oder haben Sie eine Tugend-Allergie?«

Sie weiß, dass er etwas wählen wird, das sie abkühlen soll.

»Demut«, sagt er.

»Lesen Sie die Aufzeichnungen von Höß«, entgegnet Aaron, »der hätte als Auschwitz-Kommandant dasselbe geantwortet. Genau wie Primo Levi, der das Lager überlebt hat. Sollen wir das durchdeklinieren? Jede beliebige Tugend könnte für die größte Grausamkeit stehen oder für ihr Gegenteil.«

Zeit vergeht.

»Tja, Herr Professor, was würde André Rieu jetzt sagen?«

Er gerät keine Spur aus dem Takt. »Meine Frau neigt nicht zu Vertraulichkeiten. Wie haben Sie sie dazu gebracht? Haben Sie Rapport mit ihr gemacht? Ich sehe Sie überrascht. Stellen Sie sich vor, ich habe diese Technik in der Ausbildung gelernt. Denken Sie, ich merke nicht, dass Sie die ganze Zeit versuchen, mich zu manipulieren? Sie spiegeln meinen Atem, passen sich meiner

Stimmhöhe an, verwenden Worte aus meiner Wahrnehmungswelt. Wie anstrengend das sein muss. Welch ein Aufwand, nur damit ich Ihnen nicht wehtue.«

Scheißkerl!

»Um noch einmal auf die Tugenden zurückzukommen, Frau Aaron: Stellen Sie Bushidō über das Gesetz?«

»Ich sehe beim besten Willen nicht, was das mit mir und meinem angeblichen Stress zu tun haben soll.«

»Ich frage, ob Sie sich für einen selbstbestimmten Menschen halten. Ist das so kompliziert?«

»Wenn Sie bei Lisseks Plauderstunde nicht in Gedanken woanders gewesen wären, wüssten Sie die Antwort.«

»Mein Lehrtherapeut pflegte zu sagen: ›Sobald Ihr Patient Sie beschimpft, sind Sie auf dem richtigen Weg.‹«

»Wir sind die einzige Spezies, die sich ein Bild von sich selbst machen kann«, gibt sie zurück, »darum besitzen wir die Freiheit der Entscheidung, im Gegensatz zum Tier.«

»Wie geistreich Sie ablenken, Sie kennen Mirandola. In dem Zusammenhang kommt mir John Stuart Mill in den Sinn. Er war der Überzeugung, dass die Angst vor Strafe und vor Reue unsere stärkste Triebfeder ist. Das heben wir uns für später auf.«

Sie ist so wütend, dass sie den Atem kontrollieren muss. »Wir sind keine Todesschwadron und kein Killerkommando. Wir riskieren unser Leben, damit Leute wie Sie gescheit daherreden können. Wir glauben an etwas, und es ist uns scheißegal, wie andere darüber urteilen. Wir haben mehr Leben gerettet, als alle Drecksartikel über uns Buchstaben haben. Uns zu verachten, erfordert keinen Mut, aber eins steht fest: Wer zum Schwert greift, muss bereit sein zu schneiden.«

»Und wer seinen Verstand benutzen will, muss bereit sein zu denken«, kontert Reimer gelassen.

Sie brüllt ihn an. »Man kann das Recht nur verteidigen, wenn man es achtet!«

Ihre Worte hämmern noch in ihr, als es längst still ist.

Und Sposato?

Mason-Land, Mason-Land, Mason-Land.

»Sie wurden also zur Abteilung *berufen*. Ist das etwas Religiöses? *Aaron, die Erleuchtete, die Berufene?*«

»Klar, übers Wasser gehen gehört zur Eignungsprüfung.«

»Und wenn man durchfällt?«

»Kommt man nicht ans Kreuz.«

»Was hat Sie prädestiniert?« fragt er.

Sie hasst seine stoische Stimme. »Fragen Sie Ihren Kumpel Lissek. Vielleicht war ich beim Rorschachtest die Beste. Oder ich hatte an dem Tag meinen kürzesten Rock an. Nein, jetzt fällt's mir wieder ein: Ich hatte schon vierzig, fünfzig kaltgemacht, dafür gab's Bonuspunkte. Können auch sechzig gewesen sein, in meinem Gewerbe nimmt man's nicht so genau.«

»Ich *habe* Lissek gefragt. Er sagt, er hätte noch nie jemanden mit Ihren Fähigkeiten gesehen. Würden Sie zustimmen, dass er sich mit so etwas auskennt?«

»Möglicherweise hat mein Name Eindruck gemacht.«

»Hat Ihr Vater Sie protegiert?«

»Das musste er nicht; jeder wusste, wer er war. Ich hatte mein Leben lang mit zwei Arten von Menschen zu tun: mit denen, die mich seinetwegen auf einen Sockel stellen, und denen, die mich schikanieren wollen, um mir zu beweisen, dass ich ein Niemand bin. Eins ist so lächerlich wie das andere.«

»Aber Ihr Vater hat Sie – « Reimer bricht ab. »*Ausgebildet*?«

»Er gab mir Tipps. Einigen verdanke ich mein Leben.«

»Wie alt waren Sie, als er ihnen den ersten *Tipp* gab?«

Ein gezacktes Messer bohrt sich in Aarons Herz.

»Sie waren noch ein Kind«, sagt Reimer. »Er ließ Ihnen keine Wahl, nicht den Hauch einer Chance. Sie haben ihn geliebt, sahen zu ihm auf, er war Ihr Held. Auch mein Vater hat mir einiges beigebracht. Aber nicht, wie man am effektivsten tötet.«

Aaron bricht der kalte Schweiß aus. Sie will etwas erwidern, doch ihr Mund ist voller Buchstaben, die keine Worte ergeben.

Reimer dreht das Messer, sodass die Wunde sich nicht schließen kann. »Ihr Vater hat Sie glauben gemacht, dass Sie in einen heiligen Bund aufgenommen werden. Aber in Wahrheit hat er Sie in eine Welt gestoßen, in der niemand verschont wird, nur weil er um Gnade winselt, in der sich für jede Grausamkeit eine Rechtfertigung findet und Ehre bedeutet, dass man sich selbst Absolution erteilt. Schon lange wollen Sie aus dieser Welt fliehen, aber Sie schaffen es nicht. Weil Sie davor zittern, dass Ihr Vater Sie selbst aus dem Grab heraus verachtet, wenn Sie ihm den Gehorsam verweigern. Wie Mill sagte: Die Angst vor Strafe und vor Reue ist unsere stärkste Triebfeder. Das quält Sie Tag und Nacht und frisst Sie auf, und Sie werden erst frei sein, wenn Sie sich eingestehen, dass nicht die Kugel in Barcelona Sie geblendet hat, sondern Ihr Vater. Unsere Sitzung ist beendet.«

Aaron taumelt auf die Straße, taumelt durch den Rummel der Kleinstadt, taumelt durch eine namenlose Stille, taumelt in ihr Zimmer, liegt auf dem Bett wie tot.

Dreimal packt sie am Morgen. Zweimal packt sie den Koffer wieder aus. Sie geht ans Meer, hockt sich in den Sand, mit Gedanken so wund, dass sie brennen. Wenn sie jetzt abreist, gibt es kein Zurück. Bleibt sie, muss sie sich mit Reimers Worten auseinandersetzen. Weshalb weigert Aaron sich mit jeder Faser, es auch bloß in Betracht zu ziehen?

Weil es nicht wahr ist.

Für ihn mag Sinn ergeben, was er sich zusammenreimt. Psychologie basiert auf Thesen, Annahmen, oft widersprüchlichen Studien. Jeder zieht sich heraus, was ihm in den Kram passt. Als Verhörspezialistin weiß Aaron das nur zu gut; meist entscheidet sie nach Gefühl. Rasend macht sie, dass Reimer so tut, als sei es eine Wissenschaft. Als gebe es außer seiner Wahrheit keine andere. Auf seine Art erinnert er sie an die Typen von der Internen, denen sie zigmal Rede und Antwort stehen musste. In einem Raum, den sie bei der Abteilung Pjöngjang nennen.

Frau Aaron, Sie haben drei Schüsse auf den Mann abgegeben, obwohl schon der erste tödlich war. Was sagt das über Sie aus?

Dass ich im Stockfinstern nicht sehen kann.

Frau Aaron, wir kennen uns ja bereits, wie erklären Sie sich, dass Sie erneut hier sitzen?

Ich vermute, Sie finden meinen Arsch scharf.

Frau Aaron, Sie sind ohne ein Go der Einsatzleitung in das Haus. Haben Sie ein Problem mit Autoritäten?

Ich habe ein Problem mit drei Leichen. Sie nicht?

Nichts weiß Reimer von dem, was sie mit ihrem Vater verbindet. Dass er alles hinschmiss, um ihr zurück ins Leben zu helfen. Wie sehr er sie geliebt hat.

Er starb drei Monate nach Barcelona. Aber selbst jetzt konnte sie mit ihm reden. Sie hielt Zwiegespräche mit ihm, sah ihn in ihren Träumen. Wann immer sie seinen Rat, seine Hilfe brauchte, war er in ihrem Kopf.

Letzte Nacht sehnte Aaron sich nach seiner Stimme. Sie rief nach ihm, erhielt jedoch keine Antwort. Weshalb spürt sie seine Nähe nicht mehr?

Sobald wieder Bilder in Ihrem Cortex ankommen, stehen die Sehzellen für andere Sinne nicht mehr zur Verfügung.

Gibt es Zellen, die Signale von meinem Vater empfangen haben? Ist die Leitung jetzt gekappt? Heißt Sehen, *dass ich ihn für immer verloren habe?*

Du bist verrückt. Außerdem siehst du noch gar nichts.

Ein kleiner Junge juchzt weit weg: »Mama, ich geh wieder ins Wasser.«

»Aber nur kurz!« hört sie die Mutter. »Sonst hol ich dich!«

»Machst du ja doch nicht!«

Sie geht zum Hotel zurück, packt wieder aus und kommt zwei Stunden zu spät ins Institut, ohne in Sabines Stimme einen Vorwurf wahrzunehmen; vermutlich, weil Aaron gestern so laut gebrüllt hat, dass alle Bescheid wissen. Sie absolviert die Elektrostimulation, ruht, meditiert.

Merkt keine Veränderung.

Katja Reimer lädt sie auf einen Imbiss ein und lässt mit nichts durchblicken, ob ihr Mann mit ihr über sie geredet hat. Aaron meint, dass sie müde sei und ins Hotel möchte.

Am Ausgang begegnet sie Reimer; sie erkennt ihn an seinem gelassenen Schritt.

»Guten Tag, Frau Aaron. Wie geht es Ihnen heute?«

»Ich kann nicht klagen.«

»Sie blinzeln schon viel besser, das freut mich.«

»Ich bin ja fleißig.«

»Sehr gut. Ich wünsche Ihnen ein schönes Wochenende.«

»Ich Ihnen auch.«

In der Fußgängerzone hört sie Sabine hinter sich. »Ist Ihnen eigentlich aufgefallen, dass Sie sich viel sicherer bewegen als am Montag?«

Aaron dreht sich um.

»Sie benutzen ihren Stock nicht mehr. Ich wette, Sie sehen schon einiges.«

»Das wüsste ich.«

»Es läuft im Hinterstübchen ab und kommt mit Verzögerung an. Die meisten Patientinnen schminken sich nach der Stimulation. Sie haben das ja nicht nötig, beneidenswert übrigens. Manchen von denen ist gar nicht bewusst, dass sie dabei vorm Spiegel stehen. Wenn ich sie drauf aufmerksam mache, fallen sie fast in Ohnmacht.«

Im Hotel stellt sie sich sofort vor den Spiegel und sucht ihr Gesicht. Ein aschgrauer verwaschener Fleck.

Sie geht runter auf die Terrasse, fröstelt bei dreißig Grad. Der Espresso schmeckt so gallig wie die Zigarette. Am Nebentisch raschelt eine Zeitung.

»Guten Tag, Frau Aaron, ich habe Sie gar nicht gesehen«, sagt Max Kramer.

Gesehen?

»Ich war so in den Artikel vertieft, dass ich – ach, können Sie ja nicht wissen. Stellen Sie sich vor: Gestern wach ich auf und guck meine Zehen an. Was näher als fünf Meter ist, erkenne ich ziemlich gut. Ist das nicht verrückt? Klar, es ist nicht wie früher, aber der Professor meint, es wird noch besser. Ich hab meine Frau angerufen, die glaubt mir nicht. Heute kommt sie mich besuchen, die wird Augen machen!«

Aaron steht auf und geht weg.

»Entschuldigung«, ruft Max ihr nach. »Ich wollte nicht – ich habe nicht daran gedacht, dass Sie –«

Nachts um eins schwitzt Aaron das Laken nass und muss eine Schlaftablette nehmen. Beim Aufwachen fühlt es sich an, als ob ihr Kopf von einer Abrissbirne entkernt wird. Als sie auf den Balkon tritt, weiß sie, dass das dunstige Milchweiß der Sonnenaufgang ist. Aaron sehnt sich nach richtigem, echtem Licht, so grell und überwältigend, dass sie die Augen schließen müsste.

Sie macht Zwei-Finger-Klimmzüge am Türrahmen, einarmige Handstände, Sit-ups, Liegestütze, Dragon Flags, merkt, dass sie gegen ihren Körper arbeitet, gibt auf.

Liegt auf dem Rücken und glaubt, in den Boden einzusinken.

Um neun lässt sie sich Frühstück aufs Zimmer bringen. Der Gedanke an das bevorstehende Wochenende zieht so viel Kraft aus ihr, dass es ihr zu viel ist, ein Ei zu köpfen.

Es klopft an der Tür.

»Ja?«

Keine Antwort.

Sie quält sich hin und öffnet.

»Hallo, Jenny.«

Aaron klammert sich an Sandra, bringt kein Wort heraus und weint noch, als ihrer Freundin längst die Taschentücher ausgegangen sind.

EINATMEN UND AUSATMEN

Als sie sieben war, lag Claudia zusammen mit ihrer Mutter im Hohlraum eines Lasters. Sie glaubte, dass die DDR-Grenzer, die das Fahrzeug in Wartha kontrollierten, ihr Herz hören müssten, so laut klopfte es.

Kein Zittern war wie jetzt.

Als sie ihre Jüngste bekam und man ihr sagte, dass die Lunge des Babys operiert werden muss, lag sie in den Nächten, bis alles gut wurde, neben ihrem Mann, und sein ruhiger Schlaf machte ihre Angst noch größer.

Kein Zittern war wie jetzt.

Als sie vor sechs Jahren mit Weihnachtseinkäufen in die stille Wohnung kam und die Schlüssel ihres Mannes auf dem Tisch lagen, wusste sie, dass er sich nicht einmal von den Kindern verabschiedet hatte.

Kein Zittern war wie jetzt.

Auf dem Bürgersteig zieht Claudia den schweren, klobigen Industriestaubsauger hinter sich her. Der Straßenlärm verlöscht in dem gewaltigen Rauschen, das sie erfüllt; die Menschen, die ihr ausweichen, sind nur Scherenschnitte ohne Gesichter. Vor dem Hochhaus schreckt sie zusammen, weil jemand sie am Arm fasst. Es ist der Obdachlose, der immer hier steht. Einmal sah sie, wie zwei Jugendliche Spaß daran hatten, ihn zu quälen, ihn herumschubsten und ihm seinen Einkaufswagen wegnehmen wollten. Claudia schrie die beiden an, ihn in Ruhe zu lassen. Sie hatte Angst, aber war auch mutig, und die Jugendlichen liefen tatsächlich weg.

Kein Zittern war wie jetzt.

»Na, meen Sonnenschein, soll ick dir mit dem Kaventsmann helfen?« fragt er und will ihr den Staubsauger abnehmen. »Ick bring ihn für dich rinn.«

»Nein, nein«, wehrt sie ab. »Geht schon.«

In der Lobby empfängt sie das Palaver ihrer drei Kolleginnen, die auf sie gewartet haben. Sie steigen in den Fahrstuhl; es ist so eng, dass Claudia den Staubsauger nur mit Müh und Not hineinbugsieren kann. »Den hätt auch einer hochtragen können, wir arbeiten echt in einem Scheißladen«, sagt eine und schwärmt, bis sie im zweiten Stock aussteigen, von irgendeinem Kerl, den sie in einer Disko kennengelernt hat.

Kein Zittern war wie jetzt.

Neben dem Eingang steht: *Institut für Gesellschaftsanalyse.* Es zählen noch drei weitere Etagen dazu; oben sind eine Trainingshalle sowie ein Kraftraum. Mitarbeiter geben an der Tür einen Code ein, die Frauen müssen klingeln.

Ein junger Mann öffnet. Er lässt sie in die stählerne Schleuse. Wie immer müssen sie ihre Taschen leeren, die Mobiltelefone abgeben. Acht Jahre lang hat Claudia sich gefragt, was das mit Gesellschaftsanalyse zu tun hat. Und warum wird hier auch am Wochenende gearbeitet? Weshalb dürfen die Reinigungskräfte nie allein in den Büros sein?

Der Mann nimmt ein Gerät, das Ähnlichkeit mit einem Bügeleisen hat, schaltet es ein und streicht damit langsam über den Staubsauger.

Kein Zittern war wie jetzt.

Ein grünes Lämpchen blinkt, als ob alles in Ordnung wäre.

Sie dürfen in den Flur. Es ist still. Aber Claudia weiß, dass sich noch mehr Männer auf den vier Etagen aufhalten; andere werden oben sein, Sport machen.

Sie gehen zur Umkleide, vorbei an der Marmortafel mit den vielen Gravuren. Jeden Samstag, wenn Claudia sie poliert, überlegt sie, was sie bedeuten.

Kein Zittern war wie jetzt.

Sie kommen an dem leeren Büro der Sekretärin mit dem lustigen Namen vorbei. Doch die Chefin ist da. Eine südländische Frau, die immer schick angezogen ist, immer ernst aussieht. Die Tür des Besprechungsraums steht halb offen, sie redet leise mit zwei Mitarbeitern. Claudia kennt die beiden vom Sehen. Der eine hat einen Bart; ein fröhlicher Kerl, der gern Witze erzählt. Aber als er einmal sein T-Shirt wechselte, sah sie die vielen Narben auf seinem nackten muskulösen Rücken; einige davon seltsam gezackt.

Kein Zittern war wie jetzt.

Der andere, ältere Mann wirkt stets ruhig, ohne sanft zu sein. Obwohl er bloß ein kleines Büro hat, dessen größter Teil von einem mottenzerfressenen Sofa eingenommen wird, begegnet ihm jeder mit Respekt. Ein Blick von ihm genügt, um Anweisungen zu erteilen. Er bewegt sich geschmeidig, und Claudia weiß noch, wie sie vor Monaten anzuklopfen vergaß und sah, dass er eine Prothese am Beinstumpf befestigte. In seinem Lächeln war nicht die geringste Verlegenheit, doch sie schämte sich.

Kein Zittern war wie jetzt.

Früher war der Mann mit einer schönen jungen Kollegin befreundet; oft sah Claudia sie vertraut miteinander, aber das war nichts Sexuelles, das spürte sie. Die Frau war lange fort und kam im Januar oder Februar nochmal zu Besuch. Claudia grüßte sie und erhielt einen offenen Blick von ihr, direkt in die Augen. Erst als der Mann mit der Beinprothese die Frau am Arm nahm und in sein Büro führte, bemerkte Claudia den zusammengeklappten Stock, und ihr wurde klar, dass die Frau nun blind war.

So jung und so etwas Furchtbares. Damals dachte sie, dass es nichts Schlimmeres gibt, kein Schicksal schwerer ist als das.

Kein Zittern war wie jetzt.

Die Chefin und die zwei Männer unterbrechen ihr Gespräch, als sie Claudia und ihre Kolleginnen bemerken. Ehe die Chefin die Tür schließt, sagt sie freundlich: »Lassen Sie diesen Raum heute bitte aus.«

Claudia zieht ihre Arbeitskleidung an. Drei gehen auf die anderen Etagen, nur sie putzt hier unten.

Kein Zittern war wie jetzt.

Nichts hat Platz neben der Angst seit dem Moment, als sie am Freitag vor einer Woche nachhause kam und Amelie und Carla nicht da waren, obwohl die Schule längst aus war.

Im Kinderzimmer lag ein Foto der Mädchen.

Vor den Mündern Klebeband.

Die Augen Schreie.

Auf einem Zettel stand: *Wenn Sie die Polizei informieren, sind Ihre Töchter tot. Gehen Sie ans Telefon.*

Das schellte im selben Augenblick.

Die Stimme war verzerrt, nicht menschlich. »Befolgen Sie die Anweisungen. Dann wird Ihren Töchtern nichts geschehen.«

Sie tat alles, was die Stimme von ihr verlangte.

Am folgenden Tag ging sie in den Putzraum, schraubte den Bodendeckel des Staubsaugers auf, durchschnitt das Kabel. Sie war nur Sekunden davon entfernt, erwischt zu werden, denn genau in dem Moment, als der Staubsauger wieder wie vorher aussah, kam die Sekretärin mit dem lustigen Namen und fragte, ob mit ihr alles in Ordnung sei, sie mache so einen bedrückten Eindruck. Rasch meinte sie, dass sie sich bloß über eine Mieterhöhung ärgere. Ach ja – sie müsse den Staubsauger austauschen, er sei kaputt. Es war ihr unerklärlich, wieso die Frau nicht bemerkte, dass sie am ganzen Körper nass war.

Kein Zittern war wie jetzt.

Sie trug den Staubsauger aus dem Haus und stellte ihn in den Transporter mit dem Logo ihrer Reinigungsfirma und sah nicht in die Fahrerkabine, wie die Stimme es befohlen hatte.

Ging heim.

Setzte sich auf einen Stuhl.

Atmete ein und aus.

Jeden Tag ein Foto von den Kindern als Lebenszeichen.

Eine Woche lang.

Vorhin ging sie in die Seitenstraße, wo der Transporter schon stand. Der Staubsauger war viel schwerer als vorher.

Wieder sah sie nicht in die Fahrerkabine.

Kein Zittern war wie jetzt.

Claudia schiebt den Staubsauger zum ersten Büro, klopft an, hört »herein« und sieht auf den Rücken eines Mannes, der am Schreibtisch arbeitet, ohne sie zu beachten.

Sie steckt das Kabel in die Dose und denkt an das blinkende grüne Lämpchen, das gelogen hat.

Steht da und verabschiedet sich still von ihren Mädchen.

Weiß nicht, wie lange.

Der Mann wendet den Kopf und fragt: »Was ist?«

Sie schaltet den Staubsauger ein.

Er zieht eine glatte, fusselfreie Bahn auf dem Teppichboden.

Macht denselben Krach wie immer.

Aber Claudias Herz ist lauter.

Daheim schellt das Telefon. Die Stimme sagt: »Sehen Sie, das war leicht. Reden Sie mit niemandem darüber, dann sind Carla und Amelie bald wieder bei Ihnen.«

9

Aaron kennt ein paar Menschen, die sich aufs Schweigen verstehen. Sandra ist einer davon. Im Hotel hat sie bloß gesagt: »Pack eine Tasche fürs Wochenende.« Jetzt sind sie seit vierzig Minuten mit dem Auto unterwegs. Die Sonne steht in ihrem Rücken, also geht es in den Nordwesten von Rügen. Die Welt ist ein Tanz von Licht und Schatten, dann und wann weiße Knubbel in wogendem Grün. Schafe auf einer Wiese?

Seit Monaten waren sie und Sandra nicht mehr zusammen, aber das bedeutet nichts in einer Freundschaft, die für die Ewigkeit ist. Zuletzt haben sie Montagabend telefoniert, nachdem Aaron die vielen Glühwürmchen gefangen hatte. Als alles möglich schien. Jetzt ist sie froh, dass Sandra nicht fragt, was mit ihr ist. Auch wenn sie manchmal wie Waschweiber ratschen, haben sie einander in diesen elf Jahren nie bedrängt, immer gespürt, wenn die Freundin etwas anderes als Worte brauchte.

Und was gäbe es zu sagen? Dass die Therapie ein lächerlicher Traum war? Dass Reimer eine Zwei-Megatonnen-Bombe in ihrem Kopf gezündet hat, um am Tag darauf zu fragen: »Wie geht es Ihnen heute?«

Über ihren Vater konnte Aaron mit Sandra noch nie reden. Vielleicht würde die es anders formulieren als Reimer, aber im Grunde denkt sie dasselbe. Zwischen ihnen gibt es keine Tabus. Außer diesem einen. Bisweilen tut es weh, doch Aaron sagt sich, dass Sandra gelernte Goldschmiedin ist, vier Kinder großzieht, nicht in ihrer Welt lebt. Sicher, sie ist mit Pavlik verheiratet und weiß einiges über die Abteilung. Aber begreifen kann das nur, wer mit dem Teufel Himmel und Hölle gespielt hat.

Kam Ihnen nie in den Sinn, dass Sie die Stellvertreterin für den Sohn waren, den Ihr Vater nicht hatte? Noch so ein Totschlagsatz von Reimer. Auch Sandra glaubt, dass Aarons Leben mit einem Bruder vollkommen anders verlaufen wäre. Sie sagt Dinge wie: »Du würdest eine prima Wissenschaftlerin abgeben.« Einmal: »Als Ärztin hättest du eine rappelvolle Praxis.« Oder scherzhaft: »Du wärst in allem gut, außer als Köchin.«

Komm runter, Aaron, gib nicht deiner besten Freundin die Schuld.

Sie lassen den Wagen stehen und setzen mit der Fähre nach Hiddensee über. Aaron war im Winter dort, an einem Tag so kalt, dass sie dachte, ihre Nasenspitze bricht ab. Der Strand war steinhart, und die Schreie der Möwen zerschellten an den Eiswänden der Winde.

Als sie von Bord gehen, nimmt der kleine Körper, der in ihre Arme fliegt, ihr die Luft.

Luca!

Er redet so schnell, dass er sich verhaspelt und Aaron nur das Wenigste versteht, aber das macht nichts. Wieder muss sie weinen. Dann hört sie Helmchens Stimme. Sie ist mit ihrem Mann Boris gekommen, dessen Bauch beim Umarmen wie ein Plüschkissen ist. Vor vielen Jahren haben Aaron und Pavlik etwas für Helmchen und Boris getan, und in den innigen Umarmungen der beiden spürt sie noch immer deren Dankbarkeit.

Aaron hofft, dass auch Jenny hier ist, ihre Patentochter, aber Sandra hat sie zu ihren Eltern gebracht, weil ihr auf längeren Autofahrten schlecht wird.

Und Pavlik? ist sie versucht zu fragen.

Lässt es.

Dafür hat Sandra die Zwillinge dabei, Franz und Leo. Aaron hat sie fünf Jahre nicht gesehen; damals waren sie klein und im Stimmbruch, jetzt sind sie riesig, klingen wie ihr Vater. Unendlich vorsichtig wird sie von ihnen gedrückt, als sei sie aus Glas.

Sandra hat fürs Wochenende ein Haus direkt am Meer gemietet. Der Zaun riecht frisch gestrichen, und Aaron glaubt, dass er blau ist. Als sie stillsteht, überwältigt von Freundschaft, meint Helmchen: »Jenny, da ist noch jemand, der sich auf Sie gefreut hat. Stellen Sie sich vor, er ist von Schweden hergesegelt.«

»Hallo, du Schöne«, brummt Lissek und zieht Aaron an sich.

Sie wird stocksteif, macht sich von ihm frei. »Lasst uns kurz allein, ja?« bittet sie. Ihre Stimme ist heiser; die anderen merken, dass etwas nicht stimmt.

»Kommst du, Luca?« hört sie Sandra rufen.

Dann gibt es nur noch Aaron und Lissek.

»Ich trage es dir nicht nach, dass du Reimer von Boenisch erzählt hast«, sagt sie, »vom Bushidō, von der Abteilung. Aber was maßt du dir an, mit ihm über meinen Vater zu reden?« Lissek schweigt, ihre Stimme vereist. »Drei Menschen ließ ich in mein Leben. Sandra, Pavlik und dich. Das war ein Versprechen, einander zu beschützen. Und du hast mich verraten.«

»Ist es Verrat, dich glücklich sehen zu wollen?« fragt er rau.

»In der Hölle wäre ich glücklicher.«

Sie weiß, dass das Echo ihrer nächsten Worte nicht verhallen wird, bis sie für immer die Augen schließt.

»Geh«, sagt sie, »ich will dich nie mehr sehen.«

Er macht keinen weiteren Versuch, sich zu rechtfertigen. Die Gartenpforte fällt ins Schloss, und Aaron hat eine frische Narbe.

Stunden am Strand. Die anderen arbeiten sich an aufgesetzter Fröhlichkeit ab. Keiner wagt, Aaron zu fragen, was zwischen ihr und Lissek geschehen ist. Aber es ist, als habe sie ein liebevoll verpacktes Geschenk in den Müll geschmissen. Am schlimmsten ist es für Helmchen. Sie hat viele Jahre für Lissek gearbeitet. Aaron weiß, was er ihr bedeutet.

Dann übernimmt Luca die Regie; er zieht Aaron zum Wasser, um herauszufinden, ob sie länger die Luft anhalten kann als er. Nach zehn Sekunden kitzelt er sie so, dass sie prustend hochkommt, und sein Kinderlachen frisst all ihren Kummer mit einem großen Happs auf.

Nach und nach löst sich die Stimmung, es wird doch noch ein schöner Nachmittag. Später macht Aaron in ihrem Zimmer ihre Übungen, ohne weiter einen Sinn darin zu sehen. Sie kneift die Augen so fest zusammen, dass ihre Gesichtsmuskeln hart werden, öffnet sie langsam, spürt Tränenflüssigkeit austreten.

Aaron hört Schritte auf dem Flur, erkennt Sandra.

Es klopft. »Komm rein«, sagt sie.

Sandra sieht ihr zu. »Was machst du da?«

»Lerne blinzeln.«

»Ja, wird oft unterschätzt. Ulf hat mir was für dich mitgegeben, ich stell's auf den Nachttisch. In einer halben Stunde essen wir.« Sandra lässt sie allein.

Sie setzt das Augen-Yoga fort, bis Grillschwaden vom Garten aufsteigen. Aaron tastet nach dem Schuhkarton, den Sandra dagelassen hat. Zwischen zerknülltem Papier ist eine Pistole. Sie weiß sofort, dass es ihre Browning ist, die Pavlik fünf Jahre für sie aufbewahrt hat. Entschlossenheit und Angstschweiß haben die Griffschale blankpoliert; neben dem Sicherungshebel ist die Kerbe, die sie für immer an Helsinki erinnern wird. Sie inhaliert den süßlichen Geruch des Ballistols, mit dem der Stahl eingerieben ist. Volles Magazin, eine Kugel im Lauf.

Aaron legt die Pistole und die beiden Reservemagazine in die Nachttischschublade und geht hinunter.

Sie erzählen sich Lustiges, in dem »sehen« nicht vorkommt, genießen einander. Der Kopf von Sandra ist ein grauer Mond mit Glitzerpünktchen; Boris hat was Blassrotes im Gesicht, der Bart, der Aaron beim Wangenkuss an der Fähre gepikst hat; bei Helmchen erkennt sie die Handbewegungen, weil sie immer so gestikuliert; Leos Schatten zieht sich beim Reden zusammen, und der von Franz plustert sich auf. Zum ersten Mal kann Aaron die beiden auseinanderhalten.

Luca ist ein schwarzer, quirliger Strubbel mit durchsichtigen Ärmchen. Er fasst sie dauernd an, schmust mit ihr. Doch sie hat das Gefühl, dass ihn etwas bedrückt und er es vor ihr verbirgt.

Zur Schlafenszeit geht sie mit ihm hoch, deckt ihn zu. So viel haben sie zusammen durchlitten; er hat sie gerettet und sie ihn, das ist in jedem Wort, jeder Berührung. Sie redet mit ihm, als sei er ein Erwachsener, wie sie es immer tun. Über die große Stadt, in der er jetzt lebt, neue Freunde, Aarons Zeit in Amerika.

Leise fragt er: »Hast du meinen Papa gekannt? Meinen richtigen Papa?«

»Nein, mein Schatz.«

Es ist die Wahrheit und ist eine Lüge. Lucas Vater hat für den »Broker«, den gefährlichsten Terroristen der Welt, Anschläge inszeniert, mit denen die internationalen Börsenkurse manipuliert wurden. Er hieß Olaf Christ und lebte mit Luca und dessen Mutter Layla in Marrakesch. Aaron und Pavlik stießen auf ihn, als sie den zwei Milliarden Dollar folgten, die Aarons Todfeind Holm ihr vermacht hatte. Letztes Jahr wurde Christ von einem Killer des Brokers in den Souks liquidiert. Um Layla zu vernehmen und sie und Luca zu schützen, brachten sie die beiden nach Deutschland, wo Layla starb.

Sein Atem ist ein Hauch. »Aber du weißt Sachen über ihn.«

»Ich weiß, dass er dich liebgehabt hat«, flüstert Aaron. »Und das ist das Allerwichtigste.«

Zehn Dinge, die sie Luca nicht sagen kann:
dass sein Vater ein Verbrecher war
dass sie seine Mutter für ihre Rache benutzt hat
dass er sich darum nicht von ihr verabschieden konnte
dass ihr eigener Vater sie alleingelassen hat
was sie in Lucas Alter schon gelernt hatte
dass ihre Toten keine Ruhe geben
dass sie immerzu diesen Satz von Reimer hört
dass ihr Leben davon abhängt, wieder zu sehen
sie aber keine Hoffnung mehr besitzt
dass sie Angst vor dem hat, was Luca verschweigt

Er ist der seltsamste Junge, den sie je kannte. Er sieht in ihr Innerstes, so war es von der ersten Sekunde an. Als er schon fast eingeschlafen ist, sein Atem kaum mehr als eine Ahnung, fragt sie: »Bist du wegen irgendwas traurig?«

Luca nuschelt: »Ich hab bloß eine schlechte Note gekriegt.«

Aaron weiß, er lügt.

Sie sagt den anderen, dass sie müde ist, geht früh zu Bett und liegt mit offenen Augen da, umhüllt von Finsternis. Sie denkt an die Seebrücke, an den Nachtschatten. Aaron hat nie spekuliert, ob einer von denen, die sie sich zum Feind gemacht hat, nach ihr suchen könnte. Doch die Möglichkeit ist ihr sehr wohl bewusst. Auf der Brücke war ihr, als rieche sie einen Hauch Parfüm, den im nächsten Moment die Salzluft verwehte.

Ist Nachtschatten eine Frau gewesen?

Plötzlich friert sie und fragt sich, ob sie die anderen in Gefahr bringt. Sie ist die Einzige im Haus, die sich wehren kann. Aber wie soll sie als Blinde sechs Menschen beschützen?

Eine Frau. Ich weiß es einfach.

Sie legt die Browning neben sich. Nach Mitternacht schläft sie ein. Wieder sucht sie im Traum ihren Vater.

Aaron wacht mit der Sonne auf, steckt die Browning unters T-Shirt und geht in die Küche. Sich in unbekannten Schränken und Schubladen zurechtzufinden, entspricht für eine Blinde einer Infinitesimalrechnung. Sie braucht endlos, um rauszukriegen, wo die Kaffeedose ist, eine weitere Ewigkeit für den Filter und die Bedienung der Maschine, dann hat sie das erste Erfolgserlebnis des Tages. Aaron setzt sich in den Garten. Raucht.

Sie hört das Meer und denkt an Kishōs Worte.

Fische sehen es als einen Palast, Götter als Perlenkette, Menschen als Wasser und Dämonen als Blut.

Nackte Füße im Gras, ein Stuhl wird herangerückt, Sandras weicher Arm um ihre Schulter. Sie teilen sich den Kaffee. Es ist schon warm, die Sonne atmet in ihre Gesichter.

Sandra gähnt. »Flemming war neulich zum Essen bei uns.«

»Ja? Netter Abend?« Genauso verschlafen.

»Jenny hat zu ihm hochgeguckt wie Hillary zum Everest. Ich hab sie auf seinen Schoß gesetzt. Sah aus, als ob dort ein Wollknäuel liegt.«

Lachen verlernt man nie.

»Was machen seine Schussverletzungen?« fragt Aaron.

»Er ist wieder im Training. Bei so viel Körper sind acht Kugeln wahrscheinlich wie Mückenstiche bei uns.«

»Da ist was dran. Wären die zwei gebrochenen Arme nicht gewesen, hätte er's mit Sprühpflaster gelöst«, witzelt Aaron.

»Er hat nach dir gefragt. Heißt was. Über Gefühle quatschen ist nicht seine Kernkompetenz.«

Aarons Herz springt wie ein Flummi. Schnoddrig meint sie: »Kennst du einen Kerl, kennst du alle.«

»Er denkt, dass er dir egal ist, weil du von heute auf morgen weg warst. Ich hab ihm erklärt, dass du die Königin der Komplizierten bist. Aber du weißt, wie's ist: neue Badehosen und Frauen, die letzten Mysterien der Menschheit für einen Mann.«

Aaron grinst.

»Frag schon«, sagt Sandra.

»Was?«

»Jenny!«

»Okay. Wie sieht er aus?«

»Hmm. Da muss ich überlegen.«

»Sandra!«

»Er sieht gut aus.«

»Mensch, lass dir doch nicht alles aus der Nase ziehen. Gut im Sinne von was?«

»Gut im Sinne von: Er hat keine Ahnung, wie gut. Er hat dichtes schwarzes Haar, und sein Gesicht ist eine ruhige Landschaft, könnte hoch im Norden sein, aber mit einer Menge Schluchten. Die Augen sind aus Bernstein, da ist was drin eingeschlossen, das hat noch keiner gesehen, und ich glaube, er wartet auf den Menschen, dem er es zeigen kann.«

Eine Zeitlang lauschen sie dem Wind, den Möwen. Auf den Meeren Schiffe, die jedem Sturm trotzen, aber niemals irgendwo ankommen. Aaron denkt daran, was möglich wäre, wenn sie es nur zuließe.

Nicht jetzt.

»Hat Lissek dir stille Post für mich mitgegeben?« fragt sie.

»Wollte er.«

»Und?«

»Was wohl?«

»Du hast ihm gesagt, dass er sich einen anderen Briefkasten suchen soll. Und dass du ihm an meiner Stelle eine gescheuert hättest.«

»Knapp daneben. Ich sagte: in die Eier getreten.«

Über ihnen ächzt ein alter Baum, als sei er es leid, vom Wind zerzaust zu werden.

»Wie geht's Pavlik?« fragt Aaron.

Sandra trinkt den letzten Schluck Kaffee. Schweigt.

Wie wohl? Sposato ist tot, und Pavlik verflucht die ganze Welt.

»Er hat mir gesagt, dass er aussteigen will.«

Aaron zuckt kurz, auch wenn sie nicht wirklich überrascht ist. Eines Morgens wachst du auf und kommst nicht mehr aus dem Bett, weil du aus Stein bist.

»Wie gut ist er noch?« fragt Sandra.

»Maschine.«

»Wie lange packt er's?«

Sie sinnt über die Frage nach.

Obgleich Sandra Nichtraucherin ist, schnorrt sie einen Zug von Aarons Zigarette. »Du hast mal gesagt: ›Wenn man beiseitelässt, was er mit dem Gewehr kann, ist er nicht der Beste mit der Pistole, nicht der beste Nahkämpfer und bestimmt kein Leichtathletikwunder. Die Männer folgen ihm, weil keiner so hart gegen sich selbst ist wie er.‹ Gilt das noch?«

»Ja.«

»Aber?«

»Die Abteilung verschleißt dich komplett«, sagt Aaron, »und er hat immer das Ganze gesehen. Wenn einer der Jungs ein Problem hat, geht er nicht zu Demirci, sondern zu ihm. Wenn einer mit seinen Toten nicht klarkommt, geht er zu Pavlik. Wenn einer am Leben verzweifelt, geht er zu Pavlik.«

»War das jetzt ne Antwort?«

»Es ist nicht unbedingt eine Frage des Alters. Mein Meister ist Mitte siebzig, und wenn ich mit ihm kämpfen müsste, wüsste ich nicht, wie es ausgehen würde. Pavlik ist müde, aber nicht in den Knochen, es ist der Kopf.«

Er will das zu Ende bringen.

Svoboda.

Dann ist es genug.

»Wie denkst du darüber?« fragt sie Sandra.

»Ich hab gesagt, dass mich seine Wehleidigkeit ankotzt. Die Dinosaurier sind in die Sterbesümpfe gegangen, das hatte Stil.«

»Boah.«

»Er braucht das. Seine Jungs. Die dreckigen Witze von Fricke. Die lausigen Hotels. Den Gewehrschaft an seinem Kinn. Alles. Er hat Angebote von Konzernen, die mit Geld nach ihm schmeißen. Sicherheitschef, Büroscheiße. Ich will keinen Mann, der vor Langeweile die Wände hochgeht.«

»Du würdest ruhiger schlafen.«

»Ich würde zusehen, wie er jeden Tag unglücklicher wird.«

Aaron hört einen Ast knacken.

Fünfzig Meter Richtung Meer.

Sie senkt ihre Stimme. »Guck unauffällig auf neun Uhr. Ist da jemand?«

»Nein. Seh keinen.«

»Sicher?«

»Moment – Hund.«

Aaron entspannt.

»Was ist?« will ihre Freundin wissen.

»Gewohnheit«, antwortet Aaron.

Im abflauenden Südwind reckt der Baum sich raschelnd, weil kleine Vögel in seiner Krone palavern.

Luca kräht im Haus: »Mama?«

Sandras Stimme lächelt. »Schön, ne?« Ruft: »Bin mit Jenny im Garten.« Sie schnappt sich den letzten Zug von der Marlboro, aber pafft nur, ohne Lunge. »Ich glaub, es ist wegen mir und den Kindern. Ulf bildet sich ein, er wäre es uns schuldig. Seine ganz spezielle Midlife-Crisis. Andere kaufen sich in dem Alter einen Porsche, er heult den Mond an.«

»Ich könnte ihm einen 911er schenken.«

»Schenk *mir* lieber was. Red mit ihm, von Adrenalin-Junkie zu Adrenalin-Junkie.«

»Mach ich.«

Luca kommt angelaufen. »Hast du's Jenny gezeigt?« fragt er.

Aaron weiß nicht, was er meint.

»Ich bin in deiner Wiesbadener Wohnung gewesen. Hab dir was mitgebracht«, sagt Sandra.

Sie legt Aarons Hand auf das dicke Farbrelief des Gemäldes, das Aaron seit vier Jahren besitzt. Noch immer weiß sie nicht, was das Bild des blinden Malers Eşref Armağan darstellt.

»Erzähl es uns«, wird Luca von Sandra ermuntert.

Aaron verkrampft. »Ich möchte das nicht.«

Doch Luca sagt: »Eine Frau steht am Strand und guckt auf das Meer. Sie sieht genauso aus wie du, mit vielen schwarzen Haaren. Und Sommersprossen hat sie auch, sogar auf der Nase. Der Himmel ist blau und mit Knuffwolken, so nennt Papa die. Neben der schönen Frau liegt eine Sonnenbrille im Sand, die ist wahnsinnig groß, wie für eine Riesin. Und da ist ein ganz tolles Haus. Es ist weiß mit Türmchen, wie das in dem alten Film, den Mama und ich neulich geguckt haben.«

»*Manche mögen's heiß*«, sagt Sandra.

Aarons Atem setzt aus. Sie sieht das Strandhotel in Yorktown Beach vor sich, wo sie gerade erst gesessen und sich einen Horizont aus Bleikristall vorgestellt hat.

»Putz dir die Zähne, wir kommen gleich«, meint Sandra zu Luca. »Und sei leise, die anderen schlafen noch.«

Er lässt sie wortlos allein. Als sei er kein kleiner Junge.

Sandra streicht über Aarons Wange. »Ich weiß nicht, warum du so verzweifelt bist. Aber du wirst wieder sehen. Das hat schon an dem Tag festgestanden, als du das Bild gekauft hast. Weil du die Frau darauf bist.« Sie nimmt Aarons Zittern in beide Hände und pustet es wie Staub in die Luft.

Nach dem Gartenfrühstück liegen sie am Strand, essen in einem kleinen Lokal, hungrig von der Seeluft. Helmchen erzählt, dass Inan Demirci ihren Geburtstag auf einem Spreedampfer feiern will und die ganze Abteilung dazu eingeladen hat.

Wie Lissek früher, schwebt in der Luft.

Als es Zeit zum Aufbruch ist, gehen sie zurück zum Haus, um zu packen. Auf dem Feldweg hängt Aaron sich bei Helmchen ein und verlangsamt ihre Schritte, damit sie ein Stück hinter den anderen zurückbleiben. »Irgendwas Neues?« fragt sie leise.

»Svoboda wird abgehört, aber seit Cascais weiß er natürlich Bescheid. Der ist jetzt so aktiv wie ein totes Schnabeltier.«

»Gar keine Spur?«

»Fricke sagt: ›Wir müssen seinen Arc-Reactor finden.‹ Was das heißt? Keine Ahnung.«

»Er ist Comic-Fan, wissen Sie doch. Der Arc-Reactor ist das Ding in der Brust von Iron Man, das verhindert, dass die Granatsplitter ihn töten. Sein wunder Punkt.«

»Ach so. Pavlik setzt auf den Konzernchef, der Svoboda das Flugzeug gesponsert hat. Germanium AG, Hightech. Sein Foto pappt an Demircis Pinnwand. Wenn Sie mich fragen, wird es da vergammeln.«

»Dann gibt sie also auf?«

»Nie im Leben. Manchmal kann sie schrecklich ungeduldig sein, aber bei Svoboda macht sie es wie der Wattwurm und wartet auf die nächste Flut.«

»Lassen Sie mich wissen, wenn sich was tut, ja?«

»Versprochen.«

Aaron will wieder schneller gehen, um zu den Freunden aufzuschließen, doch Helmchen bleibt im selben langsamen Trott. »Wollen wir uns duzen?« fragt sie. »Ich meine, im Stillen tun wir das ja schon lange.«

»Sehr, sehr gern, Helmchen.«

Elf Jahre ziehen vorbei.

»Jenny?«

»Hmm.«

»Egal was zwischen dir und Lissek vorgefallen ist: Er würde dir niemals absichtlich wehtun. Nur zwei Menschen sind ihm so wichtig wie du. Das weißt du doch, oder?«

»Ja. Aber er hat etwas gemacht, für das es keine Entschuldigung gibt.« Sie fasst Helmchens kalte Hand und lässt sich von ihr führen.

In einem steifen Wind setzen sie mit der Fähre über. Aaron und Sandra schweigen bis Binz. Auf der Haut ist noch Salz, aber der Tag ist schon Erinnerung. Verabschiedung vor dem Hotel. Diesmal drücken die Zwillinge sie, bis ihre Rippen knacken.

Luca ist der Letzte. Als er seine Arme um ihren Hals schlingt, flüstert er: »Ich will nicht, dass du traurig bist.«

»Ich weiß«, flüstert sie zurück. »Aber wir erzählen uns doch immer alles. Weil wir uns liebhaben.«

»Und wenn es was Schlimmes ist?«

»Dann auch.«

Aarons Wange wird nass von Lucas Tränen. »Ich habe von einer Wolke aus Glas und Steinen geträumt und davon, dass Feuer vom Himmel regnet. Da waren viele Menschen, und alle haben schwarze Kleider angehabt, und ihre Augen waren rot.«

Sie will die Worte herunterschlucken, doch sie haben schon nach draußen gefunden. »War ich auch in dem Traum?«

»Ja. Aber ich konnte dich nicht sehen. Als ob ich blind war.«

10

Eine Wolke aus Glas und Steinen und Feuer vom Himmel. Die ganze Nacht atmet Aaron das ein und aus. Irgendwann sackt sie weg. Als sie wach wird, sind nur Minuten vergangen.

Sie liegt still. Fühlt, dass etwas anders ist. Rätselt.

Dann weiß sie es: Der Wasserhahn tropft nicht mehr.

Vielleicht wurde er repariert.

Am Wochenende?

Aaron geht ins Bad und hält einen Finger unter den Hahn. Ein Tropfen zerplatzt auf ihrer Haut.

Selbst das hört sie nicht.

Sie schaltet das Licht ein. Alles schwimmt in einem weißen Nebel, auch der Spiegel, in dem ihr Gesicht sein könnte.

Licht im Zimmer: derselbe Nebel.

Ihr Herzschlag brennt mit ihrem Atem durch. Sie geht auf den dunklen Balkon. Das Meer ist so still, dass sie es nur ahnt. Aaron schnalzt, kein Echo. Sie atmet tief durch die Nase. Gestern roch sie noch die Tannen. Doch eine vage Spur von Salz ist alles, was sie wahrnimmt.

Schier endlos kämpft sie darum, zu riechen und zu hören. Es ist, als ob ihre Nase verstopft ist und sie Watte in den Ohren hat.

Die Dämmerung bricht an. Jetzt ist der Nebel auch hier. Anfangs kämmen Sonnenstrahlen ihn aus, ehe sie versickern. Sie hat das Gefühl, dass der Nebel in ihrem Kopf ist, aus den Augen strömt, ihrem Mund. Aaron kriegt kaum Luft, atmet verzweifelt dagegen an.

Noch fast drei Stunden, bis sie ins Institut kann, wie soll sie das durchstehen? Dauernd tippt sie auf die Cartier.

»Zwanzigster Juni. Montag. Sechs Uhr, sechs Minuten, dreiundvierzig Sekunden.«

Ihr Telefon klingelt.

Siri sagt zum ersten Mal seit März: »Demirci ruft an.«

Sie nimmt nicht ab. Demirci wird sie für Sposatos Tod verantwortlich machen, den Aaron hätte verhindern können, wenn sie nicht so lange gezögert hätte. Diese Frau hat viele Facetten. Sie kann mitfühlend sein, zart, besitzt Humor. Aber du wirst nicht Leiterin der Abteilung, weil dein Name in einer Lostrommel war. Weil man glaubt, dass du Egoismus verzeihst.

»Du hast eine Nachricht auf der Mailbox.«

Aaron spielt sie ab. »Demirci hier. Sie schlafen sicher noch.« Schweigen. »Ich rufe an, um Sie wissen zu lassen, dass ich Ihnen keine Schuld gebe. Sposato hätte sich so oder so umgebracht. Sie und ich sind uns in manchem ähnlich. Wir neigen dazu, Fehler zuerst bei uns zu suchen und uns mit allem allein herumzuschlagen. Bisweilen vergessen wir, dass es Dinge gibt, die wichtiger sind als der nächste Feind, die nächste Schlacht.«

Aaron ruft zurück. »Hallo.«

»Entschuldigung, ich wollte Sie nicht wecken.«

»Haben Sie nicht.«

Demircis Stimme ist warm und offen. »Wie geht es Ihnen?«

»Ich sehe weißen Nebel, als ob ich in einer Trockeneis-Wolke wäre. Es macht mir Angst.«

»Was sagt Ihr Professor dazu?«

»Ich habe es erst vorhin bemerkt.«

»Vielleicht ist es etwas Gutes.«

»Oder das Gegenteil.«

»Ein türkisches Sprichwort heißt: ›Der Storch vergeudet die Zeit mit Klappern.‹ Es bringt nichts, sich verrückt zu machen.«

»Das ist nicht alles. Mein Gehör und mein Geruchssinn sind weg. Nein, *weg* ist falsch. Es ist wie vor der Erblindung. Man hat mir gesagt, dass das passieren könnte. Und dass es ein Indiz dafür wäre, dass meine Sehkraft zurückkommt.«

»Das sind doch großartige Nachrichten.«

»Es fühlt sich nicht so an«, flüstert sie. »Etwas stimmt nicht mit mir. Ich kann es nicht – es ist, als ob mein Körper sich gegen das Sehen wehrt. Ich weiß, das hört – hört sich –«

Das Wort, das sie sucht, ist da, aber der Nebel verbirgt es.

Demirci schweigt.

Aaron schließt die Augen. »Dieser Manager, der Svoboda das Flugzeug zur Verfügung gestellt hat – was ist das für ein Mann?«

»Wir müssen nicht über die Arbeit reden.«

»Doch. Bitte.«

»Harvard-Studium, kometenhafte Karriere. Zuerst in Fernost, seit sechs Jahren Chef der deutschen Mutter. Er ist Berater der Kanzlerin für neue Technologien.«

»Macht sein Konzern Geschäfte mit Bulgarien?«

»Unklar. Palmers Leute sind dran.«

»Vertrauen Sie Palmer?« fragt Aaron.

»Sie reden wie Pavlik. Dabei haben Sie drei Jahre für Palmer gearbeitet. Hatten Sie Grund zur Klage?«

»Er ist kein Freund der Abteilung.«

»Er war kein Freund von Lissek. Ich halte das auseinander.«

Vorsichtig öffnet Aaron ihre Augen. Sie glaubt, sich im Nebel aufzulösen, ins Nichts zu wehen, macht sie wieder zu.

»Es gibt etwas, das mich beschäftigt«, sagt Demirci. »Es mag lächerlich sein. Aber ich greife nach jedem Strohhalm.«

»Mit Strohhalmen kenne ich mich aus.«

»Am Samstag vor einer Woche war ich bei der Combat Team Conference in Cork. Svoboda hat dort eine Rede gehalten. Ich habe ihn mit dem Director of Operations der SAD in der Stadt gesehen. Es hatte etwas Kumpelhaftes.«

Aaron wird kalt. »Mason?«

»Sie kennen ihn?«

»Ja.«

»Sein Kopf sah wie ein aufgerissener Baseballhandschuh aus. Dabei nimmt er sicher nicht mehr an Kampfhandlungen teil.«

»Es gibt solche und solche Kampfhandlungen.«

»Wie meinen Sie das?«

»Er war in Virgina in meinem Kloster, um sich abzureagieren. Wir haben Erinnerungen aufgefrischt. Als er aus dem Krankenhaus zurück war, ist er abgereist.«

»Es gibt in Virginia ein Kloster?«

»Es gibt auch Wasser auf dem Mars.«

»Was wissen Sie über Mason?« fragt Demirci.

»Vor zehn Jahren war er noch Master Chief beim SAD Ground Branch. Die CIA musste einen ihrer Agenten aus Libyen herausschaffen. Er war mit einem Mann von uns auf der Flucht; sie haben sich im Charudsch-Gebirge verkrochen, ist eine lange Geschichte. Lissek wollte es nicht aus der Hand geben. Ich war mit Pavlik vierundzwanzig Stunden in Langley, dann sind wir zusammen mit einem SAD-Team nach Libyen geflogen. Mason war nicht dabei, er hatte Probleme mit seinen Fingern.«

»Ich dachte mir schon, dass Lissek bei solchen Missionen keine Beißhemmung hatte«, sagt Demirci.

»Wir haben die zwei Männer rausgeholt und einen Operator der SAD in der Wüste verscharrt. Einer von Lisseks Wahlsprüchen lautete: *Hauptsache, es sind die Gräber der anderen.*«

»Könnte von Svoboda sein.«

»Zu Masons Ground-Branch-Zeiten saß er als Staatssekretär im Bundesinnenministerium, damals werden sie sich kaum gekannt haben. Sie wissen, welche Leute die SAD rekrutiert: Ex-Seals, Ex-Delta-Force, Ex-Army-Rangers. Die erledigen für die CIA die Drecksarbeit, vor der sogar Söldner zurückschrecken. Bei uns haben nur der BND, das Kommando Spezialkräfte und das Kanzleramt mit denen zu tun.«

»Und manchmal die Abteilung«, sagt Demirci ironisch.

»Lisseks Memoiren werden nie geschrieben.«

»Das Kanzleramt wäre eine Möglichkeit. Robert Kulka ist ein Zögling von Svoboda.«

»Der Geheimdienstkoordinator?«

»Genau der.«

»Zu vage.« Schwarze Fussel schwimmen im Glaskörper von Aarons Augen, bilden ein Spinnennetz, treiben wieder auseinander. »Ich war ein paar Monate weg. Erzählen Sie mir, was ich über Svoboda noch nicht weiß.«

»Da gibt es nicht viel. Er arbeitet wie ein Tier, aber das tun wir alle. Wir vermuten, dass er zu keiner kriminellen Organisation gehört und sich auf den Handel mit Informationen beschränkt, weil es risikoärmer ist. Er kalkuliert kühl und emotionslos.«

Aaron spürt Demircis Zögern.

»Aber?« fragt sie.

»Jemand, der ihn an der Uni kannte, meint, dass Svoboda früher von Aleister Crowley fasziniert war.«

»Das ist es.«

Demirci atmet schneller. »Was macht Sie so sicher?«

»Beim BKA hatte ich mit einem Ritualmord zu tun. Der Täter hatte seinem Opfer *Goldene Dämmerung* in den Bauch geritzt. Als wir ihn gefasst hatten, haben wir in seiner Wohnung Schriften von Crowley gefunden. Der war in einem magischen Zirkel mit dem Namen *Order of the Golden Dawn.*«

»Wo ist die Verbindung zu Mason?«

»An dem Abend in Washington sagte er über die SAD: ›Wir sind die Goldene Dämmerung.‹ Ich habe nicht verstanden, was er damit meinte. Später wurde es mir klar.«

Demirci braucht einen Moment, um Worte zu finden. »Dann hätten wir es mit Wahnsinnigen zu tun.«

»Das sind höchstens Salon-Okkultisten. An Crowley gefällt ihnen, dass er sich als Mitglied einer Herrenrasse sah und glaubte, keinem Gesetz unterworfen zu sein. Je mehr Tabus er brach, desto mehr bestätigte ihn das. Sehen Sie sich die SAD an. Die haben einen unbegrenzten Etat und müssen keinem Rechenschaft ablegen, nicht einmal dem Präsidenten, denn der will von ihren Schweinereien nichts wissen. Das ist auch Svobodas Verständnis von Macht. Haben Sie Briefe von Crowley gelesen?«

»Nein.«

»*Ich erkenne einen guten Jahrgang Schlangenblut, wenn ich einen süffele.* Übersetzt heißt das: Fuck you all.«

Aaron zieht sich zum Nachdenken in ihre innere Kammer zurück, an jenen einsamen Ort, wo die Welt nichts als eine Hintergrundstrahlung ist.

»Sind Sie noch dran?« dringt Demirci irgendwann zu ihr vor.

»Sie haben Svoboda am Samstag mit Mason gesehen?«

»Ja. Dienstag flog er nach Portugal.«

»Pavlik sagt, dass eine Frau dort war. Sie soll viel draufhaben, aus seinem Mund bedeutet das was. Solche Leute sind rar. Aber Mason kennt sicher einige. Freelancer, Auftragskiller, Spezialisten für jeden Job.«

Soll ich ihr von Nachtschatten erzählen? Nein. Dass ich Parfüm gerochen haben will, sagt in meinem Zustand gar nichts.

»Sie meinen, Svoboda könnte die Frau über Mason angeheuert haben?« nimmt Demirci den Gedanken auf.

»Sie und den Mann, den Fricke erschossen hat.«

»Zu welchem Zweck?«

»Erste Möglichkeit: Die Frau hat für Sposato eine Nachricht von Svoboda, von der Zankov nichts wissen soll. Etwas, das er nicht am Telefon bereden will, weil er nicht weiß, ob Sposato abgehört wird. Deshalb trifft die Frau sich mit ihm. Ihren Partner nimmt sie als Rückendeckung mit.«

»Zweite Möglichkeit: Svoboda hat sie zu seinem Schutz dabei«, sagt Demirci. »Sposato macht ihm aus irgendeinem Grund Angst. Die Frau bringt ihn dazu, zur Küste zu fahren, um ihn zu checken. Dagegen spricht, dass niemand sie oder ihren Partner vorher gesehen hat. Wie sollten sie Svoboda schützen?«

»Wer in dieser Preisklasse ist, kann sich unsichtbar machen. Meinen Sie, dass Sie Peschel, Krupp oder Majowski bemerken würden, wenn die es nicht wollen? Das muss kein klassischer Personenschutz gewesen sein. Nur Leute, die man in der Hinterhand hat. Ein Backup ist immer gut.«

»Dritte Möglichkeit: Das Duo hat weder zu Svoboda noch zu Zankov gehört, sondern zu Sposato«, sagt Demirci, »und die Begegnung von Svoboda und Mason war nur Zufall.«

»Haben Sie Palmers Vorgänger Wolf je kennengelernt?«

»Ich wurde ihm kurz vorgestellt.«

Aaron drückt eine halb aufgerauchte Zigarette aus. »Bevor er mich damals nach Moskau geschickt hat, war allen klar, dass es ein Himmelfahrtskommando sein würde, aber seine Leute haben jede Information gedreht und gewendet, bis sie ungefährlich aussah. Einmal fiel das Wort ›Zufall‹, und Wolf meinte: ›So nennen wir etwas, das wir nicht glauben wollen.‹«

»Sie können Mason nicht mehr kontaktieren, richtig?«

»Ja.«

»Aber Pavlik kennt ihn?«

»Mason weiß, wie eng Pavlik und ich sind. Er würde ihm nicht trauen.«

»Und Lissek?«

»Der wäre besser.«

»Fragen Sie ihn, ob er Mason auf den Zahn fühlt?«

Aaron antwortet nicht.

Demirci klingt bitter. »Bei der Amtsübergabe sagte Lissek zu mir: ›Sollten Sie einmal in Versuchung kommen, mich um einen Rat oder einen Gefallen zu bitten, verkneifen Sie es sich. Ich bin raus und habe den Rest meines Lebens genug damit zu tun, alles zu vergessen, auf das ich nicht stolz bin.‹«

Aaron schweigt weiter.

»Sie sind doch befreundet.«

»Nicht mehr.«

Sie spürt Demircis Überraschung. Aber für eine Nachfrage ist die Frau zu diskret.

»Ich habe vielleicht etwas Besseres.« Aaron erinnert sich, wie sie in Masons Wohnwagen war, sein Tod ein Fingerschnipsen, ein reiner Wassertropfen in einem Ozean von Blut. »Wie gesagt: Ein Backup ist immer gut. Ich habe den Speicher von Masons

Handy auf einen Stick gezogen. Ist zwar alles verschlüsselt, aber unsere Technik sollte damit klarkommen.«

»Sie wissen, wie man eine Pointe setzt.«

»Und Sie müssen sich nicht mit dem Arsch draufsetzen, um eine zu erkennen. Tschuldigung.«

Demirci lacht.

Tut gut.

»Wann können Sie das Material schicken?«

»Die Datenmenge ist zu groß für den Hotspot im Hotel.«

Demirci denkt kurz nach. »Herr Krampe und Herr Janko sind in Hamburg bei einer Fortbildung.«

Der Cheftechniker und der Logistiker der Abteilung.

»Das ist nicht weit von Rügen. Einer könnte heute Abend bei Ihnen vorbeikommen und den Stick abholen.«

»Kein Problem, die haben meine Nummer.«

Demircis langes Schweigen lässt sie aufhorchen. »Wie Sie gesagt haben«, murmelt Aaron, »wir beide neigen dazu, uns mit allem allein rumzuschlagen.«

»Touché.«

»Also?«

»Svoboda hat für heute, 20 Uhr, eine Besprechung in der Abteilung anberaumt.«

»Was macht Sie daran stutzig?«

»Er hat mich persönlich angerufen, am Donnerstagmorgen, sehr früh. Ich weiß nicht, welchen Sinn das ergibt. Morgen um elf ist er sowieso bei uns im Haus, wegen der neuen Extremismusgesetze.« Das letzte Wort hängt im Leeren, als sei der Satz noch nicht zu Ende.

Aaron wartet.

»Er möchte, dass Ulf Pavlik an der heutigen Besprechung teilnimmt«, sagt Demirci. »Und Sie.«

»*Ich*?«

»Ja.«

»Was haben Sie ihm gesagt?«

»Dass Sie nicht zur Verfügung stehen.«

»Hat er insistiert?«

»Allerdings. Aber meine Personalführung geht ihn nichts an, also ist das vom Tisch.«

Aaron denkt an das Jahr vor ihrer Erblindung. Svoboda hatte bei einer Operation in Neapel ihr Leben aufs Spiel gesetzt. Damals dachte sie: aus Eitelkeit. Heute weiß sie, dass er zu der Zeit bereits Geschäfte mit der Mafia gemacht haben muss. Seit sie ihm im Winter ins Gesicht gesagt hat, wofür sie ihn hält, ist sie für ihn ein Brechmittel.

Mehr als das. Eine Gefahr.

»Sie wissen nicht, worum es geht?« fragt Aaron.

»Nein. Aber er sagte etwas Seltsames: ›Egal welche Differenzen wir hatten, man muss *den Sturm in Stille verwandeln.*‹ Es ist aus dem *Glöckner von Notre-Dame*, habe ich gegoogelt.«

Aaron hört das Meer, doch es ist nicht mehr hundert Meter entfernt wie gestern, sondern ein anderes Meer, auf einem anderen Kontinent.

»Ich kann mir kaum vorstellen, dass Svoboda Hugo gelesen hat«, sagt Demirci. »Vielleicht hat er die Formulierung irgendwo aufgeschnappt.«

»Ein Friedensangebot?« fragt Aaron.

»Er weiß, dass ich das nicht annehmen würde. In Cork habe ich ihm offen den Krieg erklärt.«

»War das klug?«

»Tun Sie nur kluge Dinge?«

Eine andere Angst, eine andere Stille.

»Frau Aaron?«

»Ja?«

Eine andere Stimme, eine andere Frau.

»Ganz gleich, wie die Therapie ausgeht: Für Sie wird immer ein Platz bei uns sein. Es sei denn, Sie haben vor, Ihren Reichtum zu genießen.«

»Glauben Sie wirklich, dass ich das könnte?«

»Nein. Und das bedauere ich von ganzem Herzen.«

Demirci legt auf.

Es kommt Aaron vor, als habe sie stundenlang telefoniert. Sie tippt auf die Cartier. »Zwanzigster Juni. Montag. Sechs Uhr, einunddreißig Minuten, neunzehn Sekunden.«

Nicht einmal eine halbe Stunde ist vergangen.

Sie zieht die Vorhänge zu, löscht das Licht und legt sich aufs Bett. Zum ersten Mal heißt Aaron die Dunkelheit als Freundin willkommen. Aber sie kann sich nicht entspannen.

Eine Wolke aus Glas und Steinen und Feuer vom Himmel.

Um halb acht geht sie ins Bad, um zu duschen.

Das Licht brennt.

Ein Stromstoß wie von einem Defibrillator jagt durch Aarons Herz. Auf der Netzhaut explodiert ein Feuerwerk, in einem Funkenregen sieht sie ihr Spiegelbild. Aber das Gesicht ist aus lauter asymmetrischen Teilen zusammengesetzt, ein Picassogemälde, Fratze aus fremder Haut.

Aaron taumelt einen Schritt zurück. Ihr Gehirn wird zu einem Ballon aufgepumpt und gegen den Schädel gedrückt. Sie sieht die Handtuchhalterung, will sich daran festhalten und merkt, als sie zwischen Scherben auf den Fliesen liegt, dass sie nach einem gerahmten Bild gegriffen hat. Sie erkennt ihre Hände und streckt sie aus. Wo die Finger der linken Hand sein müssten, ist ein großer blinder Fleck, als seien sie amputiert. Zitternd führt Aaron die Hand näher an die Augen. Die Finger sind grotesk dick und glühen rot wie bei ET.

Ihr wird übel, sie schließt die Augen. Öffnet sie wieder, liegt neben der Badewanne. Sie greift danach, tatscht ins Leere und kriecht auf die Wanne zu, ohne ihr näher zu kommen. Die Wände des Raums sind irrsinnig hoch. Sie sucht die Decke, aber die verschwindet in dichten Wolken.

Aaron flieht aus dem Bad, ins rettende Dunkel, tritt die Tür mit dem Fuß zu und hat noch nie zuvor so viel Angst gehabt.

Die Welt flüstert nur, aber alles in Aaron schreit. Auf dem Weg in die Stadt schrauben sich die Kopfschmerzen wie Stahlbohrer in ihre geschlossenen Augen. Es gibt keine Echos mehr; sie muss den Stock benutzen.

Aaron ist nicht gut damit, den Umgang hat sie nur bockig gelernt. Weil jeder sofort sieht, was man ist.

Was ist sie jetzt?

Eine Frau, die in einem riesigen Kino einen Horrorfilm sieht, in dem sie die Hauptrolle spielt.

Plötzlich wird ihr linkes Bein in die Höhe katapultiert; einen Sekundenbruchteil liegt sie fast waagerecht in der Luft, ehe sie auf den Rücken kracht.

Sie hört eine Frauenstimme: »O Gott! Timo! Zehnmal hab ich dir gesagt, du sollst auf dein Skateboard aufpassen!«

»Das wollt ich nicht«, entschuldigt sich ein Junge kleinlaut.

Die Frau hilft ihr hoch. »Haben Sie sich verletzt?«

»Nein, schon gut.«

»Kann ich Sie irgendwo hinbringen?«

»Danke, ich komme zurecht.«

Schwankend geht sie weiter, pendelt mit dem Stock.

»Sind Sie sicher? Ich fahre Sie mit dem Auto.«

Als sie nichts sah, vollkommen blind war, ist sie eine Frau gewesen, der man keine Hilfe anbot. Weil keiner auf die Idee kam, dass sie welche brauchte.

Sie hat vergessen, die Schritte zu zählen, hört irgendwann neben sich einen Motor im Stand.

»Hallo?« fragt sie verängstigt.

»Ja?« antwortet ein Mann.

»Ich muss zur Hauptstraße.«

»Oh, da sind Sie knapp dran vorbei. Warten Sie.« Der Mann fasst ihre Hand, führt sie ein Stück zurück und dreht sie resolut um. »So, immer geradeaus.«

Dreimal muss sie noch fragen, bis sie endlich beim Institut ist. Im Vorraum hört sie: »Na, wie war das Wochenende?«

Sie öffnet die Augen und sieht Sabine. Sie hat einen riesenhaften, bläulich schimmernden Kopf und ist viel dünner, als Aaron sie sich vorgestellt hat. »Ich muss mit dem Professor sprechen«, stößt sie hervor. »Sofort.«

»Was haben Sie denn?«

Dampf steigt aus Sabines Kopf, wird zu einem Regenbogen. Aaron stolpert einen Schritt näher. »Es ist wichtig, bitte!«

Jemand tippt auf ihre Schulter, sie fährt herum.

»Hier bin ich«, sagt Sabine.

Aaron schreit sie an: »Mit wem habe ich gesprochen?«

»Was ist denn los?«

Noch lauter: »Mit wem?«

»Mit einer Stehlampe.«

»Lassen Sie, ich mache das.« Katja Reimers Stimme.

Auf Aaron kommt etwas zu, das entfernt an einen Menschen erinnert, aber keine Arme hat und Skateboard fährt. In der Mitte ist ein großes Loch, Aaron kann hindurchblicken. Sie sieht ein Gemälde, so deutlich, als sei sie niemals blind gewesen. Es ist fotorealistisch und zeigt Kinder in den Dünen, zwei Mädchen, die lachend einen Abhang runterkullern; einem fehlt ein Milchzahn. Sie liest den winzigen krakeligen Titel: *Die Schwestern.*

Dann schließt sich das Loch wie eine Schraubblende, und das Ding, das vorgibt, Katja Reimer zu sein, lässt Aaron glauben, in einer Francis-Bacon-Ausstellung zu sein.

Sie presst die Augen zusammen. Fühlt, wie Katja sie sanft am Arm fasst. »Alles gut, ich bin hier. Was ist passiert?«

»Wo ist Ihr Mann?«

»Er hat Vorlesungen und ist erst am Nachmittag aus Hamburg zurück.«

»Helfen Sie mir doch«, fleht Aaron. »Ich kann sehen, aber erkenne nichts.«

»Haben Sie heute Nacht geschlafen?«

»Nein.«

»Kommen Sie, ich bringe Sie ins Hotel.«

Auf der kurzen Fahrt hängt Aaron willenlos im Gurt. Nur einmal blickt sie nach draußen. Dort sind gaukelnde Schatten, ein Raster, wie mit zittriger Hand in die Luft gezeichnet; rote Punkte hopsen darauf herum.

»Was ist das?« fragt sie.

»Ein Baugerüst.«

»Sind dort Arbeiter?«

»Nein.«

»Was ist das Rote?«

»Da ist nichts Rotes, aber blaues Plastik flattert im Wind.«

Als sie im Hotelzimmer sind, zieht Katja die Vorhänge zu. Sie hilft Aaron ins Bett und geht weg. Kommt wieder. »Nehmen Sie die.« Sie legt eine Tablette in Aarons Hand. »Sobald Thomas zurück ist, sieht er nach Ihnen.«

Sie spült die Tablette runter, liegt willenlos da.

Katja setzt sich auf die Bettkante.

»Was passiert mit mir?« flüstert Aaron.

»Thomas sagt: ›Wieder zu sehen ist genauso ein Schock, wie zu erblinden.‹ Sie müssen das von Grund auf neu lernen.«

»Sie haben einen Patienten – Max – Max Kramer. Bei dem war es nicht so.«

»Schlafen Sie. Es wird sich alles finden.«

Das Letzte, was Aaron herausbringt, ist: »Haben Sie überall das Licht ausgemacht?«

»Ja, überall.«

Sie merkt, dass sie fällt.

11

Aaron schaltet im Badezimmer das Licht ein. Sie betrachtet ihr Gesicht im Spiegel. Verwundert stellt sie fest, dass sie in den fünf Jahren nicht gealtert zu sein scheint. Ihre Nase mochte sie schon immer, nicht zu groß, nicht zu klein. Zu den zahllosen Sommersprossen sind noch welche dazugekommen; zwei verschmelzen mitten auf der Stirn zu einer, das gefällt ihr. Das Erste, was sie nach der Kugel in Barcelona ihren Vater fragte, war, wie ihre Augen aussehen, und er sagte: »Perfekt und wunderschön.« Ob sie schön sind, vermag sie nicht zu beurteilen, doch findet sie, dass sie zu ihr passen, Moos, auf dem Tau glitzert. Perfekt sind sie sicher nicht; die rechte Iris hat eine Pigmentstörung, ein gelber Tupfer wie bei einem Marienkäfer. Sie weiß, dass Männer ihren Mund sexy finden; das hat sie nie verstanden, ihr ist es von allem zu viel. Ihre Mähne ist seidig und dick, die Locken wild wie nach einem Brennscheren-Unfall. Sie müsste zum Friseur, denkt sie; das hätte sie in Amerika tun sollen.

Sie erwacht und erinnert sich an den Traum. So gern würde sie in ihn zurückkehren, ihr Gesicht genießen, sich ansehen, stundenlang. Doch ihr Herz schlägt zu laut.

»Zwanzigster Juni. Montag. Sechzehn Uhr, zwanzig Minuten, zehn Sekunden.«

Sie hat sieben Stunden geschlafen.

Aaron steht auf, noch benommen von der Tablette. Verwirrt erkennt sie den hellen Schimmer, der aus dem Bad dringt. Sie weiß genau, dass Katja ihr fest versprochen hat, nirgends Licht brennen zu lassen.

Mit zaghaften Schritten geht sie zur Tür.

Schiebt sie auf.

Da ist die Duschwand, sie ist aus körnigem Plastik. Da ist die Toilettenschüssel, beige Klobrille. Da sind die Fliesen, schwarzweiß kariert. Da sind die Wandkacheln, Schiefer, anthrazit. Da ist die Stange für die Handtücher, Chrom. Da ist die Ablage mit der Kleenexbox, braunes Kunstleder. Da ist die Deckenlampe, eine Kugel, auf der eine tote Fliege klebt.

Da ist der Spiegel.

Aaron sieht ihre linke Gesichtshälfte. Die Sommersprossen. Die Locken. Das Auge, eine Braue, einen halben Mund, den linken Nasenflügel. Dort ist das Bild abgeschnitten und setzt sich nach einer Unterbrechung rechts fort, als ob der Spiegel einen breiten Sprung hätte. Die andere Gesichtshälfte ist eine graue, plane Fläche. Aaron bewegt sich nach rechts, der Riss wandert mit. Sie schließt die Augen, öffnet sie und sieht sich hundertmal, tausendmal in einem Panoptikum; Gesichter ohne Konturen, wie mit Strumpfmasken überzogen.

Gegen die aufsteigende Panik ankämpfend, geht Aaron ins dunkle Zimmer und zieht die Vorhänge zurück. Das Sonnenlicht ist so grell, dass sie die Augen schließen muss. Sie tastet sich auf den Balkon und öffnet die Augen. Das Meer türmt sich bis zum Himmel, als würde sie mit den Füßen nach unten hängen. Auf der Promenade fahren zwei Giacometti-Skulpturen Rad; Aaron sieht sie so gestochen scharf, dass sie auf einem der Rahmen den Schriftzug des Herstellers lesen kann: *Rocket Bikes*.

Sie torkelt zurück in das Zimmer, sieht das Bett, den weißen Rahmen. Aaron will sich draufsetzen und plumpst auf den Boden, sie hat sich um einen Meter verschätzt. Sie starrt die Wand an, graue Tapete, und rollt sich kopflos zur Seite, weil die beiden Radfahrer, die gerade noch auf der Promenade waren, durchs Zimmer preschen und in der anderen Wand verschwinden. Dort sind plötzlich Striche wie von einem Kohlestift, das Baugerüst, an dem sie am Morgen mit Katja vorbeigekommen ist.

Sie greift nach dem T-Shirt, das auf dem Stuhl liegt, müht sich damit ab, es anzuziehen, und realisiert, dass es ein Handtuch ist. Die Jeans kriegt sie beim zweiten Versuch zu fassen. Die Ballerinas scheinen seltsamerweise auf dem Tisch zu liegen, passen aber nicht an ihre Füße und sind irgendetwas anderes, das sie durch Betasten nicht erkennt. Die echten fühlen sich nicht wie Schuhe an, eher wie Schuhkartons.

Aaron nimmt die Browning aus der Schublade, ein schwarzer Klumpen. Um sicherzugehen, dass es tatsächlich die Pistole ist, sucht sie mit dem Finger das Loch im Lauf. Sie schiebt die Waffe unter den Jeansbund und fragt sich, was sie damit anfangen will.

An der Rezeption hinterlässt sie für Reimer die Nachricht, dass er sie am Strand von Prora findet. Im Winter war sie mehrmals dort, in der Weite, der Stille. Sie will jetzt nirgends hin, wo viele Menschen sind.

»Das ist ein langer Strand«, sagt die junge Frau, deren Haare sich wie Schlangen winden, als sei sie die Medusa.

»Bei der alten Schiffsanlegestelle. Herr Reimer hat auch meine Nummer. Und bitte rufen Sie mir ein Taxi.« Aaron hört ihrer eigenen Stimme zu, wundert sich, wie sachlich sie klingt.

Zuerst will sie zu einem Optiker, dort kauft sie die schwärzeste Sonnenbrille, die er hat. Als das Taxi die Stadt verlässt, merkt sie, wie ihr Puls sich langsam normalisiert. Die Welt ist ein beruhigend dunkler Schatten. Dann werden sie langsamer und holpern über Betonplatten, gleich müssen sie da sein.

»Bringen Sie mich für zehn Euro extra zum Strand?«

Nach dem Aussteigen weiß der Kutscher nicht recht, wie mit einer Blinden zu verfahren ist. Aaron erklärt ihm, dass er ihr den Ellbogen hinhalten soll. Schritte auf Schotter, Möwengezeter. Vor sich fühlt sie die gewaltige Masse des Gebäuderiegels aufragen, den die Nazis als Seebad für zwanzigtausend Menschen errichtet haben. Der *Koloss von Prora*, ein monströses sechsstöckiges Betonband, zieht sich auf drei Kilometern am Meer entlang,

Germania in Badehosen. Zwar wurde im Südabschnitt damit begonnen, Geschichte zu entsorgen und die Blöcke in Eigentumswohnungen umzuwandeln, aber bei der maroden Halle für Festveranstaltungen ist alles noch unberührt.

Dahinter erstreckt sich ein Kieferngehölz, das sie bald durchquert haben. Der Fahrer bleibt stehen. »Da sind wir. Würd's mir überlegen. Es braut sich was zusammen.«

»Danke«, sagt sie und gibt ihm das Geld.

Sie pendelt mit ihrem Stock über den Sand. In der Ferne ein Schiffshorn, Stimmen von Badegästen, die vor dem drohenden Unwetter flüchten. Wind drückt böig gegen Aarons Körper, erste Tropfen platschen ihr kalt und schwer ins Gesicht. Sie stellt sich vor, dass Säure vom Himmel fällt und die Farbe von ihrer Haut abbeizt, den Kiefern, den Dünen, dem Wasser, der ganzen Welt, bis nur noch graue Pixel bleiben, die zu einer amorphen Paste verschmieren.

Nach Minuten klebt das T-Shirt nass an ihr. Aaron nimmt die Sonnenbrille ab und schaut zum Meer, eine wogende Wand aus Schaum. Vom Strand sieht sie nichts; der Regen lässt den Horizont auf einen Meter schrumpfen. Sie guckt auf ihre Schuhe, zwei riesige Käfer, und stellt fest, dass der Strand schwarzweiß gefliest ist, wie ihr Hotelbadezimmer. Aaron bückt sich, um die Fliesen zu betasten, hat etwas in der Hand. Sie fragt sich, was es ist, knetet es und merkt, dass es weniger wird. Sie öffnet ihre Hand, dreht sie um. Leer. Also muss es Sand gewesen sein.

Aaron wendet die Augen zum Himmel, eine Kaskade aus gelben und grünen Schleiern, die an ein Elmsfeuer erinnern, und weiß nicht, ob das überhaupt der Himmel ist.

Sie spürt die Anwesenheit eines Menschen.

»Was tun Sie hier?« fragt Reimer.

»Ich versuche, nicht verrückt zu werden.«

»Lassen Sie uns irgendwo hingehen, wo es trocken ist.«

»Warum? Weil dort alles gut wird?«

Er schweigt einen Moment. »Ich mache mir Vorwürfe.«

»Ich mir auch. Ich hätte die Therapie nie anfangen dürfen.«

»Frau Aaron, es war falsch, Sie zur Konfrontation mit Ihrem Vaterbild zu zwingen, jedenfalls in dieser ersten Phase. Ich habe Sie unter massiven Stress gesetzt und damit den Behandlungserfolg gefährdet.«

»Sie denken, es ginge um meinen Vater?« Sie lacht bitter auf. »Wie wenig Sie wissen. Das, wonach ich mich am meisten gesehnt habe, ist mein Feind.«

»Wie meinen Sie das?«

»Ich sehe wieder. Aber wenn das mein neues Leben ist, will ich lieber tot sein.«

»In so kurzer Zeit kann es sich nicht signifikant verbessert haben. Damit Bilder geordnet ins Bewusstsein gelangen, müssen Ihre Hirnhälften sich erst synchronisieren. Blind waren Sie in einer Millisekunde. Wieder Sehen dauert länger.«

»Sie sind so wahnsinnig schlau. Was müssen Sie viele Bücher gelesen haben.«

Der Regen wird immer eisiger, beißt.

»Frau Aaron, wir holen uns beide eine Lungenentzündung.«

»Als ich blind war, habe ich mehr gesehen als jetzt!« schreit sie und schluckt Tränen runter. Reimer fasst an ihren Arm, sie stößt ihn weg. »Haben Sie in letzter Zeit in den Spiegel geschaut? Sie haben gigantische Ohren, und vor Ihrem Gesicht weht etwas Langes, Runzliges hin und her. Sind Sie ein Elefant?«

»Beschreiben Sie es.«

»Menschen sehen wie Insekten aus, wie große Tiere oder wie Monster. Formen und Strukturen verändern sich ständig, als ob ich auf Speed wäre. In der einen Sekunde sehe ich etwas gestochen scharf, in der nächsten zerfließt es oder bläht sich auf. Heute Morgen habe ich vor dem Institut das Schild neben der Tür gelesen, aber die Klinke nicht gefunden.«

»Es wäre möglich, dass die Kugel im Assoziationscortex Zerstörungen angerichtet hat«, sagt Reimer zögernd. »Allerdings würde es Ihrem MRT widersprechen.«

»An der Hotelrezeption habe ich meinen Zimmerschlüssel abgegeben, und bei meiner Rückkehr schwebte er in der Lobby. Manche Bilder werden nicht gelöscht. Ich sehe ein Auto, wende den Kopf und sehe ein Haus, aber meine Augen haben das Auto mitgenommen, und es fährt die Wand hoch.«

»Das sind Echos. Die werden verschwinden.«

»Haben Sie das auch bei anderen Patienten erlebt?«

»Es ist selten, aber kommt vor.«

»Ich kann keine Distanzen abschätzen. Etwas, das ganz nah ist, ist weit weg und umgekehrt. Ein McDonald's-Logo kann ein Flyer sein, der vor mir auf der Straße liegt, oder eine Leuchtreklame in hundert Meter Entfernung. Ich erkenne nichts mehr. Was ich für ein Telefon halte, ist vielleicht ein Kissen, eine Banane oder ein Ball.«

»Erinnern Sie sich noch, wie ein Telefon aussah, eine Banane, ein Kissen, ein Ball? Erinnern Sie sich an Gesichter, Reklamen, das Meer?«

»Warum fragen Sie das?«

»Wir sehen, weil wir uns erinnern. Ein kleines Kind sieht zum ersten Mal einen Löffel und weiß ab jetzt: Das ist ein Löffel. Es gibt Fälle von Geburtsblinden, die plötzlich sehen und mit den Bildern nichts anfangen können.«

»Das bin *ich*. Als ob ich mein Leben lang blind war.«

Reimer legt etwas in ihre Hand. »Was ist das?«

Aaron schaut das Ding an.

Rätselt.

»Ein Stein?«

»Und das hier?«

»Ein Stück Holz?«

»Und das?«

»Noch ein Stück Holz?«

Er schweigt.

»Was war es?« fragt sie zitternd.

»Ich habe Ihnen dreimal die Hand gegeben.«

Aarons Puls spielt verrückt.

»Schließen Sie die Augen«, sagt Reimer.

Sie tut es, umschließt etwas mit den Fingern.

Weiß sofort: »Einwegfeuerzeug.«

Reimer lässt viel Zeit verstreichen. Zum ersten Mal klingt seine Stimme unsicher. »Das ist eine Objektagnosie. Oliver Sacks nannte es ›Wahrnehmung ohne Bedeutung‹.«

Schweigen vergeht mit Zittern.

»Vor mehr als dreihundert Jahren hat der Philosoph William Molyneux eine Frage gestellt, die noch immer kontrovers diskutiert wird«, sagt er. »Wäre jemand, der von Geburt an blind war und unverhofft sieht, in der Lage, Kugeln und Würfel durch bloße Betrachtung zu unterscheiden? Es gibt darauf bis heute keine eindeutige Antwort, klinische Versuche führen zu widersprüchlichen Ergebnissen.«

»Ich bin nicht blind geboren worden!«

»Auch wenn ich manches erklären kann: Ich hatte noch nie mit einem Fall wie Ihrem zu tun.«

Sie hört den Regen nicht mehr, den Wind, die Brandung.

»Frau Aaron, haben Sie Angst davor, wieder zu sehen?«

Sie denkt an den Tag, an dem man ihr sagte, dass sie für alle Zeit blind bleiben würde. Das Wimmern in ewiger Nacht. Den Tag, an dem sie so tat, als könne sie noch sehen. Das Leugnen der ewigen Nacht. Den Tag, als ihr Vater ihr die Lüge vor Augen führte. Die Stille der ewigen Nacht. Den Tag, an dem sie begriff, dass sie ein ganz neues Leben erfinden musste. Die Umarmung der ewigen Nacht. Den Tag, an dem die Finsternis aufbrach. Das Leuchten der ewigen Nacht.

An keinem dieser Tage hat Aaron etwas mehr begehrt, als zu sehen. Und an keinem folgenden. Reimers Frage ist so absurd, dass ihr nicht einmal in den Sinn kommt, darauf zu antworten.

Doch plötzlich wird sie von einer furchtbaren Wut gepackt. »Sie geben mir die Schuld daran?« schreit sie ihn an.

»Natürlich nicht. Ich sage nur, dass –«

Reimers Stimme erreicht Aaron nicht mehr. Sie starrt an ihm vorbei und sieht, wie die Wand aus Regen sich öffnet. Links ist das wilde Meer. Schaumkronen stehen noch in der Luft, als die Wellen längst gebrochen sind. Auf der anderen Seite der Nadelwald, eine düstere, schroffe Wand. Möwen stürzen daran vorbei, Sequenzen fehlen, das Bild ist zerhackt wie auf einer DVD mit zerkratzter Oberfläche. Dazwischen erstreckt sich der endlose graue Strand. Hier ist niemand, außer Aaron und Reimer.

Und einer Frau.

Sie nähert sich.

»Sehen Sie die Frau?« fragt Aaron.

Er dreht sich um. »Da ist jemand. Ich könnte nicht sagen, ob es eine Frau oder ein Mann ist.«

»Wie weit weg?«

»Drei- bis vierhundert Meter.«

Die Frau geht schnell, aber rennt nicht, die Bewegungen sind flüssig und entschlossen. Unvermittelt sieht Aaron etwas, das auf diese Entfernung unmöglich ist.

Links hält die Frau eine Waffe.

Sie ist riesig, viel größer als die Hand. Eine Beretta Fusion mit vernickeltem Lauf und Schalldämpfer. Aaron weiß, dass sie die eingestanzte Seriennummer lesen könnte, wenn sie sich darauf konzentrieren würde.

»Wir müssen sofort hier weg.«

»Natürlich, das sage ich doch.«

»Sonst wird die Frau uns beide töten.«

»Was reden Sie da?« fragt Reimer verwirrt.

»Sie ist eine Killerin. Männer der Abteilung sind ihr in Portugal nur mit knapper Not entkommen. Vor ein paar Tagen war sie nachts auf der Seebrücke in Binz.«

Bei den letzten Worten hat sie schon den Stock fortgeworfen und zu rennen begonnen. Sie weiß, dass Reimer ihr folgen wird, weil er sie nicht allein lassen will.

Dann hat er sie eingeholt.

»Sie müssen mir vertrauen«, ruft sie ihm zu.

»Das tue ich«, keucht er. »Sie rennt in unsere Richtung.«

Sie sprinten eine Anhöhe hoch. Gerade eben hat Aaron noch verschwommen den Wald vor ihnen erkannt, doch jetzt wird er kleiner und kleiner und ist nach Sekunden nicht mehr als ein Strich, eine Ahnung an einem immer ferneren Horizont. Dann fällt ein schwarzer Vorhang. Aaron kennt diesen Effekt. Er wird durch das Adrenalin ausgelöst, von dem sie druckbetankt wird. Früher hat es ihr Angst gemacht, jetzt ist sie dankbar, dass die Zellen die Sauerstoffzufuhr mit einem Spasmus gekappt haben und sie wieder völlig blind ist.

»Wie weit ist sie weg?« fragt sie.

»Ich sehe sie nicht mehr.«

»Wir müssen irgendwo ins Dunkle. Zuerst in das Waldstück, dort haben wir Deckung.« Sie drosselt das Tempo. »Geben Sie mir Ihren Ellbogen. Rennen Sie, so schnell Sie können, ich klebe an Ihnen dran.«

Er bewegt sich nach rechts. Aaron kommt es vor, als würden sie nur joggen, aber sie muss sich Reimers Leistungsfähigkeit anpassen. Endlich federt Moos unter ihren Ballerinas, quietscht nasses Laub, stolpert sie über Wurzeln. Tannenzweige knallen ihr ins Gesicht, ihre Schulter rammt Baumstämme, die Spucke ist sauer. Mit der freien Hand macht sie ihr Handy aus.

Reimer wird langsamer, pumpt.

»Wie gut ist die Sicht?« flüstert sie.

»Der Himmel ist stockduster. Höchstens ein paar Meter.«

Sie gibt ihrer Stimme einen beruhigenden Klang. »Atmen Sie durch den Bauch. Haben Sie Seitenstechen?«

»Ja.«

»Drücken sie fest auf die Stelle, dann wird es bald besser. Reden Sie so leise, dass ich Sie gerade noch verstehe. Kennen Sie sich in Prora aus?«

»Zwei- oder dreimal habe ich eine Führung mitgemacht, als wir Besuch hatten.«

»Beschreiben Sie mir das Waldstück.«

»Es ist nicht besonders groß, etwa ein Quadratkilometer. Die Bäume stehen dicht, aber nichts, wo wir uns verstecken können. Irgendwo links ist die Halle. Ich kann sie nicht sehen.«

»Ist sie direkt am Waldrand?«

»Nein. Dazwischen ist eine schmale Lichtung.«

»Wo ist Ihr Auto?«

»Einen Kilometer von hier«, japst Reimer. »Wir müssten über die Straße, durch das Tor auf den Parkplatz.«

Das hakt sie sofort ab.

»Ist die Halle unterkellert?«

»Ja, über mehrere Etagen. Dort gibt es Bunker. Aber da kann man nicht runter, wegen Einsturzgefahr.«

»Warten Sie.«

Sie bleibt stehen. Geht in die Hocke. Lauscht.

Hört nur den Regen, Reimers Hecheln.

Und wenn ich mich täusche? Ich kann die Waffe nicht erkannt haben, nicht auf diese Distanz. War es überhaupt eine Frau am Strand, oder war es eine Fata Morgana? Wie das Baugerüst, der schwebende Schlüssel, das Auto, das die Hauswand hochfuhr?

Denk logisch: Reimer hat es bestätigt. Er hat gesagt, dass die Frau uns folgt. Die Beretta war keine Einbildung. Es muss Nachtschatten sein. Die Frau von der Seebrücke.

Die Frau aus Cascais.

»Ich rufe jetzt die Polizei an«, flüstert er.

Sie zieht ihn am Ärmel runter. »Es würde zu lange dauern, bis die hier wären. Außerdem sind wir auf Rügen. Das sind Provinzpolizisten, die hätten keine Chance. Wir sind auf uns allein gestellt.« Sie spürt Reimer wanken, mit dem ungewohnten Adrenalin kämpfen. »In der Therapie habe ich mich auf Gedeih und Verderb in Ihre Hände begeben«, flüstert Aaron. »Das war *Ihre* Show. Das hier ist meine. Ich bringe uns lebend raus. Aber nur, wenn Sie meine Entscheidungen nicht infrage stellen. Okay?«

»Ja.« Seine Stimme hat jede Farbe verloren.

»Wir müssen in die Halle und von dort in den Keller. Die Frau weiß, dass ich ihr im Dunkeln überlegen bin. Mit etwas Glück bricht sie die Suche nach uns ab. Schalten Sie Ihr Handy aus.«

Aaron zieht die Browning High-Power und lädt sie durch. Sie ist ihr wieder vertraut, ein solides Stück Handwerkskunst.

»Sie haben eine Pistole?« flüstert Reimer ungläubig.

»Fühlt sich so an.«

Dreizehn im Magazin, eine im Lauf.

»Was haben Sie damit vor?«

»Unser Leben retten.«

Irgendwo brechende Zweige.

Sehr leise.

»Haben Sie das auch gehört?« flüstert sie.

»Nein. Was?«

Zehn Dinge, die Aaron riecht:
den Wald
Ozon
nasse Baumwolle
eine Bierpfütze
frischen Teer
die Andeutung von Autoabgasen
kalte Asche eines Lagerfeuers
Reimers Shampoo, Bittermandel
seinen Angstschweiß
das Waffenöl der Browning

»Meine Supersensibilität ist zurück. Wie kann das sein?«

»Die Neukalibrierung Ihres neuronalen Netzes ist noch nicht abgeschlossen, das ist längst nicht konstant«, flüstert Reimer.

Sie richtet sich auf. »Wir rennen jetzt zu der Halle.«

»Warten Sie«, presst er raus. »Ihre Wahrnehmung ist massiv gestört. Sie könnten sich mit dieser Frau irren. In Ihrem Zustand halte ich das sogar für wahrscheinlich.«

»Ich auch.«

»Dann gehen wir zu meinem Auto.«

»Nein. Falls Sie recht haben, kostet die Halle uns nur ein paar Minuten Angst. Falls ich recht habe, kostet uns das Auto unser Leben. Sobald wir auf der Lichtung sind, sagen Sie mir, was Sie sehen. Laufen Sie nicht geradeaus, sondern im Zickzack.«

»Ich glaube nicht, dass ich das schaffe.«

»Vor fünf Jahren war ich sicher, dass ich es nicht schaffe«, sagt sie. »Und jetzt bin ich hier.«

12

In der Brennkammer von Aarons Brust ist jeder Herzschlag eine Explosion, ihre Rakete wird von reinem Adrenalin angetrieben.

Nachtschatten.

Wie weit ist sie hinter uns?

Hundert Meter.

Vielleicht hundertfünfzig.

Schotter unter den Sohlen.

Die Lichtung.

Reimer schlägt ungelenke Haken, steif vom Adrenalin. »Kein Mensch zu sehen. Die Halle ist vor uns. Bauzaun aus Metall. Zu hoch. Was jetzt?«

»Suchen Sie einen Durchlass.«

Lange Sekunden hört sie nur Reimers Japsen.

Er trudelt aus. »Hier ist ein Gatter. Aber es ist mit einem Vorhängeschloss gesichert.«

»Führen Sie meine Hand hin.« Sie fühlt sein Zittern. »Stellen Sie sich hinter mich.« Sie gibt einen Schuss auf das Schloss ab und weiß, dass sie es aufgesprengt hat.

Trotzdem feuert sie ein zweites, drittes Mal.

Zehn im Magazin, eine im Lauf.

Reimer drückt das Gatter auf, sie zwängen sich durch einen schmalen Spalt. Aaron hört den Singsang von Blei, das auf Metall trifft.

»Die Frau schießt auf uns«, keucht er, während sein Ellbogen ihr den Weg durch hohes Gras weist.

»Zu weit weg für einen sicheren Treffer. Konzentrieren Sie sich auf die Halle. Wir müssen rein.«

»Erdhaufen«, ruft er.

Aaron gerät aus dem Tritt. Sie reißt Reimer mit sich zu Boden, ist sofort wieder auf den Füßen, zerrt ihn hoch. Sie kämpfen sich über den nassen Sand, kriechen mehr, als dass sie laufen, und rennen durch Wasser, das so tief ist, dass es bis in ihre Gesichter spritzt. Aaron wendet den Oberkörper, ohne das Tempo zu verlangsamen. Sie stanzt mit fünf Kugeln ein Kreuz in die Luft, um zu zeigen, dass mit ihr zu rechnen ist.

Fünf im Magazin, eine im Lauf.

»Ein Eingang. Mit Brettern vernagelt.«

»Werfen Sie sich dagegen.«

Sie hört seinen Körper auf die Verschalung klatschen. Einmal, zweimal, dreimal.

Reimer gibt auf. »Zwecklos.«

»Gehen Sie zur Seite.« Sie legt die Hand kurz an das Holz, um ein Gefühl für die Distanz zu bekommen. Sie tritt einen Schritt zurück, richtet ihre Füße schulterbreit aus, ballt die linke Faust und imaginiert, wie sie mit den Knöcheln das Holz zertrümmert. Sie stellt sich den biomechanischen Ablauf des Schmerzes vor, sagt sich, dass in ihrer Faust die Sensoren der Nervenzellen stimuliert werden und über das Rückenmark ein Signal ans Gehirn schicken. Ein banaler Vorgang.

Im Bushidō heißt es: *Schmerz ist nur Gelächter der Götter.*

Wie hart eine Faust sein kann, hat sie gelernt, als sie zum ersten Mal ein Schienbein damit brach.

Fünf Sekunden nachdem sie Reimer beiseitegeschoben hat, zieht Aaron den Schlag voll durch und fühlt das Holz bersten.

Nochmal.

Nochmal.

Nochmal.

Der Schmerz versteckt sich hinter einem scharfen Brennen. Das meiste wird von dem Serotonin neutralisiert, das ihr Gehirn produziert.

»Reicht das?«

Statt einer Antwort schreit Reimer auf. Ein vertrauter Luftzug an Aarons Schläfe, eine Bö aus Adrenalin. Splitter punktieren ihr Gesicht, etwas zupft an ihrer Jeans. Sie packt Reimer, fliegt mit ihm durch die Bretter, kracht in der Halle auf den Rücken und atmet hustend Staub ein. Aaron riecht fauliges Wasser, Schimmel, Rost, während sie auf den Bauch wirbelt und draußen mit fünf Kugeln ein Stoppschild aufstellt.

Leeres Magazin, eine im Lauf.

Sie zieht den Pistolenschlitten zurück, drückt die Patrone aus der Kammer, steckt sie ein und hört Reimer stöhnen.

»Sind Sie getroffen worden?«

»Am Bein.«

Aaron öffnet Reimers Gürtel und zieht ihn aus den Schlaufen. »Welches Bein?«

»Rechts.«

Sie tastet nach der Schusswunde. Ihre Hand ist klebrig, aber nicht nass. »Die Aorta ist nicht verletzt.« Aaron bindet das Bein ab. »Lage?«

Reimer wimmert.

»Lage?« blafft sie ihn hart an.

»Trümmer, verrostete Maschinen, alles kaputt.«

»Lichtverhältnisse?«

»Diffus.«

»Wo geht es in den Keller?«

»Links.«

»Geben Sie mir die Hand.« Er ist kleiner als sie, wiegt um die siebzig Kilo. Aber als sie ihn hochzieht, kommt er ihr so schwer wie Flemming vor. »Bringen Sie uns runter.«

Aaron stützt ihn. Reimer humpelt los.

»Haben Sie eigentlich Kinder?« fragt sie, um ihn abzulenken.

»Eine Tochter«, bringt er raus. »Sie ist fünfzehn, und falls sie später zur Polizei will, werde ich sie enterben.«

»Sie reden wie meine Mutter.«

»Und Sie wie Bruce Willis.«

Jeder Schritt ist eine Qual für ihn, aber Aaron treibt ihn unerbittlich weiter. Auf der Treppe wird es kalt. Moder steigt aus der Tiefe herauf, der Kadavergeruch von zwölf Jahren Wahnsinn.

»Ich sehe nichts mehr.«

Unter ihnen schlägt ein Steinchen auf. Sie streckt die Waffenhand aus und findet rechts keinen Widerstand. Auf dieser Seite ist keine Wand, kein Geländer. »Funkstille«, flüstert sie.

Nach elf weiteren Stufen ist die Treppe zu Ende. Aaron bleibt stehen. Reimers Atem ist laut, sie hält ihm den Mund zu. Hoch über ihnen knirscht etwas. Ihre linke Hand ertastet eine Mauer. Grober Backstein. Sie lehnt Reimer dagegen und haucht ihm ins Ohr: »Nicht rühren, bin gleich wieder da.« Aaron huscht an der Mauer lang und streicht mit einem Finger darüber. Unter den Füßen fühlt sie den Sand, der dick den Boden bedeckt; sie rollt die Sohlen weich ab, verrät sich durch nichts.

Nach wenigen Schritten hält sie inne.

Ein Durchlass.

Sie schnipst leise. Der poröse Schall reicht aus, um sie wissen zu lassen, dass dort ein etwa fünfzehn Quadratmeter großer Raum ist.

Aaron schleicht zu Reimer zurück, schleppt ihn in den Raum und lässt ihn zu Boden gleiten. Wäre ihr Mund zehn Zentimeter weiter von seinem Ohr entfernt, würde er sie nicht mehr verstehen. »Kein Laut, egal was passiert. Die Schüsse sind bemerkt worden, es wird nicht lange dauern, bis Polizisten da sind. Wenn Sie Männerstimmen hören oder den Strahl einer Taschenlampe sehen, rufen Sie um Hilfe.«

Er drückt ihre Hand.

Sie klemmt die Patrone, die sie aus dem Magazin gechippt hat, zwischen die Zähne.

Ist im Gang.

Ein perfekter Ort zum Töten. Aaron verschmilzt nicht mit der Finsternis. Sie *ist* die Finsternis.

Ich bin das Letzte, was du in deinem Leben fühlen wirst.

Stille.

Aaron wartet.

Hört leises Atmen.

Sie tippt gegen den Abzug der Pistole. Der Schlagbolzen hämmert ins Leere, der Schall liefert Aarons Cortex ein zweidimensionales, grobkörnig gerastertes Bild der Frau.

Sie steht vier Meter vor ihr.

Als Nachtschatten feuert, hat Aaron sich bereits in den Sand geworfen und ihre letzte Patrone in die Kammer gedrückt. Sie lässt den Schlitten einschnappen und schießt in einem.

Ein besseres Echo hat sie nie gekriegt.

Es sagt ihr, dass Nachtschatten groß für eine Frau ist, beinahe Aarons Statur besitzt. Ihre Gegnerin taumelt nach links; Aaron weiß, dass sie getroffen hat, Schulter oder Arm. Längst steht sie wieder, wirbelt mit zwei Schritten in einen breitbeinigen Flickflack. Auf dem Scheitelpunkt des zweiten Überschlags wird aus ihren Unterschenkeln eine Schraubzwinge für Nachtschattens Kopf. Aaron reißt ihren eigenen Körper nach rechts und schleudert die andere gegen die Mauer.

Sie schnellt über eine Brücke in den Stand und wägt währenddessen ab, was Vorrang hat: Die Gefahr durch die Pistole oder Nachtschattens Akupunkturpunkte.

Die Waffe.

Doch Nachtschatten macht ihr klar, wie gut sie ist.

Sie wirft die Pistole weg.

Ein Finger von Aaron zuckt zu Nachtschattens Drosselgrube, sticht aber in die Luft. Ohne dass sie es wahrnahm, hat die Frau die Position gewechselt und steht jetzt hinter ihr.

Aaron fährt herum. Sie wirft sich der Stimme entgegen, aber fliegt an ihrer Gegnerin vorbei.

Stürzt.

Sie hört ihre gelassene Stimme. »Wie eitel du bist. Du glaubst, dass man in Wäldern nie ein stolzeres Tier gesehen hat als dich.«

Aaron springt hoch.

»Und dumm bist du auch«, spottet Nachtschatten. »Denkst du wirklich, die Finsternis würde dich schützen? Was weiß die Blinde von der Finsternis, außer dass sie schrecklich ist? Sie ist dein Gefängnis, und Tag und Nacht, bei jedem Atemzug kratzt du dir die Nägel an den Wänden blutig.«

Energie und Harmonie von Nachtschatten explodieren in einem Kiai, wie Aaron noch keinen gehört hat. Er kommt tief aus dem Hara, dem Ort, wo die Seele wohnt.

Nachtschatten ist zu *Sutemi* bereit.

Den Körper aufzugeben, ihn wegzuwerfen.

Der Kiai ist so vollkommen, dass Aaron bis in die Haarspitzen erschüttert wird und wankt. Während sie noch benommen ist, prasseln die Schläge schon auf sie ein. Nachtschatten sucht ausschließlich die vitalen Kyūsho-Punkte.

Atemi-te: Töte mit einem Schlag.

Fontanelle. Stirnbein. Luftröhre. Herz. Lungenspitze.

Aaron realisiert nicht, dass sie sich verteidigt, tut es mechanisch, pures Muskelgedächtnis.

»Im Schmerz bist du geboren worden, und im Schmerz wirst du sterben«, hört sie Nachtschatten weit weg.

Ihre Handkante trifft Aaron am Hals und jagt über den Vagusnerv eine Energiewelle durch ihren Körper. Ehe ihr eigener Kiai verhallt ist, sticht sie Nachtschatten mit zwei steifen Fingern in den Unterbauch, um sie vom Energiefluss abzuschneiden.

Rasend schnell bearbeitet sie alle Kyūsho-Punkte entlang des Nierenmeridians der Frau. »Wieso hast du mich nicht auf der Seebrücke getötet?« keucht Aaron.

»Es hat sich etwas geändert.«

»Was?«

»Alles.«

Sie versteht nicht, wie es möglich ist, dass sie in irrsinnigem Tempo auf die andere einhämmert, während diese jeden Schlag, Stoß, Tritt gleichmütig kontert, als würde sie Tai-Chi machen.

Such ihre Verwundung! Rechte Schulter oder rechter Arm!

Sie geht dazu über, Nachtschattens Herzmeridian zwischen dem Schlüsselbein und dem kleinen Finger zu attackieren. Das Klatschen der Schläge geht in den Schreien der beiden Frauen unter. Aaron spielt Blitzschach mit ihren Fäusten, indes Nachtschatten über jeden Zug gelassen nachzudenken scheint, so provozierend langsam, dass es Aaron verhöhnt.

Immer weiß sie die richtige Antwort, blockt alles ab und fügt Aaron mit ihrer offenen Hand lässig Schmerzen zu, um zu zeigen, dass sie den Kampf jederzeit beenden könnte. »Du bildest dir so viel auf deine Technik ein«, amüsiert Nachtschatten sich. »Mehr hast du nicht?«

Ellbogen. Schulter. Hals. Aaron schlägt sich die Knöchel an der Deckung der anderen blutig.

»Gib doch auf«, sagt Nachtschatten. »Es ist besser, feige zu sterben, als in Schande zu leben.«

»Wer bist du?« stößt sie hervor.

»Die Frau, die überlegt, was sie mit Reimer macht, wenn sie dich getötet hat.« Nachtschattens Bewegungen sind träge, fast schläfrig, en passant. »Was würdest *du* tun?«

Rechter Arm!

Rechter Arm!

Rechter Arm!

Sie setzt keinen einzigen Treffer. Ihre Muskeln härten aus wie Beton, sie wird müder und müder. Noch hält der Wille sie aufrecht. Aber Aaron beginnt, sich nach dem Tod zu sehnen. »Er ist unwichtig.«

»Hast du es damit immer so genau genommen?«

»*Ich* bin dein Job, für mich kriegst du dein Geld.« Jeder Buchstabe ein vergeblicher Schlag, ein Schritt zur Erlösung. »Wie viel bin ich Svoboda wert?«

»So verächtlich? Du tötest auch nicht umsonst.«

»Lüge!«

»Sieh dir deinen Kontostand an.«

Warum soll man gegen jemanden kämpfen, der besser ist?

Fragt der Bushidō.

Aber er sagt auch: *Wenn dein Schwert zerbrochen ist, nimm, was du findest. Und sei es ein Staubkorn.*

Aaron stützt sich mit einer Hand auf dem Boden ab, greift mit der anderen in den Sand und schmeißt ihn der Frau ins Gesicht. Sie zimmert einen Stampftritt in Nachtschattens rechtes Knie, fühlt, wie die Killerin einknickt, empfängt die Erdenergie über die Hand und jagt sie ohne Verlust mit einem gestreckten Fußkick in den Oberarm der Gegnerin.

Trifft die Frau mit der Wucht einer Eisenstange.

Nachtschatten brüllt ihren Schmerz heraus. Aaron federt in den Stand. Beide taumeln an der Kante.

In dem Hammerfist, den sie in die Schusswunde der anderen meißelt, liegt ihre letzte Kraft. Nachtschatten kippt lautlos um. Aaron weiß, dass die Frau ins Nichts stürzt, und merkt, dass sie durch den brutalen Schlag selbst die Balance verliert.

Ihr Puls schießt auf zweihundertfünfzig. Sprengt ihre Venen.

Sie fängt sich, spürt die Hitzewelle der Erleichterung.

Doch dann drängt in ihr Bewusstsein, dass sie unten keinen Aufprall gehört hat. Sie will von der Kante wegspringen; Nachtschatten packt ihren rechten Fuß, klammert sich mit einer Hand am Beton fest und hängt mit der anderen an Aaron, die nur noch mit den Zehenspitzen auf dem Rand balanciert.

»Komm mit mir«, flüstert Nachtschatten. »Dein Leben ist so nutzlos wie meins.«

Aarons Kiai verreckt in einem Krächzen. Verzweifelt tritt sie dorthin, wo das Gesicht der Frau sein muss.

Trifft.

Der Griff um ihren Fuß löst sich, in der Tiefe klatscht ein Körper auf. Aaron rudert mit den Armen, katapultiert sich nach hinten, rollt sich ab. In einem Meteoritenschauer sinnloser Gedanken kriecht sie über den Sand und tastet nach den Pistolen. Sie findet die leergeschossene Browning, steckt sie in den Gürtel.

Sucht weiter.

Da ist die Beretta.

Aaron feuert nach unten, bis das Magazin leer ist, streut die Schüsse, hofft, dass sie Nachtschatten erwischt. Das Zwitschern der Querschläger hallt nach.

Blaschke, Clausen, Mertsch, Nickel.

Butz.

Seine ruhige, wissende Hand auf ihrer Schulter, der Kuss auf ihre Stirn, an dem Abend, bevor er ihretwegen starb.

In der Tiefe ein Stöhnen.

Ich muss es zu Ende bringen. Sonst kommt sie wieder. Aber dann am helllichten Tag.

Aaron sieht sich springen, unmittelbar neben Nachtschatten aufschlagen, sieht, wie ihr Ellbogen die Bewegungsenergie voll mitnimmt und den Kehlkopf der schwerverletzten Frau in ein Knochenmosaik verwandelt.

Sie will die Muskeln spannen, um es auszuführen.

Doch sie sind hart wie bei einem Krampf.

»Frau Aaron? – Frau Aar- ?« hört sie Reimer.

Sie gibt Nachtschatten auf, schleppt sich zu ihm. »Bin hier.«

Er antwortet nicht. Sie hält einen Finger an seinen Hals, der Puls ist nur noch eine Ahnung. Sein Bein ist klatschnass. Wenn nicht schnell Hilfe kommt, wird er verbluten.

Sie macht ihr Handy an. Siri sagt: »Du hast kein Netz.«

Hölzern stakst sie los, jede Faser von Adrenalinleim verklebt. Auf der Treppe zwingt sie sich, nur an den nächsten Schritt zu denken, weil sie weiß, dass sie es sonst nicht schafft.

Aaron ist oben, tastet sich zum Ausgang.

Pistolen werden durchgeladen.

»Polizei! Legen Sie sofort die Waffe hin!«

Sie ist so steif, dass sie nicht mal auf die Knie fallen kann.

13

Um halb sieben wurde Reimer in den Operationssaal gebracht, seitdem sitzt sie auf der Bank im Flur des Krankenhauses. Sie hört die SEK-Männer tuscheln, die Demirci zu ihrem Schutz aus Rostock herbeordern ließ. Sie wissen nicht, was sie von Aaron halten sollen. Ihr Vorgesetzter hat ihnen untersagt, sie zu vernehmen. Er hat sie angewiesen, ihr die Pistole zurückzugeben und Aarons Befehlen Folge zu leisten.

»Die ist ein ganz hohes Tier in Berlin«, flüstert einer. »Innenministerium oder BKA.«

»Eine Blinde?«

»Sie ist nicht blind.«

»Hat sie gesagt. Ich musste sie führen.«

»Erstens: Wie viele Blinde mit ner Browning kennst du? Zweitens: Sie guckt einem in die Augen. Drittens: Sie hat einen heftigen Kampf hinter sich, sieht man doch.«

»Wenn ihr mich fragt: Abteilung«, raunt ein anderer.

»Ihr denkt, die arbeitet verdeckt, und die Blindennummer gehört zu ihrer Legende?«

»Bist ein Schnellmerker.«

»Ich weiß nicht, ob es die Abteilung überhaupt gibt. Hab den Alten mal angetippt, weil ich mich bewerben wollte.«

»Dort kannst du dich nicht bewerben. Die suchen dich aus.«

»Behauptet wer?«

»Tom. Ein Kumpel von dem war zwei Jahre dabei und dann kaputt. Unseren Eignungstest machen die zum Aufwärmen.«

»Was hat der Alte gesagt?«

»›Abteilung? Nie gehört.‹«

»Frag ihn nach seiner Ex. Kriegst du dieselbe Antwort.«

Aarons Kinn sinkt vor Erschöpfung auf die Brust.

»Leute, macht euch locker«, flüstert der Vierte. »Das ist keine Polizistin, die ist von Beruf schön.«

»Ich wollte, es wäre so«, sagt Aarons Mutter traurig, und sie ist in ihrem Traum.

Jenny sitzt in der goldenen Dämmerung auf der Veranda einer Strandvilla mit Türmchen und Märchenfenstern. Wolken tanzen auf dem Horizont wie auf einem straff gespannten Seil. Sie füttert Spatzen mit Eiswaffelkrumen, irgendwo spielt ein französischer Schlager. Es wird Nacht, und der Himmel ist ein Riese, der Sterne aus dem Zylinder zaubert.

Jenny schaut in einen zerbrochenen Spiegel.

Ihre Mutter kommt. »Was tust du?«

»Ich frage den Spiegel, wer ich bin.«

Ihre Mutter setzt sich zu ihr. »Wieso träumst du nicht von der Frau, die dich töten wollte?«

»Ich will sie nicht in meinen Kopf lassen.«

Jenny sieht, dass die Mutter hinter ihrem Rücken etwas vor ihr versteckt.

»Was hast du da?«

»Das Buch der falschen Erinnerungen.«

»Darf ich es haben?«

»Nein.«

»Warum nicht?«

»Weil es das Herz schwer macht.«

»Liest du mir daraus vor?«

In den Augen der Mutter stehen Tränen.

»Bitte, bitte, dann werde ich auch wach.«

Die Mutter schlägt das Bilderbuch auf. Das erste Kapitel heißt *Aufrichtigkeit*. Jenny sieht einen kleinen Jungen ohne Gesicht.

»Wer ist das?« fragt sie.

»Dein Bruder. Da wäre er neun gewesen.«

»Aber ich habe doch gar keinen Bruder.«

Ihre Mutter blättert um. Das zweite Kapitel heißt *Mut.* Der Junge ist älter geworden. Er prügelt sich auf dem Schulhof mit einem anderen, Größeren; zwischen ihnen liegt der abgerissene Kopf einer Puppe ohne Augen.

»Dein Bruder hätte dich immer beschützt.«

»Wo ist er denn?«

Ihre Mutter geht zum nächsten Kapitel. Es heißt *Mitgefühl.* Der Junge ist erwachsen. Er steht mit einem Koffer in der Hand vor Jennys Elternhaus. Die Mutter klammert sich an ihn.

»Warum warst du so traurig?« fragt Jenny.

»Weil dein Bruder an diesem Tag fortgegangen wäre, um Polizist zu werden.«

Das vierte Kapitel heißt *Höflichkeit*, und Jenny sieht auf dem Foto einen jungen Mann, der an einer Tür klingelt.

»Wo ist das?« fragt sie.

»Sein Ausbilder wäre gestorben. Dein Bruder wäre zu seiner Frau gegangen, um ihr zu sagen, dass es ihm leidtut.«

»Er hat ihn wohl sehr gern gehabt?«

»Nein. Der Mann hätte ihn wegen seines Namens schikaniert. Weißt du, es ist nicht leicht, das Kind von Jörg Aaron zu sein.«

»Warum war mein Bruder dann dort?«

»Weil es sich gehört hätte.« Sie blättert um. Das fünfte Kapitel heißt *Wahrheit.* Jenny sieht ihre Eltern mit gesenkten Köpfen am Tisch sitzen.

»Habt ihr euch gestritten?« fragt sie.

»Ja.«

»Worüber?«

»Das darf ich dir niemals sagen.«

Das sechste Kapitel heißt *Ehre.* Jennys Bruder steht auf einem Hügel, und Sterne verstecken sich in den aufgerissenen Mäulern von Wolken.

»Was tut mein Bruder dort?«

»Schau genauer hin«, sagt die Mutter.

Jenny sieht, dass der Hügel aus Totenschädeln errichtet ist.

»Dein Bruder wäre an das andere Ende der Welt gegangen, in ein Land, von dem du nie etwas gehört hättest.«

»Wie heißt es?«

»Mason-Land.«

Die Mutter schlägt das siebte Kapitel auf. Es heißt *Pflicht*. Auf einem Sarg liegt eine Deutschlandfahne, sie ist aus lauter Gesichtern genäht. Nur vier Menschen stehen am Grab: eine Frau, neben ihr ein Mann und zwei Kinder. In den Friedhofsbäumen hängen Brautkleider.

»Wer ist das?« fragt Jenny.

»Du. Mit deiner Familie.«

»Hätte ich ein glückliches Leben gehabt?«

»Ein sehr glückliches. Aber deinen Vater hättest du bis zu deinem letzten Atemzug gehasst.«

Sie wacht auf. Erst glaubt sie, das stete, beruhigende Tropfen eines Wasserhahns zu hören.

Doch es ist Katja Reimer. »Sie können jetzt zu ihm.«

Auf dem Weg über den Flur will es Aaron nicht gelingen, sich an den Traum zu erinnern. Alles, was sie noch weiß, ist, dass ein Spiegel darin vorkam.

»Wie geht es ihm?« fragt sie.

»Er wird wieder gesund.«

Das Herzliche, Freundschaftliche ist aus Katjas Stimme verschwunden. Aaron kennt das gut, viele haben sie so angeklagt.

SEK-Männer beziehen Posten vor dem Zimmer. Katja führt sie zu einem Stuhl und lässt sie mit ihrem Mann allein.

»Danke«, sagt er.

»Wofür?«

»Sie haben mir das Leben gerettet.«

»Habe ich nicht. Ich habe Ihr Leben in Gefahr gebracht.«

»Wollen Sie mit mir streiten?«

»Das tun wir doch, seit wir uns kennen.«

»Ist die Frau tot?« fragt er.
»Nein.«
»Wo ist sie?«
»Man hat sie nicht gefunden.«
»Das ist kein Beweis.«
»Glauben Sie mir: Sie lebt.«
»Katja hat einen Anruf gekriegt. Der Mann wollte seinen Namen nicht nennen. Er war von der Abteilung, nicht wahr?«
»Ja.«
»Er sagt, man könne nicht ausschließen, dass meine Familie sich in Gefahr befindet. Wir sollen noch heute Nacht an einen sicheren Ort gebracht werden.« Aus kraftlosen Obertönen klingt der Schrecken, dass sein Leben von einem Augenblick auf den anderen in eine Schrottpresse geraten ist.
»Das ist nicht nötig«, beruhigt sie ihn. »Ich kläre das.«
»Was macht Sie so sicher, dass er nicht recht hat?«
»Es ist etwas Persönliches zwischen Nachtschatten und mir. An Ihnen ist sie nicht interessiert.«
»*Nachtschatten*?«
»So nenne ich sie.«
»Dort unten haben Sie sich wie zwei wilde Tiere angehört.«
»Das sind wir ja auch.«
»Sie reden über all das, als wäre es ein normaler Tag.«
»Ich hatte schlimmere.«
»Dafür fehlt mir die Vorstellungskraft.«
»Dennoch haben Sie über mich geurteilt.«
»Das von Ihnen und Ihrem Vater nehme ich nicht zurück. Ich habe jedes Wort so gemeint.«
»Ich weiß.«
»Aber in einem Punkt hatten Sie recht«, versetzt er rau. »Dass Sie Ihr Leben einsetzen, damit Leute wie ich gescheit daherreden können. Wenn man dabei war, ist es nicht dasselbe, wie es in einem Film zu sehen.«
»Ja, die Musik fehlt.«

»Die ganze Zeit habe ich an meine Frau und meine Tochter gedacht. Aber es waren lauter unwichtige Dinge. Dass Katja nie über einen Witz von mir gelacht hat und ich vermutlich der humorloseste Mann der Welt bin; dass ich durch sie meine Flugangst verloren habe, mir aber seitdem von Gin Tonic schlecht wird; dass ich meiner Tochter im Australienurlaub einen Zahn ausgeschlagen habe, weil ich überzeugt war, einen Bumerang werfen zu können; dass wir zum Tierarzt wollten, um unseren Hund einschläfern zu lassen, und ich beim Ausparken die Katze überfahren habe.«

»Seien Sie nicht so streng mit sich. Sie haben durchaus komisches Talent.«

»Sie haben einen Namen genannt«, sagt Reimer. »*Svoboda*. Ein bekannter Politiker heißt so, der Berliner Innensenator.«

Aaron schweigt.

»Hätte ich besser weggehört?«

»Sie sollten das sofort vergessen. Sonst muss *ich* vergessen, was ich über die Notwendigkeit von Polizeischutz gesagt habe.«

Wäre das Zimmer auf dem Mond, könnte es nicht stiller sein.

»Sehen Sie wieder etwas?« fragt er nach gefühlten Minuten.

»Nichts. Schwarz. Das wird für mindestens sechsunddreißig Stunden so bleiben. Ich kenne das bereits.«

»Ruhen Sie sich zwei Tage aus, dann machen wir mit der Therapie weiter.«

»Ganz sicher nicht.«

»Frau Aaron, wir sind so einen weiten Weg miteinander gegangen. Kapitulieren würde nicht zu Ihnen passen.«

»Ich schmeiße nur mein Ticket für einen Horrorfilm weg.«

»Einmal kam eine Frau zu mir«, sagt Reimer. »Sie hatte eine Temporallappenepilepsie und war dazu verdammt, wieder und wieder dieselben Sekunden zu erleben, ein endloses Déjà-vu. Sie ist mit ihrem Mann in Paris, ihr erster Hochzeitstag, die beiden sind noch immer verrückt nacheinander. Sie hatten ein romantisches Abendessen in der Rue des Lombards und fahren in einem Mietwagen zum Hotel. Noch zwei Jahre danach ist es so real, als würde sie es jetzt erleben, selbst die Verwunderung darüber, wie kühl seine Hand ist, die er auf ihr nacktes Knie legt. Sie passieren das Rathaus, die Frau zieht ihre Lippen nach und weiß, dass er die Augen nicht von ihr lassen kann. Er verliert die Kontrolle, rast in ein anderes Auto und ist sofort tot. Splitter des Schminkspiegels durchbohren den Kopf der Frau. Sie hört sich schreien und ist blind. Bei Epilepsie ist Elektrostimulation zu gefährlich, ich musste sie als Patientin ablehnen. Diese Frau hatte ein schlimmeres Schicksal als Sie. Aber sie war weit mutiger.«

»Sie wollen mich über Mut belehren?«

»Sie entschloss sich zu einer äußerst riskanten Hirnoperation. Anschließend habe ich sie mit Erfolg behandelt.«

Was ist, wenn er recht hat? Triff nie eine Lebensentscheidung mit Adrenalin im Blut.

Hat Lissek gesagt. Zum Teufel mit ihm.

Aber ist es deshalb falsch?

Sie tippt ihre Uhr an. »Zwanzigster Juni. Montag. Neunzehn Uhr, zweiundfünfzig Minuten, eine Sekunde.« Manchmal beruhigt die digitale Stimme sie, weil sie ein Faktum feststellt, unwiderlegbar wie Newtons Gravitationsgesetz.

Aber jetzt liegt darin derselbe Schmerz wie in allem anderen.

Aaron steht auf. »Wir reden morgen nochmal.« Sie geht zur Tür. Ein Schritt nach links, fünf nach rechts. Zählen ist einfach, wenn man sonst nichts hat.

»Die Frau hat etwas zu Ihnen gesagt«, hört sie Reimer erneut. »*Du glaubst, dass man in Wäldern nie ein stolzeres Tier gesehen hat als dich*. Es ist aus einem Buch, das ich kenne.«

Aaron bleibt stehen, kämpft ihren Atem nieder. »Welches?«

»*Der Glöckner von Notre-Dame.*«

EINE BILLION SANDKÖRNER

Auf der Uhr im Flur der Abteilung ist es 19:53. Helmchen macht lautlose Schritte auf dem Steinboden, weil im Gemeinschaftsraum so laut gelacht wird. Frank Nieser hat Geburtstag. Nachher werden alle im Irish Pub feiern, aber dort sind auch die Partnerinnen dabei, und die Jungs geben vorher noch Geschichten von Einsätzen mit Nieser zum Besten, die nicht für die Ohren anderer bestimmt sind, schon gar nicht für die seiner Freundin.

Helmchen hat nur viel Spaß gewünscht und wird nicht mitkommen. Zwar hat Inan Demirci sie gedrängt, an der Feier teilzunehmen, aber sie bleibt hier, wegen Jenny.

Vor einer Stunde sagte Helmchens Chefin: »Rufen Sie beim LKA in Rostock an. Die sollen ein SEK-SET nach Binz ins Krankenhaus schicken und die Kreispolizisten ruhigstellen, die Frau Aaron festgenommen haben.«

»Was ist mit Jenny?« hat sie erschrocken gefragt.

»Es geht ihr gut. Ihr Professor wurde angeschossen.«

Mehr erfuhr sie nicht. Im Laufe der Jahre hat Helmchen gelernt, eine Lage einzustufen. Es scheint keine unmittelbare Gefahr zu bestehen, dennoch ist sie besorgt.

Als sie an der Kaffeeküche vorbeikommt, sieht sie Marc Kleff auf einem Stuhl sitzen, in den Augen die abgrundtiefe Verzweiflung eines Mannes, dessen Schicksal besiegelt ist. Simon Rogge ist bei ihm. Er legt die Hand schwer auf die Schulter seines besten Freundes und sagt: »Harte Nummer, Alter, ganz, ganz hart.«

Helmchen bleibt stehen. »Was ist passiert?«

Rogge wirft ihr einen vielsagenden Blick zu. »Er hat seinen Hochzeitstag vergessen.«

»Ach herrje.«

Zwar wird Helmchen von den Jungs gesiezt, aber sie ist ihre Beichtmutter und ihr Kummerkasten und weiß sofort Bescheid: Wenn Kleff etwas ausgefressen hat, er seine Frau mit einer faulen Ausrede beim Elternabend alleinließ, ihr längere Zeit nicht im Haushalt half, vergaß, ihr Auto zum TÜV zu bringen, lässt sie ihn büßen, indem sie ihn zu einem Konzert zeitgenössischer Musik verdonnert. Manchmal retten Kleff sein Dackelblick oder ein Rosenstrauß, doch wenn seine Frau richtig geladen ist, muss er bluten.

»Philharmonie?« fragt Helmchen mitfühlend.

Kleff flüstert düster: »Schlimmer, Ballett. *Der Feuervogel* in der Staatsoper. Eine Neuinterpretation. Fängt um neun an und dauert angeblich fünf Stunden.«

»Meine Fresse«, sagt Rogge. »Ist das überhaupt erlaubt?«

»Was weiß ich. Soll ich mich schriftlich beschweren?«

»Hast du ihr nicht gesagt, dass Nieser heute dreißig wird?«

»Doch.«

»Was hat sie gesagt?«

»Dass ich ihren Dreißigsten damals vergessen habe.«

Helmchen seufzt, und Rogge verscheucht eine Fliege von den Resten der Geburtstagstorte. »Sieh's positiv: Wenn's vorbei ist, kannst du dich besaufen.«

»Besser vorher.«

Helmchen lächelt aufmunternd. »Ayrton Senna meinte einmal: ›In den schnellen Kurven trennen sich die Männer von den Knaben.‹ Haben Sie Herrn Nieser sein Geschenk gegeben?«

Kleffs Kopf ruckt hoch. »Oh, verflucht!«

»Nee, ne?« platzt Rogge raus. »Echt nicht dein Tag, Kumpel.«

»Liegt seit zwei Wochen bei mir zuhause. Ein Buch von einem Philosophen mit einem unaussprechlichen Namen. Hab extra Aaron angerufen. Soll gut bei Schlafstörungen sein.«

»Gibst du's ihm halt morgen.«

Helmchen schüttelt den Kopf. »Nein, das bringt Unglück.«

Sie sieht auf die Uhr. In zwei Minuten soll Demircis Besprechung mit Svoboda beginnen, aber sie weiß, dass er nicht pünktlich sein wird. Er pflegt ihre Chefin stets eine Viertelstunde warten zu lassen. Als sei das ein Zeichen von Souveränität.

»Ich habe einen guten Grappa im Auto, den hole ich schnell.«

»Mensch, Helmchen, danke. Sie sind eine Heilige.«

»Sag ich meinem Mann auch immer. Aber der hat's nicht so mit der Religion.«

Als sie losläuft, hört sie Rogge noch fragen: »Worum geht's in dem scheiß Ballett überhaupt?«

»Irgendwas mit einem komischen Vogel, der einem Russen seine Eier zeigt.«

»Bei den engen Klamotten lässt sich das nicht vermeiden.«

Helmchen eilt wieder am Gemeinschaftsraum vorbei, dem Lachen, den fröhlichen Stimmen, im Wissen, wie sehr die Menschen, die sich dort drängeln, ihre Vertrautheit genießen. Dass es Dinge gibt, die nur sie verstehen.

Als die Fahrstuhltür sich schließt, schiebt Giulia Delmonte den Fuß dazwischen und steigt dazu. Sie ist seit drei Jahren dabei, nach Aaron die zweite Frau hier. Obwohl sie hübsch ist, hat sie etwas Kerliges. Aber jeder setzt sich auf seine Weise durch, das erkennt Helmchen an.

»Wo wollen Sie denn hin?« fragt sie.

Delmonte strahlt. »Ich hol jemand ab. Der kommt heut mit.«

»Sie sehen aus, als ob er Ihnen guttut.«

»Lassen Sie sich überraschen!«

»Schätzchen, ich seh ihn vor mir. Er ist ein Wahnsinnstyp, ein Mitteldng zwischen Lenny Kravitz und Ryan Gosling. Er will irgendwas mit Design machen und fährt eine Harley, die auf alt getrimmt ist. Auf dem Rücken hat er ein Tattoo mit einem Symbol, das *Kein Schmerz* oder so bedeutet, und Sie haben ihm erzählt, dass Sie beim Einbruchsdezernat sind.«

Delmonte starrt Helmchen an. »Woher –?«

»In Ihrem Alter kannte ich auch so einen.«

»Was ist draus geworden?«

»Wir sind seit dreißig Jahren verheiratet. Heute ist er Klempner, dick wie Santa Claus und immer noch eine Sahneschnitte.«

Der Lift stoppt im Erdgeschoss. Sie gehen mit einem Lächeln auseinander, und Delmonte fährt zur Tiefgarage weiter.

Weil unten alle Stellplätze belegt waren, hat Helmchen ihren Kleinwagen auf der Straße geparkt. In der Lobby sieht sie zwei Anwälte aus der Kanzlei im dreizehnten Stock erregt miteinander diskutieren. Hagen Kemper stürmt an ihr vorbei und ruft: »Meine Karre ist verreckt, sind die noch da?«

»Ja, ist Zeit bis neun«, gibt sie zurück.

Draußen steht der Mann mit der Obdachlosenzeitung, den seine Kumpels nur Sprudel-Paul nennen, weil er mal in einem Getränkemarkt gearbeitet hat. Helmchen hat meist Kleingeld für ihn, aber ihr Portemonnaie ist oben.

»Nachher, Paul«, wirft sie ihm zu, »kann spät werden.«

»Ach, mach dir keen Kopp, war 'n juter Tach.«

Auf dem Weg zum Fiat eilen Passanten an Helmchen vorbei, Menschen, deren Schuhe noch das Pflaster berühren, während die Köpfe schon fernsehen.

Als sie den Kofferraum öffnet, springt in der Putzkammer der Abteilung, zwei Etagen über ihr, die Anzeige einer Schaltuhr aus dem Baumarkt auf 20:00 Uhr.

Der Blitz einer Kamera dauert eine Tausendstelsekunde.

So lange braucht die Duracell-Batterie in dem Staubsauger, um Strom in den Draht einer Glühbirne zu leiten, von der das Glas entfernt wurde.

Es ist ein so unfassbar kurzer Zeitraum, dass Kleff, würde er je mit seiner Frau Strawinskys Ballettmusik in der Staatsoper hören, es nicht als Pause zwischen zwei Tönen wahrnähme.

In einer weiteren Tausendstelsekunde brennt Bleiazid ab und zündet die Initial- und die Sekundärladung.

Die Fliege in der Küche schlägt einmal mit den Flügeln.

Acht Kilo Ammoniumnitrat, vermischt mit Dieselöl, verwandeln sich in Gas, das die Stahlummantelung der Staubsaugerbombe platzen lässt, als wäre sie ein Luftballon. Mit dreitausend Metern in der Sekunde schlägt die Druckwelle durch die Rigipswand zum Besprechungsraum, zermalmt dort alles und sprengt die Fenster mit der Wucht eines Artilleriegeschützes heraus.

Ein Wimpernschlag währt fünfmal länger.

Die gegenüberliegende Wand der Putzkammer ist aus Hohlblocksteinen gemauert, weil hier die Heiztherme hängt. Als die Ventile zerfetzt werden und die Therme explodiert, wird die Dynamik der Bombe potenziert und die Stoßwelle zu einer neunhundert Grad heißen Flammenwalze.

Während Kleff und Rogge eine Nervenleitgeschwindigkeit von zehn Tausendstelsekunden besitzen, benötigt der Zyklon aus Feuer und Stahl einen lächerlichen Bruchteil dieser Zeit, um die beiden Männer in der Kaffeeküche zu töten, ohne dass sie es merken.

Sechs Tausendstelsekunden später hat die Walze drei leere Büros durchquert, dabei Mauerwerk, Möbeltrümmer, zerriebenes Glas, den Rahmen eines Aquariums und einen Kühlschrank mitgenommen, und das Einzige, was ihr widersteht, ist der Panzerschrank im Archiv.

So lange berührt ein Klöppel eine Kirchenglocke.

Hat der Urknall benötigt, um alle Materie zu erschaffen.

Zwanzig Sekunden früher ist Max Krupp im Gemeinschaftsraum auf den Tisch gestiegen und hat gegrölt: »Mit Philosophie kennt Nieser sich vielleicht aus, aber von Kultur hat er keine Ahnung! Wir hatten mal ne Beschattung in der Nationalgalerie. Da war ne Ausstellung mit abstrakter Kunst, und er hat gemeint: ›Ich find, die Landschaft wirkt ganz natürlich.‹ Sag ich: ›Stimmt, ist ja auch kein Bild, sondern ein Fenster.‹«

Der Feuersturm erreicht die Männer mitten im Lachen. Als ihre Körper verdampfen, ist die Explosion noch nicht einmal in ihr Bewusstsein gedrungen.

Sieben Tausendstelsekunden zuvor hat die Energie der Bombe wie Thors Hammer auf den Boden eingedroschen und eine Delle verursacht, die jetzt so tief wird, dass die Zwischendecke einbricht.

Das Gestein nimmt die Materie von zwei Stockwerken, die beiden Rechtsanwälte in der Lobby und den Marmorboden des Erdgeschosses mit und begräbt die Fahrzeuge in der Tiefgarage unter sich.

Giulia Delmonte wird in ihrem BMW erschlagen, als sie das Radio voll aufdreht, weil »Suck my Kiss« von den Red Hot Chili Peppers gespielt wird.

Wäre sie noch am Leben, würde sie das unheimliche Grollen hören, das sich über ihr erhebt, das Stöhnen des neunzig Meter hohen Hauses bis zur Dachterrasse, weil die Decke zwischen dem zweiten und dritten Stock angehoben wird, die Stahlträger knicken und auch diese Steinmasse nach unten stürzt.

Mit einer Verzögerung von neun Tausendstelsekunden werden die Fahrstuhlschächte von den Erschütterungen erfasst, ein kurzes, heftiges Zittern, das die Seile aus dem Geläuf springen lässt. Die Notabschaltung wird aktiviert, die Kabine bleibt zwischen dem ersten und zweiten Stock abrupt stehen, und Kemper, dem das Ächzen des Gebäudes in den Ohren dröhnt, hämmert auf den Knopf.

Da ist Astrid Helm, die alle nur Helmchen nannten, draußen längst in der Glaswolke, die mit vierfacher Schallgeschwindigkeit aus der Fensterfront der Lobby gedrückt wird. Mit fremden Menschen wirbelt sie über den Asphalt, in einem Gestöber von Schuhen, Brillen, Zeitungsschnipseln, Gliedmaßen, zwischen Autos, die sich überschlagen, umeinanderwickeln und von einem unsichtbaren Dosenöffner aufgeschnitten werden, ein Gewölle aus Blut, Blech und Schreien, in dem Helmchens Lunge reißt und Glaspfeile sich so rasend schnell in ihren Rücken bohren, dass die Neuronen den Schmerz erst an das Gehirn senden, als sie schon in einem großen Vergessen ist.

Zweiunddreißig Tausendstelsekunden sind seit der Detonation der Bombe vergangen. Ein Specht hat seinen Schnabel einmal in einen Baum geschlagen. Ein Gepard ist drei Meter weit gesprintet. Eine Billion neue Sandkörner sind auf der Erde entstanden. Einundfünfzig Menschen sind verschwunden.

14

Die Welt ist, was sie dir gibt. Jetzt, in einem Helikopter über dem nächtlichen Berlin, gibt sie Aaron die Gewissheit, dass ihr Leben zum zweiten Mal in Trümmern liegt. Ein einziger Augenblick ist zu einem nicht enden wollenden Déjà-vu geworden, und keine Operation könnte daran etwas ändern.

Ihr Handy klingelt, sie nimmt ab und hört den Satz, der in ihrem Kopf einschlägt wie eine Kugel.

Sie ging zu Reimers Zimmer zurück.

Schritte aus Glas, Atem aus Stein.

»Ich muss fort«, sagte Aaron. »Noch heute Nacht.«

»Tun Sie das nicht«, beschwor er sie. »Sonst ist alles umsonst gewesen.«

Sie wollte etwas erwidern. Konnte nicht. Stand da und fühlte in ihrer Hand die Türklinke, obwohl sie meterweit weg war.

Zehn schwere Türklinken in Aarons Leben:
der Keller in Spandau
das erste Mal in Pjöngjang
die Intensivstation, wo ihre Mutter lag
die Lagerhalle in Barcelona
Lucas Zimmer auf Hiddensee
Gesprächstherapie
im leeren Haus ihres Vaters
Boenischs Zelle in Tegel
Pavliks Krankenzimmer nach dem Motorradunfall
diese

»Es ist etwas passiert«, fand Aaron endlich Worte. »Wenn Sie morgen die Nachrichten einschalten, werden Sie von einer Explosion in einem Berliner Geschäftshaus erfahren. Das Wort *Abteilung* wird in keinem der Berichte vorkommen. Es wird von vielen Opfern die Rede sein. Aber niemand wird ihre Geschichte erzählen, nur sehr wenige werden wissen, wofür sie gelebt haben und wofür sie starben. Sie sind einer davon, und ganz gleich, wie Sie über mich und meinesgleichen denken: Diese Männer haben es nicht verdient, dass ich mich auf Rügen verkrieche und um meinen eigenen Kram kümmere. Sie glauben, es wäre alles umsonst gewesen, wenn ich aufgebe? Sie irren sich. Alles war umsonst, wenn ich bleibe.«

Als sie ging, stampfte in ihrer Brust die Musik zu einem Film, der längst gerissen war.

Die Pilotenstimme scheppert im Intercom: »Wir landen.«

Aaron kommt wieder zu sich. »Wo?«

»Beim Schlachtensee.«

In ihrem ersten Berliner Jahr war das ihr Lieblingsviertel gewesen. Sie mochte die verschnörkelten Gründerzeitvillen, das satte Grün im Sommer, den Biergarten der Fischerhütte. Sie war einundzwanzig, und die Straßennamen brachten sie zum Träumen: Limastraße, Argentinische Allee, Bogotastraße, Lissabonallee, Mexikoplatz. Sie ahnte nicht, dass sie all diese Länder sehen würde. Länder, mit denen sie heute Zielpersonen verbindet, Waffencheck, wache Nächte.

Sie setzen auf. Aaron öffnet die Tür. Ihre Hand wird zu einem Ellbogen geführt, und sie weiß: Pavlik. Er nimmt ihren Koffer. Geduckt läuft sie mit ihm durch den Luftwirbel der Rotoren.

In einem Auto zu sitzen, das in fünf Sekunden von null auf hundert katapultiert wird, kann Spaß machen oder Angst. Jetzt ist es ein Sturz ins Nichts. Sie hat mit Pavlik viele Extremsituationen geteilt, und auch wenn diese wie keine andere ist, zwingen sich beide, ihren Stimmen jenen sachlichen Klang zu geben, der hilft, nicht zusammenzubrechen.

»Wie viele haben überlebt?« fragt Aaron.

»Nur sechs.«

»Nur sechs«, wiederholt sie mechanisch.

»Nieser hatte Geburtstag. Später wollten sie in den Pub.«

Nur sechs nur sechs nur sechs.

»Wer?«

»Fricke, Kemper, Nowak, Frost, Flemming und ich.«

Flemming.

»Wo – wo war Flemming?«

»Mit Fricke und Nowak im Pub. Sie haben eine Nummer für Nieser einstudiert. Kemper hat man aus dem Lift geschweißt.«

»Wer ist Frost?«

»Kennst du nicht, ist seit neun Monaten in Nordafrika.« Die Stimme von Pavlik stockt. »An einem normalen Tag sind mindestens zehn Männer irgendwo im Einsatz. Und ausgerechnet heute waren bis auf uns alle da.«

»Helmchen?«

Er sagt es ihr. Der Schmerz zersetzt ihre Gedanken. Trotzdem bewegt sich ihr Mund: »Was ist mit Demirci?«

»Gebrochener Arm. Unser Panzer hat den Abflug gemacht.«

»Ihr seid im Auto gewesen?« fragt Aaron verwirrt.

»Demirci war mit mir im BKA.«

»Aber die Besprechung mit Svoboda –«

»Er hat sie regelmäßig warten lassen, sie musste nicht pünktlich sein. Um acht waren wir mit drei Limos in der Budapester. Die Druckwelle hat uns als Punchingball benutzt.«

»Sind Sandra und die Kinder in Sicherheit?«

»Ja. In der Mühle.«

Das Ausbildungs- und Trainingszentrum der Abteilung.

»Dann fahren wir jetzt nach Beelitz?« fragt sie.

»Nein, nach Schwanenwerder.«

»Warum?«

»Svoboda ist tot.«

Aaron war erst einmal auf der kleinen Havelinsel. Sie wollte sehen, wo die Nazibonzen noch rauschende Feste feierten, als der Rest der Stadt längst ein Beinhaus war. Goebbels hat auf Schwanenwerder residiert, seine Nachbarn waren Speer, Hitlers Morphiumdealer Morell, das ganze Gesocks. Bis heute ist es die feudalste Wohnlage Berlins.

»Hast du gewusst, dass Eisenhower 45 auf der Insel gewohnt hat?« fragt Pavlik. Es ist das erste Wort, das er seit Minuten an Aaron richtet. Sie weiß, dass er sie aus dem lastenden Schweigen reißen will und eine Story erzählen wird, die weder sie noch ihn interessiert. Trichtern sie dir in der Ausbildung ein.

Trauer ist eine Bestie, sie frisst Sie auf.

Sie müssen lernen, einen Verlust auszublenden.

»Nein«, zwingt sie sich zu antworten.

»Er hat dort die Potsdamer Konferenz vorbereitet. Später ist General Clay eingezogen, der Luftbrücken-Typ. Sein Hobby war Bienenzüchten, hat ihn zu einem einsamen Mann gemacht.«

»Was war es für eine Nummer?« fragt Aaron. Als Pavlik nicht antwortet: »Im Pub. Flemming, Fricke, Nowak.«

»Ein Strip.«

»Und ich war nicht eingeladen.«

Schluckt Tränen runter.

»Da hinten ist die Goebbels-Villa«, sagt Pavlik. »Hat einem jüdischen Bankier gehört, den sie in die Emigration getrieben haben. Goebbels hat sie sich für ein Butterbrot unter den Nagel gerissen, aber er wollte nicht, dass über seinen Protz gelästert wird. Rat mal, was er gemacht hat.«

Atme klare Gedanken ein, atme sinnlose aus.

»Falscher Name an der Klingel?«

»Das möglicherweise Beknackteste, was je einem Nazi eingefallen ist. Als 1936 die deutsche Version von Monopoly rausgekommen ist, war Schwanenwerder die teuerste Immobilie, die Ur-Schlossallee. Goebbels hat das Spiel verbieten lassen.«

Dreiunddreißig von uns sind tot, und wir reden über Monopoly.

»Ehrlich?« fragt sie.

»So wahr, wie Svoboda in der Hölle ist. Seine Villa liegt direkt daneben.« Pavlik stoppt.

»Sind wir da?«

»Nein. Was ist auf Rügen passiert?«

»Es war die Frau aus Portugal.«

»Woher weißt du das?«

»Wie sah sie aus?« fragt Aaron.

»Ich konnte sie nur durch eine Nachtsichtbrille sehen«, sagt er. »Kurze Haare, groß, athletisch.«

»Sie ist es.«

»Hast du sie erledigt?«

»Verwundet.«

»Hab mit der Bundespolizei telefoniert«, erklärt Pavlik, »die suchen in Prora mit einer Hundertschaft nach ihr. Das kann sich hinziehen. Gegen die Katakomben dort unten soll das Labyrinth des Minotaurus eine Tartanbahn sein.«

»Sie werden sie nicht finden.«

»Kommt drauf an, wie schwer du sie verwundet hast.«

»Fahr weiter.«

Pavlik biegt von der Straße ab und hält an. Beim Aussteigen nimmt Aaron den süßlichen Gestank verwester Pflanzen wahr, der vom See heranweht, Blaualgen. Einer schnauzt: »Fahren Sie zurück, Sie können hier nicht durch.« Nach Sekunden murmelt er: »Sorry.«

Pavliks Ausweis.

»Wer hat das Sagen?« fragt Pavlik.

»Ich.« Eine andere Stimme, fest, selbstsicher.

»BKA?«

»Ja.«

»Ist die KTI noch im Haus?«

»Bestimmt bis morgen Mittag.«

»Und die Rechtsmedizin?«

»Frau Dr. Stein, kommen Sie mal?« ruft der Beamte.

Stöckelschritte. Eine Tasche wird abgesetzt. »Leonie Stein.« Die Stimme verbirgt das Alter.

»Peter Kleinert«, sagt Pavlik. »Das ist meine Kollegin Frau Müller.« Ein Moment Stille. »Kerstin, Frau Dr. Stein möchte dir die Hand geben.«

Aaron erwidert die Begrüßung.

»Ist die Leiche für den Transport freigegeben?« fragt Pavlik.

»Ja, eben. Sie wird gleich eingesargt.«

»Die Leiche bleibt vorerst, wo sie ist.« Sie erkennt am Schall, dass er sich wieder an den BKA-Mann wendet. »Holen Sie Ihre Leute aus dem Haus. Ich will mit meiner Kollegin ein, zwei Stunden dort allein sein.«

Aaron hat Pavlik vor Augen und weiß, welches Gesicht er aufgesetzt hat. *Pass auf, Kumpel, ich kann ein wahnsinnig netter Kerl sein, aber wenn du querschießt, werde ich zum größten Arschloch, dem du je begegnet bist.*

Der andere zieht es vor, mit dem Arschloch keine Bekanntschaft zu machen. »Geht klar«, sagt er.

»Wo sind die Sherpas von Svoboda?«

»Am See. Werden vernommen.«

»Die brauchen wir später. Wie lautet der Code fürs Haus?«

»Zwei-eins-null-sieben-neun-fünf.«

»Frau Dr. Stein, seien Sie so gut, uns zu begleiten; wir haben einige Fragen.«

»Ich bin seit sechzehn Stunden auf den Beinen und habe den ersten Augenschein beendet«, entgegnet sie spitz. »Machen Sie Ihre Arbeit, ich mache meine.«

»So war's gedacht. Kommen Sie jetzt mit?«

»Sagen Sie doch auch mal was!« Das gilt dem BKA-Mann.

»Wenn die Elefanten sich aneinander reiben, haben die Moskitos miese Karten«, antwortet er.

»Was soll das denn heißen?« Lange Pause. »Oh.«

Diesmal hält Aaron ihren Ausweis hoch.

Im Haus können es kaum mehr als zehn Grad sein. »Wieso ist es hier so kalt?« fragt Aaron.

»Svoboda hatte die Klimaanlage heruntergefahren«, sagt die Ärztin. »Hat der Leiche gutgetan.«

»Wo ist es?«

»Im Arbeitszimmer.«

»Gehen Sie bitte vor.«

Aaron nimmt einen schwachen Geruch wahr und bleibt stehen. Schon kleinste Geräusche können vom Riechen ablenken. Einmal hat sie es Sandra erklärt. *Stell dir vor, dass brechend laut Heavy Metal dröhnt, während du zu erkennen versuchst, was auf einem uralten verblassten Foto zu sehen ist. Mein Gehör ist so extrem, dass eine Fliege Krach macht.*

»Was ist?« fragt Pavlik.

Aaron hebt kurz die Hand. Sie hält den Atem an und konzentriert sich, um Witterung aufzunehmen. Der Geruch ist selbst für sie zu schwach, um ihn einzuordnen. Sie lässt die Hand sinken, geht weiter. Aaron schnalzt und ortet enge Wände. Ein Flur. Sie schnalzt erneut. Vor ihr öffnet sich der Schall. Rechts hat das Echo eine stumpfe Textur, sie vermutet ein Bücherregal oder geschlossene Vorhänge.

Die Ärztin bleibt stehen.

»Die Position ist verändert worden«, sagt Pavlik.

»Weil ich ihn ausgezogen habe. Wie hätte ich sonst feststellen können, ob er äußere Verletzungen hat?«

»Und – hat er?« fragt Aaron.

»Nein.«

»Ist sein Genick gebrochen?«

»Nein.«

»Keinerlei Anzeichen von Gewalt?«

»Welcher Teil von Nein war missverständlich?«

»Einstiche?«

»Nein.«

»Auch nicht unter der Zunge?«

Schweigen.

»Wenn Sie so freundlich wären«, sagt Pavlik.

Aaron hört, dass die Ärztin Latexhandschuhe überstreift und in die Hocke geht. »Die Zungenvene ist leicht gestaut, vermutlich hatte er Hämorrhoiden. Kein Einstich.«

»War etwas in seiner Mundhöhle?« fragt Aaron.

»Ja, seine Zähne. Und falls Sie wollen, dass ich sein Rektum untersuche: Das hebe ich mir für die Charité auf, dann habe ich etwas, auf das ich mich freuen kann.«

»Zeigen Sie mir die Fotos«, sagt Pavlik.

Die Ärztin kramt so umständlich nach ihrem Handy, als würde es ganz unten in einem Müllsack stecken. Hat es endlich.

»Er lag neben dem Schreibtisch«, erläutert Pavlik für Aaron, »auf dem Bauch. Die rechte Hand war unter dem Körper, die andere verdreht, als ob er sich im Fallen abstützen wollte. Selbstmord scheidet also aus.«

»Ach, ich mache bei Ihnen ein Praktikum?« fragt die Ärztin.

»Haben Sie irgendwo Schlaftabletten gefunden?«

»Eine angebrochene Schachtel Lorazepam.«

»Bei einer Überdosis wäre Svoboda nicht im Haus herumgestolpert«, sagt Pavlik.

»Was hatte er an?« fragt Aaron ihn.

»Schlafanzug. Sekunde.« Er kniet sich hin. »Unter seiner linken Achsel ist eine Tätowierung, schon ziemlich verblasst: *666*. Kannst du damit was anfangen?«

»Ja. Nachher.«

Wieder versucht Aaron, den Geruch zu analysieren. Sie kriegt ihn nicht unter, ist aber sicher, dass es nicht die Leiche ist. Lange verharrt sie so, verliert die Zeit.

Hier braucht es keinen Forensiker, sondern einen Exorzisten.

Die Ärztin sagt: »Halten wir Totenwache?«

»Hatte er Vergiftungserscheinungen?« fragt Aaron.

»Keine sichtbaren.«

»War er krank?«

»Also bitte, woher soll ich das wissen, das geht seinen bürokratischen Gang. Vor Donnerstag oder Freitag kann ich unmöglich die Unterlagen von seiner Krankenkasse haben, und selbst das wäre rekordverdächtig.«

Papier raschelt. »Hier sind sie«, sagt Pavlik.

»Wie um alles in der Welt –«

»Sie machen Ihre Arbeit, wir machen unsere.«

»Ihr Ton gefällt mir nicht.«

»Wenn ich Ihnen erzählen würde, was mir an Ihnen nicht gefällt, wären wir morgen noch hier«, versetzt er.

»Soweit ich auf die Schnelle erkennen kann, wurde ihm vor vier Jahren ein Magengeschwür entfernt«, bequemt die Ärztin sich. »Er hatte alterstypische Prostatabeschwerden, Arthrose im rechten Knie und litt, wie vermutet, an Hämorrhoiden. Die Blutwerte sind unauffällig.«

»Nichts Lebensbedrohliches?« fragt Aaron.

»Ich dachte, das hätte ich gesagt.«

»Todeszeitpunkt?«

»Die Rechtsmedizin hat gegenüber dem Schamanentum einen gravierenden Nachteil: Wir kommunizieren nicht mit den Seelen der Verstorbenen. Bis ich ihn obduziert habe, lautet meine Diagnose: plötzlicher Herztod.«

»Frau Stein, es handelt sich bei dem Toten um einen der prominentesten Politiker der Bundesrepublik«, sagt Pavlik. »Man hat Sie mit der forensischen Untersuchung der Leiche betraut, und sicher nicht, weil Sie flink in der Nase bohren können. Sie sind noch keine vierzig, das ist ein Karrieresprungbrett, aber Sie erwecken den Eindruck, als ob Ihnen das gleichgültig wäre. Was haben Sie für ein Problem?«

»Ich habe ein Problem mit *Ihnen*. Es ist eine Schande, dass in einem Land mit unserer Geschichte so etwas wie die Abteilung existiert. Ich habe zum ersten Mal mit Ihnen zu tun, und Sie bestätigen alles, was man über Sie sagt. Es fehlt nur noch, dass Sie Stiefel und schwarze Ledermäntel tragen.«

»Ich wollte, meine Welt wäre so einfach wie Ihre«, erwidert Pavlik ruhig. »Aber dazu bin ich nicht dumm genug. Geben Sie Bescheid, dass wir mit dem Kommandoführer von Svoboda reden wollen. Wir würden uns über einen Kaffee freuen. Für mich mit einem Schuss Milch, Frau Müller trinkt ihn schwarz.«

Die stumme Wut der Ärztin nimmt Aaron schon nicht mehr wahr. Sie hat sich in ihrer inneren Kammer verkrochen, deren Mauern so massiv sind, dass selbst die aufbrandende Trauer sie nicht durchdringen kann.

»Was hat es mit dieser Tätowierung auf sich?« hört sie Pavlik und realisiert, dass sie längst mit ihm allein ist.

»Die *666* ist ein okkultes Symbol für den Teufel.«

»Wie passt das zu Svoboda?« fragt er.

»War ein Spiel, stand für unbegrenzte Macht.«

»Und was denkst du sonst?«

»Na ja, ich wette, der Kaffee kommt kalt an«, sagt sie.

Ironie ist hilfreich. Auch Zynismus. Humor in den unmöglichsten Situationen. Nutzen Sie das, es wird Ihre Stressresistenz erhöhen.

Ihr psychologischer Trainer war bullig und liebte grüne Hemden. Du wusstest nie, was im nächsten Moment passiert. Ob er dich anschreit oder in den Arm nimmt. Sie nannten ihn Hulk.

»Ist Hulk noch da?« fragt sie.

»Hat jetzt ne Currybude in der Bretagne.«

»Echt?«

»In Saint-Malo. Hab im Urlaub mal bei ihm vorbeigeschaut.«

»Läuft sowas dort?«

»Nee. Auf nem Friedhof um Mitternacht ist mehr Betrieb.«

»Muss man für die Pointe promoviert haben?«

»Hulk sagt: ›Ich will keinen Stress, ich will meine Ruhe.‹«

Sie muss glucksen, kann nicht anders, und Pavlik stimmt ein. Mit diesem Heut-kratzt-mich-nichts-Lachen, nach dem Sandra so verrückt ist. Dann merkt sie, dass sie schluchzt. Und er auch. Sie tastet nach ihm, zieht ihn an sich und weint mit ihm, dass es zum Fürchten ist.

Sie hört ein Männerräuspern und löst sich von Pavlik. Aaron schluckt Rotz runter, wischt sich die Augen leer. »Sie leiten das Schutzkommando des Senators?«

»Ja.«

»Und hatten heute Abend Dienst?«

»Ja.«

Seine Stimme irritiert sie. Er müsste eingeschüchtert klingen, um seinen Job fürchten, sich fragen, was auf ihn zukommt, ob man ihn für Svobodas Tod verantwortlich machen wird. Aber nichts davon schwingt mit.

»War's das mit Ihrem Wortschatz?« provoziert sie ihn.

»Schalt nen Gang runter«, brummt Pavlik. Er drückt ihr einen heißen Becher in die Hand. »Das ist Gabriel. Er gehört zu uns.«

»Wie – zu uns?«

»Einer von Palmers Leuten.«

Verblüfft fragt sie: »Ihr habt das Kommando infiltriert?«

»Arbeitet mal an eurer Kommunikation«, sagt Gabriel.

»Mach uns schlau«, gibt Pavlik zurück.

»Am Donnerstagmorgen meinte Svoboda, dass er sich erkältet hat. Er wollte sich ausruhen und die nächsten Tage unter keinen Umständen gestört werden. Wir sollten sein Büro informieren, damit alle Termine gecancelt werden, vorerst bis Montag.«

»Haben Sie persönlich mit ihm gesprochen?« fragt Aaron.

»Am Telefon. Um 6:22 Uhr. Ich war im Wachcontainer. Er hat sich wirklich elend angehört.«

»Wann hat er Demirci angerufen und den Besprechungstermin angesetzt?« will sie von Pavlik wissen.

»Zehn Minuten später.«

Den Sturm in Stille verwandeln.

»Verstehe ich das richtig, er könnte fünf Tage tot hier gelegen haben und keiner hat nach ihm gefragt?«

»Das Wochenende war dazwischen«, sagt Gabriel. »Svoboda hat schon länger beschissen ausgesehen, dem ist die Suppe nur so rausgelaufen. Wir wollten ihn in Ruhe lassen, keinen Einlauf kassieren. Heut Morgen hat er mir eine SMS geschickt. Er würde noch im Bett bleiben, aber abends die Besprechung mit Demirci wahrnehmen. Um Viertel vor acht hätte er im Auto sein müssen, kam jedoch nicht. Um acht bin ich rein. Die Leiche war so kalt wie die ganze Hütte.«

»Wie ist das Haus gesichert?« fragt Aaron.

»Schusshemmende Türen. Die Fenster sind in der höchsten Widerstandsklasse. Überall Notschalter. Hinter Ihnen ist einer. Wenn Sie ihn drücken, ist in einer Minute jemand hier. Im Keller gibt es einen Panic Room; um den aufzukriegen, bräuchte man einen Marschflugkörper. Ist das Rundum-sorglos-Paket.«

»Das ist doch nicht Standard.«

»Svoboda wollte unbedingt, dass eine englische Firma den Auftrag erhält. Die haben den MI6 als Stammkunden. Leg was drauf, und sie bauen eine kugelsichere Klobrille ein.«

»Wie hat er die Kosten durchgekriegt?«

»Es hilft, wenn dein bester Kumpel sich im Kanzleramt breitmacht«, sagt Pavlik.

»Kulka.«

»Genau.«

»Ist das ein Wassergrundstück?« fragt Aaron.

»Hier gibt's nur Wassergrundstücke«, sagt Gabriel.

»Wie groß?«

»Siebentausend Quadratmeter, fast ein Park. Auf zwei Seiten Zäune, an der Straße eine Mauer, alles schick.«

»Was ist mit dem See?«

»Selbst wenn man es schafft, die Bewegungsmelder und die Kameras auszutricksen: Wie soll man ins Haus reinkommen?«

»Habt ihr Lollis hier drin?«

»Nein«, sagt Pavlik. »Wir haben sein WLAN und seine Telefone angezapft und einen Trojaner in seinen Rechner gepflanzt. Wanzen wären zu gefährlich gewesen, er hätte sich einen Bug-Detector besorgen können. Auch wenn er vermutet hat, dass wir ihn observieren: Wir wollten es nicht zur Gewissheit machen.«

Aaron versucht nachzudenken, aber der Geruch lenkt sie ab. Langsam macht er sie wahnsinnig, wie ein Wort, das einem quälend lange auf der Zunge liegt.

»Tja, Gabriel«, murmelt Pavlik gedehnt. »Wie du sagst: Keiner konnte ins Haus rein. Außer euch.«

Gabriel knurrt: »Die Männer, die Dienst gehabt haben, kenne ich über zehn Jahre. Das sind gute Jungs. Wenn einer von denen gekauft wäre, hätt ich's gemerkt.«

»So wie die gemerkt haben, dass Palmer dich auf Svoboda angesetzt hat?« schnaubt Pavlik. »Denk nach.«

»Wir haben jeden geröntgt.«

»Wenn du ein Loch buddelst und der Sand ist noch trocken, heißt das nicht, dass darunter kein Wasser ist, sondern, dass du nicht tief genug gebuddelt hast.«

»Wieso legst du dich auf Mord fest?«

»Gabriel, wie wahrscheinlich ist es, dass die Abteilung in die Luft fliegt und Svoboda gleichzeitig der Schlag trifft?«

»Es könnte genauso einer von deinen Leuten gewesen sein.«

»Ich weiß auch, wer. Wir nennen ihn den Unsichtbaren.«

»Seid mal einen Moment still«, sagt Aaron.

Sie wendet einen Trick an und stellt sich das, was sie sucht, nicht mehr als Geruch, sondern als etwas anderes vor. Sie wählt das Signal eines Flugschreibers. Der Jet ist über dem Meer abgestürzt, und sie ist an Bord des Bergungsschiffs. Unendlich leise hört sie das Piepen der Blackbox, konzentriert sich, justiert die Regler, bis das Signal sich herausschält.

Hat es.

Aaron weiß, dass Tatortarbeit eine diffizile Angelegenheit ist. Manche Regeln sind mit denen für archäologische Ausgrabungen identisch. Dazu zählt das unbedingte Verhindern einer Kontamination. Jeder, der das Haus betritt, muss frische Überzieher über die Schuhe streifen und die Tür beim Kommen und Gehen sofort wieder schließen. Den Beamten der Spurensicherung ist sowas in Fleisch und Blut übergegangen, es ist Teil ihrer DNA.

Zur Sicherheit fragt sie: »Hat die KTI sich an das Quarantäne-Protokoll gehalten?«

»Natürlich«, sagt Gabriel. »Das sind unsere besten Leute.«

»Waren die Fenster im Haus geschlossen, als du rein bist?«

»Alle. Die hat Svoboda nie aufgemacht.«

»Auch die Terrassentür?«

»Ja.«

»Waren hier irgendwo Schlammspuren?«

»Nein. Wieso?«

»Weil es nach Faulschlamm riecht.«

»Ich riech nichts.«

»Lass dir ne Kugel in den Kopf schießen, das wirkt Wunder.« Sofort bereut sie es. »Tut mir leid. Aber heute –«

»Hast du Peschel gut gekannt?« fragt Gabriel.

»Ja.«

»Er war ein Freund von mir.«

Sie schämt sich.

»Du meinst, es war ein Taucher?« fragt Pavlik.

»Taucherin.«

»Warum eine Frau?«

»*Die* Frau.«

Sekunden vergehen.

Dann sagt Pavlik: »Gabriel, lass uns bitte allein.«

15

Sie schluckt die strenge Brühe runter. Es ist egal, wo du Kaffee trinkst, in Berlin, in Anchorage oder auf den Fidschis. Wenn ein Polizist ihn aufgebrüht hat, schmeckt er wie Magenbitter.

»Kannst du kurz das Fenster aufmachen?« bittet sie Pavlik.

»Ist ein Tatort.«

»Hier gibt es keine Spuren, die wir ruinieren könnten.« Ein Elektromotor bewegt das schwere Glas. Sie lässt die Nachtluft in ihre Lunge und blendet die Blaualgen aus. »Danke.«

Er schließt das Fenster wieder. »Ich bin dumm, und du bist schlau. Das sollten wir ändern.«

»Als Svoboda gestern Demirci anrief, hat er eine ungewöhnliche Formulierung benutzt«, sagt Aaron: »*Man muss den Sturm in Stille verwandeln.* Es stammt aus dem *Glöckner von Notre-Dame.* In Prora hat die Frau auch aus dem Roman zitiert.«

»Du hast mit ihr geredet?« fragt Pavlik überrascht.

»Was man so quatscht, während man versucht, sich gegenseitig umzubringen. Sie ist Deutsche und kennt mich ziemlich gut. Sie weiß von meinem Erbe.«

»Von wem könnte sie das haben?«

»Fünf Menschen habe ich es anvertraut: Dir, Sandra, Demirci, Lissek und Kishō.«

Sie hört Pavlik schneller atmen.

»Wie ist das zweite Zitat aus dem *Glöckner*?« fragt er.

»*Du glaubst, dass man in Wäldern nie ein stolzeres Tier gesehen hat als dich.*« Aaron schweigt einen Augenblick. »Sie hatte recht. Und sie hat mir gezeigt, dass sie besser ist als ich.«

»Was heißt ›besser‹?«

»Ich wusste es in dem Moment, als ich ihren Kiai gehört habe. Wenn du ihn in Vollendung beherrschst, kannst du damit einen Gegner lähmen oder verletzen. Mir ist das nie gelungen. So ein Schrei ist jenseits der Technik; dazu muss man frei von jedem Streben sein, dem Drang, sich zu beweisen.«

»Hat sie das? Dich damit gelähmt?«

»Fast.«

»Die Frau hat Reimer angeschossen«, sagt Pavlik. »Aus welcher Entfernung?«

»Vielleicht dreißig Meter.«

»Dann haben wir uns beide in ihr getäuscht. Sie kann nicht so gut sein, wie wir dachten.«

»Sie hat ihm mit Absicht nur ins Bein geschossen. Sie wollte, dass wir es in der Finsternis austragen.«

»Aaron, das ist verrückt.«

»Sie hat ihre Pistole weggeworfen. Hat mir demonstriert, wie lächerlich es ist, gegen sie zu kämpfen. Mich gedemütigt. Ich verstehe nicht, wie eine Sehende sich in völliger Dunkelheit so bewegen kann. Wüsste ich es nicht besser, würde ich schwören, dass sie blind ist.«

»Du hast sie gestoppt.«

»Glück.«

»Denk logisch. So ein Verhalten ist uneffektiv, es passt nicht zu einer Profikillerin.«

»So funktioniert sie nicht. Sie hat mich gefragt, was sie mit Reimer machen soll, wenn sie mit mir fertig ist. Aber ich bin sicher, sie hätte ihn am Leben gelassen.«

»Die Frau hat für Svoboda gearbeitet«, beharrt Pavlik. »Dass er Demirci beseitigen wollte, war konsequent, sie hat eine Bedrohung für ihn dargestellt. Zwar ist ihm klar gewesen, dass die Männer, die Demirci auf ihn angesetzt hatte, eingeweiht waren, doch sie war der Kopf. Er hat darauf spekuliert, dass die Abteilung nach der Bombe zerschlagen wäre. Ich verstehe nur nicht, wieso er *dich* wegräumen wollte.«

»Ich habe ihm mit einem Dossier über seine Verbindungen zur Mafia gedroht. Es war ein Bluff. Er hat es gefressen.«

»Warum hätte die Frau Svoboda töten sollen?« fragt Pavlik.

»Zuerst hat sie den Kontrakt mit ihm gekündigt. In der Nacht von Mittwoch auf Donnerstag.«

»Was war da?«

»Ich bin am Meer gewesen. Auf einmal war sie dort. Um mich zu killen. Aber etwas hat sie davon abgehalten.«

»Woher willst du wissen, dass sie es war?«

»Ich kenne drei Menschen, die sich absolut lautlos bewegen können: Kishō, ich und diese Frau.«

»Überzeugt mich nicht.«

»Ich habe sie gefragt, warum sie es nicht in Binz gemacht hat. Sie hat gesagt: ›Etwas hat sich verändert.‹ Ich wollte wissen, was. Und sie hat geantwortet: ›Alles.‹«

Pavlik atmet scharf ein, endlich glaubt er ihr. »Als sie das erste Mal nach Rügen kam, wusste sie nicht, dass du blind bist.«

»So ist es. Sie hatte Skrupel, mich zu töten, aber in der Nacht kam sie hierher, und Svoboda hat ihr irgendwas gesteckt. Über dich und mich. Jetzt wurde es für sie persönlich.«

»Über *uns*? Wieso?«

»Sie hat Svoboda gezwungen, Demirci anzurufen. Er sollte darauf bestehen, dass wir zwei an der Besprechung teilnehmen. *Sturm und Stille*, das hat sie ihm diktiert.«

»Die Bombe muss doch längst in der Abteilung gewesen sein, sowas kannst du nicht improvisieren.«

»Richtig. Das war von langer Hand geplant und gehörte zu dem Job für Svoboda. Aber dem ging es allein um Demirci. Nur der Zeitpunkt stand noch offen.«

»Was könnte Svoboda der Frau erzählt haben?« fragt Pavlik.

»Vielleicht wollte er sich mit einer Lüge retten, vielleicht war es die Wahrheit. Was auch immer: Sie wollte sichergehen, dass es dich und mich erwischt.«

»Wie ist sie hier unbemerkt rein und wieder raus?«

»Das weiß ich nicht. Aber nachdem Demirci Svoboda klargemacht hat, dass ich nicht nach Berlin komme, musste sie den Plan ändern. Du solltest durch die Bombe sterben. Die hat schon getickt, das war effizient. Mich wollte sie auf Rügen erledigen.«

»Sie hat Svoboda getötet, weil er ihre Identität kannte.«

»Wahrscheinlich. Sie beherrscht Akupunkturkarate. Genau wie ich kennt sie sechsunddreißig tödliche Nervenpunkte. Das lässt sich bei keiner Obduktion feststellen. *Plötzlicher Herztod.* Dabei wird es bleiben.«

»Sie wollte nicht die Abteilung auslöschen«, sagt Pavlik rau, »es geht ihr nur um uns beide.«

»Ja. Wenn sie vorgehabt hätte, die Abteilung zu vernichten, wäre morgen früh der viel bessere Zeitpunkt gewesen. Svoboda hatte um elf einen Termin mit Demirci; das stand schon länger fest, sie hat mir davon erzählt. Die Frau wollte die Zahl der Opfer so klein wie möglich halten und ging davon aus, dass außer euch abends niemand mehr da sein würde. Von der Geburtstagsfeier konnte sie nichts wissen.«

Lange sprechen Aaron und Pavlik kein Wort. Dann sagt er: »Svobodas Armbanduhr ist stehengeblieben.«

»Muss man sie aufziehen?«

»Moment. Nein. Die Batterie fehlt.«

»Welche Zeit zeigt die Uhr an?«

Sein Schweigen dauert quälend lange.

»Der Anruf bei Demirci«, flüstert Aaron.

»Ja. Hat sie als Hinweis hinterlassen.«

Durch das dicke Panzerglas hört sie draußen Männer murmeln, einen Windstoß in den Bäumen. Noch immer ist ihre Welt stockfinster. Es beruhigt sie, ist vertraut wie Atmen.

Was weiß ich von der Finsternis, außer dass sie schrecklich ist?

Vielleicht ist es eine Art Stockholm-Syndrom. Fünf Jahre war ich die Geisel meiner Blindheit. Und jetzt begrüße ich sie als Freundin.

Sie schreckt zusammen, als Pavlik die Stille bricht. »Es wäre möglich, dass noch jemand von deinen zwei Milliarden weiß.«

»Wer?«

»Palmer.«

»Wie kommst du darauf?«

»Demirci und er denken, dass ich es nicht merken würde, aber zwischen denen läuft was. Wenn sie sich nur ansehen, ist so viel Energie im Raum, dass man sich einen Faraday'schen Käfig wünscht. Sie will mit jemandem drüber reden und kann nicht. Das macht sie kirre.«

Aaron braucht einen Moment, um sich zu fangen. »Denkst du, dass Palmer sie manipuliert?«

»Das schafft keiner«, knurrt er. »Höchstens umgekehrt.«

Sie hört, dass Pavlik eine Zigarette aus der Packung klopft.

»Du willst doch nicht etwa rauchen?«

»Ich roll sie bloß zwischen meinen Fingern.«

»Gib mir auch eine.«

»Die Frau hat sich auf ein riskantes Spiel eingelassen«, murmelt Pavlik. »Wenn rauskommt, dass die beiden ein Liebespaar sind, muss einer von ihnen den Hut nehmen. Die Frage ist nur, wer die bessere Lobby hat.«

Der Tabak knistert zwischen Aarons Fingern. »Palmer. Er ist diplomatischer als Demirci und rutscht auf keinem Parkett aus. Er versteht es, sich Freunde im Kanzleramt und im Innenministerium zu machen.«

»Schätze, du hast recht. Aber vielleicht interessiert das bald keine Sau mehr.«

»Wie meinst du das?« fragt sie.

»Die Kanzlerin schlägt sich mit Jamaika rum. Für ihre Koalitionspartner sind wir schon lange ein rotes Tuch. Die Bombe ist eine perfekte Gelegenheit, die Abteilung auf dem Müllhaufen der Geschichte zu entsorgen. Wir müssen die Frau so schnell wie möglich finden.«

»Glaub mir, das ist unser geringstes Problem«, sagt Aaron. »Sie wird *uns* finden.«

Pavlik räuspert sich. »Soll ich dir das Zimmer beschreiben?«

»Ja.«

»Biedermeier-Schreibtisch, zwei Sessel, Fenster zum Garten raus. Links hängen ein paar Gemälde, braunstichige Havellandschaften. Gerahmtes Schwarzweißfoto von einem Mann, der entfernte Ähnlichkeit mit diesem SA-Typ hat, den Hitler liquidieren ließ, nur mit Glatze.«

»Röhm?«

»Genau. Vielleicht Svobodas Vater.«

»Nein, das ist Aleister Crowley.«

»Nie gehört.«

»Er hat geglaubt, dass er die Reinkarnation von Satan war.«

»Man kann sich seine Wiedergeburt nicht aussuchen.«

»Ist das rechts ein Regal?« fragt sie.

»Ja. Alles alphabetisch sortiert. Hauptsächlich Sachbücher und Biografien. Bismarck, Brandt, Churchill, Dschingis Khan, Gandhi. – Na bitte.«

»Was?«

»Goebbels und Hitler.«

»Gibt es einen Wandtresor?«

Pavlik hängt Bilder ab. »Dauert ein bisschen.« Er rückt Möbel um, inspiziert das Regal, nimmt Bücher heraus, stellt sie wieder zurück. »Nichts.«

»Wie sieht der Schreibtisch aus?«

»Aufgeräumt. Keine Akten, nichts Persönliches.« Er ruckelt an einer Schublade. »Hast du eine Haarklammer?«

Aaron gibt ihm eine, er macht die Schublade damit auf.

»Schreibutensilien.«

Hat sie als Hinweis hinterlassen, hat Pavlik gesagt.

»Guck dir die Bücher an«, fordert Aaron ihn auf. »Steht dort eins, das nicht hierhergehört?«

»Wie meinst du das?«

»Ein Buch, das du nicht mit Svoboda übereinbringst. Das er deiner Meinung nach nicht hätte.«

»In sowas bist du besser als ich.«

Eine halbe Ewigkeit hört sie zu, wie Pavlik die Titel herunterleiert. Es sind nur wenige Romane dabei. Fast amüsiert Aaron die Ironie, dass Musils *Der Mann ohne Eigenschaften* darunter ist. *Die Kameliendame*: Was wusste Svoboda von der Liebe? *Oliver Twist*: von Armut, Einsamkeit? *Gullivers Reisen*: Fühlte er sich als Riese im Zwergenland?

»*Herr der Ringe*«, sagt Pavlik. »Habe ich verschlungen.«

»Ich auch.«

»Sekunde, da ist ein Knick. Eine Textstelle ist markiert. *In die wüsten Lande zieh über alle Berge, lass die Grube leer zurück und kehre niemals wieder. Sei vergessen und verloren, dunkler als das Dunkel, wo das Tor verschlossen steht, bis die Welt geheilt ist.*«

Die Worte sind Aaron so vertraut, als seien es ihre. Als habe Tolkien das nicht lange vor ihrer Geburt geschrieben, sondern ihr die Sätze geraubt.

»Sie hat das angestrichen«, murmelt Pavlik. »Aber es ist nicht das Buch, um das es geht.«

»Warum?« fragt sie benommen.

»Weil das danebensteht. *Der Glöckner von Notre-Dame.*« Er schüttelt etwas heraus und hebt es auf. »Es ist ein Brief drin.«

»Bringen wir's hinter uns«, sagt sie.

»*Wenn dieser Brief gefunden wird, dann von Dir, Aaron, niemand sonst würde ihn suchen*«, liest Pavlik vor. »*Das heißt wohl, ich bin tot. Der Gedanke lässt mich so kalt wie der, dass es morgen regnen könnte. Ich habe gehört, dass Ihr Euch bei der Abteilung nur mit den Nachnamen anredet, und habe mich gefragt, warum. Habt Ihr Angst davor, Euch nahezukommen? Trauert es sich so besser? Mir kann es gleich sein. Ich habe nur einen beweint, und um mich wird niemand eine Träne vergießen. Hast Du Deine Toten gezählt? Einige führen Listen darüber, als sei es eine Leistung. Aber was macht es für einen Unterschied, ob es einer ist oder hundert? Es gab eine Zeit, da habe ich mich gefragt, wie es ist, die Seele eines Menschen in der Hand zu halten. Da war ich noch ein Kind und glaubte an Wunder. Niemand kann eine Seele berühren, und manche besitzen gar keine. Als Svoboda starb, sah ich ihm in die Augen. Alles, was ihn verließ, war sein Herzschlag. Während ich das schreibe, betrachte ich seine Leiche und sehe einen Mann, der so geistreich ist wie vorher.*

Sicher hast Du Dir sagen lassen, welche Bücher in seinem Regal stehen. Biografien großer Männer, abgesehen von Goebbels und Hitler. Svoboda suchte nach Bedeutung. Aber wie soll jemand Bedeutung erlangen, wenn er nicht begreift, was das ist? Er wollte immer nur befehlen, und am Ende hat er gebettelt. So fügt sich alles, das ist Schicksal.

Darüber habe ich zum ersten Mal nachgedacht, als mein Vater mir Hugos Roman geschenkt hat. Das war vor zweiundzwanzig Jahren, und ich war zwölf. Wenn Du das Buch betastest, wirst Du erkennen, dass es schon zerfleddert ist, so oft habe ich es gelesen. Damals in Paris glaubte ich, es handele von der ewigen Liebe und von Bestimmung.

Wie falsch. In Notre-Dame stand ich mit meinem Vater vor einer Inschrift: Die Zeit ist blind, der Mensch töricht. *Nicht von der Liebe handelt der Roman, sondern von dem, was mit einem Menschen geschieht, der sein Spiegelbild für die Wahrheit hält. Von einer Frau, die sich eher ihrem Henker ausliefert, als die Grausamkeit der Welt anzuerkennen. Von dem Opfer der Wahrheit auf dem Altar der Lüge. Mein Vater wollte mir das begreiflich machen, aber wie sollte ich es verstehen, so jung?*

An diesem Tag in Notre-Dame war ich ein Kind, und als der nächste Morgen graute, war ich uralt. Das ist keine Zauberei, man braucht dazu nur ein Keramikmesser und jemanden, der einen lehrt, was man damit anstellen kann.

Was hast Du *von Deinem Vater gelernt, Aaron? Er hatte einen großen Namen, auch er kannte sich mit diesen Dingen aus. Ich weiß zu wenig von ihm und von Dir, um das beurteilen zu können. Aber Du bist seinem Weg gefolgt wie ich dem Weg meines Vaters, also liegt die Frage nah.*

Kannst Du hassen? Nicht jedem ist das gegeben. Mir schon. Dich und Pavlik hasse ich zum Beispiel. Aber nicht meinen Vater, und das ist seltsam. Trotz allem, was er mir angetan hat, blieb er immer der Mann, der mir in der Rue du Faubourg Saint-Honoré das Gefühl gab, eine Prinzessin zu sein. Und nicht der Mann, der mich in ein Auto steigen ließ, das mich nach Carrières-sur-Seine brachte. Lange habe ich gehofft, ich könnte diese Nacht vergessen. Aber das ist so unmöglich, wie in einem Spiegel die Wahrheit zu finden. In jener Nacht hat mein Vater mir gezeigt, wer ich bin.

In Paris war ich noch oft, und immer bin ich in die Kathedrale von Notre-Dame gegangen und habe eine Kerze angezündet und mir nichts gewünscht. An einem Abend bin ich in die Rue des Lombards, wo der Stein der Weisen vergraben sein sollte, nach dem Frollo sein ganzes Leben vergeblich gesucht hat. So wie ich nach Erlösung gesucht habe. Das eine war so vergeblich wie das andere.

Als ich zum Hotel fuhr, habe ich einen Umweg über das Rathaus, gemacht, wo früher der Place de Grève war, auf dem Esmeraldas Galgen gestanden hatte. Ich dachte an das Kind, das ich gewesen war, und sah die Frau, die ich geworden bin, und als ich erwachte, lag ich in den Trümmern des Autos und war blind. Ich weiß, wie Deine Welt aussieht. Kein Sehender würde das verstehen. Dass Thomas Reimer mich geheilt hat, der Mann, auf den Du sicher viele Hoffnungen setzt, war ebenfalls Schicksal.

Über den Tag des Unfalls habe ich ihm eine Geschichte erzählt, die von einem Glück handelte, das ich nie haben durfte. Es hat mich traurig gemacht, aber das wollte ich so. Du und ich, das ist eine Ironie, die nur wir beide wirklich begreifen können. Als Reimer mir das Augenlicht zurückgab, dachte ich daran, mein Leben zu ändern, eine Andere zu werden. Das ist natürlich lächerlich, wenn man auf einem Hügel aus Schädeln steht.

Ach ja: Du wirst Dich fragen, wie ich ins Haus gekommen bin. Das war einfach. Es hat einmal einem Mann namens Meckel gehört, der hatte es einem jüdischen Juwelier gestohlen. Meckel hatte eine hohe Position in der Berliner Niederlassung der Degussa AG *inne.*

Falls Dir das nichts sagt: Eine Tochterfirma dieses Unternehmens – mit dem beziehungsreichen Namen Deutsche Gesellschaft für Schädlingsbekämpfung – *produzierte das Zyklon B. Meckel lebte hier mit seiner Frau und seinen drei Kindern. Im letzten Kriegsjahr ließ er einen Fluchttunnel zum Bootshaus bauen; im Weinkeller findest Du den versteckten Eingang hinter dem Regal. Svoboda wusste nichts davon. Aber ich, von meinem Vater. Er hatte mit Meckel zu tun, als der schon fast neunzig war und einen Mann fürchtete, der ihn mit seiner Vergangenheit erpresste. Das ist eine weitere Fügung.*

Meckel starb friedlich im Bett. Keiner zog ihn je zur Rechenschaft, das verdankte er meinem Vater. Ich billige das so wenig, wie ich es verurteile; uns beiden steht es nicht zu, über die Morde anderer zu richten. Nur bei Dir und Pavlik mache ich eine Ausnahme, darum hoffe ich, dass dieser Brief ungelesen bleibt. Wobei, auch wenn Du auf Rügen überlebt haben solltest, die Bombe konntest Du nicht verhindern, und Pavlik ist tot. Egal wie es endet, Du wirst sterben wie ich: einsam und gleichgültig. In einem anderen Leben werden wir uns gewiss nicht sehen.

Malin.«

Minuten ist Aaron unfähig zu sprechen. Auch Pavlik ist stumm. Dann zieht sie ihr Handy aus der Jeans, stellt es laut.

»Ja?« murmelt Reimer.

»Sie haben mir von dieser Patientin erzählt, die in Paris den Autounfall hatte. Wann kam sie zu Ihnen?«

»Warum ist das wichtig?«

»Bitte. Wann?«

Er sammelt sich kurz. »Vor sechs Jahren.«

»Die Frau war damals Ende zwanzig?«

»Woher wissen Sie das?« fragt er überrascht.

»Wie hat sie sich genannt?«

»Ist das ein Gespräch oder ein Verhör? In beiden Fällen sollte ich erfahren, worum es geht.«

»Sie war die Frau in Prora.«

Reimer sagt: »Jetzt bin ich wach.«

»Sie hat einen Brief hinterlassen, der mit ›Malin‹ unterzeichnet ist. Welchen Namen hat sie Ihnen gegenüber verwendet?«

»Warten Sie. Nora. Nora Peters. Sind Sie sicher, dass Sie sich nicht irren? Sie sagte, sie hätte früher viel reisen müssen und sei eine freiberufliche Headhunterin gewesen, die für internationale Konzerne gearbeitet habe.«

»Wie sah sie aus?«

»Sehr hübsch, etwa so groß wie Sie. Lockige braune Haare. Sie wirkte traurig, aber das ist bei den meisten Patienten so. Es gab keinen Grund, an ihrer Geschichte zu zweifeln.«

»Haben Sie ein Foto von ihr?«

»Ich glaube nicht. Nein.«

»Reicht Ihre Erinnerung für ein Phantombild?«

»Ich denke schon.«

»Wieso haben Sie in Prora ihre Stimme nicht erkannt?«

»Möglicherweise spielt jemand wie Sie in so einer Situation nebenbei noch Blindschach. Ich hatte genug damit zu tun, das Atmen nicht zu vergessen.«

»Haben Sie mit ihr eine Gesprächstherapie gemacht?«

»Natürlich. Aber das ist vertraulich.«

»Sie hat versucht, Sie zu töten, wie vertraulich ist das? Malins Lebensgeschichte interessiert mich nicht, es waren alles Lügen. Ich will nur wissen, was sie über ihren Vater gesagt hat.«

»Dass er starb, als sie ein Kind war oder ein Teenager«, ringt Reimer sich durch. »Er war mit ihr bei einem Pferderennen und ist von einem Mann niedergestochen worden, der ihm den Wettgewinn rauben wolle. Sie hat sich an jedes Detail erinnert. Dass sie ein wunderschönes Kleid von Chanel anhatte, ein Geschenk von ihm. Dass der Gewinn ihres Vaters dreißigtausend Francs betrug. Dass der Täter ein Keramikmesser benutzte. Wenn dieser Vater an den echten angelehnt war, hat sie ihn sehr geliebt. Aber sie sprach auch mit einer großen Distanz von ihm. Als ob sein Tod nicht ihr Schmerz zugefügt hätte, sondern einem anderen Mädchen, das ihr davon erzählt hat. Eine Übertragungsvariante; sie hat diesem Mädchen ihre Gefühle gegeben, um den Verlust aushalten zu können.«

»Wie ist das Sehvermögen der Frau heute?«

»Es war eine völlig andere Verletzung als bei Ihnen. Sie ist zu hundert Prozent wiederhergestellt.«

Pavlik schaltet sich ins Gespräch ein. »Herr Professor, mein Name ist Peter Kleinert. Ist das SEK noch im Krankenhaus?«

»Das weiß ich nicht, ich habe geschlafen.«

»Jenny Aaron hat zunächst keine weiteren Maßnahmen zu Ihrem Schutz für nötig erachtet. Das mag abends richtig gewesen sein, aber die Lage hat sich geändert. Sie wissen, wie Malin aussieht, das könnte sie in Bewegung setzen. Wir müssen Ihre Familie und Sie in Sicherheit bringen.«

Pavlik signalisiert Aaron, das Gespräch allein fortzuführen, und verlässt das Zimmer.

»Hören Sie, das geht nicht. Ich kann doch nicht –«

»Sind Sie transportfähig?« unterbricht sie Reimer.

»Wie stellen Sie sich das vor? Ich muss mich um die Praxis –«

»Wir haben nicht die Zeit, das auszudiskutieren. Rufen Sie Ihre Frau an und sagen Sie ihr, dass sie Sachen für zwei Wochen packen soll. In zehn Minuten sind Streifenpolizisten vor Ihrem Haus und in der Klinik, in spätestens einer Dreiviertelstunde das SEK. Man wird Sie ausfliegen. Ich weiß nicht, wohin man Sie bringen wird, aber Sie dürfen davon ausgehen, dass Sie in guten Händen sind.«

Er gibt seinen Widerstand auf. »Für wie lange?«

»Bis wir diese Frau haben«, sagt Aaron. »Ich melde mich.«

Sie will auflegen, hört aber Reimer: »Ein Jahr nach der Therapie schrieb sie mir einen Brief, er war in Khartum abgestempelt, das weiß ich noch. Sie hat sich bedankt. Es würde ihr viel bedeuten, ein bestimmtes Buch wieder lesen zu können.«

»*Der Glöckner von Notre-Dame.*«

»Ja. Ich kannte nur das Musical, bin neugierig geworden und habe mir den Roman gekauft. Darum habe ich mich an das Zitat erinnert. Es ist aus dem *Narrenfest*, glaube ich.«

Als Aaron das Handy sinken lässt, ist es so schwer, dass ihr Arm nach unten gezogen wird. Pavlik kommt zurück. »Das SEK bringt sie nach Rostock, morgen übernimmt das BKA.«

Aaron hört kaum hin.

»Sie hat mit keinem Wort erklärt, warum sie uns töten will«, sagt Pavlik. »Aber es ist klar, um wen es geht.«

»Absolut.«

Er denkt nach. »Malin ist vierunddreißig. Also wäre ihr Vater heute mindestens Mitte fünfzig.«

»Wenn wir ihn nicht umgebracht hätten«, ergänzt Aaron.

»Du warst fünf Jahre weg und bist im Januar wegen Boenisch zu uns zurück«, murmelt Pavlik. »Am wahrscheinlichsten ist, dass es in den letzten sechs Monaten war.«

»Da haben wir viele getötet.«

Schweigen.

»Sind wir wie Malin?« fragt Aaron. »Kommen wir mit unseren Toten durcheinander?«

Darauf antwortet er nicht.

»Ich gebe dir recht, viel spricht für das letzte halbe Jahr«, sagt sie. »Aber zwingend ist es nicht. Mit Svoboda hatten wir schon zu tun, als er noch Staatssekretär im Bundesinnenministerium war. Also reden wir möglicherweise von neun Jahren.«

»Wir zwei hatten unzählige Missionen zusammen, das ist, als ob man im Meer einen bestimmten Wassertropfen sucht. Und auf einer Pferderennbahn sind wir nie gewesen, es sei denn, ich habe schon Alzheimer.«

Aaron schüttelt den Kopf. »Das hat sie verfremdet. Als Malins Vater starb, kann sie kein Teenager mehr gewesen sein.«

»Egal. Wo soll man da anfangen?«

»Hat sie recht mit dem, was sie schreibt?« fragt sie.

»Was speziell?«

»Du weißt, was ich meine.«

»Das über deinen Vater und dich? Es gibt Dinge, die wir beide immer ausgeklammert haben, und das aus gutem Grund.«

»Also ja.«

»Wir können ein andermal darüber reden.«

»Nein, jetzt.«

Er atmet durch. »Ich wusste, dass du die Frage irgendwann stellen wirst, und auch, was ich darauf antworten werde. Ich versuche, meinen Kindern etwas fürs Leben mitzugeben. Einfache Sachen. Sich nicht über das Leid von anderen lustig zu machen, keinem unbedacht wehzutun, nicht auf Menschen herabzusehen, sich von niemandem einreden zu lassen, dass man nichts wert ist. Kinder schauen zu ihren Eltern auf, das ist etwas Kostbares und eine riesige Verantwortung, und dein Vater hat auf schreckliche Weise versagt. Wenn ich ihn damals gekannt hätte, gesehen hätte, was er mit dir anstellt, hätte ich ihm jeden Knochen einzeln gebrochen. Es ist durch nichts zu entschuldigen, ein Missbrauch, und wenn ich an ihn denke, dann nicht an den Helden von Mogadischu, an den, dessen Büste das Hauptquartier der GSG-9 schmückt, sondern an den Mann, der aus seinem einzigen Kind eine perfekte Maschine gemacht hat. Aber eins steht fest: Hätte er es nicht getan, wäre ich tot und viele andere auch, und dein Vater ist der Grund, warum unsere Wege sich gekreuzt haben. Wenn Malin recht hat und es sowas wie Schicksal gibt, dann war es das. Seinetwegen bist du, was du bist. Damit musst du deinen Frieden machen.«

»Versprich mir, dass es immer so bleibt«, flüstert sie. »Dass du immer ehrlich zu mir sein wirst.«

»Immer.«

»Mehr verlange ich nicht von dir.«

»Und ich nicht von dir.«

Sie bemerkt den Unterton. »Heißt?«

»Du warst mit Sandra auf Hiddensee. Sollst du versuchen, mich von meinem Entschluss abzubringen?« fragt Pavlik.

»Ja.«

»Spar dir die Mühe. Ich ziehe mit dir noch einmal in den Krieg. Aber es ist mein letzter.«

Nach einer Schweigeminute sagt sie: »Lass mich dir nur eine Frage stellen, dann können wir das beerdigen. Einverstanden?«

»Von mir aus.«

»Wer sind die drei härtesten Menschen, von denen du gehört oder die du gekannt hast? Die Reihenfolge ist egal.«

»Meine Mutter«, antwortet Pavlik, ohne zu zögern. »Sie hat sechzehn Jahre meinen Vater ertragen. Als sie erfuhr, dass sie Leukämie hat und sterben wird, hat sie gesagt: ›Euer Vater hasst euch nicht. Er kann bloß niemanden liebhaben.‹« Pause. »Dann der Engländer, der nach einem Schiffbruch im Südpolarmeer über achthundert Seemeilen mit dem Ruderboot zurückgelegt hat, um zu einer Walfangstation zu gelangen. Er hat alle seine Männer gerettet.«

»Shackleton.«

»Ja. Und Flemming natürlich, in den Alpen.«

»Flemming steht außer Frage«, sagt Aaron. »Meine Nummer zwei ist Horatio Nelson. Bei der Seeschlacht von Abukir wurde er so schwer verwundet, dass ihm ein Arm abgenommen werden musste. Hat man damals ohne Betäubung gemacht. Nelson hat das Beißholz abgelehnt. Während der Amputation hat er seinem Schreiber den Befehl diktiert, dass die Schiffslazarette in Zukunft geheizt werden sollten, es sei für die Verwundeten unzumutbar kalt.« Aaron lässt einen Moment verstreichen. »Der dritte bist du. Ob du aufhörst, ist deine Entscheidung. Aber tu nicht so, als könntest du jemand anderes sein.«

Pavlik versetzt: »Ich bin davon ausgegangen, dass Anwesende außer Konkurrenz sind.«

»Du und ich, wir sind nie außer Konkurrenz.«

16

Als Aaron vor über elf Jahren zur Abteilung kam, waren die ersten Monate mit Training ausgefüllt; sie wurde konditioniert, unter jeder Legende verdeckt zu agieren und Sekundenbruchteile als Zeit im Überfluss zu schätzen. Gleich in ihrer ersten Mission zeigte sie, dass sie weit mehr als ein großer Name war und es im Dschungel eine neue Raubkatze gab. Anfangs war sie unsicher gewesen, wie sie den anderen begegnen sollte, burschikos oder eher kühl, doch ihr Vater hatte gemeint, dass beides falsch sei. Diese Männer könne sie weder mit Kumpelhaftigkeit noch mit Coolness beeindrucken.

»Zeig deine Stärke«, sagte er.

»Und was ist das?«

»Diese Frage nie mehr zu stellen.«

Selten war ihr Vater ihr so nah gewesen wie damals. Er war stolz auf sie, weil sie sein Erbe angetreten und es aller Welt bewiesen hatte. Moskau war der Grund für ihre Berufung zur Abteilung gewesen. Sie hatte mit fünfundzwanzig Ilja Nikulin zur Strecke gebracht, einen der mächtigsten Mafiabosse Russlands, und Lissek hatte in ihrem Einstellungsgespräch keinen Zweifel daran gelassen, dass er Großes von ihr erwartete. Sie sah zu ihm auf, in seiner Gegenwart wurden Zweifel flüchtig wie Rauch.

Das andere waren ihre Albträume, die Nächte, in denen sie in Boenischs Keller war, und jene im Hotel Aralsk, wo die Frau in ihren Armen starb, der ein Querschläger aus Aarons Waffe den Herzbeutel zerfetzt hatte. Diese Träume waren so real, dass sie nach dem Aufwachen ihre Hände waschen musste, weil sie noch immer glaubte, das Blut daran zu fühlen.

Darüber redete sie mit niemandem.

Aber Pavlik spürte es. Sein Funk war sofort auf ihre Frequenz eingestellt. Es war ein Luxus, ihn neben sich zu wissen. Niemals zuvor war es Aaron so leichtgefallen, ihren Atem zu kontrollieren, aus Millisekunden eine Pyramide zu bauen. Anfangs hatte sie etwas Angst vor Pavlik gehabt, wie fast jeder. Er konnte einen mit einem Blick einen Kopf größer machen oder so strafen, dass man den eigenen Geburtstag vergaß. Beides hatte sie innerhalb weniger Wochen erfahren, doch Aaron hatte erkannt, dass er das nicht aus einer Laune heraus tat. Er wusste zu führen und zwang sie, die Konsequenzen jeder Entscheidung zu bedenken.

Es gab keinen Dämon, der ihm fremd war.

Pavlik wartete geduldig, aber Aaron erzählte ihm nichts von Boenisch, von dem Keller, in den er sie eingesperrt hatte, von dem Gestank, den beiden Frauenleichen, die er in der Finsternis mürbe werden ließ. Dieser Keller war unsagbar, darüber würde sie erst Jahre später sprechen können.

Und als Pavlik fragte, was in Moskau passiert war, wich Aaron aus. Das Hotel Aralsk würde sie immer daran erinnern, dass das Letzte, was sie in den Augen der sterbenden Frau gesehen hatte, ihre eigene Eitelkeit und ihr Stolz gewesen waren.

Irgendwann lud Pavlik sie nach Steglitz zum Essen ein, und sie lernte Sandra kennen. Wenn zwei Menschen jemals auf den ersten Blick ineinander vernarrt waren, dann sie beide. Aaron hatte nie eine beste Freundin gehabt, es auch nicht wirklich vermisst, aber nun genoss sie es wie Himbeeren mit Schlagsahne und schlug sich den Bauch mit Freundschaft voll.

An so manchem Abend waren auch Helmchen und Boris da. Das war es, was in Aarons Leben immer gefehlt hatte: die Selbstverständlichkeit von Vertrauen. Helmchen siezte sich mit ihr, so hielt sie es mit jedem aus der Abteilung, außer mit Pavlik, den sie hundert Jahre kannte, und mit Lissek, der jeden duzte, selbst den Innenminister. Aber man kann jemanden siezen und trotzdem den Kopf an seine Schulter legen.

Dann und wann kam die Tochter von Helmchen und Boris mit. Johanna war siebzehn. Sie hatte Arme, die lang genug waren, die ganze Welt zu umfassen, und wenn sie lachte, schmeckte die Luft nach *Ich hab noch alles vor mir.*

Aaron war nur acht Jahre älter, sie wusste genau, wie verrückt das Herz mit siebzehn spielt.

An einem Freitagabend ging sie spät in das kleine elsässische Restaurant am Winterfeldplatz, wo sie sich manchmal vorstellte, ein Leben zu führen, in dem das kein Luxus, sondern Alltag war, ein Leben, in dem man sich nicht automatisch so hinsetzte, dass man die Tür im Blick hatte. Als sie reinkam, sah sie Lissek. Er saß mit einer jungen, hübschen Frau zusammen, die seine Tochter hätte sein können, nur dass er keine Tochter hatte, wie Aaron wusste. Sie merkte, dass sie unter Lisseks Blick rot wurde. Es war zu spät, um leise den Rückzug anzutreten, also ging sie an den Tisch und sagte Hallo. Lissek machte keine Anstalten, ihr seine Begleiterin vorzustellen. Er war ebenso verkrampft wie sie selbst, und weil es Aaron nicht zustand, über Lisseks Privatleben zu urteilen, hatte sie postwendend ein schlechtes Gewissen. Trotzdem beharrte er darauf, dass sie ein Glas mit ihnen trank. Das machte es noch schlimmer. Nachdem sie sich eine halbe Stunde lang mühsam durch Smalltalk gekämpft hatten, erfand Aaron eine Ausrede, um zu gehen. Lissek und sie sprachen nie wieder darüber.

Schon in der Sekunde, als sie auf die Straße trat und tief einatmete, war es unwichtig.

Ihr Telefon klingelte. Sie hörte Pavliks Stimme und raste zum Humboldt-Krankenhaus und sah Helmchen neben Boris auf die Knie sinken. Johanna war in der Disco gewesen und allein heimgeradelt. Sie war von einem Auto angefahren worden, und der Fahrer war geflüchtet. Erst viel später wurde sie entdeckt, sonst hätte sie überlebt.

In den nächsten Tagen fand Aaron nicht den Mut, Helmchen oder Boris anzurufen. Sie wurde ihre Gesichter nicht mehr los, nahm sie mit in den Schlaf und wachte mit ihnen auf. In der Abteilung war es so still, dass man zusammenschreckte, wenn ein Telefon klingelte. Helmchen war ein Mensch, der nie Aufhebens von sich gemacht hatte, und manche merkten erst jetzt, wie bedeutsam sie war.

Es hatte keine Zeugen gegeben, aber über die Lackspuren gelang es, den Fahrzeughalter aufzuspüren. Der Mann verbrachte zehn Minuten auf einem Polizeirevier, dann durfte er gehen. Er hatte den Wagen kurz nach dem Unfall als gestohlen gemeldet. Für die Tatzeit besaß er ein Alibi, das seine halb so alte Freundin ihm lieferte. Er war ein Medienanwalt mit Kanzlei am Fasanenplatz, der Prominente gegen die Klatschpresse vertrat. Tage später wurde die Limousine irgendwo in Brandenburg gefunden, die Akte zugeklappt.

Die Abteilung war geschlossen auf der Beerdigung, und in der Woche darauf kam Helmchen wieder zur Arbeit. Auf den ersten Blick sah sie noch wie die Frau aus, die dir etwas abnahm, ohne dass du es aussprechen musstest. Auf den zweiten Blick war sie ein Gespenst.

Lissek schickte sie heim. Abends stand Pavlik vor Aarons Tür. »Wenn du nicht dabei bist, mach ich's allein«, sagte er.

Sie fuhren zum Haus des Anwalts und warteten, bis er gegen Mitternacht einen nagelneuen Daimler in die Garage fuhr. Sie fesselten und knebelten ihn und brachten ihn zu Helmchen und Boris. Sie stießen ihn ins Wohnzimmer. Aaron zog den Lappen aus seinem Mund.

Pavlik sagte: »Das sind die Eltern von Johanna. Sie war siebzehn Jahre alt, und jeder hatte sie gern. Sie wollte Jura studieren. Ich habe sie mal gefragt, wieso, und sie hat geantwortet: ›Weil die Welt nicht gerecht ist.‹ Das ist wahr. Sie werden keinen einzigen Tag im Gefängnis verbringen. Sie werden kein Geständnis ablegen, dazu sind Sie zu feige. Aber ich will, dass Sie den beiden in die Augen sehen und sagen: ›Es tut mir leid.‹ Dann können Sie gehen und in Ihrer scheiß Kanzlei wieder Geld zählen.«

Moral war für den Mann eine Frage des Honorars. Er grinste nur und sagte: »*Ich* bin Anwalt geworden, um mir ein neues Auto kaufen zu können, wenn das alte einen Lackschaden hat.«

Aaron brach ihm so beiläufig den Kiefer, als ob sie eine Fluse vom Revers seines Maßanzugs geschnippt hätte. Sie verstauten ihn im Kofferraum, fuhren in den Tegeler Forst und schmissen ihn in den Matsch.

Am nächsten Tag hatte Lissek die Anzeige wegen Freiheitsberaubung und Körperverletzung auf dem Tisch. Er machte sich nicht einmal die Mühe, sie zu fragen, ob die Anschuldigungen stimmten. Stattdessen knurrte er: »Als euer Vorgesetzter sage ich: Ihr habt beide den Verstand von einem tollwütigen Fuchs. Und als euer Freund: Wenn ihr mich gefragt hättet, ob ich dabei bin – sofort, ohne Diskussion. Ihr wisst, dass ich euch suspendieren muss. Verweigert die Aussage. Er kann nichts beweisen, wir lassen ihn auflaufen.«

Doch das wollten sie nicht. Aaron und Pavlik hatten sich nicht abgesprochen, aber beide waren entschlossen, es auf einen Prozess ankommen zu lassen und dort den Satz des Mannes zu wiederholen. Es half nichts, dass Lissek stundenlang auf sie einredete. Auch Helmchen beschwor sie, das nicht zu tun. Sie sagte, Johanna würde davon nicht wieder lebendig werden und man könne ein Unglück niemals durch ein anderes ungeschehen machen. Doch sie blieben dabei.

Aaron bekam einen Anruf von ihrem Vater. Lissek hatte es ihm erzählt, vielleicht in der Hoffnung, es würde ihm gelingen, seine Tochter umzustimmen, vielleicht auch, weil Lissek niemanden hatte, bei dem er sich auskotzen konnte.

»Ich war so stolz auf dich«, sagte ihr Vater mit harter Stimme. »Und jetzt zeigst du mir, dass du von der Welt so viel weißt wie ein Hundewelpe.«

»Du warst ab und an bei uns im Haus«, antwortete sie. »Hast du Helmchen mal kennengelernt?«

»Kann sein. Was hat das damit zu tun?« fragte er unwillig.

»Ich bezweifle, dass du überhaupt weißt, wie sie aussieht. Sie ist eins von diesen unsichtbaren Wesen, die dir den Mantel abnehmen und einen Kaffee hinstellen und mit Glück ein achtloses Nicken ernten. Für mich ist sie die Frau, die mir an meinem ersten Tag in der Abteilung ein teures Stück Seife geschenkt hat. Ich habe gefragt: ›Wofür ist die?‹ Und sie sagte: ›Wenn Sie sich mal das Testosteron abwaschen wollen, das klebt hier an allen Türklinken.‹ Johanna war ihr einziges Kind, so wie ich dein einziges bin. Verstehst du es jetzt?«

»Ja«, sagte er nach langem Schweigen.

Aber seine Stimme verstand es nicht.

Aaron begann, sich mit ihrer Zukunft zu beschäftigen. Es war absehbar, dass es für sie und Pavlik auf eine Bewährungsstrafe hinauslaufen würde, doch natürlich war ihre Polizeikarriere beendet. Sie hätte ein Studium beginnen können, vielleicht Kunstgeschichte oder Germanistik. Dann hatte Sandra die Idee, zusammen ein Café zu eröffnen, mit selbstgemachtem Kuchen und Sesseln, in denen man mit dem Arsch bis auf den Boden durchsackt. Obwohl Aaron nicht backen konnte, gefiel ihr das; nächtelang schmiedeten sie Pläne. Pavlik schwieg dazu. Aaron hatte ihn nie zuvor so verschlossen erlebt, dennoch ließ er keinen Zweifel daran, dass sie das Richtige taten.

Die Zeit bis zum Prozess flog dahin, aber dann blieb sie abrupt stehen. Der Anwalt starb in seinem Auto, unweit der Stelle, wo er Johanna hilflos liegengelassen hatte, um dieselbe Uhrzeit. Er war mit vier Promille gegen einen Baum gerast, ohne zu bremsen; man ging von Selbstmord aus. Aaron konnte es sich nicht erklären, sie hatte vor Augen, wie er Helmchen und Boris ins Gesicht gesehen und ihre Trauer verhöhnt hatte. Aber Lissek meinte, Menschen, die so etwas getan hätten, würden von innen aufgefressen werden, das sei ein Naturgesetz.

Das Verfahren gegen Aaron und Pavlik wurde aus Mangel an Beweisen eingestellt. Sie traten den Dienst wieder an, und es war fast wie früher; sogar Helmchens Lächeln kehrte zurück.

Dann marschierte Aaron in Lisseks Büro, machte die Tür zu und sagte: »Ich muss das wissen: Hast du was damit zu tun?«

»Das traust du mir zu?« brüllte er und warf sie raus. Es blieb das einzige Mal, dass er in ihrer Gegenwart die Stimme erhob.

All das ist wieder da, als sie mit Pavlik über den Flur der Intensivstation des Virchow-Klinikums geht. Sie betreten ein Zimmer, und sie hört das Psch-Psch-Psch von Helmchens Beatmungsmaschine. Boris nimmt sie in die Arme.

Irgendwann flüstert er: »Ihre Milz ist gerissen, sie haben sie entfernt, weil sie deswegen innere Blutungen hatte. Sie hat einen Schädelbasisbruch, und eine Rippe hat sich in ihre Lunge gebohrt, das haben sie operiert. Irgendwas ist mit ihrer Wirbelsäule, man weiß noch nichts Genaues. Sie haben sie ins künstliche Koma versetzt, frühestens in drei Tagen wollen sie versuchen, sie aufzuwecken.«

Pavlik sagt Boris, dass er heimfahren und ein paar Stunden schlafen soll, sie würden bleiben. Als er sich nicht rührt, streichelt Aaron seine Wange. »Dein Mädchen braucht dich länger als heute Nacht.«

»Ich leg mich ins Auto.« Boris lässt sie allein, macht kaum ein Geräusch, als sei sein massiger Körper geschrumpft.

Sie setzen sich ans Bett.

Aaron tastet nach Helmchens Hand und fühlt das bisschen Leben, das noch durch die Adern tropft.

Es kostet so viel Kraft zu flüstern.

»Ich bin's, Pavlik ist bei mir. Als sie mir in Barcelona die Kugel aus dem Kopf operiert hatten, war ich auch im Koma. Da war kein Raum, keine Zeit, und da waren keine Bilder. Es war wie ein Flug durch eine ferne Galaxis, in der es nichts als schwarzen Staub gab. Aber ich habe eine Stimme gehört, und das war mein Vater. Er hat gesagt, dass er mich liebhat, und das war das Erste, an was ich mich erinnert habe, als ich aufgewacht bin. Wir haben dich lieb, Helmchen. Und du wirst wieder aufwachen.«

»Mensch, alte Socke, weißt du noch, wie Lissek das Bundesverdienstkreuz gekriegt hat?« murmelt Pavlik. »Ich wollte mich in der Abteilung umziehen und hab gemerkt, dass der geliehene Smoking viel zu eng war. Du bist wie eine gesenkte Sau zu dir nachhause gedüst und hast mir den von Boris geholt. Man hätte nen Suchtrupp losschicken müssen, um mich in dem Zirkuszelt zu finden. ›Ist doch kein Drama‹, hast du geflötet, ›das steck ich dir ratzfatz ab.‹ Mit den tausend Sicherheitsnadeln bin ich mir vorgekommen wie eine Voodoo-Puppe. Als ich mich beim Bundespräsidenten in die erste Reihe gepflanzt habe, sind zwei von den Dingern aufgegangen und haben sich in meine Hinterpartie gebohrt. Nichts zu löten, die Reden fingen an. Ich bin sitzen geblieben, die ganzen verfluchten zwei Stunden, und nur ein einsames Tränchen ist über meine Backe gekullert.«

Es kostet so viel Kraft zu lachen.

»Ach, deshalb bist du anschließend zu Fuß nachhause gegangen?« fragt Aaron.

»Ja klar, beschissene fünfzehn Kilometer. Und dann hab ich mich in die Badewanne gelegt, meinen Arsch eingeweicht und Helmchen im Ohr gehabt: ›Puschel, sieh's doch positiv: Wenigstens hab ich im Schritt nix abgesteckt.‹«

»Apropos Schritt«, sagt Aaron. »Helmchen, du erinnerst dich bestimmt noch an den Ungarn, dem ich die Eier weggeschossen habe. War meine zweite Suspendierung. Oder die dritte, ist auch egal. Jedenfalls hast du mich zu euch zum Essen eingeladen. Damals hast du noch nicht gewusst, dass ich Fisch hasse, und hast gedämpften Lachs gemacht. Dazu gab's Spinat, und den hab ich schon als Kind im Blumenkübel verbuddelt. Ich hab alles aufgegessen und gesagt, dass ich im Garten eine schmöken will. Am nächsten Tag hast du mir erzählt, wie sauer du auf euern Hund bist, weil der eure Rabatten vollgereiert hätte. Sorry, war nicht der Hund. Bin froh, dass es endlich raus ist, hat mich neun Jahre schlimmer gequält als ne Schuppenflechte.«

Es kostet so viel Kraft, nur zu atmen.

»Ich weiß was, da klappst du die Lauscher an, Helmchen«, grunzt Pavlik. »Du hast doch auf der Fensterbank im Büro eine violette Plastikorchidee. Die ist aber schon ewig nicht mehr aus Plastik. Fricke hat sie vor Jahren gegen eine echte ausgetauscht und gießt sie seitdem.«

»Warum macht der sowas?« fragt Aaron.

»Weil er Fricke ist. Der findet das lustig.«

»Helmchen, du bist von Bekloppten umgeben.«

Es kostet so viel Kraft, nicht zu weinen.

»Ich muss grad an ihren Fünfzigsten denken«, sagt Pavlik.

»Da war ich in Buenos Aires, aber es soll was Irres mit einem Kosakenchor gewesen sein.«

»Jo. Helmchen, erinnerst du dich: Die haben losgelegt wie die Hölle, und keiner hat was von ihnen gewusst. Als sich herausgestellt hat, dass sie sich in der Adresse geirrt hatten, waren sie schon rund wie ein Sputnik. Bei Sonnenaufgang haben du und ich mit einem von den Clowns auf'm Kreuzberg gehockt und ›Sehnsucht ist ein altes Lied der Taiga‹ gesungen.«

»Ach, Menno, Helmchen, ich hab dich nie singen hören.«

»Sei froh.«

Es kostet so viel Kraft, diese Hand zu halten.

»Wenn du wach bist, musst du Aaron mal von der Sache mit dem Reißwolf erzählen«, sagt Pavlik.

»Was war 'n da?«

»Peschel hatte wegen irgendwas Stress, frag mich nicht, worum's ging. Jedenfalls hat er Helmchens Aktenschredder aus dem Fenster gefeuert und das Ding ist auf der Kühlerhaube von Lisseks Dienstlimo gelandet.«

»Heiliger Brahmaputra. Was hat er mit Peschel gemacht?«

»Nichts, dank Helmchen. Du weißt doch, dass Lissek ihr nie böse sein konnte. Sie hat es, ohne mit der Wimper zu zucken, auf sich genommen, und zwar mit den Worten: ›Der Schredder ist mir aus der Hand geflutscht.‹«

»Helmchen, du bist ein Tier.«

»Das wird sie jetzt nicht gern hören, aber die Krönung war der erste April letztes Jahr. Wir haben ihr weisgemacht, dass es wegen einer bisher nie dagewesenen Konstellation, bei der Pluto exakt hinter dem Saturn stehen würde, genau um 11:29 Uhr für Sekunden möglich wäre, auf der Erde die Schwerelosigkeit zu erfahren. Dafür haben wir einen Radiobeitrag gefälscht, in dem ein Spezi von Krupp einen Astrophysiker gemimt hat. Helmchen hat behauptet, dass sie das für Humbug hält. Aber wir haben uns alle vor ihrem Büro an die Wand gedrückt, und Kemper hat ein sensationelles Foto geschossen, als sie auf die Sekunde genau in die Luft gesprungen ist.«

»Mann, das will ich sehen, blind sein ist scheiße.«

Es kostet so viel Kraft, sich Helmchens Gesicht vorzustellen.

Die Tür geht leise auf und wird wieder geschlossen. »Wie lief die Operation?« fragt Inan Demirci. Ihre Stimme klingt so flach, dass Aaron sie fast nicht erkannt hätte.

»Die Blutung ist gestoppt, viel mehr können sie im Moment nicht machen«, sagt Pavlik. »Und Ihr Arm?«

»Komplizierter Bruch, haben sie verschraubt.«

»Man gewöhnt sich dran«, meint Fricke. »Ich bin ein Schrottplatz auf zwei Beinen, so viele Schrauben hab ich im Körper.«

»Aber im Oberstübchen fehlt dir eine«, versetzt Pavlik.

»Weiß doch jeder«, sagt Fricke, »erzähl was Neues.« Er tippt Aaron an. »Hallo, Bohnenstange.«

»Hallo, Schrotti.«

»Und was hast du in letzter Zeit so getrieben?« fragt er.

»Hab Gebärdensprache gelernt.«

»Mach keine halben Sachen, lern auch Lippenlesen.«

Es kostet so viel Kraft, nicht zu schreien.

Demirci fragt: »Was ist mit Svoboda?«

»Die Frau aus Cascais hat ihn umgebracht«, sagt Pavlik. »Sie steckt auch hinter der Bombe. Ihr Name ist Malin, sie hat uns eine Botschaft hinterlassen.«

»Und die wäre?«

»Dass Aaron und ich auf ihrer Todesliste stehen.«

»Warum?«

»Wir sollen uns für den Tod ihres Vaters verantworten«, sagt Aaron. »Bevor Sie fragen, wer er war: Wissen wir nicht.«

»Deswegen hat sie Dutzende Menschen getötet?« fragt Inan Demirci tonlos.

»Ich vermute, dass die Bombe ein minimalinvasives Design hatte. Wir müssen den Bericht der KTI abwarten.«

»Sie reden im Präsens von der Frau. Sie lebt also?«

Aaron nickt.

Ein Handy brummt.

»Ja?«, sagt Pavlik. »Danke.« Er legt auf. »Reimer und seine Familie sind in Sicherheit.«

»Bleiben Sie noch?« fragt Demirci.

»Bis Boris wieder da ist.«

»Gut. Wir sehen uns in Beelitz.«

Fricke murmelt: »Helmchen, was ich Ihnen schon ganz lange beichten wollte: Sie bringen mir immer selbstgebackene Nussecken mit, aber ich bin gegen Nüsse allergisch und hab's nie fertiggebracht, Ihnen das zu sagen, weil Sie mich dabei so anstrahlen. Sie müssen mir die Chance geben, das klarzustellen, bitte, sonst werde ich mir bis in alle Ewigkeit wie ein elender Feigling vorkommen.«

Aaron spürt Demircis Zögern. Dann tritt die Frau neben sie und sagt mit brüchiger Stimme: »In meine erste Woche bei der Abteilung fiel der Todestag meiner Mutter. Das konnten Sie unmöglich wissen, Helmchen, aber Sie haben einen Strauß weiße Chrysanthemen auf meinen Schreibtisch gestellt, einfach so. Es waren die Lieblingsblumen meiner Mutter gewesen, und seitdem sind Sie ein sehr wichtiger Mensch für mich.«

Aaron und Pavlik sprechen kein Wort mehr, bis Boris um halb drei zurück ist. Sie fahren auf die Autobahn, und jeder Kilometer ist wie Sterben.

Zehn Dinge, die Aaron Helmchen nie vergessen wird:
Zuhören
ihr Lächeln, wenn sie eins brauchte
die Kalbsleberwurst für Marlowe
»Ich tippe das ab, Sie brauchen Ihren Schlaf.«
die Konzertkarte für *Simple Minds* in der Waldbühne
Schweigen können
39,4 Fieber und Suppe am Bett
dass sie auf Beerdigungen immer als Letzte ging
Duzen
das Stück Seife

Die Mühle liegt südlich der Beelitzer Heilstätten, eine Autostunde vom Berliner Stadtzentrum entfernt. Es ist ein riesiges Areal, fast zwanzig Quadratkilometer, hermetisch abgeriegelt, ein Teil dicht bewaldet, sodass alle Überlebenstechniken trainiert werden können. Rund um die alte Getreidemühle gruppieren sich Gebäude aus der Kaiserzeit, in denen sich Ausbildungseinrichtungen und Mannschaftsunterkünfte befinden. Dieser Bereich ist von einer hohen Mauer umgeben. Er wird mit Kameras und Bewegungsradar gesichert und von der Bundespolizei bewacht.

Als Pavlik bereits an der ersten Schleuse den Ausweis zeigen muss, weiß Aaron, dass andere Männer als sonst hier Dienst tun.

»GSG-9?« fragt sie.

»Hat Palmer sofort herbeordert. Im inneren Ring sind noch drei SETS in Stellung.«

Sie können passieren. Obwohl man über ihre Ankunft informiert ist, wird der Ausweis auch am zweiten Kontrollpunkt gewissenhaft geprüft. Wenig später sind sie da. Beim Aussteigen riecht es nach dem Schmierfilm, der vom Regen auf dem Kopfsteinpflaster übrig blieb.

»Wann sehen wir uns?« fragt Aaron auf dem Weg zum Haus.

»Um elf. Wir warten, bis Frost da ist, er kommt mit der ersten Maschine aus Algier.«

»Was hat er dort unten gemacht?«

»Schleuserkartelle ausschalten. Er tritt als arabischer Investor auf, der ins Flüchtlingsgeschäft einsteigen will.«

»Dann sieht er wohl nicht aus wie Väterchen Frost?«

»Omar Sharif Junior, seine Mutter ist aus Tunis.«

Aaron war vor über fünf Jahren zuletzt im Gästehaus, aber der Geruch von Marmorreiniger und altem Holz ist ihr sofort so vertraut, als wäre es erst gestern gewesen. Auf dem Flur wird ihr bewusst, dass sie schon wieder die Schritte zählt.

Lass doch mal los.

Pavlik legt ihre Hand auf eine Klinke. »Bis dann.«

»Stellst du meinen Koffer in mein Zimmer«, bittet sie.

»Mach ich. Aber das ist nicht dein Zimmer.«

Natürlich nicht.

Seine Schritte entfernen sich. Aaron öffnet sachte die Tür und erkennt an Flemmings Atem, dass er wach ist. Sie weiß nicht, ob Licht brennt, doch das spielt auch keine Rolle. Sie zieht sich aus, ohne Hast, als habe sie das schon oft vor ihm getan, als wisse er genau, wie sie nackt aussieht. Sein Atem geht schneller, sie folgt diesem Atem zum Bett und hat im Kopf, was er bei ihrer ersten Begegnung sagte: *Ist mir egal, wie gut sie früher war, Kugeln sieht sie keine mehr.* Sie schlüpft unter seine Decke und küsst ihn wie hundert Mal in Gedanken und hört ihn damals sagen: *Wir sehen uns auf der nächsten Beerdigung.* Er ist wie sie, ein verletztes Tier in der Nacht, hilflos und schrecklich verloren, und auch seine Haut ist wie ihre, mit all den Narben, doch beide haben sie die wirklichen Narben unter der Haut. Obwohl sie sein Gesicht in- und auswendig kennt, betastet sie es, weil sie es so genießt, ihn endlich wissen zu lassen, dass sie ihn will, und sie erinnert sich, daran, was er in dem Alpenkrankenhaus sagte: *Gegen dich seh ich aus wie der Glöckner von Notre-Dame.* Gletscherzunge im Feuerherd, heiß und kalt zugleich; sie hätten alle Zeit der Welt, aber sie wollen die vertanen Monate nachholen. Es gibt kein Oben, kein Unten und kein Halten mehr, ihre Hüften jonglieren seine hundertzwanzig Kilo, als sei er federleicht. Aaron stellt sich vor, dass am Himmel Sterne mit den Wolken Ballett tanzen, dass Menschen sich in die Arme fallen, Kriege enden. In jeder Bewegung, in jedem Schrei liegt das Glück, dass nichts mehr fremd ist, aber auch der tiefe Schmerz, nicht vergessen zu können, und dieser Schmerz bleibt selbst in der Sekunde, in der ein Stern stirbt und einen neuen gebiert, mit einem Licht, so strahlend hell wie die ganze Milchstraße.

Flemming liegt auf ihr. Sie spürt sein Gewicht nicht, weil ihre Körper eins sind. Dann weint er ohne den geringsten Laut. Sie merkt es nur am Zucken seiner Muskeln.

Ihr Herz rast, so nah ist sie ihm.

Aaron hört seine Worte in einem anderen Krankenhaus: *Man soll nach der Waffe greifen, mit der man verwundet wurde, hat ein Kamerad mal gesagt. Aber wie soll das gehen, wenn man die Waffe nicht anfassen kann?*

Irgendwann löst er sich von ihr, sein Schweiß bleibt an ihr kleben. Stumm liegen sie da. Sie denkt an die Szene in *Der weiße Hai*, wo Robert Shaw, Richard Dreyfuss und Roy Scheider einander ihre Narben vorführen. So ist das in Filmen, schreibt sich schnell und spielt sich leicht. Flemming fährt mit der Fingerspitze über ihre Haut, wie sie über seine.

Die erste Narbe.

Und sie fragen nicht.

Die nächste.

Und sie fragen nicht.

Noch eine.

Und sie fragen nicht.

Viele mehr.

Und sie fragen nicht.

Selbst das ist ihr vertraut.

17

Der Tag könnte so beginnen: Beim Aufwachen liegt Aaron noch immer in Flemmings Armen, eingekuschelt in das himmlische Gefühl, alles richtig gemacht zu haben.

Oder so: Sie lieben sich erneut, diesmal zwei Entdecker in unerforschtem Land, stehlen sich bei Sonnenaufgang in die Küche, weil sie Heißhunger haben, und sind vorm Kühlschrank schon wieder so wild aufeinander, dass sie ins Zimmer zurückrennen und aus dem Bett einen Saustall machen.

Aber Aaron öffnet ihre Augen, umgeben von Finsternis, und alles stürzt über ihr zusammen. Sie denkt an Helmchen, die um ihr Leben kämpft, an das, was Pavlik und Reimer über ihren Vater gesagt haben, fürchtet sich vor dem Moment, in dem ihre Sehzellen wieder zu arbeiten beginnen, sieht die Beerdigungen, die auf sie warten, fragt sich, ob sie Malins Hass verdient, der so groß ist, dass all diese Menschen sterben mussten.

Jeder Gedanke wiegt Tonnen, und Aaron weiß, dass sie unmöglich mit Flemming zusammen sein kann, nicht die Kraft besitzt, ihn zu lieben, solange sie nichts hat, was ihr Halt gibt.

Sie erschrickt, als er sie an sich zieht, warm, ruhig, aber ihr Körper ist ein Haufen kalter Knochen, über den sich keine Haut spannt, nur Angst.

Sie löst sich von ihm. »Erst war es zu früh«, flüstert sie unter Tränen. »Und jetzt ist es zu spät.«

Er sagt kein Wort, macht keinen Versuch, darüber zu reden. Sie hasst sich, dass sie ihm dafür dankbar ist, und für ihre Feigheit hasst sie sich noch mehr. Sie zieht sich an, als schäme sie sich, weil er sie nackt sieht, schließt die Tür wie für immer.

Im Flur knallt ein Absatz auf den Marmorboden, zehn Meter von Aaron entfernt. Das Echo ist so klar, dass es die zarte Statur der Person, die abrupt stehen geblieben ist, perfekt modelliert. Es kann nur Demirci sein, die neben ihr die Einzige ist, die hier Stöckelschuhe trägt.

Aaron hat im Gästehaus stets das Erkerzimmer gehabt, ganz hinten rechts, mit dem Blick auf die alte Mühle. Pavlik weiß das, also wird er ihren Koffer dorthin gebracht haben. Sie muss an Demirci vorbei, geht den Flur entlang, geleitet vom Hall ihrer eigenen High Heels, die Jacke in der Hand, als wisse sie nicht, dass die Frau stillsteht und sie anstarrt.

Als sie nach dreißig Schritten den hellen Klang des Fensters an der Stirnseite wahrnimmt, legt sie die Hand an die Wand, damit sie die Tür nicht verpasst, ertastet sie und geht ins Zimmer, so wacklig auf den Beinen, dass sie es kaum bis zum Bett schafft, um sich hinzulegen und zu weinen.

»Einundzwanzigster Juni. Dienstag. Sechs Uhr, drei Minuten, zweiunddreißig Sekunden.«

Nachdem sie geduscht und sich zurechtgemacht hat, geht sie mit dem Reservestock hinaus. Sturmwind schmeißt ihr kaltes Wasser ins Gesicht. Als Sehende mochte sie Regen, besonders im Frühling, aber für eine Blinde bringt er nichts als Probleme mit sich. In der Stadt verschluckt er alle Geräusche bis auf die der Fahrzeuge, manchmal sogar das Klopfen des Ampelsignals; der Weltklang wird auf ein Rauschen reduziert, sodass nichts mehr eine Kontur hat.

Hier neigen Bäume sich tief und peitschen sie mit schweren, nassen Zweigen, als sie mit dem Stock zur Windmühle pendelt oder vielmehr dorthin, wo Aaron sie vermutet, denn nach der halben Ewigkeit, die sie nicht mehr hier war, ist sie unsicher, ob sie sich in die richtige Richtung bewegt.

Irgendwann ist ihr klar, dass sie sich verlaufen hat. Verloren steht sie im Regen, während die Schminke, mit der sie ihre Verfassung übertünchen wollte, an den Wangen herunterläuft.

»Hey«, hört sie einen Mann, wenige Meter voraus.

Sie wartet.

»Ich bin's«, sagt er.

Zwar kommt ihr die Stimme vage bekannt vor, aber sie kann sie nicht einordnen, und in den zwei Worten war alles enthalten, was Sehende mit Blinden falsch machen. Würde sie den Mann nach dem Weg zur Mühle fragen, wäre die Antwort vermutlich: »Da lang.«

Sie hört ihn näher kommen. »Pit«, sagt er. »Pit Warmuth.«

Jetzt hat sie ihn vor Augen. Er ist Einsatzführer bei der GSG-9, ein Mann wie von Arno Breker in Stein gehauen; ihr Vater hat ihm bedingungslos vertraut. Aaron weiß noch, wie er ihr auf der Beerdigung kondoliert und dabei so geschluchzt hat, dass er nur »leid« rausbekam.

»Hallo, Pit«, sagt sie.

»Alles okay mit dir?«

Sie nickt.

»Ich konnte es nicht glauben, als ich es gehört habe. Dobeck und Krupp waren mal bei uns, weißt du sicher.«

Wieder nickt sie.

»Habt ihr neue Informationen?« fragt er.

»Nein, wir müssen uns erst sortieren. Ich will zur Windmühle, kannst du mich hinführen?«

»Sicher.«

Unbeholfen fasst er ihren Arm, sie hakt sich der Einfachheit halber bei ihm unter. Der Regen wickelt sich um Aarons Beine, macht die Schritte schwer. Krähen keifen.

Sie schweigen, bis Pit ihre Hand auf eine rissige Holztür legt. »Kommst du zurecht?«

»Danke.« Sie öffnet die Tür.

»Ich wollte dir das schon längst erzählen«, murmelt er, »nur war nicht die Gelegenheit. Ich weiß auch nicht, ob es wichtig ist, aber es ging wohl um dich.«

»Ja?«

»In der Woche bevor dein Vater gestorben ist, bin ich mal bei ihm vorbeigegangen. Es war schon recht spät, und ich hätte vermutlich vorher anrufen sollen.«

Aaron wird steif.

»Er hatte ziemlich viel getrunken«, fährt Pit fort. »Hat von dir geredet, von der Reha, dass du Fortschritte machst. Was du für ihn warst, muss ich dir nicht sagen.«

Sie kriegt ein Nicken hin.

»Hab nicht alles verstanden. Er konnte saufen wie zehn Bauarbeiter, aber da standen zwei leere Schnapsflaschen. Hab ihn ins Bett gebracht. Kurz bevor er eingeschlafen ist, war er plötzlich total klar. Er hat gesagt: ›Mouth of Hand, Mouth of Hand, Mouth of Hand.‹ Das hat er ewig wiederholt. Und dann: ›Sie war doch erst elf.‹« Pit schweigt einen Moment. »Vielleicht kannst du damit was anfangen.«

Sie zittert.

Viele Jahre hat Aaron nicht mehr daran gedacht, ja sich nicht mehr erinnert. Aber jetzt steht ihr der Tag vor Augen, an dem sie mit ihrem Vater wie so oft in den Steinbruch gegangen war, wo sie Dinge übten, von denen sie ihrer Mutter nie etwas erzählen durfte, und auch sonst keinem.

Dazu gehörte das israelische Krav Maga. Es ist keine Kunst wie Karate; vor der ersten Lektion sagte ihr Vater: »Wenn es elegant aussieht, hast du es falsch gemacht.«

An jenem Tag brachte er ihr die »Mouth of Hand« bei. Man greift in die Haare des Gegners, reißt dessen Kopf herunter und donnert die freie Faust seitlich gegen das Kinn oder aufwärts an den Mund. Nachdem Jenny das fünfzigmal gemacht hatte, ohne dass sie den Schlag durchzog, war der Bewegungsablauf so automatisiert, dass ihre Konzentration nachließ und sie den Ellbogenblock ihres Vaters nicht kommen sah. Er traf die Oberseite ihrer Faust, ein Blitz raste bis in ihr Schultergelenk. Jenny fiel auf die Knie und schrie.

Ihr Vater sagte: »Steh auf, du bist doch kein Mädchen.«

Sie konnte die Finger nicht mehr bewegen. Die Faust war ein Klumpen Schmerz, sie weinte und weinte. Er wurde so wütend, dass er Jenny im Matsch zurückließ, zum Auto ging und ohne sie heimfuhr. Sie musste acht Kilometer zu Fuß laufen, in einem Regen wie heute. Ihre Mutter brachte sie zum Arzt, die Hand war zweimal gebrochen. Am Abend kam ihr Vater in ihr Zimmer und setzte sich ans Bett. Er schaute sie an ohne ein Wort. Sie spürte, dass er etwas sagen wollte, aber nicht konnte. Jenny suchte seine Augen, fand leere Höhlen. Er küsste sie auf die Stirn, seine Lippen waren eiskalt. Als er gegangen war, hörte sie ihre Mutter unten schreien. Wochenlang sprachen die Eltern nicht miteinander, nicht einmal bei Tisch.

Und die ganze Zeit dachte sie: *Ich bin schuld.*

Nachdem die Hand verheilt war, verging eine lange Zeit, in der ihr Vater nicht mit ihr zum Steinbruch fuhr. Bis Jenny ihn anbettelte, mit Tränen dick wie Schleim. Er nahm sie in den Arm. Sie spürte sein Zittern.

Dann machten sie weiter.

Machten weiter.

»Alles in Ordnung?« fragt Pit.

Sie ist nicht sicher, ob ihr Mund sich bewegt.

»Jenny?«

»Danke, dass du es mir erzählt hast«, bringt sie zustande.

Sie geht in die Windmühle, schließt die Tür und lehnt sich dagegen. Es riecht nach Lehm und Stroh und Holz, das sich seit hundert Jahren von harter Arbeit ausruhen darf.

»Sei froh, dass du mich nicht hören kannst«, flüstert Aaron. »Sonst würde ich dir sagen, was ich an dem Tag in deinen Augen gesehen habe.«

Sie tastet sich zum Treppengeländer, die knarzenden Stufen geben unter jedem Schritt nach, erinnern sie an die vielen Male, die sie hier hochstieg, meistens in den ersten Morgenstunden wie jetzt, wenn die Gedanken nach dem Aufwachen schwer wie Mühlräder waren. Oft hat es geholfen, ganz oben auf der Galerie zu hocken, die Beine in den Wind zu hängen und der Seele ihre Freiheit zu schenken. Bei Regen mussten die Butzenfenster genügen, hinter denen Aaron heimlich rauchte, obwohl es natürlich verboten ist.

So sitzt sie jetzt da. Die Augen nach Norden gerichtet, wo sie weite Felder weiß, verdorrt von einem heißen Sommer, der früh begann und spät ein bisschen Nässe bringt; vielleicht wird schon die erste Gerste geerntet. Bei klarem Himmel konnte sie damals über den Schwielowsee bis Werder sehen, Berlins großen Obstgarten, wo bald die Kirschsaison beginnt. Aber am schönsten war es im Frühjahr, wenn die Blüten im Wind ein flirrender Wirbel waren, die Welt eine Glaskugel.

Aaron erinnert sich, wie sie zur Zeit der Kirschblüte in Japan war, in einem April, der in den Bergen Muren abgehen ließ und die Klöster von den Tälern abschnitt. Doch in den Gärten von Kyoto feierten die Menschen das Hanami mit einem Picknick, sangen und lachten.

Alles war jetzt, nichts gestern oder morgen. *Sakura*, für die Samurai das Sinnbild für einen jungen, ehrenvollen Tod.

Aaron sagt zu Siri: »Kishō anrufen.«

In Virginia ist es kurz nach ein Uhr nachts, sie weiß, dass ihr Meister noch wach ist. Zwar steht Kishō stets vor Morgengrauen auf, aber nach jahrzehntelanger Meditation genügen ihm drei oder vier Stunden Schlaf.

»Du bist früh auf«, hört sie ihn sagen.

»Ich bin eine gelehrige Schülerin.«

Er brummt: »Um aus dem Bett zu steigen, muss man nicht gelehrig sein, nur wach.«

»Ist mit dem Land alles in Ordnung gegangen?« fragt sie.

»Ja.«

Sie erwartet nicht, dass er sich bedankt. Er hat sie nicht darum gebeten, und es wäre Kishō unmöglich, ihr ein Geschenk von gleichem Wert zu geben, wie es sich gehören würde.

»Das ist nicht der Grund für deinen Anruf«, sagt er.

Stille.

Stunden könnten vergehen, ohne dass Kishō auflegen oder eine Frage an sie richten würde. Das hat Aaron erlebt. Und selbst in seinem Schweigen lag Erkenntnis für sie.

»Hat Mason dir Scherereien gemacht?«

»Auch darum rufst du nicht an.«

»Eine Frau wollte mich töten«, sagt Aaron rau.

»Sie hat dich besiegt«, stellt Kishō gelassen fest.

»Du hörst meine Stimme.«

»Wie oft hast du um dein Leben gekämpft?« fragt er.

Sie antwortet nicht.

»Und wie oft hast du mich danach angerufen?«

Wie sinnlos ihr Schweigen ist.

»Um dich selbst zu belügen, brauchst du dich nicht vor einen blinden Spiegel zu stellen«, sagt er.

»Du hast recht. Sie war mir überlegen.«

Und noch immer bin ich so eitel, dass es mir einen Stich versetzt.

»Weshalb bereitet es dir Kummer? Ist es nicht ein Grund zur Freude? Du besitzt viele Gaben, doch eine Sache hat mich stets bekümmert. Du weißt, was.«

»Mein Ehrgeiz«, bekennt sie.

»Wir sollen nach Vollkommenheit streben, aber uns dessen bewusst sein, dass wir sie nie erreichen. Warum willst du dein Leben lang in allem die Beste sein? Irgendwann gäbe es keinen mehr, den du noch besiegen könntest. Außer einem.«

»Mich selbst«, flüstert Aaron.

»Doch das sollte am Anfang stehen, nicht am Ende. Also habe ich als dein Meister versagt und bitte dich um Verzeihung.«

»Es ist an mir, um Verzeihung zu bitten.«

»Erzähl mir von dieser Frau.«

»Sie ist Deutsche, in meinem Alter, und wurde im Gōjū-Ryū unterrichtet. Alles, was sie tat, war langsam, und doch war sie schneller als ich. Sie war zu *Sutemi* bereit. Ihr Kiai hat mir die Kraft geraubt.«

»Ein Kiai drückt aus, was man tief im Innern ist«, antwortet Kishō. »In dieser Reinheit kann er nur gelingen, wenn man seinen Ursprung gefunden hat. Manche schwören, dass ein solcher Schrei Tote aufwecken könnte.«

Aaron zögert kurz. »Als ich zum ersten Mal bei dir im Kloster war, bin ich an einem Morgen sehr früh in den Wald gegangen. Ich habe dich gesehen. Du hast allein eine Kata absolviert, und ich habe deinen Kiai gehört. Obwohl ich etliche Meter hinter dir stand, sind mir die Beine weggeknickt.«

»Du willst wissen, ob ich die Frau unterrichtet habe. Nein. Du bist meine talentierteste Schülerin, und doch hatte ich bei dir nur bescheidenen Erfolg.«

»Wenige Meister vermögen, so etwas zu lehren. Du könntest dich umhören.«

»Weshalb? Damit du dich ihr erneut stellst? Habe ich in den Wind gesprochen?«

»Es geht nicht um mich«, flüstert sie. »Ich habe dir von den Männern erzählt, die zu meiner Gemeinschaft gehören. Sie sind alle tot. Bis auf sechs. Wir werden nicht ruhen, bis wir die Frau gefunden haben.«

Kishō schweigt lange. »Alle bis auf sechs. Und dich. Also seid ihr jetzt die sieben Samurai.« Er spürt ihre Überraschung. »Es verwundert dich, dass ich den Film kenne?«

»Ich kann dich mir nicht in einem Kino vorstellen.«

Kishōs Lachen kommt als Bowlingkugel angerollt und lässt die Töne wie Pins durcheinanderpurzeln. »In meiner Jugend war Toshirō Mifune mein Held. Ich war verrückt nach Popcorn. Ehrlich gesagt, bin ich das immer noch.«

Die sieben Samurai, das ist wahr.

»Du weißt, dass nur zwei am Leben blieben«, sagt Kishō.

»Ein würdiger Tod.«

»So ehrenhaft eine Tat auch erscheinen mag: Manch einer hat mit dem letzten Atemzug anders darüber gedacht.«

»Wirst du mir helfen?« beharrt Aaron.

»Ich will es versuchen.«

Unten knarren Treppenstufen. »Danke.«

»Es gibt keine Technik, die ich oder ein anderer dich noch lehren könnte«, sagt Kishō. »Aber das ist nichts als spiegelfechten. Du musst die wahre Natur der Dinge erkennen, dann wird die Frau dir keine Angst mehr machen.«

Er ist weg. Sie steckt das Handy ein und riecht Demircis Parfüm. »Ich dachte mir, dass Sie hier oben sind; das ist auch mein Lieblingsplatz.« Demirci setzt sich neben Aaron, gibt ihr einen Becher. »Schwarz, ohne Zucker, richtig?«

Aaron nickt.

Sie hören zu, wie der Regen aufs Dach einprügelt.

»Wie viele sind während Ihrer Zeit gestorben?« fragt Demirci.

»Vier. Und die im letzten Winter.«

»Haben Sie einen Weg gefunden –?« Demirci bricht ab.

»Es leichter zu machen? Nein. Das mit den Nachnamen hilft jedenfalls nicht. Lissek hat es irgendwann eingeführt, und es ist eine dumme Angewohnheit geworden. Wie bekreuzigen. Er hat selbst nicht daran geglaubt.«

»Warum hat Lissek es dann getan?«

»Er glaubt auch nicht an Vergebung«, sagt Aaron. »Aber er nimmt zur Kenntnis, dass sie für andere existiert.«

Demirci pustet in ihren lauwarmen Kaffee. »Man erwartet von mir, dass ich jetzt funktioniere. Dass ich aufhöre zu schlafen und einen Sitzungsmarathon absolviere. Doch ich muss den Angehörigen von dreiunddreißig Menschen kondolieren. Das Private kommt bei meiner Personalführung zu kurz. Ich wollte das ändern und habe sie alle zu meinem Geburtstag –« In Demircis Schweigen liegt das Entsetzen der Nacht. »Ich habe Pavlik gebeten, mir zu jedem einige Zeilen aufzuschreiben, damit ich nicht aus Akten zitieren muss. Diejenigen, die von Ihrer alten Truppe noch dabei waren, sollte er ausklammern. Können Sie mir zu denen etwas sagen? Wer waren diese Männer?«

»Krupp, Wolter, Peschel und Dobeck.«

»Ich weiß. Das war nicht meine Frage.«

Sie will, dass ich darüber rede. Wie klug sie ist.

»Peschel habe ich mal auf seine Marotte angesprochen, jeden Satz mit dem bescheuerten ›Ja‹ anzufangen. Er hat gemeint: ›Ja, weil ich dreimal verheiratet war, und alle drei haben es gehasst, wenn ich ihnen widerspreche. Mit dem Ja war das kein Thema, das hat die härtesten Sätze niedlich gemacht.‹ Er hatte drei Kinder von den drei Frauen, die waren sein Ein und Alles. Ihre Namen hat er sich stechen lassen, in japanischen Zeichen. Aber der Tätowierer konnte so wenig Japanisch wie Peschel. Auf seinem Oberarm stand *Toyota Datsun Subaru.* Hab's ihm nie gesagt.«

»Ja, das war wohl besser.«

»Mit Krupp habe ich wilde Sachen erlebt. Wer neben dem mal in einem Auto saß, hat sich seinem Schöpfer nah gefühlt. Fleisch war sein Gemüse, und seine Freundin war Veganerin. Ich weiß nicht, ob er mit der noch zusammen war. Krupp hat gern gelacht, aber irgendwas an ihm war traurig, hab nie rausgefunden, wo das herkam. Er hat sich mehr als einmal für mich ins Feuer geworfen, und er wusste, wie man jemanden richtig in den Arm nimmt. Das hatte er von seinem Vater. Der müsste jetzt achtzig sein, es wird ihm das Herz brechen.«

»Erzählen Sie mir von Wolter«, sagt Demirci, als Aaron nicht weiterspricht.

»Er konnte nicht mit Geld umgehen. Jeder Cent hat ihm ein Loch in die Tasche gebrannt, Lissek musste ihm oft genug einen Vorschuss geben. Bis Wolter die Idee hatte, Helmchen zu fragen, ob er sein Gehalt auf ihr Konto überweisen lassen kann. Sie hat einen Dauerauftrag für seine Miete eingerichtet, und an jedem Ersten hat er Haushalts- und Taschengeld gekriegt. Irgendwann war ne hübsche Summe über. Helmchen hat gemeint, dass er sich was Schönes davon kaufen könnte. Oder verreisen. Wolter hat in Las Vegas alles in einer Nacht verspielt und ist glücklich zurückgekommen.«

»Er trug ein Kreuz um den Hals, war er religiös?«

»Nein. Es hat ihn an seine Mutter erinnert.«

»Und Dobeck?«

»Er hat in einem winzigen Stromwärterhäuschen gewohnt. Oben in Hakenfelde, beim alten E-Werk. Drei Zimmer, Küche, Bad und ein Garten, für knapp zweihundert Euro. Als das Werk ausgebaut werden sollte, wollte man ihn vor die Tür setzen, aber sein Mietvertrag war praktisch unkündbar. Ein paar Jahre hat er auf ner riesigen Baustelle gelebt, danach waren die Kühltürme direkt hinterm Zaun. Beim Grillen haben wir draufgeguckt, eine Mörder-Stromleitung ging übers Grundstück. Hat Dobeck weggelacht. Dann hatte er ständig einen komischen Geschmack im Mund, der ging nicht weg. Klar, Elektrosmog, haben wir alle gewitzelt. War's aber nicht, sondern ein Hirntumor. Nach der Operation war er über ein Jahr weg. Er hat wie eine Vogelscheuche ausgesehen, trotzdem hat Lissek ihn zurückgeholt.«

»Das war sehr anständig von Lissek«, sagt Demirci.

»Hmm. Er hat einen Schießtest mit Dobeck gemacht. Früher war er mit dem Gewehr nur gute Handelsware. Als der Tumor raus war, kam er beinahe an Pavlik heran. ›Alles hat sein Gutes‹, hat Dobeck gemeint; er hat nie zurückgeschaut. Aus dem Häuschen ist er ausgezogen. Er hat die Frau seines Lebens kennengelernt und sie geheiratet. Sie heißt Peggy und ist ne ganz Hübsche. Zehn Jahre jünger, sie waren füreinander bestimmt. Im Februar habe ich das letzte Mal mit Dobeck geredet. Er hat gesagt: ›Der Altersunterschied juckt nicht die Bohne, in meiner Familie werden alle über neunzig.‹«

Von einer Sekunde auf die andere ist das Prasseln weg. Der Wind ist still; es ist, als ob der Regen ihn vor sich hergetrieben hätte und nicht umgekehrt. Aaron macht einen näher kommenden Hubschrauber aus, noch sehr weit entfernt, Demirci wird ihn in frühestens einer Minute hören. Sie denkt daran, wie sie Flemmings Zimmer verließ und Demirci reglos auf dem Flur stand, um sich nicht zu verraten.

Ob sie es ansprechen wird? Nein, sicher nicht.

»Ich weiß, dass Sie mich im Haus wahrgenommen haben«, sagt Demirci. »Ich habe mich tot gestellt. Bitte entschuldigen Sie, das war dumm von mir.«

Werde ich diese Frau jemals ausrechnen können?

»Ihr Privatleben geht mich nichts an, Frau Aaron. Wenn die Umstände andere wären, würde ich in Zukunft darauf achten, dass Sie beide nicht im selben Besteck sind. Aber das spielt keine Rolle mehr, jedenfalls vorläufig. Ich freue mich für Sie. Es ist gut, jemanden zu haben, gerade jetzt.«

Der Helikopter ist inzwischen so nah, dass Aaron ihre Stimme heben muss. »Es war nur eine Nacht«, erwidert sie steif.

»Verstehe.«

»Mehr ist im Moment nicht drin.«

»Das kenne ich.«

Pavlik hat gesagt: Sie will mit jemandem darüber reden und kann nicht. Das macht sie kirre.

»Wir beide sind sicher keine leichte Kost«, murmelt Aaron.

»Nein, da haben Sie recht.« Demirci ringt mit sich. »Aber das ist es in meinem Fall nicht.« Aaron spürt, wie sie im Stillen Worte bildet, verwirft, andere sucht. »Es gibt Dinge, die sich verbieten, vielleicht zu Recht. Mein Verstand sagt mir das dauernd.«

»Und das Herz hört nicht zu.«

»Ich habe dagegen noch kein Mittel gefunden.«

»Es ist keine Krankheit.«

»Bei mir schon. Romantik im Endstadium.«

Der Helikopter setzt auf, ein tiefer Kontrabass.

»Kriegen wir Besuch?« fragt Aaron.

»Nein, der ist für uns«, sagt Demirci. »Ich muss ins Kanzleramt und möchte, dass Sie mich begleiten.«

18

Die zehn schlimmsten Kopfschmerzen in Aarons Leben:
mit vierzehn darauf neugierig, wie Whisky schmeckt
die Tiefgarage des Hotels Aralsk
Marlowe ein letztes Mal im Arm halten
Liebeskummer in der neunten Klasse
die Leichen im Haus von Bas Makata
Braille lernen
blind und taub im Schnee
zum ersten Mal töten
die verlorene Ehre in Barcelona
gestern den ganzen Tag

Der Helikopter hebt ab, und ihre Augen werden aus den Höhlen gestemmt. Sie nimmt zwei Ibuprofen, aber die werden erst in einer halben Stunde wirken. Trotz des Headsets ist alles unerträglich laut. Als Demirci neben ihr die Beine übereinanderschlägt, vermeint Aaron, das Scheuern der Strumpfhose zu hören.

Sie versucht, sich auf ihre Aufgabe zu konzentrieren. Demirci braucht im Kanzleramt ein Persönlichkeitsprofil von Malin.

Der Vater ist der Schlüssel, natürlich. Aber das hilft Aaron wenig, solange sie nicht weiß, wer er war.

Paris.

Paris vor zweiundzwanzig Jahren.

Sie war mit ihrem Vater in Notre-Dame. Er hat ihr den Roman geschenkt, eine Lektion für immer. Das Opfer der Wahrheit auf dem Altar der Lüge.

Dein Leben ist so nutzlos wie meins.

Die Kopfschmerzen lassen Aarons Gedanken zu einer harten Masse erstarren; es kostet unendlich Kraft, sie zu bewegen. Als sie die Augen zumacht, wird es etwas besser.

Trotz allem, was er mir angetan hat, blieb er immer der Mann, der mir in der Rue du Faubourg Saint-Honoré das Gefühl gab, eine Prinzessin zu sein. Und nicht der Mann, der mich in ein Auto steigen ließ, das mich nach Carrières-sur-Seine brachte.

Sie nimmt das Headset ab und ersetzt es durch die Ohrstöpsel ihres iPhones. »Suche in Google *Carrières-sur-Seine.*«

»Carrières-sur-Seine ist eine Kleinstadt mit 15197 Einwohnern in der Region Île-de-France.«

Sie präzisiert: *Carrières-sur-Seine vor zweiundzwanzig Jahren.*

»Die Brücke der Autobahn A14 bei Carrières-sur-Seine wurde fertiggestellt. Es war –«

»Nächster Treffer«, unterbricht sie Siri.

»Am Gymnasium von Carrières-sur-Seine machten folgende Schüler und Schülerinnen das Baccalau-«

»Nächster Treffer.«

»Am 10. April des Jahres kam es in der kleinen Gemeinde zu einer Bluttat.«

Es handelt sich um einen vor zwölf Jahren erschienenen Artikel in der Regionalzeitung *L'Yonne Républicaine*, der an ein unaufgeklärtes Gewaltverbrechen erinnerte, das sich weitere zehn Jahre zuvor ereignet hatte. Für Minuten ist Aaron in die Wiedergabe versunken. Sie hört sie ein zweites Mal. Sammelt sich und schreckt zusammen, als Demirci sie am Arm fasst.

Sie öffnet die Augen. Licht schießt hinein, so stechend, dass Aaron sie gleich wieder schließt. Demirci murmelt etwas Unverständliches. Aaron macht die Augen erneut auf, jetzt vorsichtig. Es gibt nur dieses Licht, weder Formen noch Umrisse. Hektisch kramt sie in ihrer Handtasche. Keine Sonnenbrille; sie hat nicht damit gerechnet, dass es so schnell passieren würde.

»Frau Aaron?« hört sie Demirci, fast ein Flüstern.

Nicht jetzt. Bitte nicht jetzt.

Mit geschlossenen Augen steigt sie aus dem Hubschrauber. Sie riecht etwas, das nasses Gras sein könnte, es muss der Park des Kanzleramts sein. Auf dem asphaltierten Weg fasst sie an den Gips, der links über Demircis Ellbogen geht. Als der Rotorenlärm erstorben ist, bleibt Aaron stehen.

»Haben Sie eine Sonnenbrille dabei?« fragt sie.

Demircis Antwort kommt nur als Genuschel an.

»Können Sie bitte lauter sprechen?«

»Nein, keine Sonnenbrille. Was ist los mit Ihnen?«

»Sind wir allein?«

»Ja.«

»Meine Augen spielen verrückt. Ich kann Ihnen das jetzt nicht erklären, aber es ist möglich, dass ich gleich so etwas wie Halluzinationen habe. Es mindert meine Urteilsfähigkeit. Vielleicht sollten Sie allein gehen.«

Wieder versteht Sie Demircis Antwort nicht.

»Dazu kommt: Alles ist wahnsinnig leise. Weil mein Hörsinn vorher so krass war.«

»Hilft es, die Augen zu schließen?« fragt Demirci, jetzt laut.

»Ja. Aber das würde einen seltsamen Eindruck machen.«

»Von Palmer abgesehen, hatten diese Leute vermutlich noch nie mit Blinden zu tun; die werden das für normal halten.«

»Der Auftritt ist wichtig«, sagt Aaron. »Es ist ein Risiko.«

Demircis Stimme strafft sich. »Es tut mir leid, dass ich Ihnen das zumuten muss, aber ich will nicht auf Sie verzichten. Wir machen es so.«

Sie setzen ihren Weg fort. Aaron weiß, dass eine Brücke über die Spree zum Kanzleramt führt. Die graue Waschbetonhaut wird schäbig aussehen, wie immer nach Regen. Sie mag den Bau nicht, versteht nicht, warum er so gefeiert wurde. Der Architekt hat auch das Krematorium in Treptow entworfen, die Ähnlichkeit ist nicht nur stilistisch offenkundig. Dort verbrennt man Leichen, hier verbrennt man Visionen.

»Wer ist dabei?« fragt Aaron.

»Der Bundesinnenminister, der Generalbundesanwalt, die Präsidenten von BKA, BND und Verfassungsschutz. Jeder von ihnen mit einem Staatssekretär oder Abteilungsleiter. Und natürlich der Geheimdienstkoordinator.«

»Robert Kulka.«

»Ja.« Kurzes Schweigen, unter den Schuhen ist jetzt Kies. »Ihr erstes Mal?« fragt Demirci.

»Nein, ich war schon mal in einem Park.«

»Lachen ist mir heute zu anstrengend.«

»Lissek hat ab und an davon erzählt«, sagt Aaron.

»Ich vermute, nichts Gutes.«

»Er nannte es die Weltmeisterschaft im Schaumschlagen.«

»Das ist wahr, aber es darf Sie nicht dazu verführen, auch nur einen zu unterschätzen. Keiner von denen ist durch Buckeln so weit aufgestiegen. Wir würden Mitgefühl verdienen, doch das ist für die nur irgendein Wort mit M, wie Magenverkleinerung. Heute Nacht wurde die Abteilung ausgelöscht, jetzt steht die Sicherheitsarchitektur des Landes auf der Agenda. Das ist ein Wolfsrudel, die riechen Blut. Lassen Sie sich nicht provozieren. Damit will man nicht Sie treffen, sondern mich. Beantworten Sie jede Frage, als ob Sie mit ihr gerechnet hätten, sonst wird es Ihnen als Schwäche ausgelegt.«

»Erzählen Sie mir von Kulka.«

»Er war Svobodas Protegé, der hat ihm die wichtigen Türen geöffnet. Formell ist er einem Staatssekretär unterstellt, aber dessen Macht ist unsichtbare Tinte. Kulka rekelt sich auf dem Schoß der Kanzlerin und kennt sich auch in ihren tieferen Regionen aus. Bildlich gesehen.«

»War er mit Svoboda befreundet?«

»Der hatte keine Freunde. Was Kulka betrifft: Er bezeichnet die halbe Welt als Freund. Er hat in Princeton studiert und versteht sich auf diese routinierte Herzlichkeit der Amerikaner, die bei mir falsch wirkt, wenn ich es versuche. Als junger Mann war er Wahlkampfhelfer für George Bush. Einige seiner früheren

Kommilitonen sitzen heute an Schaltstellen in Washington. Das dürfte einer der Gründe gewesen sein, dass die Kanzlerin Kulka in ihr Licht ließ. Fachlich kann ihm keiner an den Karren fahren, er besitzt einen messerscharfen Verstand.«

»Aber?« fragt Aaron.

»Manchmal blitzt etwas in ihm auf. Dann möchte man Frostschutzmittel trinken.«

»Wo will er hin?«

»Er sieht gut aus und weiß das zu nutzen. Typen wie er haben zu allen Zeiten Karriere gemacht. Als DDR-Kulturminister, als Menschenrechtsanwalt, als Großinquisitor am Hof von Karl V. Kulka steht für nichts, außer dafür, alles wegzuräumen, was sich ihm in den Weg stellt. Mit Anfang vierzig wird er bereits für das Kabinett gehandelt, Justizminister heißt es. Sein Büro liegt auf der Parkseite. Es würde mich nicht wundern, wenn er gerade am Fenster steht und uns beobachtet.«

»Warum sollte er das tun?«

»Weil Sie die Tochter von Jörg Aaron sind.«

Allmählich lassen die Kopfschmerzen nach, werden zu einem dumpfen Pochen unter einem Watteberg. »Was ist von Palmer zu erwarten? Ist er auf Ihrer Seite?«

»Niemand weiß von unserem Bündnis gegen Svoboda, alles andere wäre unklug gewesen. Das politische Berlin ist ein einziger großer Friseursalon. Palmer und ich waren lange wie Feuer und Wasser. Jeder hat sich darüber das Maul zerrissen, und wir sind gut beraten, das Spiel fortzusetzen. Für die Zukunft der Abteilung ist Palmers Haltung irrelevant, die Entscheidung darüber treffen andere.«

Hast du nicht noch einen anderen Grund, Versteck zu spielen?

Feuer und Wasser. Und was seid ihr jetzt?

»Wie hat er reagiert, als er es erfahren hat?« fragt Aaron.

»Er war bei mir im Krankenhaus. Das hat mir viel –«

Erzähl's mir doch. Oder denkst du, ich würde es verurteilen?

Ausgerechnet ich.

»Guten Morgen, Frau Demirci«, vernimmt Aaron die leise Stimme eines Mannes, den sie nicht kommen hörte. »Die Lage verzögert sich um eine Viertelstunde, der GBA wurde in Karlsruhe aufgehalten.«

»Kein Problem. Frau Aaron und ich sind rechtzeitig da.«

Demirci wendet sich nach rechts, bleibt stehen, legt Aarons Hand auf die Lehne einer Parkbank. Die beiden Frauen setzen sich, rauchen. Aaron wagt nicht, die Augen zu öffnen.

»Was macht Ihr Arm?« fragt sie.

»Wie Sie sagen würden: ein Kratzer.«

»Ein Bruch ist kein Kratzer. Boenisch hat mir vor sechzehn Jahren das Schlüsselbein gebrochen, das spüre ich bis heute.«

»Haben Sie Svoboda gehasst?« fragt Demirci.

»Ja.«

»So sehr, dass Sie ihn hätten töten können?«

»Gibt es noch einen anderen Hass?«

»Ich habe genauso gefühlt. Das hat mich erschreckt. Ich wollte es mir lange nicht eingestehen. Aber in mir lauert etwas, von dem ich hoffe, dass es nie freigelassen wird.«

Aaron denkt an die Nacht in Virginia, die Minuten in Masons Wohnwagen, als es auf sie einhämmerte, sie frieren ließ. »Holm nannte es ›das Tier, das sich durch die Eingeweide frisst‹«, sagt sie, »und meinte, dass dieses Tier unersättlich ist. Wie in dem Gedicht von Kästner, kennen Sie das?«

»Nein.«

»Ihr liebt den Hass und wollt die Welt dran messen / Ihr werft dem Tier im Menschen Futter hin / Damit es wächst, das Tier tief in euch drin / Das Tier im Menschen soll den Menschen fressen.«

»Gestern hätte ich mich fast nach Schwanenwerder fahren lassen«, bricht Demirci eine lange Stille. »Bloß um Svobodas Leiche zu sehen. Ich habe mir das verboten. Sie waren dort, was haben Sie empfunden?«

»Für eine Sekunde war es, wie an einem offenen Fenster tief einzuatmen. Und dann ein schlechter Geschmack im Mund.«

»Pavlik hat mir Malins Brief gezeigt, und Sie haben im Helikopter Carrières-sur-Seine gegoogelt«, sagt Demirci. »Ist das eine Spur?«

»Möglicherweise.« Aaron erzählt ihr von dem Zeitungsartikel und welche Schlüsse sie daraus zieht. Ohne es zu hören, weiß sie, dass Demirci scharf einatmet. »Fragt sich, ob wir es für uns behalten sollten«, fügt sie hinzu.

Demirci fasst sich. »Nein. Es zeigt, wie gefährlich diese Frau ist. Machen Sie denen klar, mit wem wir es zu tun haben.«

Sie schweigen, bis ihre Zigaretten nur noch Stummel sind.

Demirci steht auf. »Showtime.«

Der Raum ist vermutlich groß, aber weil Aarons Gedanken wie von einer Stahlpresse zusammengeschoben werden, nimmt sie ihn als bedrückend eng wahr und glaubt zu spüren, wie das Licht an ihren geschlossenen Lidern zerplatzt. Als alle sitzen und die Anwesenheitsliste verlesen ist, ergreift Robert Kulka das Wort. Seine Stimme dringt als Zischeln zu ihr, sie stellt ihn sich als Kobra vor, schön anzusehen, aber giftig. »Entschuldigen Sie die frühe Stunde, die Umstände erfordern es. Frau Demirci, Frau Aaron, mein Beileid. Wir alle stehen unter dem Schock der Ereignisse, für Sie beide kommt ein persönlicher Verlust dazu.«

»Danke«, sagt Demirci. »Eins vorweg: Jenny Aaron hat ein Knalltrauma erlitten, ich bitte darum, laut zu sprechen.«

»Selbstverständlich. Wie ich sehe, wurden Sie ebenfalls verletzt. Ich hoffe, nichts Ernstes.«

»Ein gebrochener Arm ist meine geringste Sorge.«

»Jemand fehlt in unserer Runde«, fährt Kulka fort. »Joachim Svoboda ist ganz unerwartet verstorben. Ich höre, dass das vom BKA untersucht wird. Herr Palmer?«

»Der Senator wurde von Beamten seines Schutzkommandos in seinem Haus aufgefunden. Alles weist auf einen natürlichen Tod hin. Man kann es nur tragisch nennen, ein großer Verlust für unser Land.«

Ist das Teil des Versteckspiels?

Oder setzt Palmer sich von uns ab?

Kurz meint Aaron neben sich eine Erschütterung wahrzunehmen, aber dann sagt Demirci: »Ich pflichte Präsident Palmer bei. Mein Verhältnis zu Senator Svoboda war nicht immer ohne Reibungen, dennoch haben wir konstruktiv zusammengearbeitet. Ich werde seinen Sachverstand vermissen.«

Ach, so läuft das. Die zwei wollen kein Ermittlungswissen preisgeben, weil sie bisher nicht in Svobodas Netzwerk eingedrungen sind.

Jeder in diesem Raum könnte dazugehören. Einiges spricht für Kulka. Svoboda hat ihn in die Politik geholt, war über viele Jahre sein Förderer. Und jetzt, wo er »mitten aus dem Leben gerissen« wurde, wie es vermutlich in seiner Todesanzeige heißen wird, verliert sein Protegé kein einziges Wort des Bedauerns?

»Kommen wir zum eigentlichen Grund unseres Treffens«, sagt Kulka. »Was wissen wir über die Explosion?«

»Unsere KTI hat in der Budapester Straße die ganze Nacht gearbeitet«, führt Palmer aus. »Drei Stockwerke sind eingestürzt, es herrschen schwierige Bedingungen, auch weil noch immer Leichen geborgen werden. Jetzt sind es schon fünfzig. Vor einer halben Stunde erhielt ich einen vorläufigen Bericht. Demnach hat es sich um eine Bombe gehandelt.«

»Ja, Herr Generalbundesanwalt?« sagt Kulka.

»Herr Palmer, ich zweifle die Kompetenz Ihrer Experten in keiner Weise an, aber ich muss absolut sicher sein, ehe ich die Ermittlungen übernehme und an die Öffentlichkeit gehe. Ein solcher Anschlag im Zentrum der Hauptstadt wird zu erheblicher Unsicherheit bei der Bevölkerung führen.«

»Das ist mir selbstredend bewusst. Mein Abteilungsleiter KTI wird das präzisieren. Bitte, Herr Lichtenfeld.«

»Der Sprengstoff war in einem Industriestaubsauger. Unter der serienmäßigen Plastikummantelung befand sich ein Stahlkubus, der bei der Explosion zersplittert ist.«

»Das lässt sich noch feststellen?«

Aaron kennt die Stimme; es ist der Innenminister, im BKA hat sie ihm mehrfach bei Besprechungen gegenübergesessen und gelernt, seine Kälte zu verachten.

»Ja. Metall verdampft nicht. Den Zünder haben wir ebenfalls, eine Selbstanfertigung.«

»Soll das heißen, dass es ein Amateur war?«

»Keineswegs, dazu benötigt man Spezialkenntnisse«, führt Lichtenfeld aus. »Der Bombenkonstrukteur hat von einer Glühbirne das Glas entfernt, das wissen wir, weil Teile des Gewindes erhalten blieben. Für die Primärzündung dürfte er Schwarzpulver verwendet haben, für die Sekundärzündung Quecksilberfulminat oder Bleiazid.«

»Weshalb kein Fabrikzünder?« Der Verfassungsschutzpräsident, Aaron kennt auch ihn.

»Die sind registriert, das ließe sich zurückverfolgen.«

»Was war es für ein Sprengstoff?«

»Mit Bestimmtheit lässt sich das nicht feststellen. Zwar versucht man bereits seit dem 79er Mountbatten-Attentat wiedererkennbare Signaturen zu entwickeln, aber das ist bislang nicht gelungen. Wir halten Ammoniumnitrat mit einem Kohlenstoffträger für das Wahrscheinlichste, etwa Mineralöl.«

»Eine originelle Argumentation«, stellt der Generalbundesanwalt fest. »Zum einen soll es nicht möglich sein, den Sprengstoff zu identifizieren, andererseits werden Sie so konkret?«

»Herr Lichtenfeld lernt von Ihnen«, antwortet Palmer. »Sie möchten die Kompetenz meiner Experten nicht anzweifeln und tun es im nächsten Satz doch.«

»Wer muss vor die Presse – Sie oder ich?«

»Keine Ahnung. Wollen wir knobeln?«

»Meine Herren«, geht Kulka dazwischen, »zur Sache bitte.«

»Die erwähnte Kombination«, sagt Palmer gelassen, »kennzeichnet einen sogenannten ANC-Sprengstoff. Im Gegensatz zu TNT oder Semtex zerreißt er Stahlträger nicht, sondern verbiegt sie nur. Das war eindeutig der Fall.«

Dass er sich vor seine Leute stellt, ist für Aaron keine Überraschung; so kennt sie Palmer aus ihrer BKA-Zeit. Respekt zollt sie ihm für etwas anderes: Er konnte sich noch nicht genauer informieren lassen, und er ist kein Spezialist. Aber er parliert darüber, als hätte er die Bombe selbst gebaut.

»Wo war der Explosionsherd?« erkundigt Demirci sich.

»Im zweiten Stock, also in der Abteilung«, antwortet Palmer. Süffisant fügt er an: »Ihre Detailversessenheit ist uns allen bekannt, aber fragen Sie mich nicht, welche Funktion der Raum hatte. Angesichts der Zerstörungen müssten wir diesbezüglich ebenso rätseln wie bei dem Inhalt Ihrer Handtasche.«

»Ich sehe, dass Sie bei fünfzig Toten noch Zeit für geschmacklose Scherze finden«, gibt sie zurück.

»Wir haben kaum geschlafen und sollten nicht jedes Wort auf die Goldwaage legen«, beschwichtigt Kulka. »Ich halte fest: Die Bombe war in einem Staubsauger. Es stellt sich die Frage: Wer hat sie gebaut – und in wessen Auftrag?«

»Mich interessiert zunächst, wie sie in die Abteilung gelangt ist«, wirft der Verfassungsschutzpräsident ein.

»Was soll das heißen?« hakt Demirci sofort nach.

»Da ich des Öfteren bei Ihnen im Haus war, darf ich mir ein Urteil über Ihre Sicherheitsmaßnahmen erlauben. Verglichen mit Ihnen ist bei uns immer Tag der offenen Tür.«

»Sie behaupten, einer meiner Leute könnte die Bombe dort platziert haben?« fragt Demirci eine halbe Oktave höher.

»Weshalb schließen Sie das aus? Soweit ich unterrichtet bin, gibt es außer Ihnen und Frau Aaron weitere Überlebende.«

»Durch pures Glück.«

»Man wird sehen.«

Aaron spürt, wie ihr vor Wut die Röte ins Gesicht schießt. Sie erinnert sich an Demircis Worte im Park, zwingt sich zur Ruhe.

»Präsident Palmer hat mich auf die Schnelle ins Vernehmen gesetzt.« Unbekannte Stimme, der BND-Präsident vermutlich. »Herr Nolte wird dazu etwas sagen.«

Er ist der Chefanalyst des Nachrichtendienstes, wie Aaron aus der Anwesenheitsliste weiß.

»Der Zünder könnte uns weiterbringen«, sagt Nolte. »Bomben dieser Bauart wurden in den letzten Jahren bei mindestens zwei weiteren Anschlägen verwendet.«

»Wo?« fragt Demirci.

»Bei dem Attentat auf den Chef der russischen Spionageabwehr in Sankt Petersburg und der Ermordung des chinesischen Botschafters in London.«

»Die Russen, die Chinesen und jetzt wir«, sagt Kulka bedächtig. »Wie bewerten Sie das?«

»Es ist nur eine erste Theorie.«

»Also bitte: Sie sind doch schon halb aus dem Gebüsch.«

»Es würde eher nicht auf einen ideologischen Fanatiker hinweisen«, tastet Nolte sich vor, »sondern auf einen Freelancer.«

»In wessen Auftrag?«

»Internationale Geheimdienste zum Beispiel.«

Kulkas Stimme dehnt sich wie ein Gummiband. »Herr Generalbundesanwalt, Sie haben zu Recht darauf hingewiesen, dass wir eine Kommunikationsstrategie brauchen. Die Medien spekulieren ohnehin schon über eine Gasexplosion. Wir sollten das mit einer Pressemitteilung bestätigen.«

»Wie bitte?«

»Wie stünden die Chancen, es jemals aufzuklären? Man würde einen Fahndungserfolg erwarten. Der mediale Druck wäre brutal. Wir müssten liefern, und sollte das nicht gelingen, würde man Ihnen allen Versagen vorwerfen. Wer will das und wozu? Um die Bevölkerung in Angst zu versetzen?«

»Es gibt weiß Gott Schlimmeres als die Medien«, sagt Palmer. »Machiavellismus zum Beispiel.«

Kulka peitscht die Antwort in den Raum: »Die Bundeskanzlerin hat mich angewiesen, es im Fall einer Bombe so zu halten. Ich spreche also in ihrem Namen und betrachte die Diskussion über diesen Punkt als beendet.«

»Das ist zu voreilig«, sagt Demirci. »Es gibt Erkenntnisse in Bezug auf den Täter. Beziehungsweise: die Täterin.«

»Aha«, ist alles, was Kulka einfällt.

»Frau Aaron wird sich dazu äußern. Bitte.«

Sie weiß, dass sie den Brief nicht erwähnen kann, denn darin ist von Svoboda die Rede. Also sagt sie aus dem Stegreif: »Heute Nacht bin ich von einer Frau angerufen worden. Sie hat sich zu dem Anschlag bekannt.«

Kulka fängt sich. »Um wen handelt es sich?«

»Eine Deutsche, die sich Malin nennt und uns für den Tod ihres Vaters verantwortlich macht.«

»Mit *uns* meinen Sie die Abteilung?«

»Ja.«

»Wer war ihr Vater?« fragt der BND-Präsident.

»Das wissen wir nicht. Was sie über ihn sagte, deutet darauf hin, dass er aus deutschen Sicherheitskreisen gestammt hat.«

Damit ist die zweite Bombe hochgegangen.

»Genauer bitte«, fordert Palmer. Demirci wird ihn längst auf den Stand der Dinge gebracht haben. Aber es dürfte Misstrauen erregen, wenn er sich nicht zu Wort melden würde.

Aaron ist außer Atem, als sei sie in großer Höhe. »Sie hat eine Parallele zu meinem eigenen Vater gezogen. Bekanntlich war er Kommandant der GSG-9.« Ihre Lunge stellt den Gasaustausch ein, schickt keinen Sauerstoff mehr in die Blutgefäße.

Es folgt der schwerste Satz, den Aaron in ihrem ganzen Leben ausgesprochen hat. Er schmerzt so sehr, dass ihre Rippen wehtun, weil ihr Herz darauf eindrischt.

»Sie hat angedeutet, dass sie bereits als Kind von ihrem Vater zur Killerin ausgebildet wurde.«

»Als Kind?« hakt Kulka ungläubig nach.

Unbewusst öffnet Aaron die Augen. Die Finsternis bricht wie unter einem gewaltigen Blitz auf. Sie starrt in Kulkas Gesicht, ein grell belichtetes Foto ohne Struktur und Tiefe, die Züge in Sprachlosigkeit erfroren, obwohl sie seine Stimme hört.

»Sie glauben ihr das?« fragt er.

Die anderen sind eine Galerie aschgrauer Masken, Kabuki-Theater mit Männern in Frauenkostümen, die stumme Anklage im vierten Akt. Aaron wendet den Kopf zu Demirci, deren riesiger Mund grellrot geschminkt ist, eine Geisha mit Wangen weiß wie Schnee.

Sie schließt die Augen und stürzt durch schwarzes Licht. Hört wieder Kulka. »Mit wem haben wir es zu tun?«

»Wir sollten Frau Aaron einen Moment Zeit geben«, springt Demirci ihr bei. »Wir haben alle eine harte Nacht hinter uns, sie hat Schlimmeres erlebt.«

»Malin besitzt außergewöhnliche Fähigkeiten«, ist alles, was sie herausbringt.

Einatmen und ausatmen, einatmen und ausatmen.

»Fähigkeiten welcher Art?« fragt Palmer, jetzt sehr laut, als sei ihr Gehör das Problem.

Aaron setzt neu an, reiht ein Wort ans andere. »Es ist nur eine Frage der Zeit, bis Malin weiß, dass es weitere Überlebende der Abteilung gibt.«

Pavlik und mich. Mehr will sie nicht.

Langsam kann sie wieder klar denken. »Sie wird nicht ruhen, bis wir alle tot sind. Unser Apparat schreckt sie nicht ab. Malin kennt die Vorgehensweise von Polizei und Geheimdiensten und versteht es, das für sich zu nutzen. Sie ist willens, es mit jedem Gegner aufzunehmen, und sei er zahlenmäßig noch so überlegen. Zwar ist ihr klar, dass sie höchstwahrscheinlich dabei sterben wird, aber der Tod ist für Malin nur ein notwendiges Mittel zur Erlösung, sie betrachtet ihn als unausweichlich. Sie können das mit einem Selbstmordattentäter vergleichen, allerdings ist sie weit gefährlicher. Es geht Malin nicht vorrangig darum, sich zu opfern, sondern zu richten. Und sie verfügt über eine lange Erfahrung in diesem Geschäft. Als ich noch beim BKA war, habe ich eine Studie zu dem Londoner Anschlag gelesen. Der chinesische Botschafter liebte Zartbitterpralinen, die er immer bei einem bestimmten Chocolatier besorgen ließ. Später hat sich herausgestellt, dass das Konfekt auf unbekannte Weise gegen TNT mit Zartbitterglasur ausgetauscht worden war. Der Zünder wurde beim Aufreißen der Tüte aktiviert, der tödliche Radius hat lediglich fünf Meter betragen. Malin geht ökonomisch vor, sie tut, was nötig ist.«

»Eine Hochhausexplosion nennen Sie ökonomisch?« spottet der Verfassungsschutzpräsident.

»Wie viel Sprengstoff war es laut KTI?« fragt Aaron.

»Sechs bis zehn Kilo«, antwortet Palmer.

»Und welche Menge wäre erforderlich gewesen, um das ganze Gebäude zum Einsturz zu bringen?«

»Moment – erheblich mehr. Hier steht: zwanzig Kilo.«

Heute, Dienstag, um elf. Es hätte keine Überlebenden gegeben.

»Malin rechnet kühl«, sagt Aaron. »Aber sie kann auch improvisieren. Das hat sie schon als Mädchen bewiesen.«

Kulka räuspert sich. »Meinen Sie damit etwas Konkretes?«

»Sie hat Carrières-sur-Seine erwähnt, eine kleine Gemeinde unweit von Paris. Dort ist vor zweiundzwanzig Jahren etwas geschehen, das ihren Lebensweg bestimmt hat. Es wurden fünf aufsehenerregende Morde verübt. Bei den Opfern handelte es sich um den korsischen Rechtsanwalt Alain Cesari und vier seiner Angestellten. Er selbst und einer dieser Männer wurden in Cesaris Villa gefunden, die Tatwaffe war ein Messer. Wochen darauf hat man bei der Ausbaggerung der Seine eine Limousine mit den Leichen der drei anderen Männer entdeckt, sie waren erschossen worden.«

Erneut Kulka: »Sie vermuten, dass Malins Vater das war?«

»Nein. Sie war es. Eine Art Initiationsritus.«

»Wie alt war sie damals?«

»Zwölf.«

»Frau Aaron, ich bitte Sie«, lacht der Innenminister auf. »Bei allem Respekt vor Ihrer *Behinderung*, das kann unmöglich Ihr Ernst sein.«

Sie ist versucht, ihre Augen auf den Mann zu richten.

Wie salopp du das Wort Behinderung *aussprichst. Was glaubst du, was ich mit zwölf schon gelernt hatte? Noch heute, blind, bräuchte ich nicht mehr als zwei Sekunden, um dich zu töten. Und alle anderen in diesem Raum in weiteren fünfzehn.*

Sie sagt: »Nach Cesaris Ermordung fand die Polizei in seinem Haus Fotos von minderjährigen Mädchen, die er offenbar vergewaltigt hatte. Als das Auto aus der Seine geholt worden war, hat sich eine Zeugin gemeldet. Sie hatte in der fraglichen Nacht ein Mädchen gesehen, das allein am Fluss entlangrannte. Das wurde bis heute nicht aufgeklärt.«

Aaron bricht der Schweiß aus, ihr ist, als ob die Stille dampft.

»Es mag sein, dass eine erfundene Gasexplosion für Sie eine zweckmäßige Strategie ist«, sagt Demirci. »Von mir aus. Aber wir werden diese Frau aufspüren und ausschalten.«

»Sie?« fragt der Innenminister. »Die Abteilung existiert nicht mehr. Sie haben keine Logistik und keine Manpower. Wie viele von Ihren Männern haben überlebt?«

»Ich nehme zur Kenntnis, dass diese Frage erst jetzt gestellt wird«, versetzt Demirci scharf.

»Mein Sohn wollte einmal eine Wasserschildkröte«, gibt der Minister sich entspannt. »Er war in der vierten Klasse, aber fühlte sich irrsinnig erwachsen und hat meine Frau und mich genervt, bis er allein zur Tierhandlung durfte. Zwei Tage hat die Schildkröte gestrampelt, um auf die Korkschale in dem Aquarium zu kommen. Ich wusste sofort, dass es eine Landschildkröte war, habe aber nichts gesagt. Dann war sie ersoffen. Einen Monat habe ich nicht mit meinem Sohn geredet, egal wie viel er geflennt hat. Wissen Sie, wieso?«

»Weil Sie ein Tierquäler und Sadist sind?«

»Sehr lustig. Nein, mein Sohn sollte lernen, dass man für jeden Fehler geradestehen muss. Ich habe keine Ahnung, wie die Bombe in die Abteilung kam, aber Fakt ist: Sie hatten ein Leck. Diese Frau ist Sache des Bundeskriminalamts.«

»Ich denke über Alain Cesari nach«, sagt Palmer bedächtig. »Seinerzeit war ich beim BKA in der Abteilung OA. Cesari war in Wiesbaden kein Unbekannter.«

Aaron hört rasche Schritte und weiß: Kulka. Die Tür fällt ins Schloss. Diesmal hält die Stille zehn Sekunden an.

»Herr Palmer«, sagt Demirci, »auf einem Bein steht es sich schlecht.«

»Cesari hat die deutschen Investments der korsischen Mafia betreut. Über eine Scheinfirma wollte er von der Treuhand eine Werft in Rostock kaufen, Richard Wolf ließ monatelang gegen ihn ermitteln. Aber dann wurde Cesari ermordet. Es gab Leute, die tief durchgeatmet haben, als sie es erfuhren.« Kunstpause. »Auch im Kanzleramt.«

Wäre Stille aus Stahl – mit dieser könnte man in Rostock ein riesiges Schiff bauen.

»Zwei Bundestagsabgeordnete waren so frei, die Hand aufzuhalten«, lässt Lennard Palmer sich wieder vernehmen. »Um der Wahrheit die Ehre zu geben: Sie waren aus der Regierungsfraktion.« Er senkt die Stimme, sodass Aaron lediglich Bruchstücke versteht. »Wolf – Parteispenden – Wasch – unklar – Klappe zu.«

Die Tür geht auf. Kulka sagt knapp: »Ich muss die Lage leider beenden, wir vertagen uns auf morgen früh. Frau Demirci, die Kanzlerin möchte Sie sprechen.«

19

Ihr Leben lang konnte sie nicht gut warten. Bei der Einschulung musste Inan mit den anderen Erstklässlern vor dem Direktor Aufstellung nehmen. Alle Eltern waren dabei, ihre eigenen ernst und stolz, Inan skeptisch, die Riesentüte mit dem Naschzeug fest im Griff. Der Direktor verkündete, dass sie von nun an keine Kinder mehr seien, sondern Schulkinder, also etwas völlig anderes, weil Lernen mit Spielen überhaupt nichts zu tun habe. Aber sie müssten davor keine Angst haben, im Gegenteil: Lernen sei die tollste Sache der Welt und ein großes Abenteuer. Das fand Inan so aufregend, dass sie, als der Direktor sich am Ende seiner sehr langen Rede erkundigte, ob jemand eine Frage habe, blitzschnell die Hand hob und wissen wollte, wann der Unterricht endlich anfange.

Zwanzig Jahre später absolvierte sie an der Polizeihochschule die Abschlussprüfung und wusste nach zwei wachen Nächten, dass sie die vierzehn Tage bis zur Bekanntgabe der Ergebnisse niemals überstehen würde. Eine Freundin war mit einem fusselbärtigen Informatikstudenten vom Chaos Computer Club zusammen, dessen üblicher Tarif eine Flasche Single Malt war. In seiner nach nasser Wäsche riechenden Bude hackte er sich in den Hochschulrechner ein. »Wenn du durchgefallen bist, kann ich das ganz easy ändern«, sagte er zu Inan. Doch das wäre für sie nicht infrage gekommen. Sie war entschlossen, jedes Urteil zu akzeptieren, auch das gnadenloseste, und die Prüfung notfalls zu wiederholen, zu lernen wie nie zuvor in ihrem Leben. Dann sah sie die Note, und ihr Herz tanzte Rock 'n' Roll. Sie war die Jahrgangsbeste.

Kurz nachdem sie Chefin der Dortmunder Mordkommission geworden war, kam ein siebzehn Jahre zuvor verurteilter Serienvergewaltiger frei, der erfolgreich gegen seine Sicherungsverwahrung geklagt hatte. Demirci ließ ihn observieren. Er saß jeden Tag am Flussufer, sah Joggerinnen hinterher, ein Gesicht wie eine Totenmaske. Nachts dröhnte er sich in seiner Wohnung mit Death Metal voll. Nach einigen Wochen wurde Demirci vom LKA angewiesen, die Observation einzustellen, man könne es dem Steuerzahler nicht länger vermitteln. Ab da joggte sie jeden Abend am Fluss und trug knappe Shorts, obwohl bereits Herbst war. Wieder vergingen Wochen. Dann hatte sie seinen Atem im Nacken. Er wollte sie in ein Gebüsch zerren. Sie lähmte ihn mit einem Bullenschocker und zerquetschte seine Hoden zwischen zwei Steinen. Der Mann wurde für immer weggeschlossen, an dem Tag geht sie jedes Jahr schön essen.

Jetzt sitzt sie seit geschlagenen acht Minuten im Vorzimmer der Bundeskanzlerin und weiß, was Lissek ihr mitgab: »Jemanden in Ihrer Position darf man höchstens zehn Minuten warten lassen. Jede Sekunde mehr heißt: Sie sind erledigt.«

Die ganze Zeit denkt Demirci an die Besprechung eben, an den Moment, als Lennard Palmer sagte: »Alles weist auf einen natürlichen Tod hin.«

Und er sah sie nicht an.

Demirci war wie betäubt. Sie hatten abgesprochen, dass er die Fotos aus Cascais auf den Tisch legt, Svobodas Treffen mit Zankov und Sposato, dass er, ohne die Rolle der Abteilung zu erwähnen, alles raushaut, was sie wissen. Es war allemal genug, um Svobodas Leiche ans Kreuz zu nageln.

Palmer murmelte: »Ein großer Verlust für unser Land.«

Und er sah sie nicht an.

Sie wollte ihm widersprechen. Stattdessen hörte sie sich sagen: »Wir haben konstruktiv zusammengearbeitet, ich werde seinen Sachverstand vermissen.«

Und sie sah ihn nicht an.

In Sekunden war alles zunichte, das Vertrauen von Monaten, die Nähe, die man nur zu einem Menschen empfindet, dessen Atem man im Schlaf gehört hat. Als er gestern Abend zu ihr ins Krankenhaus gekommen war, hatte sie noch die Kraft gefunden, Fricke aus dem Raum zu schicken, ehe sie in Palmers Armen zusammenbrach. Jahre hatte sie nicht mehr geweint, aber jetzt war in ihr ein Damm gebrochen. Lennard Palmer ließ sie so sein, der Einzige, vor dem sie sich jemals so zeigte und zeigen würde, ein winziger Kieselstein in einem reißenden Fluss.

Zehn Stunden darauf lächelte er maliziös und schnippte zu ihr rüber: »Wir müssten ebenso rätseln wie bei dem Inhalt Ihrer Handtasche.«

Noch gestern hätte das Katz-und-Hund-Spiel sie amüsiert.

Jetzt nicht mehr.

Weil es nicht länger ein Spiel war.

Es ist ihr ein Rätsel, weshalb sie bis zum Schluss über Svoboda schwieg, obwohl die Vorstellung, dass man auf der Beerdigung dieses Dreckschweins einen Trauermarsch spielen würde, mit jedem Atemzug unerträglicher wurde. Zuletzt war sie so weit, die Wahrheit in den Raum zu schreien. Doch dann hatte Kulka die Sitzung abrupt für beendet erklärt. Demirci ging ohne ein Wort an Palmer vorbei.

Und sie sah ihn nicht an.

Neun Minuten, sagt ihre Uhr.

Die Abteilung gehört nicht zum Machtbereich der Kanzlerin, sondern zu dem der Bundesländer. Demirci ist der Innenministerkonferenz Rechenschaft schuldig, und Svobodas Stellvertreter hätte an der heutigen Sitzung teilnehmen müssen. Dass er das nicht tun würde, war ihr schon gestern Abend klar gewesen, als er sich von seiner Frau am Telefon verleugnen ließ. Man hat für Kulka das Feld geräumt.

Weil die Abteilung Geschichte ist, eine andere Erklärung findet Demirci nicht. Will die Kanzlerin ihr für geleistete Dienste danken, ihr Bedauern äußern?

Der Sekundenzeiger steht kurz vor der Zwölf. Es ist seltsam, hier zu sitzen und nicht mehr da zu sein. Wie ein Stern, der noch leuchtet, obwohl er längst erloschen ist.

Da hört sie: »Die Kanzlerin hat jetzt Zeit für Sie.«

Demirci erhebt sich, glättet ihr Kostüm und geht steif in das Büro im siebten Stock, man könnte einen Ball darin ausrichten. In Wellen fließt die hohe Decke zu dem Panoramafenster, das die ganze rechte Seite dominiert; hinter Panzerglas der Reichstag und das sowjetische Ehrenmal. Auf dem sechs Quadratmeter großen Schreibtisch wirken die Utensilien – zwei Telefone, ein dünner Aktenstapel, ein Notebook, zugeklappt – wie Sonderanfertigungen im Maßstab 1:3. Darüber prangt das Gemälde von Georg Baselitz, das der Vorvorgänger der Kanzlerin bereits hier hängen hatte: »Adler im Sturzflug«. Der preußische Ikarus, von aller Schwerkraft befreit, als sei das deutsche Erbe nur noch eine ironische Notiz.

Kirsten Fugger kommt auf sie zu, zunächst so weit entfernt, dass ihr Gesichtsausdruck im Ungefähren bleibt. »Guten Morgen, Frau Demirci.«

»Guten Morgen, Frau Bundeskanzlerin.«

»Bitte.« Fugger weist zu dem Besprechungstisch, der Platz für zehn Personen bietet, und setzt sich Demirci gegenüber, ohne ihr die Hand gereicht oder einen Kaffee angeboten zu haben. Sie trägt ein marineblaues Jackenkleid, halbhohe modische Pumps mit Plateauabsatz, praktisch bei jedem Anlass. Damit könnte man den israelischen Ministerpräsidenten empfangen oder bei einem Junggesellinnenabschied die Sau rauslassen. Die schwarzen Haare hat sie zu einem strengen Pferdeschwanz gebunden, wie immer in der Öffentlichkeit; eine einundvierzigjährige Primaballerina, deren schlaflose Nächte überschminkt sind.

Die makellose Betroffenheit, mit der die Kanzlerin Demirci das Beileid ausspricht, der auf Kommando bittere Zug um den Mund ruft ihr den kometenhaften Aufstieg der Frau in Erinnerung, die noch vor fünf Jahren kaum einer kannte.

Die Unternehmensberatung, die sie mit dreißig gegründet hatte, zählte den halben Dax zu ihren Klienten. Erst spät war sie in die Partei eingetreten, rückte aber schnell an die Spitze ihrer Mittelstandsvereinigung. Ihr geschäftlicher Erfolg stand außer Frage, dazu kamen ihr Charisma – eine Mischung aus Eleganz und Härte – und nicht zuletzt ihr blendendes Aussehen. Fugger profilierte sich rasch als wirtschaftspolitische Stimme der Konservativen. Wenn sie neben der damaligen Kanzlerin stand, sah man eine abgekämpfte Seniorin mit ihrer jugendlichen Betreuerin. Ein Jahr vor der Bundestagswahl kündigte sie ihre Kandidatur für den Parteivorsitz an, und die Amtsinhaberin war klug genug, einer Kampfabstimmung aus dem Weg zu gehen.

Die Kanzlerschaft war Kirsten Fugger nicht mehr zu nehmen. Sie steht einer Jamaika-Koalition vor, sicherlich nicht die einfachste Kombination, aber tut das bisher so geräuschlos, dass die meisten Kritiker verstummt sind.

»Das ist für uns alle eine schwierige Situation«, hebt Fugger an, »für mich in mancher Hinsicht noch komplizierter als für Sie. Bei meinen Koalitionspartnern finden sich keine Freunde der Abteilung, damit sage ich Ihnen sicher nichts Neues.«

Demirci nickt nur.

»Sie fragen sich, warum ich Sie sprechen wollte«, fährt die Kanzlerin fort, »die Abteilung gehört schließlich in die Hoheit der Länder. Nun, von dort gibt es seit einiger Zeit Signale, dass man unter bestimmten Bedingungen bereit wäre, sie in die Zuständigkeit des Bundes zu überführen. Will sagen: sie unmittelbar dem Kanzleramt zu unterstellen.«

Demircis Muskeln sind hart, als wären sie übersäuert. »Man will uns loswerden.«

»Die Länder erwarten dafür Zugeständnisse in der Bildungspolitik. Aber ganz unrecht haben Sie natürlich nicht. Für viele ist die Abteilung ein Relikt aus dem Kalten Krieg, und das, obwohl sie erst nach dem Fall der Mauer ins Leben gerufen wurde. Manche nehmen es damit nicht so genau, vor allem bei den Grünen und den Liberalen. Ich könnte mir das Leben erheblich leichter machen, indem ich mir die Abteilung zuschanzen lasse, sie nach einer angemessenen Schamfrist auflöse und das meinen Koalitionspartnern als Entgegenkommen verkaufe. Es täte dem Klima in der Regierung gut, zumal ich in dieser Legislaturperiode noch einiges auf der Agenda habe. Das eine oder andere dürfte eher nicht dazu führen, dass sich am Kabinettstisch jemand ein lustiges Papphütchen aufsetzt.«

Demirci schweigt.

»Die Bombe hat ein Momentum erzeugt«, sagt die Kanzlerin, »das lässt sich nicht ignorieren.«

»Entschuldigung, aber sie hat in erster Linie mehr als fünfzig Tote erzeugt«, gibt Demirci zurück. »Welches Signal wäre es an das organisierte Verbrechen, den internationalen Terrorismus? Dass wir kapitulieren?«

»Sehen wir es nüchtern: Wir haben das BKA. Und für besondere Einsätze die GSG-9.«

»Es gab Gründe für die Schaffung der Abteilung. Wir decken etwas ab, das andere nicht können. Ich halte es für falsch, nein, für fatal, das infrage zu stellen. Nicht weil meine Karriere daran hängt, sondern weil ich weiß, welches Vakuum wir hinterlassen würden.«

»Frau Demirci«, sagt Fugger, »Ihnen ist natürlich klar, dass ich solche Dinge nicht mit Ihnen bereden müsste. Also gehen Sie davon aus, dass Sie in mir keine Feindin, sondern eine Freundin haben. Sie sind fähig, und ich hege Sympathien für Sie, schon deshalb, weil Sie eine Frau sind. Sie wissen doch, welches Lied dieser Altmännergesangsverein über Sie oder mich trällert. Wir haben beide die Nase gestrichen voll von den Paschas, denen noch der Mief der Bonner Republik in den Anzügen hängt. Hier sind wir ganz entre nous. Liefern Sie mir Argumente für den Fortbestand der Abteilung.«

»Die nicht politisch sind«, erwidert Demirci vorsichtig.

»Nein.«

»Sondern eher ermittlungstechnisch.«

Fugger lächelt. »Kaffee?«

»Schwarz bitte.«

Die Kanzlerin tippt ihr Handy an. »Sabrina, bitte zwei Kaffee, für Frau Demirci schwarz.« Sie lehnt sich zurück und fragt: »Wie ich höre, soll es sich bei Senator Svoboda um einen natürlichen Todesfall handeln.«

Demirci hat ein Knacken im Ohr, das ihrem immer schnelleren Puls folgt. »Die Untersuchung ist Sache des BKA.«

»Als ich klein war, hat meine Mutter sich umgebracht«, wechselt Fugger in den Plauderton, »am selben Tag, an dem sie von der langjährigen Geliebten meines Vaters erfuhr.« Als ob sie sagen würde: *Nehmen Sie doch einen Keks.* »Ich war erst neun. Aber ich habe sehr wohl gewusst, dass das eine mit dem anderen zu tun hatte.«

Dieser letzte Satz steht noch im Raum, als eine junge Frau die Kaffeetassen längst auf den Tisch gestellt und sich zurückgezogen hat. Selten war Demirci für eine Pause so dankbar.

Könnte sie von den Ermittlungen gegen Svoboda wissen?

Falls ja: von wem? Von Lennard?

Nein.

Nein. Nein. Nein.

»Es ist bekannt, wie Sie zu dem Senator standen«, lässt die Kanzlerin fallen. »Sie haben sich keine Mühe gegeben, es zu verbergen. Was mich betrifft: Wenn er mir nur die Hand gab, hatte ich das Bedürfnis nach einem Vollbad. Aber er war der Berliner Landesvorsitzende meiner Partei und Mitglied unseres Bundesvorstands. Politik ist keine Frage von Sympathie, man hat nicht immer den Luxus, es mit angenehmen Menschen zu tun zu haben. Das wird Ihnen kaum anders gehen.«

»Nein, wohl nicht«, sagt sie.

Sag es ihr doch, größer wird die Brücke nicht mehr.

Nein, warte.

Warum ist sie so an Svoboda interessiert?

Sie sitzen hier seit zehn Minuten und trinken Kaffee, als hätte unten nicht längst die Ehrenformation für den spanischen Regierungschef Aufstellung genommen, der in einer halben Stunde eintreffen wird.

»Mit einigen meiner westlichen Amtskollegen pflege ich erfreulicherweise ein exzellentes Verhältnis«, spricht die Kanzlerin weiter. »Zum Beispiel mit dem britischen Premierminister. Er hat mich vorgestern angerufen. Es ging um die Ermittlungen des MI5 im Umfeld des Top-Terroristen, den die Abteilung im Februar zur Strecke gebracht hat. Bei Ihnen wurde er unter dem Namen ›Broker‹ geführt. Sein Fonds, der auf die internationalen Aktienkurse nach einem Anschlag spekuliert hat, saß in London, wie Sie wissen.«

Demirci nickt.

Sie merkt, wie ihre Hände feucht werden.

»Mein Amtskollege hat mir eine vertrauliche Information zukommen lassen, die mich schockiert«, fährt die Kanzlerin fort, »ein anderes Wort gibt es nicht. Der MI5 hat Hinweise gefunden, dass zwischen Svoboda und dem Broker eine Verbindung bestand. Er soll ihn mit Interna aus Sicherheitskreisen versorgt haben, auch über die Abteilung.« Die Kanzlerin sieht Demirci forschend an. »Ich erinnere mich gut an die Besprechung hier im Haus, in der wir damals über den Broker sprachen. Mir war aufgefallen, wie nervös Svoboda war. So unsouverän hatte ich ihn noch nie zuvor erlebt. Es kam mir vor, als ob er unter Drogen stehen würde. Sie sind mir auch aufgefallen. Sie haben Svoboda die ganze Zeit fixiert. Und jetzt bin ich sicher, dass Sie der Grund für seinen Zustand waren.«

Es ist so still, dass Demirci trotz des Panzerglases hört, wie auf dem Ehrenhof die Instrumente gestimmt werden.

»Sie sind mir eine Antwort schuldig«, sagt Fugger.

Demirci fasst sich. »Wir waren seit dem Winter an Svoboda dran. Er hat sich nicht nur an den Broker verkauft, sondern auch an andere. Fünf meiner Leute mussten deshalb in den letzten

Monaten sterben. Vor einer Woche flog Svoboda nach Portugal. Dort traf er sich mit zwei Männern, die mit europäischem Haftbefehl gesucht werden. Der eine ist das Oberhaupt der bulgarischen Mafia, der andere gehörte zur 'Ndrangheta.«

»Hatte Svoboda etwas mit der Bombe zu tun?«

»Ja.«

Geschmeidiger als die Kanzlerin kann man das nicht zu den Akten legen. Sie fragt knapp: »Wer weiß davon?«

»Nur ich und einige meiner Leute.«

»Warum keine Staatsanwaltschaft?«

»Es war nicht gerichtsfest. Wäre ich offen gegen Svoboda vorgegangen, hätten wir nie etwas gegen ihn in die Hand gekriegt. Sie selbst sprechen nur von *Hinweisen* des MI5. Ich vermute, dass Sie deswegen zwei Tage geschwiegen haben.«

»Ja.«

»Und wie lange hätten Sie noch geschwiegen?« Die Frage ist unverschämt. Aber plötzlich weiß sie, warum sie das Gespräch führen.

»Vorsicht, Frau Demirci«, sagt die Kanzlerin leise.

»Sie wollen, dass wir offen reden, dann lassen Sie uns das tun. Im Herbst finden die Wahlen zum Berliner Abgeordnetenhaus statt. Und ja: Svoboda war der Berliner Landesvorsitzende Ihrer Partei. Wenn bekannt werden sollte, dass er ein Verbrecher war, ein Massenmörder, wäre das ein Desaster für Sie. Die Mehrheit im Bundesrat hängt an Berlin. Sie haben nicht das geringste Interesse daran, dass die Wahrheit ans Licht kommt.«

Fugger schweigt lange. »Sie zeigen mir eindrucksvoll, warum man Sie zur Leiterin der Abteilung gemacht hat.«

»Mein bisschen Eitelkeit verdient den Namen nicht.«

»Sie verpassen was.«

»Selbst wenn ich stillhalten würde: Das würde Ihr Problem nicht lösen. Vielleicht ist die Information des Premierministers in diesem Augenblick noch exklusiv. Aber sicher nicht mehr lange. Sie wird den Weg zum BND finden. Und dann?«

»Das ist mir bewusst. Es wird hilfreich sein, dass der BND-Präsident letztes Jahr von mir vorgeschlagen wurde.«

Demirci weiß nicht, ob Fugger von dem uralten Handelsgeschlecht abstammt. Aber sie erinnert sich, irgendwo gelesen zu haben, dass dessen Name ursprünglich »Fucker« lautete. In diesem Moment scheint ihr das sehr passend.

»In Ihrer Welt gibt es erfundene Gasexplosionen und von der Mafia bestochene Bundestagsabgeordnete, die als ehrenwert gelten«, sagt sie. »In meiner gibt es Frauen und Kinder, die keine Männer und Väter mehr haben.«

»Haben Sie nie daran gedacht, in die Politik zu gehen?«

»Was hätte ich davon?« fragt Demirci.

»Weniger Beerdigungen.«

»Ich bin dafür nicht geeignet.«

»Warum?«

»Weil ich zwei Schwächen habe«, sagt Demirci. »Ich bin ungeduldig. Und irrsinnig vergesslich. Ich weiß jetzt schon nicht mehr, worüber wir gesprochen haben.«

»Ich verstehe Ihre Empörung«, versetzt die Kanzlerin ungerührt. »Doch, doch. Sie haben Menschenleben zu beklagen und fordern Genugtuung, vielleicht Rache. Aber an wem wollen Sie sich rächen? An einem Toten? Politik ist nicht fair. Es ist ein Seiltanz zwischen Recht und Gerechtigkeit. Man muss immer in der Balance bleiben, die winzigste Bewegung auf diesem Seil hat ihren Preis. Auch der Fortbestand der Abteilung.«

»Das ist Ihre Bedingung?«

»Das ist meine Bedingung.«

Inan Demirci steht auf. Mit jedem Schritt zur Tür wächst das Zittern in ihr. Hinter sich hört sie die Stimme der Kanzlerin: »Ist das Ihre Antwort?«

Sie geht hinaus, ohne sich noch einmal umzudrehen. Aber das Seltsame ist: Als sie die Türklinke loslässt, bleibt das Zittern daran haften.

Sie steigt in den Hubschrauber, sieht Aaron – und ihr gegenüber Lennard Palmer. Demirci schnallt sich wortlos an, die Rotoren setzen sich in Bewegung. Sie weicht Palmers Blick aus, als dieser sagt: »Es ist Ihnen doch recht, wenn ich die Mitfluggelegenheit nutze? Wir setzen Sie in Beelitz ab, ich muss nach Hamburg.«

Den Flug absolvieren sie schweigend. Unten weiß Demirci das Häusermeer, Menschen in den Parks, die Sorglosigkeit von Unwissenden, aber auch die Trauer derer, die gestern das Liebste verloren haben. Dann der Grunewald, der Heilige See mit Schloss Cecilienhof, wo die vier Mächte ein Deutschland erfanden, in dem der Reichsadler noch immer abstürzt.

Nach der Landung sagt Palmer: »Frau Aaron, bitte lassen Sie mich mit Frau Demirci allein.« Und zum Piloten: »Vertreten Sie sich mal die Beine.« Als sie unter sich sind, fragt er: »Was wollte die Kanzlerin von dir?«

Sie schenkt ihm einen Blick aus Eis. »Wir hatten eine Verabredung. Aber du schmeißt Svoboda einen Kranz hinterher.«

»Ich habe ihm nicht das Bundesverdienstkreuz in den Sarg gelegt. Es waren nur Worte. Sie haben keinem wehgetan.«

»*Mir* haben sie wehgetan!« schreit sie ihn an.

»Was, wenn wir die Wahrheit gesagt hätten? Ich wäre jetzt nicht mehr im Amt. Und du auch nicht. Wäre dir das lieber?«

»Ich habe dir vertraut!«

»Das kannst du nach wie vor. Ich überlebe in diesem Haifischbecken seit zehn Jahren, du gerade mal ein paar Monate. Und schon willst du das Wasser vollbluten.«

»Du hättest es mir vorher sagen müssen!«

»Du hättest dich niemals darauf eingelassen. Für dich gibt es nur deine toten Männer, sonst nichts.«

»Du redest wie die Kanzlerin. Ich dachte, du wärst anders.«

»Ich habe ernsthaft erwogen, heute reinen Tisch zu machen. Wenn ich dir sagen würde, wie müde ich bin, würdest du es nicht glauben. Trotzdem war der Gedanke grauenhaft, mich schon bald nur noch mit meinen Memoiren zu beschäftigen.«

Demirci schaut ihn prüfend an. Sein Gesicht verrät, dass die Wahrheit immer bitterer ist als jede Lüge.

»Aber das war nicht der Grund«, sagt er. »Ich habe es für dich getan. Um dich vor dir selbst zu schützen.«

Sie schweigt.

»Du brauchst mir nicht zu danken, und im Hintergrund spielen Geigen«, murmelt Palmer. »Du bist es halt nicht gewohnt, dass jemand etwas um deinetwillen tut.«

»Die Kanzlerin weiß es«, hört Demirci sich sagen.

»Woher?« fragt er sofort.

»Mein erster Gedanke war: von dir.«

»Man schafft es schnell auf deine schwarze Liste.«

»Der MI5 hat in London Material gefunden, das Svoboda belastet. Es ist noch topsecret.«

»Warum erzählt sie dir das?«

»Fugger hat die richtigen Schlüsse gezogen. Keine Sorge, von dir ahnt sie nichts. Fünfzig Tote sind für sie ein Malheur wie ein ausgelaufener Füller. Aber ich bin für sie zu einem Risiko geworden, und es ist ganz schlechtes Timing.«

»Was meinst du mit *Timing*?«

»Du enttäuschst mich.«

»Die Wahlen in Berlin«, sagt Palmer nach einer langen Pause.

»Sie verlangt von mir, dass ich es für mich behalte. Dann darf die Abteilung weiter existieren. Freilich in anderer Form.«

»Dem Kanzleramt unterstellt.«

»Sie kann mit den Ländern einen Deal machen. Ich muss nur mitspielen.«

»Was hast du geantwortet?«

»Nichts. Ich bin gegangen.«

Palmer zieht scharf die Luft ein. »Du bist *was*?«

»Kennst du nicht? So nennt man das, wenn man einen Fuß vor den anderen setzt.«

»Inan, du –«

»Sag jetzt das Richtige.«

»Gegen dich war Jeanne d'Arc eine Hure.«

Sie lacht bitter auf. »Heiligenschein steht mir nicht. Wenn ich zugestimmt hätte, wüsste Fugger, dass sie so etwas mit mir machen kann, sie würde mich nicht mehr ernst nehmen. Die Abteilung wäre nur noch ein Büttel von ihr und Kulka. Ich hätte einen Titel ohne Wert und wäre eine Königin ohne Reich. Lieber lasse ich es darauf ankommen.«

Sie sieht aus dem Fenster. Männer der GSG-9 gehen Streife, die Zeigefinger über dem Abzugsbügel der Heckler & Koch, die Augen in den Schlitzen der Sturmhauben versteckt.

»Du setzt auf die Hardliner der Kanzlerpartei«, sagt Palmer.

»Allerdings. Die Abteilung hat nicht nur Feinde, sie hat auch Fürsprecher, zum Beispiel im Innenausschuss, und die Rechten haben in der Koalition so viel fressen müssen, dass sie Kreide kotzen. Diesen Krieg muss nicht ich führen, sondern die Kanzlerin. Sie wird sich reiflich überlegen, ob sie es sich leisten kann, uns zu killen. Manchmal sollte man eine Situation sich einfach entwickeln lassen. Das hat vor vielen Jahren ein Dozent an der Führungsakademie zu mir gesagt. Guter Mann, auch wenn er mich damals nicht mochte.«

Palmer weiß: Er war dieser Mann.

»Du solltest vielleicht in die Politik wechseln«, sagt er.

»So viel Kreide gibt es nicht.«

»Wann willst du mit Svoboda an die Öffentlichkeit gehen?«

»Nicht bevor wir diese Malin haben. Ich will sie lebend. Wir verhören sie, dann lasse ich die Bombe platzen. Wenn es kurz vor der Berliner Wahl ist: umso besser. Ich schiebe der Kanzlerin Malins Aussage ganz tief in ihren charakterlosen Arsch.«

»Inan, du bist eine Dame.«

»Für das Miststück mache ich eine Ausnahme.«

Palmer lacht. »Komm mal her.«

»Komm du doch.«

Er rutscht rüber. Sein Kuss schmeckt nach all den Dingen, die sie nur mit ihm teilen kann, und auch nach verrauchter Wut.

Sie löst sich von Palmer. »Als du erzählt hast, dass ihr damals mit diesem Alain Cesari zu tun hattet, hat Kulka den Raum verlassen. Das will mir nicht aus dem Kopf.«

»Vielleicht musste er nur mal austreten.«

»Wenn ja, hat er Magensäure gepinkelt.«

Palmer grinst.

»Wer waren diese Bundestagsabgeordneten, die sich von der korsischen Mafia schmieren ließen?« fragt sie.

»Weiß ich nicht. Ich war keiner von Wolfs Günstlingen und nicht in die Sache eingebunden. Sein früherer Stabschef hat es mir unter der Hand gesteckt.«

»Ich muss mit ihm reden«, sagt Demirci.

»Du findest ihn in Wiesbaden auf dem Südfriedhof. Er ist vor vier Jahren an Leukämie gestorben.«

»Wie ist dein Verhältnis zu Wolf?« fragt sie.

»Wir sehen uns jedes Jahr bei der BKA-Herbsttagung. Dann gibt er mir kühl die Hand. Ich habe als sein Nachfolger Entscheidungen getroffen, mit denen er nicht einverstanden ist. Falls du mich also fragen willst, ob ich mit ihm sprechen könnte – lieber nicht. Kratz den Schnee von heute weg, nicht den von gestern.«

»Egal wie dreckig er ist.«

»Der Innenminister hat mich im Kanzleramt vorhin beiseitegenommen«, bricht Palmer die Stille. »Ich soll die Ermittlungen übernehmen, er hat das bereits geklärt.«

»Ich habe nichts anderes erwartet«, sagt Demirci. »Und was wirst du tun?«

Palmer schweigt sehr lange. »Du hast noch sechs Männer und Jenny Aaron. Nichts wird sie dazu bringen, von dieser Frau abzulassen. Und dich auch nicht. Es steht euch zu, und ganz gleich, was du von mir brauchst, du wirst es kriegen.«

20

Seit dem Kanzleramt hat sie die Augen nicht mehr geöffnet. Auf dem Weg zum Haus ist sie von einem schwarzen Schutzschirm umgeben; Aaron stellt sich vor, wie das jähzornige Licht daran abprallt. Im Zimmer findet sie ihre Sonnenbrille. Anstatt sie aufzusetzen, öffnet sie die Augen. Weder ist es schwarzweiß, noch gibt es Farben. So wie in dem Traum, in dem sie auf einem Wüstenplaneten war, der eine erkaltete Sonne umkreiste. Sie sieht den offenen Koffer, links saubere Sachen, rechts Dreckwäsche. Auf dem Schreibtisch eine Vase mit Blumen, Astern. Darüber, wie früher, die Reproduktion von Anselm Kiefers »Winter in Brabant«, eine Brandschneise in kluftiges Land geschlagen, ein Gemälde wie eine Kriegswunde. Auf der anderen Seite das unbenutzte Bett, das Aaron daran erinnert, wo sie letzte Nacht war. Etwas spiegelt sich im Fenster. Sie geht darauf zu, bleibt davor stehen, erkennt nichts. Aaron kneift die Augen zusammen und starrt in eine der Kabuki-Masken vom Kanzleramt, die so groß ist, dass sie das Fenster ausfüllt. Aus dem aufgerissenen Mund walzen Wellen mit grauen Schaumkronen wie an der Küste von Prora. Aaron dreht sich um, das Zimmer hat sich in die Kajüte eines rollenden, schlingernden Schiffes verwandelt, alles kullert durcheinander, der Koffer, der Schreibtisch, das Bild, die Vase. Ihr Magen rebelliert, sie will das Bett festhalten, doch es fliegt an ihr vorbei. Aaron liegt auf dem Rücken, weiß nicht, wie sie es schafft, die Brille aufzusetzen. Ewig ist ihr Kopf noch auf hoher See, wird weit emporgehoben und in tiefe Wellentäler gestürzt, während sie brettsteif auf dem Boden liegt. Dann ist es vorbei, und Aaron ist ganz aus Zittern gemacht.

Irgendwann hört sie ein Geräusch. Sie weiß nicht, was es bedeutet, wo es herkommt. Es wiederholt sich, wird lauter. *Die Tür.* Aaron richtet sich auf, macht im Schutz der dunklen Brille vorsichtige Schritte und öffnet.

Pavlik sagt: »Können wir?«

Sie versucht, sich nichts anmerken zu lassen. »Gib mir noch ein paar Minuten. Ich muss mit dem Kommandoführer des SEK reden, das sich um Reimer kümmert. Hast du die Nummer?«

»In meinem Handy.«

»Kann ich's kurz haben?«

Er drückt es ihr in die Hand.

»Unter welchem Namen?« fragt sie.

»Rostock.«

»Wir treffen uns draußen.« Aaron schließt die Tür, sammelt ihren Atem ein und sagt zu Siri: »Rostock anrufen.«

»Ja?« meldet sich eine Männerstimme.

»Aaron. Sicherheitsfreigabe *Alpha 7 Ganymed 1 Hyperion.*«

»Was gibt's?«

»Ich möchte mit Thomas Reimer sprechen. Bitten Sie ihn, in einen Raum zu gehen, wo er allein ist.«

Der Mann schaltet das Handy stumm. Eine halbe Minute verstreicht, dann hört sie Reimer. »Sagen Sie nicht, dass Sie Sehnsucht nach mir hatten.«

»Wie geht es Ihnen?« fragt sie.

»Meine Tochter ist hysterisch, weil sie nicht mit ihrem Freund telefonieren darf, und meine Frau und ich haben in zwölf Stunden zwei Ehekrisen gehabt. Zeugenschutzprogramm: großartige Erfindung, danke der Nachfrage.«

»Es ist besser, als in Angst zu leben.«

»Was wissen Sie schon davon?«

»Von Angst? Darin habe ich habilitiert.«

»Sie würden nicht anrufen, wenn Sie nichts wollten.«

Aaron sagt: »Im Winter habe ich Sie um ein Medikament gebeten, das meine Sehzellen vor Adrenalin schützt. Sie nannten mir ein Mittel gegen Epilepsie. Jetzt habe ich das umgekehrte Problem. Dass meine Augen verrückt spielen, kann ich mit der Sonnenbrille kompensieren. Aber meine anderen Sinne sind auf einem so niedrigen Niveau, dass ich ohne Hilfe kaum noch zurechtkomme. Ich brauche etwas, das die Zellen zu einem Spasmus zwingt, damit die Sauerstoffversorgung gekappt wird und mein Geruchssinn und mein Gehör zurückkehren. Laienhaft würde ich sagen: Ein Mittel gegen zu niedrigen Blutdruck. Liege ich richtig?«

»Frau Aaron, Sie müssen verrückt geworden sein. Ich weigere mich, dieses Gespräch mit Ihnen zu führen.«

»Ich sage Ihnen, wer verrückt ist: Ihre frühere Patientin. Sie hat Dutzende Menschen auf dem Gewissen, und wenn wir sie nicht kriegen, werden Sie und Ihre Familie im Zeugenschutzprogramm verrotten. In meinem Zustand bin ich für Malin keine Gegnerin. Eine Hand wäscht die andere.«

Reimer schweigt lange. »Es könnte sein, dass Sie Ihre letzte Chance vertun, je wieder zu sehen.«

»Es ist mir wichtiger, am Leben zu bleiben.«

»Sie bräuchten etwas Härteres als ein handelsübliches Mittel gegen Hypotonie. Etwas, das der Wirkung von Adrenalin gleichkommt. Amphetamine stimulieren die Dopaminrezeptoren, die Hirnzellen werden befeuert und fordern mehr Sauerstoff.«

»Sie meinen Speed?«

»Ja. Das gibt es nicht auf Rezept. Allerdings vermute ich, dass Sie andere Möglichkeiten haben.«

»Habe ich. Danke.«

»Ich weiß nicht, was mich fassungsloser macht: Ihr Mut oder die Rücksichtslosigkeit, mit der Sie Ihren Körper behandeln.«

»Ist beides beschissen.«

»In den Nachrichten heißt es, dass es eine Gasexplosion war«, sagt Reimer. »So wird das also geregelt. Ekelt Sie das nicht an?«

»Mehr, als Sie glauben würden.« Aaron legt auf.

Pavliks Nacht hat den Namen nicht verdient. Als er und Aaron vor Flemmings Zimmer auseinandergegangen waren, wusste er Sandra und die Kinder im ersten Stock des Gästehauses. Aber Sandra würde wach sein, und Pavlik hatte Angst davor, ihr zu sagen, wie Helmchen aussah, hatte Angst vor ihrer Umarmung, in der all das sein würde, was sie seinetwegen mitmachen musste.

Er ging vor die Tür und rauchte. Ein Ostwind tobte sich aus, wuchtige Wolken stampften über den Himmel. Zwei von der GSG-9 waren auf Patrouille und hielten Abstand. Pavlik kam aus dem Totenreich, einer von sieben, die nicht zu Staub geworden waren, ein Mann, dessen Nähe Unglück brachte.

Er dachte an Harun Al Shaar, den IS-Terroristen, der für den Bombenanschlag auf das Musicalzelt in Hamburg verantwortlich gewesen war, an sein Versteck in Lahore, wo sie ihn aufgespürt hatten. Sie waren zu viert; nachts standen sie vor Al Shaars Bett in dem Rattenloch von einer Wohnung. Er griff nach einer Kalaschnikow, aber Pavlik drückte die Walther auf seine Stirn. Sie wollten ihn zu dem Jet schaffen, der außerhalb der Stadt wartete. Al Shaar hatte keine Angst. Er sah Pavlik in die Augen und sagte: »Ich sterbe einen gerechten Tod, doch ihr seid ohne Gott. Uralt werden sollst du und schreien vor Schmerz und auf ewig verfluchen, dass du an nichts geglaubt hast außer daran, dass ihr die Herren der Welt seid.« Obwohl Harun Al Shaar wusste, dass er niemals schnell genug sein würde, zog er eine Pistole unter seiner Decke hervor. Pavliks Zeigefinger malte die Wand hinter dem Bett rot an.

Konzak, Büker, Majowski und er waren dabei. Jetzt ist er als Einziger von ihnen noch am Leben. Und er hatte geschrien. Und er schrie immer noch. Und nur er allein konnte es hören.

Er ging zu Sandra, legte sich neben sie. Sie stellte sich schlafend, das verriet ihr Atem. Pavlik wusste, dass sie weinen müsste, wenn er sie jetzt berührte, und auch, dass er das nicht ertragen würde. Er zog sie an sich und ließ sie weinen, ertrug es nicht. Nach einer Zeit war Sandra still, aber ihr Herz hämmerte gegen seine Brust. Luca kam aus dem Nebenzimmer und kroch in ihr Bett. Das hatte er noch nie getan, seit sie ihn in ihrer Familie aufgenommen hatten. Er kuschelte sich zwischen sie, ein winziges, warmes Bündel Mensch, und sie hielten ihn lieb in einer Nacht ohne Sterne.

Als er Aaron jetzt aus dem Gästehaus kommen sieht, bemerkt Pavlik sofort, dass sie wacklig auf den Beinen ist.

»Wozu die Brille?« fragt er.

»Bindehautentzündung.«

Sie fasst an seinen Ellbogen, er geht mit ihr zum Hauptgebäude. Etwas stimmt nicht mit ihr. Und es hat nichts mit der Bombe zu tun oder zumindest nicht direkt. Weshalb rief sie Reimer an? Bestimmt nicht wegen einer Bindehautentzündung. Sie kann so verflucht cool sein, in jeder Situation. Es ist schwer, sie zu lesen, selbst für ihn.

Morgens war er im Frühstücksraum mit Flemming allein. Sie schlürften Kaffee und kauten zähen Toast, jeder in seiner eigenen Hölle. Nach Minuten fragte Flemming ihn, was damals in Barcelona passiert war. Pavlik erzählte ihm von Aarons Einsatz mit Niko, von Holms Kugel bei Vollgas, die ihr das Augenlicht nahm. Flemming ist keiner, der viel von sich preisgibt, er nickte nur. Das genügte. Ein Mann wie ein Vorschlaghammer, und jetzt lag seine Seele blank.

Er ist gut für Aaron, nicht nur letzte Nacht, das weiß Pavlik seit langem, doch es ist schiefgegangen, und das hat Flemming die Beine weggehauen. Vielleicht bewegt Aaron sich darum an Pavliks Seite so unsicher, als sei sie nicht mehr die Frau, die in der Finsternis sieht.

»Wie war's im Kanzleramt?« fragt er.

»Wie bei einem Hundekampf in Thailand. Nur weniger kultiviert.« Sie bleibt stehen. »Lass uns erst eine rauchen.«

Beide stecken sich eine Zigarette an. Die Sonne knallt so fett vom Himmel, dass Staub in der Luft tanzt.

»Die Bombe war in einem Staubsauger«, sagt Aaron.

»Ich weiß«, antwortet er. »Eine der Putzfrauen hat sich heute Morgen beim LKA gemeldet. Malin hat ihre beiden Kinder entführt und sie gezwungen, den Staubsauger auszutauschen. Fiel keinem auf. Einen Kilometer von Prora entfernt wurde die Leiche eines Mannes im Wald gefunden. Sein Wagen wird gesucht, damit hat sie sich wahrscheinlich abgesetzt.«

»Ich frage mich, wie sie das mit dem Staubsauger gedeichselt hat«, sagt Aaron. »Sicher ist er bei uns gescannt worden.«

»Natürlich. Ich schätze, mit dem Infrarotlaser, zum Röntgen dürfte er zu groß gewesen sein. Der Laser kann was. Aber Malin ist die Eine unter tausend.«

Beide wissen, wie schwer es ist, eine Bombe zu bauen, ohne an allem, was man anfasst, Spurenelemente des Sprengstoffs zu hinterlassen, die von dem Detektor gefunden werden.

»Hat die Putzfrau sie gesehen?«

»Nein, sie hat nur mit ihr telefoniert. Die Kinder haben keine Angst gehabt. Sie sagen, dass Malin ihnen aus einem Buch vorgelesen hat, das in einer großen Kirche in Paris spielt.«

»Wo war das Versteck?«

»In einem Abrisshaus in Friedrichshain, Malin hatte einen Raum schalldicht präpariert. Heute früh war bei der Putzfrau ein Brief mit der Adresse in der Post. Gestern abgeschickt.«

»Können die Kinder sie beschreiben?«

»Ja. Schwarze lange Haare, Perücke nehme ich an.«

»Also hat Reimers Zeugenschutz sich erledigt.«

»Nicht so schnell. Wir wissen noch nicht, wie Malin tickt.«

»Sie ist keine Gefahr mehr für Reimer. Das Einzige, was er uns hätte liefern können, war ihr Aussehen«, sagt Aaron.

»Trotzdem. Vielleicht brauchst du den Mann noch.«

»Ruf in Rostock an. Bitte.«

»Ja, verflucht.«

»Waren Malins Fingerabdrücke auf der Beretta?«

»Alles verwischt. In Prora gab es Blutspuren von ihr. Aber in der Modus-Operandi-Datei ist kein Negativ.«

»Seit wann weiß Palmer von der Putzfrau?« fragt Aaron.

»Weil er im Kanzleramt nichts davon erwähnt hat?«

»Ja.«

»Keine Ahnung. Ich weiß es seit einer Stunde.« Pavlik ekelt sich vor der halb aufgerauchten Zigarette und schmeißt sie weg. »Hat er zu uns gehalten?«

»Zumindest ist er uns nicht in den Rücken gefallen.«

»Wie viele Freunde haben wir noch?«

»Weniger als ein Pinguin in einer Haifischbucht.«

»Dachte ich mir.«

»Der BND hat vielleicht eine Spur«, sagt Aaron. »Könnte sein, dass Malin für zwei Anschläge in London und Sankt Petersburg verantwortlich war.«

»London? Die Bombe in der U-Bahn?«

»Nein, der chinesische Botschafter letztes Jahr. Von Sankt Petersburg habe ich heute zum ersten Mal gehört, es hat den Chef der FSB-Spionageabwehr erwischt.«

»Du weißt, wie's ist: Wenn von denen einer ins Gras beißt, erfährt es nur der Friedhofsgärtner.«

Aaron tritt die Kippe aus und lässt sich wieder von ihm führen. Sie gehen ins Hauptgebäude. Pavlik wünschte, er könnte ihr etwas von dem abnehmen, was ihre Stimme so klein macht. Aber er erkennt ja seine eigene kaum. Sie steigen in den Lift und fahren zwanzig Meter unter die Erde.

Den Raum nennen sie »Das Loch«. Weder ein Erdbeben noch eine Atombombe könnten ihm etwas anhaben. Die Wände sind mit einem Metallgittergeflecht überzogen und abhörsicher. Ein Generator blockiert elektromagnetische Impulse; Ultraschallwellen werden ebenso unterdrückt wie die Schwingungen von Maschinen und Fahrzeugen.

Als Aaron mit Pavlik hereinkommt, sind die anderen schon da. Keiner spricht. Sie ertastet eine Stuhllehne aus Plastik, die Stahltür schließt sich mit einem Summen.

»Ich freue mich, Sie hier zu sehen«, sagt Demirci.

Und verstummt.

»Das ist meistens eine Floskel«, fährt sie nach Sekunden fort, »man sagt das so. ›Ich freue mich, dass wir uns alle versammelt haben. Ich freue mich, Sie kennenzulernen.‹ Jetzt meint es etwas anderes. Es ist vollkommen unmöglich jeden dieser Toten so zu betrauern, wie er es verdienen würde. Die schiere Masse erschlägt den Einzelnen. Vielleicht macht mich das am meisten ratlos, so verzweifelt. Wir müssen darüber sprechen, sonst wird es uns zerstören. Deshalb möchte ich, dass jeder von uns erzählt, wo er war, als er es erfuhr. Und was es in diesem Moment mit ihm gemacht hat. Wenn Sie nichts dagegen haben, fange ich an. Frank Nieser hatte mich zu seinem Geburtstag eingeladen, und ich musste wegen des Termins mit Svoboda absagen. Doch ich will ehrlich sein: Auf Ihren Partys fühle ich mich immer etwas außen vor. Vielleicht ist das dumm. Wäre ich pünktlich gewesen, wäre ich tot. Und Ulf Pavlik auch. Ich habe keine Erinnerung daran, dass wir uns mit dem Wagen überschlagen haben. Aber ich weiß, wie Herr Pavlik mich rausgezogen hat und ich das Haus gesehen habe. In dem Augenblick ist etwas in mir stehengeblieben wie eine Uhr. Das Erste, was ich heute Morgen gefühlt habe, war Schuld. Ich verstehe nicht, dass ich am Leben bin und die anderen nicht. Zum ersten Mal in meinem Leben würde ich mir wünschen, religiös zu sein. Zu meinem Bedauern kenne ich Sie nicht gut genug, um zu wissen, ob einer von Ihnen diesen Trost besitzt. Wenn ja, beneide ich ihn unendlich.«

Aaron hört jetzt etwas besser, vermutlich hat ihr Cortex sich an das niedrige Level gewöhnt.

Pavlik sagt: »Überall auf der Straße lagen Tote und Verletzte. Es war wie im Krieg, die Schreie höre ich immer noch. Ich habe versucht zu helfen, aber es war sinnlos. Irgendwann habe ich Helmchen gesehen. Sie war weg, ihr Kopf voller Blut. Ich habe nicht gewagt, sie zu bewegen. Habe mich neben sie gesetzt und ihre Hand gehalten und mir geschworen, dass ich ein besserer

Mensch werde, wenn sie's schafft. Ich weiß nicht, was ich ändern muss, aber ich werd's rausfinden. Sandra hat oft gesagt, ich hätte einen Schutzengel. Das glaube ich nicht. Wenn es so wäre, hätte er mir das erspart. Bevor ich ihm in den Kopf geschossen habe, hat ein Typ mir prophezeit, dass es für mich schlimmer sein wird zu leben, als zu sterben. Könnte gut sein, dass er recht hatte. Fragt mich in zehn Jahren nochmal.«

Aaron hört Nowak. »Ich war mit Flemming und Fricke im Pub, wegen unserem Strip. Wir haben uns Niesers Gesicht als Henna-Tattoo auf die Arschbacken malen lassen und waren heiß drauf blankzuziehen. Frickes Telefon hat geklingelt, und er sagt noch: ›Pavlik. Der schiebt Frust, dass er wegen Svoboda nicht dabei sein kann.‹ Dann ist ihm das Telefon aus der Hand gefallen. Wir sind hingerast und in den Trümmern rumgestolpert. Ich habe Kleffs Uhr gefunden, hier, kennt ihr, mit dem Foto von Honecker auf dem Ziffernblatt. Das Teil ist potthässlich, aber das trage ich jetzt. Bis wir die Frau haben.«

Fricke murmelt: »Frau Demirci, ich käme nie auf die Idee, zu behaupten, dass ich klüger bin als Sie. Bloß: Ich weiß genau, warum ich noch lebe. Für den Strip war ich gar nicht vorgesehen. Es ist Tombachs Idee gewesen. Aber es hat mich sowas von gejuckt, dass ich ihm die Nummer abgekauft habe, mit einer Schachtel schweineteurer Champagnertrüffel vom Gendarmenmarkt, danach war er ganz verrückt.«

Aaron kennt Fricke seit über elf Jahren. Fast immer klingt seine Stimme fröhlich. Jetzt schmirgelt er die Worte, sodass sie rau und hart werden. Auch das hat Aaron erlebt, und jedes Mal wurde ihr kalt.

Vielleicht fürchtest du Pavlik und mich nicht. Aber vor Fricke solltest du Angst haben, Malin. Du hast ihm seine Familie genommen, und dieser Fricke hat mit dem anderen, lustigen nicht die geringste Ähnlichkeit. Wer ihm begegnet, hat keinen leichten Tod.

Er sagt: »Ich bin einundvierzig. Keine Ahnung, wie lang ich's noch mache. Aber eins weiß ich: Die Frau geht vor mir.«

»Ich bin wohl der Einzige, der drin war.« Das ist Kemper. »Als der Lift stecken geblieben ist, hab ich ein Stöhnen gehört. Zuerst hab ich gar nicht gecheckt, wo es herkam. Es war das Haus, das hat sich gewehrt. Ich hab jeden von den Jungs angerufen; als keiner ranging, wusste ich Bescheid. Hat gut drei Stunden gedauert, bis sie mich rausgeschweißt hatten. Das war viel Zeit. Ich hab die Sirenen gehört und an die Nacht gedacht, als meine Frau gestorben ist und ich ihr die Augen zugemacht habe. Ich rede mir ein, dass das schlimmer war. Es fühlt sich nur nicht so an.«

Die nächste Stimme ist Aaron fremd, es muss Frost sein. Sie registriert eine Spur von Dialekt, vielleicht Hessisch. »Ich habe seit dem Frühjahr versucht, einen Kontakt zu Kek Aboutreika zu kriegen. Ein Ägypter, große Nummer im Flüchtlingsgeschäft. Er knöpft den armen Schweinen ihr Geld ab und lässt sie dann töten, die sehen nie ein Boot. Gestern hat Abdullah Moawad sich mit mir getroffen, Aboutreikas rechte Hand. In einem Haus, außerhalb von Algier. Moawad hat mir vertraut. Aboutreika wollte mich kennenlernen, heute wäre ich nach Kairo geflogen. Mein Handy hat geklingelt, es war Pavliks Nummer. Ich wusste, dass er mich nur anrufen würde, wenn's brennt. Also habe ich abgenommen. Als ich wieder zu mir kam, haben Moawad und seine drei Sherpas tot vor mir auf dem Boden gelegen. Ich habe auf die SIG in meiner Hand geguckt, als wär's nicht meine. Hat einer von euch mal jemanden umgebracht, ohne es zu merken?«

Als lange keiner spricht, sagt Aaron. »Die Frau heißt Malin. Gestern habe ich ihre Bekanntschaft gemacht. Glaubt mir: Mit so einer hattet ihr noch nie zu tun. Sie ist ein Raptor, hochintelligent und mit unserer Systematik vertraut. Jemand, auf den ich was gebe, hat gesagt: ›Jetzt seid ihr die sieben Samurai.‹ Bis auf zwei waren am Ende alle tot. Sollte es so kommen, hoffe ich, dass ich einer von den fünf bin. Falls ihr's noch nicht wisst: Es ging Malin nur um Pavlik und mich. Unseretwegen hat sie das getan. Ich kann mir nicht vorstellen, dass ich das jemals auf die Reihe kriege.«

Flemming ist der Nächste. Aaron merkt am Schall, dass er ihr gegenübersitzt. »Wo ich war, als ich es erfuhr, hat Nowak gesagt. Ich bin knapp ein Jahr hier. Aber dazugehört habe ich lange nicht. Lag nicht an euch, ich war einfach ein Arschloch. Seit ich acht Kugeln gefressen habe, sehe ich klarer. Dass die Frau auf Aaron und Pavlik aus ist, spielt keine Rolle. Vielleicht kommt morgen einer, dessen Bruder, Mutter oder Vater ich getötet habe. Und dann? Wer sich mit einem von uns anlegt, kriegt es mit allen zu tun. Mehr habe ich dazu nicht zu sagen.«

Aaron will nach seiner Hand greifen, ihm sagen, dass nicht er das Arschloch war, sondern sie.

Da hört sie Lissek. »Ich hatte vor, ein paar Tage auf Rügen zu verbringen, aber das hat sich zerschlagen.«

Schöne Formulierung, Lissek.

Und was verflucht machst du hier?

»Also habe ich einen alten Freund in Bremen besucht. Frau Demirci hat mich angerufen. Sie wollte nicht, dass ich es aus den Nachrichten erfahre, dafür wird sie bei mir ewig was gut haben. Die meisten dieser Jungs habe ich zur Abteilung geholt, darum fühle ich mich für ihren Tod verantwortlich. Sagt von mir aus, dass es Unsinn ist. Ändert nichts. Als wir den Laden damals aufgemacht haben, hat Helmchen gemeint: ›Wir brauchen einen Wahlspruch, wie die GSG-9 oder der SAS.‹ *Es ist niemals leicht*, dafür habe ich mich entschieden. Das ist unser Kodex, ihr habt alle erfahren, dass es keine leeren Worte sind. Aaron hat recht: Es kann gut sein, dass nicht jeder von euch zurückkommt. Doch dafür seid ihr geboren worden.«

Demirci räuspert sich. »Das BMI hat Palmer die Ermittlungen übertragen. Er steht zu uns, aber seine Behörde ist ungefähr so groß wie Belgien, und er weiß nicht, wem er in seinem eigenen Haus trauen kann. Einige von Ihnen haben Freunde dort. Oder in anderen Spezialeinheiten. Egal wie gut Sie die kennen: kein Wort zu niemandem. Das ist von größter Bedeutung, sonst wird man versuchen, uns zu stoppen.«

Sie schweigt, um ihre Sätze nachhallen zu lassen. Aaron wird bewusst, wie lang Demircis Reise war, die im Dezember begann, als sie die Abteilung übernahm. Damals gab es keinen, der ein gutes Wort über sie verloren hätte. Auch Aaron nicht. Demirci hat sie alle beschämt. Aber noch vor kurzem wäre es undenkbar gewesen, dass sie jemals eine solche Mission befehligen würde. Es war ihr immer so wichtig gewesen, sich von Lissek abzuheben, streng nach dem Gesetz zu handeln. Und jetzt sitzt sie mit ihnen zwanzig Meter unter der Erde und hat eine Stimme, die Diamanten schneiden könnte.

»Hier sind die Fakten«, sagt Demirci: »Svoboda hat Malin mit der Bombe beauftragt. Es gibt eine Spur, die zu Jasper Mason führt, Director of Operations der Special Activities Division der CIA. Möglicherweise hat er für Svoboda den Kontakt zu Malin hergestellt. Sie ist von Jenny Aaron verwundet worden und wird für einige Tage irgendwo unterkriechen müssen. Mason könnte wissen, wo. Das ist der Grund, warum ich Herrn Lissek gebeten habe, an der Runde teilzunehmen.«

Plötzlich hat Aaron keinen Tropfen Speichel mehr im Mund.

Was kommt jetzt, Lissek?

Machst du deinen Giftschrank auf?

»Mason kenne ich schon eine ganze Weile«, sagt Lissek rau. »Er ist ein rechtsradikales Stück Scheiße und betet sein Spiegelbild als Gott an. Über seinen Verein ziehe ich nicht her, sein Vorgänger hatte was drauf. Es gibt Operationen, die ich ebenfalls befohlen hätte, auch wir sind keine Chorknaben. Aber die SAD ist seit eh und je ein Sammelbecken von Söldnern und Typen, die von Special Ops kamen und dort aus allen möglichen Gründen ausgemustert wurden. Mason hat vor Jahren eine Einheit ins Leben gerufen. Sie ist dreißig Mann stark und nennt sich *Team Forsyth*, nach dem US-Colonel, der für das Massaker von Wounded Knee verantwortlich war. Das ist eine Kostprobe von Masons Humor. *Team Forsyth* ist so geheim, dass nicht mal der Nationale Sicherheitsberater des Präsidenten etwas von seiner

Existenz ahnt. Mason finanziert die Einheit aus irgendwelchen dunklen Kanälen und setzt *Team Forsyth* zur Beseitigung von ›Elementen‹ ein, die er als Bedrohung für sein Land erachtet. *Team Forsyth* operiert weltweit. Auch in den USA, was der CIA durch die Verfassung verboten ist, aber das nur nebenbei. Ich kenne nicht alle Opfer der Säuberungen. Gesichert sind: ein Senator aus Massachusetts, der angeblich beim Bergwandern tödlich verunglückt ist. Der Herausgeber der *Washington Post*, laut Presse eine Lungenembolie. Der Bezirksstaatsanwalt von Los Angeles County, in seinem Pool ertrunken. Alle waren Liberale und Gegner schärferer Sicherheitsgesetze.«

»Woher weißt du davon?« fragt Pavlik.

»Als Mason im vorigen Sommer in Deutschland war, habe ich ihn abhören lassen. Nur Nickel und Wolter waren eingeweiht.«

»Mit wem hast du das geteilt?«

»Ich habe mit keinem Menschen darüber geredet.«

»Wieso nicht?«

»Weil Mason auch einen US-Politiker in Deutschland liquidieren ließ. Und ich ihm das ermöglicht habe.«

Aaron versucht, ein Wort für diese Stille zu finden. Als ihr das nicht gelingt, stellt sie sich einen frisch mit dem Hochdruckreiniger gesäuberten Keller in Guantánamo vor.

Wieder fasst Pavlik sich als Erster. »Ich kenne nur einen US-Politiker, den es in Deutschland erwischt hat. Richard Bergman, Gouverneur von North Carolina. Vor zwei Jahren hat er Köln besucht, weil dort seine Vorfahren herkamen. Bergman hat in der Imperial Suite im Regency gewohnt. Die Fenster sind gepanzert, aber ein Sniper hat ihn aus einem knappen Kilometer Entfernung erledigt. Was hattest du damit zu tun?«

Lisseks Stimme klingt wie nach einer durchsoffenen Nacht. »Ein paar Tage vorher rief Mason mich an. Er hat sich nach der Sicherheitsklasse von Bergmans Suite erkundigt. Ich habe mich schlaugemacht und ihn gewarnt, dass das Glas nur Stufe fünf ist und mit 7.62 × 51 Vollmantel geknackt werden kann.«

»Schutz von US-Politikern ist Sache des Secret Service«, wirft Fricke ein. »Wieso hast du Mason das abgekauft?«

»Die sind nur für Regierungsmitglieder zuständig, außerdem war der Deutschlandbesuch von Bergman privat. Mason meinte, dass der Gouverneur Leuten in D.C. so lange auf die Nerven gegangen wäre, bis die es an die SAD weitergereicht hätten.«

»Warum hast du das für dich behalten?« fragt Nowak.

»Mein erster Gedanke war: Geh zum Bundesinnenminister. Aber wenn die rückgratlose Schattenmorelle dir Vertraulichkeit zusichert, ist das, als ob eine Nutte dir ins Ohr flötet, dass sie noch Jungfrau ist. Fugger? Im Kanzleramt nennen sie ihr Büro ›Das ewige Eis‹. Man könnte ihr Herz pürieren und als Sorbet verkaufen. Damals war sie gerade mal einen Monat in der Bundeswaschmaschine, sie hätte dem US-Präsidenten nicht auf die Schuhe gekotzt.«

»Meine Fresse, ist das traurig«, schnaubt Pavlik, »da war ja *Der englische Patient* lustiger. Willst du uns weismachen, dass du keinen Weg gefunden hättest, es den Amis zu stecken?«

»Für sowas kannst du den Kopf verlieren, ob du gelinkt worden bist oder nicht. Die Abteilung war alles für mich, und mein Nachruf ist mir wichtiger, als ihr denkt. Verachtet mich, wenn euch das hilft. Vielleicht sagt ihr euch auch: Mason könnte jetzt in der Todeszelle sitzen. Er hätte die Frau nicht an Svoboda vermittelt und die Bombe wäre nie hochgegangen. Und dann reiten alle in den Sonnenuntergang. Tut mir leid, mit dem kleinen Einmaleins kommt man dem Leben nicht bei. Svoboda hätte einen anderen gefunden. Falls Mason überhaupt dahintersteckt. Ich werde mir deswegen keine Kugel ins Hirn jagen.«

»Gibt es einen Mitschnitt von dem Telefonat?« fragt Kemper.

»Nein.«

»Was ist mit der Abhöraktion?«

»Ich habe die Aufnahme zwei Tage vor meiner Verabschiedung gelöscht.«

»Warum?«

»Jeder denkt, ich hätte wer weiß was für Dinge gehortet, so wie Hoover. Ich muss euch enttäuschen. Wenn ein Giftfass erst mal zu ist, sollte man es nie wieder aufmachen. Den Spruch hört ihr von mir nicht zum ersten Mal. Was die Sauereien angeht: Die habe ich alle im Kopf. Meine und die der anderen.«

Aaron fasst sich. »Frau Demirci, ich habe Claus Krampe den USB-Stick mit dem Backup von Masons Handy gegeben. Was ist damit?«

»Dreifach verschlüsselt. Herr Krampe macht uns keine großen Hoffnungen.«

»Wie zum Geier bist du an Masons Handy rangekommen?« fragt Pavlik verblüfft.

»Lange Geschichte. Kurzversion: Wir waren zur gleichen Zeit in Virginia.« Aaron denkt nach. Sie sagt zu Lissek: »Mason hat keinen Schimmer, dass du bei der Explosion nicht in der Abteilung warst, richtig?«

»Ich bin pensioniert, was hätte ich dort verloren?«

»Einladung zu Niesers Geburtstag.«

»Schon klar, was du vorhast«, murmelt Lissek. »Das können wir einfacher haben. Ich rufe Mason an und brate seine Eier auf kleiner Flamme.«

Auch Demirci hat Aarons Plan sofort erfasst. »Das ist keine gute Idee«, widerspricht sie Lissek. »Wenn Sie mit ihm Kontakt aufnehmen, sind Sie und Ihre Familie in Gefahr, und ich habe keine Leute mehr, um Sie zu schützen.«

»Ich komme zurecht«, knurrt er.

»Herr Lissek, Sie haben die Abteilung groß gemacht, dafür mein Respekt. Aber das ist Geschichte, und manches Kapitel ist unschön, wie wir eben erfahren haben. Hier trifft nur einer die Entscheidungen, und das bin ich. Haben wir ein neues Handy für Frau Aaron?«

»Darum hat Guppy sich schon gekümmert.« Pavlik drückt ihr ein iPhone in die Hand. »Die Sprachsteuerung ist aktiviert. Es ist noch auf meinen Fingerabdruck geeicht, ändern wir nachher.«

»Der Störgenerator muss ausgeschaltet werden, sonst kriege ich keine Verbindung zum Satelliten.« Aaron hält Lissek das Telefon hin. »Ich brauche die Nummer von Mason, erstell einen Kontakt für ihn.«

Macht er, dann reicht er ihr das Kryptohandy. Sie stöpselt die Kopfhörer ein, sammelt sich.

Aaron sagt: »Mason anrufen.«

In Washington ist es jetzt sechs Uhr morgens, Mason müsste wach sein. Wenn er in Washington ist.

Es klingelt zweimal, dann nimmt er ab. »Ja?«

»Wie geht's dem Gesicht?« fragt sie.

Er fasst sich rasch. »Wie geht's Ihren Augen?«

»Ich erstelle gerade eine Liste von Dingen, die am Blindsein toll sind«, sagt Aaron. »Sie nie mehr sehen zu müssen, hat es in die Top Five geschafft.«

»Dann bin ich ja ein echter Hit. Und außerdem beschäftigt.«

»Ich auch. Vor allem beschäftigt mich die Frage, was Sie mit der Bombe in der Abteilung zu tun haben könnten.«

Mason pult sich Worte aus den Zähnen. »Was bringt Sie auf die absurde Idee?«

»Joachim Svoboda.«

»Nie gehört. Wer ist das?«

»Ich helfe Ihnen auf die Sprünge: Vor zehn Tagen haben Sie in Cork gemütlich Whiskey mit ihm getrunken. Lassen Sie mich raten: Svoboda und Sie haben von Aleister Crowley geschwärmt, Ihrem Guru, dem Meister der Goldenen Dämmerung. Wer den Teufel anbetet, muss ihm ein Opfer bringen. Sie haben Svoboda eine Killerin ans Herz gelegt. Wir nennen sie Malin. Unter welchem Namen wird Sie bei Ihnen geführt?«

»Ich lerne dazu«, sagt Mason. »Blinde können überraschend amüsant sein. Nur nebenbei: Wovon reden Sie eigentlich?«

»Svoboda ist tot, aber das wissen Sie längst. Und Lissek auch. Er hatte das Pech, dass er gestern an einer Geburtstagsfeier in der Abteilung teilnahm.«

»Soll ich um Lissek trauern? Er wollte sein Steak immer medium rare, aber hat sich beschwert, wenn Blut rauslief.«

»Über Lissek diskutiere ich nicht mit Ihnen«, sagt Aaron. »Er war mal wie ein Vater für mich, bis er sich eingebildet hat, dass Vertrauen ein nachwachsender Rohstoff ist.« *Lissek, ich meine jedes Wort so.* »Ihr Problem ist, Mason: Er hatte noch eine Stunde zu leben, als er mich ins Krankenhaus rufen ließ.«

»Sicher war es ein rührender Abschied.«

»Eher nicht. Er ist elend verreckt, hat beide Beine und einen Arm verloren, und in seinem Kopf hat eine Türklinke gesteckt.« *Ich weiß, dass du dich an solchen Einzelheiten aufgeilst. Und würde ich mir sowas ausdenken?* Aaron macht eine Kunstpause. »Lissek hatte das Bedürfnis, über Sie zu sprechen.«

»Ich fürchte, die Türklinke hat seinem Kopf nicht gutgetan.«

»Er hat mir von *Team Forsyth* erzählt.«

Auf einer Skala von 1 bis 10 gibt sie dieser Stille eine 15.

»Ich nehme an, dass das hier aufgezeichnet wird«, hört Aaron ihn endlich wieder.

»Glauben Sie, es ginge mir um Sie, Mason? Dann würden wir dieses Gespräch nicht führen. Die Informationen wären längst beim Geheimdienstausschuss Ihres Kongresses. Der Vorsitzende ist ein liberales Weichei, wie Sie sagen würden, das wäre der beste Tag seines Lebens. Nein, was würde es bringen, wenn Sie von der Bildfläche verschwinden? Dann übernimmt ein anderes charakterloses Schwein Ihren Platz. Ich bin pragmatisch. Es ist nett, den Chef der SAD in der Handtasche zu haben.«

»Mit dem Gestammel eines Sterbenden? Sorry, meine Eier sind drei Nummern zu groß für Ihre Handtasche.«

»Das wird Sie im Innersten treffen, aber eine Erdnuss ist keine Mango. Lissek weine ich nicht nach; eins muss man ihm allerdings lassen: Er war ein gerissener Fuchs. Wie gerissen, weiß ich erst jetzt, denn er hat mir sein Schließfach vermacht, seinen Totmannschalter. Unfassbares Zeug, über eine Menge Leute. Auch über Sie. Darauf steht bei Ihnen die Giftspritze.«

Es vergeht so viel Zeit, dass Aaron merkt, wie die anderen unruhig werden und auf ihren Stühlen rutschen.

Dann fragt Mason: »Was wollen Sie?«

»Malin.«

»Ich weiß nicht, wo sie ist.«

»Das glaube ich Ihnen nicht.«

»Wir hatten ausschließlich über E-Mail Kontakt.«

»Rede ich gerade mit dem Director of Operations der Special Activities Division oder mit einem pickligen Laufburschen? Sie arbeiten nur mit Leuten, die Sie unter Ihrer Fuchtel haben. Sie wissen, wo die Frau ist, andernfalls würde ich Sie keine Sekunde mehr ernst nehmen.«

»Nicht am Telefon. Ich will ein Treffen. Nur Sie und ich.«

»Warum?«

»Ich muss wissen, ob ich Ihnen trauen kann.«

»Wo?«

»In Barcelona. Morgen Abend. Die Details erfahren Sie kurz vorher.« Mason legt auf.

Er hat Aarons Atem gemäht wie eine Sense.

Barcelona.

Ich kann das nicht. Das ist unmöglich. Mason weiß von Svoboda, dass ich in Barcelona blind wurde. Er will mich schwächen, leichtes Spiel mit mir haben.

»Aaron?« fragt irgendjemand.

Sie hört ein Kratzen, ein Stift auf Papier, ein Buchstabe am andern, die Geometrie von Gedanken. Es klingt wie ein Rechen auf gefrorenem Sand.

GATHA DES SHENXIU
vor fünfzehn Jahren

Das Erste, was Aaron sieht, als sie in Caydonville aus dem Bus steigt, ist der Bettler vor McDonald's. Er kauert im Schnee, ist in eine schmutzige Decke gehüllt, verbirgt sein Gesicht. Sie wirft einen Dollar in die Blechbüchse und kriegt kein Danke. Aaron überquert die Straße. Ein Mann, der Ähnlichkeit mit Lee Van Cleef hat, lädt Säcke auf einen Pick-up.

»Entschuldigung«, sagt sie, »kennen Sie vielleicht den Weg zu Ishikawa Kishō?«

Lee kratzt an seinen Bartstoppeln. »Nie gehört«, maunzt er im Katzenenglisch der Südstaaten.

»Er hat eine Kampfkunstschule hier in der Nähe.«

»Ach, der Spinner. Einmal durch die Stadt, dann rechts in die Berge. Sind aber um die zehn Meilen, und der Schnee ist nicht geräumt.« Er schiebt den Stetson in den Nacken, sein Lächeln wäre im Kino ein Hit. »Wenn Sie ein paar Minuten warten, kann ich Sie hinbringen.«

»Danke, ich komme klar.« Sie macht sich auf den Weg.

»Da oben ist es nicht sicher«, ruft Lee ihr hinterher.

Sie weiß, was Angst ist, besser als die meisten. Doch schutzlos fühlt sie sich nicht. Als Aaron gelernt hat, sich zu verteidigen, haben ihre Klassenkameradinnen noch mit Puppen gespielt. Sie beherrscht Krav Maga, Boxen, Aikido, Amarok. Vor drei Jahren fing sie mit Karate an, weil ihr Vater sagte, dass es nicht nur den Körper, sondern auch den Geist schult. Er brachte ihr die Grundlagen bei, für mehr fehlt ihm jetzt die Zeit. Im August entkam sie aus Boenischs Keller, seitdem sucht sie nach einem Lehrer, der mehr ist als der Betreiber eines Gyms. In einem Internet-Forum stieß Aaron auf die Kampfkunstschule in den Blue Ridge Mountains. Einer, der dort gewesen ist, schrieb, dass ein Japaner namens Ishikawa Kishō *ein anderes Sehen* lehrt, *ein anderes Hören*. Dass Kishō einen Weg weiß, der die Bereitschaft zum Opfer erfordert, zum Kampf mit sich selbst. Er nannte ihr die Adresse. Es gebe keine Homepage und man könne sich nicht anmelden. Aber das sei kein Problem, in den Kursen seien genügend freie Plätze. Ob Kishō sie hingegen als Schülerin nähme, sei allein seine Entscheidung und keine Frage des Geldes; ihrem Chatpartner sei es nicht vergönnt gewesen.

Aaron beantragte ein Freisemester an der Polizeihochschule, was für gewöhnlich eine gute Begründung erfordert. In ihrem Fall stellte man keine Fragen. Wer in den Händen eines Mannes wie Boenisch war und es überlebt hat, benötigt kein Attest.

Die kleine Straße schlängelt sich bergan. Der Himmel ist klar, eine Tapisserie aus Sonnenstrahlen. Aber der Wind fegt Weiß von den Tannen. Pulveriger Schnee geht bis über Aarons Knöchel, ist unberührt. Hier kam heute noch kein Auto durch, kein Mensch, kein Tier. Nach drei, vier Meilen brennt ihre Lunge wie Feuer, der Seesack wird immer schwerer. Sie will nicht rasten. In zwei Stunden wird es dunkel, dann müsste sie den ganzen Weg zurück, sonst riskiert sie, sich zu verirren.

Aaron hört ein Auto und bleibt stehen. Lee stoppt den Pick-up neben ihr, lässt das Fenster herunter. »Steigen Sie ein, ich nehm Sie mit.« Sein Mund lächelt, aber die Augen haben die Farbe einer Schlammpfütze. Am Rückspiegel baumelt eine Elvispuppe, auf dem Beifahrersitz liegen leere Bierdosen.

»Immer noch: Nein danke.«

Sie geht weiter. Er fährt neben ihr her. »Hör mal, Mädchen. Hier draußen kann einem hübschen Ding wie dir wirklich eine Menge passieren. Steig ein, ich hab's schön warm.«

Aaron ignoriert ihn. Aber sie schultert den Seesack um, damit er rechts ist, auf ihrer schwächeren Seite. Unauffällig lockert sie ihre von der Kälte steifen Muskeln. Lee beschleunigt.

Zwanzig Meter weiter hält er an und steigt aus. Sein breites Grinsen sagt: *Ich mag es, wenn es ein bisschen komplizierter wird.*

Sie bleibt stehen, lässt den Seesack zu Boden gleiten, wartet ab. Ihr Puls ist auf einer akzeptablen Frequenz zwischen hundert und hundertzehn. Aaron bewegt ihre eisigen Finger, um sie geschmeidiger zu machen, und bereut, im Winter nach Virginia geflogen zu sein, ohne Handschuhe mitzunehmen.

Lee schlendert zu ihr, die Fäuste in den Taschen der dicken Lammfelljacke. Sie sieht die Ausbuchtung in seinen engen Jeans, er hat jetzt schon einen Steifen. Lee ist breitschultrig, sie taxiert ihn auf eins neunzig, gut zwei Zentner. Einiges davon wird Fett sein, aber Aaron sollte ihn nicht unterschätzen. Er sieht aus wie jemand, der harte körperliche Arbeit verrichtet, also hat er vor allem weiße, anaerobe Muskelfasern mit einer geringen Ermüdungstoleranz. Er wird langsam sein. Dennoch traut sie ihm ein paar gute Schläge zu. Sie hört die Stimme ihres Vaters:

Tu nichts Überflüssiges, mach nur, was funktioniert.

»Und jetzt?« fragt Lee lässig, als er einen Meter vor ihr steht. »Hier oder im Auto. Ist mir egal.«

»Mir auch«, sagt sie.

Er streckt die rechte Hand nach ihr aus. Aaron will sie ihm so schnell brechen, dass sie, wenn der Schmerz bei ihm ankommt, bereits außerhalb seiner Reichweite ist. Doch Lee muss etwas in ihren Augen gesehen haben und zieht die Hand sofort zurück. Da hat Aarons Faust sich schon am Ende seiner zwölften Rippe ins Fleisch geschmiegt, als wäre die Kuhle, die sie hineinschlägt, immer da gewesen, nur für sie gemacht. Sie formt etwas Neues aus seiner Niere. Lee fällt auf die Knie, atmet wie einer, dem ein Brocken in der Luftröhre steckt.

Aaron könnte aufhören. Aber als er in den Schnee sinkt, ist der Gestank von Boenischs Keller da, so intensiv, dass sie ihn ein- und ausatmet. Sie treibt die Stiefelspitze in Lees Steißbein, deckt ihn, obwohl er sich zusammenrollt, mit einem Hagel von Tritten ein, schreit wie in der Nacht in Spandau.

Plötzlich ist ihr ganzer Körper Schmerz. Lee hat ein Messer gezogen und es ihr in die Wade gerammt. Sie stürzt, schlägt mit dem Kopf auf einen Stein im Schnee, stößt benommen mit dem Ellbogen nach Lee, ohne Kraft, ein kleiner Stupser. Seine Faust verwandelt ihr Gesicht in einen starren Eisklotz. Sie verliert das Bewusstsein, kommt zu sich und merkt, dass er ihr die Jeans herunterzieht. Sie will ihm beide Daumen in die Augen drücken, befiehlt es ihnen mit aller Macht, aber kann die Arme nicht bewegen, weil Lee sich sofort darauf kniet.

Aus seinem aufgerissenen Mund tropft Blut auf ihre Wangen, Lee lacht lautlos, eine Clownsmaske. Dann erneut seine Faust, eine schwarze Wolke nimmt Aaron auf.

Sie ist eine Ameise und versucht, eine Glasscheibe hochzukrabbeln. Wieder und wieder rutscht sie ab, fällt herunter. Endlos geht das so, ein ewiger Kampf, den sie nicht gewinnen kann.

Aaron erwacht, und Lee liegt vor ihr im Schnee. Sie sieht, dass sie den Slip noch anhat. Dann wird sie den alten Mann gewahr. Seine dichten Haare sind schlohweiß, die Jahrzehnte haben den Grand Canyon ins Gesicht geschnitzt.

»Steh auf«, sagt er.

»Hat - hat er?«

»Nein, hat er nicht.«

»Mein Bein tut weh.«

Der alte Mann betastet die Messerwunde, fördert ein riesiges Taschentuch aus dem zerschlissenen Mantel hervor und bindet es stramm um die Wade. »In einer Woche ist es besser.« Er hält Aaron seine Hand hin, will sie hochziehen, doch sein Arm wird lang und länger, als sei er aus Gummi.

»Ich kann nicht«, krächzt sie.

Der alte Mann beugt sich zu ihr und legt zwei Finger an ihre Schläfe. Sie spürt, wie eine große Wärme in ihren Kopf strömt und ihn leicht wie einen Ballon werden lässt. Aaron schwebt in die Höhe, steht. Der alte Mann schultert ihren Seesack und geht los. Sie zieht die Jeans hoch, macht den Parka zu. Es ist seltsam, aber obwohl der alte Mann nicht rennt, ja nicht einmal schnell zu gehen scheint, hat er in wenigen Sekunden schon einen Vorsprung von gut hundert Metern.

Aaron sprintet, um ihn einzuholen, und läuft atemlos neben ihm her. »Sind Sie Ishikawa Kishō?« fragt sie.

»Ja.«

»Ich will Ihre Schülerin werden.«

»Ich weiß«, ist alles, was er erwidert.

Sie spürt, dass er nicht mit ihr reden will, und fürchtet, es sich mit ihm zu verderben, wenn sie ihn bedrängt. Also schweigen sie auf dem langen Marsch ins Wohnwagencamp, das sie kurz vor der Dämmerung erreichen.

Mit Kishō Schritt zu halten, hat Aaron so erschöpft, dass sie meint jeden Augenblick zusammenzubrechen. Junge Männer mustern sie neugierig. Kishō geht zu einem unbewohnten Trailer, wirft den Seesack hinein. Verschwindet. Sie taumelt, muss sich an der Tür festhalten. Kishō kommt zurück. Er drückt ihr eine Tablettenschachtel in die Hand, Antibiotika.

»Wir stehen sehr früh auf«, sagt er und lässt sie allein.

Als Aaron aufs Bett fällt, ist sie schon eingeschlafen.

Das war der erste Tag.

In den nächsten beiden Wochen spricht Kishō kein einziges Mal mit ihr. Er stellt ihr keine Aufgaben, sagt ihr nicht, was sie tun oder lassen soll. Die Essensrationen sind knapp, sie ist das nicht gewohnt, hat ständig Hunger. Aaron nimmt an den Teezeremonien teil, versucht, so zu sitzen wie die anderen, auch wenn ihre Schienbeine glühendes Eisen sind. Sie meditiert mit Kishō und den Männern, die er Kodomo nennt, ohne dass sie weiß, was dieses Wort bedeutet. So wie sie auch nicht weiß, wie man meditiert. Sie schließt nur die Augen und öffnet sie wieder, wenn die anderen sich erheben. Männer kommen und gehen, keiner von ihnen scheint so etwas wie ein Schüler zu sein. Aaron ahnt, dass ihre Missachtung durch Kishō Teil einer Prüfung ist, aber sie hat keine Ahnung, wie sie bestehen kann, welches Verhalten richtig ist, welches falsch. Er lässt sie nicht kämpfen. Sie sieht bei den Kata zu und denkt: *Jeden von denen würde ich leicht besiegen.* Einmal merkt sie, dass Kishō sie anschaut, ihre Gedanken liest. Er wirkt traurig. Sie schämt sich und weiß nicht, wofür.

Nachts kommen die Träume von Boenisch. Aaron ist in seinem stinkenden Keller, wo er mit einer Taschenlampe in ihr Gesicht leuchtet und sagt: »Hab keine Angst, mein Schatz, ich werde dich nie verlassen.« Und über ihnen singt Roy Orbison.

An einem Tag kratzen zwei Kodomo mit ihren Rechen über den steifgefrorenen Sand des japanischen Gartens. Aaron hört ihr geflüstertes Gespräch. Sie brüsten sich, dass jeder von ihnen letzte Woche als Erster die Teeschale bekommen hat. Sie wollen zu Kishō und endlich hören, dass er sie als Schüler nimmt.

Am nächsten Morgen steht er im Dojō mit einem Schwert vor den Männern. Er fragt den einen der beiden, ob er in die Klinge sehen kann, ohne sich zu bewegen.

»Natürlich«, erwidert der Kodomo mit fester Stimme.

Kishō stößt das Schwert ansatzlos vor sein Gesicht und stoppt es einen Zentimeter von dem Punkt entfernt, an dem das rechte Auge des Kodomo gewesen wäre.

Hätte er nicht einen Satz zurück gemacht.

»Komm mit«, wendet Kishō sich an den anderen, der blass geworden ist. Alle folgen ihnen zu einer Kluft in der Nähe des Camps, auch der, der sich eben blamiert hat. Die Kluft ist so tief, dass ein Mensch lange fallen würde, bevor er unten aufschlägt. Bis zur gegenüberliegenden Seite müssen es um die sechs Meter sein, schätzt Aaron.

»Kannst du hinüberspringen?« fragt Kishō.

Der Kodomo starrt in den gähnenden Abgrund, seine Augen werden groß. Doch er weiß um die Blicke der anderen und ist entschlossen, keinen Rückzieher zu machen.

»Ja«, versetzt er.

»Dann tu es«, sagt Kishō.

Die anderen bilden eine Gasse, der Mann entfernt sich zwanzig Meter, um Anlauf zu nehmen. Der Schnee ist bretthart. Aber der Kodomo trägt klobige Schuhe, und Aaron hält den Sprung für vollkommen unmöglich.

Der Mann sprintet los, wird es tun. Am Abgrund stellt Kishō sich ihm in den Weg. »Ich kann euch beide nicht als Schüler nehmen«, sagt er und geht fort.

Abends ist Aaron im Wald, oben bei den Zedern. In ihr ist so viel Schmerz, Trauer, Wut, dass sie nicht weiß, wohin damit. Sie hämmert ihre Fäuste gegen Baumstämme, bis die Knöchel blutig sind und sie ihre Finger nicht mehr bewegen kann, ohne zu schreien.

Zwei weitere Wochen ziehen ins Land. Einmal geht Aaron in die Stadt. Sie hat kein Ziel, aber will sich müde laufen, kaputtmachen. Als sie die Stelle erreicht, wo Lee versucht hat, sie zu vergewaltigen, sieht sie einen Blutstropfen im Schnee. Er kann nicht von ihr sein, denn es hat in der Zeit, die sie bei Kishō ist, oft geschneit. Doch er ist genau dort, wo sie gelegen hat. Aaron betrachtet ihn lange, und es ist, als sei sie diesen Weg nie hochgestapft, sei nie hier gewesen. In der Stadt sieht sie Menschen mit Handys, sieht Schaufenster, Autos, Straßenschilder, und kann sich kaum erinnern, dass sie mit diesen Dingen etwas anzufangen wusste. Vor McDonald's sitzt der Bettler. Sie wirft einen Dollar in die Büchse. Er bedankt sich nicht, hebt nicht den Kopf. Aaron marschiert den weiten Weg zurück.

Und noch immer kein Wort von Kishō.

In einer Nacht geht sie zu dem Trailer, in dem der Schrein ist. Sie war schon mehrmals hier, stets allein, und spürte dann eine Ruhe, die sie sich nicht erklären kann. Alles ist fremd. Aaron vermutet, dass die Wasserschale für das Reinigen der Hände gedacht ist, aber sie ist nicht sicher und wagt nicht, sie zu benutzen. Was bedeuten die Kiefernzweige, die farbigen Glassteine, das Schwert, das Gemälde mit der wunderschönen Frau, die in den Wolken schwebt? Und wozu ist der Spiegel?

Sie tritt davor und betrachtet sich. Zeit ist nichts mehr. Aaron weiß nicht, wie lange sie so dasteht. Plötzlich verwandelt sich ihr Spiegelbild in das einer anderen Frau. Sie ist in ihrem Alter und sieht beinahe genauso aus. Verwirrt sucht sie nach Unterschieden. Die Haut ist heller, die Sommersprossen fehlen, ansonsten könnte die andere ihre Zwillingsschwester sein. Aaron wird von einer dunklen Angst ergriffen. Als sie Kishōs Stimme hört, fährt sie erschrocken herum.

»Warum fürchtest du dich vor dem Spiegel?« fragt er. »Was geschieht wohl mit deinem Bild, wenn du fort bist? Denkst du, dass er es aufbewahrt?«

»Er zeigt, was ich bin«, flüstert sie. »Aber ich erkenne mich nicht mehr.«

Kishō nimmt Aarons Hände, auf denen verschorftes Blut ist. »Halt sie gegen den Spiegel. Was siehst du?«

»Hass«, flüstert sie.

»Vor mehr als tausend Jahren schrieb ein Mönch eine Gatha an die Mauer eines Klosters«, sagt Kishō. »*Der Leib ist der Bodhi-Baum / Der Geist ist wie ein klarer, stehender Spiegel / Poliere ihn allzeit mit Eifer / Lass keinen Staub daran haften.* Darüber kann man trefflich nachdenken.«

Mit diesen Worten geht er.

In den nächsten Tagen verlässt Aaron ihren Wohnwagen nur zu den Mahlzeiten. Vergeblich versucht sie, den Sinn der Verse zu ergründen. Am Abend des dritten Tages liegt sie auf dem Bett und schlägt *Das Buch der fünf Ringe* von Miyamoto Musashi auf. Es klopft an der Tür.

»Ja?«

Kishō kommt herein.

»Ich weiß nicht, was die Verse bedeuten«, gesteht sie.

Kishō lacht meckernd wie der Dalai Lama und hält sich dabei den Bauch. »Wäre es anders, würde ich dich auf der Stelle fragen, ob ich dein Schüler sein darf.« Er zeigt auf das Buch. »Was lernst du von Miyamoto Musashi?«

»Ich bin auf den ersten Seiten.«

»Du wirst viele kluge Sätze darin finden. Solche wie diese: *Es gibt nichts außerhalb von dir, das dich dazu bemächtigt, stärker, reicher, schneller oder klüger zu werden. Alles ist in dir. Alles existiert. Suche nichts außerhalb von dir selbst.* Dennoch ist es nur ein Buch. Wie viele hast du gelesen?«

»Ich weiß nicht. Ein paar hundert.«

»Steht in einem dieser Bücher etwas, das dir erklärt, warum du im Wald deine Knöchel blutig geschlagen hast? Warum du von dem Mann aus der Stadt nicht abgelassen hast, obwohl er sich nicht mehr gewehrt hat?«

Sie senkt den Blick.

Kishō sieht eine Biografie von Alexander dem Großen und nimmt sie in die Hand. »Hätte Alexander die Welt auch erobert, wenn Aristoteles nicht sein Lehrer gewesen wäre?«

»Ja. Das war keine Frage der Bildung.«

»Ganz recht. Um Großes zu erreichen, muss man kein Philosoph sein, nicht einmal klug.« Er legt das Buch wieder zurück, akkurat an dieselbe Stelle, als sei Aaron die Einzige, die etwas verändern darf.

»Gab es Frauen als Samurai?« fragt sie.

»Einige wenige.«

»Wurden sie so geachtet wie Männer?«

»Von manchen ja, von anderen nicht.« Kishō setzt sich aufs Bett. Auch wenn er leise spricht, füllt seine Stimme den Raum. »Imagawa Yoshimoto war der Daimyō eines mächtigen Reiches in der Sengoku-Zeit. Mit vierzigtausend Mann fiel er in die Provinz Owari ein, die von Fürst Oda Nobunaga beherrscht wurde. Imagawa ließ zwei Grenzbefestigungen schleifen, seine grausamen Truppen verwüsteten das Land. Obwohl Oda nur dreitausend Soldaten hatte, wollte er sich dem Feind stellen. Unter seinen Samurai waren zwei Frauen, Schwestern. Sie hießen Hatori Yuki und Hatori Chiyo. Sie waren stärker als jeder von Odas Männern, und der Fürst teilte sein Bett mit beiden. Als er aber gegen Imagawa in die Schlacht zog, verbot er den Schwestern mitzukommen. Oda sagte, dass sie ihm zu kostbar seien und er sie nicht verlieren wolle. Yuki und Chiyo flehten ihn an, seine Entscheidung zurückzunehmen. Als sie Kinder gewesen waren, hatten Soldaten von Imagawa ihr Dorf überfallen und ihre Eltern getötet. Die Schwestern brannten auf Rache. Aber ihr Fürst beharrte darauf, und sie verstummten, denn niemand hatte ihm je ein zweites Mal widersprochen und war am Leben geblieben. Bei Nacht griff Odas Streitmacht Imagawas Lager an, wo dessen Truppen sich betranken und schon den Sieg feierten. Für Odas Männer waren sie leichte Beute, und seine Feinde ließen mehr Blut, als der Shinano Wasser hat. Aber niemand hatte gewusst, dass Yuki und Chiyo sich heimlich unter die Samurai begeben und an dem Angriff teilgenommen hatten. Das erfuhr Oda erst, als Yuki dem Daimyō, dem Mörder ihrer Eltern, mit einem Hieb den Kopf abtrennte. Sie brachte ihn ihrem Fürsten und nahm die Maske ab. Oda zog sogleich sein Schwert und enthauptete Yuki. Er sagte zu seinen Männern, dass der Daimyō einen würdelosen Tod erlitten habe, weil er durch die Hand einer Frau fiel. Das war der wahre Grund gewesen, warum er den Schwestern befohlen hatte, in der Festung zu bleiben. Chiyo sah, was ihr Fürst tat. Sie stürmte mit dem Schwert auf Oda zu, doch er schlug auch ihr den Kopf ab und spießte beide Schädel in der Halle seines Palastes auf. Imagawa ließ er in Ehren bestatten, sein Haupt wurde frisiert und geschminkt.« Kishō schweigt einen Moment. »Wer hat in dieser Geschichte falsch gehandelt?«

»Der Fürst«, sagt Aaron sofort. »Oda Nobunaga.«

»Nicht die Schwestern?« fragt Kishō.

»Warum? Die Rache stand ihnen zu. Sie haben ehrenhaft gekämpft, während er sie belogen hatte.«

»Rache ist Hass, der zu einem Schwert wird«, sagt er, »und Hass darf nie dein Lehrer sein.« Kishō steht auf. »Ich möchte, dass du etwas tust, für das du keine Anerkennung erwartest.«

Er lässt sie allein. In dieser Nacht schläft Aaron nicht.

Am nächsten Tag zieht sie früh los. Von ihrem wenigen Essen hat sie die Hälfte abgezweigt, ihr Parka wärmt eine Schale mit Reis und Gemüse. Als sie an der Stelle vorbeikommt, wo sie mit Lee gekämpft hat, sucht sie nach dem Blutstropfen, aber er ist verschwunden. Aaron braucht vier Stunden bis zu McDonald's, wo sie die Schale vor den Bettler stellt. Gierig und ohne ein Wort schaufelt er das Essen sofort in sich hinein. Der Rückweg dauert fünf Stunden.

So geht es weitere zwei Wochen lang. Nichts verändert sich an dem Ablauf, es ist jeden Tag gleich. Einmal sieht sie Lee. Er spürt ihren Blick, wendet ihr den Kopf zu. In Aaron ist nichts. Es ist das beste Gefühl, das sie seit einem halben Jahr hatte. An den Abenden ist sie vom Marschieren im Tiefschnee so zerschlagen, dass sie nur noch zum Schlafen Kraft hat.

Als die zwei Wochen vorüber sind, findet sie Kishō im Garten, wo er allein meditiert. Aaron wartet, bis er seine Augen öffnet. »Darf ich Sie stören?«

»Sprich.«

»In der Stadt ist ein Bettler, dem ich Essen bringe. Ich weiß nicht, wo er schläft. Hier ist ein Wohnwagen frei, er könnte sich nützlich machen. Wäre es in Ordnung, wenn ich ihn frage?«

»Er hat sein Karma und du das deine«, sagt Kishō nur.

Eine weitere Woche vergeht mit dem immer gleichen Ritual, dem langen Weg, dem Reis, Aarons leerem Magen.

Dann hebt der Bettler zum ersten Mal den Kopf.

Es ist Kishō.

»Aber warum?« flüstert Aaron.

»Ich werde dich als Schülerin nehmen«, sagt er, »und dir helfen, die Antwort auf deine Frage zu finden. Ich weiß nicht, ob es mir gelingt. Doch eines ist gewiss: Ganz gleich, was dir angetan wurde, wo auch immer es war: Irgendwann musst du dorthin zurückkehren. Sei es mit deinem Körper oder mit deinem Geist.«

21

Angenommen, ein Neurologe würde zu Aaron sagen: *Sie haben eine seltene Krankheit und werden schon bald nur noch einen einzigen Geruch wahrnehmen können; leider wissen wir nicht, welchen.* Dann würde sie definitiv hoffen, dass es Waffenöl ist.

Als sie mit zwölf zum ersten Mal die Beretta Parabellum ihres Vaters in die Hand nahm und daran schnupperte, lächelte er und meinte: »Toll, was?«

Im Laufe der Zeit hat sie alles ausprobiert. Teflonhaltiges Öl, Knochenöl, Rizinusöl, Paraffin, Kugellagerfett, Petroliumderivat, synthetisches Motoröl. Aber nichts kommt an Ballistol heran. Einmal hat Aaron zu Pavlik gesagt. »Man sollte es als Parfüm verkaufen.« Und er hat gefrotzelt: »Ich wüsste auch den Slogan dafür: *Ballistol – Weil ich mich wie eine Waffe fühlen will.*« Sie liebt das Aroma der frisch gereinigten Pistole – nussig, cremig – und das nach dem Schuss, wenn die Nitrocellulose und das Anethol sich vermischen und diese Wolke ausgestoßen wird, die einen süßlichen Geschmack im Mund erzeugt.

Nach dem Abfeuern riecht keine Waffe wie die andere. Der Geruch der Glock ist scharf, chemisch. Die SIG Sauer hinterlässt einen Hauch von verbrannten Stahlspänen. Der Beretta kommt Vulkanasche am nächsten. Die Starfire, Aarons erste eigene Pistole, hatte etwas Schwefeliges. Ihre Browning erinnert sie an ein Silvesterfeuerwerk.

Auch eine Remington würde sie sofort erkennen. Sie riecht nach Vollgas, nach dem Tunnel in Barcelona, nach der Sekunde, in der sie zu sterben glaubte, aber als eine Andere wiedergeboren wurde.

Als sie jetzt die Waffenkammer der Mühle betritt, sind die Gerüche nur eine Ahnung, und sie sehnt sich nach der Aaron, die ein ganzes olfaktorisches Konzert genossen hätte. Auf einmal wird ihr bewusst, dass ihre hypersensiblen Sinne ihr und anderen das Leben gerettet haben. Als sie mit Holm im eisigen Fluss kämpfte, ihn unter Wasser zog und in der Finsternis besiegte. Als sie blind am Steuer des Transporters saß, Pavlik neben ihr in seinem Blut lag und der Abriss des Schalls ihr verriet, wann sie hinter dem Bus einscheren konnte. In Marrakesch erkannte sie an der Veränderung der Thermik, dass die Killer hinter ihnen waren. In den Alpen roch sie das Waffenöl und stieß Luca aus der Schussbahn. An der Schlucht ließ das Pinienharz sie wissen, dass der Mörder ihres Vaters direkt vor ihr stand.

Und jetzt ist die ganze Welt unter Watte.

»Hallo, Große«, hört sie Björn Jankos Stimme.

»Hallo, Guppy«, sagt Aaron. »Ich würd ja behaupten, dass du gut aussiehst, aber das wär gelogen.«

»Sorry, hab heute meinen bad hair day«, sagt der Mann, der dem späten Rainer Langhans ähnelt.

Dass ihn bis auf Demirci jeder nur mit dem Spitznamen anredet, liegt an dem riesigen Aquarium, das in seinem Büro in der Abteilung stand und sein ganzer Stolz war. Guppy ist der Logistiker. Er stellt die Ausrüstung bereit, kümmert sich um Transport und Unterkunft, liefert die relevanten Informationen über den Einsatzort. Er ist schon ewig bei der Abteilung, seiner Sorgfalt hat Aaron viele Male ihr Schicksal anvertraut. Gestern war Guppy mit Claus Krampe, dem Cheftechniker, wegen der Fortbildung in Hamburg. Aber nicht darum sind sie noch am Leben. Sie wären nicht in der Budapester gewesen, um mit den Jungs Dummzeug zu quatschen. Zwar hätten sie an der Party im Pub teilgenommen, doch das, was die Männer geteilt haben, ist ihnen stets verschlossen geblieben. Krampe ist Claus, Janko ist Guppy; keiner der anderen hat sie je beim Nachnamen genannt.

»Warum warst du vorhin nicht im Loch?« fragt Aaron.

»War mit Claus in der Budapester. Jetzt sind alle raus, nur Leichen. Fricke hat mir gesteckt, dass eine Frau das Ding gebaut hat. Scheiß Feminismus.«

»Tut mir leid um deine Fische«, sagt sie.

»Das ist das Dämlichste, was ich in sechsundfünfzig Jahren gehört habe«, versetzt er.

»Komm, echt?«

»Schlimmer als Fricke, der mich mal gefragt hat, ob ich feuchte Träume von den Fischen habe.«

»Sowas würd ich mich nie trauen. Höchstens denken.«

Sie weiß, dass Guppy Herr des Medizinschranks ist, in dem sich alles findet, was bei der Abteilung benötigt wird. Von der Kopfschmerztablette bis zum Wahrheitsserum. Auch Amphetamine, um zweiundsiebzig Stunden wach bleiben zu können.

»Ich brauch was von dir«, sagt Aaron.

»Ich vermute, kein Kochrezept.«

»Nein, Speed.«

»Für eine Siebziger-Revival-Party?«

»So in der Art. Und es muss unter uns bleiben.«

»Nachher«, sagt er leise.

Pavlik kommt. »Guppy, ich will zwei Mittelklasselimousinen, einen gepanzerten Daimler und einen Van mit Ausrüstung für sieben, spanische Kennzeichen, unauffälliges Firmenlogo. Ein Light Fifty mit Visier von Schmidt & Bender, ein Desert Tech mit Optik von Vixen und einem Kill Flash. Schalldämpfer für beide, aber keinen Halifax, das Teil ätzt. Je hundert Patronen Unter- und Überschall. In einer Stunde.«

Aaron weiß, dass das Light Fifty Pavliks bevorzugtes Scharfschützengewehr für große Entfernungen ist. Das Desert Tech taugt auf mittlere Distanzen. Früher nahm er dafür sein ebenso geliebtes wie museumsreifes Mauser. Doch es war in der Abteilung, also wird es Geschichte sein.

Guppy sagt: »Guck mal, was ich dir aus der Budapester mitgebracht habe.«

»Ich werd verrückt«, murmelt Pavlik.

»Die Mauern der Waffenkammer haben gehalten, deine Perle hat nicht mal einen Kratzer.« Guppy wendet sich an Aaron: »Und für dich?«

»Mir reicht die Browning.« Sie zieht sie aus dem Jeansbund und reicht ihm die Pistole. »Aber müsste gereinigt werden.«

»Polier ich wie die Kronjuwelen der Queen.«

»Ich nehme meine Walther, für die anderen je eine Glock mit Schalldämpfer«, sagt Pavlik, »MP7 mit Laser, sieben Magazine. Körperpanzer, Stadtmonturen; für mich auch ein Ghillie. Helme, Messer, Beinholster, Nachtsichtbrillen, Thermalkameras, Haftsender, Lollis, Bug-Detector, Intercom, Rucksäcke, Feldstecher, Schockgranaten, Betäubungsgas, C4 als Türöffner, Satellitentelefone, Wegwerfhandys, Kreditkarten und für jeden zweitausend in bar – nein, besser drei. Die Jungs werden wie immer mit Extrawürsten kommen; soll mir recht sein, wenn's keine Cruise-Missile ist.«

»Oooch«, versetzt Guppy, »irgendwo müsste ich noch eine haben.« Aaron stellt sich sein Gesicht vor, ein Grinsen, auf das Kinski neidisch gewesen wäre.

»Und vergiss nicht Verbandsmaterial, Tacker, Antibiotika, Morphium und Leichensäcke«, sagt Pavlik.

»Wo geht's hin?« fragt Guppy.

»Barcelona.«

»Wann müsst ihr dort sein?«

»Gestern.«

»Wie soll ich die Hotels buchen?«

»Zweierteams. Irgendwas Abgeranztes im Zentrum, U-Bahn-Nähe, Hinterausgang.«

»Alter, seit wann mache ich das?«

»Jaja. Alles im Umkreis von maximal fünfhundert Metern. Aaron, Fricke und ich nehmen dieselbe Absteige.«

»Wo ist die Box?«

Die Kampfzone.

»Erfahren wir erst kurz vorher. Wir müssen improvisieren.«

»Ich kümmere mich zuerst um die Autos.« Guppy eilt raus.

»Es gibt etwas, von dem du wissen solltest«, sagt Aaron.

»Nämlich?« fragt Pavlik.

»Malin hat als junges Mädchen in Frankreich fünf Männer getötet. Einer von ihnen war Alain Cesari, ein Rechtsanwalt, der für die korsische Mafia gearbeitet hat. Ich habe das im Kanzleramt zur Sprache gebracht. Palmer wusste von Cesari. Das BKA war damals an ihm dran, aber Wolf hat es später vertuscht.«

Pavlik schweigt lange, um schließlich zu sagen: »Malins Vater war möglicherweise beim BKA.«

»Er könnte die Seite gewechselt und kalte Füße bekommen haben, als sich die Schlinge um diesen Anwalt zuzog«, erwidert Aaron. »Und seine Tochter hat den Dreck für ihn weggeräumt. Vielleicht weiß Lissek etwas darüber. Er war in den Neunzigern verdeckter Ermittler beim BKA.«

Pavlik zückt sein Handy und stellt es laut. »Lissek, ich bin's. Kannst du reden?«

»Sitze im Auto.«

»Weißt du was von Ermittlungen gegen einen Alain Cesari? Ist über zwanzig Jahre her.«

»Kam mir zu Ohren. Wolf hatte ein kleines Team eingesetzt. Ich war nicht dabei.«

»Aber du weißt, wer?«

»Nein. Das war topsecret.«

»Beim BKA muss es eine Akte geben.«

»Falls ja, dann unter V wie verbrannt. Ich habe keine Ahnung, warum, aber Cesari gehört beim BKA zum Sondermüll, der ist so toxisch wie Tschernobyl. Nur so: Warum interessiert euch das?«

»Reine Langeweile.«

Pavlik drückt das Gespräch weg.

»Wieso hast du's ihm nicht gesagt?« fragt Aaron.

»Weil er vor lauter Leichen seine Kellertür nicht zukriegt.«

»Du denkst, er könnte gelogen haben?«

»Lissek hat für heute genug gebeichtet«, gibt Pavlik zurück. »Auf der Sondermülldeponie, von der er redet, ist er sein halbes Leben ein und aus gegangen. Wenn du mich fragst, sollte man sie nach ihm benennen. Ich halte es für absolut möglich, dass er über Cesari mehr weiß, als er uns je verraten würde. Weil sein eigener Arsch dran hängen könnte.« Nach einer Pause fügt er hinzu: »Das sage ich über einen Mann, der immer mein Freund sein wird, egal was noch rauskommt.«

»Du unterschreibst deine Blankoschecks erstaunlich großzügig«, versetzt Aaron.

»Und du bist erstaunlich geizig, wenn es um das Vertrauen in jemanden geht, der sich so oft vor dich gestellt und dabei Kopf und Kragen riskiert hat.«

»Mit mir versaut man es sich nur einmal.«

»Das ist nichts, auf das du stolz sein kannst. Du hast es dir hundertmal mit ihm versaut, und er hält immer noch zu dir.«

»Lissek hat eine Grenze überschritten. Und damit meine ich nicht nur unseren persönlichen Kram«, faucht Aaron.

»Er hat mehr Verantwortung getragen, als du je haben wirst«, schnauzt Pavlik sie an. »Was denkst du eigentlich, wer wir sind? Eine Kapelle der Heilsarmee?«

»Nein. Aber auch kein Sturmtrupp von Darth Vader.«

»Ich brauch keinen zum Schönsaufen. Nicht mal dich.«

Stille füllt den Raum mit dunklen Schwingungen. Sie ist so wütend, dass ihr Mund trocken ist.

Pavlik schnaubt: »Hast du dich wieder eingekriegt?«

»Nein.«

»Leg noch zwei Matratzen drauf, dann merkst du die Erbse nicht mehr.«

»Leck mich.«

»Sag das Flemming.«

Aaron hat das Pingpong satt. »An die Informationen über die Männer, die gegen Cesari ermittelt haben, können wir auch anders rankommen«, sagt sie. »Du weißt schon.«

Sie meint Richard Wolf. Pavlik ist mit dem Ex-Präsidenten des BKA gut bekannt. Es hat mit irgendeiner alten Geschichte zu tun, über die Pavlik nicht redet. Die zwei sind per Du.

»Mein spezielles Verhältnis zu Wolf beruht darauf, dass ich es nicht überstrapaziere«, erwidert Pavlik. »Er schuldet mir was, aber wenn ich jetzt mit Cesari komme, sind wir quitt. Ich würde es mir lieber für etwas anderes aufheben.«

»Dein letztes Gefecht ist dir nicht groß genug?« fragt Aaron.

»Lass es uns zuerst über Palmer probieren. Falls das nichts bringen sollte, kann ich Wolf immer noch anrufen.« Er räuspert sich. »Was gibt's?«

»Herr Janko hat mich darüber unterrichtet, dass Sie in Kürze nach Barcelona aufbrechen wollen«, sagt Demirci.

Pavlik hat die Frau kommen hören, Aaron nicht. Das macht sie noch wütender, als sie schon ist.

»Was dachten Sie denn?« gibt er zurück. »Der Zeitplan ist tierisch eng.«

»Wir lösen es anders«, sagt Demirci.

»Mit der Ausrüstung können wir keinen Flieger nehmen, die Autos sind die einzige Möglichkeit.«

»Ich arbeite daran.«

»Sie arbeiten *woran*? Selbst wenn wir sofort losfahren und in keine Staus geraten, sind wir erst frühmorgens da. Wir brauchen Zeit, um uns dort was zu überlegen. Ich will meine Leute ausgeruht, nicht abgehetzt.«

»Ganz recht«, sagt Demirci. »Keiner von Ihnen hat länger als ein, zwei Stunden geschlafen. Mason kann sich das denken. Er hat das Treffen so kurzfristig gelegt, damit Sie erschöpft in Barcelona ankommen. Den Gefallen werden wir ihm nicht tun. Sie nützen mir nichts, wenn Sie nur fünfzig Prozent Leistung abrufen. Noch so eine Nacht, und Sie sind alle zu müde zum Winken, wie Sie das ausdrücken.«

»Auf Schlafentzug sind wir trainiert«, versetzt Pavlik. »Und es heißt: zu müde zum *Pinkeln*.«

»Von mir aus. Barcelona ist eine Falle, das wissen Sie so gut wie ich. Sie kriegen es dort mit *Team Forsyth* zu tun. Das ist die Killer-Elite. Ich schicke Sie nicht ins Feuer, um Sie sinnlos zu verheizen. Sie sind nur noch sieben. Wer auch immer von Ihnen zurückkommt, muss Mason oder Malin mitbringen.«

Der Satz steht im Raum wie eine Mauer.

Demirci rechnet nicht damit, dass mehr als ein oder zwei von uns überleben, denkt Aaron. *Aber ich auch nicht, wenn ich ehrlich bin. Sie sagt, wie es ist. Kein Grund, ihr einen Vorwurf zu machen.*

»Und wie sieht Plan B aus?« fragt Pavlik.

»Wie gesagt: Ich arbeite daran. Notfalls verschieben wir das Treffen. Wir haben Mason in der Hand, es wird ihm nichts anderes übrigbleiben, als zu akzeptieren.«

»Ich bin anderer Meinung«, schaltet Aaron sich ein. »Erstens: Wir haben Mason nicht in der Hand, ich habe geblufft. Zweitens: Nur über ihn kommen wir an Malin ran. Sie ist verwundet, das macht es einfacher für uns. Aber in ein paar Tagen wird sie sich erholt haben, und wir haben den Vorteil verschenkt.«

»Das ist verflucht richtig«, raunzt Pavlik.

»Ich verstehe Ihre Argumente. Trotzdem: Es bleibt dabei. Bis heute Abend habe ich hoffentlich eine Lösung gefunden.«

Pavliks Stimme würde als Schneidbrenner taugen. »Bei den Scharfschützen hat man uns einen Satz eingebläut: *Tu irgendwas, auch wenn es falsch ist.* Habe ich immer für Schwachsinn gehalten.« Er stapft aus dem Raum.

»Können Sie ihn zur Vernunft bringen?« fragt Demirci.

Aaron weiß, was hinter der Frage steht. Demirci befürchtet, dass Pavlik sich über ihren Befehl hinwegsetzt. Die anderen wären sofort dabei, daran zweifelt sie nicht.

»Die Frage ist nicht richtig formuliert«, sagt sie. »Sie wollen wissen, ob ich in eins der Autos steigen würde. Ohne mich gibt es kein Barcelona. Die fahren mit mir oder gar nicht.«

»Ja.« Der sachliche Ton soll Demircis Verbitterung überspielen. »Würden Sie?«

»Nein.«

»Danke.«

»Pavlik hat absolut recht«, ergänzt Aaron. »Aber wir sind nur noch sieben. Wenn wir gegen Sie meutern, bricht das Chaos aus. Wir brauchen eine Befehlskette, sonst sind wir nichts anderes als Söldner, Rōnin ohne Ehre.«

Sie wollte, sie könnte das Waffenöl riechen, den Duft einsaugen, um ihren Puls zu beruhigen.

»Es tut mir leid, dass es ausgerechnet Barcelona sein muss«, sagt Demirci. »Ich wünschte wirklich, ich könnte –«

»Sie entschuldigen sich zu oft bei mir. Das war vom ersten Tag an so. Es gibt Dinge, die man tun kann, Dinge, die man tun will, und solche, die man tun muss. Ich kenne den Unterschied.«

»Ich mache das aus reinem Egoismus. Es gibt mir das Gefühl, nicht über Leichen zu gehen.«

»Das legt sich. In ein paar Jahren ist es wie ein Schaufensterbummel. Fragen Sie Lissek.«

»Er hat angeboten, mir einen Teil der Kondolenzen abzunehmen«, sagt Demirci heiser. »Ich habe geantwortet, dass ich darüber nachdenken muss. Doch im Grunde möchte ich nicht, dass den Familien jemand das Beileid ausspricht, dem ich das moralische Recht dazu abspreche. Wie denken Sie darüber?«

»Keinem waren diese Männer so nah wie ihm. Ich weiß, was er gesagt hat. *Ich werde mir keine Kugel ins Hirn jagen.* Ich kenne ihn besser. Er will bei den Angehörigen Abbitte leisten. Nehmen Sie ihm das nicht.«

Demirci bleibt die Antwort schuldig, wendet sich zum Gehen.

»Einen Moment noch«, hält Aaron sie zurück. »Sie haben zu Palmer ein enges Verhältnis.« Das sagt sie in bewusst neutralem Ton, es soll keine billige Anspielung sein. »Haben Sie ihm von Holms Erbe erzählt? Weiß er von den zwei Milliarden?«

»Warum fragen Sie?« erwidert Demirci nach einem ebenso kurzen wie vielsagenden Zögern.

»Also ja?«

»Dieses Erbe ist einerseits Ihre Privatsache, Frau Aaron. Und andererseits nicht. Ich muss Ihnen doch nicht erklären, wo es herstammt. In der Tat habe ich es Lennard Palmer anvertraut. Und er ist verschwiegen damit umgegangen.«

»Vermuten Sie.«

»Kommunizieren wir beide neuerdings über Anspielungen miteinander?« versetzt Demirci kühl.

»Malin weiß von dem Geld, und ich frage mich: woher?«

Demirci stutzt. Denkt nach. »Von Svoboda«, sagt sie schließlich. »Der hatte es vom Broker.«

»Ja, das ist *eine* Möglichkeit.« Schweigend gehen sie ins Freie. Aaron fühlt die unwirkliche Leere und Stille des weiten Geländes. »Wo sind die Ausbilder?« fragt sie.

»Ich habe sie weggeschickt, damit sie bei ihren Familien sind, statt hier verrückt zu werden.«

Aaron nickt nur.

»Ich muss nach links«, sagt Demirci. »Über Lissek werde ich nachdenken. Sollten Sie Herrn Flemming suchen: Er sitzt in der Kantine und atmet Löcher in die Luft.«

Aaron geht in ihr Zimmer. Sie legt sich aufs Bett und denkt an die eine Million Dinge, die gegen sie und Flemming sprechen. Und immer kommen neue hinzu. Sie will nicht mehr nachdenken müssen. Nimmt die Sonnenbrille ab.

Überraschung: Das Zimmer hat sich in ein Aquarium verwandelt. Vorhin hatte Aaron das von Guppy vor Augen, darum wohl. Lampe, Vase, Koffer und Schreibtisch treiben träge im Wasser, dazwischen chillende Fische. Die Astern wogen hin und her wie Seegras. Das Bild von Anselm Kiefer ist jetzt ein Deckenfresko, schwebt über ihr. Sie starrt in die Brabanter Heide, die grau und trostlos sein müsste. Aber dieses andere Gemälde hat knallige Farben, als wär's von Rauschenberg.

Sie beginnen, auf Aaron herabzutropfen, so heiß, dass sie in ihrem Gesicht brennen. Sie setzt die Brille wieder auf und fühlt, wie die Farbe auf ihrer Haut trocknet.

Es klopft an der Tür.

Pavlik.

Meine Antwort wird dir nicht gefallen.

»Ja«, sagt sie.

Sie hört kleine Schritte. Luca krabbelt aufs Bett und kuschelt sich an sie. Sein Herzschlag ist durcheinander.

»Warum hast du eine Brille auf?« fragt er.

»Weil meine Augen wehtun.«

»Aber du machst gar nichts damit.«

»Dir tut doch auch dein Herz weh, und du hast nichts damit gemacht.«

In seiner Stimme liegt die ganze Verzweiflung eines sechsjährigen Jungen. »Ich will das nicht mehr.«

Sie weiß, was er meint. Kriegt kein Wort raus.

»Ich träume Sachen, die passieren. Und ich bin schuld.«

»Nein, bist du nicht«, flüstert Aaron und streichelt ihm übers Haar. »Es wäre auch passiert, wenn du es nicht geträumt hättest. Du hast es nur eher gewusst.«

»Aber warum ist das so?«

»Weil du ein ganz besonderer Junge bist. Schau, du träumst doch auch schöne Dinge. Zum Beispiel, dass wir zwei uns begegnen würden. Und das war, lange bevor ich nach Marrakesch gekommen bin.«

»Das stimmt«, murmelt er.

»Deine Träume sind nicht gut oder böse. Sie sind so, wie die Welt ist.«

Sie schweigen eine Weile. Lucas Herz will nicht ruhiger werden. »Papa ist wütend. Hast du dich mit ihm gestritten?«

»Das tun wir manchmal, weil wir beide Sturköpfe sind. Aber wir haben uns immer lieb.«

»Er hat Mama gesagt, dass er fortmuss. Und du auch. Kommt ihr wieder zurück?«

»Ganz bestimmt«, flüstert sie und will weinen.

Es klopft an der Tür.

»Herein«, ruft Luca. Als die Tür aufgeht, ist seine Stimme wie ausgewechselt. »Mama, ich hab Jenny erzählt, dass ich einen richtig tollen Teich entdeckt habe, da kann man Steine springen lassen. Machst du das mit mir?«

»Klasse. Geh schon mal vor.«

Luca gibt Aaron einen Kuss und springt vom Bett. »Ich wette, dass ich gewinne, ich bin nämlich ein guter Steinespringer.«

Und weg ist er.

Sandra setzt sich zu Aaron. »Er will mich trösten«, sagt sie. »Er ist sechs und uralt.«

»Ich weiß.«

»Ich war bei Helmchen. Boris zu sehen, war noch schlimmer. Wenn ich zuhause wäre, würde ich ihn zu uns holen.« Sandras Stimme verliert den Halt. »Ich könnte diese Frau –«

»Ich grüße sie von dir.«

Sandra schnäuzt sich. »Hab gehört, es geht nach Barcelona.«

»Ja.«

»Du musst das nicht tun. Niemand erwartet es von dir.«

»Doch«, erwidert Aaron. »Ich erwarte es von mir.«

»Wann?« fragt Sandra.

»Stellt sich erst heut Abend raus.«

»Wie stehen eure Chancen?«

»Wie bei einer Wallfahrt nach Lourdes.«

Sandra schweigt lange. »Ulf und ich sind im Reinen. Und wir beide auch, oder?«

»Ja.«

Sie stehen auf.

»Du bist jede Sekunde wert gewesen«, sagt Sandra.

»War besser als Eiscreme.«

Sie umarmen sich nicht zum ersten Mal ein letztes Mal. Aber dieses Mal fühlt es sich das erste Mal so an.

22

Um acht sind Aaron und Pavlik in Beelitz aufgebrochen. Bis zum Virchow-Krankenhaus braucht man eine Stunde; die ist fast um. Das Einzige, was Pavlik seit der Abfahrt gesagt hat, war: »Scheiß Verkehr heute.« Und das Einzige, was sie sagte: »Denken die anderen auch.« Demirci hat sich nicht mehr in der Mühle blicken lassen, nicht angerufen. Aaron will ihr vertrauen, weil sie noch nie von ihr enttäuscht wurde. Aber Demirci macht es ihr schwer. Und Pavlik? Sie hatte erwartet, dass er ihr die große Frage stellt.

Tat er nicht.

»Warum hast du mich nicht gefragt«, bricht Aaron die Stille.

»Du hättest Nein gesagt.«

»Was macht dich so sicher?«

»Du hast Demirci zu viel zu verdanken, um sie zu köpfen.«

»Ich dachte, sowas juckt mich nicht? Nichts, worauf ich stolz sein kann, wie du festgestellt hast.«

»Gegen dich ist ein Elefant vergesslich.«

»Da wette ich meinen hübschen Arsch drauf.«

Minutenlang war's das.

Dann sagt Pavlik: »Du bist nicht der Grund gewesen.«

»Sondern?«

»Wenn wir gefahren wären, hätte Demirci sofort zurücktreten müssen und die Abteilung wäre für alle Zeit erledigt gewesen. Andere können vielleicht ein beeindruckenderes Lebenswerk vorweisen. Aber das ist eben meins. Das lasse ich nicht vor die Hunde gehen.«

»Wow, ich kann's kaum erwarten, fünfzig zu werden. Wie ist das, wacht man morgens auf und ist plötzlich weise?«

»Ja, ungefähr so weise wie ein Narkoleptiker, der den Pilotenschein macht.«

Aarons Mundwinkel bewegen sich eine Nuance nach oben.

»Du hast was zwischen den Zähnen«, sagt Pavlik.

»Was?«

»Ein Lachen. Pul's raus.«

Sie gibt ihm einen Knuff, er knufft zurück. Aaron schaltet das Radio ein und findet Rock. Die Dire Straits spielen »Sultans of Swing«. »Ich kann auch einen Schlagersender für dich suchen«, meint sie.

»Kann dich auch hier rauslassen.«

Sie dreht voll auf, beide singen mit.

Im Krankenhausshop kauft Pavlik Blumen. »Was sind es für welche?« fragt sie.

»Irgendein Scheiß in Zellophan.«

Aaron hat am Nachmittag mit Boris telefoniert und erfahren, dass Helmchens Zustand unverändert ist. Aber sie wollen nicht mit leeren Händen kommen. Das hat eine doppelte Bedeutung für sie, denn sie zittert und ist froh, dass Pavlik ihr den Strauß gibt, sodass sie sich an etwas festhalten kann.

Als er leise die Tür von Helmchens Zimmer aufmacht, spürt Aaron sofort, dass noch jemand da ist. Sicher Boris. Doch dann hört sie Lissek überrascht fragen: »Wieso seid ihr nicht auf dem Weg nach Barcelona?«

»Demirci sitzt in einer Pokerrunde mit Mason«, knurrt Pavlik. »Sie hat ein Zweierpärchen und will All-In gehen.«

»Kann klappen, er hat auch nicht viel«, meint Lissek.

»Sie hat den Verstand verloren.«

»Wie oft hast du das über mich gesagt?«

»Hab's nicht gezählt.«

Lissek nimmt Aaron den Blumenstrauß aus der Hand. »Die Frau ist so cool, wenn die sich nackt an den Nordpol setzt, ist die Arktis gerettet.«

»Wo ist Boris?« fragt Pavlik.

»Hab ihn in die Cafeteria geschickt, damit er was isst. Er sieht aus, als ob er in eine Kalktonne gefallen wäre.«

Er will mit Helmchen allein sein.

»Wir leisten Boris Gesellschaft«, erklärt Pavlik.

»Nein, bleibt ruhig hier.« Lissek schiebt Aaron einen Stuhl hin. Aber sie setzt sich nicht. Seine Stimme ist kaputt, als hätte er Nächte ohne Pause geredet. »Sie hat zu mir gesagt: ›Jedes Mal, wenn einer von den Jungs nicht zurückkehrt, denke ich: *Und ich darf mal im Bett sterben.*‹«

»Warum soll das besser sein?« fragt Pavlik.

»Keine Ahnung. Ihr zwei werdet es nie herausfinden.« Lissek kramt nach Worten. »Als ich gekommen bin, gab's die Abteilung schon zwei Jahre. Aber sie nannte sich bloß so, das war Jugend forscht. Bis auf drei Männer hab ich alle rausgeschmissen. Auch die Sekretärin, grauenhafte Schickse; die hat unter Kontakt was Sexuelles verstanden. Helmchen war eine von dreißig Bewerberinnen für die Stelle. Die anderen sind in Fremdsprachen besser gewesen, mit dem Computer, in so ziemlich allem. Es waren ein paar Geschosse dabei, Holy Moly, die hätten Elton John umgedreht. Aber bei Helmchen stand unter dem Lebenslauf: *Ich bin nichts Besonderes. Und vielleicht passt das ja. Weil ich glaube, dass bei Ihnen ganz besondere Menschen arbeiten werden. Da wär's gut, wenn sich um die jemand kümmert, der sich selbst nicht so wichtig nimmt.*« Lissek schluckt was Raues runter. »Wie hätte ich dir absagen können, Helmchen?«

Du wirst mich nicht zum Weinen bringen, schwört Aaron sich.

»Wenn ich alles aufzählen sollte, was du in den vielen Jahren für die Jungs und mich getan hast«, fährt Lissek fort, »wäre ich nicht damit fertig, bis der Halleysche Komet zurück ist. Mehr als einmal hast du gesagt, dass es drei wichtige Menschen für mich gibt. Meine Frau und Aaron und Pavlik. Es hat mir immer einen Stich versetzt, dass du meinen Sohn nicht genannt hast. Aber es ist wahr. Die kleinen Fehler meines Lebens habe ich vergessen, die großen kenne ich alle. Ihm kein Vater gewesen zu sein, war der größte. Ich könnte es auf die Arbeit schieben, aber das war's nicht. Ich bin einfach nicht mit ihm zurechtgekommen. Das ist bis heute so, und Conny ist deswegen seit vierzig Jahren traurig. Trotzdem hast du in deiner Aufzählung jemanden vergessen, Helmchen. So bist du.«

Erneut bricht Lissek ab. Aarons Lippen zucken; sie presst die Augen zu, um die Tränen einzuschließen.

»Als Johanna totgefahren wurde, habe ich dein Gesicht nicht mehr ertragen«, sagt er. »Ich bin zu dem Haus von dem Dreckschwein und wollte was gegen mein Sodbrennen tun. Aber dazu kam es nicht, weil Aaron und Pavlik ihn in derselben Nacht zu euch gebracht haben. Als die beiden sich vor Gericht dafür verantworten sollten, bin ich in die Kirche, das hatte ich zwanzig Jahre nicht mehr getan, weil meine Sünden dafür zu groß sind. Gebetet habe ich nicht, das wäre Heuchelei gewesen. Aber als ich dort gekniet habe, bin ich ganz ruhig geworden.«

Aarons Puls macht Punching mit ihrem Atem.

»Ich habe ihn abends in der Tiefgarage von seiner Kanzlei abgepasst, habe ihn gefesselt und ihm zwei Flaschen billigen Fusel eingeflößt. Ich bin mit ihm in die Straße gefahren, wo Johanna gestorben ist. Ich habe ihn ans Steuer gesetzt, habe einen Stein aufs Gaspedal gelegt und vom Beifahrersitz aus gesteuert. Hab einen Kilometer Anlauf genommen. Wir sind mit über hundert Sachen gegen den Baum. Ich war angeschnallt, er nicht. Trotzdem hat er noch gelebt. Als ich sein Genick gebrochen habe, hat es so laut geknackt, dass ich dachte, du würdest es hören. Ich hatte einen Tinnitus und zwei geprellte Rippen. Das war irgendwann verheilt. Aber es dir nicht sagen zu können, hat mich fertiggemacht. Ich wusste, dass du mir das nie verzeihen wirst.«

Keiner spricht, bis Boris hereinkommt. Sie bleiben noch eine Weile, reden irgendwas; nichts davon überdauert die Sätze. Sie steigen in den Fahrstuhl, überqueren Flure.

Vor der Tür rauchen sie. Das gläserne Vordach zittert unter einem klotzigen Regen.

Pavlik sagt: »War klar.«
»Woher wusstest du's?« fragt Lissek.
»War in deinen Augen.«
Aaron denkt daran, wie Lissek sie aus seinem Büro schmiss, wie echt seine Wut wirkte. Und sie hat es gefressen.
»Fährst du mit zurück?« fragt Pavlik, als sei nichts Besonderes gewesen.
»Nein. Es wär nicht gut, wenn ich in Beelitz bleiben würde. Es ist nicht mehr mein Laden, und Demirci macht ihr Ding. Ich bin für sie ein reaktionärer Kotzbrocken, aber das geht in Ordnung. Vorhin war sie hier, hat eine halbe Stunde Helmchens Hand gehalten. Sie ist einverstanden, dass ich ihr was von den Familienbesuchen abnehme. Das rechne ich ihr hoch an. Danke, Aaron, dass du dich für mich verwandt hast.«
»Kostet nichts.« Sie fasst an Pavliks Ellbogen, um ihm zu signalisieren, dass sie zum Auto will.
»Es tut mir leid, dass ich dich enttäuscht habe«, sagt Lissek. »Aber ich würde es wieder tun.«
»Mich enttäuschen oder mich verraten?« fragt Aaron.
»Willst du, dass ich auf die Knie falle?«
»Ruinier dir nicht den Anzug.«
»So soll ich uns beide in Erinnerung behalten?« fragt Lissek.
»Feilst du schon an deiner Trauerrede?«
Seine Stimme wird ruhig wie vor hundert anderen Einsätzen. »Gestatte mir noch ein Wort zum Geschäft: Die anderen müssen *Team Forsyth* von dir und Mason isolieren. Dein Job ist es, die Information aus ihm rauszuholen. Freiwillig wird er sie dir nicht geben. Du darfst ihn nicht unterschätzen. Er ist zwar seit Jahren nicht mehr im Feld gewesen, aber er war mal beim Seal Team 6. Mason ist ein Killer, und mit dem Messer kann er dir noch was beibringen. Versuch keinen Schönheitspreis zu gewinnen. Falls du es überlebst und nach D.C. kommst: Piss auf sein Grab, meinetwegen im Stehen.«

Still sitzen Aaron und Pavlik im Wagen, auf dessen Blech der Starkregen brutzelt. »Verurteilst du ihn dafür?« fragt er.

»Dass ich im Stehen pinkeln soll? Hab ich schon mal gemacht, wird überschätzt.«

»Hör auf zu tanzen, die Musik ist vorbei.«

»Das andere muss Lissek mit sich ausmachen.«

»Er hat es nicht für Helmchen getan, ist dir schon klar?«

»Wir haben ihn nicht darum gebeten«, sagt Aaron.

»Nein. Aber Lissek hat es mir damals abgenommen.«

»Das ist nicht dein Ernst.«

»Todernst«, erwidert Pavlik. »Ich hatte dich da reingezogen, und ich hätte es wieder in Ordnung gebracht. Das wusste er.«

Ihr Herz wiegt plötzlich Tonnen. Sie tastet nach Pavliks Hand. Das Zittern, das sie fühlt, könnte auch ihr eigenes sein.

Sein Handy klingelt. »Ja? – Die ist bei mir. – Adresse? – Halbe Stunde.« Er legt auf. »Demirci will uns treffen, in Marzahn.«

Das Navigationssystem lotst sie durch den Wedding. Aaron stellt sich vor, dass die Bürgersteige leergefegt sind, der Regen Lichter auf das Pflaster malt.

Der Asphalt wird besser. Sie müssen im Berliner Osten sein, wo nach der Wiedervereinigung alles neu geteert wurde. Pavlik wird schnell fahren, aber das merkt man bei ihm nie. In ihren Jeans weiß Aaron die Speedpillen, die Guppy ihr gab. Sie wird sie erst in Barcelona einwerfen.

»Ich könnte nicht in Marzahn leben«, sagt Pavlik.

Sie hat die endlose Plattenbaulandschaft vor Augen, den sozialistischen Albtraum der Siebziger. »Bagdad ist schlimmer.«

»Sie haben ihr Ziel erreicht«, teilt das Navi irgendwann mit.

»Vietnamese«, sagt Pavlik. »Heißt Mekong und sieht genauso versifft aus.«

Eine Wolke aus Billigessen und schnulziger Quan-ho-Musik empfängt sie. Aarons Magen knurrt. Pavlik geht mit ihr im Zickzack, die Einrichtung muss chaotisch sein. Er legt ihre Hand auf eine Stuhllehne, sie setzen sich.

»Hallo, Herr Präsident«, sagt Pavlik.

»Guten Abend, Herr Pavlik«, hört sie Palmers Bariton. »Frau Aaron.«

»Hallo. Können Sie irgendwas empfehlen?«

»Nehmen Sie die Nummer sechsunddreißig«, meint Demirci, »die verursacht das kleinste Sodbrennen.« Nachdem sie die Bestellungen aufgegeben haben, senkt Demirci ihre Stimme. »Sie fliegen morgen früh um acht nach Barcelona. Herr Palmer hat das mit dem Zoll für uns geregelt.«

»Und wie soll das mit dem Equipment funktionieren?« fragt Aaron Palmer. »Okay, Sie haben in Berlin jemanden beim Zoll. Aber in Spanien?«

»Sie kriegen Diplomatenpässe.«

Aaron muss sich Mühe geben, ihre Verblüffung zu verbergen. »Über Nacht? Was ist mit unseren Passbildern?«

»Das hat Herr Janko bereits in die Hand genommen«, meint Demirci, »die Pässe werden in Tegel druckfrisch für Sie bereitliegen. Er hat bei Sierra Security einen Jet geordert, Maschine und Gepäck werden nicht kontrolliert. In Barcelona El Prat warten die Fahrzeuge, die Sie haben wollten. Sie wurden bei einem spanischen Sicherheitsunternehmen gemietet und erfüllen alle Anforderungen.«

»Wir brauchen einen Langstreckenjet«, sagt Pavlik, »weil wir nicht wissen, wo wir als Nächstes hinmüssen.«

»Herr Janko hat das berücksichtigt. Sie kriegen eine Falcon mit siebentausend Kilometern Reichweite, vorerst für eine Woche. Ich verstecke das in unserem Etat.«

Heißt: Sie bestreitet es aus Lisseks Sparschwein, der schwarzen Kasse, denkt Aaron.

»Frohe Weihnachten«, murmelt Pavlik.

»Dabei kommt das beste Geschenk noch.«

»Ich arbeite seit langem sehr vertrauensvoll mit FBI-Direktor Garvin zusammen«, erklärt Palmer. »Vorhin habe ich mit ihm telefoniert. Die SAD fliegt immer von Andrews aus. Garvin hat dort Leute. Man wird uns informieren, sobald ein CIA-Jet nach Spanien im System auftaucht. Im Umkreis von Barcelona gibt es vier Flughäfen; wir werden erfahren, wo und wann der Jet landet und wie groß das Team ist.«

»Mason könnte längst abgeflogen sein«, sagt Aaron. »Oder von woanders kommen.«

»Das schließt Garvin aus. Er weiß – « Palmer führt den Satz nicht zu Ende, weil der Ober die Getränke bringt, und wartet, bis sie wieder ungestört sind. »Mason ist heute den ganzen Tag im Weißen Haus. Der CIA-Sektionschef im Jemen wurde entführt, in Washington ist die Hölle los.«

»Könnte bedeuten, dass Mason nicht nach Spanien kommen kann«, denkt Pavlik laut nach.

»Möglich«, erwidert Palmer. »Aber eher unwahrscheinlich. Laut Garvin sind schon zwei SAD-SETS nach Jemen unterwegs, und Mason ist immer noch in D.C.«

»Was macht Sie so sicher, dass Ihr Freund nicht zum Telefon greift und Mason anruft?« fragt Aaron.

»Garvin hat Menschenkenntnis, Mason ist für ihn Abschaum. Er verdächtigt ihn schon lange, geheime Operationen auf amerikanischem Boden durchzuführen. Es wäre ein Schlachtfest für ihn, wenn er das beweisen könnte.«

Aarons Kopf ruckt zu Demirci.

Du hast es ihm erzählt?

Und Lissek ans Messer geliefert?

Doch Demirci sagt: »Ich habe Herrn Palmer informiert, dass ich Mason in Deutschland abhören ließ. Er weiß, dass nichts davon gerichtsverwertbar ist.«

Aaron fasst sich. »Herr Präsident, mich würde noch etwas anderes interessieren. Sie haben im Kanzleramt die Ermittlungen gegen Alain Cesari erwähnt. Und auch, dass das BKA sich tot gestellt hat. Waren Sie in die Sache eingebunden?«

»Nein, das lief nicht über meinen Schreibtisch.«

Sie hat auf seine Stimme geachtet.

Palmer klang entspannt, nichts deutet auf eine Lüge hin.

»Kennen Sie einen der damaligen Ermittler?«

»Wieder nein. Wolf hatte allen, die dabei waren, einen Maulkorb verpasst. Wieso fragen Sie?«

»Wir halten es für denkbar, dass Malins Vater beim BKA war und mit Cesari Geschäfte gemacht hat.«

»Die er mit dessen Ermordung vertuschen wollte«, ergänzt Pavlik. »Gibt es bei Ihnen eine Akte zu Cesari?«

»Es gab eine. Sie ging den Weg alles Irdischen.«

»Das ist bedauerlich, aber im Moment nebensächlich«, stellt Demirci geschäftsmäßig fest. »Wir wollen Malin. Wer ihr Vater war, interessiert mich erst, wenn wir sie haben.«

Die ganze Zeit spürt Aaron die Schwingungen zwischen ihr und Palmer, Pavlik hat sich nicht getäuscht. Und sie nimmt noch etwas wahr: wie verhalten Palmer ihr und Pavlik gegenüber ist. Sie kennt den Grund: Für ihn sind sie hochgezüchtete Maschinen, Killer. Zwar hat Palmer sie nach ihrer Erblindung zum BKA geholt, doch als Fallanalytikerin und Vernehmungsspezialistin. Damals dachte Palmer, dass sie ihr früheres Leben hinter sich gelassen hätte. Und Aaron dachte es auch.

Jetzt wissen sie es beide besser.

Als ob er in ihrem Kopf wäre, sagt er: »Herr Pavlik, Sie haben sich vorhin für das Weihnachtsgeschenk bedankt. Keine Ursache. Aber ich wünsche mir auch von Ihnen etwas.«

»Socken?«

»Dass Sie Malin lebend nach Deutschland bringen.«

»Vielleicht liegt das nicht in unserer Hand«, bricht Pavlik eine sehr lange Stille.

»Herr Palmer meint: Sie werden sie nicht liquidieren«, sagt Demirci. »Wir brauchen sie lebend.«

»Wir werden es versuchen«, erwidert Aaron steif.

»Haben wir Ihr Wort?« fragt Palmer.

Sie zögert. Und nickt.

Sie klappt den Stock aus und folgt den Stimmen zum Hauptgebäude. Drinnen hört sie Fricke, Nowak, Frost.

Und eine fremde Stimme. »Hab nichts gesehen. Es hat sich angefühlt wie ne Baseballkeule. Dann war ich weg.«

»Habt ihr die Kugel?« fragt Aaron.

Flemming stößt zu ihnen. »Noch nicht. Wenn man sie in dem Matsch nach dem Regen überhaupt findet.«

»Warum hat sein GPS nicht gefunkt?«

»Ist weg.«

»Wo ist Demirci?« erkundigt Nowak sich.

»Sie hat einen Termin in der Stadt«, erwidert Aaron. »Guckt euch den Helm an. Nach welchem Kaliber sieht das aus?«

»Ich tippe auf NATO«, meint Kemper.

Wieder betritt jemand den Raum. »Sind Sie der Kommandoführer?« fragt Fricke.

»Ja.«

»Die Waffen und die Magazine Ihrer Männer müssen sofort gecheckt werden. Könnte gut sein, dass eine Patrone fehlt.«

»Weil Sie das gern hätten?« fragt der Mann.

»Weil Scheiße von oben nach unten fällt«, raunzt Fricke.

»Kam das bei Ihnen im Abitur?«

»Ja, und ich hab mit ner glatten Eins bestanden.«

»Halt mal die Luft an«, fährt Aaron Fricke in die Parade.

»Wozu?«

»Malin«, sagt sie.

»Heißt?«

Pavlik ist hereingekommen. »Fricke, was sitzt zwischen deinen Ohren?« knurrt er.

»Ich vermute mal, mein Kopf.«

»Dann benutz ihn.«

»Ihr denkt, sie ist hier?« fragt Fricke ungläubig. »Verwundet, gegen eine halbe Armee?«

DIE GROSSE FRESSERIN

Malin stürzt durch Finsternis. Es mögen höchstens fünf Meter sein, aber sie sind wie fünfzig. Beim Aufprall ist der Schmerz so intensiv, dass er die Meditationsblockade überwindet und ihren Körper in Flammen setzt.

Im Gewitter von Mündungsblitzen robbt sie weg, lässt Aaron das Magazin der Beretta leerschießen. Malin schätzt, dass die Polizei in spätestens zehn Minuten in Prora ist. Allerdings wird es noch keine Suchmannschaft mit Scheinwerfern und Hunden sein, also ist ihr Zeitfenster beträchtlich größer.

Sie führt einen Systemcheck durch.

Das Atmen fällt ihr nicht schwer; vermutlich sind die Rippen, die Aaron mit Fäusten und Tritten traktiert hat, nur geprellt. Die Rückenmuskulatur ist steif, aber frei. Alle Gelenke funktionieren, die Sehnen sind heil. Sie hat diverse Abschürfungen, doch die werden sie nicht behindern.

Bleibt der rechte Oberarm.

Sie zieht die Lederjacke aus und betastet die Wunde. Aarons Kugel hat einen Muskelfetzen aus dem Bizeps gerissen. Malin nimmt den Gürtel ab, schnürt ihn um den blutigen Schrund und stellt sich einen Schrei vor. Sie gestattet sich den Luxus zu meditieren, um den zerschlagenen Körper vom Geist zu trennen. Die Finsternis streift sie wie eine zweite Haut über.

Ihre Blindheit währte nicht lange genug, um das Klicksonar zu erlernen, das Aaron so perfekt beherrscht. Als Malin sich jetzt vorantastet, wäre es eine große Hilfe. Sie weiß, dass überall Löcher im Boden sind, jeder Schritt zu einem Sturz in ein tieferes Stockwerk führen kann.

Bald glaubt sie, sich viele Kilometer von der Stelle entfernt zu haben, wo der Kampf war. Sie ist in einem Labyrinth, in dem die Zeit aufhört zu existieren. Die Schmerzen sind noch da, doch so weit fort wie die Stimme von Osiris in ihren Träumen. Sie denkt an Aaron. Dass sie längst hier herausgefunden hätte.

Endlich stößt sie auf Stufen, steigt leise hinauf.

Über dem Ausgang liegen Bretter. Malin versucht vergeblich, sie mit einer Hand hochzudrücken. Sie begibt sich ins Hishiryō-Bewusstsein, lässt sich in den Strom des Nicht-Denkens hineingleiten. Als sie sich mit dem Rücken gegen die Bretter stemmt, bricht sie durch das morsche Holz.

Malin ist im Wald und richtet sich nach links. Nach einigen hundert Metern presst sie sich auf den Boden. Vor ihr liegt der Parkplatz mit dem Auto, das sie in Berlin gemietet hat. Aber dort kann sie nicht mehr hin. Blaulichter flimmern im Regen, Polizei ist eingetroffen.

Malin sieht Aaron. Man hat ihr Handschellen angelegt, führt sie zu einem Transporter. Sirenen heulen, ein Krankenwagen rast zur Halle. Man wird Reimer in die nächste Klinik schaffen und es wird nicht lange dauern, bis die Polizisten überprüft haben, dass Aaron bei der Abteilung ist.

Man sie freilässt.

Malin geht davon aus, dass sie zu Reimer in die Klinik will. Sie spielt mit dem Gedanken, Aaron dort zu töten.

Verwirft es.

Man wird ein SEK hinbeordern, um Aaron zu schützen. Wäre Malin nicht verwundet, würde das kein größeres Problem für sie darstellen, aber in ihrem Zustand könnte sie es unmöglich mit fünf oder sechs austrainierten Männern aufnehmen.

Sie zieht sich in den Wald zurück, wendet sich nach Norden; bis zum nächsten Dorf sind es circa vier Kilometer. Als sie sich weit genug von Prora entfernt hat, um die Sirene der Ambulanz nicht mehr zu hören, läuft sie an der Landstraße entlang, lässt jedoch eine Baumreihe dazwischen.

Während sie sich zügig voranbewegt, denkt sie an den Brief, den sie für Aaron in Svobodas Haus hinterlassen hat.

Bereut das.

Aaron wird ihre Zeilen ganz sicher finden und dann wissen, dass Malin eine Patientin von Reimer war. Dass er sie beschreiben kann, ist nicht zu ändern. Sie hat auch den Kindern der Putzfrau ihr Gesicht gezeigt. Malin war selbst davon überrascht gewesen, hatte gar nicht darüber nachgedacht, es einfach getan.

Das ist es nicht, was sie beunruhigt.

Aber bald wird Aaron erfahren, dass Malin einmal blind war, wird verstehen, weshalb sie sich dort unten so bewegen konnte. Aarons Verwirrung war einer der Gründe, warum sie Malin unterlegen war. Sicher, es kam noch etwas hinzu, ihr Kampf gegen den Spiegel, den Malin längst zerbrochen hat. Das ändert nichts daran, dass die Energie zwischen ihnen sich beim nächsten Aufeinandertreffen verändern wird. Zwar nicht entscheidend zugunsten Aarons, dazu müsste sie das Spiegelrätsel lösen. Aber es wird schwerer werden.

Und: Carrières-sur-Seine.

So viele Hinweise.

Spuren.

Es war dumm, sie nicht auf der Seebrücke in Binz zu töten.

Aber damals war Aaron bloß ein Job. *Damals.* Als sei es nicht erst sechs Tage her. Ein Teil von ihr kehrt in jene Nacht zurück, sieht Aaron verloren über dem Meer stehen, den Blindenstock in der Hand, ihr leeres Gesicht. Malin brachte es nicht fertig, sah sich selbst in der langen Zeit der Finsternis.

Ein großer Fehler und nicht ihr einziger.

Sie hätte es in Prora rasch beenden müssen. Aber das war ihr als Strafe nicht ausreichend erschienen. Zuvor wollte sie Aaron quälen, entwürdigen. Sie hätte wissen müssen, dass eine Frau, die als Blinde zur Abteilung gehört, mehr als die Karikatur einer Sehenden ist.

Ein Auto kommt.

Es wird langsamer, hält an. Malin bleibt stehen und duckt sich hinter einem Baum. Das Auto ist nur zehn Meter entfernt, ein Seat, halb auf dem Bankett. Der Fahrer lässt den Motor laufen und schlägt sich in die Büsche, um sich zu erleichtern. Er ist groß, schwer, trägt Windjacke und Basecap.

Malin huscht lautlos in seinen Rücken und ist hinter ihm, als er den Reißverschluss öffnet. »Beim *Dim Mak* musst du dir vorstellen, dass du an eine Tür klopfst«, sagte ihr Meister. »Tu es entspannt, nicht im Zorn.« Darüber hat Malin schon lange nicht mehr nachgedacht, sie hat an viele Türen geklopft. Den Nerv in der Schädelgrube trifft sie so präzise, als seien er und ihr Mittelfinger durch Magneten verbunden. Der Mann bricht bewusstlos zusammen. Es widerstrebt Malin, ihn zu töten. Aber wenn sie es nicht tut, wird er schnell wieder zu sich kommen und man wird sein Auto suchen.

Sie wälzt ihn auf den Rücken. Das Einfachste wäre, den Kehlkopf zu zertreten.

So einfach wie würdelos.

Malin geht neben dem Mann in die Hocke und stimuliert den Kyūsho-Punkt am Haaransatz, bis sie ein Zittern spürt und weiß, dass es vorbei ist.

Sie muss so schnell wie möglich von der Insel herunter, doch der kürzeste Weg ist ihr versperrt, denn der würde an Prora vorbeiführen, und sie kann nicht riskieren, in eine Polizeikontrolle zu geraten. Also umfährt sie den Jasmunder Bodden, was einen Umweg von fast zwanzig Kilometern bedeutet.

Der Regen ist so dicht, dass sie die Scheinwerfer einschalten muss, in den Dörfern sieht sie kaum einen Menschen. Einmal zwei Kinder, die einem bellenden Hund hinterherjagen.

Sie sind im Alter der Berliner Mädchen.

Als sie ihnen aus dem *Glöckner* vorlas, haben sie mit großen Augen gelauscht, sind ohne Angst gewesen, auch weil Malin die schrecklichen Stellen ausgelassen hat. Für die beiden war es ein wunderschönes Märchen, sie fühlten denselben Zauber wie sie damals, in den Tagen bevor ihr Vater den Schleier der Kindheit von ihren Augen nahm. Aber sie war nie so unschuldig wie diese Mädchen gewesen, konnte in ihrem Alter Dinge, von denen kein Märchenbuch erzählt. Wie sie wohl über ihren Vater denken? Er hat seine Familie verlassen; Malin weiß es, weil sie sich in der Wohnung der Putzfrau umgesehen hat, an dem Tag bevor sie die Mädchen mitnahm. In einem Karton fand sie die traurigen Briefe, die diese Frau an ihren Mann schrieb, nie abschickte. Hat er seine Töchter je zärtlich in die Arme genommen? Welche Geschichten wird er ihnen erzählt haben? Sicher keine, in denen es Kyūsho-Punkte und Waffenkunde gab.

Dennoch. Auch für Malin ist ihr Vater alles gewesen. Selbst nach der Nacht in Carrières-sur-Seine.

Er verließ ihre Mutter, als Malin siebzehn war, sie sah ihn nie wieder. Aber in den Jahren bis dahin sog sie jede seiner Lektionen in sich auf und machte ihn stolz. Weitere neun Jahre dauerte es, bis sie erkannte, warum sie niemals glücklich war. Warum sie sich schuldig fühlte, wenn sie einmal lachte. Das verdankte sie ihrer Erblindung. Da erst begann sie, über ihr Leben nachzudenken, begann zu verstehen, was mit ihr geschehen war. Heute kommt es ihr lächerlich vor, dass sie so lange brauchte, um es zu erkennen. Aber was sie nicht begreift, was ein so großes Rätsel darstellt, dass sie an der Lösung verzweifelt, ist, dass sie ihren Vater noch immer genauso liebt wie als kleines Mädchen.

Dass sie schrie, als sie von seinem Tod erfuhr.

Erstmals hasst.

Aaron und Pavlik brennen sehen will.

Eine Stunde später ist sie auf dem Hindenburgdamm, der Rügen mit dem Festland verbindet. Sollte es eine Straßensperre geben, wird sie improvisieren müssen.

Nichts.

In Stralsund ist sie im Intercity-Hotel abgestiegen, weil es Anonymität gewährleistet und in Autobahnnähe liegt. Den Seat lässt sie einige Straßen weiter stehen, geht den Rest zu Fuß. Im

Zimmer reinigt sie den Arm. Malin träufelt Cyanacrylat in die Wunde und drückt die Ränder zusammen. Ursprünglich wurde die Substanz als unzerbrechlicher Kunststoff für die Zieloptik von Panzern entwickelt, erwies sich jedoch als untauglich. Im Vietnamkrieg fand man heraus, dass der Kleber sich zum Versorgen von Wunden eignet. Er wird nur in einer feuchten Umgebung hart, darum ist er perfekt zum Stillen von Blutungen.

Malin hat auch Lidocain dabei. Sie könnte es sich gegen die Schmerzen injizieren, aber das würde ihren Blutdruck senken und die Handlungsschnelligkeit einschränken, also belässt sie es bei zwei Ciprofloxacin als Antibiotikum.

Sie sieht auf die Uhr: 20:01.

Die Bombe ist vor einer Minute hochgegangen.

Malin versucht zu ergründen, was sie fühlt. Doch da ist nichts als eine riesige Leere, die sich mit Trauer füllt.

Sie wechselt die Jacke und nimmt eine neue Perücke aus der Reisetasche, roter Pagenschnitt. Malin schminkt sich um, setzt eine schwarze Hornbrille auf. Sie ähnelt jetzt weder der Frau aus Prora noch der Frau, die in diesem Hotel eingecheckt hat, der Frau, die Reimer oder die Kinder der Putzfrau kannten.

Malin verlässt das Hotel, wirft die alte Perücke und die Lederjacke in zwei verschiedene Mülleimer und fährt mit dem Seat nach Hamburg. Sie parkt ihn in der Innenstadt und winkt sich ein Taxi zum Flughafen. Das First-Class-Ticket nach Paris hat sie am Samstag online gebucht. In der Schlange vor der Sicherheitskontrolle sieht sie einen Bundespolizisten die Passagiere taxieren. Malin tut einen Schritt zur Seite, um einen Mann mit einem kleinen Jungen aufrücken zu lassen.

Der Junge ist drei oder vier Jahre alt. Sie lächelt ihn an. »Na, fliegst du zum ersten Mal?«

Er nickt sehr ernst.

Malin zwinkert ihm zu. »Wirst sehen, das macht Spaß. Von oben sehen die Wolken wie eine große Kuscheldecke aus.«

Sein Vater lacht. »Vielleicht schläft er dann wenigstens.«

Sie erwidert das Lachen und registriert im Augenwinkel, dass der Bundespolizist sie abhakt.

Ehepaar mit Kind, uninteressant.

In der Senator-Lounge setzt Malin sich neben die beiden. Ein Fernseher läuft stumm. Sie sieht Bilder aus Berlin, Polizei und Rettungskräfte vor dem Hochhaus, in dem ein Riesenloch klafft. Ineinander verkeilte Autos, weinende Menschen, Verletzte; auf dem Ticker ist von bislang vierzig Opfern die Rede.

Malin spürt, wie ihr das Blut aus dem Gesicht weicht. Sie war davon ausgegangen, dass um diese Uhrzeit kaum jemand in der Abteilung sein würde. Deshalb befahl sie Svoboda den späten Besprechungstermin. Der Sprengsatz war nur auf das Büro von Demirci ausgelegt gewesen. Natürlich lassen sich weitere Tote nie ausschließen, eine Bombe ist kein Präzisionsinstrument.

Aber nicht so viele.

»Egal welche Pläne du machst, der Zufall wird in keinem vorkommen«, hatte ihr Vater gesagt. »Also bild dir nie ein, dass ein Plan perfekt ist.«

»Schrecklich, nicht wahr«, hört sie den Mann neben sich.

»Ja.«

»Sieht nach einer Gasexplosion aus.«

Der Staubsauger stand in der Putzkammer. Vielleicht war dort die Gastherme. Falls ja, könnte sie ein Katalysator gewesen sein.

Du hast die Putzfrau nicht danach gefragt.

Sie lässt ihren Blick über die anderen Reisenden streifen, beginnt, sie zu analysieren.

Bricht es ab.

Kann sich nicht konzentrieren.

Wieso hast du die Putzfrau nicht gefragt?

Die Maschine landet pünktlich in Orly. Ihr BMW steht im Parkhaus. Er ist grau, ein unauffälliges Modell. Malin nimmt die A86, hält sich an das Tempolimit und erreicht eine Dreiviertelstunde später ihr Haus.

Als sie aus dem Auto steigt, knirscht der Kies wie in der Nacht, als sie auf einem Planeten landete, wo eine irdische Sekunde Stunden währte.

Das Haus ist ein verrückter Zufall. Vor zwei Jahren saß sie in einem Straßencafé auf den Champs-Élysées und behielt den Eingang des Marriott im Auge, während sie so tat, als lese sie im *Figaro*. Ein kasachischer Waffenhändler war in dem Hotel abgestiegen, einer seiner Konkurrenten hatte sie angeheuert. Malins Zielperson würde die ganze Woche in Paris bleiben, an dem Tag wollte sie lediglich das Verhalten der Sherpas beim Verlassen der Fünf-Sterne-Herberge studieren.

Tatsächlich war es aufschlussreich. Sie machten auf dem kurzen Weg zum Rolls so viele Fehler wie Kinder im ersten Schulaufsatz. Als ihre Zielperson abgefahren war, blieb sie noch eine Weile sitzen und blätterte in der Zeitung.

Sah die Annonce.

Darin war nur von einer Villa in Carrières-sur-Seine die Rede, doch Malin wusste sofort, dass es sich um *das Haus* handelte. Sie ging zu Fuß zu dem Makler, sein Büro war in der Rue la Boétie, nicht weit von dem Café. Er zeigte ihr Fotos, sie hatte sich nicht getäuscht. Der Makler sagte, dass es einem Ehepaar gehöre, das in den Süden ziehen wolle. Der Preis war beachtlich, aber kein Wucher. Zur Verblüffung des Maklers sagte Malin, dass sie mit den Konditionen einverstanden sei und das Haus ohne einen Besichtigungstermin kaufen würde.

Den fälligen Betrag verdiente sie sich am nächsten Abend, als der Waffenhändler mit einer Nutte im Arm zum Hotel zurückkehrte und sie ihn vom gegenüberliegenden Hausdach aus mit dem Gewehr tötete, während seine nichtsnutzigen Sherpas vor ihm herstolperten.

Malin macht das Licht im Vestibül an. Zu gern hätte sie einen echten Jackson Pollock hier aufgehängt, wie Alain Cesari ihn besessen hatte. Aber das würde selbst ihre finanziellen Möglichkeiten bei weitem übersteigen; unter hundert Millionen Dollar ist ein Pollock nicht zu haben. Sie ließ die Reproduktion eines seiner Gemälde in Originalgröße aufziehen. Wahrscheinlich ist es nicht das gleiche Bild wie damals. Es hat sich in ihrer Erinnerung so oft verändert, dass sie es nicht mehr in jedem Detail vor Augen hat.

Aber das Werk, das Malin ausgesucht hat, kommt ihm nah, *Synchronicity*, es hängt im New Yorker Guggenheim, wo sie es zum ersten Mal anschaute.

Viele Jahre hatte sie Albträume von diesem Haus.

Jetzt nicht mehr. Jetzt ist es ihrs.

Malin geht in den ersten Stock, ins Schlafzimmer, hat es wie alles nach ihrem Geschmack eingerichtet. Sie streift die Jacke ab und wirft sie aufs Bett und denkt keine Sekunde daran, dass sie hier ihren ersten Mord beging.

Im Bad lässt sie Wasser in die Wanne, gibt eine ätherische Lotion dazu. Malin tritt vor den Spiegel und sieht hinein. Wie jedes Mal ist sie sich bewusst, dass das Unsinn ist.

Sie steigt in den Schaum, hängt den verwundeten Arm über den Rand. Sie trinkt Rotwein, nimmt noch zwei Ciprofloxacin. Ihr Handy vibriert. Sie weiß, wer es ist, ignoriert es. Sie schließt die Augen und denkt an nichts.

Nach Mitternacht liegt sie auf der Couch. Oft findet sie Ruhe in Bachs Cellosuiten, Trost in der Mathematik der Musik. Nicht heute. Sie zieht sich an und verlässt das Haus.

Der Mond schimmert in den Weiden, über den wenigen Wolken ahnt sie Raubvögel. Die Uferstraße ist verlassen, der Fluss steht still, als ob er schläft. Meist sieht sie von hier aus das Stauwehr, aber in dieser Nacht versteckt es sich unter einer Glocke aus dunklem Dampf.

Malin bleibt stehen und schaut aufs Wasser. Viele Male war sie hier. Und nie gelang es ihr, sich daran zu erinnern, was im Auto geschah. Sie sieht den roten Nebel, der aus ihrer Pistole quillt, sieht, wie sie ins Lenkrad greift und die Zeit Ferien macht. Dann taucht sie aus der Tiefe auf und schwimmt an Land.

Aber nur Malins Körper ist ins Reich der Lebenden zurückgekehrt. Ihre Seele hat den Fluss nie verlassen und bleibt dort unten gefangen bis zum Jüngsten Tag.

Sie geht zurück. Zwar könnte sie sich mit fünf Atemzügen in den Schlaf bringen, doch sie nimmt lieber eine Noctamid.

Malin öffnet die Augen und ist in einem endlosen Mohnfeld. Sie sieht einen alten Mann auf der Erde sitzen. Er schnitzt aus einem Brocken Obsidian einen schwarzen Dolch. Sie kann seine Gedanken hören und er ihre.

Wer bist du? fragt er.

Ich bin das Mädchen mit den Flammenaugen.

Er legt seinen Kopf zur Seite, mustert sie.

Nein, du bist das Mädchen aus dem Fluss.

Sie kommt in einen Wald, dessen Bäume aus Stein sind. Eine Frau mit einer Echsenzunge sammelt steinerne Blätter und legt sie in einen Korb.

Wer bist du? fragt sie Malin.

Ich bin das Mädchen mit den Flammenaugen.

Nein, du bist das Mädchen aus dem Fluss.

Sie geht weiter und erreicht einen reißenden Strom, dessen Wellen jagende Panther sind. Sie taucht unter den Raubkatzen hindurch. Es ist stockfinster, aber Malin hat ein Feuerzeug, das ihr den Weg weist. Auf der anderen Seite ist ein großes Tor, das von Dämonen bewacht wird. Furchterregend richten sie sich vor ihr auf; ihre Zähne sind aus Meteoritensplittern, von den Klauen tropft Blut. Ein Mann schnipst mit den Fingern, die Dämonen verschwinden. Der Mann hat einen Falkenkopf, und Sonne und Mond sind seine Augen.

Wer bist du? fragt Malin in Gedanken.

Ich bin Horus, der Lichtgott. Was führt dich her, Mädchen aus dem Fluss?

Ich erbitte, dass der Herr der Unterwelt, dein Vater Osiris, mein Herz wiegt, damit meine Seele zu mir zurückkehren kann.

Sein Sonnenauge funkelt. *Du weißt, was geschieht, wenn dein Herz von Schuld so schwer ist, dass die Waage sich senkt. Was Ammit, die Große Fresserin, dann tut. Willst du dennoch eintreten?*

Ja.

Zeig mir den Schlüssel zum Tor.

Aber ich weiß nicht, was der Schlüssel ist.

Es ist der, mit dem ich auch deinen Mund öffnen werde, wenn du die Prüfung bestehst. Sieh unter deinem Gewand nach.

Dort ist ein gezacktes Messer aus Keramik. Malin gibt es ihm, und Horus schließt das Tor damit auf. Er führt sie in die gewaltige Halle der vollständigen Wahrheit, in der alle Götter auf Malin herabsehen.

Sie tritt vor Osiris mit der Waage.

Und jetzt schwöre, sagt er.

Ich habe niemanden hungern lassen, denkt sie, *keine Tränen verursacht. Ich habe nicht getötet, habe nicht zu töten befohlen. Keinem habe ich ein Leid angetan.*

Als sie erwacht, ist es fast Mittag. Der Verband ist nicht durchgeblutet. Sie bewegt den Arm. Er tut weh. Sie könnte den Arzt aufsuchen, den sie in Saint-Germain-des-Prés kennt. Er hat Erfahrung mit Schussverletzungen, stellt keine Fragen und lässt sich dafür üppig entlohnen. Aber Malin kann eine Verwundung einschätzen, sie weiß, dass der Arzt nicht viel tun könnte. In zwei Tagen wird es besser sein, sie hat gutes Heilfleisch.

Um die Belastbarkeit des Armes zu testen, meditiert sie und absolviert danach fünfzig Liegestütze. Der Schmerz weht vorbei, gehört nicht zu ihrem Körper. Malin kann ihn betrachten wie eine Wolke oder einen fernen Stern.

Ihr Handy zeigt zwei weitere Anrufe an, es wurde keine Nachricht hinterlassen. Sie steht auf, bereitet Frühstück und denkt über die nächsten Schritte nach. Wie die meisten in ihrem Gewerbe arbeitet sie am liebsten allein. Aber hin und wieder ist es unumgänglich, sich anderer zu bedienen.

Sie ruft einen früheren SAS-Mann an. Beim zweiten Klingelton nimmt er ab. »Ja?«

»Hier ist Mia.« Das ist der Name, unter dem er Malin kennt. »Sind Sie verfügbar?«

»Wann?«

»Sofort.«

»Das kommt ungelegen, ich muss zur Prostatavorsorge.« Er lacht leise.

»Wie schnell könnten Sie in Berlin sein?«

»In drei Stunden. Worum geht es?« fragt er.

»Haben Sie von der Explosion gehört?«

»Bin ich Diogenes und wohne in einer Tonne?«

»In dem Haus war das Hauptquartier der Abteilung.«

»Und man denkt, man kennt seine Nachbarn.«

»Ich will wissen, wie viele überlebt haben«, sagt sie.

»Soll ich die Todesanzeigen lesen?«

»Waren Sie in Ihrer SAS-Zeit einmal im Ausbildungszentrum der Abteilung? Ist bei einem Kaff namens Beelitz.«

»Für zwei Tage. Wir haben zusammen trainiert. Hab noch nie so viel gekotzt.«

»Sie kriegen es nicht mit der Abteilung zu tun. Das Gelände wird von Externen geschützt, ich vermute GSG-9.«

»Ach so, bloß die GSG-9«, sagt er gedehnt.

»Können die was, was Sie nicht können?«

»Sie reden darüber, als wär's ein Besuch im Zoo.«

»Angst vor großen Tieren?«

»Ich hör's mir an. Aber es gefällt mir schon jetzt nicht.«

Malin lässt ihn wissen, was sie von ihm erwartet. Er stellt keine Zwischenfrage. »Fünfzigtausend«, sagt sie.

Er antwortet nicht.

»Ein einfaches Ja oder Nein genügt«, bricht sie die Stille.

»Fünfzig sofort. Und fünfundzwanzig, wenn es erledigt ist.«

»Machen Sie's zwischen Mitternacht und ein Uhr.«

»Wie komme ich an Waffen und Ausrüstung?«

Malin kennt in Berlin einen Mann, der auf so etwas spezialisiert ist. Von ihm hatte sie die Beretta, die sie auf Rügen zurücklassen musste. Natürlich wird sie diesen Kontakt nicht preisgeben, das lässt sich einfacher lösen.

»Teilen Sie mir mit, welchen Flug Sie nehmen. In Tegel wird am Counter der Airline ein Schlüssel für Sie hinterlegt, Sie finden alles Nötige in einem Schließfach am Bahnhof Zoo.«

»Sobald das Geld auf meinem Konto ist.« Er legt auf.

Malin veranlasst den Transfer bei einer Mailänder Bank. Sie schickt eine Mail nach Berlin. Kostet noch einmal dreißig. Geld ist für sie immer nur Mittel zum Zweck. Es auszugeben ist so unumgänglich, wie es zu verdienen.

Sie fährt in die Stadt. Die Sonne steht über einem wolkenlosen Himmel, aber bereits bei Nanterre verhüllt ein schwefelgrauer Schleier das Blau. Der Dauersmog zählt zu den wenigen Dingen, die sie an Paris nicht mag. An manchen Tagen ist es so schlimm, dass man den Eiffelturm bloß ahnt.

Früher kam Malin ein-, zweimal im Jahr nach Paris, doch nur, wenn sie hier einen Job hatte. Sie war nirgends sesshaft, meist wohnte sie in Hotels. Bei längeren Aufenthalten mietete sie sich etwas. Sie ist in vielen Städten gewesen, auf allen Kontinenten, aber außer Paris gab es keinen Ort, an dem sie hätte verweilen wollen. Vielleicht noch San Francisco, eine Stadt, die aus lauter Möglichkeiten besteht, ihr das Gefühl von Freiheit gibt, auch wenn es nur eine Illusion ist.

Paris bedeutet etwas anderes. Es ist das Echo der beiden Tage, an denen ihre Hand in der des Vaters lag, die Sehnsucht, noch einmal so zu staunen und zu träumen wie damals. Aber sie weiß, dass ihr das nie gelingen wird, dass es wie der Versuch ist, mit einer Schere Rauch zu zerschneiden.

Malin parkt den Wagen am Quai des Orfèvres und schlendert inmitten schwatzender Touristen zu der Kathedrale. Das Zyklopenauge blinzelt in die milchige Sonne. Zwischen den Türmen spannt sich noch immer das unsichtbare Seil, das Quasimodo und Esmeralda nie betreten haben. Es ist ein anderes Licht, eine andere Stunde, aber die Stadt verstummt, weil das ungeheure Tier ihren Lärm einatmet.

Sie betritt Notre-Dame de Paris, schließt für einen Moment die Augen und wird die riesige, steinerne Leere gewahr, die kalte Wucht, die den Menschen zum Bittsteller macht. Als sie zu den Kerzen geht, sieht sie den Rücken eines Mannes, der dort betet. Er hat Svobodas Statur, die gleiche freudlose Gestalt, bei der die Schulterknochen in das Sakko stechen. Malin stellt sich sein Gesicht vor. Tiefe Magenfalten würden kundtun, dass die Selbstgerechtigkeit ihn auffrisst.

Aber deshalb hat sie Svoboda nicht verachtet.

War er als erwachsener Mann je in einer Kirche, außer zu offiziellen Anlässen? Wohl kaum. Er wusste nichts von Ruhe, nichts von Stille, Demut. Sollte er an etwas geglaubt haben, dann nur an den Satan, dessen Möchtegern-Reinkarnation Crowley als gerahmtes Foto in seinem Arbeitszimmer hing.

Aber deshalb hat sie Svoboda nicht verachtet.

»In Berlin hat jemand ein Problem«, sagte Jasper Mason vor drei Wochen am Telefon. »Die Bezahlung ist außergewöhnlich. Sind Sie interessiert?«

Malin erfuhr, dass eine Frau eliminiert werden sollte, Inan Demirci. Der Name sagte ihr nichts. Mason ließ sie wissen, dass Demirci Lisseks Nachfolgerin war und der Abteilung vorstand. Sie verlangte die doppelte Summe. Mason reichte es an Svoboda weiter, am gleichen Tag erhielt Malin die Hälfte als Anzahlung. Es war das höchste Honorar, das sie jemals eingestrichen hatte. Finanzielle Probleme hatte Svoboda jedenfalls nicht.

Demircis Schutzkommando bestand aus fünfundzwanzig Mann, von denen fünf ständig um sie herum waren. Tagelang studierte Malin ihren Modus Operandi. Der amerikanische Präsident wäre glücklich gewesen, diese Sherpas zu haben. Vorfeldsicherung, Rückraum, Deckung: fehlerlos.

Blieb Demircis Apartment am Potsdamer Platz.

Es befand sich im Beisheim Center, einer noblen Adresse, die ganze oberste Etage war dafür geblockt. Dass der Zugang mit einer Tag und Nacht besetzten Schleuse kontrolliert wurde, stellte kein unüberwindliches Hindernis dar. Letzten Endes war es nur eine Wohnung, Luft, die mit Glas und Steinen eingefasst ist.

Als Malin den Plan bereits ausgearbeitet hatte, rief Svoboda an. Seine Stimme klang machtbewusst, befehlsgewohnt, eitel. Malin kannte viele solche Männer. Manche erteilten ihr Aufträge, manche waren der Auftrag.

Aber deshalb hat sie Svoboda nicht verachtet.

Er wollte eine andere Lösung, eine Bombe, in der Abteilung. Malin spielte es durch. Es war machbar, und der Kunde ist König. Natürlich ging Svoboda davon aus, dass die gesamte Abteilung in Schutt und Asche gelegt werden würde. Das war für ihn so selbstverständlich, dass er es nicht eigens betonte.

Aber deshalb hat sie Svoboda nicht verachtet.

Malin nahm sich die Freiheit, die Bombe nur für Demircis Büro zu dimensionieren. Was der Kunde nicht ausdrücklich verlangt, gehört nicht zum Kontrakt. Und auch im Kleingedruckten stand nichts von Massenmord.

Dann geschah etwas Ungewöhnliches.

Mason meldete sich bei Malin. Er wusste von der Bombe und nannte ihr einen genauen Zeitpunkt für die Explosion: den 21. Juni, Dienstags, elf Uhr.

»Das bleibt unter uns«, sagte er.

Sie dachte darüber nach. Mason war nur als Makler aufgetreten, was hatte er damit zu schaffen? Andererseits war er nicht irgendwer. Sein Arm reichte weit, und warum sollte sie sich mit der SAD anlegen? Also war es ihr recht.

Am vorletzten Freitag entführte Malin die beiden Mädchen, samstags nahm die Putzfrau bei Feierabend den Staubsauger mit. Als Malin die Bombe schon eingebaut hatte, rief Svoboda erneut an. Es gebe noch eine Zielperson: Jenny Aaron. Auch sie gehörte zur Abteilung. Auch ihr Name sagte Malin nichts. Auch dieses Honorar war fürstlich. Svoboda sagte, dass Aaron in Virginia sei, in einer Kampfkunstschule. Allerdings könne das warten, denn vorher würde er Malin noch bei einer anderen Sache benötigen: ein Treffen in Portugal, sie solle für seinen persönlichen Schutz sorgen. Es klang nicht nach einem komplizierten Job, aber wäre es Routine gewesen, hätte Svoboda jemand aus einer anderen Preisklasse genügt. Malin zog einen Syrer hinzu, der für Assad gearbeitet hatte.

In Cascais nahm sie nichts wahr, was zu Besorgnis Anlass gab. Heute ist ihr klar, wie gut Pavliks Team war. So unauffällig wie Blut in einer Schlachterei. Svoboda rief Malin aus der Toilette des Restaurants an. Das Geschäftsessen entwickelte sich unerfreulich, Sposato stand einem Abschluss im Weg.

Malin sollte ihn töten, am Boca do Inferno.

Svoboda beschrieb ihr den Ort, kannte ihn genau. Er würde Sposato vorschlagen, sich später dort mit ihm zu treffen, um ihm angeblich ein Angebot zu machen, über das er im Beisein von Zankov nicht reden wolle. Die Zweihunderttausend, die ihn dieser Mord extra kosten würde, waren für Svoboda kein Problem.

Sie hätte ihm Sposato vom Hals geschafft, wenn Pavlik nicht im entscheidenden Moment aufgetaucht wäre. Und nach ihm der zweite Mann der Abteilung. Er arbeitete mit der Pistole wie mit einem Seziermesser, und sie hatte keine Lust, sich auf seinen Tisch zu legen wie der Syrer.

Also überließ sie ihm Sposato.

Nur in billigen Filmen haben Profikiller ein Berufsethos, das Opferbereitschaft einschließt. Kein Honorar der Welt ist es wert, sich dafür töten zu lassen.

Profikiller. Sie hat kein Problem mit der Bezeichnung.

Wie sollte sie sich sonst nennen. *Mediatorin*?

Malin schrieb die zweihunderttausend ab. Die Bombe war in der Abteilung, und es war Zeit, sich um Aaron zu kümmern. Ein Flug nach Virginia erwies sich als unnötig, denn Svoboda hatte über einen Mann beim BKA erfahren, dass die Zielperson in der Meldedatei aufgetaucht war, weil sie in einem Hotel auf Rügen eingecheckt hatte.

Keine Sekunde stellte Malin sich die Frage, warum sie Aaron und Demirci für Svoboda exekutieren sollte. Er hat die beiden gehasst, das war offensichtlich. Für sie ging das in Ordnung. Es gibt viele Gründe, jemanden tot sehen zu wollen. Hass ist jedenfalls ehrenwerter als Habsucht, Rassismus, Perversität oder Neid. Aber in solchen Dingen hält Malin es mit dem Alten Testament. Hass sollte man befriedigen, ohne jemand anderen dafür zu bezahlen.

Svoboda hätte den Mut dazu niemals aufgebracht, das wusste sie, lange ehe er vor ihr kniete und um sein Leben bettelte.

Aber deshalb hat sie Svoboda nicht verachtet.

Als sie ihm sagte, dass sie keine blinde Frau töten würde und er ihr daraufhin die Wahrheit über Aaron und Pavlik erzählte, fragte Malin sich, ob er log. Svoboda besaß keine Akte darüber. Er blieb jeden Beweis schuldig, dass die beiden die Mörder ihres Vaters waren. Er hätte alles Mögliche behaupten können.

Malin machte ihm Angst, das ist der beste Lügendetektor.

Er beharrte darauf.

Sie sah in seinen Augen, dass es stimmte.

Sie hätte ihn nicht töten müssen, er war lediglich der Überbringer der Nachricht. Seine Gründe mögen armselig gewesen sein, das Flehen erbärmlich.

Aber deshalb hat sie Svoboda nicht verachtet.

Malin zwang ihn, Demirci anzurufen und für Montagabend einen Besprechungstermin in der Abteilung anzusetzen. Pavlik würde dabei sein, bei Aaron stellte Demirci sich quer. Dann also auf Rügen, Auge in Auge, das war Schicksal.

Als das Telefonat beendet war, sagte Svoboda: »Blind zu sein, scheint dem scheinheiligen Luder überhaupt nichts auszumachen. Mir würde es gefallen, wenn Sie ihr die Zunge rausschneiden und sie an ihrem eigenen Blut ersticken lassen.«

Der Regen hat aufgehört. Sie haben Berlin längst hinter sich gelassen, müssten bald in Beelitz sein. Während sie schweigend neben Pavlik sitzt, denkt Aaron an das Wort, das sie Palmer gab. Den toten Kameraden gab sie ebenfalls ein Versprechen. Aber es war das genaue Gegenteil. Eines wird sie brechen müssen.

»Rufst du Wolf an?« fragt sie.

»Ja. Morgen«, erwidert Pavlik und fährt von der Autobahn ab. Bald darauf stoppt er am ersten Checkpoint. Es ist kurz vor eins, warme Nachtluft dampft durchs offene Fenster.

Jemand raunt: »Wissen Sie es schon?«

»Was?« fragt Pavlik.

»Vor ner halben Stunde ist ein Schuss gefallen. Äußerer Ring, im Nordabschnitt. Dort ist ein SET der GSG-9. Einer von denen meldet sich nicht mehr. Sie suchen ihn.«

»Was ist mit seinem GPS?« fragt Pavlik.

»Das Signal ist abgebrochen.«

»Haben Sie Bundespolizei hingeschickt?«

»Fünfzig Mann sind unterwegs.«

Eine andere Stimme: »Sie haben ihn. Schuss in den Helm. Er war bewusstlos, aber es geht wieder.«

»Die sollen ihn reinbringen«, ordnet Pavlik an. »Alle zurück auf ihre Posten.« Er gibt Gas.

»Was hältst du davon?« fragt Aaron.

»Ich bezweifle, dass es ein Scharfschütze war. Wir haben zunehmenden Halbmond, am Südhimmel. Niemand, der was von seinem Job versteht, würde gegen den Mond schießen.«

»Friendly Fire?« fragt sie.

»Du weißt, was der Nordabschnitt für ein Dschungel ist. Die GSG-9 stolpert rum, einer glaubt, was zu sehen, und der Zeigefinger macht sich selbständig. Wär nicht das erste Mal.«

Am zweiten Kontrollpunkt winkt man sie durch. Als Aaron und Pavlik an der Mühle aussteigen, fliegen bereits Rufe durch die Luft; der Mann ist eben eingetroffen.

»Ich komme nach«, sagt Pavlik.

Sie packte ihn im Nacken und zog ihn langsam zu sich heran. Am Ende der elften Rippe ist der Kyūsho-Punkt, der *Dekorierte Pforte* heißt. Sie rammte ihren Mittelfinger hinein und sah den Mund aufklaffen, als Svoboda starb.

Der Mann, der Svoboda sein könnte, geht weg. Malin zündet eine Kerze an und wünscht sich zum ersten Mal etwas: dass sie nie wieder hierher zurückkehrt. Sei es, weil die Erinnerung ihr nichts mehr bedeutet oder weil sie tot ist.

Sie überquert die Pont Neuf, ohne noch einen Blick zurückzuwerfen, lässt die große Spinne schlafen. Im Louvre stellt sie sich geduldig in der Schlange an. Die meisten Besucher wollen nur zur »Mona Lisa«, lassen sich von der Menschenwalze vorwärtsschieben. Kaum einer verirrt sich in die Ägyptische Sammlung. Wie immer ist der Dolch aus Obsidian Malins erstes Ziel, sie betrachtet seine vollkommene Schönheit.

Die Kunst des Tötens liegt nur in der Effektivität.

Sie hat eine der wichtigsten Lektionen ihres Vaters missachtet und dadurch seine Mörderin am Leben gelassen.

Malin geht zu Osiris, weiß, dass sie seit damals träumt, ihm in der Halle der vollständigen Wahrheit gegenüberzustehen.

Doch nie erinnert sie sich beim Erwachen daran, wie sein Urteil lautete, als er ihr Herz auf die Waagschale legte.

Auf der Fahrt durch den Marais sucht sie im Radio vergeblich nach einem Schlager, der von dem Schmerz erzählt, der nie endet, aber in der Rue du Faubourg Saint-Honoré erlebt sie eines der größten Wunder von Paris, denn direkt vor Chanel wird ein Parkplatz frei.

Die Verkäuferin erinnert mit den geschnatterten Pirouetten an ihre Vorgängerin von damals. Malin lässt sich die Modelle der Sommerkollektion zeigen und entscheidet sich für ein elegantes Kleid aus grauem Crêpe de Chine. Zuhause wird sie es zu den anderen dreißig in den Schrank hängen. Jedes zog sie nur einmal an, in der Umkleidekabine von Chanel.

Als sie den Motor des BMW startet, vibriert ihr Handy. Es ist ein Satellitentelefon, sie weiß, es kann nicht geortet werden.

Mason. Sein vierter Anruf seit gestern Abend.

Diesmal nimmt Malin ab. »Ja?«

»Warum zur Hölle gehen Sie nicht ans Telefon?«

»Ich war beschäftigt.«

Beide Handys sind mit einem B6-Algorithmus verschlüsselt, niemand könnte das Gespräch mithören.

»Hatten wir nicht eine Abmachung?« fragt Mason. »Ich sagte *Dienstag, elf Uhr*. Das wäre heute gewesen. Nicht gestern.«

»Ein technisches Problem. So etwas passiert.«

»Nicht Ihnen.«

»Keine bedauernden Worte über Svobodas Tod?« fragt sie. »Rufen Sie mich an, weil Ihnen langweilig ist?«

Mason schweigt kurz. »Jenny Aaron hat sich bei mir gemeldet. Sie weiß, dass es *Ihre* Bombe war. Aaron will Ihren Kopf. Und ich soll ihn ihr servieren.«

»Seit wann sind Sie Kellner?« murmelt sie.

»Wer derart tief in der Scheiße sitzt wie Sie, sollte besser nicht auf Tauchstation gehen.«

Neben Malin hupt jemand. Ein Autofahrer signalisiert, dass er ihren Parkplatz möchte. Sie schüttelt den Kopf, er fährt weiter. »Was haben Sie Aaron gesagt?« fragt sie.

»Dass wir uns treffen sollten.«

»Warum haben Sie nicht einfach aufgelegt?«

»Investieren Sie ein Prozent ihrer Intelligenz.«

Im selben Moment kennt sie die Antwort: *Team Forsyth.*

Malin weiß davon, weil sie für Mason mehrere seiner Männer liquidiert hat. Männer, denen er nicht länger traute.

Aaron hat Mason in der Hand.

»Wie hat sie es erfahren?« fragt Malin.

»Der alte Zirkusgaul Lissek hat an ihrem Ohr geknabbert, bevor er zum letzten Mal in die Manege gepisst hat.«

Sie stutzt. »Lissek war dort?«

»Es gab eine scheiß Geburtstagsfeier, und Sie haben die Kerzen ausgeblasen.«

»Wie viele haben überlebt?«

»Keine Ahnung. Ich habe einen Kontakt beim BKA angespitzt, aber Palmer rückt keine Informationen raus. Er lässt sogar seinen Führungsstab am langen Arm verhungern.«

»Wo und wann soll das Treffen mit Aaron stattfinden?«

»Hören Sie: Wir beide haben ein gemeinsames Interesse, der Frau ihren Blindenstock ins Herz zu rammen. Ich habe jetzt keine Zeit mehr. Aber wir müssen uns sehen. Wo sind Sie?«

»Unterwegs.«

»Ich komme vor Mitternacht nicht aus D.C. weg. Sagen wir: Frühstück in Ihrer Pariser Wohnung. Um acht. Dann überlegen wir, wie wir vorgehen.« Er legt auf.

Malin schließt ihre Augen, blendet die Geräusche der Stadt aus. Mason braucht sie nicht, um Aaron unschädlich zu machen, dafür hat er genügend Leute.

Auch ich bin für ihn eine Gefahr geworden. Sollte die Abteilung oder das, was davon übrig ist, mich in die Hände kriegen und zum Reden bringen, wäre Mason eine Anklage wegen Verschwörung und Hochverrat sicher.

Er schickt mir ein Team auf den Hals.

Wann? Heute Nacht schon?

Das wäre nicht die beste Option. Es wird Kampflärm geben.

Morgen früh um acht ist keine schlechte Zeit.

In dem Haus in der Rue Barbette, in dessen sechstem Stock die Wohnung ist, leben berufstätige Menschen, wohlhabende Geschäftsleute, die dann im Büro sein werden. Malin vermutet, dass Mason sich darüber informiert hat.

Doch sie hat diese Wohnung nur als Tarnadresse angemietet, um ihm und anderen Kunden vorzugaukeln, dass sie etwas über sie wüssten. Das Apartment ist stilvoll eingerichtet, auch wenn kein einziges Möbelstück Malins Geschmack entspricht. Mehrfach war Mason dort, um geschäftliche Dinge zu bereden. Selbst im Badezimmer wäre er niemals auf die Idee gekommen, dass Malin sich hier nur aufhält, wenn es zwingend erforderlich ist. Vielleicht hat er bei einer dieser Gelegenheiten einen Abstrich von der Zahnbürste gemacht oder ein Haar aus dem Kamm mitgehen lassen. Dann wäre Mason jetzt im Besitz der DNA einer Studentin, die sich über Malins hundert Euro freute. Fingerabdrücke hinterlässt sie in der Wohnung keine, denn sie hat die Kuppen mit Silikon behandelt. Auch ihre richtige IP-Adresse kennt Mason nicht; Malin hat sie mit einer Reihe hintereinandergeschalteter VPN-Server verschleiert.

Team Forsyth.

Wie viele Männer bin ich Mason wert?

Fünf wahrscheinlich. Ich sollte geschmeichelt sein.

Es sind gefährliche Gegner, mit jeder Spielart des Tötens vertraut. Vier von ihnen einzeln zu beseitigen, war hart genug. Und ein ganzes Team ist noch einmal etwas anderes.

Malin bewegt den rechten Arm, horcht in ihren Körper hinein, lauscht dem Echo des Schmerzes.

Ich könnte ihnen aus dem Weg gehen. Einfach fortbleiben.

Nein. Ich brauche einen von Masons Männern.

Lebend.

Nur so kriege ich raus, wo das Treffen mit Aaron stattfinden wird.

In dem üblichen Verkehrschaos schafft sie die sechs Kilometer bis zur Rue Barbette in vierzig Minuten. Beim Betreten des Hauses fragt Malin sich, ob es bereits observiert wird.

Möglich.

Aber um diese Tageszeit würde Mason es dabei belassen, um keine Zeugen zu riskieren.

Trotzdem nimmt sie die Treppe. Man weiß nie, was einen erwartet, wenn die Fahrstuhltür aufgeht.

Die Sicherheitstechnik der Wohnung ist solid, obgleich nicht auf dem Level ihres Hauses in Carrières-sur-Seine. Es genügt Malin, den Anschein aufrechtzuerhalten. Das Einzige, worauf sie wirklich Mühe verwendete, sind die versteckten Kameras in jedem der drei Zimmer. Als sie auf dem Tablet die Aufnahmen der letzten zehn Stunden im Zeitraffer abgespielt hat, weiß sie, dass sie keinen Besuch hatte.

Malin lässt sich Chop Suey von einem Lieferasiaten bringen und sieht beim Essen fern. Die Zahl der Berliner Toten hat sich auf einundfünfzig erhöht, dreißig Verletzte.

Als offizielle Ursache wird tatsächlich eine Gasexplosion angegeben. Malin verwundert das nicht. Sie weiß von mindestens zehn Fällen, acht davon islamistische Anschläge, die weltweit auf ähnliche Weise vertuscht wurden.

Mason wird das gefallen; an die Opfer verschwendet er sicher keinen Gedanken. Er kennt bloß zwei Arten von Menschen: Solche, die er tot sehen will, und solche, die das für ihn erledigen. Es gibt Malin jedoch nicht das Recht, ihn zu verurteilen. Sie hat sein Geld genommen, also ist sie nicht besser als er.

Nachdem sie Tai-Chi gemacht hat, um die Gedanken zu leeren, legt sie sich hin. Malin schließt die Augen und gleitet in die Welt zwischen Wachsein und Schlaf. Zeilen eines Gedichts von William Blake erscheinen hinter ihren Lidern, schimmern zwischen den Kollagenen der Glaskörper in der Dunkelheit.

Und es gibt einen Blick des Hasses / Und es gibt einen Blick, der verflucht / Und es gibt einen Blick der Blicke / Den man vergeblich zu vergessen sucht / Denn er frisst sich tief ins Herz / Und er frisst sich ins Gebein / Und kein Lächeln, das jemals gelächelt / Nur ein einziges Lächeln allein / Kann zwischen Wiege und Grab / Gelächelt werden ein einziges Mal / Doch sobald es einmal gelächelt / Ist es das Ende aller Qual.

Ihr Vater liebte Blake. Er sagte, dass er gläubig war, aber die Kirche verachtet hat. Für Blakes besten Satz hielt er den: *Wenn die Pforten der Erkenntnis geläutert würden, erschiene dem Menschen alles, wie es ist: grenzenlos und unbeschränkt.*

Vielleicht hätte Malin das Spiegelrätsel nie gelöst, wenn ihr Vater das nicht so oft zitiert hätte.

Als sie in die denkende Welt zurückkehrt, dämmert es bereits. Es wird Zeit für die Vorbereitungen. Malin geht in den Hausflur. Im obersten Stockwerk ist sie die einzige Mieterin; zwei andere Apartments stehen leer. Sie klebt eine Laserdiode an die Wand gegenüber dem Fahrstuhl. Sieht wie ein Schmutzfleck aus.

Sie nimmt einen Kampfanzug aus dem Schrank. Alle Spezialeinheiten tragen Schwarz. Vordergründig, weil es im Dunkeln der Tarnung dient. Aber der wirkliche Grund ist, dass Schwarz für das Nichts steht und deshalb bedrohlich wirkt. Malin zieht die Montur an, schnallt ein Holster um den rechten Oberschenkel, legt den Gürtel um. Schockgranate und Taschenlampe sind lediglich Attrappen. Sie will nicht, dass das Gewicht sie behindert, und braucht solche Hilfsmittel nicht.

Die schallgedämpfte Glock und das Messer sind echt.

Auf die Kevlarweste würde Malin gern verzichten, weil sie die Rumpfelastizität stark mindert. Aber sie schützt ihre geprellten Rippen und gehört zur Standardmontur. Außerdem wird man Malin nicht sofort als Frau identifizieren. Die meisten Angehörigen solcher Einheiten besitzen keine auffällige Körpermasse, sind höchstens mittelgroß. Muskeln machen langsam, Größe ist sperrig. Malin hat mit eins neunundsiebzig das richtige Maß.

Sturmhaube und Helm legt sie bereit.

Jetzt kann sie nur noch warten.

Um kurz nach halb zwei vibriert ihr Handy. Sie liest die E-Mail und öffnet das Video auf dem Tablet. Der Timecode verrät, dass die Aufnahme neunundfünfzig Minuten früher begann.

Malin sieht einen Nachthimmel, der auf die schiefe Bahn geraten ist. Schwere Regenwolken rutschen in die Tiefe. Zweige knacken, jemand entfernt sich schnell.

Ein Funkgerät knarzt. »Alpha ist sicher.« – »Delta ist sicher.« – »Gamma ist sicher.« – »Zeta ist sicher.«

Dann die Nachfrage: »Beta – Status?« Stille. »Beta? – Wer hat ihn zuletzt gesehen?«

»Zeta hier. Er war links von mir, circa dreihundert Meter, bei dem Bach.«

»Sein GPS ist tot. Bleib, wo du bist, wir kommen zu dir.«

Dass Malins Mann daran gedacht hat, den GPS-Sender zu zerstören, beweist, dass er sein Geld wert ist. Doch das wusste sie vorher. Für lange Minuten gibt es nur den Wind in den Bäumen, einen Uhu, der wie im Stimmbruch klingt. Ab und an zerplatzt ein Regentropfen auf der Kameralinse und gleitet von der Nanobeschichtung ab. Einmal glaubt Malin, ein Stöhnen zu hören.

Wieder brechende Zweige. Ein Flüstern: »Hab ihn.« Jemand beugt sich über die Kamera. »Tommy! – Tommy!«

Jetzt eine andere Stimme, auch geflüstert. »Lebt er?«

»Ja. Hat ihn am Helm erwischt.«

Maskierte Gesichter huschen durchs Bild, Schultern, Hände, aber nichts davon ist hektisch.

»SET 3 für Omega: kommen.«

»Omega hört.«

»Er ist bewusstlos. Schuss in den Helm.«

»Omega für SET 3: Sollen wir einen Sanitäter schicken?«

»Was ist passiert?« krächzt der Mann.

»Du brauchst einen neuen Helm, das ist passiert.«

»Ich glaub, ich brauch einen neuen Kopf.«

Die Kamera wackelt, der Mann richtet sich mit Hilfe seiner Kameraden auf.

»SET 3 für Omega: Negativ. Er steht wieder.«

»Omega für SET 3: Ich kriege gerade eine Anweisung. Bringt ihn sofort zum Hauptgebäude.«

Während der kurzen Fahrt spekulieren die Männer darüber, was es mit dem Schuss auf sich haben könnte, doch sie finden keine Erklärung. Da kein Schalldämpfer benutzt wurde, schließen sie einen Angriff auf die Mühle aus. Malin hofft auf eine Bemerkung, aus der sie Rückschlüsse darauf ziehen kann, wie viele Überlebende es bei der Abteilung gibt. Aber das Geschenk macht man ihr nicht.

Der Jeep stoppt, die Männer steigen aus. Andere kommen. Sie tragen Freizeitkleidung, sind mittelgroß und drahtig.

Man bringt den GSG-9-Operator ins Haus. Malin hört, dass ein weiteres Fahrzeug eintrifft, kann aber nicht sehen, wer drinsitzt. Verwackelte Aufnahmen von einem Flur, dann ein großer Raum, der sich schnell mit Menschen füllt. Es kristallisiert sich heraus, dass vier davon der Abteilung angehören.

Aaron stößt dazu. Sie erkundigt sich nach dem Kaliber, ist so kontrolliert, wie zu erwarten war.

Was soll die Sonnenbrille? Habe ich sie im Gesicht verletzt?

Einer fragt nach Demirci, Aaron sagt, dass sie in der Stadt ist.

Demirci lebt. Wie kann das sein?

Wieder betritt jemand den Raum. Selten sah Malin so einen Felsklotz von Mann. Er ist deutlich über zwei Meter groß, seine Muskeln würden in der NBA Aufsehen erregen.

Jetzt sind es mit Aaron sechs.

Einer von ihnen knöpft sich den Kommandoführer der GSG-9 vor. Er scheint der Clown der Abteilung zu sein. Aber darauf gibt Malin nichts. In Lima hatte sie mit einem zu tun, der einen Witz erzählte, während er sich mit den Fingern eine Kugel aus dem Bein gepult hat.

Der da hat ein Wolfsgesicht, Augen, die im Dunkeln leuchten würden. Malin sieht, wie Aaron einen halben Schritt nach rechts tut und dem Clown ihre Hand auf den Arm legt. Die Bewegung wirkt ganz natürlich, kinderleicht, und doch weiß Malin, welches Raumgefühl ein blinder Mensch haben muss, um so etwas zu können.

»Halt mal die Luft an«, bremst Aaron den Clown aus.

»Wozu?«

»Malin«, sagt Aaron.

»Heißt?«

In diesem Moment kommt noch jemand herein.

Pavlik.

Er lebt auch.

Die Splitter der Bombe haben für die eintausendeinhundert Kilometer von der Budapester Straße bis zur Rue Barbette über dreißig Stunden gebraucht. Aber jetzt erreichen sie Malin und schlitzen ihr Bewusstsein auf.

Ich habe einundfünfzig Menschen für nichts getötet.

Benommen hört sie Pavlik: »Fricke, was sitzt zwischen deinen Ohren?«

»Ich vermute mal, mein Kopf.«

»Dann benutz ihn.«

Einundfünfzig. Für nichts.

»Ihr denkt, sie ist hier? Verwundet, gegen eine halbe Armee?«

»Nein«, sagt Aaron. »Aber vielleicht will sie uns wachhalten, zermürben.« Sie schweigt einen Moment. »Oder – «

Einundfünfzig. Für nichts.

»Was?« fragt Pavlik.

»Frost, hol einen Bug-Detector. Bis dahin sind alle still.«

Einundfünfzig. Für nichts.

Eine weitere Minute verstreicht. Der, den Aaron Frost nannte, kehrt zurück und scannt den GSG-9-Mann.

Das Gerät schlägt an.

»Minicam auf dem Brustpanzer«, sagt Frost.

Eine Hand verdeckt das Bild, die Kamera wird entfernt. Dann sieht Malin den Clown namens Fricke in Großaufnahme.

Er zieht Rotz in der Nase hoch: »Hallo, Darling, wir hatten bei unserem Strandspaziergang in Portugal ja nur kurz das Vergnügen.« Er zeigt ihr sein Wolfsgrinsen. »Aaron kennst du schon etwas besser. Sie ist bei uns die Feinmechanikerin, ich bin eher der rustikale Typ. Meine Schwächen sind Bacardi Cola und billige Weiber. Meine Stärken: Ich mach's immer schnell und einfach, du wirst gar nichts merken.«

Das Bild bricht zusammen, er hat die Kamera zertreten.

Einundfünfzig.

Hätte Pavliks Tod die anderen vielleicht gerechtfertigt?

Die Zeit ist eine physikalische Größe, die als Abfolge von Ereignissen definiert ist. Doch das gilt in den nächsten Stunden nur für die Welt außerhalb dieses Zimmers, die Welt, in der Menschen lachen, weinen, sich lieben, anschreien, versöhnen, töten. In Malins Welt gibt es nichts als den zwecklosen Versuch, wach zu bleiben, ohne nachdenken zu müssen. Sie lockert die Meditationsblockade, lässt etwas von dem Schmerz in ihren Körper.

Wieso waren Pavlik und Demirci nicht in der Abteilung?

Man hat Svobodas Leiche zu früh gefunden, das ist die einzige Erklärung. Ich habe ihn getötet, weil ich die Kontrolle verloren habe.

Wie viele Fehler werde ich noch machen?

Pavlik.

In der Nacht am Boca do Inferno hat er seine Haut teuer verkauft. Sein Sprung von den Klippen, mitten in die Hölle, war bemerkenswert. Den Mut hätten nicht viele aufgebracht. Dennoch fragt Malin sich, was das Besondere an ihm ist. Mit der Pistole war er gut, aber längst nicht so überragend wie der Clown. Er ist um die fünfzig und hat eine Unterschenkelprothese. Weshalb ist so jemand das Alphatier der Abteilung?

Svoboda sagte: »Selbst Lissek hat ihm keine Befehle erteilt.«

Hätte sie in Portugal bereits gewusst, dass Ulf Pavlik einer der beiden Mörder ihres Vaters war, wäre alles anders gekommen. Dann hätte er am Boca do Inferno eine andere Malin kennengelernt, es nie ins Meer geschafft. Und wenn doch, dann als Leiche. Dann hätte sie nach Svobodas Tod die Bombe deaktiviert, denn Demirci ist ihr völlig gleichgültig.

Hätte. Hätte. Hätte.

Als Malin damals am Quai de Gesvres stand und der Chor der Glocken ihr Zittern durch einen Sprühregen aus Licht in den Himmel hob, hätte sie die Wahl gehabt fortzugehen, statt in die Arme ihres Vaters zu laufen. Und alles, was danach geschah, ihr ganzes Leben, war die Konsequenz dieser einen Entscheidung.

Malin schreckt hoch, weil der Warnmelder der Lichtschranke vibriert, die sie im Flur installiert hat: 04:02 Uhr.

Sie selbst hätte den Morgen gewählt, aber auch jetzt, in der dunkelsten Stunde, ergibt ein Angriff Sinn. Normalerweise befände sie sich in der Tiefschlafphase und alle ihre Körperfunktionen wären im Energiesparmodus. Sie ist froh, dass es losgeht, das Grübeln ein Ende hat. Malin streift die Sturmhaube über und setzt den Helm auf. Sie geht davon aus, dass sie noch zwei Minuten hat. Die Männer werden das Haus in Zivilkleidung betreten haben, um erst jetzt die Kampfmonturen anzuziehen.

Malin sieht durch den Türspion. In der rechten Hand hat sie das Messer. Zwar ist es ihre verwundete Seite, aber die größte Kraft muss sie gleich mit links aufwenden, die Bewegung des anderen Arms wird sie kaum spüren.

Schatten wischen im dunklen Flur vorbei. Sie kann sie nicht zählen und bleibt bei ihrer Einschätzung, es mit fünf Männern zu tun zu haben, ein klassisches SET. Das leise Surren verrät ihr, dass sie die Tür mit einem Multipick öffnen. Ideal wäre es, sie hintereinander zu haben, sodass Malin sie Mann für Mann abräumen könnte. Aber so wird es nicht laufen.

Geflüsterte Kommandos. Das Schloss ist geknackt.

Malin wartet zwei Sekunden, ehe sie die Tür lautlos öffnet.

Überraschung: Ich habe auch die Nachbarwohnung gemietet.

Wie erwartet, ist einer als Deckung im Flur zurückgeblieben. Er steht direkt vor ihr und wendet ihr den Rücken zu. Sie presst eine Hand auf seinen Mund und zieht das Messer durch die Kehle. Malin lässt ihn sachte zu Boden gleiten. Er trägt eine Nachtsichtbrille. Damit hat sie gerechnet. Die Männer gehen davon aus, dass es in der Wohnung dunkel ist, und tatsächlich hat sie die Vorhänge zugezogen. Ohne Brille würde sie kaum die Hand vor Augen sehen.

Malin nimmt sie dem Toten ab, setzt sie auf.

Sie huscht nach nebenan. Links sieht sie einen Mann, der die Badezimmertür mit dem Lauf seines Sturmgewehrs aufdrückt. Rechts ist ein Zweiter. Er sichert die beiden im Schlafzimmer, deren Laserpointer dort ein Lichtballett aufführen.

Die Glock fliegt in Malins rechte Hand. Ihr perfekter Atem pustet eine Kugel ins Knie des Mannes vorm Schlafzimmer. Als er ächzend herumfährt und Malin und seinen Kameraden sieht, ist sein Verstand mit der Frage überfordert, welcher der beiden hier nicht hingehört.

In der Einstein'schen Raumzeit kann eine Wirkung niemals früher als ihre Ursache eintreten. Aber Malin ist in einer Blase, wo das außer Kraft gesetzt ist.

Sie stellt sich ihren Gegner als einen fragilen Turm von Bauklötzen vor, aus dem sie den mittleren herauszieht.

Sieht den Turm zusammenbrechen, ehe es passiert.

Ihre zweite Kugel findet wie ferngelenkt die haselnussgroße ungeschützte Stelle, wo der linke Adduktor mit dem Schambein verbunden ist. Aber nicht die zerstörte Statik zwingt den Mann zu Boden. Es ist vielmehr die Kavität, der winzige, in dem Gewebe entstandene Hohlraum. Rund sechshundert Kubikmillimeter Blei sind im Vergleich zum Körpervolumen sehr wenig, sie haben die Verdrängung eines Marienkäfers. Und doch sind sie der Ausgangspunkt der Schockwelle, die durch das Nervensystem von Mr Bauklotz rast. So wie ein kleiner Stein, den man in einen See wirft, die Wasseroberfläche im Umkreis von mehreren Metern bewegt.

Der Mann ist keine Gefahr mehr. Es wird ihn nicht töten, doch er kann nicht einmal den Zeigefinger krümmen.

Weil sie all das weiß, hat sie, als er aufschlägt, die zwei Meter zu dem anderen schon mit einer Hechtrolle überbrückt und das Messer steil über ihrem Kopf zwischen seine gespreizten Beine gerammt. Er will schreien, kann aber nicht, weil die Kugel, die Malin hinterherschickt, seine Stimmbänder zerfetzt, ehe sie das Stammhirn, das Kleinhirn und den Occipitallappen durchquert, um im Kunstlicht ihrer Brille einen schneeweißen Strich vom Schädelknochen bis zur Zimmerdecke zu zeichnen.

Seit sie hier ist, sind erst zwei Sekunden vergangen. Sie legt sich über die Leiche und lässt das Messer aus der Hand fallen.

Malin hört leise Schritte, sieht grüne Laserschwerter über den Boden streichen. Sie weiß, dass die beiden Männer sich fragen, wie viele Angreifer es gibt.

Und wo sie sind.

Stille.

Kein grünes Licht mehr. Sie sind in Deckung gegangen, vermutlich hinter den Sesseln.

Malin rührt sich nicht. Den rechten Arm hat sie unnatürlich von ihrem Körper abgespreizt, wie bei einem Toten. Der linke liegt zehn Zentimeter vom Oberschenkel weg. Der Ärmel der Kampfmontur verdeckt die Pistole, deren Mündung sich direkt unter ihrer Pulsader befindet. Malin ist hyperkonzentriert, so wach, dass ihr die Kälte des Stahls unangenehm ist.

Sie begibt sich in die Köpfe der Männer.

Es ist die Wohnung einer Frau, die allein arbeitet. Wenn es mehrere Angreifer gäbe, wären sie längst hier, hätten nicht einen einzelnen Mann ohne Sicherung vorgeschickt.

Einer der drei Körper muss zu der Frau gehören.

Mr Bauklotz könnte ihnen sagen, welcher es ist. Malin hat ihn mit Absicht am Leben gelassen, um ihn nachher zum Reden zu bringen.

Das war riskant.

Aber er hat offensichtlich das Bewusstsein verloren und ist den beiden anderen keine Hilfe.

Eine gute Nachricht ist es dennoch nicht, denn Malin weiß, was als Nächstes passieren wird. Sie hört das gedämpfte Hüsteln der Heckler & Koch, als beide je zwei Schüsse auf Mr Bauklotz abgeben, weil sie dafür die Deckung nicht opfern müssen. Sie lassen sich erst gar nicht darauf ein, festzustellen, ob einer ihrer Kollegen noch am Leben ist.

Gehen auf Nummer Sicher.

Im selben Moment, in dem sie gleichzeitig hinter den Sesseln hochspringen, um auch die Vitalfunktionen der zwei anderen Körper dem bewährten Test von Dr. Blei zu unterziehen, hat sie sich bereits weggerollt und die Glock ist ihr verlängerter Arm. Den Schrei des einen erstickt Malin mit einem neun Millimeter großen Knebel, den sie ihm aus vier Metern Entfernung in den Mund stopft.

Sie sieht den anderen wieder abtauchen, aber lässt ihm keine Zeit, zu sich zu kommen. Es widerspricht seiner Ausbildung und Erfahrung, dass ein Gegner in dieser Situation sofort nachsetzt, zumal Malin ein gutes Stück entfernt ist.

Genau darum tut sie es.

Sie katapultiert sich auf den Tisch, als würde sie einen Dreisprung machen, stößt sich auf der Platte noch einmal ab und tritt bei der Landung im Sessel gegen die Lehne, sodass er den Mann unter sich begräbt. In diesem Augenblick denkt sie nicht daran, dass sie ihn lebend bräuchte, um aus ihm rauszuquetschen, wo das Treffen mit Aaron sein wird. Das Wissen würde ihr nichts nützen, wenn sie tot ist. Der da hat ein Sturmgewehr und kann damit umgehen. Die sechs Kugeln, mit denen Malin das Polster durchlöchert, sollten reichen.

Aber das weiß man nie.

Malin reißt den Sessel von dem Mann herunter. Er lebt noch und versucht vergeblich, etwas zu sagen. Eins der Projektile hat das Fleisch am Unterkiefer aufgerissen. Die klaffende Wunde legt die gepflegten Zähne frei; er sieht aus wie Harvey Dent in *The Dark Knight*. Vier Kugeln stecken im Brustpanzer und haben keinen Schaden angerichtet.

Die letzte hat seine Drosselgrube durchschlagen und ist der Grund für den Blutschwall, der sich über seinen Körper ergießt.

Er wird ihr nichts mehr sagen können.

Aber dieses Fiasko ist plötzlich nebensächlich, denn Malin nimmt im Augenwinkel das grüne Leuchten in der Küche wahr.

Ein sechster Mann.

Er hat die Schüsse gehört, sich jedoch entschieden, nicht einzugreifen, solange unklar ist, wie viele Gegner es sind.

Das war vor dreißig Sekunden.

Das Verhalten dieses Mannes könnte man feige oder clever nennen, hängt von der Betrachtungsweise ab. Für Malin ist er jetzt sowohl ein Problem als auch die Chance, einen von ihnen doch lebend zu kriegen.

Während eines Wimpernschlags bedenkt sie ihre Optionen. Sie könnte es hier mit ihm austragen. Aber ein Feuergefecht ist keine exakte Wissenschaft. Man kann das Ziel einer Kugel noch so sorgfältig wählen, Berechnungen über die Masse des Metalls im Verhältnis zum Körpervolumen anstellen und über die Verdrängung von Marienkäfern philosophieren. Am Ende geht es nur ums Überleben.

Malin entscheidet sich anders. Sie rennt los, verschwindet auf dem Flur, huscht in die Nebenwohnung und zieht die Tür heran. Sie gibt dem Mann in der Küche eine Minute, um zu warten, ob sich noch etwas tut. Eine weitere, um festzustellen, dass seine Kameraden tot sind.

Dann wird er türmen.

Malin streift den Helm und die Sturmhaube ab, zieht Schuhe und Strümpfe aus. Während sie ihren überdrehten Atem wie ein Baby schaukelt, muss sie daran denken, dass sie in Notre-Dame zum ersten Mal nicht bei der Säule mit der Inschrift war.

Tempus edax, homo edacio.

Immer hat sie sich dort an die Worte ihres Vaters erinnert.

Es soll heißen, dass die Zeit durch die Welt rast und uns mitreißt. Dass wir nicht bestimmen, ob es uns Verderben oder Glück bringt.

Ihr Vater glaubte nicht daran. Aber sie wusste schon damals, dass er sich irrte. Alles seit dem Quai de Gesvres war Schicksal.

Auch die fünf Leichen da draußen.

Dieses Warten.

Sie sieht auf die Uhr. Die zwei Minuten sind verstrichen, ohne dass sie einen Laut hörte. Der Mann ist wirklich sehr vorsichtig.

Drei Minuten.

Nichts.

Nach vier Minuten und sechs Sekunden ist es so weit.

Er prüft bei dem Toten im Flur den Puls und läuft zum Fahrstuhl. Als er ihn erreicht, ist Malin bis auf einen Meter an ihn herangekommen. Weil er keinen Helm mehr trägt, wählt sie den Kyūsho-Punkt zwischen seinem ersten und zweiten Halswirbel, die *Säule des Himmels*. Sie wird den Nerv bloß antippen müssen, damit der Mann kollabiert.

Aber in ihrem Plan kommt keine Stubenfliege vor.

Als sie vorhin zu Harvey Dent sprang, um den Sessel mit Blei auszupolstern, verschob sich die Lampe auf dem Beistelltisch und stand seitdem so unfassbar kippelig auf der Kante, dass das Gewicht der Fliege, die sich jetzt auf dem Lampenschirm niederlässt, genügt, um sie aus der Balance zu bringen und auf den Teppich fallen zu lassen.

Es ist ein leises Geräusch. Doch die Wohnungstür steht offen, und in der Stille des Flurs ist es wie eine Alarmsirene. Der Mann wirbelt herum. Das Folgende beantwortet die Frage, ob er feige oder clever ist.

Er schmeißt das Sturmgewehr weg, weil er weiß, dass er es auf diese Distanz nicht schnell genug in Anschlag bringen könnte. Gleichzeitig tritt er gegen Malins Knie, sodass sie zurücktaumelt. Der Mann will den Kampf so rasch wie möglich beenden. Er deckt sie sofort mit so vielen Faustschlägen ein, dass sie keine Chance hat, der brachialen Gewalt etwas anderes entgegenzusetzen, als auszuweichen. Manche Schläge gehen ins Leere, andere treffen, und Malin ist mit einem Mal dankbar für die Weste, die ihre Organe schützt.

Jetzt zieht er die Pistole. Sicher ist er davon überzeugt, dass es eine rasend schnelle Bewegung ist, aber Malin erscheint es wie das Gähnen eines Faultiers.

Der Schalldämpfer macht es ihr einfach, die SIG zur Seite zu schieben. Sie stößt sie nach unten, verlagert ihr Körpergewicht ruckartig auf die Waffenhand. Malin hebelt die Pistole aus und wirft sie in den Flur, weil sie für ihr Vorhaben nicht nützlicher als eine Hellebarde wäre.

Im selben Moment explodiert die Faust des Mannes in ihrer Flanke. Ihr ganzes Nervensystem wird unter Strom gesetzt. Sogar ihre Haare sind elektrisch aufgeladen, sie glaubt zu spüren, dass Funken heraussprühen. Der Schmerz quetscht die Luft aus Malins Lunge. Sie spürt den heftigen Drang zu hyperventilieren, würgt, schützt mit zusammengepressten Ellbogen ihren Kopf, weil die Gefahr eines Knockouts hier am größten ist.

Trotzdem kann es jede Sekunde vorbei sein. Er müsste nur ihren Unterleib attackieren. Oder ihre Nieren.

Aber das tut er nicht. Er legt die Kraft in einen Aufwärtshaken, der an ihrem Block abprallt.

Die Distanz stimmt, der Sichtkontakt zum Ziel, die negative Energie des Mannes. Ihr Zeigefinger zuckt in den Winkel seiner linken Augenhöhle.

Er wird sofort bewusstlos.

Sie sinkt neben ihm zu Boden, zieht die Kevlarweste aus, um besser Luft zu kriegen. Trotzdem braucht sie Minuten, um den Schmerz aus ihrem Körper zu atmen.

Malin hört ein Stöhnen, denkt, dass der Mann wieder zu sich kommt, springt auf und sieht ihn reglos auf dem Rücken liegen.

Realisiert, dass sie es ist, die stöhnt.

Sie schleift den schweren Körper in die Nebenwohnung.

Malin fesselt ihn mit Kabelbinder und schafft die Leiche des Operators, den sie als Ersten getötet hatte, aus dem Flur. Wischt das Blut weg. Die Tür der anderen Wohnung drückt sie zu, das Domizil ist verbrannt. Zwar wird man die Leichen irgendwann entdecken, vermutlich durch den Geruch, aber die Tarnidentität, die sie bei der Anmietung benutzt hat, ist unmöglich zu ihr zurückzuverfolgen. Selbst durch ein noch so gutes Phantombild könnte man Malin nicht aufspüren, denn es würde eine füllige, pausbäckige Frau mittleren Alters zeigen.

Sie geht zu dem bewusstlosen Mann zurück und lehnt ihn gegen die Wand. Malin nimmt ihm die Sturmhaube ab. Er ist um die vierzig, die Haut ist wettergegerbt, hat Sonnenfurchen. Wie viele Angehörige von *Team Forsyth* trägt er einen Vollbart, weil es bei Operationen im Nahen und Mittleren Osten ratsam ist. Das linke Ohrläppchen fehlt. Sollte er nicht mit Mike Tyson geboxt haben, wurde es wahrscheinlich abgeschossen.

Malin hebt sein Kinn und schnippt mit einem Finger gegen den Kyūsho-Punkt über dem Kehlkopf. Sie rückt einen Stuhl ran, setzt sich. Nach Minuten kommt er zu Bewusstsein. Starrt sie an.

»Wie schön, dass du jetzt ganz Ohr bist«, sagt sie. »Entschuldige die Anspielung. Du bist gut, Mason hat ein Händchen für Männer wie dich.«

»Und für Fotzen wie dich«, flüstert er.

»Wir unterhalten uns ein wenig. Einverstanden?«

»Trinken wir dabei Tee und essen Kekse?«

»Leider nein. Aber ich hoffe, dass du was im Magen hast.«

Wieder flüstert er. »Besorg's dir selbst, du Lesbe.«

»Das ist eine vollkommen normale Reaktion. Du hast Angst. Was bleibt dir schon, außer so zu tun, als ob du bei der Geburt von Vin Diesel getrennt worden wärst.«

»Du denkst, ich hätte Angst vor dir?«

»Falls nicht, wärst du dümmer, als du aussiehst«, sagt Malin. »Du bildest dir ein, jede Folter zu kennen. Aber alles, was du davon weißt, basiert auf Schmerz. Fingernägel oder Zähne ausreißen, Gliedmaßen amputieren, Elektroschocks, Vergewaltigen, Verbrennen. Das ist dein ganzer Horizont. Ein Regenwurm hält den Garten für die Welt.«

»Ich wüsste, was ich mit dir machen würde, du Missgeburt«, flüstert Vin.

»Schon bald werden dir andere Wörter einfallen, du wirst sehen. Wörter, die mit B anfangen. Wie Bitten, Betteln, Beenden«, sagt Malin. »Ich erzähle dir jetzt was über Chuck. Ihr wart drei Jahre im selben Team. Hast du dich gefragt, wieso er über Nacht verschwunden ist? Warum keiner von euch je wieder von ihm gehört hat?«

»Er ist an einer Infektion gestorben«, flüstert Vin.

»Das hat Mason euch weisgemacht? Nun ja, ganz falsch ist es nicht. Chuck hat ab und an ein Bier mit einem Typen vom FBI getrunken, sie kannten sich aus der Army. Mason hat es genügt, um in Chuck ein Risiko zu sehen. Er musste absolut sicher sein, dass er dem FBI nichts von *Team Forsyth* verraten hat. Also habe ich Chuck gefoltert. Er war ein harter Bursche. Härter als du?«

Vin starrt Malin verächtlich an, schweigt.

»Stell dir vor, es hat lächerliche fünf Minuten gedauert. Dann hatte er einen Darmdurchbruch und nur noch sehr kurze Zeit zu leben. Ich habe ihm versprochen, dass ich einen Krankenwagen rufen werde, wenn er mir die Wahrheit sagt. Hat er. Es war klar, dass er mit keinem über *Team Forsyth* geredet hatte. Aber Mason wollte, dass ich ihn töte. Du siehst, auf mein Wort kann man sich nicht verlassen. Auch mit drei anderen Kameraden von dir habe ich es so gemacht: Russel, Jackson und Logan. Die Todesursache war bei allen verschieden, ich bin kreativ. Du fragst dich jetzt, was ich mit dir anstellen werde. Ich will dich nicht länger auf die Folter spannen. Pardon, ich konnte nicht widerstehen. Du musst wissen, dass es eine Energie gibt, die durch uns hindurchfließt, man nennt sie *Ki*. Wir erhalten bei der Geburt ein Quantum davon, und wenn es aufgebraucht ist, sterben wir. In unserem Körper sind Stellen mit hoher oder niedriger Ki-Konzentration. Du wirst davon gehört haben, man nutzt das bei der Akupunktur. Ki strömt durch zwölf Meridiane, und jeder Punkt hat bei der Stimulation eine andere Wirkung. Einer ist unter deinem Kinn. Als du bewusstlos warst, habe ich ihn angestupst. Das ist der Grund, warum du flüstern musst.«

Die Augen des Mannes weiten sich.

»Erschreckend, nicht wahr«, sagt Malin. »Das wird nur zwei Stunden anhalten, ist also harmlos. Die Reizung anderer Punkte verursacht hingegen einen gravierenden Schaden wie zum Beispiel einen Darmdurchbruch. Aber es gibt weitaus Schlimmeres, manches ist irreparabel. Wie willst du es halten?«

Vin bricht der Schweiß aus und rinnt über sein Gesicht.

»Wo will Mason sich mit Aaron treffen?« fragt sie.

Er leckt sich das Salz von den Lippen, schweigt.

»Natürlich denkst du jetzt an Chuck. Das war was anderes. Er musste sterben, weil er für Mason immer eine Gefahr gewesen wäre. Aber Mason ist so gut wie tot. Ändert das deine Meinung?«

»Glaubst du wirklich, du wärst sicher, weil die Wohnung nur ein Fake ist?«, flüstert Vin. »Mason weiß, wie er dich findet.«

»Will er mich im Telefonbuch suchen?«

Malins spöttisches Lächeln ist gespielt. Ganz gleich, welche Vorsichtsmaßnahmen sie getroffen hat: Mason verfügt über unbegrenzte Möglichkeiten.

Es hätte Charme, ihn der Abteilung zu überlassen und zu warten, bis er mich aufspürt und sich damit bei Aaron freikauft.

Wie leichtsinnig das wäre. Sind es noch nicht genug Fehler?

»Die Kyūsho-Punkte haben phantasievolle Namen«, sagt sie. »Ich gebe dir eine kleine Auswahl, wähle weise. Wie wäre es mit der *Vereinigung am Yang*? Oder lieber *Der Diener grüßt*, *Der Weg des Wassers*, *Der Marktplatz der Winde*?«

Vin spuckt auf ihren Overall.

»Ah, ein Connaisseur. Es soll also der Gallenblasenmeridian sein. Er entspringt im Augenwinkel und führt in einer Zickzacklinie zur Spitze des vierten rechten Zehs. Du wirst kurz bewusstlos, und wenn du aufwachst, bist du querschnittgelähmt.«

Malin versenkt ihre Faustknöchel in der Außenseite seines rechten Oberschenkels, vierzehn Zentimeter über der Kniegelenkfalte. Vin tritt weg. Sie könnte für eine Querschnittlähmung sorgen, doch das wäre ein anderer Meridian. Mit diesem Punkt, dem *Marktplatz der Winde*, wird nur das Bein gelähmt, und das nicht auf Dauer.

Aber das weiß Vin nicht.

Er kommt wieder zu sich. Malin sieht ihn neugierig an. »Hallo. Kannst du deine Zehen bewegen?«

»Nein«, flüstert er. »Verflucht, was hast du Drecksfotze mit mir angestellt?«

»Und an dem anderen Fuß?«

Er bewegt die Zehen und ist so erleichtert, dass seine Augen sich mit Tränen füllen.

»Problem erkannt«, sagt Malin, »das war nicht hart genug. Moment, haben wir gleich.«

Sie holt mit der Faust aus.

»Bitte – bitte nicht.«

Malin hält inne. »Du willst mir etwas mitteilen?«

»Mason hat uns nicht alle eingeweiht«, flüstert er.

»Nein, sicher nicht. Aber dich schon. Du warst der Cleverste von euch. Ein Anführer. Ich gebe dir drei Sekunden, um zu reden. Eins – zwei –«

Vin kapituliert. »Morgen. In Barcelona.«

»Wo genau? Wie groß ist das Team? Wie sieht Masons Plan aus? Welche Einsatztaktik?«

Wisperworte schnellen aus Vins Mund wie Briefe aus einer Postsortiermaschine. Er kann gar nicht mehr aufhören, wiederholt alles, mit Details garniert, als wäre Eifer ein Argument für Malins Gnade. Am Schluss ist er so erschöpft, dass Speichel aus seinem Mundwinkel rinnt.

»Siehst du« sagt sie, »war kein Ding. Aber wie erwähnt: Mein Wort ist nichts wert. Ich habe keine Lust, wegen dir in Zukunft über die Schulter sehen zu müssen.«

Malin schießt Vin zwischen die Augen. Sie will aufstehen und kann nicht. Ihr Körper ist aus einem schwarzen, kalten Stein mit dem Gewicht von Jahrmillionen.

Die Kinder der Putzfrau stehen ihr vor Augen. Als sie ihnen aus dem Roman vorlas, ließ sie den Place de Grève und den Galgen aus, klappte das Buch vorher zu.

»Was ist aus Esmeralda und Quasimodo geworden?« fragte das ältere Mädchen.

»Sie waren für immer vereint«, sagte Malin.

»Woher willst du das wissen, wenn es nicht im Buch steht?«

»Weil ich in die Zukunft sehen kann«, antwortete sie.

In dieser Sekunde, mit der Leiche zu ihren Füßen, weiß Malin, warum sie den Mädchen ihr Gesicht gezeigt hat. Weshalb sie seit Tagen kein Silikon mehr auf ihre Fingerkuppen sprüht. Wieso sie keinen Gedanken an das Blut mit ihrer DNA verschwendet, das man in Prora gefunden haben wird.

Malin sieht sich in der Halle der vollständigen Wahrheit unter den Augen der Götter vor der Waage stehen. Sie hört sich schwören: *Ich habe niemanden hungern lassen, keine Tränen verursacht. Ich habe nicht getötet, habe nicht zu töten befohlen. Keinem habe ich ein Leid angetan.*

Osiris nimmt Malins Herz aus ihrer Brust und legt es auf die Waagschale. Sie fällt wie ein Stein, denn die Feder auf der zweiten Schale ist viel leichter.

Du hast gelogen, sagt Osiris, *und kennst den Preis. Dein Mund wird bis in alle Ewigkeit verschlossen bleiben, und deine Seele findet nie mehr zu dir.*

Hinter dem Gott richtet sich ein mächtiger Schatten auf, und Ammit, die Große Fresserin, verschlingt Malins Herz.

Sie öffnet den Mund, will schreien, doch sie hat keinen Mund mehr. Ihr ganzer Körper bebt, weil der Schrei ihn nicht verlassen kann. Und dieses Mal ist es kein Traum.

23

Wie kann man im Angesicht des Todes schlafen, denkt Aaron, als sie Pavliks leises Schnarchen neben sich hört. Im vorderen Teil des Jets weiß sie die anderen. Seit dem Start vor einer Stunde haben sie bloß das Nötigste gesprochen. Jeder versteckt sich in der eigenen Haut.

Als Aaron das erste Mal nach Barcelona flog, war sie achtzehn und in einen Spanier verschossen, der in der Bonner Fußgängerzone Gitarre gespielt hatte. Raúl sah wie der bislang unbekannte Zwillingsbruder von Kurt Cobain aus, und es fügte sich, dass Aarons Mutter eine Freundin in Niedersachsen besuchte, während ihr Vater im Ausland war. So hatten Aaron und Raúl das Haus eine ganze Woche für sich. Zu der Zeit las Aaron *Stiller*, wo der Satz stand: *Nackte laufen schneller.* Sie meldete sich in der Schule krank, um Frischs steile These am Baggersee einem intensiven Praxistest zu unterziehen. Und nachts fand sie heraus, wie langsam man nackt sein kann. Raúl lebte in Barcelona, beim Abschied gab er Aaron seine Adresse. Sie hatte so viel Vitamin L im Blut, dass sie ihn am Beginn der Osterferien spätabends in seiner Mansarde im Barri Gòtic überraschte. Alles hatte Aaron sich ausgemalt: Raúls Gesicht, die Umarmung, die romantische Tapas-Bar auf den Ramblas, wo sie keinen Hunger haben, aber einander mit Blicken aufessen würden. All das, nur nicht die Frau, die in Höschen und BH die Tür öffnete. Eine kalte Nacht lang trieb Aaron durch die Stadt, ihr Herz ein Geysir von Tränen, bis sie bei Sonnenaufgang vor La Sagrada Família stand und der Anblick von Gaudís Kathedrale so gewaltig war, dass sie sich für ihr Gejammer schämte.

Beim zweiten Mal war Aaron fünfundzwanzig. Fricke und sie hatten eine Mission in Aserbaidschan beendet, auf dem Rückflug sollten sie in Barcelona umsteigen. Doch die Anschlussmaschine hatte einen technischen Defekt und an diesem Abend ging kein Flug mehr nach Berlin, was eine Übernachtung in der Stadt nach sich zog. Nach einigen Bieren schlug Aaron vor, noch zur Sagrada Família zu gehen. Fricke erklärte, nichts an Kirchen zu finden, kam jedoch mit. Aaron und er kannten sich erst kurz, beschnupperten sich noch.

Als sie das Getöse der Boulevards hinter sich gelassen hatten und bei der Carrer de Sicília um die Ecke kamen, sahen sie die Kathedrale. Ihre himmelhohen, zartgliedrigen Türme schnellten als Lichtspeere in die Nacht. Gaudís Schöpfung faltete die Welt zu einer neuen Dimension, in der Barcelona sich auflöste, bis es nichts mehr gab, was den Blick anzog, außer diesem steingewordenen Kniefall vor der Unendlichkeit.

Lange standen sie mit vielen anderen auf dem großen Platz, die Köpfe im Nacken. Aaron fühlt sich zu allem Geometrischen hingezogen; sie liebt das Empire State Building, bewundert den Salesforce Tower in San Francisco, staunt über Notre-Dame de Paris. Aber nur die Sagrada Família, dieser Albtraum von ineinanderstürzenden Linien und Formen, eine architektonische Anmaßung wie keine zweite auf der Welt, macht Angst und glücklich in einem.

Eigentlich hatte Aaron erwartet, dass Fricke mit einer flapsigen Bemerkung alles zerstören würde, einem Witz über Gaudís Wahnsinn. Aber das ließ er bleiben.

Als sie längst gegangen waren und sich in der Melancholie stiller Gassen verloren, blieb Fricke stehen und fragte: »Falls es einen Gott gibt – denkst du, dass er auf Gaudí stolz ist oder über ihn lacht?«

Darauf hat sie noch heute, viele Jahre später, keine Antwort. So behände wie Fricke war selten jemand aus einer Schublade gesprungen, in die er von Aaron gesteckt wurde.

Das dritte Mal flog sie mit Niko nach Barcelona.

Sie waren damals seit einem Jahr zusammen, aber hielten es geheim. In der Abteilung wusste nur Pavlik davon. Wie er darüber dachte, behielt er für sich. Ein Jahr kann in einer Beziehung lang sein, doch für Aaron war es, als habe sie Niko erst gestern in ihre Schöneberger Wohnung mitgenommen, wo sie Kleinholz aus dem Bett machten.

Sie hatte ihm von Boenisch und Runge erzählt, dem Keller mit den Leichen und dem Schließfach mit den Fetischen, das war der Beweis, dass sie ihn liebte. Dennoch wusste Aaron kaum etwas von Niko. Sie sagte sich, dass es an den Einsätzen lag, die sie beide in dem Jahr gehabt hatten, an der Unmöglichkeit eines Alltags. Aber in manchen Nächten fürchtete sie sich davor, dass Niko im Schlaf sprechen könnte.

Als das Flugzeug damals in Berlin gestartet war und sie nach einer Illustrierten greifen wollte, bemerkte sie den Krampf in ihren Händen. So fest hatte sie sich in die Armstützen gekrallt. Sie verstand es nicht, es kam ihr lächerlich vor. Barcelona würde nur eine Fingerübung sein, die Sicherstellung eines vor Jahren gestohlenen Gemäldes von Chagall. Rein, raus und dann ein kühler Drink. Aber Aarons Hände sagten etwas anderes, ihr Puls, ihr Nacken, der aus purem Eis war.

Niko zog ihren Kopf an seine Schulter und fing an, seine zehn Lieblingsfilme aufzuzählen. Sie wollte das nicht. Aarons Erfahrung nach konnte es mit Männern, die andere Filme mochten als sie, nichts werden.

Aber es war zu spät. Nur einer seiner Filme hätte es auch auf ihre Liste geschafft. Das war *Avatar*, und bei dem war sie nicht sicher, ob Niko ihn genannt hatte, weil sie ihn gemeinsam gesehen und sich danach auf dem Alexanderplatz zum ersten Mal geküsst hatten.

An den beiden Tagen in Barcelona war es, als sei sie mit einem Surfbrett aufs Meer gepaddelt, um auf die Riesenwelle zu warten, in deren Tunnel sie sterben würde.

Am zweiten Abend fuhren sie zum Hafen, zu dem Treffen mit Holm und seinem Bruder. Bereits jetzt war Aarons Körper im Kampfmodus. Das Adrenalin knüppelte ihren Atem nieder.

Dann sagte Niko: »Schau.«

Aaron sah aus dem Autofenster. Dort, wo die Sagrada Família hätte sein müssen, endete der Ereignishorizont und es gähnte der schwarze, klaffende Schlund eines Wurmlochs, das jedes Licht verschlang, alle Materie, jede Hoffnung.

Da wusste sie, dass sie in dieser Nacht schreien würde.

Als sie blind im Krankenhaus lag, sah sie sich in den nicht enden wollenden Bilderkaskaden wieder und wieder vor Gaudís Kathedrale stehen. Tränenleer starrte sie zu den Türmen empor, auf deren Spitzen, unerreichbar hoch, keine steinernen Sonnenkränze prangten, sondern ihre Augen.

Jetzt, wo sie zum vierten Mal in einem Flugzeug nach Barcelona sitzt, weiß sie, dass Mason die Sagrada Família als Treffpunkt wählen wird. Dass es dort sein muss und nirgendwo anders.

Ohne sich dessen bewusst zu sein, beginnt sie die Filme aufzulisten, die sie Nico damals nannte. Sie kennt sie so genau, dass sie jeden davon ansehen kann, wann immer sie mag.

Zehn Filme, die Aaron liebt:
Good Will Hunting
Silverado
Das Apartment
Avatar
Besser geht's nicht
Vertigo
Eine Frage der Ehre
Die üblichen Verdächtigen
Sein oder Nichtsein
Die sieben Samurai

Sie stellt sich Pavlik als den alternden Kambei vor. Er weiß, dass die große Zeit der Samurai vorbei ist, und spielt den anderen vor, zu müde zum Kämpfen zu sein. Aber selbst sein Schlaf ist zum Fürchten.

Kikuchiyo ist der Witzbold der sieben; alle halten ihn für verrückt, weil er den Tod auslacht. Und dann lacht der Tod über ihn. Das müsste Fricke gefallen. Er sieht Toshirō Mifune sogar ähnlich, mit dem Bart und den struppigen Haaren.

Gorobei verkörpert die fünfte Tugend des Bushidō: die Wahrhaftigkeit, die ihn zum Kampf zwingt, auch wenn er nicht an den Sieg glaubt. Aaron weiß kaum etwas von Frost, aber ein Mann, der acht Monate verdeckt in Nordafrika war, könnte so sein.

Kyuzo achtet das Leben und hasst es, sein Schwert zu ziehen. Dennoch tötet er mehr Feinde als jeder andere. Nach allem, was Aaron von Pavlik über Kemper erfahren hat, kommt er diesem Samurai recht nahe.

Heihachi ist der mit den größten Muskeln, der größten Aufrichtigkeit und dem größten Pragmatismus. Flemming.

Shichiroji gibt nur wenig von sich preis. Er ist einfach da. Der Mann, den man im Rücken haben will, wenn die Spucke bitter schmeckt. So wie Nowak.

Und ich bin Katsuhiro.

Er stammt aus einer Samurai-Familie und wird von Kambei als Schüler angenommen. Mit aller Macht will er an etwas glauben und lernt am Ende, dass das nicht genug ist.

Nein, ich will nicht Katsuhiro sein.

Kambei und er sind die Einzigen, die überleben.

Pavlik bewegt sich und murmelt: »Wann? – Haha. – Und wo? – Danke.« Offenbar telefoniert er.

»Demirci?« fragt Aaron, als er das Gespräch beendet hat.

»Ja. Vor einer Stunde ist ein CIA-Jet von Andrews gestartet. Er landet um 17:15 Uhr in Reus, das ist hundert Kilometer südlich von Barcelona.«

»Mit Mason und *Team Forsyth*?«

»Angeblich spielt das FBI Blindekuh. Es soll keine Informationen über die Passagiere geben.«

»Glaubst du das?«

»Glaubst du, dass David Hasselhoff die Berliner Mauer zum Einsturz gebracht hat?«

»Warum soll der FBI-Direktor gelogen haben?« fragt sie.

»Wer sagt dir, dass Palmer nicht gelogen hat?«

»Das ergibt keinen Sinn«, versetzt Aaron. »Wir haben Diplomatenpässe, sitzen auf der Ausrüstung und wissen, wann und wo Mason landet. Palmer hat bisher immer geliefert.«

»Sandra und ich haben mal einen Pizzaservice gehabt«, entgegnet Pavlik. »Von dem haben wir das auch behauptet, bis das Gesundheitsamt den Laden dichtgemacht hat.«

»Du, den kannte ich. Die hatten gute Penne amatriciana.«

»Glaub bloß nicht, dass das Speckwürfel waren.«

»Ich war Palmer gegenüber auch voreingenommen«, räumt sie ein. »Das hat Lissek uns hinterlassen. Er hat uns eingeimpft, dass das BKA ein Feind ist. Oft genug hat es ja gestimmt. Aber irgendwann muss es gut sein. Ewiges Misstrauen macht Falten.«

»Klau mir nicht meine Weisheiten.«

»Das mit euch beiden hat noch einen anderen Grund«, sagt Aaron. »Du warst Demircis Vertrauter, bis Palmer diesen Platz eingenommen hat. Das macht dich krank.«

»Bullshit.«

»Verkauf dich nicht unter Wert, du weißt, dass ich recht habe. Aber eins krieg ich nicht zusammen: Du willst kündigen, das ist dein letzter Einsatz, oder nicht? Wieso juckt es dich dann, wem Demirci ihr Vertrauen schenkt? Mir fallen drei Möglichkeiten ein: simple Eifersucht. Ein großes Ego. Oder du bist nicht mit der Abteilung fertig. Tja, lass mich mal nachdenken. Eifersüchtig warst du noch nie, und dein Ego hält sich in Grenzen.«

Aaron spürt Pavliks Wut derart intensiv, dass sie in den Sitz gedrückt wird. Erst nach Sekunden kann sie wieder frei atmen.

Pavlik hebt seine Stimme. »Kaffeepause, Jungs.«

Aaron steht auf und tastet sich zum Besprechungstisch, den sie gleich nach dem Einsteigen abgespeichert hat.

»Nowak, der Kaffee schmeckt wie Pferdepisse«, mault Fricke.

»Da bist du ja Experte«, lautet die geknurrte Antwort.

Alle sind gereizt, weil das erste Adrenalin sich meldet. Aaron hat sogar einen Namen dafür. Sie nennt es *Frühchen.*

»Okay, passt auf«, sagt Pavlik. »Mason landet um kurz nach fünf in Reus. Es ist noch unklar, ob *Team Forsyth* in der Maschine ist, aber wir müssen davon ausgehen. Wir observieren sie und folgen ihnen zu ihrem Hotel. Wenn wir wissen, wo sie abgestiegen sind, haben wir uns schon einen Vorteil erarbeitet.«

»Willst du im Hotel an Mason rankommen?« fragt Frost.

»Nein. Weder dort noch unterwegs. Für die Fahrt werden sie Panzer benutzen, und im Hotel verschanzen sie sich.«

»Wo dann?«

»An dem Treffpunkt, den wir Mason mitteilen«, sagt Pavlik. »Ich weiß, wo wir's machen.«

»Sekunde: *Er* legt Ort und Zeitpunkt fest, nicht wir.«

»Das hätte er gern. Mason denkt, dass Aaron Billard mit seinen Eiern spielen kann. Wenn wir ihm nicht die Bedingungen diktieren, dämmert ihm, dass wir nur zocken. Mason muss glauben, dass wir die härteste, coolste, kompromissloseste Truppe unter der Sonne sind.«

»Sind wir doch auch«, sagt Fricke.

Alle lachen leise.

Aaron ist nicht überrascht. So kennt sie Pavlik. Er hasst es, aus der Defensive zu agieren. Wie sie selbst.

»Mason muss von seinen Männern getrennt werden«, sagt er. »Entweder Aaron übernimmt das oder wir.« Kurze Pause. »Wir machen es ohne sie.«

»Warum?« fragt sie scharf.

»Weil ich heute Nacht mit Flemming vier Stunden darüber gebrütet habe. Keiner von uns kennt Barcelona so gut wie er. Er hat nämlich sechs Jahre dort gelebt.«

Aaron ist ebenso verblüfft wie die anderen.

Wenn ich eine Liste der Dinge erstellen müsste, die ich nicht von Flemming weiß, wäre ich im Winter noch nicht fertig. Wie auch, er erzählt ja nichts von sich. Grandiose Logik, Aaron. Was hast du ihm denn von dir *erzählt? Er hat dir die Tür zu seinem Leben geöffnet, und du hast sie zugeknallt.*

»Mein Vater war Lehrer für Deutsch und Geschichte«, sagt Flemming. »Ich bin aus der Art geschlagen, hat ihn fix und fertig gemacht. Als ich zehn war, hat er eine Stelle an der Deutschen Schule von Barcelona angenommen. Alle Freunde futsch. Ich habe ihn dafür gehasst.«

»Ja, muss ätzend gewesen sein«, schnaubt Fricke. »Der beste Schinken der Welt, der Strand vor der Haustür und immer das scheißgute Wetter.«

»Die hübschen Mädchen nicht zu vergessen«, sagt Flemming. »Barcelona hat drei Seilbahnen. Eine davon ist für uns geeignet: die Teleférico de Montjuïc. Es gibt zwei Stationen, Castell und Mirador. Der Start ist an der Estaciò Funicular.«

»Du sprichst Spanisch?« fragt Fricke.

»Antes lo hablaba mejor. Pero todavía me defiendo.«

»Gracias, für mich den Sangria eiskalt.«

»Der Montjuïc ist der Hausberg, richtig?« wirft Nowak ein.

»Ja. Man kann mit dem Auto bis an die Station ranfahren. Das ist später ein guter Fluchtweg. Über die Avinguda de Miramar können wir nach Osten und Westen verschwinden, in der City abtauchen oder die B-10 nach Süden nehmen.«

»Wir lotsen Mason durch die Stadt und sagen ihm dann, dass er in die Seilbahn steigen und zum Castell hochfahren soll«, erklärt Pavlik.

»Kenne ich«, sagt Frost. »Ist ein Fort aus dem 18. Jahrhundert, hab mich mal mit einem marokkanischen Waffenhändler dort getroffen. Riesenanlage, toller Blick über die Bucht. Aber eine Menge Touristen, vor allem um die Jahreszeit. Was, wenn es zu einer Schießerei kommt?«

»Das Castell ist eine Finte«, sagt Pavlik. »Mason wird einen Teil des Teams vorausschicken, um seine Ankunft zu sichern. Ich gehe von acht aus.«

»Warum gerade acht?« fragt Aaron.

»Wenn du Mason wärst – wie viele Männer würdest du nach Barcelona mitnehmen?«

»Zwölf«, sagt sie, ohne nachzudenken. »Weniger wären fahrlässig und mehr würden keinen Sinn ergeben.«

»Flemming, du bist dran«, versetzt Pavlik.

»Die Kabinen sind klein, es passen nur vier Passagiere rein. Sobald die acht losgefahren sind, neutralisieren wir die anderen in der Talstation.«

»Wie?« fragt Kemper. »Mit all den Touristen drum rum?«

»Frost, wir zwei klären das«, sagt Flemming. »Wir sehen uns die Location an, während die anderen Mason observieren.«

»Es ist eine Frage der Geschwindigkeit«, fügt Pavlik hinzu. »Und das ist nicht gerade unsere Schwäche.«

»Heißt im Klartext: Wir improvisieren.«

»Heißt: keine Pistolen, sondern Apache. Kemper, Nowak, ihr seid die Besten mit dem Messer, euch will ich vorne sehen. Wir schnappen uns Mason. Flemming fährt den Van. In der Station wäre er mit seinem zierlichen Körperbau zu auffällig.«

Aaron fröstelt. Was Pavlik vorhat, birgt so viele Unwägbarkeiten, dass es an Wahnsinn grenzt.

Wie wollen sie sich in der Liftstation unsichtbar machen? Was ist, wenn Masons Männer um sich schießen und Unschuldige verletzen? Was, wenn Security eingreift?

War Pavlik früher auch so? Er hat doch immer alles bedacht.

»Meine Fresse«, stöhnt Nowak. »Dagegen war Apollo 11 eine sichere Nummer.«

»Mach dir keinen Kopf«, meint Fricke, »du weißt ja, was der alte Moltke gesagt hat.«

»Kein Plan übersteht die erste Feindberührung«, antworten alle im Chor.

Nur Aaron schweigt.

»Angenommen, es klappt«, meldet Frost sich zu Wort, »wie geht es weiter?«

»Guppy hat ein Ferienhaus gemietet«, lässt Pavlik ihn wissen, »dreißig Kilometer außerhalb von Barcelona, einsam gelegen. Dort bringen wir Mason hin.«

»Und wie kriegen wir aus ihm raus, wo Malin ist? Was machen wir, wenn er Aarons Bluff durchschaut hat? Dann ist Malin die viel größere Gefahr für ihn und er wird den Teufel tun, uns zu ihr zu führen. Oder willst du ihn foltern? Nicht dass ich damit ein Problem hätte, ich würd's nur gern wissen.«

»Wir müssen ihn nicht foltern«, sagt Pavlik. »Aaron wird mit ihm Rapport machen.«

»Ist das was Unanständiges?«

»Eine Art Psycho-Suggestion, besser als Thiopental. Wenn sie Mason ein paar Stunden in der Mangel gehabt hat, erzählt er ihr, bis zu welchem Alter er ins Bett gestrullt hat.«

»Aaron, mach das auch mit mir«, verlangt Fricke, »die Frage quält mich schon ewig.«

»Frag mich«, raunzt Pavlik. »Ich hab oft genug neben dir gelegen und weiß, dass das ne feuchte Angelegenheit sein kann. Ich penn jetzt noch ne Runde, solltet ihr auch.«

24

Die Falcon landet in Barcelona El Prat. Draußen klebt stickige, heiße Luft an Aarons Zunge. Sie weiß, dass es nach Gummi und Kerosin stinkt, aber ihre Nasenschleimhaut macht dicht. Das Motorengrummeln der Ground-Control-Fahrzeuge könnte nah sein oder weit weg; immer wieder ein leises Heulen wie Wind in einem Kamin, startende und landende Maschinen.

Direkt neben ihr redet Flemming mit dem Zoll. Er wird die Diplomatenpässe zeigen und für eine reibungslose Abwicklung sorgen. Sein Spanisch klingt, als wäre es seine Muttersprache. Aaron hört die Stimme so gern, dieses Kratzen. Ein Mann, der das nicht hat, wäre nichts für sie.

Während das Equipment von den anderen im Van verstaut wird, führt Pavlik sie zu einem der Autos. Aaron ertastet die geschwungene Dachlinie einer Limousine. Als die Tür lautlos zuschnappt, weiß sie, dass sie in dem gepanzerten Daimler sitzt.

Pavliks Plan sieht nicht vor, dass sie kämpfen muss.

Aber Aaron glaubt nicht an Pläne. Sie glaubt an Bestimmung.

Sie wirft eine von den Speedpillen ein und hat so lächerlich wenig Spucke, dass sie würgen muss, um das Mickerding ohne Flüssigkeit herunterzubekommen.

Die Wirkung der Droge wird in einer halben Stunde eintreten. Deutlich länger wird es dauern, bis der Blutdruck ihre Sehzellen zum Kollabieren bringt und der Cortex wieder seine Hochleistungsantennen ausfährt. Aaron kennt die Wirkung von Speed; es gab Missionen, bei denen Amphetamine notwendig waren. Sie kann damit umgehen, wurde darauf trainiert.

Aber sie hasst es. Ein Kontrollverlust.

Pavlik steigt ein. Er verbindet sein Handy über Bluetooth mit dem Bordcomputer, sie setzen sich in Bewegung.

»Ging alles glatt«, fragt sie.

»Ja. Frost und Flemming sind mit dem Van unterwegs in die Stadt, die anderen klemmen hinter uns.« Nach einigen Minuten beschleunigt er, sie sind auf der Autobahn, fahren in Richtung Süden. Links muss das Meer sein. Aaron stellt es sich als einen Spiegel vor, auf den ein Windhauch feine Linien malt.

Pavlik wählt eine Telefonnummer und macht den Lautsprecher an. Sie hört es klingeln, jemand nimmt ab.

»Halt dich an das Tempolimit«, sagt Guppy.

»Mach ich doch.«

»Kauf dir ne Brille, du bist zwölf km/h zu schnell.«

»Wollt nur sehen, ob das GPS funktioniert«, versetzt Pavlik.

»Wie das Waffeleisen meiner Oma.«

»Welchen Satelliten benutzt du?«

»Frontex. Die Auflösung ist feinste Sahne. Auf dem Schiebedach habt ihr einen Kratzer, ansonsten: schicke Karre.«

»Um Viertel nach fünf landet ein CIA-Jet in Reus«, sagt Pavlik. »Du musst uns zum besten Beobachtungspunkt lotsen.«

»Demirci hat mich schon instruiert. Bleib auf der Autobahn. Ab Constantí geht's über die Dörfer.«

»Okay. Ich brauche zwei –«

»Zwei Tankstellen oder Abfahrten«, unterbricht Guppy ihn, »wo die anderen in die Observation einsteigen können. Manchmal denke ich, dass du mich für einen Praktikanten hältst.«

»Dich würde doch keiner nehmen.«

»Niemand ist so lustig wie du. Der erste Wechsel ist hinter La Canonja, wen willst du dort haben?«

»Fricke und Kemper. Flemming und Frost sind vorerst mit der Seilbahnsache beschäftigt.«

»Der nächste ist eine Tankstelle bei Calafell«, sagt Guppy. »Das wäre dann Nowak.«

»Gut, dass du damals nicht zur RAF gegangen bist.«

»Leider nicht mehr rückgängig zu machen. Wir hätten längst die Weltrevolution.«

»Sekunde, Guppy«, mischt Aaron sich ein. »Ich will die exakte Abflugzeit von Mason und die Kennung. Kriegst du das hin?«

»Klar. Kommt.« Er legt auf.

Aaron und Pavlik schweigen. Sie zählt stumm die Sekunden, um sich zu vergewissern, dass Zeit vergeht.

Guppy meldet sich wieder. »Mason ist um 2:10 Uhr Ortszeit gestartet. Die Kennung lautet DCA 3966.«

»Danke.«

Er lotst sie über Schleichwege zu einer Finca-Ruine nördlich des Flugplatzes. Pavlik flachst mit ihm rum, sie dimmen ihre Anspannung mit Witzeleien.

Doch Aaron hört nicht mehr zu.

Das Speed beginnt zu wirken. Sie merkt es zuerst daran, dass die Migräne, die sie seit dem Abflug aus Berlin gequält hat, auf einen Schlag verschwindet. Dann zittern Aarons Hände. Die Droge lässt pure Energie durch ihren Körper fließen, macht sie extrem wach. Sie bekommt diese Seilbahn nicht aus dem Kopf, Pavliks unverantwortlichen Plan. Ihre Gedanken sind wie aufgepumpt, explodieren als Feuerbälle. Aaron schwitzt. Sie zieht die Lederjacke aus und schmeißt sie auf die Rückbank. Es ist derselbe Effekt wie in einer Gefahrensituation, eine Fight-or-Flight-Reaktion des Körpers. Sie hält sich am Seitengriff fest, während das Speed mit ihr Karussell fährt.

Erst als sie Pavliks Stimme hört, erkennt sie, dass er angehalten hat. »Warte im Auto, ich lege mich in Stellung. Wird ein paar Stunden dauern.«

Er will aussteigen, doch sie sagt: »Ich komme mit.«

»Du kannst eh nichts tun«, versetzt er.

Sie weiß, dass er für sich sein möchte, aber sie wird verrückt, wenn er sie jetzt allein lässt.

»Egal«, beharrt sie.

»Von mir aus.«

Aaron folgt ihm über Schotter und Geröll, dann eine Wiese, verspürt einen unglaublichen Bewegungsdrang, möchte einen Ultraman absolvieren.

Pavlik bleibt stehen. »Die Treppe ist weggebrochen. Ich muss in den ersten Stock klettern.«

»Wie hoch?«

»Vielleicht zwei Meter.«

»Hol mich nach.«

Steine poltern, dann ruft Pavlik: »Streck deinen Arm aus.« Er zieht sie ohne Anstrengung zu sich nach oben. »Setz dich neben mich in den Fenstersturz, ist kaum breiter als mein Arsch.« Er glast den Flughafen mit einem Feldstecher ab. »Es sind sechshundert Meter bis zu der Parkposition für die Privatflugzeuge. Fast Windstille, geringe Luftfeuchtigkeit, blauer Himmel. Beste Bedingungen für einen Schuss. Zu schade, dass wir keinen toten Mason brauchen.«

Aarons Zähne mahlen, das Speed löst einen Kaureflex aus.

Sie spürt, dass Pavlik sie anschaut. »Was ist mit dir?« fragt er.

In ihrem Mund sind so viele Worte, aber kein einziges kriegt sie heraus.

»Sag jetzt nicht: Bindehautentzündung.«

Vier schaffen es durch die geschlossenen Lippen. »Ich habe Speed eingeworfen.«

»Hätte es nicht ein Aspirin getan?«

»Ich funktioniere nicht mehr«, presst Aaron zitternd hervor. »Mein Gehör ist ein Witz, in meiner Nase stecken Tampons, und ich habe das Körpergefühl einer besoffenen Weinbergschnecke. Das alles bloß, weil ich den größten Fehler meines Lebens gemacht habe. Ich verfluche den Tag, an dem Lissek mich zu der Therapie überredet hat, der Scheißkerl!«

Pavlik schweigt lange und sagt dann: »Es geht dir bei Lissek gar nicht um den Vertrauensbruch und um deinen Vater. Jedenfalls nicht mehr. Du machst ihn für deinen Kummer verantwortlich. Darum verzeihst du ihm nicht.«

»Ja«, flüstert sie.

Aaron kann die Tränen nicht länger zurückhalten, alle klaren Gedanken werden aus ihr herausgeschwemmt. Pavlik legt den Arm um sie und drückt sie an sich. So sitzen sie eine halbe Ewigkeit, umschlungen, herzhämmernd.

»Du, Lissek und ich«, sagt Pavlik endlich, »wir haben nicht so viele Menschen, die uns etwas bedeuten. Ich meine: wirklich bedeuten. Für die tun wir alles. Wenn es um Lissek gegangen wäre, hättest du Himmel und Hölle in Bewegung gesetzt, im Wissen, dass er dich dafür hassen würde. Du musst dir selbst vergeben. Dann ist Lissek dir nichts mehr schuldig.«

»Wir sagen immer abwechselnd kluge und dumme Sachen«, flüstert sie. »Warum können wir die dummen nicht knicken?«

»Wär doch langweilig.«

Aaron verrutscht der Versuch eines Lächelns.

»Dein Körper muss im Moment nicht wie früher funktionieren«, erklärt Pavlik. »Wir krallen uns Mason, und wenn du den Rapport mit ihm machst, wirst du so gut sein wie bei Layla.«

Aaron tippt auf die Cartier. »Zweiundzwanzigster Juni. Mittwoch. Dreizehn Uhr, fünf Minuten, vier Sekunden.«

Noch vier Stunden bis zur Landung des Jets.

Pavlik ruft Fricke, Kemper und Nowak an. Sie sind auf ihren Posten, warten darauf, dass es losgeht. Er beendet das Gespräch, führt jetzt ein anderes Telefonat und stellt das Handy laut.

»Wir waren in der Station«, sagt Flemming. »Keine Security, überraschend wenig Betrieb. Die letzte Gondel geht um 21 Uhr. Zehn Minuten vorher wäre es perfekt, dann dürfte es fast leer sein. Gleich beim Einstieg ist eine Toilette, dort können wir warten. Wir brauchen draußen einen Beobachter, der das Go gibt. Lass mich das übernehmen. Ich zieh mir ein Body-Shirt an, gebe mich prollig und mache auf Dwayne ›The Rock‹ Johnson. Keine Sau kommt auf den Gedanken, dass ich von der Abteilung bin. Kemper kann genauso gut das Auto fahren.«

Pavlik denkt nach. »Gefällt mir. Dann seid ihr dort fertig?«

»Ja.«

»Lasst euch von Guppy einweisen.«

»Vergiss die Seilbahn«, sagt Aaron, als er aufgelegt hat. »Es wird anders laufen. Und dann muss ich auf den Punkt da sein.«

»Ich weiß, dass du gegen den Plan bist«, gibt er zurück. »Ja, es ist riskant. Aber so ist das nun mal mit Plänen. Man muss sich für einen entscheiden.«

»Du willst mein Leben nicht unnötig in Gefahr bringen. Ich weiß das zu schätzen.«

»Klingt, als würdest du mich für eine Fleißaufgabe loben. So wie: *Ich weiß dein Engagement zu schätzen.*«

»Denk nicht länger darüber nach«, sagt sie. »Mason und ich werden uns treffen. Und es wird die Sagrada Família sein.«

»Warum?«

»Ich bezweifle, dass wir ihm Zeit und Ort diktieren können. Die bloße Behauptung, dass ich Material über ihn habe, genügt nicht, weil die Beweislast bei mir liegt und nicht bei ihm. In der Philosophie nennt sich das *Russells Teekanne.*«

»Philosophie habe ich bei den Scharfschützen geschwänzt.«

»Um ihm wirklich Angst zu machen, bräuchten wir Kopien von SAD-Akten, einen Telefonmitschnitt oder etwas Vergleichbares. Kannst du das aus dem Hut zaubern?«

»Er kommt nach Barcelona, am Tag nach dem Telefonat mit dir. Also nimmt er es ernst.«

»Er wird verlangen, dass ich es belege.«

»Spricht alles für die Seilbahn. Wieso die Kathedrale?«

»Aus Masons Sicht gäbe es gute Argumente dafür: zum Beispiel, dass es ein Touristenmagnet ist. Dass wir im Gegensatz zu ihm alles tun würden, um dort ein Blutbad zu vermeiden.« Sie zögert kurz. »Aber das ist es nicht.«

»Was dann?«

»Du hast sowas schon öfter mit mir erlebt«, erinnert Aaron ihn. »Manchmal weiß ich Dinge.«

Darauf antwortet Pavlik nicht mehr.

Vier Stunden vergehen schweigend. Sie raucht eine Zigarette nach der anderen, ohne Genuss, nur um etwas mit ihren Händen anzustellen.

Dann sagt Pavlik: »Der Jet kommt runter.«

Aaron überwindet sich, nimmt die Brille ab. Eine riesige rote Sonne bläht das Firmament auf. Ihre Strahlen zucken wie Blitze zur Erde herab, zerstampfen eine konturlose Ebene und wirbeln ockerfarbenen Staub auf, der alles verschleiert, als wäre Aaron inmitten eines Wüstensandsturms.

Sie wagt nicht, die Augen auf Pavlik zu richten, hat Angst vor dem, was sie sehen könnte, und setzt die Brille wieder auf.

»Nuschel nicht so«, sagt er.

Aaron erkennt an seinem Tonfall, dass er nicht mit ihr redet, sondern erneut telefoniert. »Stell es laut«, sagt sie.

»Zwei Transporter nähern sich dem Vorfeld«, hört sie Guppy. »Schwarz, liegen tief, dürften gepanzert sein.«

»Hab sie«, sagt Pavlik. »Schalt die anderen jetzt dazu.«

Nach Sekunden ist Fricke in der Leitung. »Touchdown?«

»Ja. Der Jet steht. Die Tür geht auf. Mason kommt raus.«

»Was hat er an?« fragt Aaron.

»Jeans, weißes T-Shirt, Kappe der New York Knicks.«

»Gepäck?«

»Nur ein Aktenkoffer mit Handschelle.«

»Wer sichert Mason?« erkundigt Flemming sich.

»Zwei Mann aus dem ersten Transporter. Große Kerle, leichte Feldkleidung, bewaffnet mit M16. Einer quatscht in ein Funkgerät, Mason steigt mit ihnen ein.«

»Wie, er ist allein gekommen?« fragt Nowak.

»Sieht so aus. Der Rest des Teams dürfte in den Fahrzeugen sein, die waren schon vor Ort. Aaron und ich warten ab, ob sich noch was tut, Guppy hat Mason über Satellit im Blick. Fricke, Kemper, in zehn Minuten werden sie euch passieren. Ihr bleibt eine Viertelstunde dran. Ich gebe Gummi, übernehme Mason von euch und überlasse ihn dann Nowak.«

»Zehn Minuten, Nowak«, sagt Guppy. »Flemming und Frost sind schon in Position.«

»Roger.«

Warten zu müssen, während Speed durch die Venen rast, ist die Hölle. Pavlik weiß das. »Hey, Fricke hat mir neulich einen Blindenwitz erzählt, willst du ihn hören?«

»Ist er gut?« fragt Aaron.

»Das kannst du besser beurteilen. Eine Frau und ein Mann wollen heiraten. Sagt sie: ›Schatz, ich muss dir noch was sagen: Ich bin blind.‹ Und er: ›Ich muss dir auch was sagen. Ich komme nicht aus Gera, sondern aus Ghana.‹«

Aaron macht »Muahhh«.

»Immer gern. Los, wir ziehen ab, hier tut sich nichts mehr.«

Er hilft ihr hoch.

»Kann ich springen«, fragt sie.

»Nur zu, unten ist Gras.«

Dieser Sprung, der Moment, in dem sie sich abrollt, das Gras riecht, ihre Muskeln spürt, tut so gut. Am liebsten würde sie das hundertmal machen.

Sie jagen Masons Fahrzeugen hinterher. Obwohl Aaron weiß, dass Pavlik ein aberwitziges Tempo vorlegt, fühlt es sich an, als ob sie durch eine verkehrsberuhigte Zone juckeln würden. Aber das Speed katapultiert ihren Puls auf Lichtgeschwindigkeit.

»Wenn du dir gestern zugehört hättest, wie du mit Mason am Telefon umgesprungen bist«, sagt Pavlik unvermittelt. »Frost hat dich zum ersten Mal erlebt. Er meint, du könntest es in der Hölle schneien lassen.«

»Kämpfen ist was anderes«, versetzt Aaron.

»Dann eben dein Sprung vorhin, allein schon, wie du dich abgerollt hast.«

»Das war doch nichts.«

»Tut mir leid, aber du bist wieder in deiner Dumme-Sachen-Phase. Ohne zu sehen, wohin du springst und wann du unten aufkommst. Das war was für den Zirkus.«

»Na ja, für ne Weinbergschnecke war's vielleicht nicht übel«, gibt sie zu.

Und schon ist ihr besser.

Pavlik und die anderen werfen sich knappe Informationen zu. Irgendwann sagt er: »Ich bin jetzt hinter euch.«

»Mann, hast du getrödelt«, nölt Fricke.

»Lasst euch zurückfallen und genießt die Aussicht.«

»Variieren sie die Geschwindigkeit oder wechseln die Spur?« fragt Aaron. Es wäre ein Zeichen dafür, dass Masons Männer etwas von der Observation ahnen.

»Nein«, erwidert Pavlik, »die chillen.«

Einige Zeit später reicht er Mason an Nowak weiter, dann sind Flemming und Frost an der Reihe. Kurz hinter Gavà setzt Pavlik sich mit Aaron wieder auf die Pole. Sie sind in der Peripherie von Barcelona.

»Es geht zum Hafen«, sagt er zu ihr.

»Dort sind nur billige Hotels.«

»Die machen es wie wir.«

Aarons Gedanken taumeln als verirrte Geschosse durch ihren Kopf, prallen von der Schädeldecke ab, knallen gegeneinander, produzieren immer neue Ideen.

»Fricke, was soll das?« fragt Pavlik. Offenbar sieht er ihn im Rückspiegel. »Willst du mit mir knutschen?«

»Nimm deine Herztabletten, Opa, wir sind gut dreihundert Meter hinter euch.«

»Wenn ich dir nachher einen Arschtritt gebe, bist du dreihundert Meter *über* mir.«

»Wie? Mit deinem Holzbein?«

»Pavlik, hör zu«, sprudelt Aaron los. »Vielleicht liege ich auch falsch mit der Sagrada Família. Lass es uns im Hotel machen, das ist besser als die Seilbahn. Heute Nacht. Wir finden einen Weg, sie auf ihren Zimmern auszuschalten. Wir müssen nur –«

Er hält an und unterbricht sie. »Aaron?«

»Was?«

»Sie sind in keinem Hotel.«

»Wo dann?« fragt sie verwirrt.

»Guppy, siehst du das?« will Fricke wissen.

»Allerdings, verfluchte Hacke.«

»Kommen wir da rein?«

»Klar. Wenn wir uns in *Avengers* umbenennen.«

»Ich bin dabei, wer noch?«

»Fricke, schmeiß kein Popcorn, der Nachspann läuft schon«, blafft Kemper.

»Spuck's aus«, drängt Aaron. »Wo steigen sie ab?«

»Sie fahren in die Gerald Ford«, sagt Pavlik.

»*Die* Gerald Ford?«

»Ja. Der größte Flugzeugträger der Welt.«

25

Kunstleder gehört zu den Dingen, die Aaron nur widerwillig anfasst. So wie auch Schaumstoff, Nylon, Styropor. Deshalb reibt sie, seit sie mit den anderen in einer Sandwich-Bar nahe beim Besòs sitzt, mit den Händen über die Polsterbank, in der Hoffnung, dass das eklige Gefühl irgendwann ihre Niedergeschlagenheit verdrängt.

Guppy hat in Erfahrung gebracht, dass die USS Gerald Ford in Barcelona Ladung fasst, ehe sie übermorgen auslaufen wird, um die sechste Flotte im Mittelmeer zu verstärken. Flemming und Frost sind am Hafen geblieben und behalten das Schiff im Auge. Doch keiner macht sich große Hoffnungen, dass es etwas bringen könnte. Die Gerald Ford ist eine schwimmende Stadt und der Lieferverkehr ein Ameisenhaufen; andauernd treffen alle Arten von Fahrzeugen ein, rollen in den Bauch des Trägers, verlassen ihn. *Team Forsyth* kann kommen und gehen, ganz wie es Mason beliebt.

»Ich frage mich, wie er das dem Kommandanten gegenüber begründet hat«, murmelt Kemper. »Mittelmeerkreuzfahrt?«

»Er muss gar nichts begründen«, sagt Pavlik, »nicht einmal gegenüber dem Weißen Haus. Es reicht, wenn Mason behauptet, das Schiff vorübergehend als Operationsbasis zu brauchen. Der Kommandant der Gerald Ford hält für nichts in der Welt in Washington Rücksprache. Weil es für seine Karriere besser ist, nicht eingeweiht zu sein.«

»Leute, ich bleibe dabei: Wir kämen rein«, meint Fricke.

»So wie ins *Berghain*?« fragt Nowak.

Aaron weiß, was gemeint ist, sieht Nowaks Grinsen vor sich.

»Kemper, da warst du noch nicht bei uns«, sagt er. »Wir waren an einem arabischen Clan dran und sollten zwei von denen im *Berghain* beschatten. Fricke hatte ein Pfund Pomade in den Haaren, er sah aus wie ein Lude. An seiner obercoolen Lederjacke hing das Preisschild, und er trug weiße Tennissocken, die unter den Hochwasserhosen rausgeguckt haben. Der Türsteher ließ ihn nicht rein. Ist ne echte Stilikone, unser Kumpel.«

»Jaja«, brummt Fricke. »Lissek war so geladen, dass ich die Scheißjacke selbst bezahlen musste. Aber am Arsch ist die Ente fett. Eine Woche später habe ich damit eine Norwegerin aufgerissen, die war die Raupe Nimmersatt.«

»Stand sie auf Tennissocken?« fragt Aaron.

»Offenbar, wir sind drei Tage nicht aus dem Bett raus.«

Pavliks Telefon klingelt. »Ja? – Okay, dachte ich mir. *Bocatta*, Carrer de Potosí 24.« Er drückt das Gespräch weg. »Flemming und Frost brechen ab. Es ist sinnlos, am Hafen rumzulungern.«

Aaron merkt, dass sie ruhiger wird. Die erste Speedwelle ist verebbt, der Körper hat sich auf die hohe Herzfrequenz eingestellt. »Sind wir unter uns?« fragt sie. Sie weiß, dass sich außer Pavlik alle wundern, aber das ist ihr gleich.

»Im Augenblick sind wir die einzigen Gäste«, entgegnet er. »Warum fragst du?«

»Der Flugzeugträger ändert gar nichts«, erklärt Aaron. »Du hast dich für die Seilbahn entschieden, also ziehen wir es durch. Laut Flemming geht die letzte Gondel um neun. Ich sage Mason, wer die Eins hat. Und zwar jetzt.«

Einen Moment ist es still.

Dann sagt Pavlik: »Aaron hat recht. Wieso sollten wir länger damit warten?«

Alle haben eine Software von Flexispy auf ihren Handys. So können sie das Gespräch mithören.

Aaron zückt ihr Telefon und fragt: »Seid ihr so weit?«

»Sekunde«, antwortet Pavlik. »Jetzt.«

Sie sagt: »Mason anrufen.«

Er nimmt schon nach dem ersten Klingeln ab. »Ungeduldig? Können Sie das Traumwetter nicht genießen? Ups, vergessen, dass Sie den Himmel nie sehen. Ist es wirklich so furchtbar, wie man sagt?«

»Nur keine falsche Bescheidenheit. Wer derart viel Phantasie hat, Menschen zu quälen, muss eine extreme Vorstellungsgabe besitzen«, gibt sie zurück. »Fünf Minuten in Ihren Händen sind sicher schlimmer, als blind zu sein.«

»Vielleicht kommt der Tag, an dem wir es herausfinden.«

»Um neun passt es mir«, entgegnet Aaron.

»Aber mir nicht.«

»Das war kein Vorschlag. Sie steigen ins Auto und warten weitere Anweisungen ab. Bringen Sie Ihr Team mit, ich habe gern Gesellschaft.«

»Ich bin kein Befehlsempfänger. Wir machen es zu meinen Bedingungen oder gar nicht.«

»Scheinbar haben wir uns missverstanden«, sagt sie. »Wenn es mir gefällt, kann ich ein Einzelzimmer in Guantánamo für Sie buchen lassen.«

»Sie haben mir noch keinen einzigen Beweis gezeigt. Warum habe ich das komische Gefühl, dass Sie nackt sind, aber wollen, dass ich Ihre schicken Klamotten bewundere?«

»Sie kriegen Ihren Beweis.«

»Morgen früh. Ich rufe Sie an.«

Aaron fragt: »Haben Sie mit dem Jetlag zu kämpfen, oder sind Sie auf der Gerald Ford zum Kapitänsdinner eingeladen?«

Ihr ist klar, dass die anderen gerade Blicke wechseln. Sie gibt ihren Wissensvorsprung preis, indem sie Mason verrät, dass sie ihn observiert haben. Aber das spielt jetzt keine Rolle mehr. Sie muss ihn unter Druck setzen, mit allem, was sie hat. Auch wenn es nur das Schwarze unterm Fingernagel ist.

Mason schweigt. Aaron vermeint, ein Zischen wie von einem Kompressor wahrzunehmen. Vielleicht ist er auf dem Flugdeck und die Katapulte werden getestet.

»Sie sind um 2:10 Uhr Ostküstenzeit in Andrews gestartet«, sagt sie. »Die Kennung war DCA 3966. Ein weißes T-Shirt, die Farbe der Unschuld, wie zynisch. Aktenkoffer mit Handschelle? Trauen Sie Ihren eigenen Männern nicht? Und dass Sie Fan der Knicks sind, ist hart; deren letzte Meisterschaft war in den Siebzigern. Stehen Sie auf Verlierer?«

»Sie können überraschen«, quetscht Mason durch die Zähne.

»Wie viele Leute wird es wohl in D.C. geben, die an solche Informationen herankommen?« fragt sie. »Eine Handvoll? Nein, eher weniger. Jeder von denen würde Champagner aufmachen, wenn ich über Sie und *Team Forsyth* auspacke. Also hören Sie endlich auf, das Alpha-Männchen zu spielen, für mich sind Sie nur ein Eichhörnchen.«

Der Kompressor macht Tsch-Tsch-Tsch.

»Es bleibt bei morgen«, sagt Mason und legt auf.

»Vielleicht muss er zur Pediküre und kann deshalb nicht«, meint Fricke. »Aber das mit dem Eichhörnchen war putzig.«

»Es ist ein Machtspiel«, erwidert Kemper. »In seiner Welt ist Mason ein gottgleiches Wesen. Er sieht nicht ein, dass er sich von Normalsterblichen etwas vorschreiben lassen soll. Schon gar nicht von einer Frau.«

»Ich glaube eher, dass er ein Problem hat«, murmelt Pavlik.

»Du meinst, logistisch?« fragt Nowak.

»Ja. Er will die Sache so schnell wie möglich über die Bühne bringen, das liegt in seinem eigenen Interesse. Irgendwas muss ihm dazwischengekommen sein.«

»Das vermute ich auch«, sagt Aaron. »Aber was?«

Pavlik schweigt kurz. »Wenn du Mason wärst – was hättest du gestern nach dem ersten Telefonat mit dir gemacht?«

Aaron denkt nach und sagt schließlich: »Ich hätte mich sofort um Malin gekümmert. Mason weiß, dass wir sie suchen, sie ist ein Dilemma für ihn.«

»Exakt«, erwidert Pavlik.

»Dann dürfte sie jetzt schon Geschichte sein«, sagt Kemper.

»Das bezweifle ich«, versetzt Aaron.

»Komm schon, sie ist nur –«

»Was?« fährt sie ihm in die Parade. »Nur eine Frau?«

»Das hab ich doch eben nicht so gemeint.«

»Pavlik, wie viele Männer hätte Mason gebraucht, um mich sicher auszuknipsen?« fragt Aaron. »In meiner besten Zeit.«

»Sechs«, sagt er.

»Eher acht«, korrigiert Nowak ihn.

»Kommt hin«, antwortet sie ohne jede Selbstironie. »Mason weiß genau, mit wem er es zu tun hat. Er hat bei Malin nicht an Personal gespart.«

»Friede ihrer Asche«, sagt Fricke.

»Ich glaube, das ist es«, murmelt Pavlik. »Sie hat *Team Forsyth* erheblich dezimiert. Er muss andere Männer herbeordern, und die können nicht vor morgen früh hier sein.«

»Wer war dann in den Transportern?« fragt Kemper.

»Ich tippe auf Marines.«

Lastendes Schweigen ist die Folge. Allen ist bewusst, dass es möglich gewesen wäre, ein paar Marines auf der Fahrt nach Barcelona zu neutralisieren. Mason wäre längst in ihrer Gewalt. Sie haben es verbockt.

Pavlik räuspert sich. »Es wird sich rausstellen, ob nicht alles sein Gutes hatte.«

»Ja, toll«, meint Nowak, »wir haben einen freien Abend.«

»Pittiplatsch, er meint was anderes«, sagt Fricke. »Malin hat vielleicht einen von *Team Forsyth* in die Mangel genommen und aus ihm rausgeholt, wo das Treffen sein soll.«

»Das werden nicht alle wissen«, gibt Kemper zu bedenken.

»Nein«, sagt Pavlik. »Aber Malin ist keine Laufkundschaft, bei ihr hat Mason Männer eingesetzt, denen er absolut vertraut. Sie muss bloß den Richtigen erwischt haben, den Kommandoführer, dann taucht sie morgen hier auf.«

Falsch. Sie ist schon da, denkt Aaron, *ganz in unserer Nähe.*

Flemmings Stimme, aus dem Nichts. »Irgendwas Neues?«

Pavlik setzt ihn und Frost in den Stand der Dinge. Er gibt die Order aus, dass alle auf die Matratzen gehen sollen; bis morgen früh wird sich vermutlich nichts mehr tun. Beim Aufbruch legt Aaron Pavlik eine Hand auf den Arm, um ihm zu signalisieren, dass sie noch bleiben will. Als sie unter sich sind, sagt sie: »Lass uns ein anderes Hotel nehmen. Das Pullman Continental.«

Pavlik zögert kurz. »Dort bist du mit Niko abgestiegen.«

»Hat zu unserer Legende gehört.«

»Hältst du das wirklich für eine gute Idee?«

»Falls es die Kosten sind: Die übernehme ich natürlich.«

»Du weißt, dass es nicht ums Geld geht.«

»Mason sucht uns dort nicht. Ganz abgesehen davon, dass er im Moment unterbesetzt ist.«

»Wieder daneben«, gibt er zurück.

»Pavlik, es ist wichtig für mich. Verstehst du das nicht?«

»Doch. Willst du auch dasselbe Zimmer wie damals?«

Sie kämpft um ein Lächeln. »Ist eine Suite. Kostet kaum halb so viel wie dein neues Dach.«

»Dann bin ich ja beruhigt.« Er geht mit ihr zum Auto, wo er beim Einsteigen sagt: »Ich sollte mich langsam dran gewöhnen, dass du uns Luxushotels spendierst.«

»Muss die Pest für dich sein«, antwortet sie.

In Marrakesch war es eine Erinnerung an meine Kindheit.

Und hier ist es die Erinnerung an meinen Tod.

Sie fahren nach Westen, durch das Viertel La Verneda i la Pau, eine Betonballung, die Aaron noch immer vor Augen hat. Nicht weit von hier hat Ruben damals gewohnt, einer der drei Polizisten der katalanischen Mossos d'Esquadra, die dabei waren. Sie weiß noch, wie sie am Abend davor bei Ruben zum Essen waren, mit ihm und seinen Kollegen Jordi und Josue, dann die Minuten auf dem Dach, als sie rauchte und die Fenster fremder Häuser wie aus einem Adventskalender waren.

In der nächsten Nacht waren Ruben, Jordi und Josue tot.

Pavlik telefoniert mit Demirci, schildert ihr die Lage. Sie teilt seine Einschätzung, dass Mason zu wenig Manpower hat und darum auf Zeit spielt. Aaron blendet die Stimmen aus, verliert sich in der Erinnerung an Bilder, die wie bei einem defekten Projektor durchrutschen.

Pavlik sagt: »Wir sind in der Tiefgarage.«

Während er mit ihrer Kreditkarte die Formalitäten erledigt, versucht Aaron, die weitläufige Lobby in sich aufzunehmen, den Geruch, die Geräusche, den aseptischen Geschmack der künstlichen Luft. Aber es ist bloß die Atmosphäre eines First-Class-Hotels, das in einer beliebigen Stadt sein könnte, auf einem beliebigen Kontinent.

»Setzen wir uns kurz?« fragt sie, als Pavlik zurück ist. »Links müssten drei Sessel sein.«

Er führt sie hin. Aaron sinkt in das weiche Polster. Ihre Hände wollen über das Leder streichen, doch sie hat einen Krampf, wie vor fünf Jahren beim Start in Berlin. Pavlik lässt sie so sein, stellt keine Fragen.

»Als ich mit Niko aus dem Aufzug gekommen bin, saß hier ein kleiner Junge mit seiner Mutter«, flüstert sie. »Er war höchstens zehn, aber sah aus wie ein uralter Mann. Er hat einen *Daredevil*-Comic gelesen und den Blick gehoben und mich angestarrt, bis wir draußen waren.«

»Immer suchst du in allem eine Bedeutung, ein Gleichnis«, sagt Pavlik nach langem Schweigen. »Für mich ist es nur ein Junge mit einem Comic. Ein Zufall, seltsam, aber mehr nicht.«

»Es war nicht allein der Junge. Als wir zum Hafen fuhren, war die Sagrada Família plötzlich verschwunden.«

»Was meinst du mit *verschwunden*?«

»Weg. Da war ein schwarzes Loch. Als ob die Welt begonnen hätte sich aufzulösen. Dann die Lagerhalle. Ich bin vor Holm in einen stockdunklen Gang geflohen, dort war ich zum ersten Mal blind. Das sind alles Zeichen gewesen.«

»Weil du danach suchst.«

»*Daredevil* stand noch für viel mehr«, flüstert sie. »Schon lange hatte ich mich wie eine Superheldin gefühlt, unbesiegbar. Bis Holms Kugel mir in dem Tunnel gezeigt hat, dass ich alles andere als das war. Ein Tunnel, Pavlik. Nichts von dem, was in dieser Nacht vor fünf Jahren passiert ist, war Zufall. Nichts.«

»Ich sehe drei Möglichkeiten für dich«, sagt er. »Schließ deinen Frieden damit oder bau eine Zeitmaschine und mach Barcelona ungeschehen.«

»Und die dritte?«

»Kauf dir einen Strampelanzug und ein Cape.«

Er bringt sie tatsächlich zum Lachen. »Dann bräuchten wir nur noch einen Namen für mich.«

»Wie wär's mit Superfatalistin?«

»Superego-Woman würde es besser treffen«, sagt Aaron. Für Subjekt, Prädikat und Objekt braucht sie zwei Anläufe, murmelt es stumm, bevor sie es aussprechen kann. »Reimer hat recht.« Und dann: »Ich bringe es mit meinem Selbstbild nicht überein, dass ich zum Opfer geworden bin. Ich glaube, dass ich deshalb die Blindheit nie akzeptieren konnte und alles unternommen habe, damit es wieder wird wie früher. Fünf Jahre habe ich mir eingeredet, dass ich mich nur genug danach sehnen und es mit aller Macht wollen muss, um es wahr werden zu lassen. Aber das Leben ist nicht das Märchen von den Wünschen.«

»Hat nicht irgendein alter Grieche behauptet, wir wären auf der Welt, um die Sonne zu bewundern?« fragt Pavlik.

»Anaxagoras.«

»Zum Kotzen. Wir sind hier, um zu beweisen, dass wir mehr sind als die Summe unserer Ängste. Und das tust du jeden Tag.«

Sie will sagen, dass ihre Ängste sie jeden Tag in die Knie zwingen. Doch darauf wüsste Pavlik keine Antwort mehr, und das wäre schlimm.

Sie schweigen, bis Aaron vom Traurigsein genug hat und aufsteht. »Lass uns was essen. Gegenüber war ein Steakhouse, das was getaugt hat.«

Pavlik stupst sie an. »Von der alten Aaron vermisse ich nichts. Ehrlich gesagt merke ich die meiste Zeit keinen Unterschied. Du warst früher eine Zicke und bist es immer noch.«

Sie streckt ihm die Zunge raus, nimmt seinen Ellbogen.

»Das heißt –«, denkt er laut nach.

»Was?«

»Du schminkst dich jetzt ein bisschen aggressiver. Aber hab mich dran gewöhnt.«

»Tu ich nicht!«

»Nur vorne an. Man muss schon genau hinsehen.«

»Du hast doch keine Ahnung!«

»Von wegen. Unter Blinden ist der Einbeinige König.« Pavlik legt den Arm um sie, und da gehört er auch hin.

Zehn Dinge, die Aaron bereut:
in Mathe nicht besser aufgepasst zu haben
den Kuss in Rom
nie ihre Klappe halten zu können
Mason nicht in Virginia getötet zu haben
ihren ewigen dummen Stolz
Moskau
ihren Vater stets gegen ihre Mutter verteidigt zu haben
Niko
so hart zu Lissek gewesen zu sein
dass sie sich fünf Jahre nicht bei Pavlik gemeldet hat

26

Malin war schon öfter in Barcelona, zuerst als Siebzehnjährige mit ihren Eltern, in dem Jahr, als ihr Vater seine Familie verließ, dem Jahr der sinnlosen Gebete. In El Guinardó zieht sie in einer Einfahrt den stinkenden Mantel an, den sie einem Obdachlosen in den Ramblas abgekauft hat. Sie steckt ihre Sonnenbrille ein, beschmiert das Gesicht mit Dreck und nimmt den Deostick aus der Reisetasche, um sie dann hinter Mülltonnen zu deponieren. An das Deo könnte man sogar die Nase halten, ohne stutzig zu werden. Als sie durch das bürgerliche Viertel läuft, eine krumme Elendsgestalt, weichen die Menschen ihr aus. Vor einem Supermarkt greift Malin sich einen Einkaufswagen und wirft die verlumpte Decke hinein, die sie ebenfalls von dem Obdachlosen hat. Es ist ein kurzer Fußweg bis zum Parque del Guinardó mit seiner wilden Vegetation. Sie schiebt den Einkaufswagen zum Brunnen, dem Fuente del Cuento, der kaum mehr als eine alte Zisterne ist, kein Wasser führt. Der Ort ist gut gewählt, abseits der Touristenpfade. Malin legt sich unter die Gammeldecke, ist hellwach, eine Hochleistungswaffe im Standbymodus. Als es dunkel wird, hört sie Stimmen. Zwei Männer kommen lachend näher. Sie haben eine Schnapsflasche dabei, prahlen mit irgendwelchen Geschichten und entdecken Malin. Zwar sind sie angetrunken, das könnte man zu ihrer Entschuldigung anführen, aber es sind solche, die auch nüchtern einem Leben keinen Wert beimessen. Malin reagiert nicht, als sie von ihnen beschimpft wird. Hält bei ihren Fußtritten still. Sie will kein Aufsehen erregen und schon gar nicht, dass man zwei Leichen im Park entdeckt. Die Tritte tun weh, doch sie steckt sie weg, bettelt, dass man sie in Ruhe lässt. Der eine schüttet den Schnaps über ihr aus, der andere fuchtelt mit einem Feuerzeug rum. Malin bricht dem Kleineren mit einem Faustschlag das Jochbein. Er schreit wie am Spieß, während sie dem Größeren bereits den Arm auskugelt. Sie rennt mit dem Einkaufswagen weg. Die Männer folgen ihr nicht; sie hört ihr Stöhnen. An der Straße hockt sie sich auf eine Mauer. Malin will eine halbe Stunde warten und dann zu dem Brunnen zurückkehren. Ein Streifenwagen stoppt. Erst denkt sie, dass die zwei vom Park dafür verantwortlich wären. Doch die beiden Polizisten haben einfach Lust, sie zu schikanieren. Sie fragen nach ihrem Ausweis, sind sicher, dass sie keinen hat. Ihnen den belgischen Reisepass zu zeigen, wäre ein Fehler. Also stellt Malin sich dumm, was zur Folge hat, dass die Polizisten beschließen, sie zu der Wache zu verfrachten, um sie auszunüchtern. Mit dem Schlauch, wie der eine grinsend sagt. Sie vergewissert sich, dass niemand in der Nähe ist. Als der Polizist sie an den Haaren hochziehen will und eine Perücke in der Hand hat, ist sein Kehlkopf schon Brei. Der andere zieht die Pistole, kann die Bewegung jedoch nicht beenden, weil ihr Schlag mit voller Wucht den Gonionwinkel seines Unterkiefers über der externen Halsschlagader trifft und den Mann auf der Stelle tötet. Sie schleift die Leichen in ein Gebüsch. Den Streifenwagen fährt sie in eine Seitenstraße, lässt ihn dort stehen. Malin joggt zurück zum Parkeingang. Sie schiebt den Einkaufswagen wieder zum Brunnen, legt sich hin und kümmert sich um ihren Atem. In dem schnapsgetränkten Mantel ist die SIG Sauer des einen Polizisten. Nicht dass sie darauf angewiesen wäre, sie hat schließlich den Deostick. Aber eine Pistole ist immer besser als keine Pistole.

Sie schließt die Augen, und als Malin sie wieder öffnet, steht sie an einem einsamen Strand mit einem weißen Märchenhaus. Sie sieht die schöne Frau, die riesige Sonnenbrille im Sand, ein Meer mit einem Horizont wie Bleikristall. Und ein französischer Schlager spielt.

27

Demirci steuert ihre Panzerlimousine durch Potsdam. Es ist ihr selten vergönnt, am Steuer eines Autos sitzen zu dürfen, weshalb sie es immer genießt. Doch nicht deshalb hat sie ihren Sherpas freigegeben und die Verantwortung dafür übernommen.

Während sie Schloss Sanssouci hinter sich lässt, denkt sie an den Mann, der ihren Besuch erwartet. Richard Wolf hat das BKA wie kein anderer Präsident geprägt, Herold eingeschlossen. In den Siebzigern stand Wolf der Abteilung Terrorismus vor und war die Nummer eins auf den Todeslisten der RAF. Als er später Leiter der Spionageabwehr wurde, gelang es ihm, Timofejew und Iljin, die beiden Top-Männer des KGB, umzudrehen und den Russen zu zeigen, was er unter Glasnost verstand. Aber so beeindruckend das auch war: Zum Mythos wurde Wolf erst als BKA-Präsident, mit seiner Gruppe *Rubikon*. Vor elf Jahren setzte er ihm treu ergebene Fahnder auf den damaligen Bundesinnenminister Langheinrich an, den ein Rauschgiftkartell mit einem kalten Staatsstreich ins Kanzleramt hieven wollte. Obwohl Wolf durch eine Intrige als Präsident abgesetzt wurde und eine Marionette der Mafia seinen Posten übernahm, führte er *Rubikon* im Geheimen weiter. Sie brachten den Innenminister und den korrupten Generalbundesanwalt zu Fall, ein Lehrbeispiel für wirkliche Courage. Demirci bewundert Wolf seit langem, obzwar sie seine ultrakonservativen politischen Ansichten nicht teilt. Seine Amtsführung war umstritten. Er herrschte über den Wiesbadener Neroberg wie ein Autokrat. Von seinen Leuten forderte er absolute Loyalität, Fehler verzieh er nicht. Selbst der Kanzler soll ihn gefürchtet haben.

Seit seiner Verabschiedung hat Wolf sich aus der Öffentlichkeit zurückgezogen. Demirci weiß, dass Pavlik und der ehemalige BKA-Präsident ein besonderes Verhältnis pflegen, und hat im Stillen darauf spekuliert, dass Pavlik ihn nach Alain Cesari fragen würde.

Doch ihre Verwunderung hätte nicht größer sein können, als er sie kurz vor dem Abflug beiseitenahm. »Wolf will mit Ihnen reden, heute Abend um acht, bei ihm in Potsdam. Bringen Sie einen Tignanello mit, das ist die halbe Miete.«

Demirci kaufte den teuersten Rotwein ihres Lebens.

Kurz vor der Glienicker Brücke biegt sie von der Hauptstraße in die Berliner Vorstadt ab, eine Landzunge zwischen Neuem See und Havel, wo man residiert, wenn es beim Kontostand auf eine Null nicht ankommt. Die neoklassizistische Villa, vor der Demirci stoppt, dürfte Wolf sich von den Bestsellertantiemen seiner Memoiren geleistet haben. Als sie aussteigt, sieht sie sich um und rätselt, wo der Wachcontainer für die Sherpas ist.

Auf dem Klingelschild steht kein Name, die Zaunpforte öffnet sich, ehe Demirci den Knopf drückt. Wolf erwartet sie an der Haustür. Er ist kleiner, als sie ihn von seiner Verabschiedung in Erinnerung hat. Vermutlich wegen der High Heels, die sie heute trägt. Trotz des zerfurchten Gesichts und seines beinahe kahlen Schädels würde man nicht denken, dass er bereits fünfundsiebzig ist. Seine Haltung ist lässig, und die Augen sind wach wie bei einem jungen Mann.

»Guten Abend, Frau Demirci. Ich freue mich, Sie zu sehen.«

»Herr Präsident.«

»So nennt mich nur noch meine Tochter.« Er sieht, dass ihr Blick über das Grundstück streift. »Suchen Sie meine Sherpas?«

»Ertappt«, entgegnet sie.

»Sie sind ohne Begleitkommando gekommen«, erwidert er, »und ich könnte mir gut vorstellen, dass die Fahrt Ihnen Spaß gemacht hat. Wir wissen beide, wie es ist, in einem Gefängnis eingesperrt zu sein. Die Tuareg sagen: ›Glück ist eine Oase, die zu erreichen, nur träumenden Kamelen gelingt.‹ Eines Tages habe ich gemerkt, dass die Sherpas mich am Träumen hindern. Ich habe mir mein Leben zurückgeholt. Nun bin ich bereits elf Jahre nicht tot und hege die stille Hoffnung, im Bett zu sterben. Aber bitte, kommen Sie herein.«

Er führt Demirci in das riesige Wohnzimmer. Sie ist nicht verwundert, dass es im orientalischen Stil eingerichtet ist. Richard Wolf wuchs in Marokko auf, wo sein Vater nach dem Krieg erster deutscher Botschafter war. Links gehen die Fenster zum Neuen See. Die untergehende Sonne lässt das Wasser glühen.

Wolf sieht Demirci in die Augen. »Mein aufrichtiges Beileid.«

»Danke.«

»Ich weiß, dass auch Sie das heute oft gesagt haben«, fährt er fort. »Sie sind keine Frau, die Briefe an die Angehörigen diktiert. Ich war genauso. Nicht dass ich jemals einen Verlust wie Sie beklagen musste. Aber an solchen Tagen durfte mich niemand im Amt ansprechen.«

Demirci nickt. »Man funktioniert nur. Ich zwinge mich, es die Familien der Männer nicht spüren zu lassen, und bin mir nicht sicher, ob es gelingt.«

»Auch das kenne ich«, erwidert Wolf. »Ich habe Respekt vor Ihnen und Ihrem Werdegang. Sie sind mir bereits aufgefallen, als Sie noch die Dortmunder Mordkommission geleitet haben, aus diesem Grund habe ich Sie auch zu meiner Verabschiedung eingeladen. Und dann: eine Frau, eine türkischstämmige Frau, als Lisseks Nachfolgerin. Darauf lässt sich stolz sein.«

»Für den Stolz kann ich mir nichts kaufen«, sagt sie bitter.

Wolf lächelt. »Was haben Sie denn da Schönes? Ah, ein 99er Tignanello. Ich fürchte, Ulf hat Sie zu Unkosten verleitet.«

»Das war's mir wert.«

»Er spielt das mit ihm und mir immer herunter. Ulf behauptet gern, mir mal einen Gefallen getan zu haben. Aber das trifft es nicht annähernd. Ich hoffe, Sie wissen, was für einen besonderen Mann Sie mit ihm haben.«

»Ja«, antwortet sie. »Es gibt keinen Zweiten wie ihn.«

»Doch, einen. Jan Pieper, der zu *Rubikon* gehört hat.« Wolf lacht. »Und stellen Sie sich vor: Die beiden sind befreundet.« Er bittet Demirci, auf dem Sofa Platz zu nehmen, entkorkt die Flasche, schenkt aber noch nicht ein, sondern lässt den Wein erst atmen. »Darf ich?« fragt er und hält eine Havanna hoch.

»Natürlich. Ich rieche es gern.«

Während er die Zigarre umständlich mit dem Streichholz erwärmt, ehe er sie anzündet, schaut Demirci zu einer Anrichte mit einem gerahmten Foto darauf. Es zeigt Wolfs einziges Kind, seine Tochter Sophie, eine Spitzenjuristin. Obwohl sie jünger als Demirci ist, gilt sie als kommende Generalbundesanwältin.

»Haben Sie Kinder?« fragt er.

»Nein.«

»Ich wurde sehr spät Vater, eigentlich erst mit fünfundsechzig. Aber das ist eine andere Geschichte.« Wolf pafft genussvoll einen Zug. »Ich bin ein alter BKA-Mann, und Sie wissen, dass unser Verhältnis zur Abteilung immer schwierig war. Als sie gegründet wurde, war ich gerade frisch im Amt. Ich erinnere mich, dass ich Lissek bekämpft habe, wo es ging. Manches war dumm, eine gefühlte Rivalität, obwohl wir damals viertausend gegen seine vierzig waren. Doch es spielte noch etwas anderes hinein. Die Chemie zwischen uns hat nie gestimmt, das war schon so, als er verdeckter Ermittler bei mir war. Man sagt über mich, dass rechts von mir nur noch eine Mauer ist. Das ist wahr. Ein einziges Mal bin ich darübergeklettert, mit *Rubikon*. Lissek hat diese Mauer nicht interessiert. Was rechts von ihm ist, weiß er allein. Als ich gegen das Innenministerium und das Kanzleramt in den Krieg gezogen bin, habe ich Ulf noch nicht gekannt, sonst hätte ich ihn sicher ins Vertrauen gezogen. Aber Lissek: niemals. Halte ich mich deshalb für einen besseren Menschen? Nein. Wenn meine Fehler Steine wären, könnte man damit das World Trade Center wiederaufbauen. Pardon, mein Hang zu schlechten Metaphern ist legendär.«

»Früher habe ich genauso über die Abteilung gedacht«, sagt Demirci. »Aber es ist ein Unterschied, Salongespräche darüber zu führen oder ihr vorzustehen. Damit meine ich nicht Sie. Ich merke nur, dass ich mich verändert habe.«

»Sie machen etwas mit dem Amt, und das Amt macht etwas mit Ihnen«, erwidert Wolf, »das ist immer so.« Er schenkt den Wein ein, prostet ihr zu. Sie trinken, sein Blick geht zum Fenster. »Bis Schwanenwerder ist es nicht weit. Meine Maklerin hat mir auf der Insel ein Haus gezeigt. Ich hätte es mir leisten können. Aber um dort zu wohnen, darf man nicht an böse Geister glauben.« Er sieht Demirci an. »Die Abteilung fliegt in die Luft, und der Berliner Innensenator liegt tot in seiner Villa. Sie müssen das nicht kommentieren, dazu kennen wir uns zu wenig.«

»Irgendwann«, sagt sie.

»Das würde mich freuen. Sollte es das sein, was ich vermute, möchten Sie vielleicht einen Rat von jemandem, der weiß, wovon er redet. Man sucht in einer solchen Situation Verbündete. Ich könnte mir denken, dass Lennard Palmer Ihnen in den Sinn kam. Nun ja, manche behaupten, dass er sich auf Deals versteht, bei denen er gut aussieht. Ich würde ein anderes Bild wählen.«

»Nämlich?« fragt Demirci steif.

»Haben Sie von dem Mann gehört, der sich beim Bergsteigen in Utah mit dem Taschenmesser eine Hand abgetrennt hat, um zu überleben? Wenn die Stunde kommt, ist Palmer dieser Mann. Und Sie sind die Hand.«

»Ich nehme den Rat zur Kenntnis«, erwidert sie.

»Der war umsonst. Für den Tignanello revanchiere ich mich anders.« Wolfs Gesicht verschwindet hinter einer Wolke aus Zigarrenrauch. »Die Abteilung soll geschlachtet werden, und in der Koalition wetzt man schon die Messer. Um jedoch noch einmal die Tuareg zu bemühen: ›Solange man ein Messer nicht benutzt, ist es stumpf.‹ Sie ahnen, dass hinter Alain Cesari etwas Großes steht, sonst wären Sie an diesem furchtbaren Tag nicht zu mir gekommen. Ihr Gefühl hat Sie nicht getrogen.«

Demirci vibriert, zeigt es aber nicht.

»Ich glaube, es war Baudelaire, der gesagt hat: ›Die schönste List des Teufels ist es, uns zu überzeugen, dass es ihn nicht gibt‹, fährt Wolf fort. »Jeder, der Cesari einmal persönlich begegnet ist, hat ihn als gebildeten, angenehmen, geistreichen Menschen geschildert. Dabei war er ein Kinderschänder, was fraglos noch schwerer wiegt als seine Tätigkeit für die Mafia. Zum Zeitpunkt der Ermittlungen wusste ich das nicht, sonst hätte ich einiges anders gehandhabt. Ich hatte zehn Beamte an ihm dran. Wir waren weit, standen dicht vor einem Haftbefehl, doch dann wurde Cesari ermordet.«

»Das erklärt nicht, weshalb Sie die Akte vernichtet haben.«

Wolf steht auf und öffnet eine Schublade. »Das habe ich nicht. Hier ist sie.« Er legt die Akte vor sie auf den Tisch. »Ich bin draußen. Meine Rosen blühen, ich erfreue mich jeden Tag daran.«

Er nimmt sein Glas mit hinaus, und Demirci schlägt die Akte auf. Die Details des Coups, mit dem Cesari den Korsen die Rostocker Werft zuschanzen wollte, überfliegt sie nur. Interessant sind die Abhörprotokolle von Telefonaten einflussreicher Bundestagsabgeordneter. Zwei saßen im Treuhandausschuss, der für die parlamentarische Kontrolle der Anstalt zuständig war. Ihre Namen sind als Initialen vermerkt. LG und HF. Offenbar erhielten beide von Cesari einen Millionenbetrag dafür, dass sie auf das Geschäft positiv einwirkten.

Demirci geht zu Wolf in den Garten. Er schneidet Rosen, ist so darin versunken, als habe er nie über ein mächtiges Reich geherrscht. »Man muss die toten Blüten entfernen«, sagt er, ohne sich umzudrehen. »Sonst wächst nichts nach.«

»Wer waren LG und HF?« fragt Demirci.

»LG ist unwichtig.« Wolf dreht sich um. »Bei HF handelte es sich um Hartmut Fugger, den Vater der Bundeskanzlerin.«

Ein Motorboot fährt dicht am Ufer vorbei. Wellen klatschen gegen die Befestigung. Als ihr Herz wieder ruhiger schlägt, fragt Demirci: »Warum ließen Sie ihn nicht verhaften?«

»Ich brauchte ihn als Kronzeugen in einer anderen Sache, die noch größer war«, antwortet Wolf. »Manchmal muss man eine Kröte schlucken und sich einbilden, es wäre ein Festessen.«

»Auch wenn es Fuggers Vater war: Ich schätze, sie würde es auf den Skandal ankommen lassen und ihn durchstehen. Das könnte sie nicht zu Fall bringen, alles andere wäre Sippenhaft.«

»Meinen Sie?« fragt Wolf. »Nach dem Tod ihres Vaters hat sie mit seinem Geld die Consultingfirma aufgebaut, die Grundlage ihrer heutigen Macht. Niemand steht das durch.«

Er hat recht. Mein Gott.

»Wir wissen beide, was ich Ihnen in die Hand gegeben habe«, erklärt er. »Was die Kanzlerin betrifft: Sie können sie kujonieren oder zu Ihrer Partnerin machen. Das eine ist verführerischer als das andere. Aber nur eins davon ist klug.«

Wolf bringt sie zur Tür. Demirci reicht ihm die Hand. »Ein einfaches Danke kommt mir billig vor. Ich weiß nicht, was ich sagen soll.«

»Geschenkt.«

»Warum?« fragt sie.

»Die Antwort habe ich Ihnen bereits gegeben. Ich weiß, wie verflucht allein man ist.« Wolf macht eine kurze Pause. »Ulf hat mir erzählt, dass Jenny Aaron überlebt hat. Ich habe sie damals nach Moskau geschickt und ihr den Weg in die Abteilung geebnet. Dennoch verdankt sie ihren Erfolg nicht mir. Sie hatte etwas an sich – ich wusste, dass sie mehr als ein hübsches Skalpell ist. Ulf ist sehr verschwiegen, was sie angeht. Aber ich glaube, wenn es jemand schafft, mit einem Schicksal wie ihrem fertig zu werden, dann sie. Irre ich mich?«

»Nein.«

»Das freut mich. Grüßen Sie Frau Aaron von mir.«

Vom Auto aus ruft sie Lennard Palmer an. »Hast du Zeit?«

»In einer Stunde bin ich frei. Wo?«

»Wie letztes Mal.«

Sie treffen sich wieder bei dem Vietnamesen in Marzahn. Fast hat es die Anmutung einer Normalität, zwei frisch Verliebte, die sich erzählen, was am Tag war, Händchen halten. Demirci hatte während der langen Fahrt genug Zeit, darüber nachzudenken, ob sie es Lennard sagen soll. Er würde fragen, ob Wolf sich zu ihm geäußert hat. Die Antwort würde ihm wehtun, und lügen will sie nicht. Also spricht sie über die Kondolenzbesuche, über ihre Worte, die ihr so abgeschmackt erschienen, die Blicke, die sie nicht aushielt, das Zittern, das in ihr wächst.

Lennard sagt: »Wenn meinem Sohn etwas zustoßen würde, könnte ich mir niemand Besseren als dich wünschen, um mir die Nachricht zu überbringen.«

Sie denkt zum ersten Mal, dass sie ihn liebt.

»Woher hast du das?« fragt er, »dieses Mitfühlen?«

»Von meiner Mutter. Ich bin extrem strukturiert. Aber als ich klein war, hat sie etwas zu mir gesagt, das ich nie vergessen habe: ›Nimm von den Deutschen, was gut ist. Das andere lass.‹«

Das heruntergekommene Hotel ist um die Ecke, *Venezia*, sie waren schon zweimal dort. Es gehört einem Italiener, dessen Stimme nach sechzig Filterlosen klingt. Er hockt Tag und Nacht vor dem Fernseher an der Rezeption, und da er nur italienische Sender schaut, weiß er nicht, wer Lennard ist. Bei Demirci versteht es sich von selbst, sie ist in der Öffentlichkeit unsichtbar.

Die Tapete des Zimmers zeigt ein verblasstes Panoramabild des Canal Grande, Bett und Spiegelkommode sind aus verkratztem Schleiflack, was gut mit den grauen, nie gewaschenen Gardinen harmoniert. Demirci und Lennard ziehen einander aus, ohne sich um wegfliegende Knöpfe zu scheren. Die Wände sind wie Papier, sie hören die Fußballübertragung einen Stock tiefer mit, Rom gegen Mailand, es steht 0:2, eine wilde Schlacht, aber hier findet eine andere statt. Demircis Gipsarm macht es kompliziert, sodass sie lachen müssen, ineinander verknäuelt, und dann beißt sie in ihre Hand, um nicht zu schreien, als sie beide in derselben Sekunde die Schwerkraft der Erde verlassen.

Sie sind klatschnass, kleben am Laken. Demirci fischt ihre Handtasche mit den Zigaretten vom Linoleum und denkt beim ersten tiefen Zug: *In dieser Matratze sind eine Milliarde Wanzen, aber mit keiner kann man uns abhören.*

»Was wohl meine Sherpas denken, wenn ich ohne Personenschutz sein will«, sagt sie.

Lennard lächelt. »Dein Kommandoführer ruft beim Chef der Sicherungsgruppe an, der hält Rücksprache mit seinem Abteilungsleiter, und dann klingelt mein Telefon.«

»Was hast du gesagt?«

»Dass du auch mal ein wenig Privatsphäre brauchst, es deine Entscheidung war und wir für den Fall der Fälle abgesichert sind. Das erregt kein Aufsehen, die kennen sowas schließlich von mir und dem ein oder anderen Politiker.«

»Aber es könnte auffallen, dass wir beide zur selben Zeit auf den Schutz verzichten.«

»Ich habe es verschleiert.«

»Inwiefern?«

»Wörtlich habe ich gesagt: ›Selbst ein von Eitelkeit zerfressenes Luder braucht ein wenig Privatsphäre. Falls sie einen Liebhaber hat – dem Mann gehört mein Mitgefühl.‹«

»Meins auch.«

Er grinst. »Ich opfere mich.«

Sie hat so lange über die Frage nachgedacht, dass sie jetzt fast routiniert klingt. »Wie soll es mit uns weitergehen?«

Lennard schweigt einen Augenblick. »Wenn wir uns outen, muss einer von uns seinen Schreibtisch räumen. Versteh mich nicht falsch, Inan, ich hoffe, du weißt, was ich für dich empfinde. Aber ich bin einundsechzig und habe nicht mehr allzu lange bis zur Pension. Warum lassen wir es nicht, wie es ist?«

»Glaubst du im Ernst, dass wir das fünf Jahre geheim halten können?« gibt sie zurück.

»Wenn zwei sich mit Geheimhaltung auskennen, dann wir, meinst du nicht?«

Unten fällt ein Tor, 1:2, Demirci ist still verletzt, ohne dass sie sagen könnte, wovon. Lennard nimmt ihr die Zigarette weg.

Er drückt sie aus und sagt: »Schau mich mal an.«

Sie tut es widerwillig.

»Es würde mir sehr gefallen, danach mit dir zusammenzuleben. Mit allem Drum und Dran, ich bin altmodisch. Aber bitte ohne Doppelnamen.«

Ihr bleibt die Luft weg.

»So macht man das doch, wenn man sich liebt«, sagt er.

»Ist das – ist das ein –« bringt Demirci heraus.

»Na, eine dienstliche Anfrage war es jedenfalls nicht.«

Von allen Küssen, die Demirci im Leben hatte, schmeckt der mit Abstand am besten.

»Heißt das: Ja?« fragt Lennard.

»Himmel, willst du es schriftlich?«

Ihr Handy vibriert. Sie sieht, dass Pavlik anruft, und nimmt ab. »Herr Palmer ist bei mir«, lässt sie ihn wissen, »ich stelle das Telefon laut.« So ist es einfacher, dann muss sie Lennard später nicht alles nachreichen.

»Guten Abend, Herr Präsident.«

»Guten Abend, Herr Pavlik.«

»Hört Frau Aaron mit?« fragt Demirci.

»Nein, sie schläft. Wie war es bei Wolf?«

Sie sieht Lennards Blick und will im Boden versinken. »Aufschlussreich«, antwortet sie rau. »Ich habe eine Liste der Fahnder, die in die Ermittlungen gegen Cesari eingebunden waren, und werde sie überprüfen.«

»Ich habe nochmal über Mason nachgedacht«, sagt Pavlik. »Malin hat *Team Forsyth* dezimiert. Das ist nach wie vor die plausibelste Erklärung für die Verschiebung. Doch das heißt nicht zwingend, dass er keine Männer in Barcelona hat.«

»Ich kann Ihnen folgen«, antwortet Demirci.

»Er hat sich für einen Treffpunkt entschieden und hat eine Alternative in petto. Die braucht man immer, einen Plan B. Aber

Mason hat eine Nummer eins. Auch wenn wir versucht haben, ihm die Bedingungen aufzuzwingen: Er muss so lange an dem Ort festhalten, bis er keine andere Chance mehr sieht, als sich uns zu beugen.«

Sie ahnt, worauf Pavlik abzielt. »Mason benötigt Beobachter, die den Treffpunkt observieren, um rauszufinden, ob sich dort etwas tut, das eine Planänderung erfordert.«

»Ja. Und sie könnten bereits eingetroffen sein.«

»Gestern Abend oder heute Früh«, murmelt Lennard, »mit Ausrüstung und einer Sondergenehmigung, wie Sie.«

»Richtig. Vier Flughäfen kommen infrage: Sabadell, Girona, Reus und Barcelona El Prat. Es dürften fünf oder sechs Männer gewesen sein. Wie gut sind Sie in Spanien vernetzt?«

»Ich kann nicht klagen«, antwortet Lennard.

»Es müsste jemand sein, dem Sie vertrauen. Trotzdem würde ich es verschleiern, als Interpolsache oder etwas in der Art. Man soll beim Zoll nachhaken, ob im betreffenden Zeitraum ein Jet gelandet ist, auf den das Profil passt.«

»Das wird eine Weile dauern«, sagt Lennard.

»Falls die Beobachter bereits hier sind, könnten sie natürlich die Gerald Ford als Operationsbasis benutzen«, fährt Pavlik fort. »Es wäre allerdings wenig sinnvoll. Sie wollen flexibel agieren, sich frei bewegen. Also suchen wir ein Hotel in der Innenstadt, unweit von dem Treffpunkt, den Mason favorisiert. Klingt nach der Nadel im Heuhaufen, ist es aber nicht. Das Hotel hat höchstens einen Stern und gehört zu keiner großen Kette. Davon gibt es in Barcelona nur dreiunddreißig, Guppy hat das überprüft. Wenn wir den Flughafen und die Ankunftszeit der Maschine kennen, lässt sich berechnen, wie lange das Team in die City gebraucht hat. Damit haben wir ein Zeitfenster für das Check-in. Die Spanier sollen sich die Daten der Hotels ansehen. Fünf oder sechs Männer. Amerikaner. Keiner älter als Mitte vierzig. Mit einer Menge Gepäck.«

Demirci lächelt. »Gute Arbeit, Herr Pavlik.«

»Was man aus Langeweile so tut. Moment, muss mich kurz um was kümmern.«

Lennard stellt das Telefon stumm, sieht Demirci schweigend an. Sie spürt, dass sie rot wird.

»Ich hätte es dir sagen müssen, aber –«, hebt sie an.

»Wolf hat über mich gesprochen«, unterbricht er sie, »und du wolltest mich nicht verletzen.«

Sie nickt.

»Inan, ich weiß, wie er über mich denkt. An manchen Tagen hält er mich für ein Fähnchen im Wind und an anderen für eine Charaktermaske. Damit sagst du mir nichts Neues. Wollen wir das in Zukunft anders handhaben?«

»Ja. Bitte entschuldige.«

»Vergessen. Was war mit Cesari?«

»Er hat den Vater der Bundeskanzlerin geschmiert. Wolf hat mir die Beweise übergeben.«

So sprachlos hat sie Lennard noch nie gesehen. »Was hat es dich gekostet?« fragt er schließlich.

»Eine Flasche Tignanello.«

»Das größte Schnäppchen aller Zeiten.«

»Nein, das größte Schnäppchen bist du.«

Er lächelt. »Jetzt hast du Fugger in der Hand.«

»Die Abteilung wird wie Phönix aus der Asche steigen«, sagt sie. »Aber ich werde Wolfs Rat befolgen und Fugger zu meiner Verbündeten machen statt zu meiner Feindin.«

»Ein Politiker würde fragen: Wo ist der Unterschied?«

»Und schon sind wir bei Robert Kulka«, stellt sie fest.

»Der hängt auf seinem Weg zum Gipfel am Seil der Kanzlerin. Er ist nicht so dumm, es zu kappen.«

»Wenn sich herausstellen sollte, dass Kulka von der Bombe wusste oder sogar damit zu tun hatte, werde ich das Seil durchschneiden«, sagt Demirci. »Das meine ich nicht bildlich.«

»Warum sollte er?«

»Warum sollte er nicht?«

Lennard wechselt das Thema. »Was Pavlik angeht: Du weißt, ich hatte meine Vorbehalte gegen ihn. Aber ich gebe zu, dass er eine Klasse für sich ist.«

»Du bist auch nicht sein Liebling«, entgegnet sie. »Vielleicht solltet ihr mal ein Bier trinken gehen.«

»Und über Fußball reden?«

Sie grinst. »Warum nicht über mich? Lästern verbindet.«

Pavlik sagt: »Bin wieder da.«

Lennard hebt die Stummschaltung auf. »Angenommen, es gelingt, die Männer zu lokalisieren: Was ist Ihre Strategie?«

»Wenn sie ihre Inspektionstour machen, beschatten wir sie. Dann wissen wir, wo das Treffen sein soll. Aaron spielt Mason vor, auf seine Bedingungen einzugehen. Aber wir werden schon da sein. Wir schicken *Team Forsyth* Grüße aus Berlin und sacken Mason ein.«

»*Grüße schicken* – den Ausdruck kenne ich von Lissek«, sagt Lennard. »Es meint: eliminieren. Auf spanischem Boden.«

Pavliks Stimme wird hart. »Diese Männer kann man nur auf eine Art ausschalten. Und darüber steht ganz sicher nichts im Diensthandbuch des BKA.«

»Sie gaben uns ein Versprechen«, erinnert Lennard ihn.

»Das für Malin gilt«, versetzt Pavlik.

Lennard atmet durch. »Ich führe mit Ihnen keine Diskussion über Moral, aus Respekt vor Frau Demirci. Aber ich halte es für geboten, die GEO zu informieren und den Spaniern den Zugriff zu überlassen. Jenny Aaron kann Mason dann vernehmen.«

»Eine Anti-Terror-Einheit, die nicht unter meinem Befehl steht, deren Leute ich nicht mal kenne? Denken Sie, ich würde bei so etwas mitspielen? Mir unterstellen Sie, dass ich auf ein Leben nichts gebe. Oder auf zehn oder fünfzehn. Aber das von Aaron wollen Sie riskieren, ohne einen Tropfen Cognac zu verschütten. Sie ist da draußen allein. Blenden Sie das aus?«

»Sie ist eine zwei Milliarden Dollar teure Waffe, die niemand kontrollieren kann«, versetzt Lennard. »Nicht einmal Sie.«

»Und Sie quatschen daher, als könnten Sie Moral nicht von Morast unterscheiden.«

»Herr Pavlik, Sie vergessen sich«, blafft Lennard.

»Nein, ich weiß genau, wer ich bin. Und auch, warum ich nie zu Ihrem Verein gegangen bin, obwohl man zweimal versucht hat, mich abzuwerben.«

Demirci hat mit Bedacht nicht eingegriffen, in der Hoffnung, dass ein offener Schlagabtausch dem Verhältnis der beiden guttun würde. Jetzt schaltet sie sich ein. »Herr Präsident, Ulf Pavlik besitzt mein vollstes Vertrauen, in allem. Ein einziges Mal habe ich eine seiner taktischen Entscheidungen in Zweifel gezogen, das bereue ich bis heute. Wir schulden Ihnen für die logistische Unterstützung Dank. Aber es handelt sich um eine Operation der Abteilung, und Herr Pavlik trägt vor Ort die Verantwortung. Es wird so gemacht, wie er sagt.«

»Guter Vortrag«, knurrt Pavlik. Und weg ist er.

Demirci klebt noch an Lennard, aber der Schweiß ist kalt. Er sagt: »Weißt du, wofür du ihm gerade das Go gegeben hast?«

»Das hatte er schon, als ich vor der Abteilung auf der Straße lag«, erwidert sie.

28

Aaron liegt auf dem Bett, in dem Niko und sie sich liebten, an dem Tag, als der Himmel ein Feuerläufer über glühende Kohlewolken war. Niko ließ alles los, seinen Atem, seinen Körper, die Zeit. Aber Aaron war nicht hier. Es war nicht ihr Atem, nicht ihr Körper, nicht ihre Zeit.

Jetzt streicht sie über den Stoff der Tagesdecke, Leinen, kein Damast wie vor fünf Jahren. Sie weiß es, weil sie alles von jenem Tag weiß; zehn Euro Trinkgeld für die junge Frau, die ihnen das Abendessen auf das Zimmer brachte; eine Laufmasche in ihrer Strumpfhose; Nikos Kuss, sein Lachen, mit dem er Aaron zum Bett zog; wie sie unter der heißen Dusche zitterte und dann die Browning im Becken des Badezimmers reinigte.

Nichts ist wie damals.

Pavlik hält sich nebenan auf, sie hört ihn nicht. Vielleicht telefoniert er mit Sandra oder den Zwillingen, mit Luca, erzählt ihm eine Geschichte, in der alles gut wird, darauf versteht er sich.

Das Speed wirkt noch immer, beschleunigt Aarons Gedanken, aber treibt den Puls nicht mehr in die Höhe. Sie nimmt eine weitere Pille, spült sie mit Perrier hinunter, damit sie Krieg gegen ihre Sehzellen führen kann.

Wartet.

Wartet.

Wartet.

Aaron steht vom Bett auf. Verwundert sieht sie, dass es zerwühlt ist, die Tagesdecke auf dem Boden liegt, außerdem ihre Browning, das Kaschmirkleid von damals, die Strumpfhose mit der Laufmasche, Nikos Schuhe, sein Anzug, die Krawatte, das

Holster mit dem Colt. Die Balkontür ist offen, was seltsam ist, weil Niko und sie im Winter hier waren. Aaron hört einen französischen Schlager. Sie geht hinaus und steht an einem weiten, leeren Strand, vor dem das Meer in sanften Wellen buckelt.

Als sie sich umwendet, sieht sie das weiße Holzhaus mit den Türmchen und den Märchenfenstern und erkennt, dass sie sich in dem Bild von Eşref Armağan befindet.

Wie ist es möglich, dass ich träume, wenn ich so viel Speed im Blut habe, denkt Aaron. Ihr Blick sucht den Strand ab, wo die einsame schöne Frau sein müsste, aber sie entdeckt sie nicht. Nur die riesige Sonnenbrille liegt im Sand.

»Du kannst dich nicht selbst sehen. Dazu bräuchtest du einen blinden Spiegel.« Die Stimme ihres Vaters ist ihr vertraut und doch fremd. Er ist wahnsinnig weit weg, aber benötigt bloß sieben Schritte, um vor ihr zu stehen.

»Du wagst es, mir unter die Augen zu kommen?« fragt Aaron.

»Soll es zwischen uns für immer so bleiben?«

»Wie konntest du mir das antun?« fragt sie bebend.

Er fasst sie am Arm. »Kind, ich –«

Aaron stößt ihn weg. »Wie konntest du?« schreit sie.

»Ich habe dich geliebt. Ich wollte stolz auf dich sein.«

»Für dich war ich nur eine Waffe«, sagt sie unter Tränen, »an der du achtzehn Jahre gebaut hast. Und dann hast du sie dein Leben lang optimiert.«

»Das ist nicht wahr, du warst so viel mehr für mich. Sieh doch, was du alles Gutes getan hast.«

»Gutes? Du hast den Schmerz zu meinem Freund gemacht, die Verzweiflung, die Angst. Ich habe mehr Menschen getötet, als ich zählen kann.«

»Habe ich dich nicht auch gelehrt, was richtig und was falsch ist?« fragt er traurig. »Du weißt das. Sie nicht.«

Erst jetzt sieht sie, dass eine Frau an seiner Seite steht.

Dass es Malin ist.

Aarons Herz fällt wie ein Stein. »Ist sie meine Schwester?«

»Natürlich ist sie das«, sagt er. »Auch wenn sie andere Eltern hatte. Ich kannte ihren Vater. Er hat sie nach seinem Ebenbild erschaffen, wie ich dich nach meinem. Glaub mir, dass sie dich beneidet. Sie würde alles dafür geben, so zu sein wie du.«

»Was redest du, alter Mann«, erwidert Malin, »denkst du, ein Leichenberg wäre schöner als ein anderer? Dass man oben freier atmen kann, wenn man sich einredet, zu den Guten zu gehören? War dir das vergönnt? Deiner Tochter jedenfalls nicht. Um was soll ich sie beneiden? Da ist kein Schmerz, den wir nicht teilen.« Sie nimmt Aarons Hand und geht mit ihr den Strand hinunter, den Vater lassen sie zurück.

»Was ist deine schönste Kindheitserinnerung?« fragt Malin.

»Früher waren es die Stunden im Steinbruch, wenn er mich unterrichtet hat«, antwortet Aaron. »Und deine?«

»Seine Umarmungen.«

»Wir müssen uns beide neue Erinnerungen suchen.«

»Nein, bloß eine von uns. Die andere wird morgen sterben«, gibt Malin zurück.

Zwei Frauen kommen ihnen am Strand entgegen, ebenfalls Hand in Hand. »Das mit dem GSG-9-Mann und der Kamera war ein kluger Schachzug von dir«, sagt Aaron.

»Klug sind wir beide. Und wohin hat es uns gebracht?«

»Stell dich der Polizei. Warum muss es so enden?«

»Es ist nicht das Märchen von den Wünschen. Deine Worte.«

Aaron kneift die Augen zusammen. Ihr Herz beginnt zu rasen. Sie erkennt, dass es sich bei den beiden Frauen um Malin und sie handelt. Sie gehen auf einen Spiegel zu, der so riesig ist, dass er das gesamte Sichtfeld einnimmt.

Malin bleibt davor stehen. »Weißt du die Gatha noch?«

Aaron sagt: »*Der Leib ist der Bodhi-Baum / Der Geist ist wie ein klarer, stehender Spiegel / Poliere ihn allzeit mit Eifer / Lass keinen Staub daran haften.*«

»Hast du ihn stets poliert?« fragt Malin.

»Ja.«

»Warum?« Malin tippt mit dem Finger auf den Spiegel, sodass er zerspringt. Aber Aaron sieht ihre dunkle Schwester und sich noch immer. Nichts hat sich verändert.

Malin hebt eine der Spiegelscherben auf. »Glaubst du, dass das, was uns umgibt, Luft ist – oder Papier?« Sie macht mit der Scherbe einen Riss in die Welt, schiebt ihn mit den Händen auseinander und geht hindurch, ohne dass Aaron ihr folgen kann, denn der Spalt schließt sich sofort wieder.

Sie wendet sich um.

Da ist die schöne Frau. Neben ihr, im Sand, die dunkle Brille. Die Frau braucht sie nicht, obwohl sie direkt in die Sonne blickt.

Aarons Herz hämmert so stark, dass sie glaubt, ihre Rippen knacken zu hören. Jemand schreit, aber außer ihr ist niemand hier. Panisch fragt sie sich, wo die Stimme herkommt.

Weiß es plötzlich.

Siri schreit: »Kishō ruft an.«

Sie schreckt hoch und tastet nach dem Handy.

»Störe ich dich?« fragt er dröhnend laut.

»Nein. Einen Augenblick bitte.« Aaron sammelt sich. Etwas kitzelt ihre Nase, ein Geruch, den sie nicht gleich identifizieren kann. Nebenan hört sie Pavliks Schritte auf dem Teppich, sechs, von rechts nach links; er trägt keine Schuhe. Im Bad wird Wasser aufgedreht, aber nicht die Dusche, vermutlich will Pavlik sich rasieren. Der Lift setzt sich in Bewegung, dreißig Meter vom Zimmer entfernt; die Seilwinde hat noch immer eine Unwucht wie vor fünf Jahren. Jetzt erkennt Aaron auch den Geruch, der vom Boulevard durch die angelehnte Balkontür weht, Akazienblüten, bittersüß.

Sie will die Brille abnehmen und merkt, dass sie die Brille gar nicht aufhat. Ihr Puls ist so schnell, dass er ihre Gedanken überholt und vorprescht. Aaron stellt das Handy leiser.

»Entschuldige«, sagt sie zu Kishō, »ich hatte geschlafen.«

»Du klingst sehr wach.«

»Das bin ich jetzt auch.«

»Waren deine Kameraden in dem Gebäude, das in Berlin von einer Explosion zerstört wurde?« fragt er.

»Ich wusste nicht, dass du einen Fernseher hast.«

»Letzte Woche gekauft. Ich mag diese Kochsendungen, aber frage mich immer, warum man mit Reis etwas anderes machen sollte, als ihn pur oder mit Gemüse zu essen.«

»Ja. Das Haus. Es war eine Bombe.«

»Deine Stimme ist gleichmütig«, sagt er.

»Der Mund tut etwas anderes als das Herz.«

»Seit langer Zeit weilt dein Geist in Japan«, entgegnet Kishō. »Doch nicht alles musst du dir zu eigen machen, und manches ist kompliziert. Dass wir uns bemühen, keine Trauer zu zeigen, gilt nur für die Öffentlichkeit, nicht für die Familie. Und ich bin keine Öffentlichkeit, nicht wahr?«

»Verzeih, du hast recht. Aber das ist es nicht. Ich habe viel geweint, jetzt bin ich leer.«

»Das ist eine gute Voraussetzung, um dem Schmerz ein Zuhause zu geben.«

Darauf antwortet sie nicht.

»Oder belegt er bei dir schon so viele Zimmer, dass für etwas anderes kein Platz mehr ist?« fragt Kishō.

»Bisweilen denke ich das, ja.«

Kishō meckert sein Ziegenlachen. »Dann wird es Zeit zum Entrümpeln.«

Aaron hört eine Fliege, aber nicht in diesem Raum. Hört den Rollwagen eines Zimmerkellners, aber nicht auf dieser Etage. Hört eine Tür schlagen, aber nicht in diesem Haus.

»Du hast mich nach der Frau gefragt«, sagt Kishō. »Ich weiß, bei wem sie ihre Ausbildung erhalten hat.«

Aaron setzt sich ruckartig auf.

»Ja?«

»In Fukuyama lebt ein Mann namens Meiyo Watanabe. Als ich noch in Japan war, lernten wir uns bei Turnieren kennen; er hatte dieselbe Wut in sich wie ich. Wir haben nie gegeneinander gekämpft, aber ich habe mich gefragt, ob ich ihn besiegen könnte. Mit solch lächerlichen Dingen war ich damals beschäftigt. Er ist ein Mann, dem man nicht jede Frage stellen kann. Allerdings weiß ich etwas über ihn, das seine Zunge gelöst hat. Mehrere von Meiyos Schülern haben Morde für die Yakuza begangen.«

»Unter welchem Namen kennt er die Frau?«

»Malin. Als sie das erste Mal zu Meiyo kam, war sie zweiundzwanzig. Sie besitzt denselben Dan wie du.«

»Weiß er ihren Aufenthaltsort?«

»Angeblich nicht.«

»Hat er eine Möglichkeit, sie zu kontaktieren?«

»Auch das hat er verneint. Meiyo zufolge war sie schon länger als zwei Jahre nicht mehr bei ihm. Er sagte: ›Sie kann jederzeit kommen. Doch was sollte ich sie noch lehren, außer zu lächeln, wenn sie ein unschuldiges Kind betrachtet?‹«

»Was hast du über sie erfahren?«

»Malin war bereits eine Assassine, ehe Meiyo ihr Lehrer wurde. Sie hat ihm nicht viel davon erzählt, aber eine Geschichte kannte er genau. Weil sie Meiyo fasziniert hat, hat er Malin nach Details gefragt.«

Als Kishō schweigt, ist es so still, dass Aaron sich einbildet, das kosmische Rauschen zu hören, ein Echo des Urknalls.

»Einmal sollte sie ein hohes Mitglied des saudischen Königshauses töten«, fährt er fort. »Da der Prinz vierzig Leibwächter hatte, war es unmöglich, sich ihm gefahrlos zu nähern. Es gibt eine alte Schrift, das *Buch der tausend Tode*. Hast du schon einmal davon gehört?«

»Nein.«

»Der Titel verheißt nicht zu viel, und Malin hatte es offenbar gelesen. Sie injizierte sich das Sekret eines der tödlichsten Tiere der Welt, des Pfeilgiftfroschs; zunächst nur in kleinen Mengen, die sie nach und nach erhöhte. Ein sehr schmerzhafter Vorgang, man braucht große Willenskraft dazu. Als Malin nach Monaten selbst gegen die volle Dosis des Giftes immun war, besuchte sie jeden Abend ein Restaurant in Istanbul, wo der Prinz stets Gast war, wenn er in der Stadt weilte. Wochen später erhielt sie ihre Gelegenheit. Malin ist schön. Es war ein Leichtes für sie, die Begierde des Mannes zu wecken. Er nahm sie mit zu dem Anwesen, das er in Istanbul besaß, sie schlief mit ihm. Das Froschgift wurde über die Scheidenschleimhaut auf ihn übertragen und verursachte Beschwerden, die einem Herzinfarkt ähnlich waren. Der Prinz ließ noch nach seinem Leibarzt rufen, starb jedoch in derselben Nacht. Keiner kam auf den Gedanken, dass Malin dafür verantwortlich gewesen sein könnte. Sie erhielt ein hohes Honorar und dazu Schweigegeld des saudischen Königshauses.«

Nachdem Aaron sich gefasst hat, sagt sie: »Um ein ewig gültiges Wort des großen Miyamoto Musashi zu verwenden: Wow.«

»Malins Vorgehensweise basiert auf der Opfertechnik, dem *Sutemi*«, erwidert Kishō. »Meiyo sagte: ›Sie sehnt sich seit langem nach dem Tod und weiß es nicht.‹«

»Sie achtet ihren Körper nicht, deshalb ist sie bereit, ihn wegzuwerfen. So wie in dem Kampf mit mir.«

»Ja. Nun kennst du diese Frau. Aber was wirst du tun?«

Aaron antwortet nicht.

»Weißt du noch, wie ich dir damals von den Schwestern Yuki und Chiyo erzählt habe? Und was ich über Rache sagte?«

»Dass Hass nie mein Lehrer sein darf«, flüstert Aaron.

»Du hast ein gutes Gedächtnis. Sich an etwas zu erinnern, bedeutet aber nicht, es verstanden zu haben.«

»Man will Malin lebend«, entgegnet sie.

»*Man.* Also nicht du.«

Erneut bleibt sie die Antwort schuldig.

»Am Ende ist es ohne Bedeutung, was von dir erwartet wird«, sagt Kishō. »Ob von jemand anderem oder dir selbst. Was mich betrifft: Ich habe nie etwas von dir erwartet, und doch kannst du mich enttäuschen.« Er legt auf.

»Zweiundzwanzigster Juni. Mittwoch. Einundzwanzig Uhr fünfzig, eine Minute, siebzehn Sekunden.«

Aaron macht die Nachttischlampe an und aus. An. Aus. An. Es bleibt finster. Ihr Stock liegt bereit, daneben die Browning, die sie in den Jeansbund steckt. Sie zieht ihre Jacke an und verlässt das Zimmer, neun Schritte geradeaus, zwei nach links, wie sie es vorhin automatisch gespeichert hat.

»Wo willst du hin?« fragt Pavlik.

Er steht im Living Room auf zwei Uhr, zehn Schritte entfernt, sein Atem kühl von einem Minzbonbon, das Rasierwasser so frisch, als halte sie die Nase an seine Wange.

»Ich gehe mal um den Block«, sagt sie.

»Könnte auch ein bisschen Bewegung brauchen.«

»Hast du schon mit Sandra telefoniert?«

»Nein.«

»Dann mach es jetzt.«

Pavlik versteht. »Du hast die Brille nicht auf«, sagt er.

»Die brauche ich nicht mehr.« Aaron geht zur Tür. Siebzehn Schritte geradeaus, drei nach links, nein zwei, weil irgendetwas im Weg ist. Als sie dem Hindernis ausweicht, streicht sie mit der Hand darüber. Ein Stuhl, Pavlik muss ihn verschoben haben. Das ist Blindsight, die Fähigkeit, unbewusst Gegenstände oder Bewegungen wahrzunehmen, mitunter sogar einen Gesichtsausdruck; Fragmente von Bildern, die an Aarons Sehrinde vorbeigeschleust werden und in ihrem Mittelhirn landen. Oft hat sie sich gewünscht, sie könnte es steuern, aber es kommt und geht, wie es will.

Ihr Körper würde sich großartig anfühlen, sie würde jeden Muskel spüren, vollkommen in der Balance sein. Wäre es kein Balancieren über einem Abgrund. Im Lift hat sich der Vanillequalm einer E-Zigarette eingemuggelt; in der Lobby fordert Van Morrison sie auf, mit ihr im Mondlicht zu tanzen. Doch Aaron hat den Tanz bereits an ihre Angst vergeben.

Sie lässt sich ein Taxi rufen. »Zum Hafen bitte.«

DER THRON DES DRACHEN

Es ist ein Vergnügen, mit einem Mann zu speisen, der die größte Feuerkraft der Geschichte befehligt, es aber nicht wagt, Jasper Mason nach dem Grund seines Aufenthalts an Bord der Gerald Ford zu fragen.

Der Hummer und das Angus-Steak waren hervorragend, jetzt sind sie beim Dessert, plaudern über Baseball, und Mason sieht, wie der Blick von Admiral Woolcraft ein ums andere Mal zu der Tätowierung auf seinem Handgelenk geht, der *666*. Es bereitet Mason eine stille Freude zu wissen, dass sein Gegenüber gläubig ist und die Zahl erstmals in der Offenbarung des Johannes vorkam: *Und ich sah aus dem Meer ein wildes Tier mit zehn Hörnern und sieben Köpfen steigen. Auf den Hörnern trug es zehn Diademe und auf seinen Köpfen Namen, die eine Gotteslästerung waren. Das Tier glich einem Panther; seine Füße waren wie die Tatzen eines Bären und sein Maul wie das Maul eines Löwen. Und der Drache hatte ihm seine Gewalt übergeben, seinen Thron und seine große Macht. Wer Verständnis hat, berechne die Zahl des Tieres, denn es ist eines Menschen Zahl, und seine Zahl ist 666.*

Darum hat Aleister Crowley sich *Das große Tier 666* genannt, hat Mason die Zahl des Teufels auf seiner Haut. Es ist eine Frage des Selbstbewusstseins, sie zu zeigen. Andere verstecken sie, wie Svoboda. Mason ist versucht, Woolcraft die Bedeutung zu erklären. Er verkneift sich den Spaß, wenngleich ihm egal ist, was der Mann von ihm denkt.

Dass die Meinung anderer ihn gekümmert hat, ist lange her. Da war er fünfzehn und hatte sich mit seiner Mutter vor einem Einbrecher unterm Bett versteckt. Ihnen geschah nichts. Aber sein Vater, Major General Henry W. Mason, Kommandeur der 101. Luftlandedivision, Träger von Silver Star, Purple Heart und Medal of Honor, nannte ihn danach einen Feigling. Dafür könnte Mason ihm noch heute seine Orden ins Maul stopfen und sie ihn fressen lassen.

Zur Army ging er nicht, um seinen Vater zu beeindrucken. Er suchte nach einem Sinn in seinem Leben, selbst wenn er ihn im Sterben finden würde. Im zweiten Golfkrieg war er ein Marine. Vor dem Angriff hieß es, dass Saddams Soldaten in Kuwait-Stadt Babys aus Brutkästen gerissen und gegen Wände geschmissen hätten. Draußen in der Wüste sah Mason Männer ihre Magazine auf tote Iraker leerfeuern und mit Panzerfäusten in Pulks von Desertierten halten. Bei Kriegsende wusste er, dass die Heldengeschichten seines Vaters alle gelogen waren. Auch das mit den Babys war erfunden gewesen, wie sich herausstellte. Was für eine mächtige Waffe Desinformation sein kann, hat Mason nie vergessen. Als die amerikanischen Truppen vor Bagdad haltmachten und Saddam an der Macht ließen, schämte er sich zum ersten Mal für sein Land.

Es war eine große Leere in ihm, darum bewarb er sich bei den Seals. Am Ende der Höllenwoche blieben dreizehn von fünfzig übrig, und Mason war einer von ihnen. *Der einzige leichte Tag war gestern*, lautete ihr Kodex. Es war keine Phrase. In Team 6 gab es niemanden, der Mason nicht fürchtete, seinen Commander eingeschlossen. Das ist keine Frage des Rangabzeichens oder der Physis, sondern des Willens.

Nach fünf Jahren geriet er mit einem Kameraden aneinander und brachte ihn in den Rollstuhl. Man entließ Mason unehrenhaft, sechs Monate lang war er nicht einen Tag nüchtern. Der Gedanke, nun ein Zivilist zu sein, war so entsetzlich, dass er an Selbstmord dachte.

Dann kam das Angebot, der SAD beizutreten. Dort fand er seine wahre Bestimmung. Es reicht nicht, einen Leichenberg zu ertragen, man muss ihn erklimmen und darauf die Fahne hissen.

Himmler wusste das; Mason hat seine Posener Rede studiert. Die Schlimmsten sind jene, die ausblenden, dass die Kinder, die man heute verschont, die Rächer von morgen sind. Oder solche, die sich Patrioten nennen, weil sie die Hymne mitsingen.

Es existiert kein Gesetz außerhalb des eigenen Verstandes. Da Mason das weiß, darf er die Speichelleckerei eines Mannes genießen, der dreißig Meter über dem Flugdeck der Gerald Ford residiert, mit Blick auf die Sagrada Família, dieses leuchtende Meerestier in einem Ozean aus Stein.

Der Admiral glaubt, dass er sein Land beschützt. Als könne eine Biene einen Apfel vor dem Verfaulen bewahren. Weltreiche werden nicht besiegt, sie zersetzen sich von innen. Das zu verhindern, ist Masons große Aufgabe. Er erwartet keinen Dank dafür, nichts von dem Lametta, mit dem sein Vater herumstolziert ist. Seine Arbeit wird man nie würdigen. Ihm ist es genug, sie zu tun.

Deshalb hat er *Team Forsyth* gegründet.

Um die Würmer aus dem Apfel zu pulen.

Solche wie Benjamin Dayton, Senator aus Massachusetts und Vorsitzender des Streitkräfte-Ausschusses, der den USA mehr Schaden zufügte als der 11. September. Lloyd Fletcher, Herausgeber der *Washington Post*, reich geworden, indem er sein Land mit Dreck beschmiss. Richard Bergman blockierte im Kongress Haushaltsgelder für den Ausbau der Homeland Security und brachte es später als Gouverneur von North Carolina fertig, ein halbes Dutzend verurteilte Mörder wegen angeblicher geistiger Unzurechnungsfähigkeit vor der Hinrichtung zu bewahren. Wer hier der Geisteskranke war, lag auf der Hand.

Es gibt viele von denen.

Als Mason gestern im Situation Room des Weißen Hauses war, entschied der Präsident, den entführten CIA-Residenten im Jemen nicht durch die SAD befreien zu lassen, sondern eine diplomatische Lösung zu suchen. Er sagte: »Ich opfere keinen einzigen Mann, solange ich andere Optionen habe.«

Mason dachte: *Du bist eine Schande für das Amt. Wegen deinesgleichen sind wir die Hure der Welt geworden, die jeder ficken kann.*

Und bald werde ich mich mit dir beschäftigen.

Während das Geschwätz des Admirals an ihm abtropft, muss er an Svoboda denken. Sie waren durch Crowley verbunden, seit sie sich beim Orden der Goldenen Dämmerung erstmals begegneten. Aber Svoboda bedeutete sein Land nicht das Geringste. Er zog nur Lust aus Macht, reine Masturbation.

Vor kaum einem Monat vibrierte Svobodas Stimme vor Erregung. Seine Kanzlerin hatte ihm das Verteidigungsministerium angetragen; die einzige Bedingung war, dass er die Wahlen in Berlin gewinnen musste. Eine großartige Nachricht für Mason. Militärisch natürlich irrelevant, die Bundeswehr ist so schwach, dass Luxemburg sie besiegen könnte. Ihm ging es um etwas anderes: Er finanziert *Team Forsyth* durch Drogengeschäfte, Heroin, das er von Afghanistan in den Westen pumpt. Die Junkies in den verrotteten Gesellschaften Europas sollen sich ruhig den letzten Verstand wegspritzen.

Als Mason das Geschäft aufbaute, war Svoboda mit seinen Verbindungen zur italienischen Mafia behilflich. Das H, das in US-Frachtmaschinen auf der sizilianischen Sigonella-Airbase eintrifft, verkauft Mason an den Clan von Salvator Ferrara. Aber längst haben die USA mit dem Abzug ihrer Truppen aus Afghanistan begonnen, und es ist eine Frage der Zeit, bis sie das Land endgültig aufgeben.

Svoboda hätte dafür sorgen können, dass die Deutschen als Ausbilder bleiben und ihr Feldlager bei Masar-e Sharif behalten. Ihre Transportflugzeuge wären in der Lage gewesen, den logistischen Engpass zu beheben.

Doch Svobodas nächster Anruf machte das zunichte. Als er Mason von seinem Problem mit Demirci erzählte, musste der nicht lange nachdenken. So nützlich Svoboda sein könnte, er wusste von seinem Deal mit Ferrara. Keiner ist nützlich genug, um die eigene Haut für ihn zu riskieren.

Malin schien die perfekte Wahl zu sein.

Mason erinnert sich an das lange Schweigen, als er Svoboda sagte, dass ein Attentat auf Demirci zu klein gedacht sei. Dass die Abteilung mit Stumpf und Stiel ausgerottet werden muss. Unkraut wird man nicht los, indem man es beschneidet. Auch Svoboda kannte die Posener Rede, sie sprachen darüber. Aber über wahre Hingabe zu parlieren, ist etwas anderes, als sie zu besitzen.

Es zahlte sich aus, dass Mason Svobodas Termine kannte, ein Trojaner auf seinem Rechner, als Vorsichtsmaßnahme. *21. Juni, elf Uhr, Abteilung wg. Extremismusgesetz.* Mason kostete es nur ein Telefonat mit Malin. Es hatte eine Ironie, dass Svoboda seinen eigenen Tod finanzieren und am Ende mit seinem vielen Geld noch etwas Sinnvolles anstellen würde.

Dann war Aaron in Virginia.

Der Abend in Washington vor zehn Jahren, als sie ihm zwei Finger gebrochen hatte, war wie gestern. Nun demütigte Aaron ihn erneut. Im Theater der Menschen, die Mason tot sehen will, hat sie einen Soloauftritt.

Auch Aaron delegierte er an Svoboda. Sie mögen sich in vielem unterschieden haben. Doch nicht im Hass auf diese Frau.

Die Bombe erfüllte ihren Zweck. Aber Mason versteht nicht, wieso Malin sie umprogrammiert und Svoboda in seinem Haus getötet hat. Warum sie Aaron am Leben ließ. Sechs tote Männer in Paris. Sechs weitere sind hier. Sechs treffen morgen ein.

666.

Mason wird die Zahl in Malin hineinschneiden.

Doch es muss warten. Aaron ist jetzt wichtiger.

Dass sie lebt, hält ihn nicht davon ab, seinen Cheesecake zu genießen. Hätte Lissek dieses Material wirklich besessen, wäre es kaum in einem Schließfach gewesen, sondern längst in D.C. Aber auch eine leere Drohung ist eine Drohung. Morgen wird Aaron vor dem Thron des Drachen auf die Knie fallen.

29

Sie versucht, sich vorzustellen, dass sie auf dem Highway 1 nach Süden fährt, wo See-Elefanten die Sehnsuchtsstrände des Big Sur bewohnen. Wenige Kilometer im Osten wäre Salinas, die Heimatstadt von John Steinbeck, ihrem ersten literarischen Idol, dessen *Früchte des Zorns* auf die Offenbarung des Johannes verwiesen: *Und der Engel schlug seine Sichel an die Erde und schnitt den Weinstock der Erde und warf ihn in die große Kelter des Zorns Gottes.* Dahinter würde das Santa-Lucia-Gebirge aufragen, vor Jahrmillionen von einer Urkraft gefaltet, ein zerknautschter grüner Teppich, auf dem die mächtigen Sequoias das Gewölbe des Himmels stützen. Rechts wäre der Pazifik, eine andere Offenbarung, der Beweis, dass kein Horizont existiert, es sei denn in einem engen Verstand.

Aber rechts ist nicht das Meer, sondern der Montjuïc mit der Seilbahn, in die Pavlik sich verrannt hat, sind die Felsen, die vor fünf Jahren, als Aaron vor Holm floh und seinen Audi im Rückspiegel sah, graue Schlieren in die Nacht schmierten. Sie sind auf der Stadtautobahn, ihrer Startrampe in die Finsternis, dem Katapult ins ewige Nichts.

Der Taxifahrer biegt in den Hafen ab. Während eine Gedankenwand nach der anderen aus Aarons Kopf gesprengt wird, erinnert sie sich, wie alles ein Schauer von Licht war, die Welt ein riesiger Teilchenbeschleuniger und sie nur ein Photon darin. Sie weiß, dass sie gleich auf der Via de Circulació sein werden, damals fünfhundert Meter Vollgas, im Nacken die blutige Schneise, die Holms Remington hineingerissen hatte, der rechte Arm aus Eis, die Hand ein Feuerball.

Der Fahrer hält an. Aaron bittet ihn zu warten und reicht, als er etwas in den Bart grummelt, einen Fünfzigeuroschein nach vorn. Sie steigt aus und schnalzt mehrmals. Das Echo bestätigt ihr den hohen Zaun mit dem offenen Tor, durch das Niko und sie fuhren, um Holm zu treffen. Sie geht mit dem Stock auf die Halle zu. Alles ist wie einst, die Geräusche des Hafens, der Geruch von brackigem Wasser, ihr klopfendes Herz. Aaron sieht Holm vor sich, die Budapester Schuhe, den Maßanzug aus der Savile Row, im Knopfloch die weiße Kamelienblüte.

Sie legt ihre Hand auf das rostige Metall der Tür und erwartet, sie verschlossen zu finden. Doch sie schwingt auf. Sie schnipst mit den Fingern. Der dünne Schall verrät Aaron, dass die Halle, in der sich damals ein Kaffeedepot befand, leer ist. Die Aromen sind nur noch ein ätherisches Gespinst, aber Aaron nimmt sie jetzt so intensiv wahr wie vor fünf Jahren als Sehende.

Sie riecht Löwenzahn, frisch gespaltenes Holz, feuchten Pfeifentabak, Karamell, Zartbitterschokolade. Riecht ihre Angst in dem Moment, als Holm die Waffe in seine Hand zauberte und Niko zusammenbrach.

In dem Jahr, an dessen Ende man sie aus zwei Tonnen Stahl schweißte, schien sich für Aaron vieles gefügt zu haben. Lissek vertraute ihr schwierigste Missionen an, zog sie allen anderen vor. Sie war eine komplette Kriegerin und besaß die Gewissheit, in jeder nur denkbaren Situation die richtige Antwort zu haben. Aarons Körper konnte Dinge, die Kishō zum Staunen brachten, auch wenn er es nicht zeigte. Die Freundschaft mit Sandra und Pavlik war so tief und unerschütterlich, dass es unvorstellbar war, es könnte sich daran jemals etwas ändern. Sie war mit Niko zusammen, dem Mann, den Aaron wollte wie keinen zuvor. Es hatte Zeiten gegeben, in denen ihr Leben Haken wie ein Hase geschlagen hatte.

Aber jetzt nicht mehr.

Sie sagte sich, dass sie angekommen war.

Nie war sie weiter davon entfernt.

Sie hätte stolz auf sich sein müssen und konnte es nicht. Sie hätte Ruhe ausstrahlen müssen und tat es nicht. Sie hätte Frieden spüren müssen und fand ihn nicht. Sie hätte glücklich sein müssen und war es nicht.

Es kam ihr vor, als hätte jemand ihr Spiegelbild gestohlen und damit Gewalt über ihr Leben und ihren Tod.

Erst jetzt, wo sie hier steht und sich vorstellt, dass die Luft, die sie atmet, dieselbe wie damals ist, wird Aaron das alles bewusst. Sie hat unendlich lange gebraucht, um sich überhaupt einzugestehen, blind zu sein. Das war die einzige Möglichkeit, nicht zugrunde zu gehen. Aber sie hatte sich nicht gehäutet, hatte es sich nur eingebildet.

Sie weigerte sich, darüber nachzudenken, wie es in der alten Haut gewesen war. Denn das stand für Aaron fest. Alles vor der Erblindung musste wundervoll gewesen sein, sonst hätte es keinen Grund gegeben, es zu betrauern.

Die besten Fallen stellt man sich selbst.

Aaron hat nicht vergessen, dass sie nie, kein einziges Mal, das Gefühl hatte: *Alles ist gut.* In einer Nacht, in der sogar Marlowes Schnurren ihr keinen Schlaf brachte, hatte sie dieses Gedicht geschrieben, in der Hoffnung, dass der Tag kommen würde.

Sollte am Ende noch Zeit sein
will ich mich nicht fragen
warum ich sterben muss
sondern wissen
warum ich gelebt habe

Nachdem sie Holm getötet hatte, ihre Nemesis, redete sie sich ein, ihre Bestimmung erfüllt zu haben. Doch sie verleugnete beharrlich die Wahrheit. Weil sie immer noch nicht bereit dafür war. Vor langer Zeit hatte ihr Vater ihr einen Rat gegeben, der Aaron in den Sinn kommt.

Einen Kiesel versteckt man am besten in einem Steinbruch.

Aaron hat die Wahrheit am sichersten Ort der Welt versteckt, in der tiefsten Finsternis, dem Orkus der Verzweiflung, dort, wo auch sie sich niemals hingewagt hat.

Selbst jetzt nicht.

Sie kämpft ihr Zittern nieder, zwingt sich zum Schnalzen und ortet die beiden Türen am anderen Ende der Halle, die Türen, zu denen sie damals floh, während Kugeln die Luft zerstießen, als wäre sie Eis. Es ist verrückt, aber obwohl sie in jener Nacht im Zickzack rannte und über Kaffeesäcke hechtete, auf dem Arm ein Brandzeichen von Holms .44er, weiß Aaron genau, wie viele Schritte es in der leeren Halle sein werden. Sie ist so sicher, dass sie den Stock einklappt.

Siebenundachtzig Schritte später fasst ihre Hand an die Klinke der rechten Tür. Sie öffnet sie und steht vor dem fensterlosen Gang, der nach sechzig Metern an einer Mauer endet.

Alles in Aaron wehrt sich dagegen. Aber sie geht hinein, setzt einen Fuß vor den anderen, mit einem Puls so hoch wie damals, als ihre Muskeln nur noch aus Milchsäure bestanden, weil ihr Herz mit dem Blut nicht hinterherkam.

Hundertfünfundvierzig Schritte bis zur Wand.

Sackgasse.

Aaron versucht sich zu erinnern, was in ihr vorging, als sie erkannte, dass es nur einen Weg hier heraus geben würde: zurück. Aber alles, was ihr in den Sinn kommt, ist Angst. So groß, dass sie einen Schluckauf davon hatte.

In diesem Augenblick, wo ihr Herz eine Roulettescheibe ist, die sich immer schneller dreht, während die Kugel auf der roten Drei festgeklebt ist, hört sie, dass draußen ein Motor startet. Ein Auto fährt weg.

Das Taxi.

Wie lange bin ich schon hier?

Hat der Fahrer die Geduld verloren?

Nein.

In der Halle ist jemand.

Er verhält sich leise.

Aber für Aaron laut genug.

Sie zieht die Browning aus dem Jeansbund und wünschte, die Waffe würde sich in ihre Hand schmeicheln und ein Teil von ihr sein statt ein kalter Fremdkörper, der zu nichts gut ist, weil ihr Puls jenseits der 200er-Frequenz Kapriolen macht.

Aaron wechselt zur Flankenatmung. Sie stellt sich vor, wie die gewölbten Zwerchfellkuppen sich beim Anspannen der Muskulatur abflachen und herabsinken. Wie der Brustkorb weit und frei wird, weil der Rippenbogen auseinandergedrückt wird.

Die Wirkung zeigt sich zuerst an ihrer Waffenhand. Langsam kehrt das Gefühl darin zurück, die Griffschale aus Walnussholz wird warm, ihr linker Zeigefinger pulsiert über dem Abzug.

Aaron setzt die Atemübung fort. Sie ist mit ihrem Puls so vertraut, dass sie ihn bis auf fünf Herzschläge genau bestimmen kann. Als er unter achtzig fällt, streift sie die Ballerinas ab und huscht auf Zehenspitzen zehn Meter in den Gang hinein, um die Schussdistanz zu verkürzen.

Aaron hält inne, konzentriert sich auf Geräusche.

Sie hört Schritte, noch in der Halle.

Hier muss es stockfinster sein. Vermutlich ist der Strom abgestellt, also wird es auch so bleiben. Unter diesen Bedingungen gibt es keinen ernstzunehmenden Gegner für Aaron.

Es sei denn, es wäre Malin.

Wie könnte sie erfahren haben, dass ich herkommen würde?

Aus der Akte zu der Barcelona-Mission. Svoboda kannte sie.

Plötzlich ist es absolut still. Aber in der Architektur der Luft zeigen sich Risse, verschieben sich Strömungen.

Sie steht in der Tür.

Wieder Schritte, jetzt im Gang, jeder davon mit Bedacht.

Aaron will warten, bis Malin vierzig Meter entfernt ist, und dann den Stock werfen. Zwanzig Meter traut sie sich zu. Sie wird mit dem Echo schießen. Ihr Puls bäumt sich gegen ihren Atem auf, aber Aaron ist bereit.

Sie hört Flemming: »Du siehst was. Ich nicht.«

Die Erleichterung schlägt wie eine Woge über ihr zusammen. Sie sucht die Ballerinas. Ihr Atem fliegt wieder. Flemming wartet schweigend. Sie findet die Schuhe und geht zu ihm.

»Woher wusstest du, wo ich bin?« fragt sie.

»Von Pavlik.«

»Er ist nie hier gewesen.«

»Die Barcelona-Akte hat er sicher hundertmal gelesen.«

»Sollst du mein Kindermädchen spielen?«

»Du brauchst keins. Dein Taxifahrer hat mich gefragt, ob du wirklich blind bist. Du hast gemerkt, dass er einen Umweg fahren wollte, und hast ihn darauf aufmerksam gemacht. Und gerade hättest du mir das Gehirn weggepustet, wenn ich mich nicht zu erkennen gegeben hätte.«

Sie hockt sich auf den Boden. Flemming tut es ihr gleich. Sein gewaltiger Körper bringt die Wand zum Zittern, als er sich dagegen lehnt. Er riecht nach Kirschshampoo und der Entschlossenheit, sich nicht wieder wegstoßen zu lassen.

»Das ist genau das Problem«, flüstert sie. »Dass ich immer so tue, als wäre ich nicht blind. Es ist eine Show, mehr nicht. Ich mache das so gut, dass ich nicht in Versuchung komme, mir Fragen zu stellen, die wehtun.«

»Zum Beispiel?«

»Warum ich hier bin.«

»Das ist doch einfach.«

»Ja, glaubst du?«

»Ich habe mal einen Dokumentarfilm gesehen«, sagt er. »Es ging um einen Mann namens Tadeusz Szymański. Er war vier Jahre in Auschwitz und hat überlebt. Aber als er nach der Befreiung heimkam, hat dort keiner verstanden, was er mitgemacht hat. Er ist zurück und hat seitdem auf dem Lagergelände gewohnt. Die Filmleute sind mit ihm in seine frühere Baracke. Er hat gesagt, dass er nachts oft stundenlang dort allein ist. Dass er dann die Geräusche von denen hört, die Albträume haben, und von denen, die still sind und morgen beim Appell nicht mehr antreten können. Am Ende hat die Kamera den Blick aus seinem Fenster gezeigt. Er hat direkt auf den Galgen gesehen, an dem Höß gehenkt wurde. Szymański hat gelächelt.«

»Lass uns gehen«, sagt Aaron.

Flemming hält sie sachte fest. »Wohin hättest du gezielt?«

Sie antwortet nicht.

»Bei Malin«, ergänzt er.

»Du denkst, ich könnte es mir auf vierzig Meter aussuchen?« fragt sie. »Blind?«

»Absolut.«

Aaron zögert. »Als ich das erste Mal bei Kishō im Kloster gewesen bin, war ich einundzwanzig. Es gibt einen Shintō-Schrein. Ich habe vor dem Spiegel gestanden. Aber ich habe nicht mich gesehen, sondern eine andere Frau. Sie hat fast so ausgesehen wie ich, bloß ohne Sommersprossen.«

»Und?« fragt Flemming.

»Du wirst mich für verrückt halten.«

»Hab ich schon immer.«

»Ich glaube, dass es Malin war. Und ich sie sehen konnte, weil sie ein Teil von mir ist, nur spiegelverkehrt. Bei Reimer hat sie sich *Nora* genannt. Sag es mal rückwärts.«

Flemming schweigt.

»Ein Zufall hat entschieden, wer wir wurden«, setzt sie hinzu. »Wir hatten beide keine Wahl.«

»Das heißt: Du willst sie am Leben lassen?«

»Ich weiß es nicht.« Und dann: »Auch ich habe meinen Vater gerächt. Wie könnte ich über sie richten?«

»Einundfünfzig Tote sind kein Grund für dich?«

»Sie ist mir im Traum begegnet«, flüstert Aaron. »Wir waren wie Schwestern. Aber du glaubst bestimmt nicht an Träume.«

»Ich träume jede Nacht von Afghanistan«, sagt Flemming rau, »meine Träume sind so wahr wie deine. Vielleicht ist sie deine Schwester. Aber es kann für sie nur auf eine Weise ausgehen.«

»Wer sagt dir, dass wir besser als Malin sind?«, erwidert sie. »Beweist die Existenz von schmutzigen Bomben, dass es saubere gibt? Hast du dich nie gefragt, was wir eigentlich tun?«

»Pausenlos«, sagt er.

»Also kennst du die Antwort auch nicht.«

»Kannst du mal den Arm um mich legen?« fragt er.

Sie versucht es. Doch Flemming ist einfach zu groß.

»Dann eben so rum«, sagt er.

Sie schmiegt sich an ihn und weiß nicht, wie es jemals anders sein konnte. Wie sie gestern sagen konnte: Erst war es zu früh, und jetzt ist es zu spät.

Flemmings Stimme ist flach, brüchig. »Zuerst war ich bei den Kampfschwimmern. Aber ich habe immer noch mein Limit gesucht. Also habe ich mich beim KSK beworben. Die sagten: ›Das hier ist das Härteste, was man Menschen in einer Demokratie zumuten darf.‹ Da war was dran. In den nächsten sieben Jahren war ich kaum zuhause. Einmal habe ich eine halbe Thunfischpizza im Müll vergessen und meine Wohnung ist aufgebrochen worden, weil man dachte, es würde eine Leiche drinliegen. Als ich es bis zum Truppführer gebracht hatte, bin ich nach Afghanistan versetzt worden. Warst du mal dort?«

»Nein.«

»Ich habe Menschen auf hundert Arten sterben sehen, in einem Gewehrvisier oder direkt neben mir. Im Herbst vor zwei Jahren hieß es, dass sechs Taliban das Haus einer Kinderhilfsorganisation angegriffen hätten. In einem Dorf neunzig Kilometer nördlich von Masar-e Sharif. Fünfzehn Mitarbeiter der NGO waren tot, die anderen dreißig hatten sich mit Kindern drinnen verschanzt und nach Hilfe gerufen. Man hat uns hinbeordert. Wir waren fünf. Kurz vor der Landung haben die Taliban den Helikopter runtergeholt. Der Pilot und der Co-Pilot waren tot, von uns haben es nur drei geschafft. Wir lagen sofort unter Feuer, mit ein paar Felsen als Deckung. Es waren nicht sechs Taliban, sondern zwanzig. Wir mussten zusehen, wie sie das Haus anzündeten. Als die Frauen und Kinder ins Freie gerannt sind, hat man sie einfach brennen lassen. Wir konnten in die Berge fliehen. Unser Funk hat nicht bis zum Feldlager gereicht. Sie haben uns gejagt. Wir hatten nur Proviant für einen Tag. Dort oben gab es kein Wasser, nichts außer Stein, wir konnten nicht mal Baumrinde fressen. Der kleine Jan hat gesagt: ›Trinken wir eben unsere Pisse.‹ Dann war plötzlich sein Gesicht weg, und ich war mit Micky allein. Den nannten wir wegen seiner riesigen Ohren so. Er hat vor Angst gekotzt, ich musste für zwei denken. Nachts waren die Taliban manchmal so nah, dass wir sie lachen hörten. Im Traum ist mir meine Mutter erschienen, und beim Aufwachen waren meine Augen verklebt. Zwei Kugeln haben Mickys Oberschenkelknochen zertrümmert. Er wollte, dass ich ihn liegenlasse, und fing zu beten an. Ich habe ihn geschultert. Er war ein massiger Kerl, und die Luft war dünn. Irgendwann habe ich nicht mehr gewusst, welcher Tag war. Die Amerikaner haben uns mit einem Black Hawk rausgehauen. Ich soll Micky zwanzig Kilometer getragen haben. Dafür gab's ein Stück Blech und Heimaturlaub. Micky mussten beide Beine amputiert werden. Mein Telefon hat geklingelt. Er hatte sich umgebracht. Für die Beerdigung habe ich nicht den Mut gefunden. Ich habe eine tolle Frau kennengelernt, aber ich konnte nicht darüber reden, und sie ist nicht damit klargekommen. Mein Spiegelbild hat mir Angst gemacht. Weil ich ausgesehen habe wie immer. Nach Afghanistan kriegt mich kein Mensch mehr. Ich bin nicht halb so stark wie Tadeusz Szymański oder du.«

Sie sind still. Die Kernschmelze seiner Erinnerung greift auf Aarons Körper über, lässt sie glühen.

Weil ich ausgesehen habe wie immer.

Als ich zum ersten Mal bei Kishō war, sagte er: Warum fürchtest du dich vor dem Spiegel? *Auf Rügen konnte ich mich im Spiegel anschauen. Ich sah aus, als hätte es die fünf Jahre nie gegeben. Malin schrieb:* Es ist unmöglich, im Spiegel die Wahrheit zu sehen. *Im Traum hat sie den Spiegel zerbrochen. Und alles war wie immer.*

Die Atome beginnen zu erkalten. Flemming räuspert sich. »Führst du mich im Dunkeln?«

Sie gehen zum Auto, fahren los. Eben war Aarons Herz noch eine Basstrommel, jetzt tupft ein Streichbesen auf ein Becken. Nach Minuten verändert sich der Schall, sie sind im Tunnel.

»Wo war es?« fragt er.

»An der zweiten Haltebucht.«

Er hält an, sie steigen aus. Autos rasen an Aaron vorbei. Aber die Gedanken schweben als Seifenblasen in ihrem Kopf, und sie kann sie in aller Ruhe betrachten.

»Hier sind noch Kratzer an der Wand«, sagt Flemming und führt ihre Hand hin.

Sie atmet wie im Schlaf.

Er murmelt: »Als du gestern gemeint hast, dass es mit uns nichts werden kann, waren zwei Frauen im Zimmer. Die blinde Aaron und die Frau, die du früher gewesen bist. Eine der beiden muss gehen. Ich bin der Ein-Frauen-Typ.«

Aaron richtet die Augen auf ihn. »Sandra und ich kannten uns erst kurz, da fragte sie: ›Warum bist du immer so traurig?‹ Ich hatte keine Antwort darauf. Auch jetzt bin ich oft traurig. Aber blind bin ich glücklicher traurig als damals. Das wollte ich mir nicht eingestehen. Jetzt weißt du, wieso ich zum Hafen bin.«

»Abschied.«

»Ja.«

»Was ist mit der Therapie?« fragt Flemming.

»Du hast recht, eine von uns muss gehen.« Aaron formt die Vergangenheit zu einer Kugel und gibt ihr einen Schubs. Sie lässt sie in den Tunnel rollen, sieht, wie sie kleiner und kleiner wird und schließlich verschwindet.

»Die Vergangenheit ist nur ein Prolog«, sagt Flemming.

Sie ist verblüfft. »Du kennst dich mit Shakespeare aus?«

»Wieso? Das ist von Patrick Heckenberg, unserem Ausbilder beim KSK. Hat er gebellt, wenn einer nach hundert Liegestützen den Arm nicht mehr zum Salutieren hochgekriegt hat.«

Als sie wieder im Auto sitzen, fragt Aaron: »Warum bist *du* zum Hafen gekommen?«

»Weißt du doch.«

»Sag's trotzdem.«

»Ich wollte mir mein Mädchen holen.«

»Das ist aus *Good Will Hunting*.«

»Zwanzigmal gesehen.«

Perfekt.

»Es gibt etwas, das du wissen musst«, sagt sie. »Ich bin reich.«

»Wie reich?« fragt Flemming.

»Zwei Milliarden.«

»Yen?«

»Dollar.«

»Ohne Scheiß?«

»Ohne Scheiß.«

»Alles richtig gemacht.«

In der Hotellobby liegt Flemmings Hand auf ihrer Hüfte, so geht es sich am besten. »Schicke Bude«, sagt er.

»Und riesige Betten.«

Ein Grinsen mogelt sich in seine Stimme. »Das mag ich so an dir, deine Subtilität.«

Beim Betreten der Suite hören sie Pavlik telefonieren. »Nein, drei Autos reichen. Ich hole dich in zehn Minuten ab.« Sein Tonfall ändert sich, Aaron erkennt, dass er aufgelegt hat. »Wir haben sie. Masons Beobachter sind in einem Hotel in Guinardó. Es sind sechs. Sie haben mittags eingecheckt.«

»Wir sind dabei«, sagt Aaron.

»Du kannst bei der Observation nicht helfen. Flemming, wir kommen klar, bleib bei ihr.«

Aaron will ihm widersprechen, lässt es aber. *Fang dein neues Leben nicht damit an, irgendwas beweisen zu wollen.*

»Ich kenne das Viertel, viele Parks«, meint Flemming. »Lass uns mal eben auf die Karte gucken.«

Aaron geht auf die Terrasse. Sie spürt die Weite des Himmels. Die Luft ist wie blankpoliert.

»Kishō anrufen.«

Er nimmt wortlos ab.

Aaron sagt: »Es existiert kein Spiegel.«

Lange lauschen beide dem Schweigen des anderen. Sie stellt sich Kishōs Gesicht vor, sein Lächeln, den Grand Canyon.

»Nachdem Shenxiu seine Gatha an die Mauer des Klosters von Hongren geschrieben hatte«, sagt Kishō, »wurde er von den anderen Mönchen bewundert. Hongren ließ Shenxiu hingegen wissen, dass er zwar vor dem äußeren Tor der Erkenntnis stehe, jedoch noch nicht eingetreten sei. In der Klosterküche arbeitete ein junger Mann, er hieß Hui-neng und konnte weder schreiben noch lesen. Hui-neng ließ sich die Gatha vorlesen und bat einen anderen, diese Verse danebenzuschreiben:

Im Grunde gibt es keinen Bodhi-Baum / Da ist kein klarer Spiegel auf einem Gestell / Im Ursprung ist da kein Ding / Worauf sollte sich Staub legen?«

»Mit dem Polieren des Spiegels hatte Shenxiu die Meditation gemeint, nicht wahr?« fragt Aaron.

»Zazen ist eine Suche. Es zeigt, dass du verstehen willst, nicht, dass du verstanden hast. Suchen bedeutet nicht Finden.«

»Die wahre Wirklichkeit ist für das Auge unsichtbar«, sagt sie. »Davon hast du vom ersten Tag an gesprochen, ich habe es bloß nicht verstanden.«

»Ja. Wir sehen nur die Form, nicht den Inhalt. Ein Spiegel hat nicht mehr Bedeutung als das Gähnen einer Katze, ein Reiskorn oder mein neuer Fernseher.«

»Darum konnte Malin mich besiegen. Sie sah alle Dinge in ihrer Gestalt und gleichzeitig in ihrer Leere. So wie ich jetzt auch.«

»Bedenke gut, wofür du es einsetzt. Das sage ich dir als dein Freund, der ich nun bin.«

30

Das Hotel heißt Somni Català und wäre vermutlich ein Paradies für einen Sporensammler. M und C der Leuchtreklame sind abgefallen, und auf dem Glas der Eingangstür klebt was Gelbes, bei dem es sich um Erbrochenes handeln könnte. Pavlik war in vielen solcher Absteigen, man braucht ein gutes Immunsystem. Aber in der Wiener Pension Sissi kam auch er an seine Grenze. Noch einen Monat nach dem Abschied aus der schönen Donaustadt machte die Krätze ihm zu schaffen.

Für Masons Männer ist das Somni Català eine feine Adresse. Es liegt an einer Seitenstraße, wo ungewöhnliche Aktivitäten schnell auffallen würden. Über den Hinterausgang gelangt man zu einem Platz mit einer Kapelle. Dort haben Frost, Nowak und Kemper Stellung bezogen.

Zwei Stunden warten sie jetzt. Während Pavlik fünfzig Meter vom Hotel entfernt im dunklen Daimler sitzt und Fricke neben ihm döst, denkt er an sein Telefonat mit Palmer. Demircis Worte haben ihm so gutgetan. Manchmal muss man etwas finden, um zu wissen, dass man es vermisst hat. Aaron hat recht, er ist nicht auf Palmer eifersüchtig, sowas ist ihm fremd. Aber er braucht Demircis Vertrauen. Nur dann kann er vorangehen.

Solange sein Körper noch mitmacht.

Morgens muss Pavlik sich nach dem Aufstehen eine Viertelstunde dehnen, um aufrecht gehen zu können. An freien Tagen ist er manchmal zu müde, um mit Luca zu spielen. Im Einsatz ist es anders. Wenn er sich vom Adrenalin ernährt, merkt er sein Alter nicht. Aber er hatte die Quälerei so satt.

Die Bombe hat alles verändert.

Er kann jetzt nicht seinen Abschied einreichen. Die Abteilung muss wiederaufgebaut werden. Es wird Monate, vielleicht Jahre dauern, bis die neuen Männer auf dem nötigen Level sind. Nicht alles lässt sich trainieren. Jemand muss Führung zeigen, wenn die Angst den Verstand killt.

Wer von den anderen Überlebenden könnte das? Fricke? Der ist Jekyll & Hyde. Und zwar gleichzeitig. Flemming öffnet sich nicht genug. Kemper hat den Tod seiner Frau längst nicht verwunden. Nowak fühlt sich in der zweiten Reihe wohl. Und Frost kann Pavlik auch nach drei Jahren nicht einschätzen. Irgendwas an ihm passt nicht zusammen. Wie bei einem Finanzbeamten, der auf die Doors steht. Oder einem Boxer, der in der Ringecke expressionistische Lyrik liest.

Aaron hätte es natürlich.

Aber sie wird nicht mehr lange bei ihnen sein. Das weiß er.

Pavlik schaut wieder zum ersten Stock des Hotels, wo hinter fleckigen Gardinen in drei Zimmern Licht brennt. Er wünschte, er könnte die Thermalkamera einsetzen, um sich mit der Wärmesignatur ein Bild zu verschaffen. Dazu müsste er jedoch auf gleicher Höhe mit den Zimmern sein, was nicht geht.

Fricke reckt sich gähnend. »Wo ist eigentlich Flemming?«

»Bei Aaron.«

»Läuft was zwischen denen?«

»Wie kommst du auf das schmale Brett?« fragt Pavlik.

»Hab Augen im Kopf.«

»Ein Goldfisch hat mehr Menschenkenntnis als du.«

»Er wiegt dreimal so viel wie sie, und sie ist dreimal so schlau wie er«, sagt Fricke. »Passt also. Meiner Erfahrung nach.«

»Wieso, warst du schon mal mit einer zusammen, die dreimal so viel gewogen hat wie du?« fragt Pavlik.

Fricke grinst. »Dreimal so schlau wär ja kein Kunststück.«

Sie hören Kemper im Funk. »Vier kommen hinten raus. Zivilklamotten, kein Equipment. Steuern einen weißen VW-Transporter an, spanisches Firmenlogo.«

Pavlik und Fricke sehen, wie zwei Männer, mittelgroß und hager, das Hotel durch den Vordereingang verlassen. Sie gehen zu einem SUV und steigen ein.

»Wir sind komplett«, sagt Pavlik. »Schwarzer Toyota Land Cruiser mit Madrider Kennzeichen.«

Die anderen wechseln sich bei der Observation des Transporters ab, Pavlik folgt dem Toyota. Bald kommen sie durch belebte Straßen. Bodegas und Bars haben noch offen, Nachtschwärmer sitzen draußen, trinken, lachen, Musik schwappt über die Bürgersteige. Fahrzeuge parken ein und aus, das macht es für Pavlik einfacher, unsichtbar zu bleiben. Der Fahrer des Toyota scheint ziellos durch das Viertel zu kurven, spielt mit dem Tempo. Er ist vorsichtig und will sicher sein, dass er keinen Schatten hat.

Pavlik konzentriert sich auf die Rücklichter, hat das tausendmal gemacht. Das Funkpalaver überlässt er Fricke. Es tropft an Pavlik ab und versickert.

»Denkst du dasselbe wie ich?« fragt Fricke.

»Das könnte nur Forrest Gump.«

»Um zu überprüfen, ob der Treffpunkt sauber ist, hätten zwei oder drei genügt. Mason geht davon aus, dass Malin dort ist.«

Dummheit war noch nie deine Schwäche, mein Freund.

»Das heißt, dass wir sie gleich vor der Mündung haben könnten«, spinnt Fricke den Gedanken fort.

»Wir töten Malin nicht. Ich habe mein Wort gegeben.«

»Du, nicht ich.«

Sie stehen an einer Ampel, sieben Autos hinter dem Toyota. Pavlik schaut Fricke an. Sie kennen sich zwölf Jahre. Haben den Tod geteilt und das Leben. Aber dieser Blick macht Fricke klar, dass ihr gemeinsamer Weg heute Nacht enden könnte.

Fricke reißt sich ein Nasenhaar aus und schnippt es weg.

Der Toyota biegt links ab. Pavlik fährt geradeaus. »Wenn ich länger an ihnen dranbleibe, merken sie es«, informiert er die beiden anderen Teams. »Der Transporter reicht uns. Euer Job. Die haben das gleiche Ziel.«

Fünf Minuten herrscht Funkstille. Pavlik vibriert, Fricke pult an seinen Fingernägeln.

»Wir nähern uns einem Park«, sagt Frost, der den VW wieder unter seinen Fittichen hat. »Das könnte es sein.«

Fricke verstellt den Zoom des Navigationssystems. Sie sehen den Parque del Guinardó. Er ist riesig, wirkt unübersichtlich.

»Der Toyota hat mich gerade überholt«, meldet Kemper sich. »Es ist definitiv der Park. Sie stoppen auf der Garriga i Roca. Ich bin hundert Meter hinter ihnen.«

Pavlik macht einen U-Turn und gibt Vollgas.

Fricke aktiviert sein Kehlkopfmikro. »Wo genau?«

»Ecke Carrer de Grècia. Sie bleiben im Auto sitzen, scheinen auf die anderen zu warten.«

»Frost - und bei euch?«

»Circa zwei Kilometer von der Grècia, Fahrziel ist jetzt klar.«

Fricke sieht sich auf einem Tablet Satellitenbilder an. »Pi mal Daumen fünf Quadratkilometer. Man kann von überall rein.«

Während Pavlik alles aus dem Daimler rausholt und andere Fahrer hupend protestieren, wirft er einen Blick auf das Tablet. »Frost, ihr sucht euch was an diesem Platz an der südöstlichen Parkspitze. Fricke und ich fahren über die Carrer de Budapest ran. Kemper, gib uns durch, wenn sie aussteigen. Wir kommen von drei Seiten, Norden, Osten, Westen. Sie werden Nachtsichtbrillen haben wie wir, stellt euch darauf ein. Sollte alles normal laufen, bleiben wir unsichtbar. Wir wollen Mason nur in die Karten sehen und lassen die Männer unbehelligt abziehen.« Pavlik macht eine Pause. »Es sei denn, Malin wäre dort. Dann holen wir sie uns und tun dafür, was nötig ist.« Erneute Pause. »Ich will sie lebend.«

Nur Fricke wusste von dieser Bedingung. Den anderen hat Pavlik es mit Bedacht verschwiegen, um ihnen keine Chance zu einer Diskussion zu geben.

Schweigen.

»Ich warte auf eure Bestätigung«, sagt Pavlik.

Keine Antwort.

»Oder wir brechen sofort ab«, schnarrt er.

»Verstanden«, knurrt Kemper.

Und Frost: »Nowak und ich sind dabei.«

Fricke zupft an seinen Augenbrauen.

Pavlik geht offline. »Ja oder Nein?« fragt er. »Du kannst noch aussteigen.«

»Wieso machst du Männchen vor Palmer?« murmelt Fricke.

»Malin ist unsere einzige Möglichkeit, der Welt zu beweisen, wer Svoboda war. Sie hat die Bombe gebaut. Aber er war dafür verantwortlich. Willst du Bilder von seinem Staatsbegräbnis sehen und in der Zeitung lesen, dass ein guter Mann gegangen ist? Ist das Gerechtigkeit für die Toten? Wir brauchen Malins Aussage. Wenn wir sie töten, halten wir uns heute Nacht für Könige und morgen für Drecksäcke.«

Die Zielstraße endet an einem Wendehammer unmittelbar am Park. Pavlik stoppt und sieht Fricke in die Augen.

Der sagt: »Ich fühl mich jetzt schon wie ein Drecksack.«

»Deine Schnapsrechnung fürs nächste Jahr geht auf mich.«

»Dann ist eine neue Hypothek auf dein Haus fällig.«

Sie steigen aus. Hier ist keine Menschenseele. Laternenlicht klatscht vor ihre Füße. Beide schnallen die Körperpanzer um die schwarzen Combat-Shirts und beschmieren ihre Gesichter mit Tarnfarbe. Zwar haben sie Monturen dabei, aber bei der Abteilung lernst du, mit dem Nötigsten auszukommen, keine Bewegungsfreiheit herzuschenken. Pavlik und Fricke begnügen sich mit ihren Messern und den Pistolen im Beinholster.

Mit wenigen Schritten sind sie im Dickicht und schieben erst dort die Nachtsichtbrillen vor die Augen. Das Restlicht, das der Himmel über der Stadt abstrahlt, reicht der Optik, um es in ein visuelles Signal umzuwandeln. Sie traben nach Norden, entfernen sich immer weiter von dem Ort, wo Masons Männer sich treffen werden. Für eine Zange müssen sie einen großen Bogen schlagen, und das schleunigst, weil man sich besser nicht quer zum Feind bewegt. Schwarze Zweige schnellen in Pavliks Gesicht, aber um nichts in der Welt würde er einen Helm wollen. Fricke ist genauso. Sie brauchen ihr volles Gehör.

Nach einem Kilometer orientieren sie sich nach rechts, dann in Richtung Süden. Sie schleichen jetzt, setzen die Füße mit der Außenseite zuerst auf, um sie sachte abzurollen und so jedes unnötige Geräusch zu vermeiden.

Pavlik hört Kemper. »Hier war Familienzusammenführung. Sie haben sich im Transporter umgezogen. Kampfdress, Sturmhauben, Brillen, Helme. Jeder hat eine MP7. Die wollen's wissen. Das ist keine Inspektionstour.«

»Nowak, Frost, seid ihr in Position?« fragt Pavlik.

»Sind auf einem freien Feld. Wir sehen, dass wir in Deckung kommen. Kemper, von dir aus auf sieben Uhr.«

»Roger.«

Außenseite, rollen, Außenseite. Pavlik weiß noch, wie Sandra und er vor Jahren mit Helmchen und Boris am Teltowkanal spazieren waren, an einem Samstag im Herbst. Sandra und Boris gingen ein Stück voraus. Pavlik redete mit Helmchen über sein neues Motorrad, denn privat über die Arbeit zu sprechen, hatten sie einander verboten. Sie meinte: »Weißt du eigentlich, dass du komisch läufst?« Da wurde ihm bewusst, dass er noch halb in dem gerade beendeten Einsatz war. Es erschreckte ihn so, dass er Helmchen vorlog, sich die Wade gezerrt zu haben. Sie blieb stehen, sah ihn lange an und meinte: »Ulf, so etwas haben wir doch nicht nötig.« Er schämte sich noch tagelang.

Helmchen, du bist der klügste Mensch, den ich je getroffen habe. Und ich habe es dir nie gesagt.

Pavlik geht in die Hocke, um mit dem GPS seines Satellitenhandys ihre exakte Position zu bestimmen.

Aber er hört brechende Zweige, sehr leise. Als Scharfschütze weiß er, dass das bis auf siebzig Meter möglich ist. Das Geräusch war auf zwölf Uhr. Fricke hat es ebenfalls gehört. Pavlik macht mit den Fingern eine sieben und eine Null.

»Sie sind vor uns«, flüstert er ins Mikro.

Beim Anpirschen bewegt man sich mit maximal einem km/h fort. Sollten Masons Männer die Richtung beibehalten, wird es in vier Minuten zum Kontakt kommen.

Auf die Flanken auszuweichen wäre riskant, weil sie sich verraten könnten. Es bleibt ihnen nur, sich in einem Gebüsch zu verkriechen und mucksmäuschenstill zu sein.

Die Zangentaktik ist Geschichte.

Kein Plan übersteht die erste Feindberührung.

»Soll ich zurückfallen?« fragt Kemper.

»Wir müssen sie passieren lassen und warten, bis Kemper an uns vorbei ist«, flüstert Pavlik Fricke zu.

»Moment.« Fricke schirmt das Handy ab, auf dem Guppys Satellitenbilder sind. »Siehst du die Lichtung? Zwanzig Meter rechts, hinter der Baumreihe. Dort scheint ein Brunnen zu sein. Ziemlich guter Ort für ein Treffen, wenn du mich fragst.«

Ja, stimmt.

»Negativ, Kemper«, sagt Pavlik. »Wir kriechen zu dem Platz, von uns aus auf drei Uhr. Ich rechne mit Kontakt. Nowak, Frost, wie lange braucht ihr bis dorthin?«

»Zwei Minuten.«

»Ab jetzt Funkstille.«

Pavlik und Fricke robben auf den Ellbogen und schieben sich mit den Fußspitzen nur zentimeterweise voran, weil sie Zweige und dürres Laub wegräumen müssen.

Dann sehen sie den Platz mit dem alten Brunnen. Sie bleiben im Gehölz liegen und ziehen die Pistolen.

Wenn Pavlik Zeit hätte, würde er die bei den Scharfschützen gelernte Atemtechnik praktizieren, bei der die Waffe leichter als die Hand wird. *Feuervogel* nannten sie das. Im Grunde tötet man immer mit dem Atem.

Er blendet die Uhr auf dem Display der Nachtsichtbrille ein. Nowak und Frost müssten links sein, wo die kleine Mauer ist.

Es ist so weit.

Masons Männer huschen in sein Sichtfeld. Je zwei von ihnen sichern, Rücken an Rücken, mit den MPs das Terrain. Sie nehmen sich Zeit, ein stummer Paso Doble, bei dem sie sich über die ganze Lichtung bewegen.

Kemper wird jetzt auch in Stellung liegen, irgendwo rechts.

Vergiss Malin. Falls sie hier ist, verrät sie sich nicht.

Sie will, dass Mason an dem Treffpunkt festhält.

Später wird Pavlik sich nicht mehr erinnern, dass er kurz an Luca dachte und es ihm leidtat, nicht früh genug für eine Gute-Nacht-Geschichte angerufen zu haben.

Eine Sonne detoniert in seinem Kopf. Er schreit, aber weiß es nicht, weil die Schockgranate sein Gehör ausknockt. Die Nachtsichtbrille verstärkt das sieben Millionen Candela starke Licht des Blitzes, Pavlik wird sofort blind.

Halb im Unterbewusstsein reißt er die Brille herunter. Pavlik presst die Hände auf die Ohren. Der Schmerz hebelt jeden klaren Gedanken aus. Es fallen Schüsse, aber für ihn ist es nur ein fernes Donnergrollen. Während das Perchlorat und das Magnesium der Treibladung abbrennen, schwingt sich ein struppiges Äffchen hinter Pavliks geschlossene Lider und verlacht ihn mit gebleckten Zähnen.

Das Äffchen hat Sandras Stimme. »Zähl bis zehn.«

Er zwingt sich dazu. Jede Zahl eine Qual.

Dann öffnet er die Augen.

Pavlik sieht verschwommene Bilder mit zitternden Fädchen, in einem schmutzverklebten Schwarzweiß, als wäre es ein Werk von Eisenstein. Masons Männer liegen reglos auf der Lichtung. Jemand kniet dort.

Malin.

Sie trägt seltsame Kleidung, irgendetwas Zotteliges. Hinter ihr ist eine Bewegung, unscharf, wie Pavlik es von einem rasend schnellen Turbulenzgeschehen kennt, was jedoch widersinnig ist, da alles so langsam abläuft, dass eine Blume in dieser Zeit blühen und wieder verwelken könnte.

Neben Pavlik blitzt es erneut, diesmal ist es nur ein blasses Fünkchen. Ein großer Schatten segelt auf Malin zu. Pavlik will aufstehen, aber der Befehl kommt nicht bei seinen Muskeln an. Der Schatten verwandelt sich in Fricke. Er hat dem Mann in den Hals geschossen, den Malin für tot hielt, dem Mann, der in den letzten Sekunden seines Lebens auf sie angelegt hatte. Pavlik sieht, wie Fricke die Waffe wegwirft, auf die Frau zustolpert und auf halbem Weg zusammenbricht.

Er kneift die Augen zusammen, öffnet sie wieder.

Malin ist verschwunden.

Einmal hat er allein eine Waschmaschine in den ersten Stock seines Hauses getragen. Das war leichter, als jetzt auf die Füße zu gelangen. Endlich packt er es. Pavlik taumelt zu Fricke, in den Ohren das Heulen eines startenden Jets. Fricke kommt zu sich. Da sind auch Kemper, Nowak, Frost. Sie kriechen auf Pavlik zu. Kempers Augen sind knallrot, weil alle Äderchen geplatzt sind. Frost bewegt lautlos den Mund. Nowak lacht. Oder weint.

Pavlik beugt sich über einen von Masons Männern.

Er ist tot. Der Nächste: tot. Alle tot.

Vier Gesichter wurden von Kugeln in Blutfratzen verwandelt, zwei Männer müssen auf andere Weise gestorben sein. Pavlik tastet die Kleidung des einen ab, findet einen Schlüssel und ein Mobiltelefon, steckt beides ein.

»Wir müssen hier weg«, sagt er.

Die anderen starren ihn an, reagieren nicht.

Er schreit: »Wir müssen sofort weg. Die Explosion und die Schüsse waren im ganzen Viertel zu hören. In ein paar Minuten kann Polizei hier sein.«

»Und Malin?« Auch Frost schreit, doch es ist, als flüstere er.

»Keine Chance. Los jetzt. Nehmt die Brillen mit.«

Sie suchen sie, setzen sie auf und rennen durch die grün pulsierende Finsternis; Männer, die zuvor nur wenige Minuten aus dem Park hinaus gebraucht hätten und jetzt so schnell sind wie Rentner beim Walking.

»Wohin?« fragt Nowak nach einer Weile.

Pavlik versteht ihn nun besser. »Zu ihren Autos«, sagt er. Als sie dort anlangen, ist er so ausgepowert, dass er sich an einer Straßenlaterne festhält und sich übergibt.

»Der Toyota ist weg«, hört er Frost.

Pavlik kommt wieder zu Atem. »Sie hat einem von ihnen den Sensor abgenommen. Wir fahren zu ihrem Hotel.«

»Mein Wagen steht da drüben«, sagt Kemper.

Pavlik hat immer noch Sehstörungen, aber die nächsten hundert Meter fallen schon leichter. Sie werfen die Körperpanzer in den Kofferraum. Kemper will sich hinters Steuer setzen.

»Ich mach das«, sagt Pavlik.

Sie quetschen sich alle in den Volvo. Pavlik fährt wie besoffen. Aber selbst nach einer Flasche Tequila hätte er mehr Gefühl für das Auto gehabt. Keiner beschwert sich, jeder hat mit sich zu tun. Sie reiben die Tarnschminke ab, so gut es mit den Ärmeln geht. Fünf, die an einem Desaster kauen.

»Ich habe ihr das Leben gerettet«, bricht Fricke die Stille. »Da werde ich nie drüber wegkommen.«

»Ja, hast du«, meint Kemper. »Und sie hat deins verschont. Also seid ihr quitt.«

»Sie hat uns alle verschont«, stellt Nowak krächzend fest.

»Falls sie gewusst hat, dass wir da waren«, versetzt Kemper.

»Darauf verwette ich das Hörgerät, das ich brauchen werde«, knurrt Fricke.

Die Wette würde Pavlik nicht halten.

Malin hätte uns alle töten können.

Und hat es nicht getan.

Seit er wieder bei klarem Verstand ist, läuft dieser Jingle als Dauerwiederholung in seinem Kopf ab. Es ergibt keinen Sinn für ihn, nicht bei Malin. Nicht bei ihrem Hass auf ihn und Aaron.

»Wäre möglich, dass wir ihr im Hotel begegnen«, sagt er.

»Woher soll sie wissen, wo das ist?« fragt Nowak.

»Von dem, den sie gestern gefoltert hat«, meint Frost.

Pavlik hält den Zimmerschlüssel hoch, den er bei dem Toten fand. »Sie hat es gemacht wie ich.«

Fricke legt die ausgebrannte Schockgranate in Pavliks Schoß. Der Rest eines Etiketts klebt noch auf der Hülle. Ein Deostick. »Was für ein Luder. Unter anderen Umständen hätte es mit ihr und mir was werden können.«

»Ja, der Schöne und das Biest«, sagt Kemper.

Pavlik fährt den Volvo gegenüber vom Somni Català halb auf den Bürgersteig. Sie steigen aus. Die Straße ist still. Vom Toyota ist nichts zu sehen.

»Nowak, Frost, ihr bleibt unten und sichert die Tür«, befiehlt er. »Kemper: Hintereingang. Ich gehe mit Fricke hoch.«

Sie laufen zum Hotel. Pavlik übernimmt die Spitze, die anderen sichern ihn. An der Rezeption sitzt ein alter Mann mit einer kalten Kippe im Mund. Er starrt sie an. Pavlik legt einen Finger an die Lippen. Die Augen des Mannes sind so ausdruckslos, dass sie die Köpfe von zwei rostigen Schrauben sein könnten, die jemand in seinen Schädel gedreht hat. Pavlik umrundet den Tresen und tippt Rostschraube an die Schulter. Er kippt vom Stuhl. Pavlik fühlt den Puls. Rostschraube lebt, ist in einer Art Trance.

Frost und Nowak postieren sich draußen, Kemper läuft zur hinteren Tür. Fricke folgt Pavlik mit zwei Stufen Abstand in den ersten Stock. Das Adrenalin macht Pavliks Mund trocken. In seinem Magen kneift der Hirschkäfer wild um sich.

Er ist oben.

Der Gang ist leer. Auf dem Boden krumpelt ein fadenscheiniger Teppich. Es gibt nur drei Zimmer auf der Etage. Vorsichtig drückt Pavlik die Klinke des ersten hinunter. Zu. Er hakelt das Schloss auf und öffnet die Tür einen Spalt breit. Fricke tritt dagegen, Pavlik hechtet in den Raum.

Leer.

Niemand im Bad.

Das nächste Zimmer.

Nichts.

Das, zu dem Pavlik den Schlüssel hat, kommt als Letztes dran. Fricke stellt sich seitlich hinter ihn, breitbeinig, seine Glock im Weaver-Anschlag. Pavlik schließt auf. Er presst sich links von der Tür an die Wand und öffnet sie behutsam mit einer Hand. Fricke macht einen schnellen Schritt hinein, checkt sofort das Bad, dreht sich zu Pavlik um und schüttelt den Kopf.

Wie in den anderen Zimmern herrscht auch in diesem militärische Ordnung. Die Decken der beiden Betten sind auf Kante gefaltet, die Kissen glatt. Im Schrank hängt Zivilkleidung. Zwei Rimowakoffer stehen am Fenster. Fricke bricht sie auf. Ausrüstung. Pavlik fördert eine Gewehrtasche unterm Bett hervor. Er schaut sich die Waffe an. Ein Bushmaster. Fricke wirft ihm einen Blick zu. Auch er weiß, dass das Modell für die Halbdistanz ausgelegt ist.

»Auf der Parklichtung würde das Teil nichts bringen«, sagt Fricke. »Die ist auf allen Seiten von Bäumen umschlossen.«

»Es ist für Masons Plan B«, antwortet Pavlik. Er denkt an die Sagrada Família. Ein geübter Scharfschütze könnte Aaron von einem der umliegenden Dächer ohne Probleme töten.

Ich hätte das ernster nehmen sollen.

Sie filzen die Kleidung, finden aber nichts, was Ihnen weiterhelfen könnte. In den beiden anderen Zimmern ist es dasselbe. Alles, was sie angefasst haben, wischen sie sorgfältig ab. Nichts deutet mehr darauf hin, dass sie jemals hier waren.

»Abflug«, sagt Fricke.

»Lass mich noch kurz allein«, murmelt Pavlik.

»Wie?«

»Indem du dich umdrehst und gehst.«

»Ach das. Hab ich mal in einem Film gesehen.«

Fricke verschwindet. Pavlik schaut ihm einen Moment nach und denkt: *Wenn ich tot wäre, würde ich dich vermissen.* Er steht in der Tür, beruhigt seinen Atem, betrachtet das Zimmer, nimmt jedes Detail noch einmal in sich auf.

Die Ordnung, die Stille.

Du warst hier.

Was hast du gesucht?

Warum hast du mich am Leben gelassen?

Sein Nacken kitzelt wie von einer Fliege. Er will sie verscheuchen. Doch Malin zimmert ihre Faustknöchel unter die Spitze seines Steißbeins. Schmerzen rasen durch Pavliks Unterkörper. Ihm wird schlecht. Er sinkt auf die Knie, auf seinen Lippen verreckt ein Schrei als Stöhnen.

Malin geht vor ihm in die Hocke. Ihr Gesicht ist schwarz. Sie riecht nach Moder und Tod und hundert Jahren Einsamkeit.

Sie flüstert: »Du willst deine Rache und ich will meine.«

Sein Atem weht wie Staub davon. Irgendwo schluchzt eine Frau, vielleicht Sandra. Lacht ein Kind, vielleicht Luca. Etwas bricht in seinem Kopf. Die Welt verlischt.

31

Aaron schreckt hoch. Flemming liegt neben ihr auf dem Bett und atmet ruhig. Da war ein weißer Blitz. Ein stummer Schrei. Ihr ist, als ob sie gekämpft hätte. Ihr Bauch ist wund vom Adrenalin, dem Hirschkäfer, wie Pavlik das nennt.

Eine Tür fliegt auf. Sie hört Frost. »Vorsichtig. Hier lang. Legt ihn aufs Sofa.«

Flemming ist wach. Sie steigen in ihre Jeans und laufen nach nebenan. »Was ist passiert?« fragt Aaron.

»Pavlik ist verletzt«, sagt Kemper. »Wir wissen nicht, was er hat. Er wollte nicht ins Krankenhaus, sondern zu dir. Du würdest ihm helfen können.«

Flemming führt sie zu Pavlik. Sie ertastet seine eisige Hand. »Verstehst du mich?« fragt sie.

Er flüstert so leise, dass sie ihn kaum hört. »Malin.«

»Wo hat sie dich getroffen?«

»Rücken.«

Zwei Meridiane kommen für Aaron infrage: Lenkergefäß und Blase. Auf beiden sind Kyūsho-Punkte, die beim *Dim Mak* verwendet werden. Einige sind tödlich. Andere lähmen den Gegner.

»Finger, Faust oder Tritt?«

»Pferdehuf.«

Pavliks Atem macht Loopings, und Aarons Brust wird eng. Es gibt auf dem Blasenmeridian einen Punkt, der seine eigentliche Wirkung erst mit Verzögerung entfaltet: *Der maßvolle Onkel*, am Dornfortsatz des sechsten Brustwirbels. Dabei wird die Lunge geschädigt, doch der Tod tritt erst nach Stunden ein. Es beginnt mit einem Schwächegefühl und Atembeschwerden.

Die anderen spüren Aarons Angst. »Sag was«, drängt Fricke. »Kannst du ihm helfen?«

»Hast du Schmerzen?« fragt sie Pavlik.

»Unterleib.«

Aaron entspannt eine Spur. Das wäre untypisch für *Dushu*.

»Ist dir schlecht?«

»Ja.«

Lenkergefäß, denkt sie erleichtert. *Es war das Steißbein*.

»Gleich wird es besser«, sagt Aaron beruhigend. Sie beginnt, Pavliks Schädeldach zu massieren, dort, wo der Meridian entlangläuft, ehe er auf der Oberlippe endet. Den Zeigefinger der anderen Hand legt sie an seine Halsschlagader. Keiner spricht. Nach einer Zeit normalisiert sich sein Puls.

Er findet seine Stimme wieder. »Geht schon.«

»Nein, noch nicht.« Sie macht weiter und hört erst damit auf, als sie sicher ist, dass er sich aufsetzen kann.

Fricke berichtet, wie er Minuten unten im Hotel gewartet hat und dann zu Pavlik hochlief, ihn bewusstlos vorfand. »Keiner von uns hat das Aas gesehen. Sie muss über die Feuerleiter verschwunden sein.«

»Du hast großes Glück gehabt«, sagt Kemper zu Pavlik. »Sie hat dich für tot gehalten.«

»Nein«, antwortet Aaron. »Dieser Kyūsho-Punkt nennt sich *Rast im Schatten*. Er ist nicht letal. Malin hatte andere Optionen, bei denen sie ihn sofort getötet hätte.«

»Der Scheiß, den du draufhast, hat mich schon immer gegruselt«, murmelt Fricke.

»Und mich die Sojasoße in deiner Küche«, gibt sie zurück.

»Wieso?« sagt Nowak. »Ich hab auch Sojasoße in der Küche.«

»Aber du reinigst in der Spüle nicht deine Pistole damit.«

»Das Handy hier ist von einem der Männer«, krächzt Pavlik. »Die Fingerabdrucksperre ist an. Flemming, mach das mit dem Password-Cracker.«

Aaron raucht auf der Terrasse. Pavliks Schritte sind wacklig. Sie hält ihm ihre Zigaretten hin. Er will keine. Sie erfährt, was im Park und im Hotel geschehen ist.

»Ehe ich bewusstlos wurde, hat sie noch etwas gesagt«, endet er. »›Du willst deine Rache und ich will meine.‹«

Aaron denkt nach. »Sie hat dich am Leben gelassen. Also geht es nicht mehr um dich. Und vermutlich auch nicht um mich.«

»Mason«, sagt Pavlik. »Weil er ihr seine Killer geschickt hat.«

»Das war Geschäft, und sie ist Profi. Ich glaube eher, dass es mit der Bombe zusammenhängt.«

»Inwiefern?«

»Svoboda hat Mason von unseren Ermittlungen gegen ihn erzählt«, sagt Aaron. »Stell dir vor, wir hätten ihn zum Reden gebracht. Das hätte Mason das Genick gebrochen. *Er* könnte hinter der Bombe stecken.«

»Selbst wenn. Was sollte sie Mason vorwerfen?«

»Malin wird mit den vielen Toten nicht fertig. Sie beschäftigt sich mit ihrem Leben. Es hat mit mir zu tun, wir sind uns ähnlich. Mason steht für alles Falsche. Sie hasst ihn.«

»Ihr seid euch kein bisschen ähnlich.«

»Jetzt bist *du* wieder in der Dumme-Sachen-Phase.«

Aaron hört Flemmings Stimme. »Ich habe mir das Handy angesehen. Masons Mann war gestern bei der Sagrada Família. Er hat Fotos vom Vorplatz gemacht.«

»Welche Seite«, fragt sie.

»Südosten, die Passionsfassade.«

Aaron hat den Platz vor Augen. Den großen Park dahinter.

»Einige Fotos sind besonders interessant«, sagt Flemming. »Sie wurden von einem Hausdach aufgenommen. Wenn man vom maximalen Zoom ausgeht, dürfte es zwei- bis dreihundert Meter von der Sagrada Família entfernt sein.«

Eine Stellung für einen Scharfschützen.

»Ich komme gleich zu euch«, erwidert Pavlik.

Flemming geht wieder.

»Lass es uns so machen«, sagt Aaron. »Mason und ich sind dort. Ihr seid dort. Seine Männer. Und Malin. Wenn Mason sich irgendwo sicher fühlt, dann vor der Kathedrale. Das war seine Alternative zum Park.«

»Er wird mittlerweile wissen, dass die Beobachter tot sind.«

»Dafür macht er Malin verantwortlich. Er weiß nicht, dass wir seinen Plan B kennen. Komm schon.«

Pavlik antwortet nicht.

»Denk daran, was ich dir gestern gesagt habe.«

Pavlik gibt sich einen Ruck. »Also gut.«

»Mason anrufen.«

Er nimmt ab. »Sie nerven.« Seine Stimme klingt angespannt.

»Heute, um elf Uhr«, diktiert Aaron ihm. »Das ist nicht mehr verhandelbar. Scheißen Sie oder gehen Sie vom Pott.«

Mason schweigt.

»Ich mache es Ihnen einfach«, fährt sie fort. »Es ist ein Ort, an dem niemand auf dumme Gedanken kommt, weil Zivilisten betroffen wären.« Pause. »Vor der Sagrada Família.«

Aaron hält den Atem an. Wartet.

Mason fragt: »Welche Seite?«

»Das überlasse ich Ihnen.«

»Südosten. Ich werde da sein.« Er legt auf.

Sie schweigen. Eine Sirene kariolt vorbei. In der Ferne grollt ein Gewitter. Der Luftdruck fällt, Aaron riecht den Regen schon. Sie fasst an Pavliks Arm. »Malin will uns gegen Mason helfen«, beschwört sie ihn. »Das wollte sie dir sagen. Darum hat sie dich nicht getötet.«

»Vielleicht«, versetzt er, »vielleicht auch nicht. Für mich ist das ohne Bedeutung. Wenn sie auftaucht, versuchen wir, sie lebend zu kriegen. Falls das nicht gelingt, stirbt sie heute. Ich werde nicht zulassen, dass diese Frau entkommt.«

32

Als Hagen Kempers Leben neu begann, hatte er ein Survivaltraining in der Mühle hinter sich und war seit sechsundsiebzig Stunden ohne Schlaf. Kemper sehnte sich bloß noch nach seinem Bett, doch auf der Landstraße bei Beelitz spielte ein gerissener Keilriemen Schicksal. In Blitz und Donner stand plötzlich die schönste Frau der Welt vor ihm und fragte ihn verzweifelt, ob er ihren Hund gesehen habe. Es gab für Kemper kein Halten mehr. Nachdem sie gemeinsam den Wald durchkämmt hatten und dann zur Straße zurückkehrten, sahen sie wie Schlammcatcher aus. Kemper konnte sich vor Müdigkeit kaum noch auf den Beinen halten, doch wenn diese Frau gesagt hätte: Lassen Sie uns am Nordpol weitersuchen, wäre er sofort dabei gewesen. Der Hund lag unter seinem Auto und guckte sie treudoof an. In den sechs Jahren, die Kemper mit Isabell vergönnt waren, belog er sie nie. Bis auf das eine Mal. Als er in der letzten Nacht ihre Hand umklammerte und ein Wolkenbruch den Staub eines furchtbaren Sommers von den Krankenhausfenstern wusch, ließ Isabell ihn schwören, wieder zu heiraten. Er hatte genickt. Doch das würde niemals geschehen.

Um zehn Uhr morgens geht Kemper im dichten Regen über den Platz vor der Sagrada Família. Er sieht, wer die Straße überquert, eine Kapuze ins Gesicht gezogen.

»Guck dir den Typen auf zwei Uhr an«, sagt Kemper in das transparente Mikro, das auf seinem Kehlkopf klebt. »Hat eine gute Balance.«

Daniel Nowak ist in seinem Ohr. »Ja, aber die braucht er für die Frau, der er jetzt zuwinkt.«

Mit Regen kennt Nowak sich aus. Er stammt aus Dagebüll, wo das Wasser von oben und unten kommt. Als er klein war, hatte sein Vater zu ihm gesagt, dass alle Männer in ihrer Familie an einem Regentag gestorben seien, das wäre seit hundert Jahren so und nicht zu ändern. Nowak gab nicht viel darauf, schließlich strich man in Dagebüll die trockenen Tage rot im Kalender an. Bei der großen Sturmflut war er vierzehn, und sein Vater rückte als Feuerwehrmann aus. Nach Mitternacht wurde Nowak von Stimmen im Haus wach. Er schlich zur Treppe, sah seine Mutter in den Armen eines fremden Mannes weinen. Nowak hatte die Helden der Kindheit fallen sehen. Spiderman, Superman und Batman waren aufgestanden und hatten weitergekämpft. Aber Nowaks größter Held kam nie wieder.

Sollte heute sein Tag sein, wäre er bereit. Die Liste der Dinge, die er bereut, ist kurz. Eigentlich ist es nur eine Sache: dass er seine Ehe nicht retten konnte. Nowak hat noch die Worte seiner Frau im Ohr, als er ihr schwor, sich von der Abteilung zu lösen. »›Menschen ändern sich nicht, Daniel. Sie verbiegen sich nur.‹«

Jetzt sieht er einen Mann zu einer Schautafel bei den bronzenen Toren gehen. Auf den ersten Blick wirkt er wie ein Tourist, aber Nowak registriert, dass er jede Bewegung auf das Nötigste reduziert und keine Energie verschwendet. Unweit davon sieht er Georg Fricke an einer Bude ein Sandwich kaufen. Noch einer mit einem verkorksten Privatleben.

»Längst gecheckt«, murmelt Fricke. »Auf sechs Uhr ist sein Kumpel. Der denkt, es wär Fasching.«

Während er das Sandwich bezahlt, mustert Fricke den Mann im Augenwinkel. US-Navy, Ausgehuniform, Regenschirm. So weit, so unauffällig. Wäre nicht die Ausbuchtung an der linken Hüfte, die bei einem Landgang dort nicht hingehören würde.

An so etwas wird man Fricke nicht erkennen. Seine Muskeln, sein Grips und seine Schnelligkeit sind die Waffe. Die Wassermassen, die sich über die Sagrada Família ergießen, erinnern ihn an Indien. Vor Jahren führte eine Mission ihn in die Gegend um die Khasi-Berge im Osten, wo die Menschen so viele Worte für Regen kennen, wie Fricke Narben hat. In einer kleinen Stadt namens Cherrapunji entlud der Monsun sich mit solcher Kraft, dass man auf der Hauptstraße den Tauchschein hätte machen können. Fricke flüchtete sich in eine Hütte, wo eine verwarzte Alte darauf bestand, ihm für hundert Rupien aus einem Haufen Ziegendreck zu lesen. Sie raunte: »Sie führen ein gefährliches Leben, aber fürchten sich nicht vor dem Tod.« Weil das stimmte, glaubte Fricke ihr, als sie prophezeite, seine Ehe würde ewig halten. Doch nur einen Monat später verließ seine Frau ihn für einen Urologen, und er gelangte zu der bitteren Erkenntnis, dass in Ziegenscheiße keine Wahrheit liegt.

Fricke trabt die breite Treppe hoch und stellt sich oben unters Dach des Portals, zusammen mit anderen, die hier das Unwetter abwarten. Er sieht den Transporter auf der Carrer de Sardenya vorbeifahren. »Frost, zu früh«, sagt er.

»Bin gleich weg«, antwortet Arian Frost. »Nur ne Rundtour.«

Während die Wischer des Wagens vor dem Wasser kapitulieren, muss Frost an Algier denken, an die Leichen von Abdullah Moawad und den drei Sherpas, die nach Pavliks Anruf vor ihm lagen. Er lief zum Auto, durch einen warmen Regen mit dem Geschmack von Blut. Beim Start des Motors tauchte im Scheinwerferlicht ein vierter Sherpa auf. Frost fuhr mit Vollgas in ihn hinein. Der Mann wurde hochgeschleudert, gegen die Windschutzscheibe, sein Gesicht ein Brocken Angst. Als Frost durchs Glas schoss, sah er den anderen schreiend von der Kühlerhaube rutschen, in der Finsternis verschwinden.

Jetzt, wo der unerbittliche Regen die Menschen in die Kathedrale treibt, fragt Frost sich, warum er gestern in der Mühle diesen vierten Sherpa verschwiegen hat. Es war doch bloß einer mehr. Einer von so vielen.

Frost will sich nicht länger damit beschäftigen. Er sagt: »Den Ball kannst du vergessen, Großer.« Und meint Alexis Flemming, der ein Stück vor ihm in Sportklamotten über die Straße läuft.

»Abwarten«, brummt Flemming, »du kennst den Wetterbericht, irgendwann kommt die Sonne raus.«

»Ja, an der Costa del Sol«, gibt Fricke seinen Senf dazu.

Die Plaça de la Sagrada Família ist eine Parkanlage, die auf drei Seiten von Häusern umschlossen ist und sich im Nordosten zur Kathedrale öffnet. Flemming sucht unter einer Korkeiche Schutz vor dem Regen und setzt sich auf den Basketball, den er vorhin in einem Shop an der Passatge de Gaiolà gekauft hat. Der Regen fällt steil und hart aus pechschwarzen Wolken. So war es auch an dem Tag Anfang März, als Aaron ihn ein letztes Mal in der Klinik besuchte. Die acht Kugeln, die er mit seinem Körper abgefangen hatte, um sie und Luca zu retten, hatten nicht so geschmerzt wie diese Worte: »Ich gehe für lange Zeit fort und weiß nicht, ob ich wiederkomme.« Er schalt sich einen Narren, denn Aaron hatte ihm keinerlei Hoffnungen gemacht. Bis dahin war nicht mehr gewesen als die Stunden, in denen sie geredet hatten, ohne über seine Narben oder die ihren zu sprechen. Flemming weiß nicht, wann er sich in sie verliebt hat. Vielleicht war es ihr Grinsen, als sie meinte: »Fass endlich mein Gesicht an, damit du weißt, wie ich aussehe.« Oder ihr Lachen, wenn er Pavlik und Fricke imitierte. Oder die Art, wie sie geht, steht, atmet. Beim Abschied küsste sie ihn auf die Wange. Das brannte noch lange. Tage später kam Lissek in die Klinik. Er sagte zu Flemming: »Ich muss einem Mann nur in die Augen sehen, um zu wissen, wie viele Leben er hat. Und als ich dich zur Abteilung berufen habe, wusste ich, dass du öfter auferstehen wirst als Jesus.«

Flemming denkt vor einem Einsatz nie ans Sterben. Aber dieses Mal hofft er, dass er noch ein Leben übrig hat. Und Aaron auch. Falls nicht, wäre es besser, es würde sie beide erwischen. Sonst wäre das Glück der gestrigen Nacht für einen von ihnen der Schmerz von morgen.

Er murmelt: »Wetterfrosch, sag was.«

»Ist noch eine halbe Stunde hin«, antwortet Ulf Pavlik.

Das Gebäude auszumachen, auf dessen Dach Masons Mann die Fotos schoss, war nicht einfach. Morgens um fünf hatte Pavlik sich auf zwei infrage kommende Häuser festgelegt. Sie befinden sich in einem modernistischen Wohnblock am Rand der Plaça de la Sagrada Família, vom Passionsportal der Kathedrale aus in zweihundertachtzig Meter Entfernung auf zehn Uhr.

Das Dach von Pavlik ist auf der gegenüberliegenden Parkseite, zweihundert Meter von der Stellung des Snipers entfernt.

Falls dort ein Sniper ist.

Pavlik liegt hinter seinem Gewehr, dem Light Fifty. Eigentlich wäre es die perfekte Distanz für das Mauser, aber heute braucht er ein großes Magazin. Erneut sucht er die beiden Dächer ab, so wie er es seit zwei Stunden tut, immer von rechts nach links, weil das Auge sich automatisch in die andere Richtung bewegen will und dann weniger aufmerksam wäre.

Nichts.

Das Ziel ist so nah, dass es für jemand, der mit einem finalen Rettungsschuss über zweitausendzweihundertvierundachtzig Meter in den Rekordbüchern steht, eine Lappalie sein müsste. Doch obwohl sein Visier eine sechzehnfache Auflösung hat und mit Nitrogengas gefüllt ist, um ein Beschlagen zu verhindern, durchdringt es die Regenwand nicht. Pavliks Ghillie verwischt seine eigenen Konturen so, dass er aus zwanzig Metern nicht zu sehen wäre.

»Ich habe noch einen«, hört er Nowak im Funk. »Ein Terrier. Steht zehn Meter vor mir und grinst mich an.«

»Fass ihm zwischen seine Beine«, grunzt Fricke, »und sag: ›Süßer, du hast leider nicht das richtige Kaliber.‹«

Pavlik ist nass wie ein Fisch. Egal was man anzieht, die Brühe sucht sich die kleinste Ritze. Das ist jedoch sein geringstes Problem. Im Regen ist ein Präzisionsschuss ein Kunststück, schon ein Wassertropfen kann die Flugbahn des Projektils ändern. Außerdem macht ihm nicht nur der unsichtbare Sniper zu schaffen. Selbst wenn es ihm gelänge, ihn zu eliminieren: Pavlik braucht freie Sicht auf den Vorplatz der Kathedrale, sonst ist der zweite Teil des Plans zum Scheitern verurteilt.

Alle wissen das. Er wird bis fünf vor elf warten und dann das Go geben oder den Abbruch befehlen.

Pavlik liest den Himmel. Die Wolken türmen sich wie Sturmwellen auf. Seine ganze Hoffnung ist der zarte, helle Schimmer, der sich tief im Osten zeigt. Es wird aufklaren. Nur wann?

Als Scharfschütze hasst er Regen, aber als Kind liebte er ihn. Die Zwillinge haben das von ihm geerbt; ihr Schönstes war es, mit ihrem Vater im Matsch zu spielen. Sandras Donnerwetter, wenn die drei danach das Haus einsauten, war eingepreist.

Als Luca zu ihnen kam, verkroch er sich bei Regen anfangs auf seinem Zimmer. Pavlik wusste, dass es wegen des Todes seines Vaters war, der in den Souks von Marrakesch an einem Regentag getötet worden war. Er sprach mit Sandra darüber. Sie waren sich einig, dass man dem Jungen Zeit geben müsse. An diesen Tagen hielten sie Luca einfach noch mehr lieb als sonst. Dann kam das Wochenende im Mai, an dem es wie aus Eimern goss und er plötzlich mit seinem Fußball unter dem Arm vor Pavlik stand. »Gehen wir im Park spielen?« fragte er. Das war Pavliks Highlight des Jahres. Sie tobten sich aus, bis der Matsch in den Unterhosen war. Auf dem Heimweg sagte Luca: »Vielleicht ist es ja auch so, dass mein anderer Papa bei Regen von oben zuguckt.« Olaf Christ war ein Verbrecher gewesen, der Komplize eines Massenmörders. Aber Pavlik kannte die Briefe an Lucas Mutter und wusste, was Christ sein Sohn bedeutet hatte. Er legte seinen Arm fest um Luca. »Da hast du ganz recht. Und nicht nur bei Regen.«

Als sie im Haus auf dem Weg zum Bad eine breite Schlammspur hinter sich herzogen, stand Sandra lächelnd in der Wohnzimmertür. Ein perfekter Tag.

»Der Vierte treibt sich links an dem Bauzaun rum«, meldet Kemper. »Sein Mantel ist zwei Nummern zu groß, da passt ne hübsche Weste drunter. Und ne Flak dazu.«

Als sie heute Nacht den Plan durchgingen, hat Pavlik jedem freigestellt, einen Körperpanzer anzulegen. Alle haben sich dagegen entschieden. *Team Forsyth* wird vermutlich Hartkernmunition benutzen. Um sich zu schützen, bräuchten sie Westen der Klasse SK4, was bedeutet, dass jeder von ihnen fünfzehn zusätzliche Kilo mit sich herumschleppen würde. Keiner will das. Sie müssen schnell sein. Vor allem: schneller als Masons Männer; auch ein Gewichtsvorteil kann eine Waffe sein.

Bei Aaron hat es einen weiteren Grund: Ihre Box ist nachher bloß drei Quadratmeter groß, und das, was sie darin tun wird, geht nicht mit einer Weste.

»Vier bei euch, einer auf dem Dach«, murmelt Pavlik. »Malin hat bis jetzt mindestens zwölf erledigt. Selbst Mason kann sich keine Männer backen. Einen bringt er gleich mit. Macht sechs. Mehr kommt nicht, vermute ich.«

»Sex ist meine Glückszahl«, sagt Fricke.

»Das sehen deine Weiber anders«, versetzt Frost.

10:45 Uhr.

Pavlik schaut wieder zum Himmel. Der Schimmer im Osten hat sich in einen breiten Streifen aus Licht verwandelt, über dem man schon das Blau ahnt. Zwar regnet es noch, doch nicht mehr ganz so heftig. Wie alle Scharfschützen ist er in Wetterbeobachtung erfahren. Er ist sicher, dass es keine halbe Stunde dauern wird, bis der letzte Tropfen unten ist.

Trotzdem. Pavliks Entschluss steht: Er gibt dem Regen zehn Minuten bis zum Abbruch. Alles andere würde Aarons Leben noch mehr gefährden, als sie es ohnehin tun.

Die Sintflut hat nur ein Gutes: dass er in den beiden Stunden nicht von der Sonne irritiert wurde. Die Sonne ist Freund und Feind des Scharfschützen. Sie schenkt ihm Sicht, aber verleitet ihn auch zu Fehlern, macht ihn müde.

Zum wiederholten Mal fragt er sich, ob es richtig war, den Sniper nicht Flemming zu überlassen. Sie hatten die Möglichkeit diskutiert, dass Flemming ihn dort drüben überrascht und tötet, um seine Stellung zu übernehmen. Doch was wäre, wenn ein zweiter Mann das Dach sichert? Wenn der Sniper einen Dialekt spricht, von dem Flemming nichts weiß, sodass er bei der Kommunikation mit *Team Forsyth* sofort auffliegen würde? Was, wenn es einen Code gibt, den sie nicht kennen?

Zu viele Fragezeichen.

Er darf den Sniper erst im letzten Augenblick ausschalten und muss ihn bis dahin in der feindlichen Funkkette belassen.

Sein Handy vibriert unter dem Ghillie. Pavlik grunzt, weil er vergessen hat, es auszuschalten. Im falschen Moment kann jede Ablenkung tödlich sein. Als er den Flugmodus aktivieren will, sieht er, wer anruft. Ohne das rechte, dominante Auge von dem Flansch des Fernrohrs abzusetzen, nimmt er das Gespräch an.

»Hallo, Lissek«, murmelt Pavlik.

»Helmchen ist aufgewacht.« Lisseks Brustkorb ist ein mächtiger Resonanzkörper, aber jetzt zittert seine Stimme sich über tausendfünfhundert Kilometer bis zu Pavlik.

Ihm schießen Tränen in die Augen, er muss sie schließen.

»Weißt du, was sie als Erstes gesagt hat?« fragt Lissek.

Pavlik schluchzt stumm.

»›Hat Ulf überlebt?‹«

»Dann ist ihr klar, was passiert ist?« quetscht er raus.

»Ich habe keine Ahnung, wie das sein kann, aber sie hat sofort gewusst, dass es in der Budapester keiner geschafft hat. Sie will nicht drüber reden. Boris hält einfach ihre Hand.«

»Wird sie wieder ganz gesund?« fragt Pavlik.

»Ja. Die Ärzte meinen, dass ihre Chance bei eins zu tausend gestanden hat. Du kennst sie, sie ist ein zähes altes Luder.«

Pavlik reibt sich den Rotz weg. »Ich muss Schluss machen.«

»Wie sieht's aus?« fragt Lissek.

»Kurz vor dem Countdown.«

»Und da gehst du ans Handy?«

»Hab's angelassen. Ich werd alt.«

»Überleb erst mal heute.«

Lissek legt auf, und Pavlik denkt mit geschlossenen Augen darüber nach, ob er es den anderen sagen soll. Alle sind nervös. Die gute Nachricht würde sie beruhigen. Aber sie möglicherweise auch ablenken.

Der Himmel nimmt ihm die Entscheidung ab.

Pavlik öffnet die Augen. Der Regen ist fort, die Luft schmeckt klar und sauber. Direkt nach einem starken Regen ist die Atmosphäre fast staubfrei, nie hat man bessere Sicht.

»Meine Gebete wurden erhört«, sagt Fricke.

»Funkstille«, knurrt Pavlik und zieht das Präservativ von der Schalldämpfermündung, das einen Wassereintritt verhindert hat. Langsam schwenkt er das Gewehr über die Hausdächer.

Nichts.

Pavlik wiederholt es, dieses Mal in Superzeitlupe.

Da.

Der Sniper liegt hinter einem großen Entlüftungskasten, der Oberkörper und Waffe verdeckt. Aber Pavlik macht unter dem Ghillie die Wölbung der Beine aus.

In dieser Position wird er ihn nicht töten können. Das ist die schlechte Nachricht. Die gute lautet, dass er weiß, wie er den Mann dazu bringen wird, die Stellung zu wechseln.

Noch nicht.

Pavlik schaut auf die Uhr. Fünf vor elf. Er wird gleich in die Sonne sehen müssen, deshalb nimmt er den Kill Flash aus der Ausrüstungstasche und pflanzt das Wabengitter als Lichtschutz vor die Zieloptik. Pavlik fokussiert die Kathedrale. Der Vorplatz füllt sich mit Menschen. Mit bloßem Auge wären ihre Gesichter gerade noch blasse Flecken, darum weiß er ohne Entfernungsmesser, dass es zweihundertfünfzig Meter sind. Sein Schalenkreuzanemometer zeigt die Windgeschwindigkeit an: drei.

Also herrscht unten, vor der Sagrada Família, nahezu Flaute.

Ein dunkler SUV stoppt. Der Fahrer steigt aus und geht um den Wagen herum. Pavlik kann nicht sehen, für wen er die hintere Tür öffnet, aber er weiß, dass es Mason ist.

Alle halten die Funkstille ein.

Jetzt taucht Mason in Pavliks Visier auf. Er trägt Jeans und einen weiten Blouson. Der Fahrer bleibt dicht bei ihm, ein großer Kerl mit Sonnenbrille. Sie steuern die Treppe an.

Pavlik sagt: »Aaron, du hast das Go.«

33

Der Transporter steht in einer Seitenstraße bei der Kathedrale. Jenny Aaron hockt hinten auf der Waffenkiste, allein in einem Sturm von Adrenalin.

Mit einem Mal prasselt der Regen nicht mehr aufs Autodach. Sie nimmt es zur Kenntnis, aber es löst nichts in ihr aus. Aaron hatte keinen Zweifel daran, dass sie Mason um Punkt elf gegenüberstehen wird.

»Dreiundzwanzigster Juni. Donnerstag. Zehn Uhr fünfundfünfzig, achtzehn Sekunden«, sagt die Cartier.

Sie denkt an Flemming und ihre letzte Begegnung, bevor sie zu Kishō flog, ein Abschied wie für immer. Als sie das Krankenhaus verließ und durch den Regen zum Taxi lief, war sie tieftraurig. Nicht, weil sie fortging, sondern, weil sie wusste, dass ein Wort von ihr genügt hätte, um alles zu ändern. Aber damals war sie unfertig, wenn auch anders, als sie glaubte. Sie vermeinte genau zu wissen, welcher Teil von ihr fehlte und sie am Glücklichsein hinderte, und es war nicht Flemming. Aaron könnte sich sagen, dass das dumm war und ihr so viel erspart geblieben wäre, wenn sie an diesem Tag schon erkannt hätte, dass es ihr nicht bestimmt war, wieder zu sehen, sondern, wieder zu lieben.

Aber nichts von dem, was seither geschah, war vergebens. Alles ergibt jetzt einen Sinn, nicht nur die letzten Monate, nein, die ganzen fünf Jahre, sechs Monate und neunzehn Tage seit Holm sie blendete.

Auch das, was gleich kommen wird.

Sei es Masons Tod oder ihr eigener.

Sie hört Pavlik: »Aaron, du hast das Go.«

Der Motor springt an. Während der kurzen Fahrt hat sie die Zeichen über den Südwesttoren der Sagrada Família vor Augen, *Alpha & Omega*, Anfang und Ende. Aaron wird so ruhig, dass sie das Adrenalin nicht mehr spürt.

»Frost, kleine Planänderung«, sagt Pavlik. »Halt nicht direkt beim Eingang, sondern an der Provença.«

Kurz darauf stoppt Frost. Sie öffnet die Transportertür und klappt ihren Stock aus. Aaron fuchtelt damit herum, steigt aus.

»Zwanzig Meter rechts«, dirigiert Pavlik sie. »Mason steht oben auf der Treppe.«

Unbeholfen pendelt sie den Weg aus, gibt sich hilflos. Auch wenn Mason sie bei Kishō erlebt hat, ihr Körpergefühl kennt: Seine Männer sehen Aaron zum ersten Mal. Sicher hat er sie instruiert, sie nicht zu unterschätzen. Aber niemand weiß besser als Aaron, dass die Augen dem Verstand einen Streich spielen, weil Sehende sich blind auf sie verlassen. Ihr Spiel wird bei den Männern von *Team Forsyth* Eindruck machen. Der geringste Zweifel an Masons Worten kann alles entscheiden.

»Sorg dafür, dass ich mit jemandem zusammenstoße«, fordert sie Pavlik auf.

»Dicke Frau auf ein Uhr«, instruiert er sie.

Sie prallt gegen sehr viel Bauch und hört ein »Excusez moi.«

»Non, ma faute«, gibt Aaron zurück.

»Übertreib's nicht«, sagt Fricke. »Es gucken schon welche.«

»Jetzt nach rechts«, lotst Pavlik sie. »Die Treppe ist flach und hat siebzehn Stufen.«

»Wie sieht das Schachbrett aus?« fragt sie.

»Einer ist bei Mason. Einer bei Frost. Die anderen drei stehen in Reichweite von Nowak und Kemper, halbrechts von dir.«

Aarons Stock stößt gegen die erste Stufe. Auf der Treppe stellt sie sich das riesige Schiff aus Gebeinen vor, über den Toren die Darstellung der Christus-Passion mit Judaskuss, Dornenkrönung und Kreuz. Auf dem Mittelportal wird Jesus von Pontius Pilatus gefragt: *Que es la veritat?* – Was ist die Wahrheit?

»Gleich wirst du von links angequatscht«, murmelt Nowak. »Ein Hippie will was Gutes tun.«

»So wie der aussieht, hat er heute schon einen Wal gerettet«, sagt Fricke.

Sie spürt eine Hand auf ihrem Arm. »Kann ich Ihnen helfen?« wird Aaron auf Englisch gefragt.

»Das ist nett. Aber danke.«

Sie geht weiter; der Typ klebt an ihrer Seite. »Ich könnte auch mit Ihnen reingehen und alles erklären.«

In jeder anderen Situation würde Aaron das freundlich lösen. Doch jetzt bleibt sie stehen, richtet die Augen auf den Mann und sagt: »Kleiner, wenn du dich nicht sofort verpisst, gebe ich dir deine Zähne zu fressen.« Sie setzt ihren Weg fort und wird nicht mehr behelligt. »Keine Spur von Malin?« fragt sie, obschon sie weiß, dass sie das längst erfahren hätte.

»Nada«, antwortet Kemper.

Sie ist oben.

»Mason steht fünf Meter rechts von dir«, teilt Pavlik mit.

Aaron könnte die letzten Meter zurücklegen und sich weiter schwach stellen. Oder sie bleibt stehen und lässt Mason keine andere Wahl, als zu ihr zu gehen. Sie wählt die zweite Variante. Unsicher will Aaron nur körperlich wirken, das ist die Botschaft für *Team Forsyth*. Aber Mason wird sie vom ersten Augenblick an zeigen, wer das Sagen hat.

»Er kommt zu dir«, wird sie von Pavlik informiert.

»Da wären wir also«, sagt Mason. Dem Schall nach steht er direkt vor ihr. »Ich hätte Ihnen noch ewig zusehen können. Was soll die Show? Nehmen Sie an dem Wettbewerb *Hilfloseste Blinde des Jahres* teil?«

»Spotten Sie nur«, erwidert Aaron. »Garantiert wissen alle, dass Sie mich in Virginia durch das Dojō geprügelt haben.«

Sie kennt ihn. Er würde seinen Männern nicht die Wahrheit sagen, das lässt sein Ego nicht zu. Als er schweigt, hat sie *Team Forsyth* erneut manipuliert.

»Coole Sau«, kommentiert Fricke das.

»Was fangen wir jetzt mit dem angebrochenen Tag an?« fragt Mason mit Wut in der Stimme.

»Wir beide gehen zu dem Transporter.« Sie weiß, dass Mason automatisch dorthin blickt. »Wie Sie sehen, hat der Fahrer die Seitentür geöffnet und sich entfernt. Schicken Sie einen Mann hin. Er soll sich davon überzeugen, dass das Fahrzeug leer ist.«

»Was machen wir da drin? Händchen halten?«

»Ich spiele Ihnen eine Tonaufnahme vor.«

»Wovon?«

»Sie haben vor zwei Jahren Senator Richard Bergman in Köln durch einen Sniper von *Team Forsyth* liquidieren lassen und waren so leichtsinnig, sich vorher bei Lissek über die Sicherheitsmaßnahmen von Bergmans Hotel zu informieren. Er hat das Telefonat aufgezeichnet.«

»Das ist alles? Die SAD hatte Bergmans Personenschutz übernommen. Die Anfrage bei Lissek war Routine.«

Aaron setzt alles auf Rot.

»Das ist eine Lüge«, sagt sie. »Sie waren nicht damit befasst, ich habe das überprüft.«

Die Glocken der Kathedrale ertönen. Mason antwortet nicht, ehe der zehnte Schlag verklungen ist. »Spielen Sie mir den Mitschnitt auf Ihrem Handy vor.«

»Ich will unter vier Augen mit Ihnen reden.«

»Das dürfte Ihnen schwerfallen.«

»Ihren kranken Humor werden Sie gleich noch brauchen.«

»Ich setze keinen Fuß in dieses Auto«, knurrt Mason.

»Wovor haben Sie Angst? Ihre Leute wissen längst, dass nur vier von der Abteilung hier sind. Das sind alle, die überlebt haben. Ihre fünf gegen vier und eine Blinde.«

Er schweigt, während die Zeit sich davonstiehlt.

»Ich dachte, ich hätte es mit *Team Forsyth* zu tun«, kitzelt sie ihn. »Haben Sie Angst, ich könnte mich ans Steuer setzen und mit Ihnen wegfahren?«

»Er hört sich die Analyse seines Kommandoführers an«, sagt Kemper. »Der Typ sabbelt wie ein Wasserfall.«

»Also gut«, fährt Aaron fort. »Sie können einen Ihrer Männer mit in den Transporter nehmen. Zu zweit werden Sie wohl mit mir fertig, oder?«

Diese Offerte war von Anfang an Teil des Plans. Sie brauchen einen Köder, der so groß ist, dass Mason danach schnappt. Falls er das tut, muss Aaron im Wagen zwei Männer neutralisieren.

Kein Thema.

Sollte er jedoch ablehnen, wird es gleich sehr ungemütlich.

Mason befiehlt: »Bishop, check den Transporter.«

»Meiner«, sagt Nowak. »Ich gehe mit.«

Ganz in seiner Nähe schlendert Fricke lässig über den Platz. Als Libero hat er keine klare Zuordnung. Er ist ein Freigeist und fühlt sich so am wohlsten. Da er ständig in Bewegung ist, absorbiert er einen Teil der Aufmerksamkeit von Masons Leuten und reizt es aus, indem er weite Wege zurücklegt. Als Frickes Blick dem Mann folgt, den Mason Bishop nennt, sieht er im Augenwinkel eine verlumpte Frau in einem Abfallcontainer stöbern. Sofort erinnert Fricke sich, was Pavlik über Malin gesagt hat. »Sie war als Pennerin verkleidet. Sogar gestunken hat sie.«

Die Frau wendet Fricke den Rücken zu. Sie ist nah genug am Transporter, um ins Geschehen einzugreifen. Bishop wird in zehn Sekunden dort sein. Fricke läuft zu der Frau. Er rennt nicht, erregt kein Aufsehen, aber bewegt sich so schnell, dass er sie erreichen wird, ehe Bishop das Fahrzeug inspiziert.

»Fricke, was ist?« fragt Pavlik.

»Die Pennerin am Mülleimer.«

»Bin dabei«, sagt Nowak.

»Negativ. Bleib bei deinem Mann. Fricke regelt das.«

Als er hinter der Frau ist, scheint sie ihn noch immer nicht bemerkt zu haben. Sie könnte harmlos sein; er müsste sie nur antippen, um es herauszufinden. Falls es sich aber um Malin handelt, käme sein Name auf die Gedenktafel der Abteilung.

Fricke hält nichts von Firlefanz wie Karate. Seine Faust gräbt sich in die untere Wirbelsäule der Frau. Sie sackt auf die Knie. Fricke reißt sie herum. Er weiß sofort, dass es nicht Malin ist. Sie starrt ihn röchelnd an, kriegt keine Luft mehr. Ihr Blick löst sich in einer Wolke von Schmerz auf.

»Niete gezogen«, gibt Fricke durch. Er kniet sich vor die Frau. Da er kein Spanisch kann, macht er ihr vor, wie sie atmen soll, um nicht ohnmächtig zu werden.

Aber es ist keine Zeit, sich um sie zu kümmern. Er hilft ihr auf die Beine, lehnt sie gegen den Container und orientiert sich.

Masons Mann hat den Transporter gecheckt.

Seit einer Minute hört Aaron nur Stimmengewirr, die Geräusche, die hunderte von Menschen an einem unbeschwerten Tag vor einem Weltwunder machen, ohne zu wissen, dass elf unter ihnen sind, die sich aufs Töten verstehen.

Dann ist Masons Stimme wieder da. »Gut, gehen wir.«

»Wenn Sie erlauben.« Sie fasst an seinen rechten Ellbogen.

»Da bin ich Gentleman.«

Pavlik flüstert, weil er seinen Atem schon auf den Schuss vorbereitet. »Fricke, du hast das Kommando.«

Aaron geht neben Mason die Treppe hinunter. Da sie den Weg aus der anderen Richtung zurückgelegt hat, weiß sie, dass sie dreißig Sekunden brauchen werden. Noch immer ist das Adrenalin nur ein Hintergrundrauschen. Wie ein plätschernder Bach oder Wind in einem Palmenhain. Das muss sie ändern, denn gleich wird ihr Leben von ihrer Handlungsschnelligkeit abhängen, und der Neurotransmitter ist der Treibstoff dafür.

Aaron stellt sich zwischen Geist und Körper eine Tür vor. Sie sieht sie deutlich vor sich, den dicken Stahl, das Zahlenschloss, dessen Kombination sie kennt. *Dreimal zehn.* Sie entriegelt die Tür und drückt sie auf. Ihre Blutgefäße weiten sich explosionsartig. Aarons Herz wird zu einem Kompressor, der ihren Körper erschüttert und sie zittern lässt. Mason merkt es sicher. Das ist gut. Er soll denken, dass sie Angst vor ihm hat.

»Bishop wartet am Auto auf euch«, teilt Fricke mit. »Knapp unter eins neunzig, Schultern wie ein Boxer, gut hundert Kilo. Er steht links von der Tür, also musst du nach rechts.«

Sie bleibt stehen. »Lassen Sie mich auf die andere Seite.«

»Wieso?« fragt Mason.

»Weil ich einen Krampf in der Hand habe.«

»Es ist ein Jammer, was aus Ihnen geworden ist«, höhnt er.

Sie tippt an den Ellbogen von Mason und verändert die Position ihres Daumens eine Winzigkeit, bis er direkt über seinem Humerusrand liegt. Aaron kann ihn unter dem dünnen Blouson perfekt fühlen.

»Großer, du bist dran«, sagt Fricke.

Flemming setzt sich im Park in Bewegung und lässt den Basketball auftippen. Ein Hüne mit Muskelshirt und Jogginghose, dem man einen brutalen Dunking zutraut, aber nicht, dass er gleich hinters Steuer des Transporters springen und mit Aaron und den beiden Männern im Laderaum wegrasen wird.

Pavlik winkelt ein Bein an, um den Bauch zu entlasten und das Atmen weiter zu erleichtern. Der Kopf des Snipers ist in seinem Fadenkreuz. Erwartungsgemäß hat der Mann die Position gewechselt, da er sonst keine freie Sicht auf die Box vor der Tür des Transporters hätte.

Pavlik sieht, wie der Gewehrlauf des Snipers Aaron folgt.

Fricke zählt den Countdown: »Fünf. Vier. Drei. Zwei. Eins.«

Bei Fünf atmet Pavlik tief ein. Bei Vier tief aus. Bei Drei leert er seine Lunge halb und hält den Atem in der Schwebe. Bei Zwei nimmt Pavlik das Spiel aus dem Abzug. Bei Eins ist sein Finger auf dem Auslösepunkt. Er verwendet Subsonicmunition, damit das Projektil nicht schneller als 330 m/s wird und keinen Überschallknall erzeugt. Als das schwere Geschoss den Lauf verlässt, schließt Pavlik die Augen, weil es die natürliche Reaktion auf den Rückstoß ist und der Körper das zum Entspannen braucht.

Er öffnet sie sofort wieder, sieht den Sniper regungslos hinter seinem Arctic Warefare liegen und vergeudet keinen Gedanken mehr an ihn. Pavlik weiß, dass die Kugel, die in die linke obere Ohrmuschel eindrang, das Kleinhirn zerstört und die Verbindung zum Zeigefinger des Mannes innerhalb von 0,0000516 Sekunden unterbrochen hat.

»Go.« Pavlik richtet das Light Fifty auf die Kathedrale. Aaron und Mason sind schon im toten Winkel hinter dem Transporter, sodass er sie nicht mehr sehen kann.

Es wäre bloß noch ein lächerlicher Meter bis zur Fahrzeugtür, doch als Mason gleichzeitig mit Pavliks Durchsage aus dem Tritt kommt, ist Aaron klar, dass er vom Tod des Snipers weiß. Pavlik muss ihn mitten in einem Funkspruch erledigt haben.

Die Zeit hört auf, eine Dimension zu sein, und rotiert wie ein Brummkreisel auf der Stelle.

Das ist die erste und zweite Sekunde:

Aaron stimuliert mit ihrem Daumen den Kyūsho-Punkt am Humerusrand von Masons Ellbogen und übt genug Druck aus, um eine gewaltige Ki-Ableitung zu verursachen. Mason bricht stöhnend zusammen.

Sie weiß nicht, ob er das Bewusstsein verliert oder nur vor Schmerz verrückt wird, doch darüber darf sie nicht nachdenken. Für seinen Mann, der zwei Meter von ihr entfernt ist, ging alles so schnell, dass er noch keine Reaktion gezeigt hat, als sie auf ihn zufliegt und ihre Hände über der größten Körperfläche, der Brust, in seine Jacke krallt. Aaron stößt sich ab, lässt sich nach hinten fallen und reißt Bishop mit. Ehe sie den Boden berührt, gleitet sie unter seinen breiten Beinen durch, um schon wieder zu knien, als er mit dem Bauch aufschlägt.

Ein Genick zu brechen, ist theoretisch eine schnelle Sache. Man muss dazu den Dens Axis spalten, einen Dorn an der Oberseite des zweiten Wirbels, der dann nach vorn knickt und das Rückenmark durchtrennt. Das Problem ist, dass Bishops Halsmuskeln den Wirbel dick einpacken und der Dens Axis aus festem Knochenmaterial besteht.

Aaron packt Bishops Kopf mit beiden Händen und setzt die Drehbewegung ihres Oberkörpers als Hebel ein. Sie spürt das Knacken und hört Schüsse orgeln.

Das ist die dritte und vierte Sekunde:

Pavlik sieht im Visier des Light Fifty, wie Nowak auf einen von Masons Männern zustürmt. Jedem hat Pavlik im Stillen einen Namen gegeben; den hier nennt er Blender, wegen der Uniform, mit der er sie täuschen wollte. Blender zieht seine Pistole. Pavlik will ihn töten, doch eine alte Frau taucht im Fadenkreuz auf. Sie flieht panisch, wie hundert andere, seit die ersten Schüsse fielen, und gibt die Sichtachse erst wieder frei, als Nowak schon in das Feuer von Blender gerannt ist. Pavlik sieht, wie Nowak auf den Rücken geschleudert wird, und weiß, dass er mitten ins Herz getroffen wurde. Die Kugel, die Pavliks Schmerz aus dem Gewehrlauf drückt, stemmt den Schädel von Blender auf.

Daniel Nowak starrt zu einem Himmel so blau wie an einem perfekten Tag am Meer bei Dagebüll. Er hört Möwen schreien, die Wellen, den Wind und denkt an seine Frau, als er stirbt.

Yul ist in Pavliks Visier, ein Bulle mit rasiertem Schädel, der sich hingekniet hat und mit einer Beretta auf Frost anlegt. Pavlik kann Yul nicht verfehlen. Er wird mit den 717 Joule Energie des .300 Whisper seinen Kehlkopf in Staub verwandeln. Aber als er feuert, fliegt Fricke heran und wird von der kinetischen Wucht des Projektils auf Yul geschleudert.

Das ist die fünfte und sechste Sekunde:

Pavlik hat den Oberschenkel von Fricke erwischt. Er kann keinen zweiten Schuss auf Yul abgeben, weil Fricke mit ihm die Treppe hinunterrollt, zwischen den Beinen von Menschen, die um ihr Leben rennen. Dann sieht er, wie Fricke sich schwankend aufrichtet und Yul mit dessen Beretta in den Kopf schießt.

Hagen Kemper ist nur noch zwei Meter von einem Mann entfernt, den Pavlik wegen seiner Turnschuhe Nike getauft hat, als der Hippie, von dem Aaron vorhin bedrängt wurde, direkt in ihn hineinrennt. Kemper stößt ihn zur Seite.

Doch diese beiden Atemzüge fehlen ihm jetzt. Die Kugel von Nike schlägt in seinen Solarplexus ein und sprengt das Rückgrat.

Kemper spürt, wie seine Beine ganz leicht werden. Er glaubt, Regen auf seinem Gesicht zu spüren, wie an dem Tag, an dem er Isabell begegnete, sieht sie wieder vor sich stehen und fragen: »Haben Sie meinen Hund gesehen?«

Dass das Blei aus Flemmings Glock Nikes Schädel ausschachtet, spielt für Kemper keine Rolle mehr.

Das ist die siebte und achte Sekunde:

Frost kämpft sich durch einen Pulk von Fliehenden zu Aaron und Mason durch. Er steckt in einem Gewölle aus angstverzerrten Gesichtern, riesigen Augen, Schreien fest, fühlt ein scharfes Brennen an der Schläfe und stürzt in einen schwarzen Schacht, ohne zu wissen, dass es ein Querschläger war, der von einem Laternenpfahl abgeprallt ist.

Pavlik sieht Frost zusammensacken und hat plötzlich wieder die alte Frau im Visier. Nur dass es keine alte Frau sein kann, wie ihr Sprint verrät.

Malin.

Pavlik zielt auf ihre Beine, lässt den Schuss wie einen Atemzug geschehen. Doch genau in diesem Moment springt Malin über einen am Boden liegenden Mann. Die Kugel schmiert Blut auf Malins Wade, ohne sie zu Fall zu bringen. Sie taucht in der Menschenwoge ab, die sich über den Platz ergießt.

Pavlik kann nichts tun, wenn er nicht riskieren will, einen Unschuldigen zu treffen. Er sieht Fricke in Zeitlupe zu Nowaks Leiche humpeln und einknicken.

»Flemming: die alte Frau!« schreit Pavlik. »Es ist Malin. Sie will zu Aaron.«

Das ist die neunte und zehnte Sekunde:

Flemming sieht Masons letzten Mann, den mit dem Regenmantel, schnelle Blitze auf einen Polizisten der Guàrdia Urbana abfeuern, der aus dem Park rennt. Der Polizist macht einen verunglückten Tanzschritt und bricht zusammen.

Regenmantel rennt weiter, will wie Flemming zum Transporter. Flemming stoppt seinen Lauf mit einer Kugel, die für den Hinterkopf von Regenmantel gedacht war, ihn jedoch nur an der Schulter herumreißt. Regenmantels Mund ist ein bitterer Strich. Er starrt in Flemmings Augen, bis dessen Nachschuss das Leben aus seinem Gesicht wischt.

Früher wäre Flemming längst bei Aaron gewesen. Aber er war fast drei Monate im Krankenhaus, ist erst seit kurzem wieder im Training. Dauernd befiehlt er seinem Körper Sachen, die nicht funktionieren, sein Muskelgedächtnis hat Alzheimer. Darüber redete er mit keinem. Wozu auch? Jeder von ihnen war schon mal schwer verwundet, alle wissen, dass er mindestens ein halbes Jahr bräuchte, um zurückzukommen. Pavlik hat ihn gestern Abend nicht bei Aaron gelassen, damit sie Zeit für sich hatten. Er wäre im Park bloß Ballast gewesen, ein Risikofaktor, da macht er sich nichts vor.

Dass er Nike aus dem Sprint heraus in den Kopf schoss, war ein Lucky Punch. Darauf bildet Flemming sich nichts ein, denn wäre er schneller gewesen, so schnell wie früher, würde Kemper jetzt noch leben.

Aaron ist zu Mason gekrochen. Sie hat ihn auf den Rücken gewälzt und am Hals seinen Puls gefühlt. Er lebt, ist jedoch ohne Bewusstsein. Seitdem hat sie nichts anders getan, als die Hand auf sein Herz zu legen und darauf zu warten, dass er entweder zu sich kommt oder einer der Samurai sich zu ihr durchschlägt, um sie und Mason in den Transporter zu schaffen.

Und hört die Schüsse.

Und wird vom Adrenalin verprügelt.

Mehr bleibt ihr nicht.

»Aaron, Status?« fragt Pavlik.

»Bishop ist tot, Mason neutralisiert.«

»Flemming ist unterwegs zu dir.«

»Was ist mit den anderen?«

Als Pavlik nicht antwortet, weicht alle Kraft aus ihr.

Das sind die Sekunden elf bis achtzehn:

Aaron weiß nicht, wo das Messer herkommt. Masons Bewegung ist zu schnell, um sie im Ansatz abzublocken. Sie kann die Hand gerade noch in einem Reflex ablenken und so verhindern, dass der Stich ins Herz geht. Er zieht das Messer quer über ihren Oberkörper. Der Schnitt ist nicht tief genug, um die Muskeln zu durchtrennen, aber der Schmerz raubt ihr den Verstand.

Hilflos taumelt Aaron durch längst vergessene Bilder, Wut im Gesicht ihres Vaters, ein Lächeln ihrer Mutter, das tosende Meer vor den Klippen von Kap Arkona, wo sie als kleines Mädchen mit ihren Eltern war.

In der neunzehnten Sekunde stöhnt Mason, und Aaron wird gewahr, dass jemand neben ihr kniet. »Flemming?« haucht sie.

Malin flüstert in ihr Ohr. »Hab keine Angst. Er gehört dir. Lass ihn durch das Tor der Tränen gehen.«

Aaron greift nach Malin, hat ihre Hand. Sie fühlt sich genauso an wie in dem Traum am Strand, eine Hand, die einmal in der des Vaters lag, so wie die von Aaron, eine Hand, durch die viele Menschen starben, so wie durch ihre eigene. Verlust und Trauer liegen in dieser Berührung und auch das Wissen, dass die andere genauso empfindet.

Ewigkeiten.

Wimpernschläge.

Dann ist die Hand fort und Malin verschwunden. Aaron spürt Masons Herz schlagen, aber er kann sich nicht mehr bewegen; Malin muss ihn gelähmt haben. Als Aaron das Mikrofonpflaster abreißt, sind Mason und sie unter sich.

Seine Stimme ist klar. »Sie werden mich nicht töten, das ist der Unterschied zwischen uns beiden. So war es und so wird es immer sein. Darum konnte ich die Abteilung vernichten, ohne dass es mich einen Cent gekostet hat. Wer sich mit dem Teufel einlässt, darf ihn nicht fürchten. Sie haben keine Beweise für gar nichts. Heute Abend werde ich ein Glas auf das Gesicht trinken, das Sie jetzt machen.«

Aaron vergisst die Schmerzen. Sie sagt kalt: »Sie denken, das *Tor der Tränen* wäre Ihr Tod? Nein, es ist weit mehr als das, ein Kyūsho-Punkt zwischen der sechsten und siebten Rippe, der mit Ihrem Yin verbunden ist. Sie wissen, was das Yin ist? Die dunkle, weibliche, kalte Kraft, die wir alle in uns tragen, auch Sie, Mason. Gleich werde ich mit den Knöcheln meines Zeige- und Mittelfingers auf diesen Punkt schlagen und –«

Sie hört Flemming: »Bist du in Ordnung?«

»Ja.«

»Es geht ihr gut«, meldet er.

»Kümmere dich um Malin«, versetzt Pavlik. »Sie rennt auf der Sardenya Richtung Nordwesten. Ich habe kein Schussfeld. Jetzt verschwindet sie um die Ecke. Sie hat nur hundert Meter Vorsprung, ist verwundet, scheint unbewaffnet zu sein.«

Aaron hält Flemmings Hand fest. Schaut ihn flehend an.

»Lassen Sie mich mit der Frau nicht allein«, sagt Mason. »Sie kriegen alles, was Sie wollen. Bitte!«

Flemming macht sich von ihr frei. Ist weg.

Aaron löst den Klettverschluss von Masons Kevlarweste. Sein Atem peitscht. »Beim *Tor der Tränen* gibt es zwei Möglichkeiten: Entweder Ihr Herz bleibt stehen.« Sie erfühlt den Kyūsho-Punkt, dehnt den Moment. »Oder Sie werden blind. Gleich wissen wir, wofür Ihr Ki sich entscheidet.«

»Das glaube ich nicht«, flüstert er. »So etwas gibt es nicht.«

Sie riecht seine Angst. »Ich hoffe, Sie überleben. Dann wird sich rausstellen, ob Sie der Mann sind, der Sie zu sein glauben.«

Aaron erstickt Masons Antwort mit dem Schlag. Sie stellt sich wieder die Stahltür mit dem Zahlenschloss vor, sieht sich die Kombination eingeben, die Tür schließen. Das Adrenalin und die Angst weichen einer tiefen Ruhe. Sie nimmt nichts mehr um sich herum wahr, nicht das weinende Kind, nicht das Knirschen von Blech, als zwei Autos ineinanderkrachen, nicht Pavlik, der Fricke anblafft, endlich auf die Beine zu kommen und sich um Frost zu kümmern.

Dann zerreißt Masons Schrei die Stille, so furchtbar, wie sie noch keinen hörte. Aaron sticht einen Finger in die Drachenader unter seinem Kinn und betäubt sein Sprachzentrum.

Flemming rennt über die Carrer de Sardenya und atmet freier, weil er Fricke hört: »Frost hat einen Streifschuss. Er kommt grad zu sich. Ich helfe ihm zum Transporter. Oder er mir.«

Flemming bleibt abrupt stehen.

Zehn Meter vor ihm tritt Malin aus einem Torbogen.

Er hat keine Angst vor ihr. Flemming weiß: Einen Granitblock wie ihn räumt man nicht einfach weg. Sie weiß es auch, das liest er in ihren Augen.

Er sieht das Blut an ihrem Bein herablaufen, denkt an Aarons Blick, hat ihre Stimme im Ohr.

Ich konnte sie sehen, weil sie ein Teil von mir ist.

»Flemming, bist du an ihr dran?« fragt Pavlik.

Wir hatten beide keine Wahl.

Malin schaut ihn traurig an. Er könnte sie auf der Stelle töten, ohne dass sie sich wehren würde.

Wir sind wie Schwestern.

Wieder Pavlik: »Flemming?«

Wie könnte ich über sie richten?

Er sagt: »Ich habe sie verloren.«

Ein letzter Blick, ein Nicken, dann dreht Flemming sich um und läuft zurück zu der Kathedrale. »Wir müssen los«, gibt er an Pavlik durch. »In spätestens fünf Minuten wimmelt es dort von Polizisten. Wir holen dich am Treffpunkt ab.«

Aaron kniet noch immer neben Mason. Fricke hat Frost in den Transporter geholfen und will Mason anheben.

»Wir lassen ihn hier«, erklärt sie.

»Was?«

»Vertrau mir, ich erklär's dir nachher.«

In der Ferne sind Sirenen zu hören. »Zehn Streifenwagen«, teilt Pavlik mit, »noch zwei Kilometer weg. Beeilt euch.«

Flemming ist wieder da. Er hat die Leichen von Kemper und Nowak dabei. Zweihundert Kilo, und er atmet nicht mal schwer. Aaron ergreift Frickes glitschige Hand und lässt sich hochziehen. »Ist das dein Blut?« fragt sie.

»Pavlik hat mir ein Stück Blei geschenkt«, raunzt Fricke. Und, laut: »Danke, Pavlik.«

Flemming macht einen Alarmstart. Er biegt zweimal scharf ab. Bis zur Carrer de Sicília sind es wenige hundert Meter. Sie sammeln Pavlik ein. Flemming hält erst an, als sie die Stadt hinter sich gelassen haben. Aaron steigt aus dem Auto. Sie hört die müde Brandung, schmeckt den Salzwind.

Flemming legt einen Druckverband über Aarons Wunde. »Ja, kümmere dich zuerst um sie«, murrt Fricke. »Frost hat bloß nen zweiten Scheitel und ich ne Kugel im Bein.«

»Mit meinem Kopf komm ich klar«, versetzt Frost. »Nur dein Geflenne halt ich nicht aus.«

»Was sollte das mit Mason?« fragt Pavlik.

»Die Bombe war *sein* Werk«, antwortet Aaron. »Er hat es zugegeben und gelacht.«

Pavlik ist so wütend, dass seine Stimme kippt. »Und du lässt ihn davonkommen?«

Sie sagt, was sie mit Mason gemacht hat.

»Heilige Scheiße«, murmelt Fricke.

Pavlik fasst sich. »Er hätte uns Malin liefern können.«

»Nein, kann er nicht. Das habe ich geklärt.«

»Sie war bei dir und Mason. Was hattet ihr am Transporter zu bereden?«

»Nichts.«

»Verarsch mich nicht!«

»Sie hat mir Mason überlassen, das ist alles.«

»Verdammt, Aaron, du hattest sie direkt vor dir.«

»Hast du den Schnitt gesehen? Tut mir leid, wenn ich damit beschäftigt war, nicht ohnmächtig zu werden. Und jetzt hätte ich gern ein bisschen Morphium.«

»Hör auf, Pavlik«, geht Flemming dazwischen. »Das bringt alles nichts mehr. Mason hat gekriegt, was er verdient hat.«

»Willst du behaupten, dass es Kemper und Nowak wert war?« schnauzt Pavlik ihn an.

»Sven war ein feiner Kerl«, sagt Fricke. »Früher hat er das Leben gefeiert. Aber dann wollte er nur noch zu seiner Frau. Er hat gewusst, dass es ihn vor der Kathedrale erwischt. Heute Morgen hat er zu mir gesagt. ›Ich habe von ihr geträumt. Diesmal hat sie an *meinem* Grab gestanden und nicht ich an ihrem.‹«

»Er hieß nicht Sven«, versetzt Pavlik rau.

»Wie?«

»Eigentlich Sven Hagen. Sven hat er gehasst.«

»Hab nie einen Sven gekannt«, sagt Fricke.

»Daniel hat mir mal erzählt, dass die Männer in seiner Familie immer an einem Regentag sterben«, meint Aaron.

Frost sinniert: »In meiner Familie wird nur in Jahren mit einer Primzahl gestorben. Also frühestens nächstes Jahr.«

»Mensch, Aaron, weißt du noch, als wir mit Daniel damals in Rom waren?« fragt Fricke.

»Ja. Im Hubschrauber hat er meine Hand gehalten, als ich gedacht habe, ich schaff's nicht.«

Pavlik räuspert sich. »Ihr fliegt mit dem Jet zurück, ich bringe Daniel und Hagen nach Berlin.«

»Nein«, sagt Flemming. »Wir fahren alle zusammen.«

Niemand widerspricht. Er tauscht die Nummernschilder aus, die Nowak nachts gestohlen hatte. Flemming wechselt sich mit Pavlik am Steuer ab, Aaron, Fricke und Frost hocken die ganze Zeit bei den Leichen. Sie nehmen Abschied von den Toten und sprechen kein Wort bis Berlin.

ZEHN DINGE

Aaron wohnt bei Flemming, zwei kleine Zimmer in Neukölln, und es ist ihr ein Rätsel, wie neben ihm noch Platz für die Möbel sein kann. In der Küche riecht es nach Vanille, weil er Milchreis mag; auf dem Hof spielen türkische Kinder.

Ihr Augenlicht kehrt nicht zurück. Sie erkennt Hell und Dunkel, Schatten, die Andeutung von Farben, manchmal eine Bewegung. Wenn es ein hüpfender grauer Punkt ist, stellt sie sich einen Spatz vor. Sie muss kein Speed mehr nehmen, es ist einfach geschehen. Dieser Teil ist der leichteste.

Dass die Zeit alle Wunden heilt, ist so falsch wie die Behauptung, sie heile keine. Es kommt die Nacht, in der sie nicht mehr mit einem Schrei aufwacht, und der Morgen, an dem Flemming nicht schweißnass ist, als sie sich an ihn schmiegt. Der Messerschnitt vernarbt, sie denkt nicht mehr daran.

Es sind so viele Beerdigungen, dass Aaron sich zwei schwarze Kostüme kaufen muss. An diesen Tagen wird sie von allen um ihre Blindheit beneidet. Was bleibt: der Herzschlag von Krupps Vater, auf dem Weg zum Friedhof. Dass Kempers Bruder Aarons Hand ignoriert. Der Satz von Nowaks Frau: »Beim Ausräumen seiner Wohnung habe ich das Kündigungsschreiben gefunden.« Peschels drei Frauen mit den drei Töchtern, die alle zu Aaron gehen und ihr kondolieren.

Demirci ist auf jeder Beerdigung, auch wenn Schlaf für sie nur noch eine Arbeitsunterbrechung ist. In Barcelona kamen keine Zivilisten ums Leben, das ist das Wichtigste. Den Tod von Nowak und Kemper macht sie mit sich aus, Masons Strafe hat sie mit einem Nicken quittiert. Sie findet es angemessen.

Aber Aaron weiß, dass Demirci sich nicht damit zufriedengeben wird. Sie will Malin. Darüber fiel bisher noch kein Wort. Der Wiederaufbau der Abteilung geht jetzt vor, die Suche nach einem Standort, die Rekrutierung von Männern, das Schmieden von Allianzen; es gibt immer einen neuen Feind.

Flemming hat Aaron von dem Moment erzählt, als er Malin auf der Straße gegenüberstand, der Sekunde, in der er sich entschied. Andere Frauen haben vielleicht romantischere Liebeserklärungen bekommen. Doch keine wie die.

Am letzten Freitag des Monats ruft Thomas Reimer an. Er sagt, dass er morgen in Berlin ist, und fragt, ob sie sich sehen können. Sie verabreden sich für mittags im Garten des Café Einstein in Tiergarten. Aaron ist schon etwas früher da, trinkt Orangina und lauscht den Gesprächen. Sie kann das an jedem Tisch und hört sogar, wie zwanzig Meter von ihr entfernt ein Zuckertütchen aufgerissen wird. Filmleute verkehren hier, Verlagsmenschen, Künstler. Es geht um Abschlüsse, Rollenangebote, Eitelkeiten, alles ist so wahnsinnig wichtig.

Reimer ist pünktlich. Als er einen Kaffee bestellt hat, sagt er: »Ich habe einen Kontoauszug gekriegt.«

»Nichts Unangenehmes, hoffe ich.«

»Sie haben mir 1,9 Milliarden Dollar überwiesen.«

»Nicht Ihnen, sondern der Stiftung, die ich für Sie gegründet habe. Ich hatte ein langes Gespräch mit Ihrer absolut großartigen Frau und weiß, was das für Ihre Forschungen bedeutet. Das Geld ist gut angelegt. Ich habe den Vorsitz im Kuratorium und ein Auge darauf, was Sie damit anstellen.«

Fassungslosigkeit macht Reimers Stimme rau. »Ich wusste nicht, dass Sie so reich sind.«

»*Waren*, muss es heißen. Obwohl: Mit den hundert Millionen, die ich behalten habe, werde ich klarkommen.«

»Wo stammt das Geld her? Entschuldigung, ich muss Sie das fragen, das werden Sie verstehen.«

»Ob es sauber ist? Juristisch: ja. Und über die Moral hat ein Freund einmal zu mir gesagt: ›Geld ist weder gut noch schlecht. Es ist wie ein Schiff, das die Atombombe transportieren kann oder Nahrung für Hungernde.‹«

Reimer bekennt: »Ich bin sprachlos.«

»Ging mir anfangs genauso. Aber der Mensch gewöhnt sich an vieles, auch an zehnstellige Zahlen auf Kontoauszügen.«

Am Nebentisch sagt ein Autor: »Der Regisseur hat mit meinem Drehbuch dasselbe gemacht wie Hitler mit Polen.«

Aaron lächelt. »Sie fragen mich gar nicht, ob ich die Therapie fortsetzen will.«

»Warum sollte ich? Ich muss Sie nur ansehen.«

»Dann war ich doch ein Erfolg«, erwidert sie.

»Mein größter.«

Auf der Straße verabschieden sie sich.

»Haben Sie Malin aufgespürt?« fragt Reimer.

»Wir sie. Und sie uns.«

»Ist sie tot?«

»Nein. Das hat ebenfalls mit einem Freund zu tun. Ich habe ihn zuerst gehasst, weil er mir Dinge gesagt hat, die wehgetan haben. Aber er hat mich gezwungen, mir die wichtigste Frage zu stellen. Dafür werde ich ihm immer dankbar sein.«

»Die Frage, ob Sie ein selbstbestimmter Mensch sind.«

»Wie Sie sehen, habe ich die Antwort gefunden. Auch Malin ist so weit. Das ist wichtiger als irgendeine Rache.«

Reimer weiß, wie man jemanden richtig drückt. Na klar.

In der fünften Woche wird Helmchen aus der Klinik entlassen. Es gibt eine Willkommensparty bei ihr zuhause. Man kann das Überleben feiern, ohne die Toten zu vergessen. Fricke hat gewettet, dass er es schafft, sie zum ersten Mal wieder zum Lachen zu bringen. Keiner glaubt daran, es ist noch zu früh.

Fricke sagt: »Helmchen, da ist was mit Ihren Nussecken. Die hier hab ich aufgehoben. Und jetzt festhalten.«

Flemming flüstert Aaron zu. »Fricke beißt ab. – Mann, das müsstest du sehen. Sein Kopf geht auf wie ein Hefekloß.«

»Um Gottes willen«, sagt Helmchen erschrocken.

»Pavlik haut ihm ein Antihistaminikum in den Arm«, erklärt Flemming für Aaron.

»Ich bin gegen Nüsse allergisch«, krächzt Fricke. »Das hätte ich längst beichten müssen.«

»Aber was haben Sie denn dann mit den ganzen Nussecken gemacht?« fragt Helmchen.

»Hab's mal überschlagen. Es müssen in den zwölf Jahren so um die zweitausend gewesen sein. Ich bin immer aufs Dach und hab sie rüber in den Zoo geworfen, zu den Flamingos, schlappe fünfzig Meter. Die waren verrückt danach. Und jetzt gucken Sie mal hier: War vorige Woche in der *Bild*.«

Helmchen liest: *»Flamingo-Population im Berliner Zoo in den letzten Jahren explodiert. Experten stehen vor einem Rätsel.«*

»Ich weiß nicht, was Sie da reintun«, sagt Fricke. »Aber die Viecher werden von Ihren Nussecken spitz wie ein Storch.«

Dieses Lachen zu hören, so frei und laut, ist der Anfang von etwas Neuem.

Auch Lissek ist gekommen. Aaron begrüßt ihn mit Wangenkuss. Alles andere lassen sie ruhen. Und da ist Luca. Dieses Mal spielt er keinem etwas vor, ist einfach ein sechsjähriger Junge mit Flausen im Kopf, ein Sausewind, für den ein Tag nicht genug Stunden hat.

Mit Sandra ist es wie immer, als wären sie und Aaron nie getrennt gewesen, als hätte es nicht die Umarmung gegeben, von der beide dachten, es könnte die letzte sein. Nicht ein Wort über Pavlik. Sandra weiß, was zwischen ihrem Mann und Aaron steht. Es gibt keinen Kummer, den sie nicht teilen, das verlangt sie von ihm, und wäre es anders, müsste er gehen.

Aaron und Pavlik meiden einander, wie sie es seit der Rückkehr aus Barcelona tun. Es ist nicht das erste Mal, dass sie so sind, aber nie war es so lange, so hart.

Am Abend nimmt Helmchen sie beiseite: »Kommt mal mit raus. Und mach die Tür hinter dir zu, Ulf.«

Auf der Gartenterrasse ist das Stimmengewirr der anderen weit weg, fast wie eine Erinnerung an einen schönen Tag.

»Ich habe keine Ahnung, was ihr mit euch herumschleppt«, sagt Helmchen, »und es interessiert mich auch nicht. Manche Menschen sind durch das Leben miteinander verbunden, andere durch den Tod. Bei euch ist es beides. Ich hoffe, Sandra und Alexis tragen mir das nicht nach, aber ihr seid die größte Liebesgeschichte aller Zeiten, und der eine kann ohne den anderen nicht sein. Ich ertrage weiß Gott vieles. Doch nicht, euch so zu sehen. Solltet ihr nicht den Mumm haben, euch in die Arme zu nehmen, verlasst mein Haus und kommt erst zurück, wenn ihr wieder wisst, was ihr füreinander seid.«

Aaron macht den Anfang. Als sie sich drücken, fühlt es sich noch ein bisschen eckig an, aber das wird schon.

»Sturer Bock«, flüstert sie ihm zu.

»Ziege«, flüstert er zurück.

Aaron geht auf eine Zigarette vor die Tür. Lissek kommt zu ihr raus. Er benutzt dasselbe Rasierwasser wie ihr Vater, das hatte sie fast vergessen.

»Gibst du einem alten reuigen Sünder eine ab?« brummt er.

»Alt stimmt«, antwortet sie. »Aber reuig niemals.«

Sie rauchen zusammen, teilen das Bittere. Der Wind frischt auf, es riecht schon nach Herbst, obwohl erst Juli ist. »Lass uns ums Karree gehen«, sagt Lissek. Aaron hakt sich bei ihm unter. Eine Straße weiter meint er: »Du siehst anders aus.«

»Wie denn?«

»Gelassen.«

»Du siehst auch anders aus«, gibt sie zurück.

Er lacht leise. »So?«

»Du hast deinen Frieden mit den Toten gemacht. Jetzt musst du ihn nur noch mit den Lebenden machen.«

»Klingt wie ein Kalenderspruch.«

»Reiß ihn ab und schmeiß ihn weg.«

»Hast du das von Mason schon gehört?« fragt er.

»Nein, was?«

»Er hat sich das Hirn weggeblasen, mit einer Schrotflinte, wie Hemingway.«

»Ein Fest fürs Leben«, erwidert sie.

»Man muss es aushalten können, das schaffen nur besondere Menschen. Und wer wüsste das besser als du?« murmelt Lissek.

Aaron lächelt. »Darüber bin ich weit hinaus.«

»Da wette ich drauf.«

Sein Telefon klingelt. Er fischt danach. Aarons Hand liegt in seiner Armbeuge. Sie spürt ein Zittern. »Was ist?« fragt sie.

»Ja?« Offenbar hat Lissek das Gespräch angenommen. Er gibt Aaron das Handy. »Für dich.«

In derselben Sekunde weiß sie, wer es ist.

»Man sollte meinen, dass wir uns viel mehr zu sagen hätten«, bricht ihre dunkle Schwester die lange Stille.

»Kannst du mich sehen?« fragt Aaron.

»Ja. Ich kenne diesen Gesichtsausdruck. So war es auch bei mir. An dem Tag, an dem ich in den Spiegel schaute und wusste, dass es ihn nicht gibt.«

»Das Einfache ist immer das Schwerste«, sagt Aaron.

»So haben wir es von unseren Vätern gelernt.«

»Wer war dein Vater?«

Malin schweigt einen Moment. »Olaf Christ.«

In einem Vakuum werden ständig virtuelle Teilchen erzeugt und wieder zerstört. Das ist Aarons Herzschlag jetzt, nichts als eine Vakuumfluktuation.

Lucas Vater.

»Ihr habt ihn in den Souks von Marrakesch getötet. Mit einem Eispickel. Wer von euch? Pavlik oder du?« fragt Malin.

Sie fasst sich. »Glaubst du, dass ich dir die Wahrheit sage?«

»Ja.«

»Wir waren es nicht. Es war ein Killer des Brokers, ein halbes Jahr ehe Pavlik und ich nach Marrakesch kamen.«

Schweigen frisst den Atem.

»Also hat Svoboda mich angelogen«, sagt Malin.

»Er hätte dir jede Lüge dieser Welt erzählt, um seinen Hals zu retten.«

»Die bleibt mir für immer.«

»Damit lasse ich dich allein.«

»Du wirfst mir nicht vor, dass ich nicht alles versucht habe, es nachzuprüfen?« fragt Malin.

»Das wäre unmöglich gewesen. Nichts von dem, was Pavlik und ich in Marrakesch getan haben, ist je in einem Dossier aufgetaucht. Du und ich, wir haben unser Leben lang so viele Lügen gehört, dass wir eine tiefe Sehnsucht in uns haben, an etwas zu glauben. Und wenn es eine weitere Lüge ist.«

»So wie die eine große unserer Kindheit.«

»Waren wir je Kinder?« Die Zeit rollt sich zusammen wie ein Igel, während Aaron auf Malins Stimme wartet.

»Wir sind keine Frauen, die vergeben. Und doch konnten wir es«, sagt Malin. »Das ist keine Lüge.«

»Ich habe mir selbst vergeben«, antwortet Aaron. »Also muss ich es auch bei dir. Und du?«

»Als ich in dem Park lag, habe ich von dir geträumt. Wir waren an einem Strand, und du hast mit deinem Vater abgerechnet. Da wusste ich, dass wir Schwestern sind.«

»Und Pavlik?« fragt Aaron.

»Wie konnte ich dich am Leben lassen und ihn töten?«

»Er wird dich suchen. Pavlik gibt nicht auf, bis er dich hat.«

»Hast du den *Glöckner von Notre-Dame* gelesen?« fragt Malin.

»Ja.«

»Dann kennst du Esmeraldas letzte Worte.«

Aaron antwortet: *»Deine Fluten rauschen daher, dass hier eine Tiefe und da eine Tiefe brausen; alle deine Wasserwogen und Wellen gehen über mich.«*

»Wenn er mich findet, wird er seine Rache bekommen«, sagt Malin. »Aber leicht mache ich es ihm nicht.« Sie schweigt kurz. »Eine Frage habe ich noch: Was ist aus der zweiten Frau meines Vaters geworden? Und aus ihrem kleinen Sohn?«

Aaron weiß, dass sie keine Sekunde zögern darf. »Beide wurden von Männern des Brokers getötet, im Winter in den Alpen.«

Malin klingt traurig, rau und weh. »Also habe ich keinen kleinen Bruder.«

»Nein. So wie ich.«

»Es war uns bestimmt. Wie alles andere.« Malin legt auf.

Erst jetzt merkt Aaron, dass Lissek nicht mehr neben ihr steht.

»Ich bin hier. Zwei Schritte.«

Sie hockt sich neben ihn auf ein Mäuerchen. »Mit Stimmen ist es so eine Sache«, sagt sie. »Ich tue mich schwer damit, wenn sie von Menschen sind, die ich nur als Sehende gekannt habe. Aber bei dieser ist es anders.«

Lissek schweigt.

»Malin war die Frau, mit der du in dem Restaurant warst, an dem Abend, als Johanna totgefahren wurde. Und ich dachte, sie wäre deine Geliebte.«

»So bin ich nicht. Ich habe Conny nie betrogen.«

»Malin hat für dich gearbeitet«, sagt Aaron.

»Ja. Es gab Jobs, für die ich keinen von euch genommen hätte. Vor allem nicht dich.«

»Abgesehen davon, dass ich mich geweigert hätte.«

»Ich hätte dir irgendeine Geschichte auftischen können. Ich bin ein guter Geschichtenerzähler.«

»Das ist keine Übertreibung.«

»Du weißt, wie ich zu dir stehe«, sagt Lissek. »Das hätte ich nie übers Herz gebracht.«

»Was waren es für Zielpersonen?«

»Diktatoren, Schlächter, Hurensöhne. Spielt das eine Rolle? Ich rechtfertige es nicht. Aber wenn du fragst, ob ich es wieder tun würde: jederzeit.«

»Hättest du uns zu Malin führen können?«

»Nein. Es ist Jahre her, dass ich sie zuletzt gesprochen habe. Ich hatte keine Ahnung, dass sie meine Nummer noch hat.«

»Hast du gewusst, dass sie die Tochter von Olaf Christ ist?«

»Ja. Lucas Schwester. Das nehmen wir beide mit ins Grab.«

Sie stehen auf.

»Und was bedeutet es für uns?« fragt er.

Sie schweigt lange. »Ach, Lissek. Es ist viel leichter, dich liebzuhaben, als dich zu verachten.« Aaron hakt sich wieder bei ihm unter, sie gehen zurück.

Als sie beim Haus sind, fährt ein Auto vor. Aaron hört Demirci. »Entschuldigung, ich konnte nicht früher kommen.«

»Egal«, sagt Lissek. »Helmchen wird sich freuen.«

»Frau Aaron, können wir kurz allein reden?«

»Ich muss auch los.« Lissek steigt in seinen Wagen. Demirci und Aaron schweigen, bis er weggefahren ist.

»Waren Sie wieder im Kanzleramt?« fragt Aaron.

»Ja. Unsere Mittel werden aufgestockt, es wird der Abteilung an nichts fehlen.«

»Ich vermute, Sie werden mir nicht erzählen, wie Sie das gedeichselt haben.«

»Sagen wir so: »Ich soll Sie von Richard Wolf grüßen.«

»Man hört, er züchtet jetzt Rosen«, erwidert Aaron.

»In der Tat. Er versteht sich aufs Abschneiden toter Triebe.«

»Verlernt man nie.«

Demirci wählt ihre Worte sorgfältig. »Als ich zur Abteilung kam, waren Sie für mich ein großer Name, und ich war neugierig auf Sie. Das wird Sie nicht überraschen, so geht es Ihnen wohl mit den meisten Menschen. Sie haben jede meiner Erwartungen übertroffen. Doch was mir sehr viel mehr bedeutet, ist unsere Freundschaft. Genau wie Sie bin ich wählerisch mit diesem Wort; nicht aus Hochnäsigkeit, sondern weil es so schwer ist, einen Seelenverwandten zu finden.«

»Sie reden, als wäre es meine Beerdigung«, sagt Aaron.

Demirci atmet durch. »Zwischen Ihnen und Malin gibt es ein unsichtbares Band. Es hat mit Ihren Vätern zu tun. In Pavliks Bericht zu Barcelona findet sich kein kritisches Wort über Sie. Er würde Ihnen nie in den Rücken fallen. Aber ich kenne ihn lange genug und habe keinen Zweifel, dass er Sie deckt. Ich sagte, dass für Sie immer ein Platz in der Abteilung sein wird. So einfach ist es jedoch nicht mehr. Weil Sie mir etwas über Malin verschweigen.« Demircis Stimme klirrt jetzt. »Ich fordere von dieser Frau Rechenschaft für die Toten. Und Sie wissen, wo sie ist. Wenn Sie an meiner Seite stehen, vergesse ich das Gespräch. Sonst gibt es für Sie kein Zurück zur Abteilung.«

Aaron denkt an ihren Anruf bei der französischen Zeitung, die den Artikel über die Morde in Carrières-sur-Seine gebracht hatte. Sie sprach mit dem Autor. Er erinnerte sich sofort und nannte ihr die Adresse des Hauses von Alain Cesari. Als sie beim Grundbuchamt anrief, erfuhr sie, dass die Villa vor zwei Jahren den Besitzer gewechselt hatte und von einer Frau namens Djali Gringoire gekauft wurde.

Djali, die sprechende Ziege im *Glöckner von Notre-Dame.*

Gringoire, Esmeraldas liebloser Mann.

Aaron antwortet: »Dann war das unser letztes Gespräch.«

»Das ist alles?«

»Was Sie über Freundschaften sagten, ist wahr. Manche sind für immer, andere nicht.«

So hart war Demircis Stimme noch nie. »Leben Sie wohl.«

Dann ist Aaron allein. Sie hört das letzte Echo eines Schreis, der nach zweiundzwanzig Jahren endlich verklingt. Irgendwo da draußen ist Malin und schaut sie an und hört es auch.

Die meisten Gäste sind fort. Als Aaron auf die Gartenterrasse kommt, sitzen Pavlik, Sandra und Flemming dort. Luca spielt mit Boris Fangen. So klingt Glück. Aaron denkt daran, dass er sich eine große Schwester gewünscht hat und nie erfahren wird, dass er eine hat.

»Ist mit Lissek alles im Lot?« fragt Sandra.

»Ja.«

Aaron setzt sich neben Pavlik und lehnt sich an seine Schulter. Er legt den Arm um sie. Das wird niemals anders sein. Aber sie weiß, dass er ihren Entschluss bereits kennt.

»Gehen wir morgen toll frühstücken?« fragt sie Flemming.

»Klar. Wo?«

»In San Francisco.«

Zehn Dinge, die es wert sind, blind zu sein:
das Verborgene erfühlen
zwischen Worte tasten
dem Schall von Lügen lauschen
für immer in einen Spiegel schauen zu können
nicht mehr zurückzublicken
strahlend graue Wintertage
Masons Schrotflinte
Flemming
Freiheit
das Königreich in ihr

NACHWORT

Gestern habe ich das letzte Wort geschrieben. Wie es ist, lässt sich schwer erklären. Vielleicht so: das beste Gefühl der Welt.

Vor allem möchte ich meiner Frau danken. Auch wenn ich diesen Roman nicht ihr, sondern Aaron gewidmet habe: Anne, niemand hat daran größeren Anteil als du.

Meine Agentin Katrin Kroll hat als Erste an Aaron geglaubt, das werde ich nie vergessen.

Bei jedem neuen Buch denke ich, dass mein Lektor Thomas Halupczok eine der glücklichen Fügungen meines Lebens ist.

Ich weiß das fabelhafte Team von Suhrkamp hinter mir. Das macht es leicht, sich aufs Schreiben zu konzentrieren.

Tatort war gestern, aber Murmel Clausen und ich werfen uns weiter Ideen zu. Unsere Freundschaft ist für immer.

Ich bin glücklich, Hans-Joachim Neubauer zu haben, seinen Rat, seinen wachen Blick und sein Lachen.

Die Gespräche mit Alf Mayer waren ein Genuss und haben mir sehr geholfen.

Dr. Peter Kleinert ist seit vielen Jahren mein medizinischer Fachberater und stets für mich da.

Für alle Jenny-Aaron-Romane gilt: Der Beistand des Hirnforschers Professor Bernhard Sabel von der Universität Magdeburg ist ein Segen. Die revolutionäre Therapie, die im Buch eine wichtige Rolle spielt, wurde von ihm entwickelt; er ist das Alter Ego von Thomas Reimer. Dass die Behandlung bei Aaron nicht anschlug, hat keine medizinischen Gründe. Bernhard, du hilfst in deinem *Savir-Center* so vielen Menschen und bist ein wahrer Held. Und eine tolle Frau hast du auch.

Den Ablauf der Bombenexplosion konnte ich nur aufgrund meiner Recherche bei dem Geowissenschaftler Professor Kurt Ziegler physikalisch korrekt beschreiben.

Dr. Bodo Hechelhammer, Chefhistoriker des BND, half mir mit Material über die Firmenstruktur der Degussa während des Dritten Reichs.

Auf die Gathas von Shenxiu und Hui-neng wies Gert Scobel mich hin, ein großer Gewinn für den Roman.

Dank Erik Spiekermann und Ferdinand Ulrich konnte ich das Buch selbst setzen, das war ein Vergnügen.

Wer mehr über das Klicksonar erfahren möchte, die aktive Echoortung, die Aaron so virtuos beherrscht, sollte sich an den Berliner Verein *Anderes Sehen* (www.anderes-sehen.de) wenden, dessen Arbeit ich großartig finde und unterstütze.

In der Beschreibung der Welt von Blinden nahm ich mir keine Freiheiten, wohl aber bei anderen Dingen, etwa dem Dolch, mit dem Echnaton erstochen wurde; dem Standort der Abteilung oder dem Fortschritt der Baumaßnahmen in Prora.

Was Notre-Dame de Paris betrifft: *Geblendet* spielt 2016, drei Jahre vor dem großen Brand. Im Übrigen war schon Quasimodo fest davon überzeugt, dass dieses staunenswerte Bauwerk nie zerstört werden kann.

Alle Lügner lieben Schwüre stammt von dem Bühnendichter Pierre Corneille und wurde von mir frei übersetzt.

Der Satz *Wieder zu sehen ist ein ebensolcher Schock, wie zu erblinden*, gebührt Oliver Sacks

Nimm von den Deutschen, was gut ist, das andere lass, habe ich aus einem Interview, das ich vor Jahren las. Ich glaube, es war mit Renan Demirkan, aber sicher bin ich mir nicht.

Den Dokumentarfilm über Tadeusz Szymański, den früheren Auschwitz-Häftling und späteren Mitgründer der Gedenkstätte, von dem Flemming spricht, habe ich 1994 als Co-Regisseur inszeniert. Er heißt *Fünf Jahre – Ein Leben*, und ich bin immer noch stolz darauf.

Das Kapitel, in dem Richard Wolf auftritt, verweist auf meinen Roman *Operation Rubikon.* Ich freue mich über jeden Leser, der den Weg zu diesem Buch findet.

Noch ein Wort zu den Bushidō-Weisheiten: Einige sind uralt. Sie stammen von Samurai, Schwertmachern oder Mönchen und lassen sich in der Regel nicht eindeutig zuordnen. Die meisten sind jedoch von mir. Der Bushidō ist eher eine Lebenshaltung als eine niedergeschriebene Philosophie, und zuweilen stelle ich mir vor, dass Tsunetomo Yamamoto, der Autor des *Hagakure*, bei dem ein oder anderen meiner Sätze in seiner Mönchsklause zustimmend genickt hätte. Der Gedanke gefällt mir.

Diese Lektüre hat mich bereichert:
Wieder sehen
von Bernhard Sabel
Jenseits des Selbst
von Wolf Singer und Matthieu Ricard
Die Analyse der Empfindungen
von Ernst Mach
Budō – Der geistige Weg der Kampfkünste
von Werner Lind
Zen in den Kampfkünsten Japans
von Taisen Deshimaru-Rōshi
Das Sutra des sechsten Patriarchen
erläutert von Soko Morinaga

Das Kapitel, in dem Richard Wolf auftritt, verweist auf meinen Roman *Operation Rubikon.* Ich freue mich über jeden Leser, der den Weg zu diesem Buch findet.

Noch ein Wort zu den Bushidō-Weisheiten: Einige sind uralt. Sie stammen von Samurai, Schwertmachern oder Mönchen und lassen sich in der Regel nicht eindeutig zuordnen. Die meisten sind jedoch von mir. Der Bushidō ist eher eine Lebenshaltung als eine niedergeschriebene Philosophie, und zuweilen stelle ich mir vor, dass Tsunetomo Yamamoto, der Autor des *Hagakure*, bei dem ein oder anderen meiner Sätze in seiner Mönchsklause zustimmend genickt hätte. Der Gedanke gefällt mir.

Diese Lektüre hat mich bereichert:
Wieder sehen
von Bernhard Sabel
Jenseits des Selbst
von Wolf Singer und Matthieu Ricard
Die Analyse der Empfindungen
von Ernst Mach
Budō – Der geistige Weg der Kampfkünste
von Werner Lind
Zen in den Kampfkünsten Japans
von Taisen Deshimaru-Rōshi
Das Sutra des sechsten Patriarchen
erläutert von Soko Morinaga